海祭

陈启文 著

从虎门销烟到鸦片战争

南方出版传媒
花城出版社
中国·广州

图书在版编目（CIP）数据

海祭：从虎门销烟到鸦片战争 / 陈启文著. -- 广州：花城出版社，2019.5（2019.12重印）
ISBN 978-7-5360-8885-6

Ⅰ. ①海… Ⅱ. ①陈… Ⅲ. ①纪实文学－中国－当代 Ⅳ. ①I25

中国版本图书馆CIP数据核字（2019）第056662号

出 版 人：	肖延兵
策划编辑：	安　然
责任编辑：	李　谓　邓　如　杜小烨
技术编辑：	薛伟民　凌春梅
封面供图：	汇图网
封面设计：	原绘视觉传达

书	名	海祭：从虎门销烟到鸦片战争 HAI JI: CONG HU MEN XIAO YAN DAO YA PIAN ZHAN ZHENG
出版发行		花城出版社 （广州市环市东路水荫路11号）
经	销	全国新华书店
印	刷	佛山市浩文彩色印刷有限公司 （广东省佛山市南海区狮山科技工业园A区）
开	本	787 毫米×1092 毫米　16 开
印	张	26.25　1 插页
字	数	460,000 字
版	次	2019 年 5 月第 1 版　2019 年 12 月第 2 次印刷
定	价	68.00 元

如发现印装质量问题，请直接与印刷厂联系调换。
购书热线：020-37604658　37602954
花城出版社网站：http://www.fcph.com.cn

目录

引　子　为什么是虎门 …………………………………… 001

第一章　国运和命运

　　一、寒门之子 ……………………………………… 016
　　二、帝国之门 ……………………………………… 021
　　三、一艘破旧的大船 ……………………………… 036
　　四、国运与命运 …………………………………… 051

第二章　倾斜的帝国

　　一、社稷之臣 ……………………………………… 064
　　二、鸦片，鸦片 …………………………………… 070
　　三、道光十八年 …………………………………… 077

第三章　钦差大臣

　　一、出发与抵达 …………………………………… 086
　　二、息息谨慎，步步为营 ………………………… 097
　　三、一个百年难解的症结 ………………………… 109
　　四、封锁十三行 …………………………………… 123
　　五、风暴已经改变方向 …………………………… 136

第四章　虎门销烟

一、以南海为背景 ········· 150

二、海祭 ········· 159

三、虎门销烟 ········· 166

第五章　历史没有空白

一、人情　天理　王法 ········· 182

二、巡视澳门 ········· 192

三、鸦片战争之前的战争 ········· 204

四、开眼看世界 ········· 215

第六章　鸦片战争

一、一场不可避免的战争 ········· 234

二、从钦差大臣到两广总督 ········· 240

三、一切都是顺序 ········· 260

四、历史或命运的转折点 ········· 274

第七章　沉重的告别

一、正闻烽火急 ········· 292

二、问何人忽坏长城 ········· 309

三、沉重的告别 ········· 322

四、四海狼烟起 ········· 336

五、泪洒三军血 ········· 356

尾　声　只有大海才有资格回忆 ········· 367

后　记 ········· 407

附　录　主要参考书目及文献 ········· 415

引子

为什么是虎门

一

　　有一种气味，与潮汐有着某种默契。天空开始呈现出大海般引人入胜的蓝。海的味道越来越浓了，连空气也蓝得发亮。我知道这里离大海不远了，甚至就在大海的身边。

　　我一直踩着自己的影子，低头慢走。阳光是从我背后照过来的，我一直没走出自身的阴影。但这与我的心情没有关系。那种难以名状的惆怅，或与浩茫而渺远的时空有关。念天地之悠悠，这是一片逐渐从大海中淤积起来的陆地，在漫长的岁月里一直是世界尽头的荒凉存在。那时候，这个世界真单纯，单纯得就像那些活跃于原始洪荒中的生命，如在古老的图腾中存在的鸟和鱼、野兽、蛇虫，以及人，所有的生命都选择了大海。

　　追溯虎门珠江口原初的人类史，其实与今天的虎门人没有直接的血缘传承。那很可能是一个早已失踪的古人类族群。如今的东莞人、虎门人大都是从中原迁徙而来，这从他们世代相传的族谱中可以找到佐证。不过，那些原初的先民其实并未失踪，只是处于深埋的状态，就像那逐渐淤积的陆地把大海顽固地遮蔽了，遮蔽得就像一片绝对的空白，直到某一天，当你有意或无意地打开大地的胸口，蓦然发现，这沉默的大地埋藏着大海的秘密。那曾经的一切，原来从未消失，一直就在你的眼皮底下，等待着有朝一日被揭示。这其实是一种比文字更深刻的揭示方式。

　　而深埋的历史，又往往是在现代化进程中或社会急剧转型或变迁的过程才得以揭示。

　　揭开虎门的身世之谜，与一条现代化道路直接有关。那是1987年春夏之交，一条连接广州、虎门、深圳、香港的高速公路——广深高速破土动工了，

引 子
为什么是虎门

　　文物工作者在对沿线文物进行调查时，在珠江虎门入海口东岸的村头村发现了大山园遗址。经抢救式考古发掘，在同一区域发现了两个文化堆积层。上层堆积为明末清初的一个村庄遗址，那房舍屋宇已相当气派，很多都是三进院落，这也是相当奢华的乡村宅院了。而在这村庄遗址里也发现了很多船板，那也是典型的鸟船造型，这是我国明代东南沿海一带普遍采用的一种船型，船首形似鸟嘴，故称鸟船，又由于鸟船船头眼上方有条绿色眉，称为绿眉毛。从整个船体看，头小，首尖而体长。船身长直，下窄上宽，状若两翼，吃水较深，利于破浪。除设桅、篷（帆）外，两侧有橹二支，有风扬帆，无风摇橹，行驶灵活，而且篷长橹快，"船行水上，有如飞鸟"。但这种鸟船绝非我想当然的那种像小鸟一般的轻舟，据航运造船史家考证，在郑和船队中就有鸟船，船长三十一米，宽约七米，吃水深达两米多，排水量二百三十吨，有三桅五帆，其中主桅高达二十四五米，使用风力航速最高可达每小时九海里。又加之其梁拱小，甲板脊弧不高，有较好的远航性能和较大的续航力。——这种鸟船，也将在虎门销烟和鸦片战争中频频出现。

　　而在明末清初的遗址之下，历史出现了大片空白，时空的切换实在太快，一下就从明末清初穿越到了商代遗址，这还真是超越时空的对接，从商代到明清，那数千年的历史在这一方水土上仿佛是绝对的空白。这座商代遗址是一处可以追溯到远古新石器时代的贝丘遗址，据说是中国最大的、亚洲最大的，甚至是世界上最大的贝丘遗址。这也是迄今为止同时期同类型遗址中被发掘面积最大的、遗存最丰富的一个遗址，从发掘出来的房址、灰坑、墓葬、壕沟，到出土的陶质小口折肩罐、釜、豆、器座以及石铲、石斧等遗物，这深埋于厚土之下的遗址，以亘古的存在，在沧海桑田的变迁中为后世提供了牢不可破的参照物，而出土的陶片之丰富，则为当时广东省考古发现之最。当然，既是贝丘遗址，在其文化层中必然会夹杂大量的贝壳和各种鱼虾类以及软体动物壳的骨骸残渣，根据贝丘的地理位置和贝壳种类的变化，可以了解古代海岸线和海水温差的变迁，大致可以复原当时自然条件和生活环境，这为我们对三千多年前的珠江口和南海提供了某种猜想的空间。

　　其实不用猜想，透过这些只属于大海的粗粝而坚韧的生命残骸，一个猜测得到了确证，在三千五百多年前的岁月深处，所有的生命都选择了大海。对于这片土地上的众生，海是万物之始，也是无尽之路。从古东江的流向看，那些早期出海的东莞先民，大都是从虎门珠江口出海的，他们踩着松软的沙土，穿过滩涂上疯长的咸水草，从远古一步一步走过来，而大海就是他们命定的方向，这是他们下意识的生命本能，又何尝不是宿命。每一次潮水都让人追忆，他们在涨潮时扯起风帆，然后迅疾地驶出了珠江口，一条迢迢无尽的水路，从一代又一代人不停地摇动的船桨下延伸着，辈辈不绝。最初，他们只是本能地追逐着鱼群，自然而然地又开始追逐别的东西，一条路变得越来越长，那是比一千年更漫长的海上丝绸之路，一条历尽奇险的淘金者之路。多少人的淘金梦就这样漂洋过海，一些传奇中的海盗必将成为他们的真实遭遇，还有比海盗更可怕的风暴。而在另一个涨潮的时刻，潮水会把一些漂浮的尸身和碎裂的舢板带回来，带回他们出发的地点。而无论远去还是归来，又无论是以怎样的方式归来，这里的人都像野生的莞草一样生生不息，眼下，还有赶海人在潮水退却后的沙滩上刚刚留下的脚印，正透出湿润、清冷的光泽。

二

掀开中国近代史的第一页，虎门就是第一个无法回避的存在。

多少事早已耳熟能详，但偶尔那么不经意地一问，却让脑子猛地一顿。

林则徐销烟，为什么偏偏选在虎门？谁都会说那是历史的选择，而历史为什么偏偏做出这样的选择？一个疑问接着一个疑问，历史往往就这样疑窦丛生。我就是带着一个个疑问走向虎门的，这迟到的追问，或许只有大海才有资格回答。

眼前是半透明的水，几乎倾倒了整个天空。但我还不敢确认这就是海。

对于我，这里并非远在天涯，只是近在咫尺的海角。但我依然不敢确认眼前就是大海。河流与大海，在交汇漫漶中难以分辨出一条清晰的界线，连天际线乃至时空的边际也模糊了。当我走到这样一个海角，一个极为渺小的人，面对这一浪高过一浪的水域，真有"心事浩茫连广宇"之感。人类的心事或心胸很大，而眼界又极其狭隘，就像卡尔维诺笔下的帕洛玛尔先生一样，他并没有太大的奢望和野心，从一开始就没想要看清整个海洋或整个海浪，只想简简单单地看清海浪中的一个浪头、一朵浪花，然而事情并没有那么简单，他望着一个海浪在远方出现，渐渐壮大，不停地变换形状和颜色，翻滚着向前涌来，最后在岸边粉碎消失、回流，在整个过程中他一直很难把一个浪头与后面的浪头分开，后浪仿佛推着它前进，有时却要赶上并超过它；同样，也很难把一个浪头与前面的浪头分开，因为前浪似乎拖着它一同涌向岸边，最后却转过身来反扑向它……

天才的卡尔维诺，在此其实无意于描绘风景，而是为了揭示人类在浩渺时空中的处境，哪怕你只想看清楚世界的极小的一部分是怎么回事，你也很难看清楚。人类在时空中的渺小与局限，也因此被他揭示得触目惊心。这其实也是一个人与时空的寓言，无论渺小如我，还是伟大如林文忠公，你只有通过这个寓言才能理解其处境，其局限，其眼界。否则，你对这个人就会抱有某种苛求或偏见，抑或从一个极端走向另一个极端，对其进行超越时空的神化。

眼下，我只能看见无数的浪花不停地颤动和闪烁，根本就分不清哪里是河流哪里是海洋，但至少可以确认，这是一座海门。从自然地理看，这是一座屹立在珠三角几何中心、以南海为背景的海陆之咽喉、岭南之门户。曾几何时，在那还没有明确海权意识的帝国时代，虎门就已被赋予双重的使命，一座扼守南海、拱卫大陆的海门与国门。

大海边的人把每一个出海口都称作——门。沿着南海蜿蜒而漫长的海岸线，在这大湾里还有太多的门，每一道门都与珠江直接有关。这条南方的大江不同于黄河、长江，那两条万里巨川均只有一条主流（干流），从源头一直贯穿大海，而珠江则拥有三大主流，东江、西江和北江，这三大主流从三个方向奔涌而来，交汇为一条南方的大河——珠江，又在河流与大海之间蕴积出广袤的、水系纷繁的珠江三角洲，至此，它们共同的使命已经完成，然后从八大口门奔向它们最后一个方向，南海。

这时候最好摊开一幅珠江口或粤港澳大湾区的水系图，这样才会清晰地看见，珠江是怎样从东向西通过八大口门奔向南海的。这八大口门，又分为东四口和西四口，东四口从东向西依次为东莞虎门、番禺蕉门、中山洪奇门（又称沥口）和横门，珠江之水通过这四口注入伶仃洋（又称零丁洋）；西四口为珠海洪湾磨刀门、斗门之鸡啼门和虎跳门、新会崖门。这每一个口门都是不可忽视的存在。而历史上的珠江又称粤江，原指广州至虎门的入海水道，在历史文献中习称内河、省河。南海在广东一带又习称粤海。从狭义上说，虎门乃是粤江通向粤海的唯一入海口。即便如今对珠江有了更广泛的定义，虎门依然是当之无愧的珠江入海第一门，其潮汐吞吐量一直位居八大口门之首，其年径流量差不多占珠江三大水系入海总径流量的五分之一。

  一个迟到的追问，至此有了第一个答案，林则徐虎门销烟，这其实不是他的选择，而是自然地理给出的一个标准答案。

三

  大海无涯而岁月幽深，追溯一个千年古镇的由来，必然会追溯到大海。

  在更渺远的时空中，这一方水土一直以水的方式存在，为大海的一部分。虎门为江海夹角冲击地，在濒临海岸线一带一般鲜有崇山峻岭。此地为东莞大岭山一脉延伸的西南区域。据《东莞市志》载："东莞无明显山脉。境内之山多出自梅州地区的梅县与兴宁县北的大望山，西入紫金，东条南入惠阳县境，再入东莞境内，分东、中、西三条。"虎门境内之山属紫金山脉之西条分脉，其最高海拔高度是位于镇境东北部的大岭山，海拔超过五百米，这在沿海地区已是相当高的大山了。除此之外，虎门境内便只有一些小山岭或丘岗，如大人山、凤凰山、鹅公山、纱帽丫山等，皆以象形赋名，高者一百多米，低者数十米，或成群排列，或零散分布的小山岭，如岛屿状。早先，这些山岭丘岗其实就是于大海中崭露头角的岛屿，据地质钻探显示，在如今虎门镇中心区内，地层结构的第一层为淤泥软土层，而被纳入珠江主流之一的东江，古时亦于此入海，又为南伸入海的大人山脉散列阻挡，随着潮水的涨落起伏和河流的长年累月的冲积，江河运滞物在岛屿间回环沉积，日积月累而淤积成陆。所谓沧海桑田，大体上就是这样一个结果吧。

  一个地方太古老了，只有穿越隐藏的时光，才能看见那些深得看不见的东西。

引 子
为什么是虎门

追溯虎门的历史,先要追溯虎门之名由何而来。那各种说法虽各有道理又莫衷一是,最接近真相的往往是传说。这里就从一个广为流传的民间传说开始吧。相传,南海龙王就盘踞这如今广州南沙区万顷沙东边的龙穴岛,他有个名叫阿娘的女儿。这小龙女终日待在龙穴里,对外面的世界充满了好奇,于是一个人溜出龙穴,上岸游玩。她正在一个鸟语花香的丛林里玩得乐不可支时,一只饥饿的母老虎突然扑将过来,小龙女逃进了一个小渔村,才逃过一劫,但她在猛跑中蹬掉了一只鞋子,那鞋子飞入珠江口东岸,化作了一座岛——阿娘鞋岛。这岛上后来建起了威远炮台,随着威远之名远播,在二十世纪八十年代,又易名为威远岛,其主峰又叫老虎山。在虎门境内,除了离大海较远的大岭山,这老虎山在濒海岸线一带算是最高的一座山峰(海拔148米)。而那个庇护了小龙女的渔村,保佑小龙女的平安,就叫太平村,即后来的太平镇,为今虎门镇的前身。

一个民间传说犹未了,那随后赶来寻找女儿的南海龙王,远远就看见那母老虎张着血盆大口追赶小龙女,于是大发龙威,挥起一条龙王杖痛打母老虎,那母老虎正怀着身孕,一下就被打落水中,还打下了一只小老虎。这一大一小两只老虎从此就被南海龙王用一把金锁锁在珠江口的江心,化作了大虎山和小虎山,说是山,其实也是两座江心岛,又称大虎岛和小虎岛。这两座虎山对峙如门,合称虎门,门中挟持着一条水道,或称虎门水道,或曰太平水道。这是一条通江大海的要冲,一直为珠江主要入海口。历史上,从广州珠江天字码头或黄埔港入粤海、下南洋,或由粤海入虎门,可直达黄埔港和广州城。这两虎把门,又形成了一道拱卫南疆的天险要塞。

又相传南海龙王那一棒打得特别凶悍,一条大棒断为两截,飞落水中,化作了两座狭长的小岛——上横档和下横档。南海龙王将大小二虎穿鼻而锁,那锁住大小二虎的金锁则变为上横档岛旁的金锁排岛,而在珠江出海的咽喉处便有了一个穿鼻洋。据说那被锁住的大小二虎,母子俩你望着我,我望着你,咫尺天涯,却是可望而不可即。为了挣脱锁链,它们发出一声声怒吼,那虎啸之声如狮吼一般,在珠江口内掀起一阵阵惊涛骇浪,于是,人们便把珠江口内那片水域称之为狮子洋。但无论它们怎么挣扎和吼叫都是徒劳的,一对母子永远深陷于这孤苦伶仃的命运中,只能对着南海望洋兴叹,于是,人们便把珠江口外那片水域称为伶仃洋或零丁洋。

对这一系列民间传说，我之所以不厌其详地加以转述，只因它所涉及的每一个事物，或象形指事，或会意形声，都直接指向了我接下来要抵达的一个个历史现场，从虎门朝着大海的方向看，这是一个由近及远的过程，穿鼻洋——狮子洋——伶仃洋——外伶仃洋，这也是从虎门销烟到鸦片战争的粤海主战场。而在海权意识还不那么清晰的帝国时代，外伶仃洋就是外洋了。即便拥有清晰的海权意识，但凭大清帝国广东水师那单薄的船艇，那也是他们鞭长莫及的海域，只能望洋兴叹。

这也是民间传说或民间智慧对历史的回应。如果没有这些民间传说，对虎门数千年来的历史几乎无从解读，这样一个天高皇帝远的小小边地，历史几近于空白，所谓正史对它几乎是不屑一顾的，而民间传说恰恰是对历史的弥补或互补。

四

我的目光依然在下意识地深入。在我视线的尽头，是伶仃洋。如果你能看到更远的地方，那就是外伶仃洋。她很空，在历史留下的大段空白中，只有押解文天祥的那艘战船从七百多年前的那个早春一路颠簸而来，一个孤零零的身影以这样一种方式在伶仃洋上出现，这其中仿佛有某种宿命的意味或神秘的暗示。那是南海万物萌动的季节，在大海深处，鱼群正在迷人的蓝色波澜里荡漾，鳞片闪烁，还有多少不可知的生命，来不及在这个季节中一一展示，一场历时二十多天的大海战便宿命般的爆发了。

那是南宋王朝的最后一场血战，他们的敌人不是来自大海，而是来自北方的蒙古铁骑。马蹄声一阵紧似一阵，但他们弯弓射落的已不是蒙古草原上空的大雕，而是南海的海鸥。剑拔弩张之下，一个来自漠北大荒的游牧民族和一个根深蒂固的大陆民族，第一次以大海为战场，展开了一场前所未有、波澜壮阔的大海战。诚然，这场海战并非发生在虎门，而是发生在珠江的另一个入海口——新会崖门。虎门为珠江入海口最东边的一个，崖门则是珠江八大口门中最西边的一个,东有崖山,西有汤瓶山,延伸入海,就像一扇半开半掩的门。在这场宋军水师和战船均占有压倒性优势的决战中,令人不可思议的荒诞一幕发生了,宋军在作战时先是主动放弃了对崖门入海口的控制,接着又把千余艘战船背山面海,用大索连接,四面围起楼栅,结成水寨方城,结果是把一场原本该是波澜壮阔的海战变成了海上的陆战、阵地战。那让蒙古人望而生畏的大海,原本是宋军水师可以凭借的天险,他们却放弃了这一天险,把一场胜券在握的海战变成了悲绝的背水一战、最后一战,那个结果已经注定,此战葬送了挽救一个王朝帝国的最后一线生机。在全军覆没后,丞相陆秀夫背着年仅九岁的小皇帝蹈海殉国,而南宋也成了中国第一个在大海中沉没的帝国。

在这场海战爆发之前,南宋左丞相兼枢密使文天祥就已被俘,"惶恐滩头说惶恐,零丁洋里叹零丁",他这两声叹息,比"人生自古谁无死,留取丹心照汗青"其实更令人黯然神伤。零丁洋就是伶仃洋,而惶恐滩则远在文天祥的江西吉安老家。他知道自己永远也回不了自己的故乡了,他真切地感觉到的只有海浪的起伏、船的倾斜与剧烈摇摆,但他的身体站得很直,他必将把自己伫立为一个民族不屈的形象。而在他的身后,只有血泊与浮尸。据史载,崖门海战七天过后,海面依然浮尸十余万……

那其实不是一个结局,更像一个意味深长的寓言。在未来的七百余年里,中国人似乎很少关注这个寓言本身的意义,他们更多地关注着一个又一个民族英雄用骨骼、头颅和热血书写的"正气歌"。中国从来不缺乏"挽狂澜于既倒,扶大厦之将倾"的国士,也有一代一代在惊涛骇浪中为中华民族蹚路的人。一个有着漫长海岸线的大陆民族,早在先秦时代就开始"直挂云帆济沧海"。

追溯中国海上丝绸之路最初的命名,早在1913年,法国东方学家、"欧洲汉学泰斗"爱德华·沙畹就在其所著的《西突厥史料》中提出:"丝路有陆、海两道。北道出康居,南道为通印度诸港之海道。"而这条中国与外国交通贸易和文化交往的海上通道,据史家考证,最早萌芽于商周,发展于春秋战国,形成于秦汉,兴于唐宋,转变于明清,是已知最为古老的海上航线,又分为东海航线和南海航线,主要以南中国海为中心,这也与南海地处十字架的地理位置有关,它是亚洲的一座海上"立交桥",连接太平洋与印度洋、亚洲与大洋洲的桥梁,古往今来都是世界上最繁忙的海上交通线。南海航线又称南海丝绸之路，起点主要是广州和福建泉州。早在先秦时期，岭南先民在南海乃至南太平洋沿岸及其岛屿开辟了以陶瓷为纽带的交易路线，唐代的"广州通海夷道"是当时世界上最长的远洋航线。

穿过令人不安的风暴，还有多少在事物会在逝去的时光中露出来？

在文天祥身后，郑和驾驭着另一个王朝庞大的船队，驶向比大海更远的大洋，那些庞大无比的宝船，把一个民族载到了遥不可及的地方，但他最终还是回来了，幸运地死在了大明帝国的一张床上，而不是漂泊在大海的船上。他那无与伦比的船队，也同他一起被一个帝国以隆重的葬礼埋葬了。郑和七下西洋，开创了人类历史上一次伟大的远航，把海上丝路推到了极盛时期，却并未让一个大陆民族向海洋民族转身，他的壮行或远航仅仅只是为一个民族的一场辉煌的梦幻。那一个个在大陆上崛起的王朝或帝国，在其版图上有着辽阔的海疆，但历代王朝却又对大海充满了深不可测、难以名状的敬畏。而历代王朝的所谓正史仿佛早已习惯了把大海的寓言写在了大地的尽头，这也体现了帝国时代的意志。

据史家考证，自宋朝便有"禁海令"，在元朝时更是实行了严厉的海禁。明朝虽有郑和下西洋的壮举，但从开国皇帝朱元璋开始，便实施了比元朝更严厉的海禁，一度下令"寸板不许下海"。明朝历经十六帝，直到第十二帝隆庆帝（明穆宗朱载坖）登基才为之一变，就在隆庆元年（1567年），他宣布解除了"寸板不许下海"的"祖宗之制"，为一个闭关锁国的帝国打开了海上贸易之门，"准贩东西二洋"——准许民间商旅在东洋和西洋从事海外贸易，史称隆庆开关、隆庆开禁、隆庆开海、隆庆开港、隆庆开放等，如此之多的"史称"，也足以证明这是明史上也是中国史上的一件非常了不起的大事。这确实是一次足以用伟大来形容的变革，它的历史意义比郑和下西洋更伟大。随着一扇紧闭的国门面向大海打开，一个阴沉而威严的帝国被汪洋恣肆的大海激活了，到万历年间，这个东方帝国已处于当时世界经济主导地位，有史家认为，在明朝中晚期已"出现了资本主义萌芽"，更有学者指出"隆庆开放是中国近代史的开端"。

被激活的还不只是经济或海外贸易，一个古老的民族仿佛在昏睡千年的长梦中醒来，中国历史上还极少出现那样一个生气勃发、潇洒活泼的时代，那长久被禁锢压抑的、死气沉沉的精神状态，终于开始释放出另一种活力。如万历年间的思想家李贽,堪称是明代的鲁迅,他以"不信学,不信道,不信仙释"的精神姿态而追求个性解放、思想自由、人类平等,甚至大声疾呼、为封建礼教压迫下的妇女鸣不平。他痛斥那些满口仁义道德的卫道士、伪君子"名为山人,而心同商贾,口谈道德,而志在穿窬",他们"口谈道德而心存高官,志在巨富",指斥当权的官吏是"冠裳而吃人"的虎狼。而李贽最可贵之处是敢于坦承个人私欲,"私者,人之心也,人必有私而后其心乃见",这位长久以来被压抑的读书人从人性上找到了合理的诠释,人与人之间的交换关系和商业交易,不只是合理,并且合乎天理。

然而,无论是"萌芽"还是"开端",随后便在又一轮的改朝换代中给扼杀了,中华民族那一扇面向大海的国门又被重新关闭。

五

若从清入关算起,顺治(清世祖爱新觉罗·福临)为入关第一帝,他祭告天地祖宗,表示是他君临全中国的天子,并由此开创了大清帝国二百六十八年的历史。

入关之初,"清廷为办铜需要,最初并不禁海",然好景不长,顺治十二年(1655年),清廷为"防汉制夷",尤其是为扫平以郑成功为代表的反清复明的义军,在东南沿海实施了史上最严厉的海禁,下令沿海省份"无许片帆入海,违者立置重典",这与明太祖朱元璋的禁海令如出一辙。到顺治十八年(1661年),一说为康熙元年(1662年),清廷更是变本加厉,对江、浙、闽、粤、鲁等东南沿海的居民实行了残酷的"沿海迁界"政策,尤以潮州为甚,逼迫沿海百姓内迁三十至五十里,封镇海岸,设界防守,严禁逾越。在强拆强迁的暴行之下,数十万沿海百姓死于非命,生灵涂炭,东南沿海赤地千里,几成无人区。对清廷如此严酷的海禁,有史家称为"空前绝后的闭关锁国政策"。

从清顺治十三年(1656年)至康熙二十三年(1684年),清廷先后颁布

海祭
——从虎门销烟到鸦片战争

了五次"禁海令",一条海岸线成为大清帝国严防死守的禁区。直到"经文纬武,寰宇一统"的康熙大帝(清圣祖爱新觉罗·玄烨)平定了"三藩之乱"(清初平西王吴三桂、平南王尚可喜、靖南王耿精忠三个藩镇王对清朝的叛乱)、收复台湾之后,"海氛廓清,海禁遂开",清廷才于康熙二十四年(1685年)正式废除了《迁海令》,颁布了《展海令》,随后又设立了江、浙、闽、粤四海关,分别管理对外贸易事务,中国由此而进入了四口通商的时代,这也意味着清朝对东南沿海以及东洋、西洋实行了全线开放。在其后的三十多年里,中国进入了海上贸易最为活跃和繁荣的黄金时代。

然而,海外贸易不止给大清帝国带来了滚滚财源,也让康熙帝倍感来自海上的威胁。为防"番邦洋夷"或海寇在沿海滋事,康熙随即又采取了两大举措,一是诏谕沿海各地增设炮台,而对这些来自海外的不速之客,康熙既存有戒心更充满了忧患意识,他在诏谕中云:"海外如西洋等国,千百年后,中国必受其累,国家承平日久,务需安不忘危。"应该说,康熙帝对"海外如西洋等国"的高度警觉和忧患意识是非常有必要的,但他的第二大举措其实又是"闭关锁国"之策。不过这一次,他并非全面禁海,而是诏令南洋禁海,即所谓"南洋禁海令",而南洋包括了闽粤两省的海上贸易,是当时海上贸易最活跃的地域,此举对民间海外贸易、国内的工商业和沿海民生都是摧残和压抑,实乃下下之策,如时人所记:"既禁之后,百货不通,民生日蹙……沿海居民,富者贫,穷者困。"

高压之下,必有民怨,沿海百姓虽是敢怒不敢言,但民生之艰、积怨之深,清廷还是有所察觉的。到雍正五年(1727年),清廷担心闽粤沿海居民因南洋禁海而引发事端,又废止了"南洋禁海令",又重新开放了粤、闽、江、浙四口通商口岸,但到乾隆二十二年(1757年)又诏令关闭了江海关、浙海关、闽海关,而仅存粤海关,如此一来,广州成了中外贸易唯一的通商口岸。与此同时,清廷还一再严令限制丝绸、茶叶等外商需求量最大的中国商品的出口量,对中国民间的海上贸易也颁布了许多禁令。从此之后,清廷的"闭关锁国"一直未见松动,并且愈演愈烈,直到第一次鸦片战争爆发,大清帝国那紧闭的国门终在"英夷"的炮火中轰然洞穿……

从一个民间传说到第一次鸦片战争,我要探悉的历史真相其实就在历史的夹缝之间。历史的夹缝往往也是历史的关键,而我要追溯的历史主人公,正是

引 子
为什么是虎门

一个处于历史夹缝中的关键人物,随着这个人在东南沿海降生,一个被命名为林则徐的人,有朝一日必将与一个被命名为虎门的海口遭遇,或是"幸得遭遇其时",抑或是不幸遭遇其时,幸或不幸,这一次遭遇都必将把中国历史推向一个面朝大海的开端。

第一章
国运与命运

一、寒门之子

　　世道无端，天行有常。一个人的出现，总是那么突然又那么必然。

　　若要探悉一个帝国的历史真相，先要尽可能逼近这个人的人生真相。先不论他有多么伟大，但他确实非常关键。而在大清帝国的国运之下追踪一个关键人物的命运，一切仿佛都是历史的宿命。说来，这个人降生于东南沿海之滨的福州，仿佛也是冥冥中的宿命。

　　我抵达福州正值农历七月，处暑刚过，"处，止也。暑气至此而止矣。"然而福州的暑气远比中原要延续得更久，好在这里到处都是浓荫蔽日的榕树，阳光穿过榕树茂密的枝叶在地上制造了许多奇怪的图案，沧桑，斑驳，光怪陆离。我想要抵达的现场是一个叫侯官的地方，这是一个古老的县名，因"濒海产盐，唐置盐官"，而侯官置县则远在西晋年间。如今很少有人知道侯官了，其实，当年的侯官县治就在如今福州市内。历史上，福州府城一直是由闽县和侯官两县分辖，直到民国初年（1912年）才将侯官和闽县合为闽侯县，县治仍设福州城内。而福州市于1946年才正式设市，并将闽侯县治迁出福州城区。这沧桑变迁也让我时常陷入时空错位的境地，正所谓"沧海桑田有时，海若未枯，愁应无已"，这是刘伯温的千年怅叹。这位神人不止有神机妙算，更是一个充满了沧桑感的智者。

　　若要追溯更渺远的岁月，从福建到江浙沿海一带皆与珠江口一样，为大海的一部分，"鸿荒之世，东南外徼，沦于水国，未通大陆"。岁月无尽，海犹未枯，但涛声渐远。为寻觅岁月深处的一座老屋，我从一条老街拐进一条小巷，一条路变得狭长而幽深，而老屋犹在更深处。千回百转，左寻右觅，终于在一棵大榕树下找到了。这就是他出生的地方——左营司巷。在一堵黑底红墙

第一章
国运与命运

的长方形碑上，赫然写着一个确凿无疑的所在——林则徐出生地。

据林则徐后来追忆，这就是他生于斯、长于斯的故园老宅，外观则是"矮屋三椽"，入内则是"敝庐四壁"。而这"敝庐"并非林家祖业，而是他父亲林宾日典当来的，其穷愁之境可想而知。但林家虽说穷愁，却从未潦倒，就像这老屋一样，在一百多年的风雨中日渐倾斜，却又一直倔强地支撑着。它能历数百年而不倒，在这老屋的骨子里，或许还有一股别的力量在支撑着。而就在我抵达这里之前，这座老屋已经重建，据说是按原貌重建的。想象当年那"矮屋三椽"，看看眼前这座青砖灰瓦的四合院，这让我很难进行一次历史场景的切换。这座建筑已不是我想象中的老屋，一如离此地不远的那一大片明清仿古建筑群——三坊七巷，以木结构承重，有着古朴而严谨的布局，这也是人类延续或承载历史的另一种形式，却已嗅不到岁月幽深的味道了。

走进的这座建筑，已难以重温一位书塾先生之家的清贫与寒碜了。从前廊走向后院，恍若经过一段灰暗的过渡，眼前豁然一亮，下意识地仰望，在我头顶上空露出一方天井，阳光从天井中倾泻而下，那屋顶的曲线在倾泻的阳光中犹如波涛涌动，一座灰暗的建筑忽然生动起来。穿过天井，又朝后院的一个角落走去，感觉正渐渐进入历史的现场，在这建筑朝西侧有一间低矮狭小的小屋，很接近"矮屋三椽"的模样了。原来历史的真相就包藏在一个重构的外壳之内。透过一扇同样狭小的窗口，又是一棵榕树，据说，林则徐的胎衣就埋在这棵榕树下。眼下，榕树深绿色的枝叶和暗红色的须蔓，一直任性地蔓延到窗棂间，它们的阴影遮蔽着阳光，又连同阴影一起被阳光照亮。

走到这里，仿佛才真正进入状态，一种感觉说来就来了，那是一种横空出世的感觉，在两百多年前的那个农历七月，那个处暑刚过的时日，一个寒门之子毫无悬念地降生了，这是一座老屋与一个生命在血泊与哭声中遭逢。如果不是林则徐的降生，一座老屋连同那个确切的时日，或许早已被无尽的岁月湮没了。那是乾隆五十年七月二十六日（1785年8月30日），农历乙巳年，属蛇。蛇在中华民俗文化中谓之小龙，可成大器。而在他终成大器之前，我们只有通过想象才能重返那个年深日久的夜晚，想象一个生命从另一个生命里挣脱出来，那流血的母腹、脐带、胎衣，一个母亲悲欣交集的喊叫和一个婴儿猝然间的惊啼，这一切真正属于生命最铭心刻骨的体验，却因一个父亲过于强大的意念而被后世忽视了。这种忽视其实是很正常的。一个生命的降生，无论经历了怎样的挣扎、痛苦和欣喜，说穿了也不过是庸常人间的一次分娩，然而在芸芸众生中也有一些不世出的人物，他们的降生，往往会成为一个时代的分娩或诞生。最早产生这种念头的就是这婴儿的父亲，那个守候在矮屋门口的秀才，他手不释卷却心不在焉。就在他听见婴儿啼哭的一瞬间，一次庸常的人间分娩突然具有了神奇的意义。是的，对于他，林宾日，这的确是一种非同寻常的意念，他隐隐觉得，在命运的隐秘之门中，终于有一扇为他悄悄开启了，他的一生都会因这个晚上而被赋予了不同凡响的意义。

应该认识一下这位父亲。林宾日（1749—1827），原名天翰，字孟养，号旸谷，为嘉庆候官岁贡生，也就是秀才。秀才虽是科举时代最低等的功名，却也来之不易，一个学子（童生）要闯过县试、府试和院试三关，才能成为诸生中选拔出来的"才之秀者"，然而，接下来要博得一个举人、进士功名更是难乎其难。人道是"秀才得有才，举人得有命"，很多秀才终其一生也难以中举，更遑论进士了。而大凡秀才一辈子只能以教书塾为业或佐幕为生。林宾日就是其中之一。他夫人陈帙为闽县岁贡生陈圣灵的第五个女儿，翁婿皆为岁贡生，也算是门当户对了。林宾日夫妇一生共生育了三子（一说为四子）八女，林则徐在兄弟中排行第二，上有哥哥林鸣鹤，下有弟弟林霈霖，还有八个姊妹。林则徐出生时，林宾日已三十六岁，这是他的本命年，而三十六岁通常被视为人生的一道大坎，而在大坎之年喜得贵子，也让他获得了极大的快感。至于他本人，在那个时代已老大不小了，他对自己的功名前途也已认命了，只把改变命运的梦想寄托在这个刚刚降生的儿子身上。而由于长子鸣鹤早殇，林则徐实为这家里的长子，而长子一般都是被父母寄予厚望的，而林宾日对此子所寄予的乃是非凡的厚望。

或是那个意念过于强烈，竟让林宾日产生了某种神奇的幻觉。就在林则徐出生那天晚上，他"梦中亲见凤凰飞"，这让他一下联想到了一个人，那个被誉为"天上石麒麟"的南朝才子徐陵。那可是一个天才，史称其"八岁能属文，十二通《庄》《老》义。既长，博涉史籍，纵横有口辩"。除了天赋才情，徐陵还有圣人的高贵品德，为人处世诚恳谦逊，在朝为官则刚正不阿，时人"谓之颜回"。而这样一个天才，历仕梁、陈两朝，在改朝换代中的他不但未遭挫折与凶险，其诗文与仕途都登峰造极，从梁代的东宫学士到陈朝的尚书左仆射（左相）、中书监，他已位极人臣，堪称国之栋梁。自古才子多短命，福禄难两全，而徐陵却享年七十有六，在那时候算是高寿了。

世间每诞生一位非凡人物，似乎都有非同寻常的兆头，而一个遥远的背影，赋予了林则徐最初的乃至一生的生命的意义。林则徐为何叫则徐？则，效法也，徐，徐陵也，此公就是林宾日为儿子树立的一个楷模。关于林则徐的名字还有多种解释，但我比较相信这一说，这从林则徐的名字可以得到多层验证。林则徐，字元抚，又字少穆、石麟，而徐陵字孝穆，相传为"天上石麒麟"转世，当林则徐名字中的三个关键词都确切地指向徐陵，那就不是孤证而是历史事实了。如果这还不足以为信，还有一个很关键的佐证，那就是对此做出了注解的程恩泽，在《题林旸谷年丈饲鹤图遗照》诗及注解中，程恩泽对林父的那个梦、林则徐名字与徐陵的渊源皆做出了上述解释。程恩泽和林则徐是同龄人，两人又是嘉庆十六年的同榜进士，又与林则徐同授翰林院编修，这同龄、同榜、同事的三重关系，又加之两人还是同心同德、过从甚密的挚友，这足以证明他的解释有着很高的可信度，而他的说法，极有可能就是林则徐本人私下对他讲过的。迄今为止，我还没有发现比这更有信服力的解释。

但以林则徐比之徐陵，从一开始就没有太多的可比性。林则徐出生要比徐陵卑微得多，徐陵为大梁戎昭将军、太子左卫率徐摛之子，而林则徐的父亲则是一介寒儒。清代，有一首广为流传的《教馆诗》，后经也曾教过书塾的郑板桥修改，大致还原了书塾先生当年的生活境况："教馆本来是下流，傍人门户渡春秋。半饥半饱清闲客，无锁无枷自在囚。"若要改变这样的穷途苦命，唯一的出路只能像郑板桥那样，在中举、登进士榜后博得一官半职，"而今幸得青云步，遮却当年一半羞"。郑板桥算是一个有棱有角的士人，然而你要想"幸得青云步"，那就只能收敛乃至磨灭自己的棱角，一切按照帝王家的规矩来，围着他们的脑子转。你若想崭露出自己的棱角，别说中举、登进士榜，帝王家还有特狠的一招——文字狱，尤其是清朝，尤其是所谓"乾隆盛世"，几乎把严酷的文化专制和文字狱推向了残忍的极限，稍微有点思想或异见的士人，那是很容易掉脑袋的。在这样一个集权与专制的盛世，从文化到思想都长期处于一种麻木、压抑、令人窒息的氛围中，朝野噤声，万马齐喑，而郑板桥终其一生也就只能活在糊涂与难得糊涂之间。

郑板桥比林则徐早生九十二年，在他辞世整整二十年后，林则徐方才出生。郑板桥在人间走过七十年，正是令无数后世景仰的康乾盛世，在官修的史册中那是"道盛德至善，民之不能忘"，"何其盛欤"！而在郑板桥笔下，则是"衙斋卧听萧萧竹，疑是民间疾苦声。些小吾曹州县吏，一枝一叶总关情"。而到了林则徐降生的岁月，已是乾隆晚年，一个帝国已是未老先衰、老气横秋了。

　　林则徐在乾隆年间度过了十年岁月，设若那真是一个盛世，他也赶上了一个盛世的尾巴。那个时代到底怎么样，也可以从他这十年岁月以及他一家人的日子反映出来。

　　生为书塾先生之子，林则徐发蒙较早，就在他出生地的隔壁，便是林宾日执教的罗氏试馆。四岁时，父亲便将他"怀之入塾，抱之膝上"，与童生们一同听讲。一个小孩从四岁开始读书识字不算稀奇，令人惊奇的是，据说他七岁时便已经熟习诸种文体，这就堪称神童了。据《清史稿·林则徐传》，其"少警敏，有异才"，而所谓异才，乃超乎常人的非常之才也。这里有一个关于林则徐的童话或神话，相传他八九岁时，有一次先生带着学童们登上闽江北岸的鼓山之巅，这儿还看不见大海，但在万籁俱寂时侧耳谛听，隐隐约约听得见一种由远而近的激荡声，这天风海涛之声让一向刻板的先生也兴致勃发，一句上联冲口而出"海到无边天作岸"，让学童们对下联，当众生纷纷抓耳挠腮之际，林则徐不紧不慢地对出了下联："山登绝顶我为峰！"——林则徐是一个对联高手，终其一生留下了诸多传世名联，这应该是他一生中留下的第一副名联，也是巧对。先生一听就震惊了，一个八九岁的孩子，竟能出此豪言，也却是令人为之一震，又为之一振。我甚至有些不相信这是童年林则徐的原创，不敢相信。

　　那么，他们当时的家境又如何呢？林宾日虽是一介寒儒，但清朝秀才多少还是能享受一些优待的，如可免赋税徭役，还可领取一份养命的皇粮。他在当地也是一位小有名气的书塾先生，不愁没有生源。这样一个秀才之家，按说也算是小康人家了，但在林则徐的记忆中，一家人却一直过着半饥半饱的日子，有时候连三餐都无以为继。林家致贫的直接原因是家里人口众多，一个书塾先生要养活十几口人，实在是僧多粥少。林则徐在《先妣事略》中追忆："逾年，家君入学，旋食廪饩。此后馆谷虽稍充，而食指渐繁，贫如故。"很明显，林家也曾有过刚刚好转一点的日子，但没增加一点粮食，便人口增添、"食指渐繁"而抵消了，因此，一家人的日子"贫如故"。但林家人口虽多，却也没有几个吃闲饭的,林母一直带着几个女儿做针线活儿补贴家用,姊妹们都竭尽所能自食其力,"先妣工针凿,又善剪彩为草木之花。大者成树,其小至于一茎一叶,皆濯濯有生意。岁可易钱数十缗,遂资其值,以佐家计。不孝姊妹八人,皆以先慈之教,备传其妙"。透过林则徐的这段描述,可见林母的女红手艺之妙,那不是一般的生活用品而是工艺品了。

林则徐从小就很懂事,每天傍晚从书塾回家,他便伏在一张小桌上做功课,母亲带着几个姊妹也在小桌旁做女红,他上床就寝后,母亲和姊妹们还在灯下飞针走线,一直做到夜深鸡鸣时还未歇息。如其所述:"不孝幼随家君之塾,每夕归,则敞庐四壁,短几一檠,读书于斯,女红亦于斯。不孝夜分就寝,而先妣率诸姊妹勤于所事,往往漏尽鸡鸣尚未假寝。其他困苦之状,类非恒情所能堪者。"母亲和姊妹们的日夜操劳,让儿时的林则徐"见而愀然,请代执劳苦或推让饮食"。这孩子还真是懂事,若说这家里吃闲饭的也就只有他了,他也想帮母亲、帮这家里做点儿什么,但母亲不让他做,他就想把自己饭碗里的饭菜多分一点儿给母亲与姊妹,但母亲那慈爱的脸色一下变得严厉了,正色道:"男儿务为大者、远者,岂以是琐琐为孝耶?读书显扬,始不负吾苦心矣!"

这话,让林则徐豁然一下就明白了自身的价值,他要干的不是这些琐琐之事,而是"读书显扬",这才不辜负父母亲和一家人的苦心。

透过林则徐的童年生活,也可以窥见那个盛世的部分真相。想想,一个秀才家的日子尚且过得如此穷窘艰辛,不用说,那些最底层的老百姓就更加民不聊生了。当然,又哪怕林则徐真是一个神童,在那懵懂的童年时代,他对一个王朝的命运还不可能有什么察觉。对于历史的真相或走向,往往是当局者迷而旁观者清,最真实的历史都是旁观者或后来者书写的。

二、帝国之门

对于清乾隆盛世的真相,所谓当局者迷,从乾隆皇帝到满朝文武一直沉浸在某种盛世幻觉中。除了中国人自己书写的正史，这里不妨借用这个王朝宿命的敌人——"英夷"的眼光来看看乾隆晚年的那个帝国。那些英国人也可能会怀有敌意和偏见，但至少可以换个角度来看一看，再换位思考一下吧。

一扇帝国之门早已打开了，另一扇帝国之门却又长久地关闭着。

英国人难以捉摸"推敲"这一古老汉词的微言大义，但他们又一直为此而反复推敲试探，一心想要打开那个传说中遍地黄金的东方帝国之门。早在大明帝国万历二十四年（1596年），英国女王伊丽莎白一世曾致函万历皇帝，她以谦逊而恳切的语气请求英国商人能在中国自由经商。那正是中国历史上少有的开放时代，如果这封信能顺利送达明廷，中英通商极有可能达成。但这封信竟然用了三百八十二年才终于送达中国，创造了人类通信史上的一大奇迹。1986年，英国女王伊丽莎白二世访华，在祝酒词中还意味深长地提到了这封信："我的祖先伊丽莎白一世曾写信给万历皇帝……"但说来非常可惜，那艘英国信使乘坐的轮船在风暴中葬身于大西洋底，直到1978年，人们才在海底沉船中打捞出了那封密封了近四个世纪的信，后由英国工贸大臣亲手交给了中国当时的外贸部长。据说，伊丽莎白一世还不止一次致函中国皇帝，至少有两次。进入十七世纪后，英国国王詹姆士一世也两度致信中国皇帝，但都是泥牛入海无消息。

为了打开一扇东方帝国之门，英国人苦心孤诣策划过各种方案，战争一直是其选项之一。时至明崇祯十年（1637年），一支由五艘武装商船组成的英国船队驶入南海，这是史上第一支驶往中国的英国武装船队，率领这支船队的是一位名叫威得尔的皇家海军上校。行前，英王查理一世敕令威得尔上校，进入中国海域时，"如果发现任何机会，就把他们可能发现的和认为对我国有利益、有荣誉、值得据为己有的一切地方，占据下来"，这就宿命般的注定了，中英通商史，从一开始英国就充满了侵略性，说是蓄谋已久一点也不过分。这也是我们探寻中英通商实史的一个绝对不可抽空的前提，否则就会对林则徐虎门销烟和鸦片战争产生极大的偏见和误解，甚或是对历史事实别有用心的歪曲。

其实，在威得尔船队抵达澳门港之前，葡萄牙人早已捷足先登，在明清史载中将葡萄牙人多称为大西洋人。他们在明嘉靖三十二年（1553年）从广东官府谋求到澳门居住权，成为首批进入中国的欧洲人，从而在澳门半岛借得一隅

第一章
国运与命运

栖身，也使得这一个针鼻子大的地方在中西文明交融中扮演一个不可或缺的角色，在世界经济的运转中也发挥了桥梁作用，这既是中国走向世界的一座桥头堡，也是世界走向中国的第一道门。而葡萄牙人为了垄断与中国的贸易，并不愿意让欧洲其他国家染指澳门，当威得尔船队穿过大西洋、印度洋，万里迢迢抵达澳门，葡萄牙人假设在澳门港的炮台对准了他们，不准英国船队在澳门港登岸。而此时的英吉利尚未强势崛起，威得尔只得忍气吞声，率船队绕过澳门开往广州，欲与中国直接通商。当船队抵达虎门珠江口时，他们被镇守虎门的中国守军拦了下来。但虎门守军并未对他们发难，只是告知他们，须经广州官府批准后，他们才能驶入珠江。威得尔在等待数日后仍未得到答复，便率领武装船队强闯虎门。虎门守军随即鸣炮示警，威得尔是个脾气比大炮还要火爆的军人，一嗅到火药味他就做出了本能而敏捷的反应，随即下令开炮还击，中英之间的第一次小规模军事冲突就这样爆发了，这次短兵相接的冲突，也是英国武装商船对中国海防前线的第一次军事试探。结果是，他们一下就显示出其坚船利炮的威力，火速攻占了一个炮台，并将炮台上的大炮全都搬到了英船上，然后长驱直入，由珠江口驶入珠江内河，为防止珠江沿岸中国守军的攻击，他们沿途还绑架了两只小船作为"人质"，一同开往了广州。入港之后，威得尔一边派人与广州官府谈判，一边趁谈判之机在广州卸下满船货物，准备在广州销售。与此同时，他们还采购了一些让他们垂涎不已的中国商品，如丝绸、瓷器、茶叶，打算运往英伦销售。但他们第一次进入中国通商也实在太嚣张了，广州官府随即将三个来谈判的"英夷"投入大牢，并将英人的货物统统没收。威得尔一怒之下，竟然一把火烧毁了两只被他们绑架的中国小船，他率船队从广州返回虎门，又下令摧毁了虎门炮台，兴许只有这炮火硝烟，才能让一位充满了征服欲的英国军人一泄心头之愤，获得极大的快感。

这还得了！中方迅速调集军队，准备剿灭这支气焰嚣张的英国船队。威得尔见势不妙，赶紧带领船队逃到了澳门港，又低声下气地央求葡萄牙人帮他们斡旋调解。最后，广州官府释放三个英国人，发还了他们购买的货物，这也算是仁至义尽了。而崇祯皇帝接到广东官府的奏折后，随即诏令："红夷（英国人）今日误入，姑从宽政，日后不许再来。"所谓"红夷"误入，只是崇祯皇帝为自己挣脸面的说辞，而"日后不许再来"，则是毅然决然宣布："红夷"为不受欢迎的人。

英国对中国的第一次试探性通商，就这样以一场小规模的军事冲突而收场。即便是站在英国的立场上看，他们虽说没有在冲突中失败，却也大大失策了。这里不妨假设一下，如果他们像大西洋人（葡萄牙人）一样，以十足的耐心和精明像中国官府求助，诉说其远道而来的漂泊之苦，苦海无边，但求一隅作为栖身之地，英国人也不是没有可能在中国沿海租借像澳门那样一个避风港，但他们从一开始就以炮火击穿了中国的尊严，但又不能不说，他们的炮火却没有击破的一个天朝上国的迷梦与幻觉。

　　在威得尔船队离去之后，英国一直在寻求各种途径打开那扇遥远的东方帝国之门，但对于他们，那还真是一扇长久难以打开的门。在那个时空维度里，世界各国的力量此消彼长，随着英国国力日益强盛，先是击败了老牌殖民帝国西班牙的"无敌舰队"，终结了西班牙的海上霸权，随后又在与荷兰的多次战争中取得了最后的胜利，从而基本奠定了英国海上霸主的地位。尤其是十八世纪六十年代发源于英格兰中部工业革命，自瓦特改良蒸汽机之后，在这一强有力而又持久的引擎驱使下，英国不断推出技术革命，其工业生产从原来的小工场和手工业向大机器工业飞跃，一个远在大西洋边缘的蕞尔小邦在西方列强中迅速得以强势崛起，英国的工业产量在十八世纪末已占世界总产量的近三分之一。作为工业革命的最大受益者和新兴的海上霸主，英国正在向世界上最强大的资本主义帝国迈进。这样一个由大海孕育的、蓬勃生长的、活力四射的新文明，从一开始就充满了爆发力和侵略性，这也几乎是本能而势所必然的。随着其工业产量急剧上升，为了开辟境外市场和寻找资源，英国以全球性的目光打量着世界的每一个角落，而工业化打造出了更精锐的船舰和利器，又把他们载向世界的每一个角落，也足以为他们扫平一切海上障碍。

　　当英国强势崛起之际，那个集文治武功于一身的乾隆皇帝（清高宗爱新觉罗·弘历，1711—1799），一直在雄心勃勃地打造他庞大而封闭的独立王国。而根深蒂固的大陆文明，似乎特别有利于中央集权和皇权专制。所谓"康乾盛世"在几方面可谓"盛极一时"，第一是把集权与专制推到了巅峰状态，堪称是中国历史上最缜密、最完善、最牢固的专制帝国；与此同时，其土地兼并也到了最严重的程度，一个建立在六亿亩耕地上的农业国，一直固守着传统小农经济的耕作方式，说是自给自足，但随着越来越严重的土地兼并，已陷入了积重难返、难以自拔的困境。而在这两个前提之下，清廷从对内的思想文化禁锢到对外的闭关锁国均已到了极端,这直接阻碍了中国的对外经济贸易,更严重阻碍了中国社会政治、文化、经济与世界同步的发展,而占据社会经济主导地位的,依然是自古以来以小农业和家庭手工业相结合的自给自足的、自我封闭的自然经济,自明代中叶打开国门、随着国际贸易而催生的资本主义萌芽,在清朝不说遭到扼杀,其发展也极为艰难而缓慢。

在"康乾盛世"华丽的外表之下,几乎无人发出"盛世危言",尤其是缺乏明万历年间张居正那种具有危机意识和变革意识的大臣,康乾年间那些载入史册的名臣,大多是为这个帝国修补漏洞与残缺的出色工匠,但凡一点微不足道的变革,亦先必须在历史先例中找到变通之法。一个帝国如此僵化,又非常傲慢,对海外那些蕞尔番邦、红夷生番,既无暇顾及也不屑一顾。然而,无论你对他们不屑一顾也好,还是把他们当作不速之客也罢,都已无法扭转他们一直紧盯着一扇东方之门的目光,以中国之幅员辽阔、人口之多,那是一个在全世界都无与伦比的市场,还拥有那么"地大物博"的资源,又怎能不让西方列强觊觎?

在这一背景下,英王乔治三世(George Ⅲ,1738—1820)又于1787年(乾隆五十二年)派出了史上第一个访华使团,试图与中国签订通商协议,但该使团命运多舛,在风暴和疾病折腾下只得半途折返。过了五年,1792年(乾隆五十七年),英国又派出了第二个访华使团,乔治三世钦命乔治·马戛尔尼勋爵为全权特使,以祝贺乾隆帝八十大寿(实已八十三岁)的名义出使中国,史家认为这是西欧各国政府首次向中国派出正式使节。

马戛尔尼(1737—1806)出身于苏格兰贵族家庭,在英国人眼里,他是英国十八世纪一位贤明的政治家和杰出的外交家。他率领一个由七百余人、五艘舰船组成的庞大使团。这是一个由各方面专家组成的使团,其中有哲学家、医生、机械专家、兵器专家、航海家、制图家、植物学家、画家以及有作战经验的军官,还有多位曾在中国传教的传教士,他们也是翻译。使团副使乔治·斯当东是马戛尔尼的挚友,他十三岁儿子托马斯·斯当东(小斯当东)是使团中最小的成员,可别小看了这小子,在当时,英国人中极少有会说中国话的,小斯当东就会说。其实,他也只是经过半年多的中文速成训练,除了一些日常用语和礼仪用语,他还能凑合着写几个汉字。

1792年9月26日,马戛尔尼使团从普利茅斯港出发,使团船队中最大的一艘是由皇家海军提供的是"狮子"号军舰，这也是他们的旗舰，载有六十四门火炮。尽管英国的造船技术在当时是世界一流的，但这次远涉重洋、奔赴中国的漫漫长旅，依然不知要遭遇多少不测的灾难与风暴。此行，他们虽说没有在风暴中遭遇船毁人亡的惨剧，但一路上由于船上疾病流行，也有不少人于途中丧命，在悲怆的海葬中沉入大海。

经过近九个月的远航，马戛尔尼使团船队终于在1793年6月19日抵达澳门。

那时正处于粤海关一口通商时期，但使团船队并未直接驶入广州黄埔港，而是打算沿中国东南海岸线北上。"狮子"号在澳门停泊休整时，马戛尔尼特派乔治·斯当东、事务总管约翰·巴罗等三位使团官员和一名翻译乘"克拉伦斯"号去舟山定海，提前联系能让使团船队到达天津大沽的领航人。在以水运为主的时代，一支庞大的英国使团船队北上天津，这其实也是必然的选择，如果从广州登陆后改走陆路赴京，船内还装着他们为乾隆皇帝贺寿的大量珍贵礼品和精密仪器，要把这些东西搬下船来转运，既麻烦又容易损坏，在那崎岖不平的驿道上一路颠簸，还没抵达北京说不定就成一顿碎片了。但在这貌似入情入理的表象之下，也预伏着历史的玄机。看看他们走的那条路吧，他们从澳门出发，沿中国东南海岸线直达大清帝国京畿之地的天津，中途还驶入舟山海域，又在定海港停泊休整数日，这一路上把一条围绕中国东南沿海的海路侦查得一清二楚。据说，马戛尔尼率团出使中国，一开始就有着一明一暗的两个目的，其明确的目的是想通过与清王朝最高当局谈判，与中国政府建立正式通商的外交关系，取消清政府在对外贸易中的种种限制和禁令，打开中国门户；其暗中的目的就是对中国沿海进行一次长线侦察，搜集有关中国沿海的情报，评估中国的实力，为英国采取下一步行动提供依据。此次，他们沿着中国东南海岸线北上，进一步修正了英国在几十年前就已得到的关于中国海岸线的测绘图上的数据，并添加新的内陆航线的数据。而他们在舟山停泊数日，也测得了舟山海域的大量数据，发现舟山是一个在贸易上和军事上都极具战略地位的天然良港。四十七年之后，当英国在虎门销烟后发动了第一次鸦片战争，其侵华远征军第一次北上，也是先舍弃广州，从澳门沿东南海岸线北上，在攻占舟山定海后北上天津大沽。从英国使团的第一次访华，到英国远征军第一次侵华，不止是在路线上，而且在时间上，都有着惊人的巧合，几乎如出一辙。天底下怎么会有如此巧合的事情？这不是我故意留下的悬念，而是英国人早已埋下的伏笔。而在当年,那个以天朝上邦自居的大清王朝,又有谁能预料到,这个"红夷"英吉利将会成为摧毁大清帝国的第一杀手。

乾隆皇帝的心胸特别宽广,他君临天下也胸怀天下,但他不知道天下到底有多大,压根儿就不知道天底下还有英吉利这么一个遥不可及的番邦。他不知道他们,但他们知道他老人家,还专门遣使远涉重洋来为自己贺寿,这让他老人家还是挺高兴的,"万邦来朝,众夷归化,足见天朝之盛也"!为了看看这个番邦在哪儿,他命人搬来《大清一统志》,其中记载了当时中国所知的所有国家,但乾隆皇帝睁大一双昏花老眼,也只找到了传教士们常说法兰西、意大利、葡萄牙,却怎么也找不到英吉利。看来,这个什么英吉利还远在"四夷"之外啊。不过,乾隆皇帝对英国使团还是挺眷顾的,诏谕沿途官吏对"英国贡使"一路施恩。皇恩浩荡,英国使团在北上途中一路如沐春风。让他们有些不高兴的是,中国官员奉旨在他们的船上硬生生地插上了"英国贡使"的旗帜,这等于把英国全权特使一下降格为番邦贡使,这个落差实在太大了。

英使船队于7月下旬到达天津大沽口外。在踏进大清国门之前,英国人对中国的印象一直还沉浸在《马可·波罗游记》绘声绘色的描述中,那"发达的工商业、繁华热闹的市集、华美廉价的丝绸锦缎、宏伟壮观的都城、完善方便的驿道交通"无不令他们憧憬和期待,而据明万历年间以来一些西方传教士撰写的中国亲历记,中国在各方面都比同时代的欧洲要优越、先进得多,堪称当时"世界上最先进、最发达的国家",并且不只是经济上的繁荣,在欧洲人的传说中,中国人还是"全世界最聪明、最礼貌的一个民族",乃是一个让西方人自愧不如的礼仪之邦。而在马可·波罗之后,又有很多传教士远赴中国,他们又写了大量关于中国的亲历记和书简,这让那些欧洲的启蒙思想家如获至宝,在十七至十八世纪欧洲一度兴起了"中国热"。

别以为只有"崇洋媚外"的中国人,在十八世纪的西方世界,越是那些发达国家越是有着强烈的"崇洋媚外"情结,只不过是时空颠倒了,他们所崇之洋乃是东洋,所媚之外乃是东方的中国。在他们蓝色的眼睛里,那可真是东方的月亮比西方亮,如英国作家约翰·夏贝尔在1755年出版的《英国书简》中写道:"放眼望去,几乎皆是中国之物……家居中的每把椅子、桌子、镜子的围框等等,都必须是中国的;墙上贴满的是中国壁纸……对中国建筑的狂热是如此之盛,以至当今的贵族狩猎者在打猎的过程中,骑马越栏不慎摔坏了腿的时候,如果那门不是东方式的向四处伸展的柴扉,他都会觉得不过瘾。"——约翰·夏贝尔虽说带有冷嘲热讽的意味,但他嘲讽的不是中国而是那些"崇洋媚外"的同胞,一如我们今天嘲笑那些"崇洋媚外"的同胞,这反而愈加证明了当时风靡英国的"中国热"。

其实在西方开"中国风"风气之先的并非英国,而是与英国隔海相望的法兰西,巴黎才是"中国风"风靡西方的发源地,从精致文雅的瓷器到精美柔软的丝绸,再到形形色色的中国元素,从十八世纪初开始就成为法国上流社会的时尚标志。迨至1789年法国大革命爆发之际,中国元素几乎渗透了法兰西的每一个角落,巴黎遍布中国山水园林式建筑,触目见楼台亭阁,抬眼现假山异石。于是,又有一位未留其名的巴黎诗人,却留下了一首广为流传的讽喻诗——

> 多么神奇的国度!无须走出巴黎,
> 在罗亚尔宫,你就拥有中国物品:
> 一支中国乐队,来自北京,
> 呼呼地演奏一支马丁的独奏曲;
> 而在中国的水池,又是另一把戏,
> 从优雅的亭子,勾勒出建筑的踪迹,
> 那岩石堆砌的小山,是一堆石膏,
> 那外表美丽的岩洞,由纸板构成。
> 这样,巴黎人离住宅不远,
> 就可手执拐杖,身临广州。

对于让西方神魂颠倒的"中国热",其实应该从两个层面来解读,一种是物质上的"中国热",英、法等西方国家对中国的产品兴趣盎然,如中国出产的茶叶、丝绸、瓷器等在英国乃至整个欧洲市场都炙手可热;一种是文化上的"中国热",在路易十五当政时期,由于人民极度不满国王的统治,形成了启蒙运动,涌现出了伏尔泰、孟德斯鸠、卢梭、狄德罗等一批渴望推翻专制统治的启蒙思想家们,很多都成了"中国迷",他们急于找到另一种文化或文明形态来打破中世纪的专制桎梏,于是根据各自的心理需要、目标诉求,借助二手资料，对传教士们的亲历记和书简进行随意的裁剪，而为了对自己的观念进行图解，他们甚至是刻意的、有目的美化，通过自己的想象，塑造了一个近乎神话和天国般的东方盛世之国。而在他们一厢情愿看来，这一切都归功于伟大的儒家文化。许多很有影响力的欧洲学者们，都呼吁西方应向中国学习，要努力与中国接轨。如法国启蒙思想家、文学家伏尔泰就是这方面的一个代表人物，他认为"在道德上欧洲人应当成为中国人的徒弟"。

马戛尔尼勋爵也是在这样的文化氛围下成长起来的一个"中国迷"，他一辈子最憧憬的就是走进中国，亲眼看看这个黄金遍地的盛世帝国和礼仪之邦。然而，这一看，就让他一眼给看穿了，原来如此啊！必须承认，他确实看穿了一个东方帝国的部分真相，在乾隆末年，也是十八世纪末，那个西方传说中的盛世帝国早已外强中干，如强弩之末。看穿了的又岂止是这个特使大人，据使团事务总管约翰·巴罗在《我看乾隆盛世》中记载，他"没有看到任何人民丰衣足食、农村富饶繁荣的证明。除了村庄周围，难得有树，且形状丑陋。房屋通常都是泥墙平房，茅草盖顶。偶尔有一幢独立的小楼，但是决无一幢像绅士的府第，或者称得上舒适的农舍。事实上，触目所及无非是贫困落后的景象"。

尽管英国人已提前看穿了大清帝国的真相，但这个庞大无比的帝国还是让他们充满了敬畏。在他们抵达大清帝都稍事停留后，除留一部分人在圆明园安装英国带来的仪器外，马戛尔尼便率使团主要成员前往热河行宫（今承德避暑山庄），觐见乾隆皇帝。但在觐见之前，清廷提出，马戛尔尼必须按藩国贡使觐见天朝大皇帝之惯例，行三跪九叩之礼。跪，还是不跪，怎么跪？叩，还是不叩？马戛尔尼在这一问题上被生生卡住了。英国是一个主权独立的国家，他是代表英王和英国的全权特使，一旦向中国皇帝跪拜叩头，那就意味着英国对中国俯首称臣了。但若不跪不叩，他不但见不到大清皇帝，还有可能被驱逐出境。而为了这次出使，为了打开中英通商之门，英国已经翘首企盼了两百年，如今终于有了一个叩开中国大门的机会，却因不愿下跪叩头而付诸东流，这让马戛尔尼情何以堪？想想那旅途上所经历的千辛万苦，还有数位船员为此而葬身大海，又怎么能让他无功而返？无论如何，他都必须见到大清皇帝，然后带着一纸中英通商协议回去向乔治三世陛下复命。

马戛尔尼还真不愧为一位经验丰富的外交家，在几经交涉之后，他最终与清廷达成这样一个折中方案，作为一个独立国家的使节，他可以按照英国最崇高的礼仪向大清皇帝行单膝跪礼，但不须跪下双腿来叩头。

乾隆皇帝的庆寿大典在八月十三日（9月5日）举行。当一位老迈而迟缓的皇帝在辉煌灯火映现的光环中降临时，全场先是一阵短暂的静默，顷刻间又爆发出一片山呼万岁之声，仿佛欢呼天神下凡。在接下来的祝寿大典中，更是充满了威严的仪式感。在司仪的统一指挥下，天朝的文武百官按品秩高低轮番上阵，三跪九叩，行礼如仪，敬祝圣上万寿无疆，万寿无疆，万寿无疆！每一个人，每一个动作，都是机械的、千篇一律的重复，而他们的姿态一如他们的脸上的表情，僵硬、麻木、沉重、肃穆，这在英国人看来简直不像是在贺寿，倒像是一个充满了凭吊意味的葬礼。

马戛尔尼和使团主要成员身穿礼服，与穿着奇怪服饰的缅甸国贡使、蒙古王公等一起向中国大皇帝祝寿，这些番邦贡使早已熟习了大清国的最高礼仪，他们像天朝官员一样行三跪九叩之礼，只等着看英吉利使臣出洋相了。这让马戛尔尼等英国使臣一下就与他们区别开来了。马戛尔尼单膝跪地，保持着一种不卑不亢的姿势，尤其是那坚定的眼光，径自射向端坐在龙椅上的乾隆皇帝，这也许是英国人的一种注目礼，但他以这样一种眼光射向一个天子，在中国还是极少见的，但那老皇帝似乎毫无感觉。马戛尔尼一直在观察，这个老皇帝穿着一袭崭新的龙袍，那干瘦、蜡黄的脸孔几乎看不见皱纹，却没有丝毫光泽。从落座之后，他就一直这样正襟危坐，接受文武百官和番邦贡使的顶礼膜拜，连那笑容也是僵硬的，了无生气。经历了一轮轮跪拜，老皇帝更加疲惫不堪了，只能一次又一次地强打起精神，努力睁开两眼，眼珠子呆呆地凝然不动，又像直愣愣地瞅着什么，而那一双老眼涣散无光，仿佛对不清焦距，很快又合上了眼皮，感觉已陷入了深沉的睡梦中。

突然，老皇帝睁开眼，仿佛看见了什么。但马戛尔尼很快就发现，让老皇帝突然睁开眼的，并非他这个大英帝国全权特使，而是小斯当东。老皇帝把小斯当东招呼到自己身边，让他靠在自己的龙膝上。那一刻，乾隆不再是一个皇帝，而是一个慈祥的白胡子老爷爷，他疼爱地抚摸着小斯当东，就像抚摸着自己的小龙孙。这洋娃娃可真是漂亮可爱，生着一头金黄鬈发，那眼珠子像两颗晶莹发光的蓝宝石。当老皇帝听说这个洋娃娃居然会说中国话时，又惊奇又兴奋，他很想听听一个洋娃娃的中国话，小斯当东还说不了太复杂的中文，便用中文感谢了皇帝赐给他的一块翡翠。那一种天真无邪的孩子气，把老皇帝逗得龙颜大悦，笑得连胡须都白花花地飘起来，他又从自己腰间解下一个绣有龙纹的黄色织锦荷包送给了洋娃娃。这两件乾隆御赐的珍品至今还收藏于维多利亚和阿尔伯特博物馆。而这样的"圣眷隆恩"，可不是一般人能享受的。可这位白胡子老爷爷又怎能料到，四十八年后，这个洋娃娃成了英国下院议员，当议会为是否向中国开战而争论不休时，他以一个中国通的权威口吻声称："中国听不懂自由贸易的语言，只听得懂炮舰的语言！"

马戛尔尼也得到了乾隆皇帝御赐的一件雕刻得十分精致的蛇纹石礼品，但他最想得到的是中英通商协议。在祝寿大典之后，乾隆皇帝还特意接见了从那天下最遥远的角落里赶来为自己贺寿的英吉利"贡使"，马戛尔尼赶紧呈递了一直揣在怀中的英国国王致大清皇帝的国书。说来，那乔治三世和乾隆皇帝一样，也是一位得享高寿、在位时间漫长的国王，他享年八十二岁，在位六十年，和乾隆皇帝在位的时间一样长。不过，乔治三世要比乾隆帝年轻二十七岁，算是乾隆帝的儿子一辈了。但国与国之间没有长幼之分，乔治三世在致乾隆帝书信中，只能遵循欧洲礼仪，以此表达他对中国皇帝兄弟般的情谊："我们由于各自的皇位而似兄弟，如果一种兄弟般的情谊永远建立在我们之间，我们会极为愉快。"

但乾隆皇帝却极不愉快，他一个君临天下的大皇帝，绝不是什么四海之内皆兄弟，而是四海之内皆臣民，那个什么英吉利国王也是他的臣民，竟与他"称兄道弟"，这让他一脸愠色，"朕意深为不惬"！

关于这封国书还有多种版本或译本，有一种版本就显得特别肉麻，几乎不像是一个英国国王所写："我乔治三世代表大不列颠、爱尔兰和印度，祝中国大皇帝万岁万万岁。只有您才配治理天下万万年。我知道中国地方太大，管理的百姓也多，皇上您操心天下大事，不但是中国，就连外国，都要您去保护，这些国家都心悦诚服，皇上您太操劳了。如今全球各国都说，世界上只有中国大皇帝统治的地方，制度更加完善，所有人都心悦诚服，这令我越来越神往。皇上，今年是您的八十大寿，我向您进献贡品，盼您能体恤我们！"这样的译本可能存在严重的误译，还有一种版本也很谦卑，但比较实在："在皇帝陛下的统治下，贵国国家兴盛，为周围各国所敬仰。如今我们国家同世界各国和睦相处，本国王认为正是谋求我们两大文明帝国友好往来的好时机。本国臣民经常到贵国经商，无疑双方都能因此受益。故此希望特派一位全权公使常驻贵国，管束我国臣民之行为……"

应该说，英国当时对清朝还是毕恭毕敬的，仅从英国特使首次访华看，无论从使团规模还是所带礼品之丰厚，都表明了英国的对大清帝国和皇帝陛下的尊重和诚意。英国使团共带来近六百件礼品，而且都是经过精心挑选和特意制造的，据英方的记录，在他们的礼品单中有当时天文学和机械学的最佳结合产品天体运行仪，这个仪器代表了整个宇宙，它能够准确地模仿太阳系天体的各种运动，如月球绕地球的运行、太阳的轨道、带四颗卫星的木星、带光圈及卫星的土星等。另外，还有一个地球仪，上面标有各大洲、海洋和岛屿，可以看到各国的国土、首都以及大的山脉，并画出了通往世界各地的航海路线。当整个世界第一次异常清晰地出现在乾隆皇帝和满朝文武的面前，几乎伸手可及，但他们却摇头晃脑，一笑而过。在礼品中还有当时在西方独领风骚的毛瑟枪。他们乘坐"狮子"号而来，"狮子"号在当时也算是一流战舰了，但据说，乔治三世那时还不知道大清帝国的海军实力有多么强大，生怕"狮子"号在大清皇帝面前还不够威风，还特意赠送给大清皇帝一艘"君主"号战舰模型。"君主"号为英国皇家海军刚服役不久的一等战列舰，也是当时英国规模最大、火力最强大的军舰，装备有一百门大口径火炮。马戛尔尼原本想让英国使团卫队进行一次火器操演，接受大清皇帝检阅，但乾隆皇帝对此不感兴趣，首席大学士、领班军机大臣和珅等清朝官员于是拒绝了这一请求。马戛尔尼在日记中无奈地哀叹："他们连看都不想看一下，要知道中国军队使用的仍然是火绳枪。"

英国使团还带来了一个大型热气球，这在当时是世界上最令人惊奇的科技新发明之一，只要乾隆皇帝愿意，马戛尔尼一声令下，立马就可把这位大清国天子升上天空，让他成为遨游天际的亚洲第一人。但他像热气球一样高涨的热情，旋即又被和坤和大人的一瓢冷水给浇灭了。想想也知道，这怎么可能呢，升天，多不吉利啊！大清帝国怎会拿一个天子的性命去冒险？更何况，乾隆皇帝已是一个八十多岁的老人了。在这一次东西方文明的对接中，很多事原本可以成为东方历史的开端，然而都沦为了历史的假设，而那些稀奇古怪的仪器、机器都沦为了清宫中的玩物，无论皇帝还是朝臣，谁也没觉得那是当时最先进的科学技术，在他们眼里那不过是一些"奇巧淫技"而已。有史家猜测，乾隆皇帝和朝臣们之所以对这些东西兴味索然，也可能与翻译有关，尤其是对这些科学仪器和原理的翻译和解释,在汉语中几乎找不到对应词,几乎比翻译《圣经》还难。

而英国使团对中国的每一样东西都特别感兴趣,不管看得懂还是看不懂的。譬如说,乾隆皇帝还为"英使来朝"特意编了一出昆剧《四海升平》,戏一开场便说英吉利特遣贡使来大清朝贡,路途比越南更遥远。对此,马戛尔尼根本看不懂,但越是看不懂他越是看得特别仔细,当他看到许多海上、陆地的珍奇物产和动物在一起欢聚时,他认为这是一出关于大地与海洋联姻的戏。若以现代思维解读,马戛尔尼这想法还真是歪打正着,他们此次出使中国,不正是海洋文明与大陆文明的一次姻缘吗?一个以大海为背景的西方帝国,一个以大陆为背景的东方帝国,在历史的风云际会中必有宿命的遭遇。所谓海洋文明,可以说是一种与生俱来的打开门、走出去的文明。地理是决定一个民族文化心理的重要因素之一,设若中国是一个像日本那样地狭物贫的岛国,也许会下意识地做出另一种选择。而大陆文明则以大陆为生成背景,又以中华文明为典型代表,一般具有以下特征:其大部分疆域和政治文化中心处于内陆腹地,在经济上以自给自足的自然经济为主,较少依赖对外贸易。若按经济基础决定上层建筑的法则,大陆文明在文化性格上具有内敛性和稳定性,对非我族类的其他文明具有本能的排他性,这也是中国历代王朝采取禁海闭关之策的深层次的文化动机,也可谓是保护自身稳定一种本能吧。然而,在那个时空维度里,乾隆皇帝和满朝文武百官还没有什么海洋文明、大陆文明这个意识,若要解读这一出戏的真意,就是戏中文昌帝的一句话:"今当进表赐宴之期,隆典特开……"说穿了,这戏演的还是那万邦来朝、众夷归化、隆典特开的老把戏,乾隆之意就是要让"众夷"好好看看一个盛世隆典。

饭也吃了,戏也看了,进贡和祝寿已毕,英国使团就该打道回府了。但,且慢,马戛尔尼的使命还没有完成呢,他向清廷请求暂缓回国,还要与大清政府举行通商会谈。据马戛尔尼的访华日记(《1793乾隆英使觐见记》)所记,他代表英国政府向清廷提出了七个请求:开放宁波、舟山、天津、广州之中一地或数地为贸易口岸;允许英国商人比照俄国之例在北京设一仓库以收贮发卖货物,并在北京设立常设使馆;允许英国在舟山附近一岛屿修建设施,作存货及商人居住;允许选择广州城附近一处地方做英商居留地,并允许澳门英商自由出入广东;允许英国商船出入广州与澳门水道并能减免货物课税;允许广东及其他贸易港公表税率，不得随意乱收杂费；允许英国圣公会教士到中国传教。——从英方的立场看，他们的这些请求均是按双方平等贸易的原则而提出的，并要求签订正式条约。但即便以现在的眼光看，这些请求里含有占据（至少是租借）中国领土的要求，而且明显含有"治外法权"的要求。且不说当时闭关锁国的大清帝国，即便换了现在的英国，如果中国向英国提出了这样的要求，英国会答应吗？于此可见，马戛尔尼这次出使英国，并不像如今我们的一些同胞认为的那样，纯粹以寻求平等的通商贸易为目标，而马戛尔尼根据英皇乔治三世的授权。而英国作为交换条件的，就是允诺"在必要时同意禁止东印度公司把鸦片输往中国，以符合清廷的鸦片禁令"，就这样一个允诺，还是预设了前提条件的。

可想而知，对于英吉利的要求，乾隆和清廷又怎么可能答应？这其实也是中国历代王朝恪守的一个底线，但凡涉及领土与主权，都是不可以拿来做交易的。

据《清实录》，乾隆皇帝是这样回复的——

咨尔国王，远在重洋，倾心向化。……朕披阅表文，词意肫恳，具见尔国王恭顺之诚，深为嘉许。……至尔国王表内恳请派一尔国之人住居天朝，照管尔国买卖一节，此则与天朝体制不合，断不可行……且天朝所管地方，至为广远，凡外藩使臣到京，驿馆供给，行止出入，俱有一定体制，从无听其自便之例……岂能因尔国王一人之请，以至更张天朝百余年法度……则天朝自有天朝礼法，与尔国各不相同。尔国所留之人即能习学，尔国自有风俗制度，亦断不能效法中国，即学会亦属无用。天朝抚有四海，惟励精图治，办理政务，奇珍异宝，并不贵重。尔国王此次赍进各物，念其诚心远献，特谕该管衙门收纳。其实天朝德威远被，万国来王，种种贵重之物，梯航毕集，无所不有。……是尔国王所请派人留京一事，于天朝体制既属不合，而于尔国亦殊觉无益。特此详晰开示，遣令该使等安程回国。

乾隆皇帝断然拒绝了英国使团的要求，并下了逐客令。别看这位老皇帝老眼昏花，但龙威犹在，那是一种苍老的毫无商量余地的口气。后世皆以为乾隆皇帝是因其盲目自大，才没有批准英使的要求，但从历史事实看，乾隆皇帝倒也并非"盲目自大"。当时,大清帝国的版图仿佛大得没有边际,西至今巴尔喀什湖、楚河、塔拉斯河流域及帕米尔高原,东至台湾及其附属岛屿,北至外兴安岭、鄂霍次克海、戈尔诺阿尔泰及萨彦岭,南至南海诸岛。其国土面积近一千四百万平方公里,人口近三亿,国内生产总值占世界的三分之一。面对如此庞大无比的疆域,乾隆皇帝的眼光哪怕再开阔,也难以穿越幅员辽阔的大陆延伸到海岸线之外,又或许,他觉得爱新觉罗氏能拥有并统御这样一个威加海内的天朝上邦已经足够了。相比之下,英国在当年失去了海外最大的殖民地——美利坚,其本土面积仅有二十多万平方公里,人口近九百万,这样的版图和人口仅相当于中国的一个省。若以此做实力对比,两个帝国根本不是一个重量级,太悬殊了!天朝上国,地大物博,什么都不缺,而从乾隆皇帝到朝野上下对这些洋夷番邦的产品都没什么兴趣,如英国出口的羊毛、呢绒等工业制品,也算是他们拿得出手的好东西了,但在中国没什么人看好,中国人最喜欢的还是自己出产的丝绸。既如此,还有什么必要与那些洋夷番邦搞交易呢?诚如当代学者朱学勤所指出:天朝体系和英国人开始搞的条约体系,是当时东西方两个世界体系。清廷上下自满于"天朝物产丰盈,无所不有,原不借外夷货物以通有无"。这也是清朝闭关锁国的一个重要原因,然而此举实乃自绝于世界,必然会造成精神世界的自闭症,更必然会带来国民经济与社会发展的停滞不前。英国经济学家亚当·斯密在《国富论》对此做出了如是评价:"中国一向是世界上最富的国家,就是说,土地最肥沃,耕作最精细,人民最多而且最勤勉的国家。然而,许久以来,它似乎就停滞于静止状态了。"

这样一个帝国,对于马戛尔尼而言,就像卡夫卡笔下那个看得见却永远无法进入的城堡。又无论他怎样使出浑身解数、穷尽一切可能地周旋,结果已经注定,在中国政府的再三催促下,在没有举行谈判的情况下,他只能率领自己庞大的使团怏怏地踏上归程。对这样的遭遇,"狮子"号大副爱尼斯·安德逊在《马嘎尔尼航行中国记》几近悲叹:"我们像要饭的一样进入北京,像囚犯一样被监禁在那里,而离开时简直像是盗贼。"他们由军机大臣松筠等人的一路护送,实为押送。来时,他们的进京的路线是一直沿着中国东南海岸线北上,但清廷犯了一个严重的错误,没有令他们原路返回,而是让他们经大运河、扬子江、赣江、北江、珠江,到达广州,这是一次历经两个多月的漫长旅程,几乎纵穿了中国腹地,而这条路也将是林则徐未来的一条必经之路。就是这次历史性穿越，让英国使团对这个外强中干、颟顸落伍的帝国有了更直接、更深入的认识。当马戛尔尼使团到达广州时，一支"欢送"他们的中国军队展示了其"枪戟林立、强弓硬弩"的军威。马戛尔尼一眼就看出，这些穿着宽衣大袖的中国军队，既没有受过严格的军事训练，使用的又是西洋早已抛弃了的刀枪弓箭之类落伍的武器，若在战场上遭遇，这样一支军队简直不堪一击。

作为回敬，英国使团卫队也进行了分列式等演练。那么，中国官员又怎么看这些英国军人呢？他们在奏折中则说，这些长胳膊长腿的"红夷"走路时步履僵硬，直挺挺的，膝盖不易弯曲，"一旦仆地，极难起身"，这样的描述还真是给中国人留下了深刻而顽固的印象，以至数十年后的那些封疆大吏，如林则徐、裕谦等，对此还一直深信不疑。

英国使团虽说没有获得通商谈判的机会，但他们对中国进行了一次周密的侦察，当他们的船队驶入珠江入海口和南海湾时，他们又对这一片海域和航线进行了勘测，在他们的海图和航线图上，又增添了新的测绘数据。这些海图和数据虽说暂时用不上，但或迟或早，总有一天会用得上。

三、一艘破旧的大船

马戛尔尼使团出使中国，是迄今尤为人们津津乐道又从多种角度反复诠释的一个历史事件。这也是一个谁也无法绕开的历史事件，一旦绕开，从虎门销烟到鸦片战争几乎无从解读。

1794年1月，英国使团从广州启碇，于当年9月回国。这次历时两年的访华之旅，英国使团大部分时间都在大海上漂泊，尽管他们未完成预定的使命，但也绝非空手而归。这次出使中国，让他们获得了足够多的第一手信息，而他们最大的一个收获，就是窥破了一个盛世王朝的神话，看到了一个最真实的大清帝国。据马戛尔尼向英国议会写出报告称："中华帝国只是一艘破旧的大船，一百五十年来，它之所以没有倾覆，是因为幸运地遇见了极为谨慎的船长。一旦赶上昏庸的船长，这艘大船随时就可能沉没。中国根本就没有现代的军事工业，中国的军事实力比英国差三到四个世纪。"他还提醒英皇随时注意清王朝的垮台，以便得到"比任何其他国家得到更多的好处"。

而对于英国以及西方诸国那些"中国迷"，随着马戛尔尼及使团成员的"中国记"风靡一时，那个神话般的中国就像"皇帝的新衣"一样被揭穿了。如黑格尔读了斯当东的《英使谒见乾隆纪实》，随后便以他惯用的辩证思维，从一个国家的外部特征推断出了一个国家的本质："中华帝国是一个神权专制政治的帝国……个人从道德上来说没有自己的个性。中国的历史从本质上来看仍然是非历史的——它翻来覆去只是一个雄伟的废墟而已……任何进步在那里都无法实现。"

黑格尔是一位充满"时代精神"的哲学家，当代学者郑永年曾援引黑格尔所说的"时代精神"立论，"任何大国的外部崛起，都要不自觉地去顺应这种时代精神，对十八、十九世纪的大英帝国来说，是基于自由贸易这个'时代精神'之上的，因为自由贸易符合那个时代的世界经济发展大趋势，英国靠自由贸易立国，也通过自由贸易建立了全球性的帝国。"

贸易贸易，必须有贸有易，这是国际贸易或自由贸易的游戏规则。而由于中国朝野上下对英国的产品都不感兴趣，而西方的"中国热"在马戛尔尼使团出使中国后，在文化上逐渐降温，而在物质上却热情不减，反而更热了。中国的丝绸、瓷器确实让他们很受用，尤其是来自中国的那一片神奇的叶子——茶叶，比咖啡更让英国人上瘾，成为英国家庭不可或缺的生活日用品，还非得源源不断地进口不可，否则就供不应求了。但你想要，人家偏偏就不卖给你，清廷还为此发出一道道禁令，对许多产品严禁出口。而在不但提高贸易门槛、设置贸易壁垒时，清廷对入口商品还要征缴百分之二十的高税率，这让英国感到吃了大亏。清廷如此"特立独行"，我行我素，在英国人看来实在太不符合世界贸易的游戏规则了，但清廷根本就不在乎你这些游戏规则。

尽管清廷对出口产品一再严控，但由于大清帝国几乎不从英国进口产品，致使中英双方贸易出现严重的倾斜失衡，贸易利润几乎向中国一边倒，这给英国带来巨大的贸易逆差（入超），也给中国带来了巨大的贸易顺差。从十八世纪中叶起，白银占英国东印度公司对华输出货值的九成左右，英国东印度公司从中国输入的商品一度高达对华出口商品值的三倍以上，这连年不断的巨大逆差，使得英国的白银源源不断地流入中国。而在贸易结算上，英国也觉得自己吃了大亏。自十八世纪开始，英国就实行了金本位货币政策，而清廷在对外贸易上采用银本位，这样一来，英国想要进口中国商品，本国没有那么多白银，只能从境外购入大量白银，而在这金银交易中也令英国利润受损。随着对华贸易不断增长，中国对白银的惊人胃口导致欧美的很多银矿濒临枯竭，而那是欧美国家对华贸易的白银来源。由于白银短缺，致使不少欧美国家逐渐退出对华贸易，而英国绝不想这么轻易退出。

若从清廷当时狭隘的国家利益看，中国在对外贸易中还真是占了便宜，直到十九世纪二三十年代，中国对英贸易每年仍保持出超两三百万两白银的地位。而面对这样一个在产品上只出不进、在白银上只进不出帝国，为了改变这种贸易逆差，英国只有两种选择，一种就是寻找打开中国市场大门的办法，而最佳方式就是通过正常的外交渠道来与清廷沟通；一种就是渴望出现罗伯特·克莱夫那样的英雄，去完成他们像征服印度一样征服中国的"伟大计划"。

从英国人的立场看，马戛尔尼虽未完成出使中国的使命，但他也是一位像罗伯特·克莱夫一样值得礼赞的英雄，有一首赞颂马戛尔尼出使中国的长诗，道破了这一"伟大计划"的天机——

> 骄傲的中国，富饶的银矿
> 在Clive's的伟大计划下，
> ……她的财富将被掏空，
> 成为帝国的供应。

诗中那"伟大计划"的实施者就是罗伯特·克莱夫（Robert Clive），一位集冒险家、军事家、外交家、政治家于一身的人物。这位英国议员的儿子，从小就是一个为非作歹的顽童，在十三岁时，他就拉起了一帮比他还大的少年到处敲诈勒索。这样一个祸害，刚满十八岁就被他那议员父亲打发到了遥远的印度。他在英国东印度公司的干了一段时间下级职员，很快就投身于征服殖民地的军队，这让他作为掠夺者和冒险家的天赋发挥得淋漓尽致，没过多久就被英皇任命为孟加拉总督和驻印英军总司令。他曾颐指气使地在英国议会上炫耀："在我的脚下有富裕的城市，在我们手中有雄强的国家，在我一个人的面前打开了充满了金条银锭、珍珠宝石的宝库……"

这样一个人，在殖民地人民眼中是明火执仗的强盗，在英国人眼中却是一个最伟大的缔造者和开拓者之一，在英国历史上还从未有人像他那样，以如此之少的兵力征服如此广大的土地，掠夺如此之多的财富，英国议会宣布他"对国家做出巨大贡献"，给予了他极高荣誉。在掌握了他横征暴敛、贪赃枉法的证据后，甚至还撤销了对他的诉讼。不过，这位胸怀"伟大计划"的英雄，还没来得及征服"骄傲的中国，富饶的银矿"，就以自杀的方式了结了自己罪恶的一生，一说是他眼见自己掠夺来的横财被英国政府缴没，在绝望中自杀，一说是他因吸食鸦片而毒瘾攻心，因不堪折磨而用一把杀害了无数殖民地人民的刀子杀死了自己，这两个死因，或者二者兼有吧。他自杀时，英皇刚刚签署他出任北美总督的任命状。

只有解读了罗伯特·克莱夫这个最典型的英国式英雄，或许才能打消我们对马戛尔尼出使中国的那种天真的幻想，马戛尔尼其实也是一个罗伯特·克莱夫式的人物，从一开始就虎视眈眈地觊觎着中国。乾隆皇帝之错，错在他严重低估了英国的实力，又大大高估了大清帝国的实力，这让他对英国并没有高度的警觉，而是不屑一顾。而从更深刻的历史命运或时代命运解读，这也让他犯了一个根本性的错误，没有主动打开国门，通过自由贸易建立一个全球性的帝国。从这个角度看，马戛尔尼出使中国，对中国确实是一次重要的历史机遇。假设一下，若乾隆皇帝能顺应天下大势，以开放的姿态和全球性的目光来面对世界，作出对策，必将走向一条与世界同步发展的盛世之路。对此，法兰西学院院士阿兰·佩雷菲特曾说过："如果这两个国家能增加它们间的接触，能互相吸取对方最为成功的经验；如果那个早于别国几个世纪发明了印刷与造纸、指南针与舵、炸药与火器的国家，同那个驯服了蒸汽并即将驾驭电力的国家把它们的发现结合起来，那么中国人与欧洲人之间的文化交流必将使双方都取得飞速的进步，那将是一场什么样的文化革命呀！"然而这一切皆是历史的假设。

除了假设，还有两种历史的可能，当这样一个闭关锁国的东方帝国与一个代表工业文明的、朝气蓬勃的西方帝国遭遇时，一种是可能会出现东西方迎面走来的文明大融合，双方都是以自觉和主动为前提的；一种是在激烈的碰撞和冲突中走向融合，而在这种被动的融合中，那落后的一方必将陷入"落后就要挨打"的劫数。由于清廷没有自觉而主动地选择前者，干脆决绝地断送了中英两国之间的一条正常的外交和商业通道，也就只能被动地陷入后者了。对此，郑永年先生也坦言，"在建立大英帝国的过程中，自由贸易的话语背后，往往是赤裸裸的大炮和武力政策。商船在前，炮舰随后是英国崛起的主要特征。东印度公司、鸦片战争、殖民地等，也是'自由贸易'的内在部分"，我是认同此论的，如此，才能全面理解罪恶的鸦片贸易直至第一次鸦片战争的爆发。清朝若要避免挨打，其实只有一个选项，那就是能把握和顺应历史大势，打开封闭已久的帝国之门，全面走向开放，主动与世界接轨，在世界潮流中激发出压抑已久的活力和创造力，我深信像中华民族这样一个勤劳而智慧的民族，一定会在近代化中强势崛起，打造出一个真正的盛世，制造出自己的坚船利炮，也就不会像后来那样付出极为屈辱而惨痛的代价了。不过，那已是与乾隆皇帝无关的故事。但即便他沉睡于清东陵之裕陵里，也难以得以长眠，兴许也会为鸦片战争的炮火所震撼，而惊醒。

乾隆皇帝于嘉庆四年（1799年）驾崩，享年八十九岁，他是中国历史上享年最高、在位时间第二长的皇帝，二十五岁登基，在位六十年，退位后还当了三年太上皇。他几乎活成了一个神话，史称"高宗运际郅隆，励精图治，开疆拓宇，四征不庭，揆文奋武，于斯为盛"。但在林则徐降生之际，这个"于斯为盛"的盛世其实早已如一个老皇帝一样日薄西山，暮气沉沉。尽管嘉庆皇帝（清仁宗，爱新觉罗·颙琰）早在四年前就已嗣位，但太上皇乾隆对国事朝政拥有绝对的决定权，一个有名无实的皇帝如何处理好与太上皇的关系，对他的政治智商与情商是极具风险的考验。嘉庆皇帝继位之后诚惶诚恐地度过了四年蛰伏期，唯太上皇马首是瞻。后世对嘉庆皇帝有着偏见与低估，甚至将他称为一个平庸的皇帝，其实他能够平安度过那几年儿皇帝的尴尬岁月，终于等来了自己亲政的时代，其政治智商与情商就已非同寻常了。

清朝享国二百七十六年，入关后共传十帝，入关第一帝顺治和末代皇帝宣统溥仪只能算是楔子和尾声，短命的同治皇帝和羸弱的光绪皇帝实际上都是慈禧玩弄于股掌之间的儿皇帝，康熙在位六十一年，乾隆在位六十年，还当了三年太上皇，康乾两朝就差不多占了一半时间。嘉庆上承"康乾盛世"，下启"道咸（道光、咸丰）衰世"，在他亲政时，清朝社会的固有矛盾已经积累了一百八十年，而他不幸扮演了大清帝国由极盛而转为衰败的历史角色，一个皇帝夹在这样的历史之间，想要得到好评也难。说句公道话，嘉庆是个想有作为又难有作为的皇帝。

历史中的许多灾难性的伏笔，往往是在所谓"盛世"提前埋下的。

对于嘉庆皇帝而言，先帝留给他的不是什么"盛世"遗产，此时的大清帝国，一如马戛尔尼勋爵所谓，已是"一艘破旧的大船"，千疮百孔，风雨飘摇。嘉庆皇帝在亲政之前，就已洞察乾隆晚年积重难返的诸多弊端，一旦乾坤在手，就想扭转乾坤。他的第一个大手笔就是以铁腕肃贪反腐。还在乾隆皇帝大丧期间，他就以霹雳手段剪除了乾隆皇帝的第一宠臣和权臣和珅。在惩治和珅这一天下巨贪案中，他也不乏政治上的高明，只把和珅当作个案处理，没有搞株连、扩大化，这让他在登基之初维持了其统治集团的基本稳定。

嘉庆皇帝在位二十五年，撇开乾隆作为太上皇干政的三四年，他实际执掌国柄凡二十一年，自一举拿下和珅这个大老虎开刀后，他便年复一年的重申"整饬吏治，以清廉为本"，"贪墨之风，首当严惩"。但遗憾的是，无论是惩治巨贪的个案意义，还是建立反腐机制的普遍意义，他终其一生都难以扭转乾坤，贪腐问题不仅未有缓解，反而愈演愈烈。有学者指出，"贪污在清统治集团中成为不可遏制的一种流行病"，主要原因是嘉庆皇帝"没有把'和珅现象'当作制度性的弊端去解决，进行制度性的改革，这是颙琰的平庸之处"。由于这样的反腐不是来自制度与公权，而是来自家长式的权力，充满了随机性，发现一个抓一个，一抓就能查获巨额赃款，当时有人便将这种反复肃贪讽刺为"宰肥鸭"。其实嘉庆皇帝也一直试图在制度上建立长效的廉政反腐机制，但他不敢触动大清体统（体制），他只能利用一个帝王至高无上的绝对权力来整饬吏治，而在绝对权力之下，没有法治，只有人治，当一个皇帝拥有绝对权力，他手下的官僚在某一地域某一领域也拥有绝对权力，这才是中国历代王朝一直难以解决贪腐问题的根本原因。一切诚如英国思想史学家阿克顿勋爵则说过这样一句众所周知的名言："权力导致腐败，绝对权力导致绝对腐败。"

对这个帝国构成严重侵蚀的，除了黑暗的腐败，还有黑色的鸦片。当英国人在改变贸易逆差上无计可施，于是乎，他们在战争与和平之间又选择了第三种方式——"采取了卑劣的手段，靠'毁灭人种'的方法，向中国大量走私特殊商品——鸦片，以满足他们追逐利润的无限欲望。"这是今世某些史家之论，也是颇为流行的一种言说。对此，在下实在不敢苟同。我觉得即使没有巨额的贸易逆差，以资本家不择手段追求利润、利益最大化的本性，一旦发现鸦片贸易可以带来惊人的黑色暴利，他们也不会停止这一卑劣而又罪恶的黑色交易。

追溯鸦片传入中国的源起，英人并非始作俑者。而对于鸦片，先要辨别两个不容混淆的定义，一个是作为药物的鸦片，一个是作为毒品的鸦片。史上有一种说法是，早在汉武帝年间，张骞出使西域时鸦片就已传入中国，但当时的鸦片只是作为了一种治病疗疾的良药，后来又作为镇痛和外科手术的麻醉剂，三国名医华佗就是这方面的杰出实践者。唐代也有阿拉伯鸦片进口的史载，将之称为"阿芙蓉"。到了宋代，在苏东坡的《归宜兴，留题竹西寺三首》中有这样两句："道人劝饮鸡苏水，童子能煎莺粟汤。"鸡苏、莺粟皆为药用植物，莺粟即罂粟，于此可知，那时颇为流行以罂粟煮茶煎汤。其实，无论作为植物的罂粟，还是作为药物的鸦片，都是上苍赐予人间的神奇之物，十七世纪的英国临床医学奠基人、被誉为"鸦片哲人"的托马斯·悉登汉姆就像一个受到神灵控制的诗人："我忍不住要大声歌颂伟大的上帝，这个万物的制造者，它给人类的苦恼带来了舒适的鸦片，无论是从它能控制的疾病数量，还是从它能消除疾病的效率来看，没有一种药物有鸦片那样的价值！"

他站在一个医学家的立场下了这样一个结论："没有鸦片，医学将不过是个跛子。"

从治病良药到致命的毒品，两者之间并无鸿沟，几乎是自然而然就会转化的，习惯成自然，而"瘾"就是由于中枢神经经常受到刺激而形成的习惯性。从鸦片传入中国的悠久历史看，此物从未成为灾难性的毒品，有人分析这与食用方式有关。在有清以前，人们吃食鸦片一般都是掺上其他药品或茶叶煎汤喝掉，或掺入丹药服用，明朝万历皇帝就是采用这种方式。据《大明会典》载，当时明朝的藩属国向皇帝朝贡"乌香"，这"乌香"是鸦片的又一个别名，"一两乌香一两金"，那可不是一般升斗小民有福消受的，而这些"乌香"被皇帝当作春药。万历皇帝（明神宗朱翊钧）还给此物取名为"福寿膏"，他因服用"福寿膏"而纵欲过度、头晕目眩、身体虚弱，在其执政的中后期几乎从不上朝理政了，致使"国家运转几乎停摆，使明朝逐渐走向衰亡"。

说来真是可惜了，万历皇帝原本是一个"有勤勉明君之风范"的皇帝，在张居正等大臣辅佐之下，他对内推行"万历新政"，通过整饬吏治、机构改革等一系列政治变革，以寻求一条自救图强的道路，从而开创了"万历中兴"之局面，使一度中衰的明朝再次由衰转盛，据称其国库存银存粮即使闹灾十年也足够支用，"中外乂安，海内殷阜"，这是汉"文景之治"、唐"开元盛世"都未曾有过的盛况，也是后来清"康乾盛世"无法比拟的。历史学家黄仁宇认为万历执政的第一个十年为本朝百事转苏、欣欣向荣的十年。与此同时，在万历年间，明朝对外进一步走向活泼和开放，这一时期是东西方文明相遇、交流碰撞的时期，西方文明首次叩开了东方帝国之门，这是东西方文明平等友好交流的时期。正因为万历皇帝具有开放意识，天主教在中国传教的最早开拓者之一利玛窦才有幸觐见万历皇帝，并获得在中国传教的许可。随着传教士纷至沓来，西学东渐，这些传教士在中国传教的同时，也传播西方天文、数学、地理等科学技术知识，让中国知识界开始以崭新的目光重新审视世界，造就了李贽、徐光启等一批得风气之先的知识分子，一时间，民本主义在中国盛行，资本主义萌芽方兴未艾，这是孕育新型生产关系的时代。按黄仁宇先生对历史的估价，万历时代的历史意义和时代价值非凡，这在中国历史上是十分罕见的，明朝的经济一度处于当时世界经济的主导地位，华夏科技文明再次站在世界高峰，一个东方帝国成为世界上最强大的存在。

然而，这一很可能把中国直接推向近代史历史机遇，最终却被鸦片给断送了，而那"福寿膏"也未能让一个皇帝延年益寿，万历皇帝仅仅活了五十六岁就驾崩了，葬十三陵之定陵。对于万历皇帝到底是否吸食鸦片，很长时间都只是历史的猜测，直到1958年定陵考古挖掘后对万历皇帝的尸检结果，在他的骨头中发现含有吗啡成分，而鸦片所含主要生物碱就是吗啡。这是铁证，却只是一个皇帝吸食鸦片的铁证，而终明一朝，鸦片并未泛滥成灾，一是"乌香"十分珍稀和金贵，难以流入民间，二是此物无论是煮茶煎汤，还是掺入丹药中服用，一般不至于产生难以抗拒的毒瘾。

从明代亡国之君崇祯皇帝到满清入关后的几位"圣主明君"，皆严令禁烟，但其所禁之烟并非大烟（鸦片），而是一般的黄烟或烟草。鸦片真正成为一种充满诱惑、难以抵御的毒品，首先源于吸食方式的"革命"。据史家考证，吸食鸦片最早是从爪哇、苏门答腊一带开始，有人发明了用枪管灼火吸食鸦片，在清代初年此法又被荷兰人传入中国，由台湾而至大陆，在传播过程中吸食工具也不断得以改进，打造得越来越完善，如烟锅、烟签、烟灯和烟枪等，几如精美的工艺品。吸食前，先将生鸦片用烟锅在文火上熬成可以用烟签挑起来的鸦片膏,再通过烟枪吸进呼吸道。正是这一吸食方式的改变,加快了鸦片烟毒在中国的传播速度。

　　清帝中第一个对鸦片高度警觉的是雍正皇帝。他在位十三年,那时国中吸食鸦片者还为数不多,但他还真是一位明察秋毫的明君,察觉到这种大烟远比黄烟更具危害性,于雍正七年(1729年)颁布了中国乃至世界史上的第一个针对鸦片的禁烟令,并制订了《兴贩鸦片及开设烟馆之条例》,其主要惩戒措施为:"兴贩鸦片烟照收买违禁物例,枷号一个月,发边卫充军。若私开鸦片烟馆,引诱良家子弟者,照邪教惑众律拟监候,为从杖一百,流三千里。船户,地保,邻右人等俱杖一百,徒二年。如兵役人等藉端需索,计赃照枉法律治罪。失察之讯口地方文武各官,及不行监察之海关监督,均交部严加议处。"透过这一条例,可见其清廷禁烟之严、惩罚之厉,但在严令之下却也百密一疏,留下了一个法律的空子,该条例中只有对国内种植和生产鸦片的严处,却没有限制鸦片进口的任何规定,既然有了一个合法的通道,而鸦片又可以药物的名义进口,这就为鸦片输入中国开了方便之门。对于雍正禁烟令留下的这条法律的空子,我觉得不能仅以清廷的昏聩来解释,雍正也堪称"盛世明君",而历史的猜测之一,就是进口鸦片可为清廷捞到一大笔税收,这或许就是清廷一直不愿堵死鸦片进口之门的原因之一。

　　尽管英国并非鸦片传入中国的始作俑者,但绝对是让鸦片流毒中国的元凶。从海外输入中国的鸦片,主要来自英国控制的印度,又由英国政府授予垄断经营权的英国东印度公司一手操纵。在以坚船利炮轰开大清帝国的国门之前,英国东印度公司一直把鸦片作为牟取暴利的利器。这家臭名昭著的公司创立于1600年,这是"由一群有创业心和有影响力的商人"组成一个股份公司,初名为"伦敦商人在东印度贸易的公司",后称"可敬的东印度公司""不列颠东印度公司""约翰公司"等。英国人一直假以自由贸易之名,在世界各地开设公司,但英国东印度公司绝非一般的自由贸易公司,也与通常意义的跨国公司具有本质的差别。在公司成立之初,甚至还在筹建之际,伊丽莎白一世便授予该公司"皇家特许状",给予它在东印度贸易的垄断权二十一年(一说最初定为十五年),这甚至就是该公司组建的原因。1698年,东印度公司向印度莫卧儿政府买下了位于孟加拉湾恒河口岸的加尔各答,这为英国控制恒河三角洲地区、开辟东印度殖民地找到了第一块跳板。在此后的一百余年岁月里,加尔各答不仅是英国东印度公司的贸易总部,也是殖民地时期(1772—1911)英属印度的首都。垄断之下必有暴利,随着其利润滚雪球般的越滚越大,实力越来越强,他们又逐渐占领了马德拉斯和孟买,以三座城市为中心设立了三个管区,在英国驻印度总督之下各设一名省督管辖。由此,英国东印度公司已经变成了印度的实际主宰者,他们以廉价的方式攫取殖民地的粮食和工业原料,又向殖民地输出他们的产品,在经济上对殖民地进行掠夺,在政治上对殖民地进行残暴的统治。而且,他们从最初的雇佣军开始,逐渐建立了自己的军队和舰队,购置了大量的军舰、武装商船和武器装备,以全副武装为其"自由贸易"保驾护航、开疆拓地,这既是为了同其他西方列强争夺殖民地,也是为了进一步开辟其他的殖民地。

英国殖民者在征服印度这个南亚次大陆的最大国家后,就把中国这个亚洲第一大国作为了他们的下一个目标,下一个殖民地。而在使用炮舰攻击之前,他们一直把鸦片走私与对华贸易捆绑在一起,以鸦片获得的暴利换取中国的茶叶、丝绸、瓷器等。如今中外不乏为殖民者而辩解者,甚至美化者,认为殖民化是先进的西方文明对落后国家的一种直接输入,这已是跌到了国家与民族底线之下的一种诡辩。以印度为例,在沦为殖民地之前,印度一直是世界上最繁荣富庶的地区之一,而在沦为英国的殖民地之后,印度没有自主、没有尊严,在西方列强眼里,这是一个可以任其主宰、玩弄于股掌之间的野蛮之邦。没有国格,就没有人格,有着悠久文明的印度各民族,在西人眼里成了愚昧的劣等民族,甚至成为其贩卖的奴隶。如果中国沦为亚洲的第二个印度,印度之命运,毫无疑问也将成为中国和中华民族的难逃之劫数。

这里还是继续追溯鸦片输入中国的历史,据史料记载,就在雍正皇帝发布鸦片禁令颁布当年,中国合法进口鸦片两百余箱,诚然,区区两百余箱鸦片输入这样一个泱泱大国实不算多,但此后的增速却处于疯长之势。到乾隆初年,英国东印度公司员工把一船鸦片从印度运到粤海关,每箱鸦片比在印度的购价一下就翻了六倍多,在暴利的驱使下,英国东印度公司的高级职员华生上校正式提出了他那臭名昭著的计划:在印度大面积种植罂粟,生产鸦片,然后卖给中国人,用来购买中国茶叶。这一计划于1773年得到批准实施。那年为乾隆三十八年,六十三岁的乾隆帝干了一件最重要的事,立皇十五子颙琰为太子,而立储对于江山稳固、大统承继也确为国家之大事,而对英国东印度公司那一足以毁灭中国的计划，从乾隆皇帝到清廷都几乎没有察觉。但随着鸦片输入量的迅猛增加，乾隆皇帝和清廷都不可能没有察觉了。乾隆十三年（1748年），鸦片出口仅占英国货物的八分之一，到乾隆后期，鸦片输入量已占输入货物的一半了。乾隆四十五年（1780年），乾隆皇帝不得不重申雍正年间的禁烟令，并且下令禁止烟具的输入和贩卖。然而严禁之下，走私愈加猖獗，暴利之下，必有徇私枉法，无论你怎样闭关锁国，那为暴利所驱使鸦片贩子和那为暴利所诱惑的关防官吏，都会达成幕后交易，打破海关的封锁。对此，美国人马士在其《中华帝国对外关系史》就已一针见血地指出："禁烟法令甚严，但送给主管官员金钱后，鸦片买卖却可公开进行。"至乾隆五十五年（1790年），六十余年间从各种渠道输入中国的鸦片已翻了二十倍，高达四千箱，除了合法进口，还有越来越猖獗的鸦片走私。随着鸦片大量输入中国，鸦片烟毒汹汹然已成泛滥之势，而泛滥的背后是惊人的暴利，而这些暴利又几乎全为英国东印度公司所攫取。

在马戛尔尼使团成员约翰·巴罗的《我看乾隆盛世》中，有这样一段关于鸦片的记载："上流社会的人在家里沉溺于抽鸦片。尽管当局采取了一切措施禁止进口，还是有相当数量的这种毒品被走私进入这个国家……大多数孟加拉去中国的船都运载鸦片，但是土耳其出产、由伦敦出发的中国船只所载的更受欢迎，价钱也卖得比其他的高一倍。广州道台在他最近颁布的一份公告中指出了吸食鸦片的种种害处……可是，这位广州道台每天都从容不迫地吸食他的一份鸦片……"

整个嘉庆时代，政治腐败与鸦片烟毒沆瀣一气，甚至互为因果。据当时的英国政府在一份蓝皮书中公开声称，"在过去二十年中，中国高级官吏与政府人员，对于鸦片走私公开地默许，前任和现任巡抚都从中取利，听说北京的军机处也暗中允许"，"他们纵容烟贩从外国船上取走鸦片，有时甚至将官船借以转运"。当时，马克思也在美国报纸上发表评论："那些纵容鸦片走私、聚敛私财的官吏的贪污行为，都逐渐腐蚀着这个家长制的权力，腐蚀着这个广大的国家机器的各部分间的唯一精神联系。"嘉庆皇帝执政期间，在肃贪反腐的同时也多次三令五申严禁鸦片，但其禁烟效果与反腐效果差不多，也是屡禁不绝、愈演愈烈。为了防堵鸦片输入，嘉庆皇帝除了三令五申发布禁令，就是坚守乾隆时代的闭关锁国之策。而英国政府为了扩大对华贸易，乔治三世又于

第一章
国运与命运

1816年（嘉庆二十一年）派阿美士德勋爵率使团访华，试图让他来完成马戛尔尼未竟的使命。

从马戛尔尼出使中国到阿美士德这次访华，时隔二十三年，当年的那个洋娃娃小斯当东（托马斯·斯当东）如今已是一位人到中年、风度翩翩的英国绅士。第一次出使中国，成为托马斯·斯当东孩提时代的珍贵记忆，他一直没有忘怀那个像白胡子爷爷般的老皇帝乾隆对自己慈祥的抚爱，还有他送给自己的翡翠和黄龙织锦荷包，一直被他珍藏着。说来有缘，那次他们在返回广东途中，小斯当东还与护送使团的大学士松筠成了忘年交。这让他对中国一直怀有一份纯真无邪的好感。然而这只是他与中国结缘的开始，接下来的一切仿佛命运的安排，他"注定会成为最了解中国的英国人"，也注定会成为中国宿命的天敌。1800年（嘉庆五年），托马斯·斯当东已长大成人，被英国东印度公司驻广州商馆聘为文员（书记员）。翌年，父亲去世，他承袭了父亲的爵位。在广州历经十余年打拼，他在1815年当选为当选为东印度公司驻广州商馆的管理机构的特选委员会主席，全面掌管英国东印度公司对华贸易事务。除了贸易，他还搜集和整理有关中国历史、政治、经济和社会等各方面的资料信息，甚至花费十年的时间翻译了《大清律例》。其间，他的忘年交和"好朋友"松筠一度出任两广总督，这为他深入了中国尤其是中国官场打开了方便之门。这些一般外国人难以占有的优势，加之他勤于钻研的精神，让他成为一位载入史册的"英国汉学之父"。而在这个过程中，他逐渐形成了自己犀利而清晰的中国视角。他关于中国各方面的著述，很多都成为西方人认识了解中国的必读书，有的甚至成为英国政府制定对华政策的依据。他回国后还发起创办了皇家亚洲学会，积极推动英国的汉学研究。在他的努力下，英国伦敦大学大学院和帝国学院开设了汉学课。然而，这样一个作为"中国通"的斯当东早已不是当年那个纯真无邪、对中国充满了友善的小斯当东，他对中国的了解是"知己知彼，百战不殆"的了解，作为一个坚定地站在本国立场上的贵族，一个对华大肆输入鸦片、牟取暴利的英国东印度公司的大掌柜，对他还真是不能抱有天真的幻想。

阿美士德此番出使中国，为避免重蹈马戛尔尼无功而返之覆辙，第一个就想到让托马斯·斯当东这个"中国通"来充当使团副使。而当年身为皇子的爱新觉罗·颙琰，就是他们这次要觐见的大清皇帝。乾隆皇帝接见马戛尔尼时，颙琰亦在场，别的洋人他也许不记得了，但那个洋娃娃他还是记得的。然而这么多年过去了，当时三十四岁的颙琰如今已是五十六岁的嘉庆皇帝，一个洋娃娃也已人到中年，岁月如刀，面目全非，这两人相见之后又如何相识？

　　英使这次觐见嘉庆皇帝，遇到的第一个问题又是老问题，下不下跪、叩不叩头？清廷要求阿美士德勋爵向大清天子行三跪九叩之礼，但阿美士德只愿以"脱帽三次，鞠躬九次"代替。由于双方在礼数上反复纠缠，一直难以达成协议，这个庞大的使团只能滞留于京师附近的通州。为了打开僵局，使团副使之一埃利斯认为叩头只是无关大局的形式，但托马斯·斯当东比他更了解中国，在中国叩头是下辈给长辈、臣子给君王所行的礼节，为了保持大英帝国和乔治三世陛下的尊严，他坚定地表示："哪怕会导致使命的失败，（我们）也完全不应该同意叩头。"中英双方通过反复协商，最终又达成了一个折中方案，英国使团成员以"单膝下跪低头三次，并重复动作三次"代替三跪九叩。这是中国和英国都从未有过的一种不伦不类的礼仪，为此，从阿美士德勋爵到所有使团成员不得不反复演练，直到清廷理藩院尚书基本认可了，才向嘉庆皇帝奏禀："（英使）起跪颇不自然，尚堪成礼。"

　　嘉庆皇帝这才沉吟颔首，决定在颐和园接见"英吉利贡使"。

　　这次负责接待和陪同英使陛见圣上的，乃是内务府总管、承恩公和世泰。此公虽说不像和珅那样权势煊赫，却也是一位皇亲国戚，为嘉庆皇帝第二子绵宁之舅父。由于嘉庆长子乃是庶出，绵宁实为嫡长子，即后来的道光皇帝，他承继大统后改名旻宁。和世泰接到谕旨后，旋赴英使驻地通告他们，圣上将于农历七月初七卯时（约为8月18日凌晨五六点钟）接见英使。阿美士德虽说一直渴望见到嘉庆皇帝，但和世泰通报的时间也实在太仓促了，从通州到颐和园，在那个靠舟车同行的时代，没大半天走不到。阿美士德不敢怠慢，随即率使团连夜赶往颐和园，抵达时已是初七日凌晨，此时已是规定的觐见时刻，嘉庆皇帝已经到达颐和园大殿，准备接见英国使臣，但英国使团由于载有官服与国书的车辆仍未抵达，加上一路颠簸，阿美士德等人已疲惫不堪，请求稍事休息后再行觐见。那负责引导英使觐见皇上的官员一听就急眼了，这怎么行？哪有皇上空坐大殿等候使臣的？他催促英使赶紧觐见，但阿美士德非要等载有官服与国书的车辆来后，换上礼服再去觐见。应该说，作为大英帝国的特使和勋爵，他这个要求也是合情合理，总不能让他风尘仆仆、一脸灰垢、像个叫花子似的

第一章
国运与命运

去觐见大清国皇帝陛下吧？但和世泰等人更有苦衷，眼看到了天子接见英使的时刻，他却不能把人给带去，这该如何向天子交代是好？结果他灵机一动找了个借口，向皇帝奏称英使生病了。嘉庆皇帝一听勃然大怒，那一心求见的英使怎么偏偏在这个节骨眼上生病了？又难道一病不起了？这分明是傲慢无礼，目无圣驾！他一气之下便取消了这次"陛见"，拂袖而去，并下令驱逐使团离京，将使团所携贡品一律退回。

英国使团又一次空手而归，他们从一开始就想吸取前车之鉴，结果却更甚于前车之覆，阿美士德勋爵比那个马戛尔尼勋爵更倒霉。而在一些西方传教士添油加醋的记述中，还记录了不少荒诞的细节。据说阿美士德送给嘉庆皇帝的礼品中，有一只根据光的折射原理制成的凸透镜，当光在透镜的两面经过两次折射后，就会集中在一个焦点上，其所映现的物体一下变得格外清晰了，这让清廷众大臣大惊失色，魔镜，这就是传说中的魔镜啊！看来英使从一开始就没安好心，这是他们窥视清宫内廷的一只魔眼。结果，他们赶紧将"魔镜"打碎，深深地埋入土中。这个在中西方广为流传故事，没有任何有信服力的证据和史载，实际上这样一个凸透镜，在中国也并非从未见过的稀罕之物。据史家考证和现代考古发现，早在汉晋年间，中国古人对凹凸透镜就已知"凹者光交在前，凸者光交在后"，在汉晋墓葬中发掘出水晶平凸镜、扁圆凸透镜的实物，在西晋张华编撰的《博物志》中还有"削冰令圆，举以向日，以艾承其影，则得火"的记载，其原理也是一样的，而在明末方以智所著的《物理小识》一书中载有"空中取火法"，也是利用玻璃凸透镜聚焦取火，"琉璃有火齐之名，亦以其光取火也"。但随着清廷不识凸透镜的荒诞故事在西方广为流传，一个子虚乌有的荒诞故事对大清帝国进一步贬低，让这个"天朝上国"越来越"声誉扫地"，渐渐被演绎为一个愚昧无知的"半野蛮的"帝国。

阿美士德倒是没有在自己的亲历记中有如此荒诞的记载，但他和使团成员在返程途中憋了一肚子火。当他们乘坐的战舰"阿尔切斯特（Alceste）"号抵达虎门珠江口外洋时，一场风暴席卷而来，英国人要求驶入虎门港湾暂避风浪，而驻守虎门的清军则坚称必须请示上级批准。面对无情的风暴和比风暴更无情的清军，英国人的一肚子怒火如压抑已久的火山般爆发了，阿美士德一声令下，"阿尔切斯特"号连续发射排炮轰击虎门要塞，一阵猛烈的爆炸声像一连串的炸雷同时爆炸，虎门守军几无还手之力，一座看上去森严壁垒的要塞顷刻间土崩瓦解。"阿尔切斯特"号为载有四十门火炮中型舰艇,若换了马戛尔尼使团当年那艘载有六十四门火炮的"狮子"号,清军那就输得更惨了。英国在海上征战的实力和清军在海口要塞的防守之力,其悬殊之大又一次暴露无遗,但清廷却依然没有引起高度警觉。

其实,嘉庆皇帝也称得上是一个天纵聪明的皇帝,当他后来得知英国使臣拖延"陛见"时间的实情后,又派人追上英使,还送去一道写给英王的谕旨和回赠英王的礼品,谕曰——

尔国王恭顺之心,朕实鉴之。特将贡物内地理图画像、山水人像收纳,嘉尔诚心,即同全收。并赐尔国王白玉如意一柄、翡翠玉朝珠一盘、大荷包二对、小荷包八个,以示怀柔。……天朝不宝远物,凡尔国奇巧之器,亦不视为珍异。尔国王其辑和尔民,慎固尔疆土,无间远迩,朕实嘉之。嗣后毋庸遣使远来,徒烦跋涉,但能倾心效顺,不必岁时来朝,始称向化也。俾尔永遵,故兹敕谕。

应该说,嘉庆皇帝还是知错能改的,对英王也是礼尚往来的,当然那口气依然是以君临天下、视英国为番邦,而他虽说对驱逐英使有追悔之意,但只是觉得自己错怪了人家,并无与英使谈判通商之意,而一句"嗣后毋庸遣使远来"的客套话,其实也等于又下了一道永远的逐客令。

从明崇祯十年(1637年)英国皇家海军上校威得尔率领的武装商船第一次向虎门要塞开炮,距"阿尔切斯特"号的这次更猛烈的炮轰,时隔一百八十年,这么漫长的时间足以让中国崛起,然而,这充满了震撼力的炮火依然未让大清帝国惊醒。

从马戛尔尼首次访华到阿美士德率英国使团第二次出使中国,时隔二十一年,世界格局正在发生急剧而深刻的变化,以英国为代表的西方列强在工业革命和地理大发现中早已迈进了近代史,他们进行战争的武器产生了飞跃,骑士的刀剑早已换上了火炮和毛瑟枪,而大清帝国依然停留在不堪一击的旧式城堡中。

从阿美士德出使中国到第一次鸦片战争爆发还有二十四年,二十年一代人,如果清朝此时能够幡然猛醒,用一代人的时间来效法西方列强,打造一个近代化的帝国，不说赶上西方列强，至少可以大大缩短中西方的距离，加之中国地大物博的优势，是有可能抵御西方列强的侵略的。然而，在阿美士德渐行渐远的背后，一个"天朝上国"依然是关起门来做老大，不说嘉庆，即便越过道光到了同治年间，大清帝国已被西方列强打得一蹶不振，满目疮痍，那个博学多识的刑部员外郎陈康祺依然对英国不屑一顾："蕞尔岛夷，知天朝有人，或不至骄横如此。"而一个王朝的士大夫，大多就是以这样的眼光看世界的。

说来，阿美士德使团也是命运多舛，实可用九死一生来形容，不说来路，只说归途，他们的船队驶离中国后，在马来亚一带遭遇了海盗袭击，又在东南亚海域遇险触礁沉没，阿美士德历尽奇险而大难不死，辗转流落到巴达维亚（今雅加达），他这一段出使中国的传奇经历在英国广泛流传，这让他成了一个充满了悲情的英雄。1823年，阿美士德勋爵被委任为印度总督，第二年便对缅甸宣战，在第一次缅甸战争中为大英帝国进一步开拓亚洲殖民地发挥了关键性作用。不过，那时无论是阿美士德，还是英国，还未敢贸然向大清帝国发起侵略战争，毕竟是瘦死的骆驼比马大，他们还要进一步侦察和评估这个东方帝国的实力。

托马斯·斯当东作为英国使团两次出使中国的成员，又在中国深耕多年，他是最了解中国的英国人之一，在两次与清王朝谈判通商的使命均告失败后，他对通过正常的外交渠道打开中国国门已经死心了，从而极力主张对中国诉诸武力。而在发动侵华战争之前，英国能够打入中国国门的利器就是鸦片，汹涌而入的鸦片……

四、国运与命运

在浩如烟海的历史中，芸芸众生中每一个个体生命，皆如苏东坡之喟叹，"寄蜉蝣于天地，渺沧海之一粟"，却也有苏东坡、林则徐这样不世出的风流人物，从沧海横流中涌现出来，崭露出其非同寻常的头角。

但凡科举时代的士人，若要崭露头角，从一介布衣变成国士，只能通过一条早已设定的路，科考。在僵化的帝国体制和几近板结的社会结构之下，作为国考之科举，是天下士人尤其是寒门子弟唯一的上升通道，也可谓是在所有选项中最接近公正的一条通道。尽管科举有着种种弊端，但又不能不说，几乎所有的名臣国士都是从科场中走出来的，既有张居正、林则徐这样的名臣，也有李贽、龚自珍这样有棱有角的名士。

应该说，林则徐在这条道上走得还算顺风顺水。嘉庆三年（1798年），林则徐还是一个十三四的少年，就已跨过了科考之路的第一道门槛，中侯官第一名秀才。从他一生的经历来看，这还只是牛刀小试，却一下就超过了他父亲，令邑中士子一片惊呼，侯官又出神童了，林家这小子果然是神童啊！林则徐随后入读福建当时的最高学府——鳌峰书院，该书院招收对象为全省九府一州品学兼优的生员（秀才）、监生和童生，"日给廪饩（膳食津贴），岁供衣服"，这让一个寒门之子不再为衣食犯愁。林则徐就读期间的山长（院长）郑光策为乾隆四十五年进士，此公外表温和却是一身铮铮铁骨，连乾隆皇帝的第一宠臣和珅也没放在眼里，这样一个人若步入仕途是非常危险的，好在他脑子清醒，在中进士后他走的是另一条路，在闽中各大书院讲授他那一肚子的"经邦济世"之学，尤其是对唐宋名臣陆贽、李纲、真德秀以及明清间学者顾炎武等人著作皆熟读精思，"靡不贯串，如数家珍"。在这样一位耿介鸿儒的谆谆教诲下，林则徐在小小年岁便有了"经国救世"之抱负。

英雄不问出处，但皆有来路。林则徐能够成为中国近代史上的第一位民族英雄，自有一条必由之路。李纲为福建人，是林则徐最崇敬的先代乡贤，乃是两宋历史转折点上的一代国士，林则徐在心里也暗暗发誓要做一个像李纲那样"进退一身关社稷"的社稷之臣。李纲晚年在福州的居所位于西湖荷亭西北侧，名曰"桂斋"，后世在此建起了一座李纲祠，但因年久失修，黯淡而破败，林则徐在鳌峰书院就读时，时常与契友一起去那儿凭吊先贤的遗迹。后来，他被福建巡抚张师诚选为佐幕，又力主重修了李纲祠和李纲墓。他在江浙一带为官时，还捐资或募资重修了当地的于谦墓和韩世忠墓。透过这些饱含英雄情结的细节，也能深深地感受到他对历代民族英雄的崇敬，在他身上有一种化入了血脉里的英雄血统。

嘉庆九年（1804年），林则徐"年二十，举乡试"，中第二十九名举人，在庆祝中举的"鹿鸣宴"后便举行了婚礼，迎娶十六岁的郑淑卿为妻。"洞房花烛夜,金榜题名时",这可真是双喜临门。对这位郑夫人,也应该载上一笔。郑淑卿(1789—1847),比林则徐小四岁,其父郑大谟(字青墅)为侯官朱紫坊名儒,乾隆五十五年(1790年)进士,曾任河南永城、泌阳县令。淑卿为其长女。在当时,一个寒儒秀才之家能与进士门第、官宦之家联姻那实在是高攀了,但郑大谟看中的不是那"矮屋三椽""敝庐四壁"林家,而是林则徐这个小秀才。

这桩姻缘,说来也是一段佳话。在某个不确定的时日,少年林则徐路遇风雨,在一高门大户人家的屋檐下躲雨。风雨经久不息,一道道闪电伴随着炸雷划破天空,少年脸上也有一阵阵闪电掠过,但他竟在屋檐下安静地读书,正所谓"风声雨声读书声,声声入耳"。那屋里的主人正是郑大谟,那时他已卸任在家,在风雨声和雷声的间隙间他听见了窗外的读书声,惊奇地走出来一看,那读书的少年一身布衣,长着一副方正而敦厚的脸孔,那眼神里却透出一股鲜有的聪颖灵慧之气。郑大谟默默看了他一阵,那少年捧卷而读的专注神态深深地打动了他,感染了他。他把少年唤进屋内,一边品茗,一边闲谈。三言两语间,他又发现这小子不但对《四书》《五经》烂熟于心,还颇有一番独到的见解。郑大谟也曾耳闻侯官出了一个了不得的小秀才,如今终于见着真人了。他几乎忘了眼前端坐的是一个少年,不知不觉间把他当作了一个可以坐而论道的知音。风雨过后,林则徐彬彬有礼地同郑大谟告别,而郑大谟望着一个少年的背影,仿佛已看到了此子未来的前程,在心里打定主意要招他为东床快婿。很快,郑家就托媒到林家说合,但林家有些自惭形秽或自知之明,尤其是林母,生恐高攀不上人家,一再婉言谢绝。林家越是婉谢,郑大谟越是执意,后来还是林父认下了这门亲事,在林则徐十四岁时,两家交换了婚书,正式联姻。

林则徐二十岁中举成亲,郑淑卿十六岁嫁入寒门,虽说是双喜临门,但一个进士官宦之家的千金小姐嫁入这清贫的书生之家,那个生活和心理落差还是不小的,但她在大婚过后便脱下了一身锦绣绸缎,换上布衣裙钗,操持家务,侍候公婆。自此,林则徐执子之手,和郑淑卿一起走过了四十四年的人生。

中举还不算是真正意义上的"金榜题名",在天下士子眼里的金榜是进士榜,只有进士登科及第才能拿到步入仕途的入门券。林则徐在婚后不久便只身赴京参加会试。一条蜿蜒北上的路让他从入冬走到了早春,无论这条路多么漫长而曲折,你都得这走,没有任何捷径。在一个春和景明的日子,放出了进士榜，然而这一次没有惊喜出现，林则徐名落孙山。但他没有灰心丧气，这结果似乎也在他的预料之中，毕竟这还是他的第一次参加会试。此生他能否闯过这道关，还得跑多少趟才能闯过这道关，只有天知道。多少人把一条道走到黑，最终也没有登科。这是绝大多数士子的命运，林则徐也有这个心理准备。

　　回乡后，为了养家糊口，林则徐便在福州北库巷开设补梅书屋，一边如父亲一样开班授徒，一边准备下一次会试。就在这段时间，他与一个同宗长辈过从甚密。林雨化，字希五，此公为乾隆三十三年（1768年）举人，虽未博得进士功名，但经大挑入仕。大挑，是清朝乾隆年间制定的一种科考制度，为的是让已经有举人身份但又没有官职的人有一个晋身的机会，凡是参加了四次会试科考（四科，嘉庆五年改三科）仍没有中进士的举人，从中挑选一部分为官，每六年举行一次。应该说，这种科考也是别出一格的、具有弥补性和人情味的制度，可以让一些无缘进士的优秀举人获得入仕的机会。但在实际操作中，却是典型的以貌取人，由吏部据其形貌面试挑选，一等以知县用，二等以教职用。林雨化为大挑第二等，补宁德县教谕。由于大挑非科举正途，入仕后一般难以擢升，在官场上往往被视为另类。而林雨化因"秉性刚严，骨格坚箸"，更是另类中的另类。乾隆五十八年（1793年），福建长泰县林、薛两大家族因农田水利之争而酿成大规模械斗，在审理这样一桩人命关天的大案中，闽浙总督伍纳拉、福建按察使钱士椿收受了上千两白银的贿赂，凡涉及此案审判的藩台、粮道、盐道等大小官员均不同程度地受贿。当贿赂绑架了审判，金钱颠倒了是非，那结果可想而知，有理的一方反倒没理了，以致造成十八人的冤假命案。林雨化探悉案情真相后，趁元宵花灯赛会之机，制作了几盏大花灯，在灯上附了一首影射办案贪官的打油诗："五道官不正，双司争要钱。两台黑暗暗，唯有祝光明。"伍纳拉、钱士椿等人心中有鬼，而越是内心虚弱越是采取高压手段，他们立马派兵冲散了花灯赛会，又罗织罪名将林雨化逮捕入狱，遣戍新疆，直到嘉庆皇帝登基，大赦天下，年届花甲的林雨化才得以获释归乡。林则徐从小就听父亲讲起林雨化的故事，"心敬慕之，欲修一见"。那时，他父亲和林雨化等人缔结"真率会"，这是一个由当地正直士人组成的民间社团。林则徐陪父亲参加聚会时，见到了林雨化，听了他一席话，读了他五卷书，林则徐为这位前辈深深折服了，有多少人能像这位前辈一样，在逆境中受尽折磨仍不折不挠地保持一身凛然正气啊，他这骨子里的顽强和正气也渗透了林则徐的血脉。而林雨化对林则徐的深远影响，还不只这些，在步入仕途之前，林则徐就透过林雨化的命运窥见了吏治的腐败与黑暗，但他从不绝望，越是处于这暗无天日的世道，越是让他产生了匡正和挽救这个帝国的强烈渴望。

嘉庆十一年（1806年）秋天，林则徐应厦门海防同知房永清之聘，任厦门海防同知誊录（书记），开始了他有生以来第一段卑微的小吏经历。以林则徐天资之高、胸襟之大，应聘这一小书吏"亦不得已也"，为的是解决一家炊米之急。房永清，字润堂，河北栾城人。据清同治《栾城县志》记载："永清有知鉴识，林中丞则徐，于未遇时约笔札，厚资修脯，后中丞既贵，述职过栾时，拜其墓下。"可见，这是一位慧眼识人的伯乐，在林则徐怀才不遇之际，他就看出林则徐是一位难得的人才，聘其为誊录，还给了他优厚待遇。林则徐对这位伯乐也常怀感恩之情，他后来官居高位，其品秩远远超过了这位六品海防同知，但在赴京述职途中，还特意去栾城拜祭房公墓。但对于林则徐，还不只是一个知遇之恩与感恩图报的故事，他这一段很容易被忽略的小吏经历，直接切入了他未来一生最大的人生主题——海防与打击鸦片走私。厦门在当时就是东南沿海一个内外贸易兴盛的港口，海防同知是"管理海口商贩、洋船出入收税、台运米粮、监放兵饷、听断地方词讼"的官员，当时，在清廷三令五申严禁那些洋船上的外商与国内的烟贩相互勾结，买通关防官吏，放任走私。但在房永清的坚守和严查之下，厦门成了中外鸦片贩子打不开的一道门，只能采取武装走私，或抢滩登陆，或在近海进行鸦片交易。林则徐追随房永清"出入风波里"，追缴走私鸦片，记载走私鸦片的数量，他们的缉私往往追不上那些速度更快的走私船，他们使用的武器大多是冷兵器和火绳枪，而走私分子手里握着的都是毛瑟枪。这也让他切身感受到了鸦片走私之猖獗、洋枪洋炮之利害、鸦片烟毒之祸患。是时，他还只是一个人微言轻、难有作为的小吏，而担任厦门海防同知誊录也不过半年，但命运中总有一些看似不经意的安排，仿佛早有预谋，正在向他的人生主题靠近。对于他，那还是一条相当漫长的路，从厦门走向虎门，他还要走三十三年。

林则徐告别了厦门海防前线，又被福建巡抚张师诚选为幕僚。对于他，这是一次难得的官场历练，也可谓入仕之前的实习阶段。

张师诚（1762—1830），字心友，号兰渚，浙江归安（今湖州）人，乾隆五十五年（1790年）进士。此公年长林则徐二十余岁，在官场历练久矣，从内阁中书、军机章京到福建巡抚,其建树与政声皆为时人所称道,以擅长处理各种错综复杂的问题而号称"能手",尤以抚闽八年最有治绩,《清史稿》称他"才猷建树,卓越一时"。这样一个人,自然有一双慧眼,而他是否能够预见,这个被他选为佐幕的林则徐,"英才卓越,超逾伦匹",还将远远超越他?后来有人称道张师诚是发现林则徐这匹千里马的第一伯乐,其实他也是林则徐在正式步入仕途前的一位导师。林则徐入幕之职为司笔记,相当于巡抚第一秘书,张师诚堪称是一位熟知封建社会各种典章制度的专家,他把各种典章制度连同自己办理公事、文案的知识、技巧和一些不可为外人道也的官场奥妙,几乎毫无保留地传授给了林则徐。张师诚入世既深,在官场上道行高深,游刃有余,却也有一种出尘的风骨。林则徐对张师诚一直是以师礼相事。后来,他在道光元年(1821年)还特为张师诚撰写了《张兰渚中丞六十寿序》,称赞这位恩师"爱才如性命,染人如丹青,扶寒畯如济舟航,引后进如培子弟",这是他的肺腑之言,张师诚也当之无愧。

在长达五年佐幕生涯里,林则徐还有一次追随于张师诚鞍前马后的军事历练。嘉庆十四年(1809年),林则徐第二次赴京会试落第,六月返闽,张师诚依然把他留在幕府。八月,张师诚奉命带兵镇压"海盗"蔡牵,特命林则徐随从。张师诚虽非军人,但清朝的巡抚、总督为集军政于一身的封疆大吏,既掌政务也兼掌军务,被赋予了节制其辖区内军队的使命。对于清王朝,蔡牵是一个驰骋于闽、浙、粤洋面的海上大盗,若换一种历史眼光看,那也是一个打出"反清复明"旗号的义军领袖。蔡牵自称"镇海威武王",这倒也不是他狂妄自大,他不但打败了浙江总兵胡振声所带领的闽浙两省水师,还用大炮打死了浙江提督李长庚,一时间声威大振,连清廷也为之震撼。清廷命福建巡抚张师诚、闽浙水师提督王得禄等率师镇压,集两省兵舰合力征剿。蔡牵在陷入绝境后,遂"发炮自裂座船,与妻小及部众二百五十余人沉海而死"。林则徐自然不会同情这样的"海上大盗",但如此悲怆的一幕,至少让他眼睁睁地目击了失败者那最后的绝望和惨烈。当然,尤为重要的是,林则徐亲历了这样一次海上征战,深知书生报国绝不能在纸上叱咤风云,随时都要做好投笔从戎的准备,对军事或兵法那是必须钻研的,这也为他日后防御来自海上之敌提前做了一次军事上的铺垫。

嘉庆十六年(1811年)春闱,林则徐已迈进二十六岁的门槛,这是他第

第一章
国运与命运

三次参加会试,终以殿试二甲第四名闯过了科考最难的一道门槛。这次会试的座师(主考官)乃是大学士曹振镛,房师(同考官)为清代名儒沈维𫓧(字鼎甫),而这一科新科进士既是他们的门生,更是天子门生。曹振镛乃是历仕乾隆、嘉庆、道光的三朝元老,一生从政时间长达半个多世纪,在嘉庆朝任吏部尚书、体仁阁大学士,兼管工部,进入内阁。清因明制,皇帝为将天下权力牢牢攥在自己手里,不设宰相,而大学士已跻身于宰执大臣之列。到道光年间,曹振镛更是被推为位极人臣的首席军机大臣。他在漫长的从政生涯中,历经三次"改朝换代",没有遭遇什么坎坷,也没有出现什么大的过失,其官宦文化修炼之深令人叹为观止。历史上对这位官场不倒翁的评论或高或低,而他流传至今的一句名言就是"多磕头,少说话",有人说他一生唯唯诺诺,小心谨慎,有人说他言行得体,"克勤克慎",对同一个人的同一种行状,其实有不同的表述方式。无论历史上对此公的评论是褒是贬,但对其廉洁公正则是一致公认的。就说他三任学政,主持乡试、会试各四次,阅评考卷一丝不苟,不徇私情。如林则徐这样一个除了盘缠什么都没带的考生,能够在这次会试中夺得二甲第四,也足以证明曹公之公正。

体制内的一切已高度程式化,这并非从清朝开始,只是在清朝进一步强化了。这一科来自五湖四海的新科进士,如同一口老窑里烧出来的砖,都是同一个模子里倒出来的,清廷对新科进士的安排也是千篇一律,在《清史稿》中对每个载入史册的人物几乎都是这样的记载,"选庶吉士,授编修"。其实,选庶吉士还要经过一次朝考,除一甲进士(状元、探花和榜眼)面试之外,从其余进士及第者中选有潜质者担任,林则徐又夺得了朝考第五。庶吉士为翰林院内的短期职位,由进士步入仕途,大多从此起步,然后则是按部就班地升迁。由于一顶乌纱帽实在来之不易,每个人都倍加珍惜,循规蹈矩,谨小慎微,生恐马失前蹄,一跟头摔掉了自己的前程。在这样一条道上,唯皇上及上司马首是瞻者多矣,而有主见者极少。

林则徐在翰林院度过了七年岁月,他的长子林汝舟、次子林秋柏(早殇)、长女林尘谭、次女林金鸾(后夭折)皆在此期间相继出生,而他的年俸只有纹银二百两,日子过得依然捉襟见肘,不过他早已习惯了安贫守道,他所虑者不是一家之生计,而是国计民生。

在翰林院期间,他一天到晚厕身于属于自己的一个角落里,每天却像个闷葫芦似的埋头干着什么。几年之后，同僚们才发现他埋头著了一部《北直水利书》。但他们并不以为然，治水有专司，你一个小京官，又何必去操这份心？但林则徐这个心还真是非操不可，他这本《北直水利书》（后由其弟子冯桂芬改编为《畿辅水利议》）极有见地。嘉庆年间，人多地少的矛盾愈发严重，加之黄河频频决口泛滥以及诸流域的旱涝水患积重难返，如何治水治河、兴修水利、畅通漕运，是当务之急。林则徐广泛搜集了元、明以来几十位专家关于兴修畿辅水利的奏疏、著述，并通过实地踏勘考察，提出"直隶水性宜稻，有水皆可成田"，只要兴修水利、广开稻田，便可以满足京师一带对粮食的需求，"地力必资人力，土功皆属农功。水道多一分之疏通，即田畴多一分之利赖"。但林则徐的水利观还远不止于此，他提出兴修畿辅水利乃裕国便民之至计，一可救治漕政、河防之弊，二可达到防灾减灾、益荒政的功效，三可实现化邪弭盗、移风易俗，四可协调全国经济均衡发展。这就不是单纯的就水论水了，治水安民与治国安邦从来就是高度统一的根本大计，林则徐潜心钻研的治水方略，渗透了一位优秀政治家综合施治的谋划，这也是林则徐穷其一生而致力践行的经世之学。只是，由于篇幅所限，我在叙述中只能忽略林则徐在中国水利史上扮演的另一个角色，他不仅是一位载入史册的政治家和伟大的民族英雄，还是一位杰出的水利专家，在他日后的从政生涯里，治水是他贯穿始终的一个人生主题。

　　那时候，很少有人能像林则徐这样终日坐着冷板凳，翰林院的那些小京官，一心想着的是尽早出人头地，这也是他们入仕后的第一条起跑线，谁也不想输在起跑线上。很多人都在明里暗里奔走打点，中国官场历来都是人际关系型的官场，谁若能攀附上一位权臣，或抱住一位皇亲国戚的大腿，就可以率先迈上一级台阶了。但林则徐在这方面还真是毫无优势可言，一个寒门秀才之子，既不善交际，又无靠山，几乎没有人脉资源可以调动。他也参加了嘉道年间一个由中下层京官和在京士人组成的诗社，该诗社初名消寒诗社，由于经常在宣武门南一带活动，后又名宣南诗社，初创者为嘉庆七年（1802年）的同榜进士，当时都在翰林院供职；后来成为道光朝重臣、对林则徐有知遇之恩的陶澍是该诗社的创始人和领导者之一。林则徐为嘉庆十六年进士，入社时已经很晚了，他只是一般成员，介入程度也并不深，只在兴之所至时参加一些活动，他在《题潘功甫舍人〈宣南诗社图卷〉》中自况："偶喜追陪饮文字，敢擅风骚附述作。"但后来由于他的盛名远远超过了陶澍和诗社的其他领导者,一些史载便将他作为该诗社的代表人物或领导者,这是违背历史事实的。后来与林则徐一起倡导禁烟的先驱者之一黄爵滋,还有龚自珍、魏源等名士,也是宣南诗社的重要成员,有史家称林则徐"成为他们的领袖",但至少,当时还不是。那时候他们还只是一帮志趣相投、提倡经世之学、尚未在历史地位上分出高下的契友,既是清贫之士,也是清议之士。

直到嘉庆二十一年(1816年)之后,林则徐才告别了翰林院的冷板凳,在嘉庆的最后几年里,林则徐"历典江西、云南乡试,分校会试。迁御史",就在他"迁御史"的那年,嘉庆二十五年(1820年)早春二月,林则徐和他的"历史宿敌"琦善才有了第一次交道,设若历史真有宿命,这也是林则徐必将遭遇的一个人。

博尔济吉特·琦善(1786—1854),满洲正黄旗人,世袭一等侯爵。中国历代王朝除了以科举"为国择仕",还为既得利益集团另辟了一条蹊径,即恩荫,因上辈人有功而给予下辈人入学任官的特权,而清朝对旗人贵族子弟更是宠爱有加,荫生只需经一次考试,即可授官。琦善比林则徐还小一岁,就在林则徐第一次赴京会试的那年,年方弱冠的琦善便由荫生授刑部员外郎,一下就成为从六品京官了,这个起跑线,是天下士子难以企及的。相比之下,像林则徐这样的一个普通汉家子弟要拿到步入仕途的入门券,授予一个品秩最低微的官职,不知要闯过多少道难关,一关未过误终身。当林则徐为拿到一张仕途的入门券而一考再考时,琦善已递升为刑部郎中、通政使司副使。林则徐在二十六岁中进士还算幸运儿了,而当他拿到官场入门券时,琦善已历任河南按察使,江宁、河南布政使等正三品高官了。

琦善超升如此之快,首先仰仗他高贵的满洲贵族血统。清朝和中国历代王朝一样,数千年来一直保持着家国政体,国家就是爱新觉罗氏的家族私产,即便你在这家里就当一个奴才,那还只有琦善这样的旗人贵族才有资格。但除了先天优势,他也确实具有在大清官场为官的天赋。在养尊处优的旗人贵族中,还很少有像琦善这样有进取心的,他也是旗人贵族中的政治精英。他既聪明、干练,又在官场历练多年,对那些官场套路早已摸得一清二楚,有史家认为他"练就了一套处事圆滑世故的好本领",这似乎有些偏颇,从他一生的行状看,他确实出色的观察能力和随机应变能力。直至今日,还有不少人仍对琦善佩服之极，为他申辩，认为其"能力超过林则徐"，对此论我也仔细拜读了。诚然，琦善也是有所作为的，如经常被人援引为例的两大功德：一是他在水利上筹济高家堰工费八十万；一是他在平乱时派兵捕治"临清教匪"马进忠。但无论是从治水和为政看，还是从其综合能力看，他与林则徐实在相差太远。但他有一点可能超过了林则徐，那就是他揣摩上意的能力。他不像有的官员凡事只听皇上的吩咐，遵命而行，他对皇上当然也是唯命是从，但他提升到了一个境界，以揣摩上意为他迎合上意打了提前量，赢得了主动权。他与同样善于揣摩上意、权倾内外的穆章阿堪称知音，实为同党。两人也因此而深受道光皇帝宠信和倚重。这么说吧，他当官的能力远远超过了林则徐，在官场错综复杂的周旋中，他总能把自己的聪明机智和分寸都拿捏到了上乘的境界，但如果说政治上的能力，还真是难以找到超过了林则徐的政绩。没有证据，那就沦为无稽之谈了。

"有机智必有机心"，而琦善之机心总是用得不早不晚、不轻不重，恰到好处，这也让他总能抓住一个个机遇。嘉庆二十四年（1819年），三十三岁的琦善擢升河南巡抚，从二品，跻身于封疆大吏之列。而在翌年初，林则徐也终于获得了一次提拔，"迁江南道监察御史"，从五品。若以按部就班的提拔而言，林则徐能在进士登科还不到十年内就官至从五品，也算"文儒亨达"了。琦善抚豫，既是提拔更是重用，河南控中原大地，居天下九州之中，但其地位不只是重要更为险要，而黄河便是天下第一险，"三年两决口，百年一改道"。在这举足轻重之地为官，可谓机遇与风险并存，若能保中原安稳，则有可能官升一级，由抚升督。若是堤倒河决，那就要栽跟头了。果不其然，一直官运亨通的琦善琦大人，在这大河上就栽了一个大跟头，他走马上任不久，先是"河决武陟马营坝"，琦善与尚书吴敬连日督工堵口，刚刚堵住此口，黄河下游的"仪封（今河南兰考）又决"。嘉庆一怒之下，"革琦善巡抚之职"，但革职后还不放他走，又命其"以主事衔留办河工"，将功赎罪。在琦善飞黄腾达的一生中，这是他遭遇的第一道大坎。

正当琦善"将功赎罪"之际，林则徐几乎是下意识地把目光投向他最关注的治水治河。说来，他这个从五品江南道监察御史，品秩不高，但权力不小，在清朝，此官职配置于朝廷或地方，又可不分地域或领域行使其监察职责，不仅可对违法官吏进行弹劾，也可由皇帝赋予直接审判行政官员之权利，并可对

第一章
国运与命运

府州县道等审判衙门进行实质监督,也可在监察过程中对地方行政所存在的弊端直接上奏天子。黄河决口,是关乎江山社稷安危的大事,林则徐随即奔赴黄河,亲临一线调查,他发现琦善督工的仪封堵口工程进展十分缓慢,但他并未直接参劾琦善,而是深入调查,问题到底出在哪儿呢?林则徐在水利上有专攻,自然比琦善更懂得水利河工,他发现堵口缓慢的原因并非琦善督办不力,而是贩卖堵口筑堤材料的奸商囤积居奇。这让他震怒了,一条黄河与千百万苍生生死有关,竟有人敢发这样的灾难财,真是丧尽天良!林则徐随即愤而上奏,奏请皇上"饬地方大吏严密查封,平价收买,以济工需"。这一建议很快被嘉庆皇帝采纳,在圣谕的督促之下,仪封堵口工程和河南的治黄工程加速了,未久决口便已合龙。

林则徐此次上奏,无疑为他加分不少,在京官考核(京察)中他名列一等,还承蒙嘉庆皇帝召对,这一番君前奏对,又让嘉庆皇帝发现,这林则徐还真是一个干才。于是,林则徐"寻授浙江杭嘉湖道",由从五品的江南道监察御史一下超升为正四品道台,这是真正的超升(越级提拔)了。

而林则徐此次督察河工,也是他与琦善的第一次遭逢,据后世史家考证这是两位宿敌的"第一次侧面交锋"。那么,这一次"侧面交锋"是否就是琦善与林则徐的结怨之始呢?显然不是。林则徐此次督查河工,既非越俎代庖,他确实被赋予了这样的监督权。而他在上奏中非但没有参劾琦善,还实事求是为琦善开脱了"督工迟缓"的罪责,他在上奏中所指斥"地方大吏"很明显不是琦善,在他上奏之前琦善就是一个已被革职、将功赎罪的罪臣。又从琦善接下来的仕途看,林则徐此次上奏也未给琦善带来仕途上的损害。琦善在将功补过之后,先被贬为山东按察使,仅仅过一年,又授山东巡抚,重归封疆大吏的行列。更何况,两人在此前素无过节,甚至从未交集,若平心而论,林则徐既无意与一个满洲贵胄结怨,琦善也不该因此而与一个前程看好的汉官结怨。然而随着历史的演绎,林则徐与琦善在之后还将有多番交锋,他们必将被历史塑造为两个处于对立面的典型代表,一个是彪炳千秋的民族英雄,一个是丧权辱国的卖国贼。如此,这两人之间的"第一次侧面交锋"无论是否结怨,还真是绕不过去的一个开端,也算是一个伏笔吧。

一个伏笔埋下了,一个皇帝随即也埋葬了。嘉庆二十五年(1820年)已是嘉庆的最后一年。是年七月,嘉庆皇帝在承德避暑山庄突然驾崩,享年六十一岁。据后世根据《清仁宗实录》的记载推测，嘉庆皇帝之死，极有可能是天气太热，中暑后突发心脑血管疾病而亡。为江山社稷，嘉庆已经殚精竭虑，但这位"度量豁达，相貌奇伟"的天子，从登基之初一心想要"垂千百王之模范，抚数万里之版图"，再造先帝"乾隆盛世"之后的又一代盛世，然则他既未延续"乾隆盛世"，也未能继承先帝乾隆的健康体魄和长寿基因，在他这二十五年的帝王生涯里，仿佛只有唯一的历史意义，就是完成了清朝由盛转衰的过渡，而接下来，一个王朝已进入被历史定义的衰世了。

第二章
倾斜的帝国

一、社稷之臣

　　一个日渐倾斜的帝国，虽说还没到日薄西山的境地，却正在一条下坡路的惯性中滑行，那是一个几乎没有响动的过程，但那种倾斜失重的感觉，清朝当局者也不是毫无察觉。无论是逝去的嘉庆，还是继位的道光，都有一种"挽狂澜于既倒，扶大厦之将倾"的焦急与躁动。但这一急遽下滑的趋势嘉庆皇帝穷其一生也未能扭转，接下来的历史，已经轮到了清朝第八位皇帝道光帝（清宣宗爱新觉罗·旻宁）来主宰了。

　　如果说嘉庆皇帝是清朝由盛转衰的过渡人物，那么道光皇帝则是这个王朝走向衰亡的第一位皇帝，史上有"道咸衰世"之说，亦有"乾嘉中衰"之论。老实说我更认同后者，甚至还可以将清朝中衰提前到乾隆中期，那时乾隆皇帝和他的帝国都处于如日中天的鼎盛状态，这个帝国实际上就开始倾斜了，这也是由盛转衰、走向下坡路的一种必然姿态。盛极而衰，原本是每一个王朝循环往复的规律，也就是所谓周期律，若要跳出这个周期律，只有源源不断地吸纳新的元气，吐故纳新，方能给自己注入勃勃生气与活力。在乾隆晚年，这一古老的大陆便已死气沉沉，倘若能打开面朝大海的帝国之门，势必会有一股来自大海的浩然之气涌入神州大地，直抵这个帝国的心脏，让中华民族换一种活法。然而这只是我不切实际的幻想，在这无比深沉的大地上，永远只有改朝换代，绝少改弦更张。道光皇帝和先帝们一样，他多么想挽救这个下滑的帝国，让这个王朝得以中兴，甚至想要开创一个超越康乾盛世的盛世。然而，这是他无力完成的一个转折，他只能陷入另一个转折。

　　从道光皇帝的传世绘像看，这位清帝天生一副异相，额头宽展而脸颊尖瘦，这是一位骨骼峻峭、棱角凸显的皇帝，那紧闭着的嘴角浮现出一抹奇怪的笑容。在清帝中，他是唯一以嫡长子身份继承大统的皇帝。他能在诸皇子中胜出，无疑与他的先天优势有关，不仅如此，嘉庆称他"忠孝兼备"，这当是他能胜出的主要原因。道光继位时已年届不惑，若嘉庆如乾隆一样高寿，这个帝位还不知能否传给他。历史选择他，在这个由盛转衰的过程中，来扮演一个"处于历史转折的关键时刻"的舵手。史上对他的评价不高，尤其是今世史家，认为他作为一个帝王资质不高，虽勤于政务，力行节俭，但一味守成、因循守旧，绝少建树。《清史稿》亦称道光帝为一位守成之主："宣宗恭俭之德，宽仁之量，守成之令辟也。"

后世对清朝的评价虽说各有高低，但一般都认为清朝没有昏君，但清史学科奠基人之一孟森就将道光帝列为清朝入关后的第一位昏君："宣宗之庸暗，亦为清朝入关以来所未有。"但说句公道话，道光帝还真不是昏君，他也不甘平庸，在改组军机处、整顿吏治、清查陋规、平定张格尔叛乱、漕粮海运、改革盐法和开放矿禁上还是颇有作为的，至少比他父亲要多一点变革意识。若论及禁止鸦片烟毒上，他更是历代皇帝中态度最坚决的。另外，他也不乏识人之明，要不他也不会提拔重用林则徐等国之栋梁。应该说，他与乃父一样，也是一个雄心勃勃，又是一个想有所作为又难有作为的皇帝。但有一点他与乃父不同，嘉庆皇帝在位时基本上终结了康乾时代极为严酷的文字狱，在亲政之后便"诏求直言，广开言路"，就凭这一点，嘉庆也算是一个开明之君。而据史载，道光皇帝却恰恰相反，他最忌直言，喜听吉言好话，大臣所上奏章"语多吉祥，凶灾不敢入告"，这也为道光一朝埋下了悲剧性的伏笔。诚然，这个悲剧的根本症结还在于他和乾隆、嘉庆一样"守其常而不知其变"，这让他非但无法挽救"乾嘉中衰"的局势，一个内忧外患、危机四伏的王朝反而每况愈下，由此而成为"中国历史的分水岭"。然而这只是局外者的言说，而对于置身于其间的当局者，这是一道看不见的分水岭，从嘉庆到道光，绝不会把自己视为衰世之君。

道光皇帝比林则徐年长三岁。道光元年（1821年）正是林则徐三十六岁的本命年，也是他父亲七十二岁的本命年，而就在这年冒出了一件特别蹊跷的事情，林则徐竟然摘掉乌纱，挂冠而去。对此，我反复在故纸堆里搜寻求证，但仍然觉得这是一件诸多史家都没有说清楚的事。一是今人的说法，"林宾日病危，林则徐以照顾父亲为由辞官而去"。林则徐是个大孝子，恪尽孝道在情理之中，虽说忠孝不能两全，但为尽孝而辞官则不近情理，毕竟大清王朝也是一个孝行天下的王朝，完全可以批给他尽孝的假期，何必辞官呢？还有一说是他"愤而辞官"，却又没有令人信服的证据，不知他何愤之有？林则徐在嘉庆年间虽说不像琦善那样飞黄腾达，但在三十多岁就已官居四品道台，这在他的进士同年中也算佼佼者了。当然，没有仕途的失意，也可能有对官场的失望，没有因针对某一具体事件而触发的愤怒，也可能有对一个王朝各种弊端的忧愤。在于史无据的情境下，我也只能如是猜度了。

  林则徐日夜兼程赶回侯官，此时林家已迁入的文藻山之云左山房，在福建方言里，"云左"与"文藻"谐音，又比"文藻"多了一些雅人深致之感。林则徐书房——七十二峰楼，是这山房里的主体建筑之一。但林则徐入仕之后便很少回家，只在他日后为其父母丁忧守制或回乡探亲及晚年养病时，他才居住于此。林则徐这次接信回来时，只知父亲病危，他这么急着赶回来，就是想要同父亲见上最后一面，可他看见的并非一个弥留之际的父亲，老爷子病早好了，正在文藻山喂鹤呢，这是《题林旸谷年丈饲鹤图遗照》描绘的图景，一位老翁，像个须发飘白的老神仙，身边白鹤翔集，他一扬手，将大把谷子扔向半空，洋洋洒洒的，仿佛能听见谷子簌簌落地之声。——这图景令我也分外憧憬和神往，人生一世，到了晚年，若能享受这样一种悠然自在的生活，与自然生灵相伴相依，该除却人间多少烦恼啊。一介寒儒，能在这境界里颐养天年，真是享福了。

  当我徜徉于云左山房之中，随着山溪转来转去，脑子里忽然转出了一个念头，一个猜想，林则徐辞官，兴许还有第三种可能性，那也是后来他在广州禁烟期间，在给长子汝舟的一封信（《训大儿汝舟》）中流露出来的一种心迹："父十一载在外，虽坐八轩，食方丈，意气豪然，然一念及家中状况，觉居官虽好，不如还乡……吾儿在都，位不过司务，旅进旅退，毫无建树；而一官在身，学业反多荒弃，诚不如暂时回籍之尚得事母持家，且可重温故业，与古人为友，足以长进学识也。"这寥寥数语，透露了林则徐的另一种心迹，另一种可能的人生选择，"居官虽好，不如还乡"，而"重温故业，与古人为友，足以长进学识也"则道出了林则徐退出官场的真意。中国古典士大夫大多具有"双向修身"之情结，"穷则独善其身，达则兼善天下"，只是，林则徐的官宦仕途还远未到穷尽之时，甚至还没有真正意义开始，他就心生退意了。

第二章
倾斜的帝国

这次辞官只是林则徐仕途中的一个小插曲，却也是他人生的一道分水岭。

若用历史眼光看，设若他就此退出官场，无异于提前退出了政治舞台和历史舞台，那在道光年间，在历史的分水岭上，就没有了扮演了历史主角的林则徐，更没有虎门销烟中那个叱咤风云的钦差大臣林则徐，在某种意义上说，他是把中国从古代史直接推向近代史的第一推手。

历史的命运往往隐藏在一些细枝末节中。林则徐回到家中，一看老爷子那脸色，至少还要活五六年。林母也还健在，这老太太在林则徐孩提时就教诲他，"读书显扬，始不负吾苦心矣"！此时她正一心巴望着这么个有出息的儿子能够更加"显扬"呢，没想到儿子竟然是辞官而归，老两口顷刻间如天塌地陷一般，林家熬了多少代才熬出林则徐这样有出息的后代啊，你这辞官，于国不忠，于父母不孝啊！林则徐原本是为尽孝而辞官，却又因辞官而不忠不孝，尽管他老大不小了，但在老父老母跟前他就像个犯了错误的小学生。而父亲已经病愈，他辞官已经没有了理由，那就只能回心转意，重返仕途了。对他这次原本没有太多戏剧性的辞官，后来演绎出了戏剧性的精彩一幕，他这次辞官不只是遭到了父母亲反对，更有侯官、闽县的父老乡亲、文人士子极力反对，甚至以命相逼让他继续当官，只因他为官一任就可以造福一方，如果像他这样一个十分难得的好官都退出了官场，那不全是贪官污吏了？而林则徐眼看那些有冤难诉、有屈难伸的老百姓，他只能做出不二选择，从"愤而辞官"到重返政坛。对于林则徐本人，这不只是回心转意，也是一次精神涅槃。

然而，大清官场不是菜园门，你说走就走、想回就回啊？林则徐想要重返官场，还得让道光皇帝点头应允。这又多亏了他的座师曹振镛和房师沈维鐈等人竭力周旋。曹振镛这棵官场常青树、政坛不倒翁，在道光朝更受器重，任武英殿大学士、首席军机大臣，已是名副其实的首相了。道光帝赞之为"亲政之始，先进正人。密勿之地，心腹之臣。问学渊博，献替精醇。克勤克慎，首掌丝纶"。有了这样一位心腹大臣进言，道光皇帝对林则徐复职自会点头，而道光皇帝对林则徐此前的政绩名声也是有所耳闻的，在点头之后还特地召见了他，这也是林则徐有生以来第二次入宫陛见，君前奏对。那可真是皇恩浩荡，林则徐则是如沐春风，圣上不但令他"仍发原省以道员用"，而且赞他："汝在浙省虽为日未久，而官声颇好，办事都没有毛病，朕早有所闻，所以叫汝再去浙江，遇有道缺都给汝补，汝补缺后，好好察吏安民罢！"

从接下来的史实看，正是这一次君臣召对扭转了林则徐的命运，道光皇帝不但恩准他复职，从此还对他一再提拔，委以重任。就在林则徐重返仕途未久，道光三年（1823年）正月，他被擢升为江苏按察使，正三品，为掌一省刑名按劾的司法长官。而此时的琦善已官居两江总督兼署漕运总督，为当时最年轻的封疆大吏之一。这两位"历史宿敌"于此又有了一段交集，琦善乃是林则徐的顶头上司，在某种意义上，他可以主宰林则徐的前程命运。而在这次历史性的交集中，两人之间从未发生什么"交锋"。

林则徐厉行禁烟，就是从苏州开始并在江苏全省推行的。江苏自古为膏腴富庶之地，而自嘉庆以来，这膏腴之地变成了烟膏之地。当时，按察使衙门设在苏州，一座如人间天堂般的苏州，变成了乌烟瘴气的地狱，大街小巷，烟馆林立，从缙绅富豪到贩夫走卒，一城之内便有数以万计的鸦片吸食者。林则徐在澄清江苏吏治、改革审判程序、亲自裁决案件、处理积压案件和抗灾赈灾方面均有载入史册的卓越建树，而他还干了一件大事，他禁烟的最初一笔就是在苏州写下的。他时常微服私访，暗夜潜行，对鸦片烟毒之害，较之此前更有了切肤之痛，鸦片烟毒之害，让官场成了污染的重灾区，几乎在每一杆烟枪的背后，都能揪出一连串的腐败官吏，若要澄清江苏吏治，必须禁绝鸦片烟毒。

对于林则徐禁烟，老百姓是打心眼里拥护的，一个千呼万唤始出来的"林青天"，很可能就是从这时候叫响的。林则徐以按察使之职在江苏厉行禁烟，当然离不开一省巡抚的支持。而时任江苏巡抚，乃是与林则徐"志同道合，相得无间"的陶澍。台湾学者刘广京在论及两人的历史地位时，称"陶澍和林则徐是道光朝群吏阘茸中的两个最杰出的人物"。陶澍一直就是坚定的禁烟派，两人在江苏携手禁烟不是问题，问题就在于他们头上还顶着一个总督大人，而史上所谓"弛禁派"或"弛烟派"首领就是琦善琦大人，那么他对禁烟的态度如何呢？这也是我非常关心的，为此我反复搜检史料，还真是未得其详，至少没有史料记载，琦善在两江总督的重任上是反对禁烟的，最多也只是态度暧昧的默许吧。若尊重历史事实，可以下一句暂时性的结论：琦善并未阻挠林则徐在江苏禁烟。在此期间，琦善也没有难为过林则徐，他还曾和陶澍联合上奏，举荐林则徐担当另一重任。当时，地处长江三角洲的苏州、松江、常州、镇江、泰州等五府州之漕粮改由海运，此举也是道光年间"漕粮海运"的一项具有改革意识的朝政，谁来担当这一重任呢？琦善和陶澍均认为林则徐"细密精详，堪任其事"，后林则徐旧疾发作，身体难支，又是经琦善代奏，道光皇帝恩准，林则徐辞掉了筹办海运差使，回老家养病，给母亲守孝。据此，史家李桂枝认为"如此一举荐一代奏可证，琦善与林则徐不但没有个人恩怨，琦善这个一品大吏，对品秩远不如自己的林则徐，还很友善"。对此我是认同的，这个结论是尊重历史的，至少在江苏期间的这一历史阶段，琦善和林则徐这两位"历史宿敌"，还没有发生过什么载入史册的"交锋"。

林则徐从道光三年正月擢江苏按察使，到道光十二年（1832年）二月迁江苏巡抚，十年间辗转于各地宦途，在农业、漕务、水利、救灾、吏治各方面都是一个令朝野称道的"治世之能臣"，但如果把他仅仅视为一个"治世之能臣"，那还真是把他的境界低估了。在帝国体制下为官，第一要求便是"忠君爱民"，而忠君与爱民又是紧密相连、互为因果的，"普天之下，莫非王土；率土之滨，莫非王臣"，天下苍生，皆为天子之子民，爱民自然也是忠君的高度体现。然而现实却从来不会这样美妙和理想化，这两者之间在常态下的利益诉求是互相重叠的，高度默契的，在非常态下则是互相对立的，处理好了就可以转化为乘法效应，处理不好就是除法效应，在尖锐的冲突下则不是你死就是我亡。那么林则徐又是如何处理的呢？道光十三年（1833年），江苏先是旷日持久的大旱，随后又发生旱涝急转，水漫松江，而大灾过后必然是大饥荒。林则徐哀民生之多艰，奏请清廷缓征或减免江苏漕米，但道光帝却严斥林则徐"不肯为国任怨，不以国计为亟"，并谕旨按正常年景全额征米。一个官员，是政客还是政治家，在寻常情况下还容易分辨，而每到关键时刻，其境界则高下立判。林则徐明知听命于皇上是最明智的选择，而一旦违抗圣旨很可能革职查办，但他却毅然选择了后者，哪怕受到惩处他也要为民请命，这就不是一般的明智而是政治智慧与政治信念了。

我觉得美国华裔学者张馨保的一句话很说得是到位的，"以他的勤奋、改进政府工作的强烈愿望以及全力为民谋利的信念而著称。在所有十九世纪的中国政治家中，林则徐的形象和影响都超过了其他人"。这么说吧，林则徐是一个具有理想和信念的政治家，而且一直不遗余力地把"全力为民谋利"的信念贯彻在他的施政中。林则徐的进士同年程恩泽也曾赠联与他："为政若作真书绵密无间，爱民如保赤子体会入微。"此联其实也是对他做出的政治评价，一个能够做到前一句可为好官，但只有做到后一句才称得上真正的社稷之臣。

二、鸦片，鸦片

鸦片，鸦片，禁烟，禁烟，这是一个帝国的恶性循环，也是一直贯穿着林则徐的人生主题。

道光十五年（1835年），林则徐在江苏巡抚任上又署两江总督，但署职只是代理，直到道光十七年（1837年）正月，林则徐在跨入五十二岁这年，终于跻身于大清帝国九位最高级的封疆大吏之列，擢湖广总督。作为一个寒门之子，这已是几近于登峰造极的造化了。诚然，林则徐的眼光和境界并不在于能做多大的官，他还有超越功名利禄的追求或信仰。

这里继续按鸦片与禁烟这一历史主线推进。人有病，天知否？国有病，天子知否？很多忧国忧民的士大夫都在发出这样的天问。其实，人之病，国之病，虽说病象多端，症状复杂，但总有一个根本症结。那么这个根本症结在哪里呢？无论是当时以林则徐为代表的禁烟派，还是其后的历史追踪者，都试图探悉这一根本症结。看林则徐在虎门销烟之前的仕途，其为官一任则政绩斐然，而每到一地必将鸦片烟毒扫荡一空。走笔至此又有了一个问题，既然林则徐每到一地就能将鸦片烟毒一扫而空，那么在全国范围内为什么会越禁越多？

一个地方官员，哪怕是封疆大吏，在禁烟上也只能取得局部性的、阶段性的效果，若要在全国范围内禁烟，还得仰仗皇帝和朝廷。林则徐在江苏禁烟的同时，也曾奏请道光帝颁旨在全国厉行禁烟。而在他此次上奏的前一年，道光皇帝便发布了一道禁烟令。据"军机处上谕档，道光二年二月十五日"上谕："至洋商与外夷勾通，贩卖鸦片烟，重为风俗之害。皆由海关利其重税，隐忍不发，以至流传甚广。"透过这道上谕可知，道光皇帝堪称是一位"明君"，他既明白鸦片烟毒之害有多么严重，更明白鸦片交易背后的黑幕，于是严令广东和各省督抚"密访海关监督，有无收受黑烟重税，据实奏闻，并通饬各省关隘，一体严密查拿。如系何处拿获，即应究明于何处行走。所有各关纵放员弁，即参办示惩。倘该督抚访察不力，或瞻徇不奏，别经发觉，立即加之惩处"。此令，堪称是史上最严厉的禁烟令。

应该说，道光皇帝在禁烟的态度上比历代清帝都要坚决，但在虎门销烟之前，一切如同历史的重演，越是喊得最严厉的时候，越是鸦片走私最猖獗的时候。从雍正颁发第一道针对鸦片的禁烟令，历经乾隆、嘉庆和道光三朝，一百余年来清政府一直无法禁绝鸦片。这里只说道光年间，从道光皇帝继位到道光十四年（1834年），清廷先后颁布八次禁令，但禁烟与反腐一样，一直是屡禁不绝、愈演愈烈。这里有一系列数据可以大致还原当时的历史真相：在乾隆晚年（18世纪90年代），清朝每年进口约四千箱鸦片，而在嘉庆四年清廷再次下令禁止鸦片贸易的19世纪前10年，输入中国的鸦片已逼近四千五百箱（4494箱），而在道光皇帝连续颁布八次禁令的这些年里，输入中国的鸦片已陷入全面失控的状态，在虎门销烟之前的几年间（1835—1839），每年输入中国的走私鸦片已超过三万箱。

不能不说，在西方列强中，英国打开大清帝国之门的手段既是最阴毒的，也是最成功的，他们利用鸦片走私非常成功地扭转了中英贸易逆差。到嘉庆十二年（1807年），英国的百年大梦就已变为了现实，中国由二百多年来的对外贸易出超国变成入超国。而逆差之下，势必造成大清帝国国内白银急遽外流。随着大清国库银两锐减，黑色的鸦片直接造成了严重白银危机。以前是英国及欧美出现了严重的白银危机，如今轮到大清帝国了。在道光年间已出现白银危机，一年更甚于一年，为填补白银外流的巨大空洞，只能依靠铸币厂的疯加铸铜钱，而清廷又把危机转嫁到老百姓头上，当时老百姓的日常开支和劳动所得都是用铜钱支付，而清政府规定交纳的各种赋税却必须把铜钱折成白银。由于银贵钱贱，换算之间，老百姓的实际负担随着银价的疯长、铜钱的狂跌而变本加厉。在虎门销烟的前几年，一边是每年有三万多箱的走私鸦片输入中国，一边是中国每年高达一千万两的白银流向国外。一千万，这已将近当时清政府每年财政总收入的四分之一，而这白花花的银子全被鸦片烟枪给烧掉了，这等于一个泱泱大国的财政直接烧掉了四分之一，连想一想也恐怖啊。

英国东印度公司一直是对华鸦片走私贸易的主角。到了1833年底，英国国会和枢密院通过《东印度公司改革法案》，从此终结了英国东印度公司长达两百多年的对华贸易的垄断权。但这对于中国绝非什么好事，英国政府这一招其实比垄断经营更厉害，他们假以自由贸易之名，英国对华贸易由此进入"散商"时代，这大大刺激了那些充满了冒险精神的商人，为英商进一步开拓海外市场带来了更大的激情与活力，谁都可以参与鸦片贩运。又加之粤海关处于"一口通商"、别无分店的绝对优势，早已陷入了绝对权力、绝对腐败的怪圈，贪污腐败的海关官员与那些享有垄断经营权的广州十三行行商互相勾结，让一座海关形同虚设，致使走私鸦片长驱直入。当时，年轻的卡尔·马克思正在远隔重洋的德国关注着鸦片走私中国的动向，他在日后冷峻而清醒地指出："浸透了天朝的整个官僚体系和破坏了宗法制度支柱的营私舞弊行为，同鸦片烟箱一起从停泊在黄埔的英国趸船上偷偷运进了天朝。"

当腐败与鸦片走私陷入了恶性循环，清廷每一次重申禁烟令，对鸦片走私非但不能遏制，反而助长和刺激了鸦片价格疯长，鸦片走私愈加猖獗。到道光十八年（1838年），输入中国的鸦片已经突破了四万箱大关（40200箱），十九世纪三十年代中国鸦片的进口量超过了世纪初的八倍。而从十九世纪初到虎门销烟之前，总共约有四十多万箱（427620箱），鸦片通过各种途径输入中国，最猖狂的就是东南沿海各海口的武装走私，尤以粤海为甚。

英国政府在终结了东印度公司对华贸易的独占权后，便由英国外交部直接向广州派遣驻华商务监督，负责与中国政府交涉商务事宜，这样一来，原来以商对商的交涉就发生了质的变化，成为中英两国政府间的交涉。而为英国立下了汗马功劳的东印度公司，此时并未一脚踢开，其对印度的行政特权则被允许保留二十年，这一阶段也可称之为后东印度公司时代，在这一阶段英国政府还被赋予了东印度公司协助英国政府在印度的殖民统治权和军事职能，并保存了公司舰队，继续为英国商人保驾护航。在第一次鸦片战争爆发前，就有英国舰船在南海游弋，那就是英国东印度公司的舰船。

鸦片贸易给英国资本家、英印政府以及东印度公司和中外鸦片贩子带来了惊人的暴利，对中华民族却是有百害而无一利，诚如林则徐的好友魏源所说，"鸦烟流毒，为中国三千年未有之祸"，若不采取最坚决的手段制止，这将是一个民族万劫不复的灾难。随着鸦片大量输入中国，首先就在精神上、肉体上直接摧残了中国人。鸦片是昂贵的毒品，首先侵蚀的便是上流社会，而最恶劣的又莫过于官吏吸食鸦片。据林则徐向朝廷奏报："衙门中吸食者最多，如幕友、官亲、长随、书办、差役，嗜好者十之八九。"又据道光十一年（1831年）刑部奏称："现今直省地方，俱有食鸦片之人，而各衙门尤甚，约计督抚

第二章
倾斜的帝国

以下，文武衙门上下人等，绝无食鸦片者，甚属寥寥。"又岂止是"文武衙门上下人等"，鸦片烟毒早已侵入紫禁城内，那些亲王、郡王、贝勒、贝子很多都染上了大烟瘾。嘉庆二十四年春闱揭榜，贝子德麟充任导引官，由他带领新科进士赴太和殿觐见天子，可直等到日上三竿，这位贝子爷迟迟没有到场。那些新科进士在大殿外边晒太阳倒也无所谓，但嘉庆皇帝端坐在龙椅上，等得烦不胜烦了。他命人去查问德麟是怎么回事，那家伙还躺在家中吞云吐雾、飘飘欲仙呢，竟把那导引官的光荣使命给忘到九霄云外去了。嘉庆皇帝命人将他重笞四十大板，并革去爵位。而德麟宁可革去爵位，也不愿革除烟瘾。

又据说当时三个皇子都吸食鸦片，但史载不详，未知是哪三位皇子，又是哪位皇帝的皇子。但有确凿史载，就连这个禁烟最严厉的道光皇帝，还是亲王时也曾吸食鸦片，在其御制的《养正书屋全集》中有一篇《赐香雪梨恭记》，便有这样一段吞云吐雾、意趣盎然的记载："新韶多暇，独坐小斋，复值新雪初晴，园林风日佳丽，日惟研朱读史，外无所事，倦则命仆炊烟管吸之再三，顿觉心神清朗，耳目怡然。昔人谓之酒有全德，我今称烟曰'如意'。嘻！"他这"如意"之烟便是鸦片无疑。又有确凿史载，道光帝在宫外厉行禁烟，在宫内却放任孝和睿皇太后吸食鸦片。而道光帝的继承者咸丰帝和慈禧也吸食鸦片成瘾。

不过，道光帝吸食鸦片倒是没有上瘾，在登基之前就已戒掉了，而一旦成为瘾君子就极难戒掉了。一个皇帝能够自觉戒烟实在难能可贵，而更难的还是在全国实施禁烟、戒烟。许多贵族、官僚、地主一旦染上鸦片毒瘾，势必对苍生百姓敲骨吸髓，采取索贿受贿、包庇鸦片走私、加征苛捐杂税等种种手段，把他们在鸦片枪里烧掉的花费转嫁到老百姓身上，这让原本就不堪重负的老百姓愈加难以承受。

在鸦片战争狼烟四起之前，大清帝国就已四处烟雾缭绕，几如昏天黑地，只有那如磷火般的烟火还在黑暗中发光。龚自珍曾以这样两句诗讥讽那些上等人吸食鸦片的情形："不枉人呼'莲幕客'，碧纱幮护阿芙蓉。"其实无论上等人还是下等人，一旦染上了鸦片毒瘾，又哪有这样的雅致，他们看着就像鬼一样，俗称鸦片鬼或大烟鬼。走进虎门销烟博物馆，如同进入了一个狰狞的鬼魅世界，随着灯光渐暗，一座"大生烟馆"还原了清代鸦片烟馆的场景，只见一个鸦片鬼正有气无力地拿起烟枪，当烟枪挨近嘴边时，一点火光颤动着，那鸦片鬼眼里也有一点光亮颤动着，随着火光渐暗，从鸦片鬼口中徐徐吐出的烟雾袅袅地弥漫开来，那鸦片鬼又像是很痛苦又似很享受地斜躺在那儿，一点忽明忽暗的烟火，映出了他如枯骨般的侧影。这逼真的一幕，哪怕看上一眼，也让人绝望至极，这也验证了时人俞蛟在《梦厂杂著》中对瘾君子的记载："瘾至，其人涕泪交横，手足委顿不能举，即白刃加于前，豹虎逼于后，亦唯俯首受死，不能稍为运动也。故久食鸦片者，肩耸项缩，颜色枯赢，奄奄若病夫初起。"

英国人先以鸦片毒害了中华民族，后又将中华民族贬称为"东方病夫""东亚病夫"，这一贬称出自后来上海英国人办的《字林西报》，其中有这样一句，梁启超翻译为"夫中国——东方病夫也，其麻木不仁久矣"，这虽是贬称，却也是实情，那些鸦片鬼或大烟鬼除了抽大烟，对国事家事天下事皆麻木不仁、漠不关心，而为了抽上一口烟，其人格也降到了最低的程度，一旦烟瘾发作，什么下作事、拆滥污的事情都干得出来。在虎门销烟博物馆里，还有一幅出自英国画家托马斯·阿罗姆创作的《鸦片烟鬼》，据史学家考证，这幅画描绘的就是广州一个下等的"大生烟馆"，这里边的瘾君子多半为生活在社会底层的苦力。画中站着的那位由于受了鸦片的刺激，正忘乎所以地手舞足蹈。看看这些生活在社会最底层的老百姓，把靠出卖劳力乃至生命换来的几个血汗钱，就这样在鸦片枪里烧掉了，而他们年老的父母，嗷嗷待哺的儿女，还有望眼欲穿的妻子，正等着他挣来的养命钱啊。

林则徐作为一个具有远见卓识的政治家，他看到的还不只是这些，他早就充满忧患地看到了，无论是对国人身心的摧残，还是社会风气之败坏、社会生产力之破坏、吏治之腐败、军纪之败坏，几乎都可以归咎于鸦片烟毒，尤为严重的是，在清军将领和士兵也不乏吸食鸦片者，甚至直接参与鸦片走私，如果任其蔓延下去，必将使这个国家、这个民族濒临灭亡的危险，他在道光十八年的上书中疾呼："迨流毒于天下，则为害甚巨，法当从严。若犹泄泄视之，是使数十年后，中原几无可以御敌之兵，且无可以充饷之银。"

今世有学者认为，在鸦片战争前夕，"清朝的经济面临崩溃的边缘"，其实又何止是经济，这个帝国的一切都面临崩溃的边缘。林则徐就是一个站在这"崩溃的边缘"的历史人物，正是那种迫在眉睫、危在旦夕的危机感，让他成为了一个最严厉、最决绝的禁烟派领袖。

第二章
倾斜的帝国

当林则徐疾呼严禁鸦片之际,却有人提出了对鸦片"弛禁"的主张。那是道光十六年(1836年),太常寺少卿许乃济向道光帝上《鸦片例禁愈严流弊愈大亟请变通办理折》,他说的也是实话,鸦片确实是"例禁愈严,流弊愈大",难道因此就干脆不禁了?许乃济还真是这么认为的,他在这一奏折里正式提出了"弛禁论"。从许乃济的出发点看,应该说,他也是从国家利益上来考量,既然鸦片在严禁之下既屡禁不绝,反而引起了许多流弊,如官吏在鸦片走私中与商人互相勾结,徇私枉法,走私猖獗,"然法令者,胥役棍徒之所借以为利,法愈峻则胥役之贿赂愈丰,棍徒之计谋愈巧",既如此,那还不如将鸦片贸易合法化,"准令夷商将鸦片照药材纳税,入关交行后,只准以货易货,不得用银购买",如此既可防止白银外流,"每年可省中原千余斤(白银)之偷漏",还能堵塞鸦片走私交易中的腐败漏洞。而他的"弛禁论"也是有前提条件的,他提出了自己的主张,凡文武员弁、士子、兵丁等"不得沾染恶习",而对"其民间贩卖吸食者,一概勿论"。严禁文武百官和士子、兵丁沾染恶习,这是理所当然,但他放任民间贩卖吸食鸦片,其理由又显然是站不住脚的,他认为"究之食鸦片者,卒皆游惰无志,不足重轻之辈,亦有年逾耆艾而食此者,不尽促人寿命。海内生齿日众,断无减耗户口之虞",意思是,这些游手好闲之徒、无足轻重的老百姓,死了活该,由他们自生自灭吧,这些人死了,人口也不会减少,咱们中国人的生育能力很强大,死了一批又会生出一批,绝无必要为人口减少而忧虑。同时,这老夫子还在奏章的附片中提出,除听任民间吸食外,还应当允许"内地得随处种植"罂粟,他认为从中国本土种植的罂粟中提取、制造之鸦片没有太大的害处,"其实中原土性和平,所制价廉力薄,食之不甚伤人,上瘾者易于断绝",而随着"内地之种日多,夷人之利日减,迨至无利可牟,外洋之来者不禁而绝"。他这在中国本土种植罂粟、提取鸦片的建议,在当时的士大夫中影响深远,连林则徐在鸦片战争失败之后,也一度认可他这主张,这是历史事实,有林则徐留下的白纸黑字为证,这也成了后来不少人攻讦林则徐的一个话柄。然而,历史要辩证看,这里边有一个不可忽略的前提,那是林则徐在鸦片战争失败、禁烟也已彻底失败的绝境中,他最终所做出的无奈而绝望的选择。

对于许乃济"弛禁"的主张,道光皇帝又是如何看呢?他看了,看得还特别仔细,但他心机很深,在御览之后却未立马御批,在思忖两日后,他将许乃济的奏折特批给两广总督邓廷桢、广东巡抚祁贡、粤海关监督文祥等议复。这三位大臣地处粤海的最前沿、鸦片走私的重灾区，道光黄帝的言下之意是，你们看着办吧。这可让邓廷桢等人犯难了，他们反复商议，谁也琢磨不透天子的心机，那可比琢磨天机还难啊！

邓廷桢（1776—1846），字维周，南京人。他比林则徐年长近十岁，为嘉庆六年进士，屡经宦途历练，道光十五年（1835年）年底，六十二岁的邓廷桢从安徽巡抚擢升两广总督，一到广州就碰到棘手的鸦片走私问题。而在他入粤的第二年，又遇到了这样一道难题，他也不知道如何"议复"才是。但圣命难违，又不能议而不复。他和祁贡、文祥在反复琢磨之后，最终竟然做出了赞同许乃济之论的"议复"，随即联合奏复（《两广总督邓廷桢等奏复应准许乃济所奏弛鸦片之禁并拟章程九条折》），一致赞同许乃济之论，还把许乃济的"弛禁论"加以发展和具体化，拟订了"弛禁章程九条"，奏称："如蒙俞允，弛禁通行，实于国计民生，均有裨益。"

这可能是邓廷桢一生最后悔的一件事，他一世英名差点毁于一旦。

据梁廷枏《夷氛闻记》载，邓廷桢的门人（门生）、越华书院主讲陈鸿墀在他们"议复"之前就提醒过他："事系天下风化，累在吾师声闻，百世后，青史特书某实首请弛禁，若之何？"所谓百世后，也就是一个关乎身后名的问题，一个士大夫，尤其是邓廷桢这样的封疆大吏，对自己的身后名是不能不在乎的，甚至还抱有敬畏之心，这也是历代士大夫的一个可贵之处，用现在的话说这也是一种"终极关怀"，若对身后名满不在乎，那就更加为所欲为了。而当你对身后名抱有某种敬畏心理，你的每一个决定，你所干的每一件事，才能从一种对历史、对未来、对后世高度负责的态度来思量。这里不说历史，不说未来，就说当时，像邓廷桢这样的封疆大吏，以其权力之大，牵一发而动全身，一步走错，朝野瞩目，这也给当世及后世留下了一个议论的话柄。设若其"弛禁章程九条"付诸实施，从鸦片进口、运输、种植、生产、销售将完全合法化，他必将成为民族的罪人，打入历史的另册，幸亏他很快就悬崖勒马、痛改前非了。

道光皇帝将许乃济的奏折特批给邓廷桢等议复，到底是何心机，实在难以猜透，很可能是对大臣们在禁与弛的态度上进行一次测试罢。而许乃济这个奏折一旦公开，随即便遭到了朝野上下一片压倒性的反对声、抨击声，如内阁学士兼礼部侍郎朱嶟、兵科给事中许球、江南道御史袁玉麟等人皆纷纷举出实例批判许乃济的"弛禁论",指出"弛禁"并不能使白银外流减少,鸦片有百害而无一利,必须痛下决心断绝"根株"。而那个被后世指斥为"弛禁派"领袖的琦善,既未第一个跳出来支持,也未第一个跳出来反对。对于历史夹缝中的复杂人性,有的会随之显现,有的则深藏不露。但也说不定哪一种更有胜算,但琦善无疑属于后者。当时,真正赞成"弛禁"的大臣,只有邓廷桢等人,在清廷密奏中也有人对他大加抨击:"臣闻邓廷桢等总以暗弛鸦片之禁为主,而故言禁银,以耸皇上之听,以杜天下之口。若果如此,欺罔实甚!"

而无论是"弛禁"还是"严禁",最终还要看道光皇帝摊开的那张底牌,他在收到朱嶟等人的奏折后,没有再玩心机,随即严令邓廷桢等人将"贩卖之奸民,说合之行商,包买之窑口,护送之蟹艇,贿纵之兵丁,严密查拿,悉心妥议,力塞弊源"。在道光皇帝表明了他继续厉行禁烟的立场后,邓廷桢等人也旋即从"弛禁"转向"严禁"。在历史的转折关头,邓廷桢也完成了一次极其关键的转身,随着他在虎门销烟中与林则徐"共矢血诚,俾祛大患",最终也成了一位彪炳千秋的民族英雄。

三、道光十八年

道光十八年(1838年)为戊戌年,按照中国古代历法以六十年为一轮回,此时到戊戌变法正好是一个轮回。一个王朝接下来的历史就在这个轮回中,而这个轮回却如一个往复回旋的怪圈。

这一年发生了许多载入史册的大事,几乎皆与鸦片有关。

对于鸦片是"弛"与"禁",一个拥有绝对权力的皇帝既已明确表态,这已不是问题了,问题是如何禁。从雍正、乾隆、嘉庆到道光,清廷如此三令五申严禁鸦片却又屡禁不绝,怎么才能跳出这个恶性循环的怪圈?

戊戌四月,林则徐在宣南诗社结交的契友、鸿胪寺卿黄爵滋慨然上书,"疏陈鸦片为害之烈"。此人比林则徐更有个性,一旦开口便锋芒毕露,"以直谏负时望，遇事锋发，无所回避"。他向天子疾呼，"耗银之多，由于贩烟之盛；贩烟之盛，由于食烟之众"，再加上官吏的贪赃枉法，致使禁烟难成，若要禁绝鸦片，"必先重治吸食"。他提出，对吸食者无论官民，皆以一年为戒，凡在一年内戒烟不成者，平民处以死罪！这也是后来备受争议的"论死之说"。对于官吏吸食鸦片，他则力主罪加一等。史学家来新夏对黄爵滋这篇《严塞漏卮以培国本疏》给予了极高的评价："这是严禁论的主要代表文献，是禁烟运动的舆论先声。"那么，这与之前的"严禁论"又有何区别呢？只要仔细一看，就有明显的区别，此前禁烟，皆是主要矛头对准鸦片贩卖者，即断其源，而黄爵滋首先把矛头对准了鸦片吸食者，即截其流。另外，黄爵滋把对平民吸食者的惩罚推到了极刑，也可谓是把严禁鸦片推到了前所未有的极限。

对黄爵滋的上书，道光皇帝如对许乃济的奏折一样，一开始也未表态，而是"下中外大臣议"，也就是批给中央和地方的大臣们征求意见，谕其"各抒所见，妥议章程，迅速具奏"。对道光皇帝此举，也有各种不同的解读，有人说他每临大事便没有主见，有人说这反映了他在禁烟上处于摇摆犹豫的状态。我觉得没这么简单，这个皇帝也很不简单，他心机很深也很有主见，这也是道光皇帝的高明之处，往好里说，这是广开言路，或是测试和评估一下大臣们对禁烟的态度。换个角度看，这也是给自己在做出决断之前先留下回旋的余地。若往更好处着想，这也是一位开明之君的"民主"意识或"民主集中制"，至少是类似吧。

那么大臣们又怎么看的呢？对鸦片是禁是弛，按教科书式的说法，在清朝统治集团分为两派，一是以林则徐为代表的"严禁派"，一是以琦善为代表的"弛禁派"。但辩证地看，无论严禁还是弛禁，也不能一概简单地以忠奸而论，历史从来没有那样泾渭分明，也有交叉和转化的夹缝地带，即便如许乃济提出"弛禁论"，也并非从一己私利出发。

从交上来二十九份奏折看，林则徐等八人（六位汉臣、两位满臣）完全赞成黄爵滋的观点，这些人就是史上公认的"严禁派"。据《林则徐集·奏稿八》，林则徐不但对黄爵滋的严禁主张表示了坚定支持的态度，并提出了更具体的"禁烟六策"：一是把烟具收缴净尽，以根绝吸毒工具；二是出示劝告，将禁烟的一年期限划分四限，递加罪名，以免因循观望；三是加重开馆兴贩以及制造烟具各罪名，并分别勒限缴具自首；四是失察处分应先严于官员的左右亲近之人；五是命地保、牌头、甲长查起烟土、烟膏、烟具；六是审断烟犯应用"熬"法。林则徐提出的这些具体措施，是他多年来在江苏、湖广等地禁烟积累出来的经验，也是在践行中行之有效之举。他还附上了自己"十余年来目击鸦片烟流毒无穷，心焉如捣，久经采访"所得之戒烟药方，这些药方经配制施放颇有疗效，可以在全国推广。他深知若要断绝根株，仅凭一己之力是难有作为的，只有在皇帝矢志不移的推动下，"中外臣工，并力一心"，才能"誓除此害"。尽管有史家认为"禁烟之议，创自黄爵滋"，但真正起关键作用的还是林则徐，他不是一个坐而论道者，而是一个践行者，他对鸦片危害的认识来自多年来的深入调查，他从苏州开始就一直在仕途辗转中厉行禁烟，这就比居庙堂之高的道光皇帝和那些坐而论道的朝臣更为直接和深入。林则徐深知"鸦片贻害中华久矣，势成积重"，难以禁绝，但以鸦片烟毒之危害，又必须禁绝："鸦片之毒比于砒鸩，然世之死砒鸩者千万人而一耳。若鸦片，则吸食者病于瘾而死，兴贩者罹于法而亦死，是死于鸦片者几于十人而一。于此而不拼力扫除，贻害伊于胡底！"

另有二十一位大臣，也没有谁声言反对禁烟。当然，就是打心眼里反对，也没有谁敢于公开与皇上作对，他们主要是反对"吸食者论死"这一条，认为这是"专尚峻酷"，"兴率土普天之大狱"，是万万"不可行"的。琦善确为这方面的代表，他也赞成禁烟，但他也反对"吸食者论死"，尤其是反对吸者之罪大于贩者之罪。他还真是能言善辩，打了这样一个比喻，吸食相当于自杀，而贩烟相当于他杀，而按黄爵滋之论，自杀者诛，他杀者仅流杖，这显然是本末倒置。从琦善的这道表态奏折看，他也不是什么"弛禁派"，只能说是"缓禁派"或温和的禁烟派，但他们在闭关锁国上却非常决绝，一致主张"海口关隘严戒，不准通商，则鸦片无由而来"，严戒海口关隘是必需的，但"不准通商"则是绝对的闭关锁国之举了。

道光皇帝在征询"中外大臣"之议后，其禁烟态度则变得愈加坚定而严厉了，这年七月下旬，他相继发出两条上谕，一道是令邓廷桢整饬广东弁兵，"将备兵丁内，必有吸食鸦片者，尤当随时惩治，万勿姑息"，一道是在上谕中说有人揭发天津烟毒泛滥、烟犯猖獗的严重情况，并令直隶总督琦善严密查拿天津夹带烟土的洋船、铺户，谕曰："两广、福建商民雇驾洋船，转贩杂货，夹带鸦片烟土，由海路运至天津，向有潮义、大有等店及岭南栈房代为包办关税。山、陕等处商贾，来津销货，即转贩烟土回籍。至洋船入口时，并无官役稽查。抵关后，委员欲入舱搜查，该船户水手势将抗拒。烟馆随处皆有，烟具陈列街前。该处府县家人书役等，向多得规包庇。"

到底是谁在包庇或放任不管？道光皇帝并没有具体指向琦善这个直隶总督，只说是"府县家人书役等，向多得规包庇"，而来新夏先生在《林则徐年谱新编》中却据此做出历史推测，并得出了这样一个定论："身为直隶总督的大学士琦善，对这些现象竟然放任不管，不加闻问。那么，他和鸦片烟贩之间蛛丝马迹的暧昧关系，也就不言而喻了。至于上奏中所谓'府县家人书役等，向多得规包庇'一语，只是投鼠忌器的隐约之词。这就无怪琦善对禁烟与抗英要如此反对和破坏了！"这里，我援引来新夏先生的《林则徐年谱新编》作历史依据，也无意为琦善开脱他应该承担的历史罪责，但我觉得来新夏先生的这个历史结论未免太先入为主了，也太牵强附会了。事实上，就在这年九月二十二日，琦善便以一个"大手笔"验证了他也是一个禁烟派，至少是奉旨禁烟吧。据他奏报："天津镇道在大沽一带金广兴洋船上拿获烟土八十二袋，计重十三万一千五百余两，并取获烟具、军械等。其烟土是在广东省城水西弄开万益号的广东人李四经手向洋船代买烟土八十三担，每担约一千五六百两。各犯均从严惩办。"

当年八月，林则徐又上《钱票无甚关碍宜重禁吃烟以杜弊原片》，就是这一道奏片改变了他的命运，也改写了一个帝国的命运，乃至由此而改变了历史。诚如来新夏先生所云："这是禁烟运动中一件极重要的文献。它以有力的论据促使道光帝决定采取严禁措施，推动了禁烟运动，使原来处于力量脆弱的严禁派一举掌握了领导禁烟运动的权力，为揭开反鸦片战争做了舆论准备。"林则徐在这一奏片中的许多论点、论据，我在此前的叙述中已多处援引，这也是当世、后世学者、史家反复援引的论点和论据。正是这一奏片，深深地触动了道光皇帝的危机感，据《清史稿》载："宣宗深韪之，命入觐，召对十九次。"

十月十一日，林则徐奉命入觐，他将湖广总督关防事宜移交湖北巡抚伍长华代署，随后便从汉口启程，赴京面圣。此时已是江汉的深秋，一夜秋风，满树黄叶已不知去向，大地和天空一样空旷。在一棵棵落光了叶子的树中间，一个北上的身影踏上了秋风扫过的驿道，纷飞的乱云从他头顶上的苍天阴恻恻地掠过，这让他的心境难免有些苍凉和忐忑。他一开始并不知道圣上"命入觐"的真实意图，但天子召见必有大事，他也大致猜测到了，这次天子召见应该与禁烟有关，或将委他禁烟之重任。

就在他北上途中，广州出大事了，据史载，十月二十六日中午，"广州官吏将此前所获三十一名贩烟团伙的首犯何老近在十三行广场处绞正法，居住商馆之外国商人、水手妄加阻挠，捣毁刑场，于是广州群众近万人自发包围商馆，推倒围墙，拆毁栏栅，击破窗户、大门，十月二十八日，各国商人公所（外侨商会）提出抗议，被邓廷桢断然拒绝。"透过来新夏先生这段插入《林则徐年谱新编》的记载，可以看到广州这座处于风口浪尖的城市，一是那些外国鸦片贩子嚣张到了何等程度，竟敢公然干涉中国内政！一是广州市民对鸦片贩子的切齿痛恨和对禁烟的拥护，同时也看到了邓廷桢等大臣在禁烟的态度上已发生了根本性转变，他们无惧外国鸦片贩子的阻挠，在严禁鸦片上表现出了决不妥协的态度。

那时从汉口到北京约需一个月旅程，林则徐从江汉的寒秋走进了帝都的初冬，一条道越走越冷。据《林则徐年谱新编》，他于十一月初十日（12月26日）抵京，翌日早晨便奉召入宫陛见，那个勤政的道光皇帝似乎有些迫不及待了，而所谈还真是禁烟之事。费正清说道光帝"宁可与几个心腹顾问进行密议，而不愿接受实际的批评或警告"，林则徐此时无疑也是道光皇帝的心腹之一，从本日起到十八日止，道光皇帝连日召见他共八次，这与《清史稿》所记之"命入觐，召对十九次"有很大的出入。是年道光皇帝已五十六岁，林则徐五十三岁，这一对年过天命的君臣，对这个王朝的命运，对自身的命运，又是否已知天命？

那八次召见的内幕外人不得而知，但可以猜想，那该是君臣间推心置腹的长谈，每一次都意犹未尽，于是便有了多达八次乃至十九次的"召对"。对个中细节，今人也有绘声绘色的描述，如李书纬在《晚清外交七十年》就有这样的描述，在林则徐第二次奉召入觐时，君臣谈罢正事，林则徐正要陛辞，道光皇帝忽然问他："能否骑马？"林则徐愣了一下，一时又不知圣上是何意了。其实道光皇帝并没有别的意思，他是想让林则徐骑马进宫，紫禁城实在太大，这样就不让林则徐劳步了。而一个大臣能在紫禁城内骑马入觐，那可不是一般的恩典和殊荣了。林则徐受了这样的隆恩，在第二天入觐时也只能遵旨骑马了。但他总感觉有些不自在，还有些不对头。其实也可想而知，你林则徐何德何能，这叫那些品秩更高、权势煊赫的内阁大学士、军机大臣怎么看呢？林则徐做官做人一向低调谨慎，但又怎敢违拗圣旨？直到道光皇帝第四次召见他时，问他骑马如何时，他才有了一个婉谢推辞的机会，赶紧以自己不习惯骑马为由，请求步行入觐。可皇上一听他不习惯骑马，当即又赐他坐轿入觐，这恩典又高了一等，这是连一般的亲王和军机大臣都享受不到的崇高礼遇，更招人羡慕嫉妒恨了。

诚然，最重要的还不是这些细节，而是一个必将贯穿整个中国近代史的情节：在十一月十五日第五次陛见时，道光皇帝做出了一个有清以来前所未有的决定，林则徐奉旨"著颁给钦差大臣关防，驰驿前往广东，查办海口事件，所有该省水师，兼归节制"。这也是道光十八年最重大的一个事件。据后来的《申报》资深编辑雷瑨在《蓉城闲话》中云："此国初以来未有之旷典，文忠破格得之，枢相亦为之动色。朝罢与同僚论不合，中外交构。有识者已为文忠危。顾上意方殷，势不能已。"这是后世之言，但自清朝入关以来，在林则徐之前，一个皇权专制、秩序谨严的帝国，还真是难觅这种"破格"之先例。

对这一"国初以来未有之旷典"，林则徐非但没有受宠若惊之感，而是一再恳辞。在接下来的三次觐见中，君臣俩除了继续探讨禁烟之策，林则徐每次告辞时都恳请辞去这个钦差大臣，然道光"圣意已决"，为了让他放开手脚禁烟，道光还对他做出了"不为遥制"的许诺，这又是清史上极少有的破例了，这就意味着，他这个钦差大臣，拥有了皇帝赋予的临时决断权，所谓"不为遥制"，就是"将在外君命有所不受"，这个权力实在够大了，若说他由此抵达了一生人生仕途的巅峰，一点也不为过。然而，无论"圣主隆恩"还是"不为遥制"决断之权，其实都是双刃剑，久经宦途的林则徐对自己接下来的命运，此时似有不祥的预感。日后，他在道光二十年十一月末致姻亲叶申芗的信中就吐露了自己当时的心迹："侍戌冬在京被命，原知此役乃蹈汤火，而固辞不获，只得贸然而来，早已置祸福荣辱于度外。惟时圣意亟除鸩毒，务令力杜来源。所谓来源者，固莫甚于英吉利也。侍思一经措手，而议者即以边衅阻之，尝将此情重叠面陈，奉谕断不遥制。"

林则徐在离京赴粤之前，特意去探望坐师沈维镕，"师生相顾涕下"，这绝非全然为别离之悲，此时沈维镕沉疴在身，而大清帝国也罹患沉疴重症，在师生俩看来，这钦差实为充满悲怆、凶险莫测的苦差。林则徐在恩师的病榻前坦陈："死生命也，成败天也。苟利社稷，敢不竭股肱以为门墙辱？"他抵粤后又在致沈师函中再次倾诉衷肠："则徐自戌冬被命而来，明知入于坎窞但既辞不获免，唯有竭其愚悃，冀为中原除此巨患，拔本塞源。"

师生俩的这一次话别，也是最后一次告别，沈维鐈"逾年（1839年），卒于家"。

对于道光皇帝此次以最大之决心厉行禁烟，史上有一种颇为流行的观点，清廷禁烟的第一目的是为了解决白银危机。对此我更信服来新夏先生之论：我们不能因此认为道光帝对待鸦片的态度是动摇不定的，说他虽然盯着鸦片给他带来的好处——钱；但也注意到了鸦片给他带来的坏处——威胁自己的统治。诚哉斯言！没有哪一个皇帝会眼睁睁地看着自己的天下被毁掉而坐视不救，道光皇帝至少还不是这样的昏君，他之所以在诸大臣中选择林则徐，林则徐的禁烟态度之坚决只是一方面，更重要的还是，他还看到了林则徐在江苏、湖广禁烟的效果，这让他认识到鸦片既非禁不可，禁烟也非不可行。

就在林则徐"授钦差大臣，赴广东查办"之际，那些"弛禁派"一个个遭受了处罚，道光帝革除了吸食鸦片的庆亲王奕窦、辅国公溥喜的爵位，对许乃济"著降六品顶戴，即行休致，以示惩儆"。可怜许公，当时已是一个年过花甲的老人，好不容易才熬到一个"正四品上"的少卿，唯以一片赤胆忠心为国谏言，却遭受连降两级的惩罚，从此黯然退出历史舞台。其忠心之可鉴，其忧愤之可哀也。"次年，卒。"历史有时候真的很残酷，然而在当时又是非常必要的残酷。随着道光皇帝的一连串惩罚措施，为林则徐提前扫平了赴粤禁烟的障碍。

就这样，在幸或不幸中，一个王朝迂回而迟缓的历史，随着一个钦差大臣由北而南、走向大海的脚步，渐渐逼近了一个划时代的关口，道光十八年也走进了尾声。接下来，一位不甘平庸却又实在平庸的皇帝和一位伟大的民族英雄，将共同来为中国近代史揭幕。

无论平庸还是伟大，一切将在接下来的历史中验证。

第二章
钦差大臣

一、出发与抵达

　　林则徐自京师赴粤之际,已是北国风雪交加、天寒地冻的季节,那从燕山呼啸而来的北风裹挟着漫天的鹅毛大雪,一如李白那首"惟有北风号怒天上来"的《北风行》:"燕山雪花大如席,片片吹落轩辕台。"轩辕台乃是北京平谷渔子山上的一座大冢,北依群峰,南对盘岳,世传为轩辕黄帝陵。世人皆曰中华民族是一个缺少信仰的民族,其实"万物本乎天,人本乎祖"就是炎黄子孙最恒久的信仰,而无论怎样改朝换代,轩辕黄帝一直是炎黄子孙共同敬仰的精神领袖,也是国族的象征。黄帝"余居民上,摇摇,恐夕不至朝;惕惕,恐朝不至夕",每当国有危难之时,便有救国之士、社稷之臣拜祭黄帝,"我以我血荐轩辕"。

　　林则徐此番南下未经平谷,他出都后的第一个出发点是良乡固节驿(今属北京房山区),这是当时京南的第一大驿站。为了赶路,他虽未拜祭轩辕台,但炎黄子孙的信仰早已融入了他的血脉,渗透了他的骨髓。据林则徐《戊戌年日记》,他于道光十八年十一月十八日陛辞,二十三日出都。那是公元1839年1月8日,也是一个钦差大臣正式出发的日子。我曾特意来房山寻觅,如今良乡犹在,但固节驿连遗址都已不存,在良乡古城的西南端还有一个叫饮马井的老地名,据说就是当年固节驿之所在。那时候,从帝都南下的官吏皆由此驿出发,英国两次出使中国的使团——马戛尔尼使团和阿美士德使团也都是由此出发,南下岭南。林则徐将和他们走在统一条路上,他在日记中记上了一句话:"午刻开用钦差大臣关防,焚香九拜,发传牌,遂起程。"

　　一个钦差大臣由此踏上了南下的征途。在明清时期,从北京到岭南主要有两条路,一条路走东线,以水路为主,沿京杭大运河南下,从今河北、山东、抵达江苏,再由长江入赣,经江西入粤。由于东线得京杭大运河之便,当时由京师南下岭南的官员一般都走东线;一条路走中线,以陆路为主,从今河北、河南经湖广(湖北、湖南)再越过南岭进入粤境。无论东线中线,还是陆路水路,在那年头都是"路漫漫其修远兮"。道光年间,从广东官府上奏清廷的奏折,哪怕快马加鞭递送到北京最少也得半个来月。清代每七十里设一驿站,每五站换一次人马,一路上如接力赛般,一上马就立马奔驰。在每一站还规定了用多长时间,一刻也不得延误。这些邮差在当时为皇差,头戴红缨帽,身穿黄坎肩,一路快马加鞭,沿路人马车辆远远看见皇差纵马疾驰而来,纷纷闪避让路,你要挡了皇差的道,耽误了他的时间,就会给你一马鞭,叭的一声,皮开肉绽。他不打你,他就要挨鞭子了。

一个邮差尚且如此牛气冲天,更何况一个钦差大臣,人道是,"钦差出行,地动山摇"。即便没有钦差身份,按清朝规制,总督出门可乘八人抬的绿呢大轿,还可拥有仪仗护卫等随从三十多人,再加上途径之地的陪同官员,那仪仗之俨然、阵容之浩大、凛凛之威风,就不用说了。但林则徐从来不讲排场,总是降低身段。在《林则徐集》中收录了林则徐由良乡出发当日向途径府县所发的一道传牌,这是当时一种沿途传送的下行公文——

为传知事:照得本部堂奉旨驰驿再往广东查办海口事件,并无随带官员供事书吏,惟顶马一弁、跟丁六名、厨丁小夫共三名,俱系随身行走,并无前站后站之人。如有借名影射,立即拿究。所坐大轿一乘,自雇轿夫十二名;所带行李,自雇大车二辆,轿车一辆。其夫价轿价均已自行发给,足以敷其食用,不许在各驿站索取丝毫。该州县亦不必另雇轿夫迎接。至不通车路及应行水路之处,亦皆随地自雇夫船。本部堂系由外任出差,与部院大员稍异,且州县驿站之累,皆已备知,尤宜加意体恤。所有尖宿公馆,只用家常饭菜,不必备办整桌酒席,尤不得用燕窝烧烤,以节糜费。此非客气,切勿故违。至随身丁弁人夫,不许暗受分毫站规门包等项。需索者即须扭禀,私送者定行特参。言出法随,各宜凛遵毋违,切切。

这里需要说明一下,林则徐之所以"自雇轿夫十二名",只因路途遥远,日夜兼程,需要轮换作息。而透过这道传牌,不仅可见林则徐的廉洁自律,更可见他对沿途官民的体恤之情，此行他所有费用自理，不用沿途官府负担，而官府的负担说到底就是老百姓的负担，也无须迎来送往。而令我尤为敬佩的还是他那清醒的政治头脑，一方面他对可能有人冒充他的手下、假借他的名义干一些违法的勾当提前发出了警示，沿途官府一旦发现这种人均可"立即拿究"；另一方面他对身边人的随从人员也一再严格要求，不准索贿受贿，如有违犯，"即须扭禀"。为此，他还提前给沿途官府打了预防针，如果你们私自送礼或行贿，我将"定行特参"，向皇上奏禀，将违犯者革职。其实，这就是一个钦差大臣的"威风凛凛"，这威风不在排场，不在阵势，而是一股骨子里的凛然正气。接下来的历史事实已经验证，林则徐是说到做到，他这种几乎无隙可钻的严谨和一身凛然正气，对那些闻风而动想要趁机收买他及他手下的鸦片贩子们起到了强大的威慑作用。

在他出发之际，还有一些故事，第一个故事就是关于他和琦善的又一次交集。

琦善早在道光十一年（1831年）调任直隶总督，道光十六年（1836年）授协办大学士，道光十八年（1838年）又拜文渊阁大学士，清代总督为正二品，大学士为正一品，至此，琦善已抵达一个人臣的巅峰状态了。同满洲贵族琦善相比，林则徐在仕途上是一步一步脚踏实地、坚韧不拔地走过来的。尽管八旗子弟在天子膝下皆自称奴才，事实上他们才是掌控这个帝国的真正主人，而汉臣哪怕地位再高，也只是为清廷驱使的仆从。尽管林则徐在授钦差大臣之前已擢升湖广总督，可在仕途上，一个"治世之能臣"还真是一直难以赶上这个这个满洲贵胄。琦善在调直隶总督之前担任过两年多四川总督，而在历任四川总督中，道光对他的评价最高："四川总督谁为最好？……我看莫如琦善。其人绝顶聪明，封疆年久，何事未曾办过！……我如此用他，他能不出力乎？"

道光还真是一语道破天机，揭穿了君臣之间的关系。

那么琦善和林则徐这两位人臣之间又是怎样一种关系呢？此前，雷瑨在《蓉城闲话》中已为林则徐接下来的命运埋下了一个伏笔，还有一个伏笔便属于这位琦大人了。当林则徐"道出直隶，遇直督琦善"，而直隶总督府设在今河北保定，这是林则徐北上京师、南下岭南的必经之路，按官场礼节，他和琦善虽没有深交也有素交，也就有了一次礼节性的会晤。就在这次会晤中，琦善"嘱文忠（林则徐）无启边衅。盖文忠任江臬（江苏按察使）时，琦为总督，曾荐文忠。今忌文忠故言此。论似公而意则私,文忠漫应之"。今有史家如厦门大学历史系教授杨国桢先生,把琦善"嘱文忠无启边衅"直接解读为以此"相威胁",而将"文忠漫应之"直接解读为林则徐对琦善的威胁满不在乎,"不为所动",若先入为主地把两人视为历史的宿敌,那也只能作如是解读。但在此前,无论我怎么寻找历史证据,都无法证明琦善与林则徐有什么恩怨,我觉得,琦善对林则徐的忠告还真是很必要的,从虎门销烟到鸦片战争,一步一步验证了琦善的预见,这又何尝不是林则徐预见到了的危险,若不除恶务尽,鸦片烟毒必将继续泛滥,若要斩草除根,又势必有引发"边衅"的风险,这战争的风险还真是非常大的。

第二个故事是关于林则徐和龚自珍的故事。有史家评价他们"是生活于同一时代的两个伟大人物",但两人的伟大又各有各的不同。龚自珍和林则徐一样,也是不世出的人物,他们都是理想主义的救世者,如南宋状元陈亮所云:"天下事常出于人意料之外,志同道合,便能引其类。"林则徐和龚自珍确实志同道合,两人自结交以来一直彼此欣赏,心神默契,然而他们却是两个志同道合又不同类型的士大夫,上苍仿佛要让他们扮演两种不同类型的代表。龚自珍与宋代的陈亮、明朝的李贽颇有相似之处,乃是狂狷之士。论出身,龚自珍比林则徐要优越得多,他生于官宦之家,少年得志。若从科举仕途而言,他们一个太成功,一个很失败。龚自珍的科举仕途非常坎坷,他二十七岁中举,此后一连参加了六次会试,终在三十八岁时中进士,曾任内阁中书、宗人府主事和礼部主事等官职,但年近半百仍不过是一个六七品的主事,每天钻在死气沉沉的故纸堆里,他甚至觉得整个大清帝国就埋葬在这故纸堆里。而越是坎坷越是狂狷,几乎傲视与他同时代的所有人,仅有林则徐、魏源等知己好友。作为中国近代史上最杰出的启蒙思想家之一,他像李贽一样,已有了对独立人格和自由精神的向往,却一直徒有思想而难有行动,他其实是一个踌躇满志、渴望行动的思想家,但他一直没有找到为国效力、施展才华的机会。相比之下,林则徐科举之路顺遂、仕途通达,为自己寻找到了一条实现人生理想抱负的上升通道。

他们的人生有过太多的交集,却从未走进彼此的命运。林则徐此次赴粤,龚自珍特作《送钦差大臣侯官林公序》,提出了不少禁烟与反抗侵略的建议,他鼓励林则徐排除各种阻力,不要让那些反对禁烟的谬论动摇了决心。他还建议林则徐"宜以重兵自随","多带巧匠以便整修军器",一旦发生战争便可即时还击。总之是,他寄望于林则徐抓住这"千载之一时"的有利时机,在不长的时间内就能取得"银价平、物力实、人心定"的政绩。龚自珍在信中痛陈了自己对鸦片烟害的深恶痛绝态度,并表示他愿追随林公一同"南游",这可能才是他最重要的一个念头,对于他,这也是"千载之一时",他也渴望走向大海、纵身于大化来实现自己的人生价值,或让自己变得更有价值。在清朝位高权重的士大夫中,林则徐是龚自珍最信赖的,也是多年来的挚友,他就是龚自珍的命运之神,甚或是可以改变龚自珍命运的唯一希望,只要稍稍点一下头就可以扭转龚自珍的命运,给他这个长久被压抑的人才一个书生报国的机会,龚自珍未来的人生之路乃至属于他的历史定位,必将以另一种方式书写。

  龚自珍的一腔赤诚和热忱也深深打动了林则徐,然而,他最看重、最信赖的朋友林则徐却没有给他机会,对于他,这已是最后的机会。其实没有别的原因,只因林则徐太了解他了。龚自珍堪称是那个时代的激进派,而林则徐则是典型的稳健派,他在收到龚序后没有及时作复,或是由于路途上的迁延耽搁。直到十二月初二,他才于山东茌平县作复(《答龚定庵书》),"惠赠鸿文,不及报谢。出都后,于舆中紬绎大作,责难陈义之高,非谋识宏远者不能言,而非关注深切者不肯言也"。这句话,如李国文先生在《名父之子》中所说,林则徐"对龚的见解、龚的韬略、龚的赤诚、龚的爱国之心,评价是非常高的"。林则徐还特别提出"谓彼中游说多,恐为多口所动,弟则虑多口之不在彼也。如履如临,曷能已已"。于此可见,他和龚自珍的认识还是有差别的,龚自珍担心的是地方上的阻力,而林则徐更担心的还是朝廷中的阻力。而林则徐对朝廷的了解、对官场的体验及体会,无疑要比龚自珍深刻得多,这也决定了他对现实、对历史的认识要比龚自珍深刻。

  林则徐在回信婉拒了龚自珍的"南游"之意,"至阁下有南游之意,弟非敢沮止旌旆之南,而事势有难言者"。那么,林则徐不愿带龚自珍同去广东之"有难言者"到底又是何难之有?对林则徐当时微妙而又隐秘的心态,聂作平先生在《林则徐广东禁烟为何不愿带志同道合的龚自珍同行》一文中有这样一段分析——

    林则徐与龚自珍地位悬殊却能成为朋友,在于他们互相欣赏,但互相欣赏

第三章
钦差大臣

之外,他们有着本质区别:林则徐是名臣,作为名臣,林则徐是传统意义上的忠臣:干练,严谨,廉洁;龚自珍是名士,作为名士,龚自珍尖锐,疏狂,偏执。一个身负皇上重托以公忠体国自诩的名臣,必须考虑一旦有这么个口不择言、早已被视为官场刺儿头的名士在身边,将会对自己要做的大事产生什么样不可估量的影响。换言之,林则徐对龚自珍的异见抱有充分的戒意,虽然这种戒意不带任何敌意。因而,即便龚自珍写下的对策真的是有的放矢,谨小慎微的林则徐也不一定会带上龚自珍。更何况,龚自珍的这篇序文里写下的对策,其实并不见得就有多么高明。比如,他提出要断绝和西方国家的一切经济往来,以免国内白银外流;又比如,他认识到火器的重要,却建议林则徐按照两百年前明朝胡宗宪的《图编》进行仿制。诸如此类,都证明了龚自珍虽然最先意识到衰世的不可避免,虽然有拯救衰世的理想与愿望,却不具备拯救的才干与能力。

由于林则徐的婉拒,年近半百的龚自珍想要在大清帝国"万马齐喑"的体制内找到一条实现自己的理想抱负的通道已几无可能,这让他陷入了更深的绝望之中。

第三个故事是林则徐与家人的故事。在前往广东查禁鸦片时,他写了一封家书给夫人郑淑卿。而林则徐多以家书的方式来教育子女。林则徐赴粤之际没有携家带口,但他深知此番肩负钦差使命,不知有多少人想钻他的空子,找他的岔子,又该有多少双眼睛盯着他,事事都要特别谨慎。他在这封家书中写道:"做官不易,做大官更不易。我是奉命唯谨,毕恭毕敬。夫人务必嘱咐二儿须千万警慎,切勿仰仗乃父的势力,和官府妄相往来,更不可干预地方事务。"这封家书言辞虽简练却透露着对子女的关怀,对家人的严格要求。就在林则徐长途跋涉之际,郑氏于道光十九年正月"率子女归里,祭扫茔墓,并为次子、次女完婚。次子聪彝娶叶苕胞弟申万之女。次女普晴适沈葆桢"。但林则徐肩负钦差使命日夜兼程,作为父亲,他无缘亲见儿女的大婚了。

这里继续追踪那个一路南行的背影,我的叙述仿佛是对那段历史的慢动作回放,一条穿越千里冰封的古驿道就像历史一样漫长。天道茫茫,人道渺渺,风雪一路由北向南席卷,连日的大雪已将北国大地覆盖为白茫茫的原野,那在雪泥中时断时续的车辙,忽隐忽现。那些浑身落满了雪的车马行人已化作风雪的一部分。林则徐只能咬紧打着寒战的牙关，把一袭棉袍紧紧裹在身上。但在纷繁的雪花中，眼一会儿就花了，看什么都是白花花的，除了迎面扑来的雪花几乎什么也看不清。

据《林则徐日记》，道光十八年十二月十六日（1839年1月30日），他们抵达了安徽舒城，这是位于大别山东麓、巢湖之滨，江淮之间的一座古邑。此前，林则徐就已打听到曾任广东香山令的田溥（字小泉）"居此不远"，林则徐刚在行馆安顿下来，"即邀其来行馆面谈"。香山，就是后来孙中山的故乡，今中山市。林则徐一路上遍访曾在粤为官、对鸦片走私或风土人情比较熟悉的人士，这也是他的一贯作风，一有机会必深入调查。田溥久仰林则徐清正廉明、厉行禁烟之名，今蒙钦差大人召见，夜雨对床，促膝长谈，自是一吐为快。田溥任香山令在道光十五年（1835年）前后，香山之黄圃镇也是鸦片输入的一个海口，离虎门很近，烟商烟贩们就在虎门附近大渔山洋面上设"鸦片趸"囤积烟土，另以兵船同舶一处"护货"，再用"快蟹"（快艇）强渡抢运至陆上，然后批兑给"大窑口""小窑口"，也就是国内的鸦片贩子。田溥眼看着老百姓因抽大烟而家破人亡，白银像水一样流入那些红毛鬼英吉利的手中，他虽说官职卑微，但一直为禁烟而疾呼："大烟不禁，中国必亡！"他还指着大海上那些鸦片走私船发誓："别人不禁，我禁，非禁不可！"好在当时两广总督卢坤也是力主禁烟的，在他的支持下，田溥派兵把守港口，又叫衙役监视海岸沿线，严防烟土走私进来。道光十五年，他在烟贩子梁显业的船上"缉获鸦片万数千斤"，并顺藤摸瓜查出与梁显业相勾结的许多烟贩，对这些人均给予严惩，对缴获之烟土予以彻底销毁，时人赞誉此举为"禁烟之嚆矢"。嚆矢，即响箭，因发射时其声先于箭而到，故常用以比喻事物之开端，犹言先声。田溥位卑未敢忘忧国，确为广东禁烟之先声。他的壮举，不但震慑了鸦片烟贩，也传到了北京，林则徐对其壮举也早有耳闻。可惜，就在田溥先声夺人、厉行禁烟之际，卢坤总督病逝，"烟禁遂弛"，他亦被调往安徽为官。这位有担当又务实的官员，一生的仕途仅止于六安州牧，就当到了尽头。在林则徐这次召见之前，他已告病退休了。他能为历史载上一笔，也是因为林则徐的这次约见，而他所谈之鸦片走私的实情，还有他的禁烟的主张和办法，对林则徐在广州禁烟缉私有莫大的帮助。据说，林则徐后来在虎门销烟，其销烟之法也是田溥传授与他的。

第三章 钦差大臣

在安徽，林则徐还提前布下了一招妙棋，那颗为他打先锋的棋子就是马辰。

马辰，名光照，又字云骥，安徽怀宁（今安庆）人，回族。他出身于一武功世家，其祖马大用（字万宜，号敬斋）为雍正五年（1727年）武探花，官至福建水师提督。此公善挽强弩，百发百中，于象占兵法靡不涉猎，无不精通。平生最爱读历代名臣忠烈传，并以此课教子孙，练就百般武艺，只为精忠报国。其父又是武举，也练就了一身惊人的武艺。马辰自幼习武，及长，由武生投入提标营当差，历任浙江处州镇守备、温州镇大荆都司，道光十五年（1835年）三月，马辰擢升湖南抚标右营游击，翌年七月又署左营参将事务，为正三品武官，并以军功蒙恩赏戴花翎。马辰治军甚严，在湖南任职期内，他训练士兵射箭和施放鸟枪项目时，看箭要看功力，而鸟枪要端到念完一百个字才准许射击。而他性情刚烈，脾气暴躁，兵弁偶有过失，就会遭到他的严惩，连手下的守备、把总也因过失而屡遭其当堂杖责，因而树敌众多。道光十七年夏，一位吏部给事中"以其亏短火药、侵蚀马价、捏报兵丁阵亡希图侵领赏恤、谋利居奇私开茶室、任性妄为笞辱把总、役使兵丁等列款"参劾马辰，同年十二月，道光皇帝降旨湖广总督林则徐"逐条严加审鞠，务得实情，毋枉毋纵，以成信谳"。经林则徐派员调查又亲自审讯，结果是，"参劾名款经查证也事实不符"，但马辰的家丁确有"私受替班兵丁规钱罪"，马辰虽未直接受贿，但有失察之责，而清朝还有严格的连坐之法，家丁受贿，主人遭罪，马辰于道光十八年遭斥革回籍。

林则徐通过对马辰案件的调查，对马辰有了全面的了解。而此次林则徐钦差南下，早已虑及"初次到粤，人地生疏，一切洋务、夷情不得不先遣一两人密行查访"，而在他的心目中，这个最合适的人选就是"素谙武备、精力甚强"的马辰。林则徐一面奏请道光帝"遭用马辰和汉阳县县丞彭凤池"以为禁烟之用，一面命马辰"兼程赴海口（珠江口）代访夷情"。根据林则徐的行程及时间推测，马辰约于十二月中旬离开安徽，并于道光十八年底或十九年正月初抵达珠江口，他身手敏捷，又是单枪匹马，速度比林则徐一行快多了。——这就是林则徐提前布下的一条暗线，那些鸦片贩子只盯着他这条明线，却不知，马辰和彭凤池早已潜入广州密行查访，而马辰既身手不凡，又有着丰富的侦察经验，在珠江口、广州、港澳一带神出鬼没，费时不久，他就摸清了中外鸦片走私贩子相互勾结的内外线索，掌握了一批贩毒、纵毒、吸毒犯的姓名、住址及鸦片交易的重要情报，并将这些情报派人密报正在南行途中的林则徐。

　　林则徐在风雪肆虐的旅途上送别了戊戌除夕，迎来了己亥元日，历史已进入了道光十九年（1839年）。而就在这一年，龚自珍在孤愤中抒写了他那振聋发聩的《己亥杂诗·九州生气恃风雷》："九州生气恃风雷，万马齐喑究可哀。我劝天公重抖擞，不拘一格降人才。"他呼唤那如惊雷炸响般的巨大力量，给这个闭关锁国、万马齐喑的国度以迅猛的冲击，或许只有这样，才能一扫笼罩九州的沉闷、压抑、令人透不过气来的阴霾，这死气沉沉的苍天大地才能重新抖擞，焕发出新的生机，涌现出更多救国于危亡、救民于水火的杰出人才。他也确实是历史转折关头的一位激进变革者，由于他的危机感实在太强烈了，而其议政"医国"、力倡变革之抱负又难以施展，他变得愈加愤世嫉俗，口无遮拦，终因"动触时忌"而挂冠南归，在返乡途中，陪伴他的只有一堆破旧的行李和满车的书籍，还有一个漫长的阴影。他一路上写下三百一十五首《己亥杂诗》，而这首诗是他在途经镇江时，应道士之请而写的一首祭神诗。

　　在这新的一年，这两人走在各自的路途，去赴各自的命运。三年后，道光二十一年（1841年），也就是鸦片战争爆发的第二年，龚自珍原本想投身抗英救亡的战争中，却因突患急病暴卒于丹阳书院，一个不甘沉沦与绝望的生命，就这样匆促地画上了句号，他想为国捐躯，然而天不假年，他以突然死亡的方式迅速完成了自己一生，这对于他甚至是一种成全。龚自珍悲惨的命运令给后世留下了无尽的痛惜，但他为人处世的方式也令人深思，他的直率与刚猛令人敬佩，但他确实也缺乏为人处世的涵养，缺少传统士大夫蕴藉、含蓄的基本涵养。他既做不了达官，也成不了达人，他的个性成就了他，也毁灭了他。这样一个人，不知是他与这个世界格格不入，还是这个世界容不下他，其实他对这个世界没有仇恨，只有锥心之痛；这样一个人，估计到了如今这个时代，依然是生不逢时，但他的精神生命还将在时空中顽强地延续。其实，每个时代都在呼唤他，而且特别需要他，但哪怕让他重新诞生一次，依然逃不了那命定的劫数……

　　正月初九日，林则徐一行抵达江西新淦县仁和塘，据《林则徐日记》，两广总督邓廷桢、广东巡抚瓜尔佳·怡良"各差一弁赍书来迎，司道以下亦带函来"。所谓"赍书"，即赐函，这是林则徐的客气话。据来新夏先生推测，

第三章
钦差大臣

邓廷桢可能在给林则徐的信函中，发出了"所不同心者有如海"的誓言。与此同时，邓廷桢在给道光帝的上奏中也表达了与林则徐"共矢血诚，俾祛大患"的决心。邓廷桢如此急于向道光帝和林钦差表态，实在是因为自己此前走了一步错棋，因而才如此发誓，为的是让道光皇帝和钦差大臣消除对自己的疑虑与戒心。这也是林则徐最乐见的，一个钦差大臣，一个两广总督，只有"共矢血诚"，方能"俾祛大患"。

邓廷桢不只是发此誓愿，在行动上他也由弛禁转为严禁，他叮嘱水师提督关天培"无分雨夜，加劲巡查"，对鸦片走私贩子"奋勇兜擒，尽法惩办"，还将抓获的罪大恶极的中国烟贩押到外国商馆前绞立决。这是杀鸡儆猴，那些外国烟贩为此屡屡向广东官府提出"抗议"，邓廷桢义正词严地指出：商馆广场乃是大清的领土，今后还将继续在那里继续处决十恶不赦的走私烟贩。一些鸦片烟贩及其幕后主使还故意制造谣言，对邓廷桢进行诽谤和威胁，在当时有一首广为流传的口水诗，对邓廷桢冷嘲热讽："名为圣主除弊政，实行聚敛肥私门。行看罂粟禁绝日，天网恢恢早及君。"邓廷桢有口难辩，他只能以更坚决的态度打击鸦片走私，以行动揭穿谣言。

正月十一日，林则徐行至江西泰和县，此时他大约已接到了马辰的密报，随即以钦差之命发布了一道指令，对广东"所有包买之窑口，说好之仔毡（英语merchant的粤语译音，即与外国商人贸易的经纪人）与兴贩各路之奸商、护送快艇之头目"进行抓捕。这些人犯中，"有经京堂科道指名陈奏发交查办者（即已为官府指定追查的案犯），有经密查暗访得其踪迹者"，而林则徐"恐其闻风远飏（逃跑），乃在途次开出其姓名住址，飞札广东布按两使（布政使、按察使），密为拘拿，内分最要、次要二种，措辞颇为严厉。广东布政使司、按察使司速即派人改装易服，分头出动，出其不意地缉捕所列王振高等十七名重要人犯，再拿次要人犯苏光等四十名，查缉武弁中包揽最甚之人犯蒋大彪等五名，累计先后捕获吸毒、贩毒人犯约两千余名。更让他们毛骨悚然的是，正月十三日，广州官府特意选在外国烟贩聚居的十三行商馆前的十字街头，在众目睽睽之下绞死了烟贩冯亚根，一说为冯安刚，这两个名字在广州话中谐音。这也是林则徐给中外鸦片贩子提前发出的一个警告，尔等若不赶紧收手，过得了初一，过不了十五。

此举堪称是林则徐以霹雳手段禁烟的第一次"严打"，令中外鸦片贩子为之震骇，而此时还未见那个钦差大臣的影子，广州一夜之间忽然就"看不见一支烟枪、一个鸦片零售店了"。冯亚根虽说死有余辜，但还是遭到外国鸦片贩子兔死狐悲的"抗议"。对此，来新夏先生做了如是分析："实际上，按照当时历史现状，这是林则徐老于官场，为减少到粤阻力的一种措置。它可使某些有关人员有回避转圜的余地。这不是对林则徐贬义的揣测，而是作为封建政权中能员的林则徐在当时官场中不得不善加处理各种关系的一种办法。"我觉得，这实际上也是他的政治智慧，他要提前测试一下一个钦差大臣的命令效果。

正月十八日，林则徐一行抵达赣粤边界的南安府，广东督抚又派来了文武巡捕及差官前来迎候。翌日，林则徐一行跨入粤界，抵达南雄直隶州，当即在岭南的明月春风中登舟，沿北江逶迤南行。"河以逶蛇故能远，山以陵迟故能高。"北江发源于江西石碣大茅山，为珠江水系三大干流之一。珠江从来不是一条缠绵悱恻的河流，她的每一条干流——西江、东江、北江的流向都非常明确，无论从哪一个方向流来，大海就是它们唯一的方向。北江在三水思贤滘与西江相通后汇入珠江三角洲，于今广州南沙区黄阁镇（旧属番禺）小虎山岛淹尾出珠江口。这是一条奔向大河的河流，在以水路交通为主的时代，也是由粤北到广州以及珠江三角洲的交通命脉。

林则徐在途经珠江口时，汹涌的春潮渲染着岭南热烈的春意、奔放的姿色，但他此时心无旁骛，他一边观察着珠江口的航道与地形，一边紧盯着海面上那些游弋的番船（外国商船）和趸船的动向。他已从马辰给他的情报中得知，伶仃洋面上有二十二艘外国商船，"已陆续起锭开行，作为欲归之势"，他正是根据二十二艘外国趸船的载重量，推算出在珠江口一带至少存有两万多箱鸦片。这些外国商船想要逃跑，他不在乎。如果他们载着两万多箱鸦片从哪儿来回哪儿去，他还巴不得呢。但他绝不能让这两万多箱鸦片在中国倾销，那该毒害多少中国人啊！

道光十九年正月二十五日（1839年3月10日），林则徐从珠江口抵达广州，这一路上走了两个多月，仅在广东境内就走了七八天。这是他有生以来最漫长的一次旅途，他用了两个多月的时间，从帝都的严冬走进了岭南的早春。而在不久的将来，他还将比这更加遥远。

第三章 钦差大臣

二、息息谨慎，步步为营

我特意选择在林则徐抵达的季节走向他抵达广州的第一个历史现场。

那远逝的岁月其实并不需要凭空想象，一座老码头依然清晰地倒映在珠江里，那为岁月浸透了的江水，又倒映出岭南早春的天空，碧空如洗，水天一色，忽然冒出几朵浮云，于是便有了几许神秘而微妙的意味。此时，一条船由远而近，两广总督邓廷桢，广东巡抚怡良，广东水师提督关天培，粤海关监督豫坤，还有两广的文武百官，皆在码头上翘首以待，更有成千上万的广州市民、中外商人挤满了珠江两岸，人人都伸长了脖颈，争睹钦差大臣的风采。在这万头攒动中，当然也有不少来窥伺动静的鸦片贩子。

那位钦差大臣以相当低调的姿态出发，一路轻装简从，但他的抵达却只能用威严和隆重来形容。按清朝礼制，钦差大臣作为敕使（皇帝的使者）受九响礼炮，无论他多么低调，这是他不能谢绝的，在某种意义上他代表了皇帝本人。这也是广东官民第一次感受一个钦差大臣的威严，在礼炮声中，他兀立船头，目光如炬，真所谓"声威所被，震慑民夷"。

林则徐登岸的码头，就是如今位于海珠广场旁的天字码头，这也是广州当时的官码头。据乾隆年间修纂的《广州府志》载，雍正七年（1729年），广东布政使王士俊在天字码头建了一座接官亭——日近亭，但凡朝廷命官由水路抵达广州，均在此登岸，官府的迎来送往也在此举行。官员卸任离开广州时，先在此亭面北而拜，恭请圣安，然后才登船启碇。由于当时这码头只供天朝官员使用，民船不得在此停泊，具有显赫的特殊身份，因而称之为天字码头。但也有另一种说法，古人编排号码多以《千字文》为顺序，其开头是"天地玄黄"，天字码头即广州第一号码头。而今广州很多老码头已荡然无存，唯独这座天字码头依然尚存，它并非供后世凭吊的遗迹，现在是珠江游船码头。

对于一位钦差大臣抵达天字码头的形象，当时，美国旗昌洋行的合伙人威廉·亨特（William Hunter）在珠江帆船上看到了，而且记下了。他在广州住了几十年，早已成为了一个中国通，除了经商，还喜欢记录自己的见闻，他写了一部《广州番鬼录》（*The Fankwaeat Canton*），记述了在华外商的生活状态。此人也曾参与鸦片走私，后来他还跟林则徐打过不少交道。不过，这还是他第一次见到林则徐，而第一印象往往是最深刻的，他对这个钦差大臣的神态作了如下的描述说："他具有庄严的风度，表情略为严肃而坚决，身材肥大，须黑而浓，并有长髯，年龄约六十岁。"这是有关林则徐形象的一则重要文献，或是外国人看中国人容易看走眼，或是由于林则徐长途奔波，看上去比实际年龄要苍老不少，其实他当年才五十四岁，还是虚岁。

当林则徐成为一个具有民族符号意义的典型形象，后世对他的相貌也有一些描述，林则徐个子不高，但体型健硕，从绘像上看，他的脸很宽，很有闽中汉子的气魄，近代史家陈恭禄在民国时代所著的《中国近代史》（1934年商务印书馆出版）一书中也描述了林则徐的形象："林则徐身长不满六尺，而英光四射，声如洪钟，警敏精核。"

岁月苍茫而涛声依旧，珠江浑然不觉已流过一百七十年，这源于时间或河流的恒久的驱动力。眼下这珠江两岸都是车水马龙的大街，那飞奔的速度早已超过了江水的流速。当我下意识地望着那波光中变幻的云影，油然而生杜甫之怅叹："天上浮云似白衣，斯须变幻为苍狗。"林则徐又怎能预料，他在九响礼炮中登岸，过不了多久，他就将沦为这珠江中的孤帆远影，碧空未尽，而人生几何？

在隆重的欢迎仪式过后，林则徐一行直奔越华书院，这是他抵达广州的第二个历史现场，他以越华书院为钦差驻节行辕。我曾在广州四处寻觅，这座书院却连遗址也寻觅不到了。它的存在，只在广州市越秀区文史部门编纂的《越秀史稿》中还可依稀觅见一些踪影。这部史稿将已经消失或即将消失的广州老城区风貌记载存史，其中便有我寻觅的一段历史。越华书院为清代前期广东三大书院之一，其原址位于广州原布政司后街，始建于清乾隆二十年（1755年），比林则徐出生还早三十年，由时任两广总督杨应琚、盐运使范时纪及诸商捐建，其创立宗旨与培养对象有别于一般书院，主要以招收商人子弟为主，这也是广州当时作为当时第一商埠的特色，或可曰商业气息渗入了文化气息，或可曰文化气息渗入商业气息，这也是文化与商业相互交融、互相渗透的岭南文化特色吧。清光绪三十年（1904年），这所延续了一百五十年的书院改为广州府中学堂，这也是广州最早的一间官立中学堂。民国期间开马路，将学堂拆去，南面称越华路，西面称广中路，而越华书院在时空中唯一的延续，就是一条从乾隆盛世、嘉道衰世、光绪末世、民国乱世最终通向现代化的一条路，这又何尝不是一条必然的路？

那么，林则徐为何要特别选择这样一家书院作为驻节行辕呢？一个钦差大臣驻节何处，预先应该早有安排，不可能是毫无准备的临时决定，这很可能是邓廷桢的安排。据《越秀史稿》考证，"其原因有三：一是该院院监梁廷枏著有《粤海关志》，熟悉粤海关及涉外商务，这可以助其制定禁烟措施；二是通书院，近民众，以察社会风情；三是为了联络羊城各书院士子，把他们作为禁烟的力量，他后来曾在此"观风问卷"，这是后话，暂且不表。还有一点，梁廷枏对海防也颇有钻研，这对林则徐筑炮台、练水勇"裨益甚大"。

梁廷枏（1796—1861），字章冉，号藤花亭主人，清顺德人，生于儒学世家，为道光十四年（1834年）副贡生，凡"会典乡试中式举人，副于正榜曰副贡生"。此公科举功名不高，但博学多才，通史学，善诗文，精于音律，为清朝岭南著名藏书家、文史家、戏曲家。这里只说与我们的主题有关的。在卢坤任两广总督时，便在越华书院设广东海防书局，梁廷枏被聘入书局，纂修《广东海防汇览》。这是一部史料价值极高且编辑体例十分谨严的专题类编著，经广泛搜集档案、书籍资料，由梁廷枏等学者对史料加以甄别，费时数载，分门别类编成四十二卷，凡五十余万言，这对林则徐在广东禁烟和加强海防极有参考价值。邓廷桢接任总督后，对梁廷枏愈加赏识，在道光十六年任命他为越华书院监院。第二年，粤海关监督豫坤又聘梁廷枏为粤海关志局总纂，在越华书院的红云明镜亭编纂《粤海关志》。这是我国第一部地方关志，此书不仅辑录了从汉朝到明朝的广东对外贸易史料，更可贵的是记载第一次鸦片战争前清朝的对外贸易和对外交往活动，保留了大量清朝粤海关档案和原始记录，具有极高的史料价值。在修志的过程中，梁廷枏查阅大量的官署档案。当时，东南番船"商舶辐辏，舳舻尾衔"，其中很多都是来自"从古未通中国者"的番邦，而梁廷枏在查阅档案史志时，对这些"从古未通中国者"进行了深入考察，这让他的眼界为之一开，知道世界何其之大也。

林则徐和梁廷枏一见如故，据说，早在十多年前，林则徐还在杭嘉湖道任上，就看过梁廷枏的著作，不过那时梁廷枏尚未涉猎海防、海关一类的文史，而是在潜心钻研南汉、南越的历史，他曾仿陆游《南唐书》的体例撰《南汉书》十八卷，并著有《南汉书考异》，后又把散见于史籍中的南越国史料汇编为《南越丛录》二卷，有专家认为，这两部地方史著作填补了广东地方史研究的空白。若林则徐在十多年前就看过梁廷枏的著作，应该就是这两部书。梁廷枏之所以花如此大的精力来钩沉岭南古史，并不是泥古，而是希望"使事实燎然，共知兴霸之由，与败亡之故，著千古炯戒，不独资考证、广异闻已也"，说到底就是鉴往知来，经世致用，这与林则徐不谋而合。梁廷枏比林则徐年长一岁，两人志同道合，话语投机。他们时常彻夜长谈，梁廷枏对番邦洋夷的了解，也令林则徐的眼界为之一开。尽管梁廷枏并未为林则徐延为佐幕，但从接下来的史实看，梁廷枏实为林则徐在广东禁烟和海防方面的幕僚与高参。林则徐嘱托梁廷枏把有关海防和外国人的资料收集整理，梁廷枏随后尽力搜罗，为林则徐筹备海防提供了大量的第一手资料，并"为林规划形势，绘海防图以进"。在禁烟之计上，林则徐亦多次与梁廷枏商讨，梁廷枏建议他"集思广益，自可执而用之"，"此后但以夷情来者见之"。对于梁廷枏的建议，林则徐或作为参考，或吸收为自己的禁烟策略。除此之外，梁廷枏还扮演了一个重要角色，如果说林则徐在广东的经历是一部历史大片，梁廷枏就是追随在林则徐这个总导演身边的场记，他以笔记体记录了大量的场景和情节。

　　林则徐在广东禁烟期间写了一副自勉联："海纳百川，有容乃大；壁立千仞，无欲则刚。"

　　这副自勉联已是旷世名言，据说就是他在越华书院题写的，但我尚未找到确凿的第一手史料。此联最初作于何处，史上说法不一，比较主流的说法是"为林则徐任两广总督时在总督府衙题书的堂联"，这也是他的座右铭。不过，还有一种历史可能性，他先在越华书院题写了，其后总督两广，又将此联题书为总督府堂联也不是没有可能，至少无法排除这种可能。人如其文，文如其书，一个人若没有海纳百川的胸怀和气度，还真是写不出此联，一个人若没有壁立千仞的刚劲，也写不出此联。此联如一气呵成，那不是一般的气势而是浩然之气，孟子在谈到"我善养吾浩然之气"时说，"其为气也，至大至刚"。

　　当一个钦差大臣即将以浩然之气拉开前所未有的禁烟序幕时，很多人或拭

第三章
钦差大臣

目以待,或在暗中观望,一个钦差大臣该从何处下手,又先拿谁开刀?

其实,每临大事,林则徐必先从自勉或反躬自省开始。林则徐不止有浩然之气,还有一种"静心平气"之气。他抵达广州,刚刚安顿下来,就写了两封家书,一是给夫人写了平安家书,一封写给在北京的长子林汝舟。汝舟十六岁中秀才,二十二岁中举,就在林则徐受命钦差大臣这年,汝舟中戊戌科进士,殿试位列第二甲第六名,选庶吉士,散馆授翰林院编修。此时,汝舟已年届而立,而林则徐在信中依然如耳提面命一般的情辞恳切——

大儿知悉:

父自正月十一日动身赴广东,沿途经五十余日,今始安抵羊城。风涛险恶,不可言喻,惟静心平气,或默背五经,或返躬思过,故虽颠簸不堪,而精神尚好,因思世途险巇,不亚风涛,入世者苟非先胸有成竹,立定脚根,必不免为所席卷以去。近朱者赤,近墨者黑,此择友之道应尔也。若于世事,则应息息谨慎,步步为营,若才不逮而思徼幸,或力不及而谋躐等,又或胸无主宰,盲人瞎马,则祸患之来,不旋踵矣。此为父五十年阅历有得之谈,用以切嘱吾儿者也。汝母汝弟,身体闻均安好。汝二弟且极用功好学,父闻之,心为一快。客居在外,饥饱寒暖,须时加调护;友朋应酬,虽不可少,而亦要有限制;批阅公牍,更宜仔细,切不可假手他人。对于长官,尤应恭顺小心,即同僚之间,亦应虚心和气。为父做官三十年,未尝以疾言遽色加人,吾儿随父久,当亦目睹之也。闲是闲非,不特少管,更应少听,一有差池,不但殃及汝身,即为父亦有不测也。慎之慎之!

元抚手示

这封信有一个让我疑惑不解的时间问题,"父自正月十一日动身赴广东……"而据其日记,正月十一日他已行至江西泰和县,而他从江西进入粤界为正月十九日。若从北京出发算起,这一路上也远远不止"沿途经五十余日",而无论据《林则徐日记》还是《林则徐年谱新编》,他出发和抵达的时间都是可以查证的,但他在这封信中所说的"动身赴广东"实在有些语焉不详。但这封信很重要,若要解读林则徐在广州禁烟、虎门销烟的这段历史,我觉得这封信也是一把深入了他内心的密钥。在这封信里,他用"风涛险恶,不可言喻"来形容自己一路上的处境,这其实也是他的心境。若拉开时空的距离,用更深远的历史眼光看,他无疑已经意识到自己将要干一件救国救民的大事,但他还不可能清醒地预知这件事将直接引发历史的裂变,成为一个划时代的历史转折点,这只能是后世的历史定位或评说。但那种感觉是异常强烈的,他只有"静心平气"以应对一切的可能,而他采取的方式,或是背诵圣人的经典,或是反躬自省有生以来的过失。这个效果还真是不错,"故虽颠簸不堪,而精神尚好",因而想到人生的道路十分险峻,不亚于江海上的风波,所以入世者如果不能胸有成竹,立定脚跟,一定不免被这些风波席卷而去。

他提醒儿子"若于世事,则应息息谨慎,步步为营",这何尝又不是对自己的提醒。他还告诫儿子:"为父做官三十年,未尝以疾言遽色加人,吾儿随父久,当亦目睹之也。闲是闲非,不特少管,更应少听,一有差池,不但殃及汝身,即为父亦有不测也。慎之慎之!"这样的告诫是非常有必要的,此时正处于一个非常时期,他深知官场之险恶,此时朝野上下不知有多少人盯着他这个钦差大臣呢,即便他的家人稍有闪失,也会连累他,而他更多的还不是担心连累自己,而是怕误了国事。历史就是这样,往往只因一个不经意的小细节就改变了走向。诚如他自己所说,他"做官三十年,未尝以疾言遽色加人",涵养于他身心中的除了浩然之气、"静心平气",还有"虚心和气",这"三气"就是他做人、做官、做事的功夫,如此之深的功夫,非久经培育蕴积而难成气候,若仅凭一股心血来潮的激情与冲动,是绝对成不了气候的。

从林则徐在广东禁烟、缴烟和销烟的历史进程看,他的确是"息息谨慎,步步为营"地推进。他于抵达广州的第二天,正月二十六日,便在钦差行辕门前发布了两则告示,一则是《关防告示》,这也是他抵粤履行钦差使命发布的第一张告示,意在向广东官民宣明:他奉旨钦差,赴粤查办"海口事件"(即查禁鸦片),现驻扎省垣(省城),"不日出巡各口",规定内外差役"均应慎密关防,不准擅离左右",凡"公馆一切食用,均系自行买备,不收地方供应","派在行辕之书吏,即于公馆内给予伙食,不准借端出入",凡必须购买的东西,"概照民间时价给发现钱,不准丝毫抑勒赊欠"。对接待来访人员,告示规定,"凡文武各员因公禀谒者,无不立时接见",而对那些"游人术士,素无瓜葛"者,关防"巡捕官及号房不得妄行传禀",一律不予接待。仅从这一纸告示看,一个钦差大臣既从大处着眼,又对每一个细节的要求都极为严谨缜密，这还真如其进士同年程恩泽所谓，"为政若作真书绵密无间"，唯有如此缜密仔细，才能"以肃关防"，防堵有人利诱和利用他身边的勤杂人员，让别有用心者无隙可钻。

第二则为《收呈告示》，宣明"所有民间词讼，除实系事关海口应行收阅核批外，其与海口事件无关者，一概不应准理，毋得混行投递"，以确保查办鸦片案件不受任何干扰。《告示》还警告那些"混称打点关说、在外招摇者"，不仅将其拒之门外，关闭"打点关说之门"，还要责令"所在地方官立即严拿，彻究重办"，他不但关闭了"打点关说之门"，也将借机诬告之门严严地堵死了，"如有借名影射扰累者，许被扰之人控告，即予严办"。《告示》还申明，"公馆前后，不准设立差房"，偶有公馆内"家人出门，乘坐小轿，亦系随时雇用，不必预派伺候"。这每一条规定，都有具体的针对性，他不仅严格约束自己，对身边的人也要求甚严，防微杜渐，这体现了林则徐严于律己、廉洁奉公的一贯作风，其实也是他数十年宦途历练的经验与智慧。

一位钦差大臣，虽是大权在握，一言九鼎，但还要依靠总督邓廷桢、巡抚怡良、提督关天培等文武大员来付诸实施。邓廷桢在禁烟上的态度已不用说了，怡良的态度也很关键，毕竟他才是总揽广东一省之军政的巡抚。怡良在抚粤之前他曾有一段在粤从政的履历，曾任广东高州知府，对广东沿海的情况是比较了解的。或是这一段经历，让他切身感受到了鸦片流毒之患，他一见林则徐就表态要竭尽所能支持林则徐和邓廷桢禁烟。

林则徐沉默寡言，不苟言笑，看上去城府很深，但一开口就很坦率。这么多年的官场历练、宦海沉浮，他却了无官气，既平易近人又以诚待人。而凭他多年来的从政经验和智慧，每到一个地方先要搭建起了良好的人际关系，权力越大越不能独断专行。但凡大事，他都与邓廷桢、怡良和广东水师提督关天培互相通报，一起会商，一来二去就成了推心置腹的朋友。而一个初来乍到的钦差大臣，有了这三位督抚的鼎力支持，也就有了左膀右臂，否则就是表面上表态支持，很可能在暗地里遭受左右掣肘，这在清朝官场几乎是常态。

正月二十七日，林则徐向道光皇帝奏报抵粤日期、鸦片贩子的动向，他报对广东的禁烟效果做了如是评价："兴贩者不能不敛戢，吸食者亦不能不戒断。"这也是他作为钦差大臣对邓廷桢、怡良在广州禁烟的成效做出的客观评价。不过，他也直言，由于以往推行禁令还不彻底，民间依然持观望态度，以为禁烟不过一阵风,"惟民情因见以前旋查旋止,以为官禁未必久长,不免有观望希冀之想。臣入境后,闻民间无不私探罪名轻重与新例之曾否颁行"。为了不给"鸦片贩食之人"留下丝毫幻想,林则徐奏请朝廷早日颁定严禁条例,"若宽而生玩,则不惟未戒者不戒,即已戒者亦必复食,稍纵即逝,恐不可挽,伏乞圣明乾断,严例早颁,庶办理得有把握"。

林则徐一方面奏请清廷早日颁下更为严厉的禁烟条例,一方面开始履行他的钦差使命,自二月初起先后发布了四道文告,第一道是《晓谕粤省士商军民人等速戒鸦片告示稿》,这是一道针对广东的全民戒严令;第二道《札各学教官严查生员有无吸烟造册互保》,对生员吸食鸦片提出了更严厉的要求,还规定"每五人连环具结",不只是自己要禁绝鸦片,还必须监督同学以禁绝鸦片;第三道《颁发查禁营兵吸食鸦片规条稿》,这是针对清朝军队的。林则徐指出,"大抵巡洋师船停泊之时,舟中无事,有一二人吸食,因而引类呼朋,群相效尤,遂成锢习。又有搜获烟土,并不全数缴官,假公济私,隐匿入己,因而煎熬吸食,甚且售卖得钱。同伍则朋比为奸,匿不举首;备弁亦通同庇纵,利其分肥。以致吸食者习为故常,售卖者视为利薮。名为健卒而精力疲惫不堪,委以查私而贿赂公行滋甚。此种积弊,实堪痛恨";第四道是《札发编查保甲告示条款转发衿耆查照办理》,这是针对基层社会组织的,凡保甲必须严查和禁绝居民吸食鸦片,亦有"连环具结"之规。

这四道文告中最重要的就是《晓谕粤省士商军民人等速戒鸦片告示稿》,这是他作为钦差大臣发布的第一道戒烟令,堪称是他此行的第一个宣言和厉行禁烟的纲领性文件。当时,许多鸦片贩食者"无不私探罪名轻重与新例是否颁行",为了让"鸦片贩食之人"放弃最后的幻想,林则徐重申了朝廷"极力驱除"鸦片烟毒之决心,并给予了观望者明确而坚定的回答,禁绝鸦片"万无中止之势"——

为剀切晓谕速断鸦片以全生命以免刑诛事:

照得广东为声名文物之邦,自古迄今,名儒名宦,代有伟人,闻者莫不起敬。不料近年以来,多沉溺于鸦片烟,以致传遍海隅,毒流天下,推其源则为作俑之始,究其极几成众恶之归。凡各省之贩鸦片者,不曰买自广东,则曰广东人夹带而来也。吸鸦片者,不曰传自广东,则曰广东人引诱所致也。似此大邦，冒此不韪，岂不可惜！从前刑罚尚不甚重，查拿亦不甚严，无耻之徒，恬不知怪。今则天威震怒，斧钺森严，法在必行，极诸大辟，盖必使之扫除净尽而后已也。本大臣由楚省奉召进京，面承训谕，指授机宜，给以钦差大臣关防来此查办，尔等皆已闻知。试问向来鸦片之禁，有如此之严紧否？如此严紧而尚可以观望否？且钦差大臣关防，非重大之事不用，今蒙特旨颁给，其尚能将就了事否？本大臣与督部堂、抚部院懔遵严旨，唯有指天誓日，极力驱除，凡攘外靖内之方，皆已密运深筹，万无中止之势。除再严拿窝积兴贩立置重典外，惟念尔等吸食之辈，陷溺已深，不忍不教而诛，特先悉心开导。

紧接着，林则徐历数鸦片烟毒之祸害，还特别提醒国人反思，为何"鸦片在外夷人不肯食，而华人乃反甘心被诱，竭赀冒禁，买毒物以自戕其生"。他从鸦片的毒害反复解释不要"任人愚弄、不惜性命、不顾身家"。这一段文字先是动之以情，晓之以理，继而严申"刑之以法"——

夫人以己所不食之物而令人食之，即使不费一钱，亦为行道所不受，乞人所不屑。况鸦片在外夷人不肯食，而华人乃反甘心被诱，竭赀冒禁，买毒物以自戕其生。吾民虽愚，何至如此！是比诸盗贼之用闷香，拐带之用迷药，妖邪之用蛊毒，以攫人财而害命者，殆有甚焉。且财为养命之源，尔等银钱，都非容易，将银换土，可笑孰甚。舍钱服毒，可哀孰甚。尔等独不思瘾作之时，纵有巨盗深仇、凶刀烈火来至尔前，尔能抵敌之乎？唯有听其所为而已。尔等生长海滨，非同腹地，不可不思患预防。奈何任人愚弄，不惜性命，不顾身家，一至于此！夫鱼贪饵而忘钩，蟹贪光而忘火，猩猩贪酒而忘人之欲其血，彼原自取，何足深尤。所患者，污俗不回，颓波日沸，则人人皆委顿，户户皆困穷，此邦之人，将何恃以不恐乎？梓桑绅士，宜有以训俗型方，讵忍安坐迁延，不一援手。而士为四民之首，品行为先，一溺其中，直成废物，若不痛改，朝廷岂用此等人。且泾以渭浊，薰因莸臭，万一上干圣怒，一概视为弃材，恐于全省仕路科名大有妨碍，不可不虑也。至闾阎虽众，而十室必有忠信，不能不寄耳目于地邻。向来文武衙门弁兵差役，破获原为不少，而民间惮于查禁，遂以栽害攫物，徇纵诈赃等弊，纷纷藉口，此固不能保其必无。然兵役作弊，例应加等惩办，官员徇庇，尤必立予严参。果有被诬被诈之人，申诉到官，必为昭雪。但不能因噎废食，使查拿者转为松劲。本大臣上年在湖广所拿各案烟犯，凡员弁带往兵役，临时先令自行搜检，追查拿出门，又令本官一搜，不许带人物件。今亦通饬照办。

接下来，林则徐劝诫"凡从前误食鸦片者，速即力求断瘾，痛改前非"，并明确规定"省城限以二月起至三月底止，各府州县以奉文之日起，勒限两月"戒绝鸦片烟毒，若"玩法抗违"，必"严密搜拿"，进一步打消了吸食鸦片者的幻想，"凡尔吸食鸦片者，处处皆死地，刻刻皆危机，其能藏匿幸全者，未之有也"——

除另刊章程十条并各种断瘾药方，分别檄行严禁外，合亟出示晓谕。为此示仰合省士商军民人等知悉，凡从前误食鸦片者，速即力求断瘾，痛改前非。省城限以二月起至三月底止，各府州县以奉文之日起，勒限两月，务将家有烟枪烟斗几副，杂件烟具若干，余烟若干，一并检齐，赴所在有司呈缴。如惮于自缴，则或父兄及邻右戚友亦准代缴。但期能改即止，并不查究来历，请问姓名。惟不许以新枪假土蒙混搪塞，倍干重咎。尔等须知无不可断之瘾，而贵有必断之心，上年曾见湖广之人，有积瘾三十年日吸一两而居然断去者，断后则颜面发胖，筋力复强，屡试屡验。岂有别省皆可断，而广东转不能断之理？即谓地有瘴气，尽可以槟榔旱烟解之，省费适口，且不犯禁，何不以彼易此乎？自示之后，倘仍执迷不悟，匿具不缴，则是玩法抗违，唯有挨查牌甲，责令举首，一面严密搜拿。凡尔吸食鸦片者，处处皆死地，刻刻皆危机，其能藏匿幸全者，未之有也。

最后，林则徐以"身家性命所系，生死祸福所关"来告诫烟土潜藏者、伺机私卖者绝不要抱有"官禁不能长久"的幻想，必须认清形势，"速即自首到官"，则可以减轻处罚，否则将后悔莫及，同时也鼓励民众检举揭发，对"指拿者优加奖赏"——

至窑口烟馆，经督部堂、抚部院节次严拿治罪，现在关闭者多。然第暂歇一时，以为官禁不能长久，孰知此次非往时之比，不净不休。其将烟土潜藏者，欲俟查拿稍松仍行偷卖，尤为可恶。现有妥线分报查访，一得确信，即往严搜。破获者尽法痛办，指拿者优加奖赏。其藏匿之房屋，一并入官。凡尔有些资本之人，何事不可图利，若前此误卖烟土，藏匿在家，速即自首到官，亦当分别量减。此固本大臣甫经入境，法外施仁，断不能迟迟以待。若不趁此刻猛省回头，以后虽欲改图，噬脐莫及。身家性命所系，生死祸福所关，各宜懔之慎之！毋贻后悔。特示。

这篇告示虽是严申禁令，却也赤诚感人，只因林则徐的出发点确实是为民着想。自入仕以来，他一直是一个有着浓厚民本思想和重民作风士大夫。透过他致友人的一封书札可知，林则徐既看到"民间吸食之风，几于口有同嗜"，又看到了"然民有秉彝，大抵天良不昧，弟所发告示，多有见而泪下者"，他深信百姓是可以教化的。广东既是鸦片流毒之祸源，鸦片烟毒给广东一带的民众带来极大的危害，当时流传着这样一首民谣："红毛鬼子媚人药，杀人如麻人不觉。"林则徐根据此前在江苏、湖广等地的禁烟经验，深知只要为官者下决心禁烟，就能得到老百姓的拥戴。他此前在湖广禁烟时有这样的一个细节，"有耆民妇女，在路旁对他叩头称谢，那妇女说，其夫男久患烟瘾，今幸服药断绝，身体渐强"，而无论是"多有见而泪下者"，还是"叩头称谢"者，都表明禁烟是民心所向。

林则徐在发布《晓谕粤省士商军民人等速戒鸦片告示稿》时，"另刊章程十条"，梁廷枏在《夷氛纪闻》中亦原文照录（原文"一"相当于今天的项目分隔符）——

一、吸食者立限断引（瘾）。省城以二月为始，截至三月底止。外府州县以奉文日为始，勒限两月，一体戒断。其有旧存烟土、烟膏、烟枪、烟斗及一切零星器具，一概准其缴官，不问姓名，但不得稍有隐匿。所缴烟枪，必须辨明真伪。外已纯熟、中渍烟油者为真，以新竹灌烟油者为伪。至于窑口兴贩烟馆等项人犯，若不将烟土烟膏首缴到官，及至被人告发，或线人引拿，搜获真赃实据，定当尽法惩治，并以本犯财产籍没变价，赏给首告及引拿之人。诬者反坐。

一、有人告发，或现犯供指，或线人密首，应行进屋搜查赃据者，其夹带栽赃之弊，固不可不防，而谣言鼓惑之风，亦不可不戢。嗣后遇有应行入室搜查者，文武各官须亲带兵差，甫经进门，先将带去兵差，逐一搜检明白，仍于出门时，当众照前搜检，栽赃攫窃二弊，均无所借口矣。

一、大小文武官员，许其所属禀首，广开指揭之门，非纵其凌长犯上也，直指告罪人耳。沿海营弁，更难保无得规、徇隐、售私，吸食诸弊。嗣后无论地方盐务文武官员，其属下有吸食或包私者，该管上司代为徇庇，一并严参。其上官有吸食或包私者，属下果能切实禀揭，熬审不虚，分别记功奖励拔补。

一、各州县奉文之后，勒限两月，收缴烟枪烟土器具。应责成该州县分都分图，由城及乡，挨次编查保甲，以塞其流。敦请绅士为之综理，再由绅士选举各乡公正袷耆分段编查，赴县具领门牌底册，详细填注。其有不能相信者，许于该户名下注明不敢保字样。地方官即将各乡不敢保结之人，另立一册，限日搜查。无实据者，再责成该管族党正副立限确查，切实保结。倘仍前不敢担保，立即严拘讯究。

一、士为四民之首。文武生员有吸食鸦片者，予限两月。若再观望迁延，则其情罪实较齐民为重，即责成教官，逐一挨查，转报地方，审明实据，立即详革治罪。教官查核学册，随意拨派五人，互相联保。各于册内，详注互保姓名。事竣，申缴备案。至捐职及贡监生，令各州县细查挡（档）册，开明人数，造册移送教官，谕令生员各保所知。倘生员未能尽悉，不肯据保，即责成已经保过之捐职贡监，保其同类。其无保之人，查讯熬验。

一、兵丁吸食，精神筋力疲惫不堪。亟应明定章程，严加考验以除积弊而肃戎行。每五人为一伍，令其互具连环保结呈送。所不敢保者，另立一册，听候委员熬试。

一、幕友官亲长随，统于两月限内，将署中有无吸食之人，出具切结，属员申送上司，同官互相咨送，以凭查考。经承小书、各班差役，亦应责成本官设法查禁，亦随便指拨五人，互相派保。

一、粤东中、东、西三路口岸出洋之艚船、拖风渡船、泥船以及虾笱等项，或揽载私货，兴贩吸食，或贪图微利，接济奸夷。责令该口岸澳甲，编号造册，呈送该管衙门。饬令五船互保，将无人保结之船，另造一册，随时挨次搜查究办。即或查无实据，亦应编入岸地，交保约束，不准再令驾驶出洋。其内河大小船只，以及疍家渔船，均责成地方官一体查办。倘有客商违例夹带吸食，许该船户前赴沿途地方官密行首禀。一船有帆三扇，或一二扇，书写大字三行，中一行写某州县某人姓名，左一行写某字第几号，右一行写第几甲第几牌。

一、寄寓寺观、伙店，所有暂时寄寓之人，应由地方官责成庙祝、店主，设立循环号簿，诘询里居姓名，详细注册，每五日送该管衙门考核。许该庙祝店主随时密首。

一、各客商过关投税，势难一一打开盘验。责成行户经纪人等，逐一检查。到关即将货单保结呈缴，关口委员核对图记相符，然后抽查货物。

这十条章程是十分具体的、极具操作性的条例，而林则徐在推进禁烟的进程中，确立了"先以断绝鸦片来源为首务"，将矛头直指外国鸦片贩子，同时对国内的鸦片贩食者予以严厉打击，此乃"截流"之举。这也是他在禁烟运动中一以贯之的政策，即"断源"与"截流"并举，双管齐下。而在具体实施过程中，则采取恩威并举，先恩而后威，对士商军民如此，对国内外的鸦片贩子亦如此。

随着一道道公告从钦差行辕发出，一场指天誓日、密运深筹、"盖必使之扫除净尽"的禁烟运动已拉开了序幕。一个钦差大臣已如箭在弦，或有人冷眼旁观，或有人拭目以待，这大清帝国自雍正皇帝发布第一道禁烟令，禁了一百多年了，哪一次不是来势如潮、去势如汐？

三、一个百年难解的症结

来势如潮，去势如汐，这确乎是一个历史的怪圈，而在这怪圈里有一个百年难解的症结。若要探悉症结在哪里，又有两个历史现场，一个是粤海关，一个是十三行。

粤海关在哪呢？而今的广州人十有八九会把你指向一个错误的方向。这不能怪广州人，只怪历史中还有历史。粤海关创立于清康熙二十四年（1685

年)。此前一年,康熙皇帝年届而立,颇有一股盛世英主的自信和朝气,他下令废止了自顺治以来实施了近三十年的海禁,其谕旨曰:"先因海寇,故海禁未开。为是今海寇既已投诚,更何所待。"随后,清廷便设立了江、浙、闽、粤四处海关。这是大清帝国第一次自主的全面开放,也是这个长期闭关锁国的帝国史上一段短暂而绚丽的插曲。

粤海关最早就设在林则徐在珠江登岸的天字码头,而码头(港口)和海关原本就是紧密相连的。追溯广州的外贸史,源远流长,自唐宋以来,广州就是一个对外贸易的重镇,尤其是在商业繁荣的宋朝,数十个国家的船舶来广府贸易。不过,这繁华的人间风景也是时断时续,这就看一个王朝是关门还是开门了。据文史专家考证,在清廷开放海禁之前,地处广州城外南关的天字码头一带,还是一片荒茅野岭,而在通商之后,这里渐渐成了一个樯帆林立、华洋杂处的热闹去处。如今天字码头风韵犹存,但那座老海关大楼已无处寻觅,我寻觅到的一处粤海关旧址位于广州市沿江西路29号,濒临珠江,这是一座白色古罗马风格的欧洲新古典主义建筑,俗称大钟楼,但这座大钟楼已是清末民初时的建筑,与林则徐在广州禁烟时的那座粤海关毫无关系。

若要追溯的那段历史,又只能从故纸堆里去寻觅了。自十七世纪以来,在南中国海开始出现一种前所未有的三桅帆船,这是当时世界上最先进的远洋航船,被法国文豪维克多·雨果赞誉为"人类的一种伟大杰作"。它们从遥远的西欧出发,绕过非洲大陆南端的好望角,开辟了一条通往印度次大陆的航路。但那些航海探险家并未就此止步,继而又探索出一条穿越马六甲海峡通往太平洋、南中国海的航线,而他们的目的地十分明确,就是驶往马可·波罗描述的东方"黄金乐土"。这遥遥无期的海路,一路上不知要遭遇多少风暴和海盗,随时都有可能葬身大海,他们往往要以减员五分之一的代价来完成漫长的远航。应该说,一开始,他们对中国的憧憬要远远超过敌意,至少绝大多数外商,只想和中国人做做互通有无的生意。

十三行是我要寻觅的一个历史现场。那时这一带还不在省城范围内,而是位于当时南海县和广州城的城乡接合部。古时广州城分属番禺、南海二县管辖,番禺管东面,南海管西面大部分地区,南海县的一部分管区因位于广州城西之外,俗称西关,如今属广州市荔湾区,为广州老三区之一,因区内有"一湾江水绿,两岸荔枝红"的荔枝湾而的得名。西关能在广州城外脱颖而出,先是因其得天独厚的地理位置，在西关的南面就是珠江内河最宽的白鹅潭，广州自有城池以来，这里便是一个通江达海、适合湾船的港湾，为广府第一大外贸古港。自汉朝以来，便有来自南洋诸国的番邦贡使，其船抵达广府后，贡使捧表进京朝贡，而其他货物则在西关一带就地贩卖，待贡使朝贡返粤，"其船置办国需随汛回国"。公元六世纪，印度高僧达摩曾于此登岸传教，西关一带又因而得名"西来初地"。尤其是明朝中叶开放海禁后，这里便是中国对外通商与文化交流的重要口岸。明嘉靖三十六年（1557年），葡萄牙人向明朝政府求得澳门居住权，澳门、广州的海外贸易更加活跃。而明清时还在今下九路南侧设置了接待外国使者和商贾的怀远驿，这一带已内外贸易越来越旺，并在周边衍生出多个与之相关的专业集市，沿西濠西岸及下西关涌（大观河）两岸逐渐形成了十八条街圩——十八甫。

何为甫？对此有多种说法，一说为埔或埠的粤语转音，即码头或商埠；二指商人的自卫组织；三指平坦而未耕种的地貌。我觉得第一种可能性最大，又或许三种含义皆有。十八甫，一津一甫，也就是一个渡口一条街，这是西关最早的商业区。如今的上下九步行街位于老西关的上九路、下九路、第十甫路之间，这条步行街于1995年9月30日开通，是"中国第一条开通的商业步行街"，也是西关的"腰带"。而从第二甫到十八甫一甫不少，唯独没有第一甫，却有第一津，广州有句俗语："人好你话好，唔识花共草，行到第一津，完全冇晒甫"。最后面那句话是广州话中特有的幽默，"完全冇晒甫"——完全没有谱。若要寻觅十八甫，还真是大多没有谱了，只有第十甫路仍是广州西侧的中心商业区。

如今想要感受一下中西合璧的西关风貌，也只有去上下九步行街走走看看了，这里的标志性建筑就是连绵约一公里的骑楼，但已是晚清建筑了。1878年，香港殖民地政府颁布了《骑楼规则》，并开始建造骑楼，这种骑楼适应岭南潮湿闷热、骄阳似火、风雨无常的复杂气候，而城市骑楼又特别适合作为商业经营的"铺廊"。在香港始建骑楼的十年过后，晚清两广总督张之洞将香港的建筑经验引入广州。

我追溯的那段历史岁月还没有骑楼。我只能小心翼翼地避开喧哗的人流，去寻找一百七十多年前那条更老的老街，岁月深处偶尔也能发现一座爬山虎漫掩的清幽老宅，青砖青瓦，青石门槛，青砖漫地，青苔蔓延，门口依然蹲着两尊眼睛滚圆突出的石狮子，在那斑驳的墙壁上，一只只壁虎在墙缝里钻进钻出，偶尔会看见壁虎遗落的尾巴，还保持着当时瞬间的惊觉状态。这样的老宅在当时也算是大户人家的门第了，但绝对不是传说中那些拥有黄金门槛、白银铺地、富可敌国的十三行行商。我要找的东西可能永远找不到了。

从西关十八甫到广州十三行，一座外贸古港的历史一脉相承，外贸一直是其不变的主题。到了十三行的时代，则把这里外贸生意推向了商业、外贸繁荣的鼎盛时期，这里成了广州市、广东省乃至中国的国际贸易中心。在十三行崛起之前，十八甫虽说已是繁华的商业区，但还只能说是脱颖而出，当时西郊的荔枝湾和泮塘还是一片水乡泽国，而十三行能在广州城外迅速崛起，时空中涌现出一代代商界风云人物演绎着各自的传说或传奇，而其中最大的一个传奇人物就是一度叱咤风云的世界首富——伍浩官，他居住过的第十八甫街，被旧时洋人直接称为浩官街（Howqua Street），这是我在后文要讲述的故事。

十三行的崛起，又与十三行扮演的特殊角色有直接关系。那么十三行又扮演了怎样的历史角色呢？追溯十三行的历史，一般都以清康熙二十四年（1685年）开放四口通商、设立粤海关为肇始，直到鸦片战争爆发，大致经历了三个阶段——

第一阶段为粤海关开关之前，自明朝开放海禁之后，就逐渐形成了十三行。广东番禺人、明末清初著名学者、诗人屈大均在《广州竹枝词》中就有这样逼真的描述："洋船争出是官商，十字门开向二洋；五丝八丝广缎好，银钱堆满十三行。"可见，在他所处岁月，十三行就已是一片生意兴隆的景象了。

第二阶段从清康熙二十四年（1685年）到乾隆二十二年（1757年）。这里还得从清朝的海禁和开放海禁说起。从顺治年间到康熙初年，清朝一直实施严厉的海禁，在浙、闽、粤三省沿海地区实施"迁界移民"政策，而广东省将珠江口一带数以万计的以捕鱼为生的疍民强迁至南海县的西村和泮塘，也就是西关一带。这些疍家人是清朝海禁的牺牲品，他们再也不能打鱼摸虾，既没文化又无本钱，为了养命，只能从最底层的渔民沦为最底层的市民——"走鬼"，在粤语中指那些提篮小卖的流动小贩。他们也给西关带来了一些人气和热闹，在城郊又冒出个乱哄哄的小墟市，就在如今广州的西华路一带。当然，哪怕成千上万的"走鬼"也难以把西关推向一个于斯为盛的商贸时代，而西关的命运和一个王朝的国策直接有关。

第三章
钦差大臣

随着康熙皇帝以开放的姿态为海上贸易打开了四道大门,粤海关又是当时四关中最大的海关,外国商船络绎而来。而海关初开,海关官吏在管理西方商船时还招架无方,一个个手忙脚乱且效率低下,时常有大批外国商船被堵在珠江航道里,一如今日堵车一样壅塞不堪,迟迟不能进港贸易,货亦难畅其流而在码头上堆积如山,还有那些远洋海员的生活安排、后勤保障、船舶修理,这么一大堆事该要多少人才能照顾安排得过来啊。经过一年多的摸索,粤海关终于找到了解决的方法,那就是采用中国传统的牙行或牙商来经办这些麻烦事。

所谓"牙行",在中国已有至少上千年的历史,而"牙行"一词始见于明代,这是为买卖双方介绍交易、评定商品质量、价格的中间商,而居间包揽水运雇船的则称埠头。"牙行"又有"私牙"和"官牙"之分,而"官牙"经政府授权还可以管理市场,而能经营"官牙"是一种特权。广东官府招募了十三家牙行作为经纪商,指定他们与外商做生意,并授权他们代海关征缴关税。这就是后来蜚声海内外的广州十三行或广东十三行,其数量也并非固定的十三家,少则四家,多时二十六家,"十三行"实为一个约定俗成的称号。而在粤海关开关后,它只沿用了明代的旧称,其实际上的定义在清康熙开放海禁后已被改写,逐渐成了获得了政府的授权、垄断了对外贸易的行商或"官牙"。由于他们是与洋人交易的中间商,又叫"洋行",行商也称洋商。若用一种近现代的称呼,这些行商或洋商其实就是"买办"——这是一个耳熟能详又难以精确定义的词语,在明代,"买办"专指对宫廷供应用品的商人,葡萄牙人把"买办"称为"康白度(Comprador)",原指欧洲人在印度雇用的当地管家;而清朝则专指为外商服务的贸易中间商、采买人或管事人,包括外国资本家在旧中国设立的商行、公司、银行等所雇用的中国经理。具体说十三行,则是一个夹在中国官府和外国商人之间的特殊阶层,一方面他们有中国官府授予的特许经营权,一方面他们的利益又与外商捆绑在一起,从中分享利润。由于他们主要与洋人打交道,专做外贸生意,又称"洋商"——这是一个不能混淆的概念,在历史文献中,"洋商"并非外商,而是特指做外贸生意的中国商人,一旦混淆就会引起历史的误会。

对于十三行做出历史评价,也要分阶段来看待。譬如说从清康熙二十四年到乾隆二十二年的这七十余年里,清朝一直是四口通商,而十三行的出现是清廷解除海禁的直接产物,十三行一开始也可谓是对外开放的产物。应该说,清政府这一招非常高明，如此一来，粤海关不必直接管理来粤贸易的外国商人，而是通过特许商行——十三行进行管理。那些精明的商人办事效率高，应变能力强，从货物集散到外商的生活安顿，方方面面又考虑得悉心周详，深受外商欢迎。而这些内外受用的十三行商人，又获得了官方的特许外贸经营权，外国商人来到广州，实际接触的只限于这些行商，凡是外国进口货物，均由其承销，内地出口商品，也由其代购，而有了官方的授权，他们还拥有了定价权——负责规定进出口货物的价格。另一方面，行商又受官府委托，代理了一些政府职责，包括部分外交职能，在广州的外商一般不能和当地官府直接交往，只能由行商代政府办理中外交涉，转递文书，其中包括代办报关纳税，在经营上十三行为民间私人资本，却又有着官商的权势和地位，如此一来，十三行就逐渐演变为一个总揽了广州对外贸易、享有了垄断经营特权的特殊商帮，也可以说是一个"买办集团"。

在那七十年余年间，还有一个短暂的插曲，康熙四十二年（1703年），公行确立。最初由官方指定一人为外贸经手人。此人纳银四万两入官，包揽了对外贸易大权。后来，各行商从自身利益出发，共同联合组织起来，成立一个行会团体，即所谓的"公行"。据史料记载，康熙五十九年（1720年），广州最大的行商们在神像前宰鸡盟誓，订立行规十三条，结成一个类似"托拉斯"的贸易联合体，又称"公行"，参加盟誓的行商，有十六家，其中头等行五家，二等五家，三等六家，按等级分摊公行所需之公用经费。很多学者都将此作为十三行成立的标志，这是一个误会，将十三行和"公行"两个概念混为一谈。据十三行的后裔、学者梁嘉彬在其《广东十三行考》中指出，1720年"无非为十三行商始有共同组织（公行）之一年而已"，而这家公行仅维持了不过一年，次年就在外商和非行商的中国商人联合反对下悄然废止。又据史学家吴晗根据《啸亭杂录》考证，两广总督吴兴祚"奏通商舶，立十三行"，进一步推论"十三行之立，当为康熙二一至二四年（1682-1685）四年间事。"

从乾隆二十二年（1757年）到鸦片战争爆发，这是十三行历史的第三阶段。如果说在康雍年间十三行还只是一个地方性的拥有外贸特许经营权的商帮，到乾隆二十二年情况又为之一变，这年清廷大规模收缩了对外开放的范围，乾隆帝下令关闭其他三关，四大海关仅留粤海关，广州成了唯一的通商口岸，清王朝由此进入了"一口通商"的时代。这是一次历史的大倒退，清朝又回到了闭关锁国的状态，不过，这倒是"成就"了广州和十三行的行商，这一阶段一直持续到鸦片战争爆发。在这近百年间，广州口岸可以说是清王朝唯一的"外贸特区"，而在"一口通商"的特许垄断经营之下，十三行已是一个总揽了大清帝国对外贸易、享有了垄断经营特权的特殊商帮，至少按清廷对外通商的政策是这样。无论是广州或西关，还是十三行，在这一阶段的国际贸易均达到鼎盛时期，几乎所有亚洲、欧洲、美洲的主要国家和地区都与十三行发生过直接的贸易关系，大量的茶叶、丝绸、陶瓷等商品经他们之手从广州运往世界各地，而外国的货物又经他们之手源源不断地进口中国。

如今居然有人把广州十三行视为清朝改革开放的一个典型代表，这就是对历史的误解了，而有人还以此指责林则徐在厉行禁烟中打压了这些行商，那就是更大的误解和偏见了。十三行在更长的时间恰恰是清朝闭关锁国的一个畸形怪胎，换言之，只有排除了"一口通商"和官府授权的特许或垄断经营，十三行成其为改革开放的产物或代表。作为大清商帮，这些行商与中国历史上的三大商帮——潮商、徽商、晋商是不可同日而语的，他们没有特许经营权，没有特殊的垄断地位，全凭"致天下之民，赞天下之货，……各得其所"。而十三行在"一口通商"中拥有垄断地位，他们不是什么"大国商帮"，而是彻头彻尾的"买卖集团"，他们所代表的也根本不是什么对外开放，而是闭关锁国之下的绝对垄断。诚然，在客观上，十三行也培养了中国第一批从事国际贸易的商人，但绝对不能忽视他们的原罪，他们正是利用其垄断地位与外国鸦片贩子勾结，成了鸦片烟毒难以斩草除根一大症结。

历史从来不以孤证示人，大清帝国"闭关锁国"的政策不但锁不住鸦片，反而为鸦片走私创造了条件，而十三行的大部分生意长期以来就是与另一垄断者做的，即英国东印度公司，它是英帝国对华贸易的全权代表，双方以垄断对垄断进行合法的和非法的交易，而当英国东印度公司大发鸦片财时，那些行商的雪花银也随着黑色的鸦片滚滚而来。而鸦片烟毒肆虐中国，除了英国及英国东印度公司这一元凶，除了十三行的行商们作为帮凶，其实还有更大的帮凶，就在清朝统治集团内部，甚至就是清廷本身。

首先，清政府在顶层设计上就为鸦片走私和坐地分赃提供了平台，而粤海关监督就是这个分赃体系中的枢纽。对于关税，从康熙开始直到道光，历任皇帝都有不少谕示，强调关税的征收并不是看中经济收入，而要注重"嘉惠远人"的政治效应，试图通过关税的杠杆作用将外商的活动范围控制在通商口岸之中。据《粤海关志》云："天朝嘉惠海隅，并不以区区商税为重，务随时查看情形，固不可于国体有妨。"据学者考证，当时中国的进口税率比同时期实行自由税率的法国还低，然而，在关税之外还有各种潜规则的额外勒索，在《剑桥晚清史》一书中也有这样一段评说："按照清朝政策的公开表示，商业利益服从国家的政治利益。但在私下里，甚至清朝历代皇帝都把广州贸易视为个人利益的重要来源。海关监督被外国人误认为是户部的代表，实际上，他由内务府授权，负责把广州每年海关税收多达855000两的现银输入统治者的私囊。海关监督功绩之大小，视其满足皇帝私人定额的能力而定。"

粤海关名义上隶属"主财帛委输"的户部，户部相当于现在的财政部，但管理范围比现在的财政部要大得多，而海关作为户部的分司（派出分支机构），在很大的程度上却被"掌宫廷事务"的内务府所掌控，并有自成独立的系统为宫廷服务。在这样的顶层设计下，将海关的收入主要分成了两大块，一是应该缴纳给户部的关税，二是应该缴纳给内务府的"关余"，进入皇家的小金库，不在户部的审计监控之列。根据清宫关税档案记载，粤海关每年的税银百分之七十解交户部，进入国库，百分之二十四的所谓"关余"则划归宫廷内务府，归皇家享用，仅余百分之六，其中百分之三移交广东布政司藩库，百分之三留作海关自用。

清廷既是这一制度的设计者、审批者，也是最大的受益者，粤海关被称为"天子南库"，而北京崇文门的税关，则被称为"天子北库"，共同构建了皇帝的巨大的小金库。包括康熙、雍正、乾隆在内的"英主"们，根本也没有想到：他们这种把"国""家"分立，直接造成海关制度的先天痼疾。从康熙、雍正、乾隆等所谓"盛世明君"，到嘉庆、道光等中衰之君，都深知粤海关监督为一个令人垂涎的肥缺，皇帝常常亲自审查税费的解交，如有出入，便拿粤海关监督是问。尽管海关监督风险很大，却又是一个令人垂涎的肥缺，而肥水不落外人田，海关监督的人选，由皇帝直接任命，又几乎由内务府包揽，大抵都是由内务府官员或满族亲贵充任，任满后依然回到内务府，或在内务府掌控的其他机构中调任升迁。乾隆皇帝甚至在一篇谕旨中坦承："在京满汉司员人数本多，此等得项较优之差，自应令其均沾普及。"甚至，一些在别的税关留下亏空的官员，也被改授粤海关监督，以便其能利用粤海关的黑色收入填补漏洞。其实，即便没有黑色收入，粤海关监督的收入也高得令人咋舌。从政治地位看，海关监督的官阶与总督、巡抚平行而班次略后，当时两广总督的年薪为二万银两，而粤海关监督的年收入为两广总督的二十倍，高达四十万银两。尽管年薪如此之高，但高薪依然难以养廉，皇帝也深知这美差不能让一个人干得太久，为了"摆平"自己身边的人，让利益均沾，于是频频换人，还刻意缩短了海关监督任期，短则一年，长则两年，在这短暂的任期内，每个捞到了这肥缺者，第一是要满足内务府的巨大胃口，此外就是迫不及待为中饱私囊而捞足捞肥，过了这个村就没了这个店。

如此一来，海关实际上就成了上至皇帝、下到胥吏的分赃机构，如后来曾在大清皇家海关总税务司供职的美国人马士（Hosea Ballou Morse）在其《中华帝国对外交往史》已说得相当清楚：海关监督"一向是由皇帝钦派的满洲人担任，他是代表宫廷和宫廷人物的。在他满足了他北京的恩主们（和恩主妇们）的欲望之后还有余裕时，他也可中饱，自行积聚一份家私。他一到任就必须有所报效；在这从来长不到三年的任期之内，仍旧要经常不断地报效；并且在他可以满载而归之前，也还要再作报效。他从头到尾一直报效。那些相继而来的步骤使得这个官职的外水日益减少，但是据一位权威人士在1895年记述当时的情形时，还估计粤海关监督在任内每年经常送往北京的礼物，价值不下一百万两。别的权威人士曾经讥讽地说：在支付了为维持大批僚属生活的征收费用之后，他任内第一年的净利是用来得官，第二年的用来保官，第三年的用来辞官和充实自己的宦囊。"

又据刘潞等编译的《帝国掠影》载，乾隆晚年马戛尔尼使团在北京下榻的海淀宏雅园，就是被查抄的一名前粤海关监督的园林式私宅，使团副使乔治·斯当东有这样一段记述："馆舍宽阔华美，厅房甚多。据说这个产业属于前任粤海关监督，他从对英贸易中贪污大宗款项修建这所住宅，以后调任北京附近，继续贪污，最后被处分抄家，产业没收归公。"但斯当东刻意回避了，这位前任粤海关监督贪污的大宗款项，主要是鸦片贩子输送的黑色收入。

在清王朝的制度设计上，既有"一口通商"的粤海关，又有特许垄断经营权的十三行，当二者联手，这是一条巨大的利益链，又由此形成了一个盘根错节的利益集团，如马士所谓："一个广州利益集团形成了，它逐渐把从贸易吮吸来的款项变成了与外商或公行有关联的所有大、小官吏的资财。"而十三

海祭
——从虎门销烟到鸦片战争

行若要牟取巨大的利润,也是要花血本的。他们要既要用重金换得外贸特许经营权,为维持其特权,又要不断向官府行贿,名为"报效",实为分赃。而一切货物进出口必经粤海关,一座大清帝国的关防之门沦为腐败之门。除了粤海关,无论是两广总督、广东巡抚还是广州城里的各种衙门,那些大大小小的贪官污吏皆能把把手伸向十三行。

当一艘外国商船终于结束了无比漫长的海上漂泊,驶入了他们渴盼已久的黄埔港,随即便有海关官吏到船上查验,丈量船货,收纳税款,才能准许入港。中国官场从来是上行下效,无论是查验、丈量船货,还是收纳税款,在操作上大有渔利的空间,哪怕一个最底层的小吏也有徇私牟利的空子可钻。曾有一艘外国商船进港,海关丈量人员先是从船头量到船尾,一经贿赂,马上就改为从前桅量到后桅,丈量后,要缴船钞,先是开价白银两千两。这些外国商人早已熟悉了大清帝国的国情和人情,经讨价还价并给那小吏"孝敬"三百二十两白银后,这关税竟以五百银两了事。这是外国商人进入大清国门挨宰的第一刀,但他们其实是以很小的血本,在大清帝国的躯体上捅了一个放血的大窟窿。

船在黄埔港靠岸后,船长和大班(外商经理)随即就会乘快艇奔向十三行,挑选合适的行商为自己的船只担保,而对于那些常来常往的外商,在十三行中早已有了自己的合作伙伴,根本就不用挑选。外国商人既要行商担保,还要行商为他们销售带来的货物、采购中国商品、为相应的商品缴纳税银,行商们扮演着经纪人、中间商、代理商等各种角色。除此之外,他们还为外商提供各种服务,如在十三行商区为外商开设了商馆,在黄埔港一带的长洲岛和深井岛建有外国海员客栈,有些客死异乡的外国海员也安葬于此,如今这里仍保存着不少外国海员的墓地。在港湾一带还有船舶修理厂,黄埔港四周的居民大多是船舶修理工人、码头工人或装卸工,而在他们揽工揾食的背后,也有行商的影子。在外商中不乏在广州长久侨居经商的"老广州",如美国商人威廉·亨德就是其中之一,他们与一些行商结成了长期的生意伙伴,而共同的商业利益往往也能凝结出共同的情感或情谊,这虽说是从商业利益链中延伸出的友谊,却也能共同维系,甚至进一步加深他们的合作。这也是无可厚非的人之常情,何况这些远离祖国和家人的外商,在纸醉金迷中也难免在心底感到孤独,在某种意义上说,行商就是离他们最近的亲人。威廉·亨德在《广州番鬼录》中写道:"由于(行商)与被指定同我们做生意的中国人交易的便利,以及他们众所周知的诚实，都使我们形成一种对人身和财产的绝对安全感，任何一个曾在这里居住过较长时间的'老广州'，在离开商馆时，无不怀有一种依依不舍的惜别心情。"

那些行商们既与外国商人结成了商业利益链，也与粤海关形成了互为依存的利益链，只要海关官员睁一只眼闭一只眼，外商们就可以在非法走私（尤其是鸦片走私）中牟取暴利，而行商们自然"知恩图报"。而那些大大小小的官府衙门也把十三行作为摇钱树，既可巧立名目以明索，也可以暗通款曲以暗取。上至清廷，下至广东官府，又何尝不知道十三行是鸦片走私的重灾区，但他们又把十三行作为固定的财源，这也是"根株难绝"之根本症结。此外，十三行还被官方委以重任，根据皇室的要求和出具的样式，从外商手中"采办官物"，实际上是为宫廷输送洋货，其中多为紫檀、象牙、珐琅、鼻烟、钟表、玻璃和金银器皿、毛织品等，采购齐备，再交两广总督、广东巡抚和粤海关监督进献内务府。

尽管十三行的行商们受到粤海关以及各级官府的层层盘剥，但在"一口通商"的垄断经营体制下，加之他们被官方委以各种特权，如特许经营权，特许采购权，一个个赚得盆满钵满。但说到底，那暴利主要来自鸦片走私，而在黑色暴利必有黑金政治，在道光皇帝的心腹大臣中，据说有很多都是鸦片走私的受益者，正是他们为鸦片走私撑起了巨大的保护伞，导致了禁烟与走私的恶性循环。每一次清廷严令禁烟，走私鸦片的数量反倒比禁烟前的鸦片进口更甚，而进口鸦片被禁又使走私鸦片价格剧增，清廷原来收取的税银全部落入官员和买办的腰包，而皇帝的禁烟令沦为了一张张糊在帝国之门上的废纸。

若将这一切复杂的原因继续拆分下去，则如同永无穷尽的无限小数，但若统而观之，事情就会变得非常简单，如马士在《远东国际关系史》中所谓，随着大清政府对鸦片的禁令加强，"禁烟造成关税停征，但是却被贿赂代替，而贿赂居然三倍于关税"。对此，澳大利亚华人学者蒋文胜（雪珥）在其《行贿的帝国：从制度腐败化到腐败制度化》有更透彻的分析："鸦片的厚利与走私的泛滥，与官方公开的禁烟强度成正比。有学者统计，从乾隆四十五年（1780年）到道光十九年（1839年），大清中央与地方各级政府，在这六十年间总共下发了四十五道严禁贩运和吸食鸦片的谕旨、文告，旗帜不可不谓鲜明、态度不可不谓坚决，但是，鸦片的进口量及吸食人数却依然急剧攀升，禁令反而成为鸦片贸易和利润率的激素，而公权力因为既可毁灭鸦片贸易，也可为走私鸦片保驾护航，其身价大为提升，而围绕着鸦片的腐败则"加速了整个体制、乃至整个社会的整体腐败和沉沦"。

十三行虽说是一个鸦片走私的重灾区，却也给西关一带的城市化进程注入了强大的动力和畸形的繁荣。尤其自十八世纪以来，随着西方兴起"中国热"、流行"中国风"，来自英、法、美、荷兰、瑞典、西班牙、奥地利、丹麦等国的商人纷纷在此设立了商馆，这种两头热的局面其实是互为因果的，"中国热"在西方愈是炽热，来广州采购商品的外商也就越多。当然，外商中也不乏做正经生意的，但问题是，如前文所述，那时候的中国人对舶来品远没有西人对中国商品感兴趣，外商若不想做赔本的买卖，那就只能靠鸦片走私了。随着欧美商人纷至沓来，又加之广州官府严禁"番鬼"进入省城（广州内城），西关一带便成了"番鬼"云集之地，时人谓之"鬼城"，街头巷尾随处可见那些凹眼睛、大鼻子的"红毛番鬼"，在珠江的浪涛声中"番语盈耳"，那些半醉半醒的"番鬼"们在木棉树下演绎着奇异的舞姿，唱着除了他们自己谁也听不懂的歌曲，令人简直分不清这里究竟是泰西还是中土了。

如今时过境迁，但对于当年的广州城、西关和十三行的繁华盛景，从一些清代岭南的传世画作中依然可窥一斑。这些画没有太高的艺术价值，却颇有历史价值，全然是对外部物象的观察和描摹，在没有照相机的年代，这些画就相当于照片了，这反而更接近真实的历史风貌。在一幅玻璃画中，一条珠江贯穿其中，从左到右依次排列着丹麦、西班牙、美国、瑞典、英国及荷兰诸国商馆，时人谓之"十三行夷馆"，那时候中国人还没有挂国旗（龙旗）的习惯，而在"十三行夷馆"门前皆高悬着他们神圣的国旗，那些外商们只要看见了自己的国旗，或手按心口，或以仰视的姿态行注目礼。当一个东方帝国已处于倾斜的状态，这些外商却如旗杆一样挺直腰杆，站得笔直，看上去简直不像商人，那是一种军人的线条、军人的姿势。

在另一幅画中，截取的虽是"十三行夷馆"的一角，却放大了细节，让一段模糊的历史变得格外清晰。那两排商馆呈曲尺形排列，楼并不高，一律两层，最高的英国商馆也只有三层。这些楼宇大体为哥特式装饰的西式建筑，却也融入了中国元素，如屋顶均为中国式的歇山顶。这种中西合璧的建筑，开广府西式建筑风气之先，后逐渐演变为遍布岭南的骑楼。画面中，还可以清晰地

第三章
钦差大臣

看见几个洋人站在二楼的阳台上，正探头探脑地张望，他们在看什么呢？商馆前边就是一个广场，两位花翎顶戴、拖着辫子的大清官员，在随从与仪仗队的簇拥下，正乘着八抬大轿穿过广场，走向英国商馆。一看这排场，这气派，不是钦差也是总督，这两位大清官员莫不就是林则徐和邓廷桢？而英国商馆门上彩带招展，还有列阵欢迎的英国士兵和正敲锣打鼓的中国鼓乐手，还有密密麻麻的老百姓拥在广场上围观。越过广场，便是风帆竞逐、百舸争流的珠江，那时的珠江远比而今宽阔，在越秀山南边便是奔涌的珠江，然而江山的味道不再是广府人熟悉的珠水秀山的气味，渐渐混合着来自海洋的咸涩而复杂气味。

在所有外国商馆中，英国商馆又是最显赫的，但也经历了一个从初创到显赫的发展过程。清康熙二十三年（1684年），也就是清廷解除海禁、开放四口通商的前一年，英国东印度公司在广州珠江边租借了一块荒地，并得到官府准许在这儿建造商馆。那也是最早的英国商馆（习称旧英国馆），很小，只有一层，四周被穷人居住寮屋和竹筒屋密密麻麻地包围着。过了六十六年，到了乾隆十五年（1750年），英国人又建起了一座新英国馆，这是一座两层欧式小楼，只有一个柱距的小阳台。十年过后，英国商馆再度刷新，已变成了三个柱距的大阳台。到道光二十二年（1842年），英国馆已扩建为具有独立支柱外廊的三层建筑，三层均带大阳台。在近一百六十年的岁月里，英国馆从一层的小平房扩张到如此大的规模，与其对华输入鸦片的速度和数量成正比，从康熙到乾隆年间扩张得相当缓慢，而到了道光年间，才得以迅猛的扩张。对英国商馆，美国商人威廉·亨特在《广州番鬼录》中特辟一个专章，这也凸显了英国商馆的显赫地位。他曾应邀出席过一次英国东印度公司的宴会，远远就能看见英国商馆的山墙上刻着大英帝国的徽记和一句拉丁文："为了国王和英国政府的利益。"这也彰显了他们对华贸易的国家意志和使命。威廉·亨特以极尽赞叹的笔墨描述了英国商馆布置之豪华，待客之奢靡，他们的宴客厅极为宽敞，有一通道连接着珠江的长廊。左边为藏书丰富的图书馆，右边是子弹房，天花板上吊着一簇巨大的枝形蜡烛台，桌上也放着一个枝型大烛台，在交相辉映之中，"等到主人和宾客到齐，巨大的双扇门被打开，我们走进辉煌的宴客厅。这里我看到的是金碧辉煌、群情欢腾、满桌奇珍的场面。"这奢华的盛宴，连威廉·亨特这位自以为见过大世面的美国人也惊叹不已，他感觉像是出席英国王室的宫殿宴会上，而这样的盛宴竟然在远离英伦的广州举行，又让他笔锋一转开始赞美广州，他把广州比作古希腊以商业、艺术和奢华著名的城市科林斯，还意味深长地引用了一句希腊谚语："不是人人皆可到科林斯。"

确实，对于中国的老百姓来说，这些建在广州的外国商馆还真是他们难以进入的"科林斯"，那是另一个广州，另一个世界。这个世界就在他们的眼皮底下，丹麦商馆位于诸国商馆的最左边，再往西走就是华人区了，但华人区的老百姓对于外国商馆却是可望而不可即。如今，人们对西关、十三行的溢美之辞太多，诚然，在十三行所在的西关一带，最先受到西风的濡染，确有开风气之先的一面，但也绝不能忽视，当年广东官府对十三行夷馆区实行半封闭管理，在夷馆区和华人区之间砌起了一堵围墙，在东西两头都加装了有兵丁守卫的闸门，此闸亦如关闸，外国人的商业和贸易活动被严格地限制在闸门之内，还有暗藏于其间的鸦片。这绝不是开放的象征，而是闭关锁国、"一口通商"之下的一种畸形繁荣。而那些既得利益者也不是普通老百姓，而是那些外商和行商。说来，那些外商也备感郁闷和歧视，他们的商业和贸易活动被严格地限制在闸门之内，而无论是官府还是老百姓，对他们都充满了偏见和歧视，别以为他们不懂那些蔑称，如番鬼、红毛番鬼、洋鬼子、红夷等，从来没把他们当人看。但这大买卖他们又不能不做，哪怕是一个穷光蛋，只需一两次遥远的航行，他们就能挣来一辈子丰衣足食的生活，还有多少人从底层爬到上流社会，成为养尊处优的富翁。

那时的十三行足以用"金山珠海，堆满银钱"来形容，中国人一向有财不外露的习性，而十三行那如同神话一般的财富传奇，往往只有灾难才能还原真相。如果说十三行是人间天堂，那也是一个"失火的天堂"，在十三行的历史上曾发生三场大火灾。乾隆年间的一次大火，有一首诗（《冬夜珠江舟中观火烧洋货十三行》）形容当时大火的场面："雄如乌林赤壁夜鏖战，万道金光射波面。"这不只是恐怖，也是辉煌，连那珠江波涛之上的火光也是"万道金光"。道光二年（1822年），十三行又发生了一场火灾，一说大火延烧了两天两夜，十三行烧毁了六家，还有一万五千多间民房化为灰烬。还有一说，据汪鼎撰、清咸丰八年刻本《雨韭盦笔记》载：此次火劫"烧粤省十三行七昼夜，洋银熔入水沟，长至一二里，火熄结成一条，牢不可破。"——那七天七夜大火，那如水银泻地、满街流淌的洋银，在流入水沟后凝结成一条长达一二里的银块。据统计，这次火灾直接烧毁了十三行价值四千万两白银的财帛，而道光年间每年的财政收入才四千万两左右,这等于说,一场大火就烧掉了大清帝国一年的财政收入,十三行真是富可敌国啊!

就在林则徐钦差赴粤禁烟的两年前,道光十六年(1836年),十三行又发生第三场大火,一下子烧了一百多家商店。不过,无论多大的火,也没有一个钦差大臣点燃的火那么猛烈,以至引燃了一场战争。

四、封锁十三行

一位钦差大臣初来乍到,第一把火就从十三行点燃了。

即便以现在的眼光看,这也是很可能惹火烧身的危险之举。

二月初四日(3月18日)午后,林则徐与邓廷桢、怡良等共同传讯十三行商人。

对于十三行商人,这也是第一次受到"最高规格"的传讯,一位钦差大臣,一位两广总督,一位广东巡抚,三位国之大臣、封疆大吏齐坐公堂,一个个冠冕堂皇(非贬义),令人望之而俨然,纵使你腰缠万贯,一旦进入这样的气场,那腰杆子也一下子软了。

这些行商虽说是各自为营,但为了一致对外也推出了具有行业协会会长性质的总商,此时由十三行的龙头老大、怡和行的少掌柜伍崇曜担任。说来,伍家与林则徐还是福建同乡,但一向"未尝以疾言遽色加人"林则徐,愣是不给他乡党一点面子,他还用一种近乎宣判的语气,指斥伍崇曜和这些行商蒙骗官府,包庇外国鸦片贩子,暗中参与鸦片走私,偷漏税银……这任何一桩罪都触犯了天条王法,当场就可以将他们打入大狱了。

伍崇曜当年才二十七岁,却已久经商场历练,据说他可以把算盘顶在头上打,精明到顶了。他俯首帖耳地听着钦差大人训示,心里却在盘算这位林钦差到底已掌握了他们多少与外商勾结走私鸦片的赃证。他很快就掂量出来了,林钦差绝不像是初来乍到,也不是空口无凭地吓唬吓唬他们,那带着浓厚乡音的官话里,有一种铁证如山的底气,只是此时还没有把证据亮出来。不过,林钦差有林钦差的底气，他也有他的底气。当钦差大人训示完毕，伍崇曜一边竭力为十三行辩解，辩称他和行商们只做正当生意，并未参与鸦片走私，一边又代表十三行表态，查禁鸦片利国利民，他们"愿以家资报效"，这也是他们长期与官府打交道的经验，一切都是假的，只有钱是真的，钱就是他的底气。别说他们这些行商，连那些外国商人也心知肚明，一位英国鸦片贩子就说过一句臭名昭著的名言："的确，在中国很少有花钱做不到的事情。"至于行贿，又有私贿和公贿之分，若私贿不成就行公贿，而"以家资报效"即为公贿。但他这商人的底气和狡诈的伎俩，却让林钦差冷冷一笑，林钦差还压低声音对他说了一句话，就像告诉了他一个秘密："本大臣不要钱，要你脑袋尔！"

　　林则徐此时还不会要这位福建乡党的脑袋，但也绝不是恐吓他，他给了伍崇曜和十三行行商们指明了一条出路，那就是好好配合官府查缴外国鸦片贩子暗藏的鸦片，并当场发给他们两个谕帖，第一个是针对十三行商人的，也就是林则徐所说的"洋商"，他在《谕洋商责令夷人呈缴烟土稿》中除了指斥"洋商"历年之种种弊端，更责令洋商转告那些外国鸦片走私贩子遵照规定主动缴烟；第二个则是针对外国商人的《谕各国夷人呈缴烟土稿》，他指令由十三行总商伍崇曜传谕外商，令"夷人将趸船所贮数万箱鸦片悉数缴官"，并责令各国夷人用汉字夷字（中外文）签名，签订合同甘结（切结书，指旧时交给官府的一种字据，表示愿意承担某种义务或责任，如果不能履行诺言，甘愿接受处罚），而夷人在甘结中必须声明以后不贩鸦片，否则"一经查出，货尽没官，人即正法，情甘服罪"。林则徐没有给中外鸦片贩子多少回旋的时间，他在谕帖中"限三日内取结禀覆"，即限令所有鸦片贩子在三日之内必须交出全部鸦片、全部签订合同甘结，做出永不再贩鸦片的保证。他还以"民情公愤"来警告外国鸦片贩子："况察看内地民情，皆动公愤，倘该夷不知改悔，唯利是图，非但水陆官兵，军威壮盛，即号召民间丁壮，已足制其命而有余。"

　　林则徐虽说"疾言遽色"，但他又一再宣明，他钦差赴粤查办"海口事件"，只是查办鸦片等非法走私贸易，绝不殃及一切正当贸易（正经买卖）："此后照常贸易，既不失为良夷，且正经买卖尽可获利致富，岂不体面？"对从事正当贸易的外国商人和外国鸦片贩子，即所谓"良夷"和"奸夷"，他从一开始就采取了区别对待、奖罚分明的政策："夷馆中惯贩鸦片之奸夷，本大臣早已备记其名，而不卖鸦片之良夷，亦不可不为剖白。有能指出奸夷，责令呈缴鸦片并首先具结者,即是良夷,本大臣必先优加奖赏。祸福荣辱,惟其自取。"

林则徐行事果断而目标明确,"现在先以断绝鸦片为首务",他也很讲策略,在对外国鸦片贩子下手之前,首先必须从伍崇曜这个总商身上打开缺口,当伍崇曜和行商们诺诺而退时,林则徐警告他们:"如此事先不能办,则其平日串通奸夷,私心外向,不问可知。本大臣立即恭请王命,将该商择尤正法一二,抄产入官,以昭炯戒!"

伍崇曜等行商一个个冷汗直冒,连大气也不敢喘。对于他们,这不只是下马威,更是撒手锏,如果他们不主动配合,去劝告那些外商缴烟具结,那他们"串通奸夷,私心外向"、走私贩私的罪行就是明摆着的了,一旦依法处置,那将是人头落地、抄产入官,身家性命全完了。

后来,当林则徐将"谕帖二件"作为附件奏禀皇上,道光皇帝也连声赞叹:"顷阅《谕各国呈缴示稿》'本大臣既带关防,得便宜行事。若鸦片一日不绝,本大臣一日不回,誓与此事相终始',批览至此,朕心深为感动。卿之忠君爱国皎然于域中化外矣。"

当时,在林则徐的幕府中有一位诗文造诣很高的幕僚姚椿,看了林则徐的"檄谕外夷"之帖既振奋又震撼,并写诗以记其事:"上公声望慑蛮夷,一檄贤于十万师。会见滇洋恬飓鳄,真成谈笑却熊罴。能兼群策斯为大,欲示天威更以慈。幕府陋儒何术效,只将歌咏答明时。"

林则徐"限三日内,取结禀复",并密派兵丁在十三行夷馆周围"暗设防维",严密监视外国鸦片贩子的一举一动。这让外国鸦片贩子惶惶不可终日,伍崇曜自感在劫难逃,对林则徐的谕令岂敢怠慢,当日便向外商转交了钦差大臣的《谕各国夷人呈缴烟土稿》,当场翻译并做了一番讲解。其他行商们也遵命到一些外商的住处,重点查看有无窝藏武器。

设身处地,若站在伍崇曜的角度想,他贵为十三行总商,看似风光无限,此时却成了一个钻进了风箱里的老鼠,两头受气。一方是官府,他深知与官府尤其是林则徐这样的钦差大臣作对绝没有好下场,若要逃过一劫,只能俯首听命;另一方则是他们多年来的生意伙伴,乃是唇亡齿寒的利益共同体,而以他对这些鸦片贩子的了解,他们不知哪来的底气,一个个腰杆子硬得很。伍崇曜两边都得罪不起,只能在两者之间往复奔走,左右斡旋,竭尽全力来化解这次前所未有的危机。

当怡和行的少掌柜伍崇曜急得像热锅上的蚂蚁，那位深藏不露的老掌柜伍浩官也正在绞尽脑汁苦思对策。

伍浩官，原名伍秉鉴（1769—1843），又名伍敦元，祖籍福建，生于广州。十三行先后冒出了四大巨富：潘振承（别称潘启官）的同文行，叶上林的广利行，卢观恒的义成行和伍浩官的怡和行。在十三行中，伍氏家族后来居上，追溯其发家史，还得从其迁粤始祖伍廷灿说起。伍廷灿为福建莆田人氏，原在武夷山种茶为业，但无论怎么勤耕苦种都难以养家糊口。康熙初年，他携家带口迁入广东南海讨生活，从提篮小卖的"走鬼"起家，慢慢做起了小本生意，日子渐渐有了起色。但伍家发家的奠基人，还是伍秉鉴的父亲伍国莹。伍国莹少年时便显露出经商天分，他一边在茶行打工，一边抽空做些小买卖，沿街叫卖甘蔗，偶尔到南海学宫旁听。不久，伍国莹被家人正式送入南海学宫。但他对四书五经并不感兴趣，在他看来，读书未必能经世致用，做大买卖却可日进斗金。他不顾家人反对，毅然从南海学宫辍学，到潘振承的散货档当了一名伙计，深得潘振承的信任。潘振承开办同文行后，伍国莹做了账房先生，渐渐摸清了行商的门道，于乾隆四十八年（1783年）另起炉灶，开设怡和行，伍家从此跻身于十三行行商之列，到他儿子伍浩官掌柜时，更把怡和行推向了超越同文行的另一个高峰。

伍浩官在接管父亲的生意后，同欧美各国的重要客户都建立了紧密的联系，在对外贸易中迅速崛起，把怡和行打造成了一个资本雄厚的商业帝国，他不但在国内拥有地产、房产、茶园、店铺等，而且他还大胆地在大洋彼岸的美国进行铁路投资、证券交易并涉足保险业务等领域，同时他还是英国东印度公司最大的债权人，东印度公司有时资金周转不灵，常向伍家借贷。正因为如此，伍浩官在当时西方商界享有极高的知名度，成了洋人眼中的世界首富。最终，他掌管的怡和行取代同文行而登上首席商行的位置，他也被推选为十三行的总商。据道光十四年（1834年）伍家自己的估计，他们的财产已有两千六百万银圆，按照国际银价换算，这个数目相当于今天的五十亿元人民币。伍家在珠江岸边的豪宅，据说可与《红楼梦》中的大观园媲美。2001年，美国《华尔街日报》（亚洲版）刊登了一个《纵横一千年》的专辑，统计了一千年来世界上最富有的五十人，有六名中国人入选，分别是成吉思汗、忽必烈、和坤、刘瑾、宋子文和伍秉鉴。这六人中，又唯独伍秉鉴是以纯粹的商人身份出现。

伍浩官堪称是个商界奇才，却也一直在塑造自己超越商人的形象。在很多人的印象中，他是一个豪爽仗义的大老板，也是一个乐善好施的慈善家，在西方商人中他更是一个像神一样的存在。相传，有一个美国波士顿商人与伍浩官合作经营了一笔大买卖，由于波士顿商人经营亏损，欠了怡和行七万多银圆，无论他怎么在广州再打拼也没有能力偿还，一直无法回国。而伍浩官并没有难为波士顿商人，还特意设宴招待了这位商人。席间，伍浩官真诚地说："你是我的第一号老友，我也知道你是一个最诚实的人，只不过不走运罢了。"说着，他就把借据掏出来烧掉了。眼看着火焰化为了灰烬，伍浩官微微一笑："好了，我们之间的账目已经结清，你随时都可以离开广州回国。"仿佛就在这火焰与微笑间，让一个叫伍浩官的十三行商人成了一个神话中的人物，当时在很多外商家里都挂着他面含微笑的画像，伍浩官的微笑甚至比蒙娜丽莎的微笑更迷人。

然而，无论伍浩官如何塑造自己的形象，都改变不了一个历史事实，也可谓是历史的原罪，作为一名政商在夹缝中生存、利用特权获得成功，伍家和英美鸦片贩子有着难解难分的纠葛。按史家的主流观点，已做出了这样的历史结论：伍家的怡和行"以累世勾结官府、串通外商、贩卖鸦片、私运白银、垄断贸易，而成巨富"。如今不乏为其翻案者，认为从史实看，怡和行向来做的是正经生意，茶叶贸易是伍家最主要的业务，然而当年的茶叶贸易中往往就夹带走私鸦片。何况，伍家与外国商人的关系之密切，在当时有目共睹，伍家与外国的外交代表、军政官员常有来往，英国驻华历任商务监督，都必须与伍家打交道。尤其是和英国大鸦片商威廉·查顿（William Jardine，1784—1843，亦译为威廉·渣甸）和詹姆士·马地臣以及美国在华最大的鸦片商旗昌洋行关系更深。道光十二年（1832年），渣甸和马地臣借用伍家怡和行老字号，创办了怡和洋行，大量走私鸦片。对这些情况，林则徐在抵达广州之前就已提前侦知，渣甸、马地臣和另一位英国大鸦片贩子、开办宝顺洋行的颠地，都是他要重点查办的对象。

此时，伍浩官已年届古稀，怡和行掌柜和十三行总商已由其子伍崇曜（又名绍荣）接掌。伍家素来与官府关系密切，每有官府为筹军饷，加税派捐，商民不愿多交，引起不少纠纷，伍家不但带头捐款捐资，亦是劝捐的得力者。而商人的算盘从来不是一一得一，而是举一反三。他们所谓的"愿以家资报效"，那是有回报的。道光十八年冬，一位钦差大臣尚未在北京动身，伍家几乎在第一时间就得到了消息，随即便暗中告知英国驻华商务监督义律与美国旗昌洋行，接下来就发生了一连串蹊跷的事——

十二月十二日，那位在广州异常活跃的英国大鸦片贩子威廉·查顿（渣甸）忽然失踪了；

二十日，装有一百三十箱鸦片的"阿特兰"号在澳门西侧南澎岛附近失踪，该船为英国东印度公司的武装商船；

二十五日，义律在致巴麦斯尊的报告称，"鸦片贸易的停滞仍在延续，通货的冻结已引起巨大普遍的困窘"；

正月二十日，在林则徐抵达广州的五天前，那些停泊在伶仃洋的二十二艘外国趸船陆续驶离零丁洋，后来林则徐才侦知，这些趸船偷偷开到了大屿山（今属香港）南部隐蔽下来了；

林则徐当时还在路上，但也早已密派马辰等人侦知怡和行的种种非法行径——

查节次夷船进口，皆经该商（怡和行）等结称，并无携带鸦片，是以准令开舱进口，并未驳回一船。今鸦片如此充斥，毒流天下，而该商等犹混行出结，皆谓来船并无夹带，岂非梦呓？……夷馆系该商所盖，租与夷人居住，馆内行丁及各项工役，皆该商所雇，马占等皆该商所用，附近银铺皆该商所与交易者，乃十余年来无不写会单之银铺，无不通窑口之马占，无不串合快艇之行丁工役，并有写书之字馆，持单之揽头，朝夕上下夷楼，无人过问；银洋大抬小负，昼则公然入馆，夜则护送下船，该商岂能诿于不闻不见？乃相约匿不举发，谓非暗充股份，其谁信之！……乃不知朝廷豢养深恩，而引汉奸为心腹。内地衙门，一动一静，夷人无不先知。若向该商问及夷情，转为多方掩饰，不肯吐实。即如纹银出洋，最干例禁，夷人果皆以货易货，安有银两带回？况经该商等禀明，每年交易之外，夷人总应找入内地洋钱四五百万元不等，如果属实，何以近来夷船，并无携带新洋钱到港，而内地洋钱日少一日？该商中之败类者，又何至拖欠夷债百余万之多？可见'以货易货'四字，竟是全谎……叠

第三章
钦差大臣

奉谕旨，以鸦片入口、纹银出洋之事，责备大小官员，十分严切，而该商等毫无干系，依然藏垢纳污，实堪令人切齿。本大臣奉命来粤，首办汉奸，该商等未必非其人也！

如此看来，初来乍到的林则徐绝非贸然下手，他对十三行尤其是怡和行与外商勾结的内外情况确已了如指掌。最关键的在这里："昼则公然入馆，夜则护送下船，该商岂能瞆于不闻不见？乃相约匿不举发，谓非暗充股份，其谁信之！……而引汉奸为心腹，内地衙门，一动一静，夷人无不先知。"

老谋深算的伍浩官听儿子讲了传讯的情况，又看了那"谕帖二件"，就知道林则徐绝非贸然下手，他们如林则徐所言，一心想"多方掩饰，不肯吐实"，那实情谁又敢吐露？吐露实情，罪孽昭彰，自是在劫难逃，而"不肯吐实"也是在劫难逃。在这罪与罚之间，父子俩不能不反复权衡轻重。而那位钦差大臣既已盯上了他们怡和行，伍浩官也有强烈的预感，林则徐"首办汉奸"，第一个就会冲着他们来。

说来，对于林则徐这位福建乡党，伍浩官一开始还是抱有幻想的。福建人的乡谊情结是很浓郁的，这也与他们的生存境遇有关。八闽之地，"八山一水一分田"，由于人多地贫，许多福建人只能背井离乡去外地打拼，这些远离故乡、漂泊异乡的福建人，内心深处都有一份共通的乡谊，老乡之间也会互相关照和提携，而乡谊就是一种与生俱来的凝聚力。如在广州，以伍氏家族为代表的福建商人，几乎形成了一个主宰十三行的福建财团。生意做得越大，越是缺少安全感，也就特别渴望有自己的保护伞。而林则徐是当时唯一的福建籍总督，福建商人对他这位乡党一直引以为豪。当林则徐钦差赴粤，这些福建籍的行商们几乎个个抱着侥幸的心理，这可真是上天保佑啊，若是换了一个外省的钦差大臣，那可就难办了。就在林则徐抵达广州的那天，伍浩官父子便率十三行商人前往天字码头迎接。初次会面，伍浩官就提出，他们已给钦差大人准备了一处宅邸，但林钦差淡然一笑便婉言谢绝了。一边是老于世故的行商，一边是久经历练的大吏，这初次接触的微妙虽难以言说，但彼此都能意会，伍浩官当时就感觉有些不妙了。而到了眼下，终于到了摊牌的时候，林则徐已经摊牌了，接下来就看伍氏父子怎么出牌了。少掌柜虽说已能独当一面，但到了这危机关头，那可是一张牌也不能出错，老掌柜自然会密授机宜，不到万不得已，那底牌是绝对不能打出来。

伍崇曜自然是心领神会，与林则徐这样的高手过招，他先得要找几张牌来对付一下。他要找的"牌"，就是那些外国鸦片贩子。这也是奉钦差之命。但那些外国人比中国人更懂得孙子兵法，三十六计走为上计，一个个早已逃的逃，躲的躲，或暂避澳门以观风向，或暗自勾结订立攻守同盟。好在，他们无论躲藏在哪个角落里，伍崇曜都能找到他们的下落，这不是伍崇曜的本事，恰好说明伍崇曜和这些外国鸦片贩子有一条联络的暗线。

当时，在中国从事鸦片走私的一般分为"港脚夷人"和"花旗夷人"，在当时的广东民间和官方文书中，这都是两个使用频率很高的词语。

先说"港脚夷人"。凡印度和东印度群岛同中国之间的贸易，从十七世纪末叶到十九世纪中叶汽轮出现为止，在广府俗称"港脚贸易"，这个叫法最初只适用于印度与领近海岸的沿海贸易方面，后来泛指印度与东方的贸易，当然，从事这种贸易的并非印度人，而是以印度为殖民地的英国商人，而扮演主角的一直是英国东印度公司，那些从事"港脚贸易"的"港脚夷人"，主要指英国商人，也泛指来自欧洲的商人。这种"港脚贸易"和"港脚夷人"在当时的整个中国贸易中扮演着重要角色，也是大肆向中国走私鸦片、倾销鸦片的绝对主力。

在"港脚夷人"中有三个大鸦片贩子，也可谓三大毒枭，第一个就是号称"铁头老鼠"的威廉·查顿，他出身于苏格兰一个贫寒家庭，在亲戚的赞助下才得以进入爱丁堡大学攻读医药学，鸦片也是他钻研的药物。毕业后，他到英国东印度公司任职，担任船上的外科医生。当时的管理并不严格，船上的工作人员可以顺便做点小生意，威廉·查顿很早就利用这个机会，把英国货带到印度去卖。道光十二年（1832年），威廉·查顿和另一位苏格兰人詹姆士·马地臣（James Matheson）借用伍家的怡和行之名，合伙开办了怡和洋行（旧名"渣甸洋行"），名义上是从事茶叶贸易，茶叶贸易获利也不少了，但只有走私鸦片才能获得暴利。怡和洋行很快就以走私鸦片而迅速扩张，其活动范围从东南沿海一直延伸到了天津与东北。

第二个詹姆士·马地臣，其父早前在东印度公司工作，马地臣子承父业，也为东印度公司工作。他也是爱丁堡大学的毕业生，读的是人文学科，很善于和人打交道。怡和洋行能在十年时间内迅速崛起，成为当时广州最大的国际贩毒组织，与两个人优势互补的合作关系密不可分。这两人一个精明能干，一个交际能力强。为了拓展市场，他们还利用传教士帮助他们推销鸦片。怡和洋行曾聘请普鲁士传教士卡尔·布斯洛夫协助他们从事鸦片贸易。有意思的是，布斯洛夫只是希望伴随着这些贸易，把他请人翻译的中文版《新约全书》一并传到中国。他说："精神信仰和商贸之间并不存在矛盾。"另外，还有一个重要原因，怡和洋行很善于利用西方先进的技术来走私鸦片，他们是最早使用快艇（飞剪船）走私的鸦片贩子，其"红色海盗"号为当时载重大、速度快的飞剪船，这种飞剪船像是狭长的浮刀，它们在印度和南海之间往返，把印度的鸦片经新加坡运到珠江口海面，然后将鸦片卸在趸船上。若遇追缉，这种飞剪船能够敏捷而迅速地掉头，驶向中国缉私船无权缉拿他们的外海（公海）。同英国东印度公司相比，怡和洋行的贸易效率更高。

还有一个大鸦片贩子就是兰士禄·颠地（Lancelot Dent，1799—1853），他开设的宝顺洋行，仅次于威廉·查顿和马地臣开设的怡和洋行，他用来走私鸦片的"水妖"号快艇和怡和洋行的"红色海盗"号一样，都是当时载重大、速度快的飞剪船（类似于今天的飞翼船）。

还有一种"花旗夷人"则专指美国人。在"花旗夷人"中，在走私鸦片中坐头把交椅的就是伍浩官父子的主要贸易伙伴旗昌洋行，又称罗素洋行（Russell & Co），这是十九世纪远东最著名美资公司，从事广州至波士顿之间的跨国贸易，早期主要的经营项目为茶叶、生丝和鸦片。我反复提及的那位美国人威廉·亨特就是旗昌洋行的合伙人，还有一个高级高级合伙人小沃伦·德拉诺，此人乃是后来的美国总统富兰克林·罗斯福总统的外祖父。

无论来自哪国的鸦片贩子，都离不开十三行行商的帮助，按中国官方的规定，他们和中国做生意，首先就要在行商中找一家担保人，这样注定了行商在鸦片贸易中脱不了干系。他们在同中国倾销鸦片后，再运走中国的白银和茶叶、丝绸、瓷器等，一来一往，两头赚取暴利，英美的鸦片贩子就是这样暴富的。

这几个大鸦片贩子，其实早已被中国官方盯上了。据《道光朝筹办夷务始末》载，道光十八年十月，太仆寺少卿杨殿邦奏中说："闻有唤咭唎国夷人嚹第及铁头老鼠两名，终年逗留省城，凡纹银出洋、烟土入口，多半经其过付。该夷民常与汉人往来，传习夷字，学写讼词，购阅邸钞，探听官事，不惜重资。

又复从汉人学习中国文字，种种诡秘，不可枚举。此等匪徒，心多机械。窃恐愚民听其教诱，奸民结为党援，大为风俗人心之害。使之久居境内，不但烟土不能查缉净尽，且恐别生事端。"

道光十九年正月，邓廷桢、怡良奏："密查该夷喳嚸（查顿），又名喳哄，为英吉利属国港脚夷人，来粤贸易已有十余载。其初资本甚微，既合众夷之财以操奇赢之术，贾逾三倍，驯至坐拥厚资，无与比数。趸船所贮鸦片，多半系其经营，该夷仍坐省照料。奸夷效尤，因以日甚。虽数十年来卖烟不自该夷始而该夷实为近年渠魁。"

当"铁头老鼠"查顿闻风而逃后，林则徐还曾风趣地嘲讽道（从外文转译，大意）："铁头老鼠，狡猾的鸦片走私头目，畏惧天朝的愤怒，已经回到他的烟雾之地。"

尽管颠地在英国鸦片贩子中只能算是第三号人物，但他却是一个最强硬的鸦片贩子。林则徐赴粤禁烟之前，对他的走私鸦片的情况相当清楚，在赴粤途中，就把颠地列入了他密访查拿的"奸夷渠魁"之一。不过此时，林则徐还没有动手，这是他深谋远虑的策略，他要先给十三行行商一个下马威，敲山震虎。

每当清廷和广东官府厉行禁烟，对于这些中外鸦片贩子既是风险也是商机，一旦严禁鸦片价格就会暴涨，但前提是能够在"严禁"之下保证鸦片走私的安全和走私渠道的通畅，而最有效的就是他们的老套路，用金钱开路，他们曾断言："老实说，广州政府的官吏没有一个人是干净的。"但这一次，伍崇曜这次已经明智地看到，林则徐这次赴粤禁烟是吃了秤砣铁了心，根本不吃这一套，而根据他们此前的反复试探，在这位钦差大臣身上也没有任何空子可钻，他只能老老实实告诉这些外国人，对于林则徐，用钱开路，此路不通，还得赶紧另外想辙。

伍崇曜那一脸绝望而无奈的表情，也让这些鸦片贩子绝望地相信了一个事实，在中国还真有用钱解决不了的问题，还真有一些官吏也是干净的，譬如说这个钦差大臣林则徐。既然别无选择，那就只能绞尽脑汁地另想办法，然而留给他们的时间不多，转眼就到了林则徐三日限期的最后一天。

二月初七日（3月21日），那些东躲西藏的外国鸦片贩子一早就按约定的时间赶到了外侨公所（各国商人公所），共商对策。"花旗夷人"想以部分缴

第三章
钦差大臣

烟先对付一下危机，然后再从长计议、慢慢周旋，但"港脚夷人"颠地态度强硬，他反对缴烟，但也建议想方设法拖延时间。经过激烈的辩论，最后以投票表决，结果是二十五票赞成、十四票反对、一票弃权通过颠地的建议，并指定成立一个委员会研究对策，七天内在会上做出报告。会后，他们对以伍崇曜为代表的行商做出回复："钦差大臣的谕令，既如此严重，包括各方面的利益，我们必须详加考虑，尽早答复，但不能马上回答。同时我们都感觉到，我们必须不再和鸦片贸易发生关系，是绝对必要的。"这也是外国鸦片贩子打出的一张牌，其实也是他们故伎重演，此前，每当官府发布禁烟令时，他们就会作出同样的保证："我们必须不再和鸦片贸易发生关系，是绝对必要的。"而所谓"尽早答复"，就是赶紧奉上一笔让那些官员可以暂时满足的贿赂，于是，双方又可以在一段时间内对鸦片走私心照不宣，相安无事。然而这一次，不是他们失策了，这屡试不爽的一招还真是失灵了。

当伍崇曜拿着外商的答复匆匆赶去向钦差大人呈报，林则徐一字一句听他念完（翻译）之后，林则徐竟慢慢笑了。这些行商，这些外商，竟然想要用这样一张纸蒙混过关，如此妄想，岂不可笑！他从鼻子里哼了一声，随即命伍崇曜给那些外商传达自己的口谕，明天上午十点他将亲到十三行公所："先审讯洋商（行商），正法一二！"伍崇曜一听，林则徐这是要敲山震虎，杀鸡儆猴，眼看自己就要成为一只挨宰的鸡，他心急如焚，又赶到外侨公所去传达钦差大人的口谕。当晚十点钟外国鸦片分子又连夜召开紧急会议，还特邀伍崇曜、卢继光、潘绍光等行商一起会商。尽管时间紧逼，风声紧急，但颠地等鸦片贩子仍顽固坚持，不能具体承诺缴烟的数目和时间，他们反而向伍崇曜打听："中国政府对于如要呈缴的鸦片给什么代价？"

伍崇曜深知林则徐态度坚决，但他一时间也摸不着林则徐的底细，或者说，他不知道林则徐此事到底掌握多少他们的底细。在底牌都为亮出来之前，他只能劝告这些外商先缴出一小部分鸦片应急。他好说歹说，总算做通了自己的合作伙伴——旗昌洋行广州办事处主任格林（J.C.Green）的思想工作，并向格林许诺，对格林缴出的鸦片，他愿以每箱七百银圆的市价照价赔偿。其他的十三行商人为了尽快度过危机，对外商承诺交出的鸦片也都做出了愿意共同出资、"照价赔偿"的许诺。到凌晨一时会议结束，外商们终于做出决定，连夜凑集一千零三十七箱鸦片上缴，同时还附上一封信，以外交辞令向大清帝国钦差大臣表示"严重的抗议"。颠地等英国鸦片贩子生恐他们暗藏的鸦片被查获，连夜把他们的鸦片转到英国驻华商务副监督参逊（A.R.Johnston）的名下。参逊作为外交官，按国际惯例享有外交豁免权，而这豁免权竟然成为了鸦片贩子的保护伞，难道这也是国际惯例？

二月初八日（3月22日），三天期限到了。对于那些中外鸦片走私分子，这是极为短暂而又非常漫长的三天三夜，这三天三夜伍崇曜几乎是在噩梦中度过的，如今，他终于可以对钦差大人有个实实在在的交代了。一大早，他就带着一千多箱鸦片送交官府查验。这些鸦片都是真的，但与林则徐《谕各国夷人呈缴烟土稿》中所说的"查尔等现洎（泊）伶仃等洋之趸船，存有鸦片数万箱"相差甚远。林则徐一眼就看穿了"十三行"行商和鸦片贩子敷衍搪塞的伎俩，当即对伍崇曜予以严斥。就在当日，林则徐又接到了广州知府，南海、番禺知县送来的报告中，"闻得咪唎坚（美利坚）国夷人，多愿缴烟，被港脚夷人颠地阻挠，因颠地所带烟土最多，意图免缴"。

林则徐其实一直紧盯着颠地这个走私鸦片的大毒枭，也知道他在哪儿，却一直未对他下手。但在对待外国鸦片贩子上，他还真是"息息谨慎，步步为营"，绝非如后来有人指责的那样操之过急。他充分估计了因此而引发"边衅"的风险，这才一直没有对颠地等鸦片贩子下手。只要这些外国鸦片贩子将其烟土缴出，做出"嗣后来船永不敢夹带鸦片"的保证后即可任其经商或回国。然而，他步步为营，颠地却步步设防，处处作对，这让林则徐忍无可忍，"该夷颠地诚为首恶，断难姑容"！

他决定传讯颠地，这也是他对外国鸦片贩子发出的第一张传讯令。

林则徐发出传谕后，伍崇曜、卢继光等行商和广州府委派的官员先后到英国商馆劝说颠地接受传讯。传讯并非逮捕，只是对有关涉案人员进行讯问，而颠地竟然提出要林则徐颁发亲笔护照、担保他能二十四小时内回来作为条件，他才接受传讯。伍崇曜等又带着颠地提出的条件回禀钦差大人，遭到林则徐的断然拒绝，他命伍崇曜等告知颠地，第二天一早必须到指定的地点接受讯问，否则就会采取行动。当晚十点钟，伍崇曜等行商又赶到商馆，向颠地传达了钦差大人的口谕，而颠地又以明天是礼拜天为由而再次拒绝。

颠地的顽抗与嚣张，伍崇曜等行商的虚与委蛇，林则徐看得很清楚，这既是拖延战术，也是他们对林则徐的试探。而伍崇曜原以为林则徐只是要对颠地

第三章
钦差大臣

采取行动,心里还暗自侥幸,打出了颠地这张牌,至少可以为自己抵挡一阵。谁知第二天,林则徐竟然下令,将伍崇曜套上枷锁,押到外国鸦片贩子聚居的十三行夷馆门前,以此声明"本大臣奉命来此查办鸦片,法在必行"!并宣称,如果外国鸦片贩子不赶紧交出全部鸦片,就要当场处死伍崇曜。

伍浩官一听儿子被捕,性命难保,拖着一个七十岁的老躯赶到钦差行辕越华书院为儿子求情。尽管伍家已富可敌国,却没有获得与财富对称的社会地位,这也是中国封建时代商人的宿命。多少豪商巨贾为了集荣华富贵于一身,只能以财富换取官衔,成为所谓的"红顶商人"。伍浩官年轻时就"以家资报效"换来的一个三品布政使头衔,这品秩也相当高了,即便如总督这样的封疆大吏也不过二品。林则徐虽是钦差大臣,但本职还是湖广总督,此时也只是个二品官,这也是他生前的最高官衔,在他病逝后追授太子太傅,才为从一品,但那已是哀荣了。伍浩官从未涉足仕途,却凭一块一块的金砖银砖攀上了三品高官,虽是虚衔,但毕竟也有了"官商"的头衔。不过,对这样的虚衔他心底里也犯虚,平时很少穿戴官服顶戴,而这次去拜见钦差大人,他还特意穿上了三品官服,戴上了花翎顶戴,换上了这一身行头,他摇身一变成了朝廷命官。说来他儿子伍崇曜也并非一个充满了铜臭味的商人,他也是府学廪生。而这父子俩还真不是假斯文,他眼里除了银子,还有文化,史载伍崇曜"好学嗜古",遍收四部图书和本省乡邦文献,建藏书楼有"粤雅堂""远爱楼",在保存岭南文化遗产上还真是功不可没。但林则徐却是铁面无情,他非但没有释放伍崇曜,反而下令将伍浩官剥去官服顶戴,将他与十三行的另一位总商卢继光一起戴上枷锁,由兵丁押往十三行夷馆。

此事震惊了整个广州城,这还真起到了非同凡响的警诫效应。但无论对于伍浩官还是伍崇曜,这都是让他们"斯文扫地"的奇耻大辱,如此有头有脸的人物,眼下竟落得披枷戴锁、游街示众的下场,那位须发飘白的伍老先生,他似乎也因此而看穿了商人的命运,一路上老泪纵横,徒发悲叹:"宁为一条狗,莫为行商首!"透过这个苍凉的细节,也折射出了商人的命运,纵然你有万贯家财,哪怕是天下第一富翁,在强大的权力面前也没有任何尊严,而能维护自己尊严和体面的就是依法经商。伍家父子看似可怜,却也不冤,但他们与那黑色的鸦片和白花花的银子搅和在一起,罪孽与报应就已注定,而"生时善恶,皆有报应",这绝对不是唯心之论,或迟或早都是要来的。

林则徐如此铁面无情，说穿了也是敲山震虎，做给那些外国鸦片贩子看的，但这一招似乎未能奏效。那些外国鸦片贩子压根就置他们老朋友的生死于不顾。据说当时各国夷人就站在夷馆的阳台上，看着他们的房东戴着枷锁，跪在楼门口，却一个个袖手旁观，没有一个人为他们担保，更没有一个人愿意主动缴出鸦片。那些兵丁只得把伍浩官父子和卢继光押回越华书院，林则徐随后便释放了他们。又据说，林则徐虽然在大庭广众之下严厉训斥伍浩官父子，但在私下里却用福建话和他们交谈，而乡音之间必有乡情，他这样的目的也是给伍浩官父子和十三行行商指点迷津，争取他们放弃不切实际的幻想，真心实意同自己合作，主动交代从事鸦片交易的犯罪事实，劝说与那些外国鸦片贩子缴出全部鸦片。

而对于敲山震虎的效果，林则徐也显然有些失望，他必须直接向外国鸦片贩子摊牌了。几乎就在释放伍浩官父子和卢继光同时，林则徐与邓廷桢一起采取了行动，下令封锁十三行夷馆。就在林则徐下达封锁令的当日，粤海关监督豫堃也贴出告示，"暂停外商请牌下澳"，关闭了鸦片贩子逃亡澳门的通道。颠地一看大事不好，自不甘心俯首就擒，赶紧收拾细软从英国商馆逃跑，此时十三行夷馆早已被邓廷桢派来的兵丁包围，颠地没跑多远就被兵丁抓了回来，但也并未逮捕他，又把他押回了夷馆，就让他在里边好好待着吧。

五、风暴已经改变方向

林则徐与中外鸦片贩子的第一轮交锋，颠地一直是最顽固的阻力，而林则徐、邓廷桢捉拿颠地不是目的，而是将他与外国鸦片贩子封锁在十三行夷馆里，逼其缴出私藏的鸦片。接下来，他们还将遭遇一个更大的阻力，那就是坐镇澳门的英国驻华商务总监督义律。

查理·义律（Charles Elliot，1801—1875），出身于贵族之家，自幼就在家庭和学校里受到贵族式教育，英国风帆战列舰时代最著名海军将领霍雷肖·纳尔逊是他极为崇拜的偶像，纳尔逊击溃法国及西班牙组成的联合舰队，战胜了拿破仑，最终为国捐躯，被誉为"英国皇家海军之魂"。在英国皇家海军乃至在欧洲海军中流行这样一句话："假如你是一名海军将士，你却不了解纳尔逊，那你不配为一名海军将士；假如你是一名海军将士，并且熟知纳尔逊的生平事迹，那么你心中的偶像一定是纳尔逊，从不会改变。"

在纳尔逊殉国十周年的1815年，义律还是一个年仅十四岁的少年，就加入英国皇家海军，在英国殖民地东印度和牙买加服役十多年，可惜，他还没有参与过一次像样的海战就从海军退役，转到了英国殖民地部工作，1830年被派往了英属殖民地圭亚那，担任"奴隶护神"号舰长。按中国历史教科书式的说法，"他长期在英国殖民地压迫和奴役当地人民"，但若尊重历史事实，他其实是一位废除奴隶制度的支持者。在圭亚那的那段岁月，英国已经明令禁止运送黑奴，义律奉命搜查英国船只，一经发现私运黑奴者，立即逮捕严惩。当然，他也是一位英国殖民地政策的忠诚执行者，若英国政府没有明令禁止运送奴隶，他也会忠诚地执行英国政府允许贩卖奴隶的政策，这是效命于英皇、忠实履行国家使命的英国贵族官员。只有这样，才能完整地理解义律。

清道光十三年（1833年），如前文提及，英国政府取消了英国东印度公司对华贸易的独占权（垄断权），随即设立"英国驻华商务臣民监督"一职。次年7月，义律以上校军衔随英国政府派驻广州的第一任驻华商务监督律威廉·约翰·律劳卑勋爵抵达中国，在两三年里连续提拔，从秘书、第三商务监督、第二商务监督。1836年，三十五岁的义律被提升为英国驻华商务总监督，但他的职权并不限于商务，他这一职责相当于领事，还被赋予了一定的军事指挥权。在鸦片战争爆发之前，英国东印度公司为了给其贸易商船护航，派遣了一些中小型舰艇进入外伶仃洋一带，而英国大多是商船原本就是武装商船，义律作为驻华商务总监督对这些护航舰船和武装商船均有指挥权或调度权。或是因为中英之间没有建立正式的外交关系，又或是出于别的原因，英国驻华商务监督办事处驻地不在广州，而在澳门。另在广州十三行商馆也有办事处，但义律一般不会去，去那儿还要向广东官府"请牌"——申请护照或通行证。义律不愿和广东官府打交道。而他每次去广州，一定是广州的英商出事了，无事不登三宝殿。

历史和人性往往充满了矛盾，英国对华贸易主要是鸦片走私，而义律和其前任罗宾逊爵士皆为鸦片贸易的反对者。罗宾逊接任律劳卑的商务监督后曾致函英国政府："无论什么时候，英国政府要我们制止英国船只参与鸦片非法贸易，我们都能够完成。但更确实的办法是禁止英属印度的罂粟种植和鸦片生产。"他这是惹火烧身，无论是英印殖民地当局，还是英国议会和内阁，绝不允许这样一个反对鸦片贸易的人担任驻华商务监督。罗宾逊随后被革职，义律继任。但义律一上任就在给伦敦的报告中曾表达了自己的反对意见，"输出鸦片来获取利润，是英国的耻辱"，他敦促英国政府采取措施制止鸦片走私，改变在中国的历史航向。他若果真如此，他和时任英国外交大臣、后任英国首相的帕麦斯顿（一译巴麦尊）的意见就不合拍。

就算义律本人是反对鸦片贸易的，但他又是一个英国政策的忠诚执行者，这就决定了他的立场和英国的国家立场是一致的，他认为中英两国之间应该存在对等或公平的贸易，而在他看来，不是英国对中国不平等，而是中国对英国不平等，如果没有鸦片贸易，在中英贸易中，中国将一直保持巨大的顺差，只有鸦片才能扭转这一不利于英国国家利益的局势。这是极为荒谬的逻辑，但从英国政府到义律本人又确实是这样看的。另外，据说义律一开始也不赞成强硬的对华政策，而帕麦斯顿和律劳卑都是特别强硬、充满了侵略性的外交家。义律担任商务总监督后，一度想改变律劳卑的强硬作风，并着手改善英国与中国官方的关系。这倒是有据可查的，他曾以恳切的语气致函两广总督邓廷桢，希望两人能在广州会晤。应该说，义律是一个彬彬有礼的、很有绅士风度的英国贵族，但他经过多番沟通，无论是总督大人还是巡抚大人对他这个"总监督"都缺少起码的礼貌，一直拒绝接见他，最多也就是派一个广州知府或佛山同知来向他传达谕令。义律当然知道"谕令"意味着什么，谕令是上级对下级的指示，这让一直诉求平等外交和公平贸易的义律倍感屈辱和悲哀，这不是他个人的屈辱，这是对大英帝国的公然蔑视。既然没有相互尊重而平等的外交，义律就只能以同样的藐视来对抗中国政府。道光十七年（1837年），清廷谕令邓廷桢驱逐停泊在零丁洋和香港一带水域的鸦片走私趸船，然而那居庙堂之高的清廷根本不知道，广东水师那些又旧又小的船艇根本就对付不了外国的鸦片走私船，邓廷桢只能一次次传谕义律，敦促他正视鸦片走私这一严峻的问题，命英商尽快撤离停泊在伶仃洋的趸船。这一次，轮到义律来轻蔑地微笑了，他对广东官府的谕令或是置之不理，或是百般推诿。无论邓廷桢的谕令多么严厉，哪怕是恫吓，他也是一副若无其事的样子。

第三章
钦差大臣

随着林则徐赴粤禁烟，当林则徐密派人员"探访夷情"时，义律也早已接到情报，中国皇帝派来了一位钦差大臣。又据说，义律也曾与林则徐打过交道，还曾在自己的私邸里宴请林则徐，并将一个精致的方盒送给林则徐，里面放着一白金烟管，秋鱼骨烟嘴，钻石烟斗；旁边是一盏巧雅的孔明灯和一把金簪，这些礼物加起来价值超过十万英镑，却被林则徐当场退回。从林则徐的角度看，这更彰显了他"无欲则刚"的一身正气和高贵人格，从义律的角度看，这似乎也不是一位英国贵族的风格。此事作为林则徐的一个典型事迹被后世绘声绘色，反复演绎，但我没有查找到关于此事的历史记载，所谓据说，实为没有历史证据的传说，兹照录于此，权做参考吧。

这里还是以确凿的史实为准。义律根据此前的经验判断，他原以为"钦差大臣和总督将立即前往澳门或其附近，从该处开始行动"，而"澳门或其附近"就是鸦片走私船麇集的海域，义律也很担心林则徐先从这里下手，他一边密切关注着广州方面的风吹草动，一边准备应对林则徐向"澳门或其附近"下手。他坐镇澳门，也可谓是以不变应万变吧。

二月初八日（3月22日），义律接获了林则徐二月初四日"谕帖二件"的抄本，他才猛然发现"风暴已经改变方向"，没想到林则徐竟然直接针对不列颠女王陛下的臣民下手了，这让他再也坐不住了。不过，作为一个久经历练的英国贵族，他还没有在突然转向的风暴中晕头转向，随即做出了一连串清醒的反制措施——

当日，他下令停泊在"澳门或其附近"以及零丁洋水域的英船"开到香港去，挂上英国国旗，准备抵抗中国政府的任何攻击"。当时英国东印度公司的单桅炮舰"拉茵"（Larne）号停泊在香港海面，这一命令是为了将英国商船置于"拉茵"号的保护之下。

当日，他从澳门寄发了一封给帕麦斯顿的报告，并附有林则徐的谕告，他把林则徐限期缴出鸦片烟的命令称为"不正当的恐吓行动"，并向帕麦斯顿表示，他"确信坚决的语调和态度将会抑制广东省当局轻举妄动的气焰"。

当日，他还以傲慢的挑衅语气致信两广总督邓廷桢，质问他："（中国）军队、战船、火舟及其他威胁性准备的集合，事非寻常，本人深感不安……现在特以本国国王的名义质询贵总督，是否想同在中国的英国人和英国船只作战？"

然而，无论义律在一天之内采取了多少反制措施，也无法扭转一场已经改变方向的风暴。第二天，二月初九日（3月23日），当义律获悉广东官府下令封锁了十三行商馆，扣押了颠地等英商，他随即又向广州英商发出通告，攻击广东官府采取的行动"纵然不是公开的战争行为，至少也是战争迫近和不可避免的前奏"，声称要从广州撤退全体英商，以此对抗林则徐的缴烟谕令。当然，义律不只是口头上的抗议，他必须采取行动。既然中国人已经发起了挑战，而对于一位英国贵族来说，拒绝挑战是可耻的。为解救被困英商，这个骄傲的英国贵族和强悍的皇家海军上校拿起了自己的武器，登上"路易莎"号风帆快艇，在未申请"红牌"（允许外国人进入广州的签证）的情况下，他亲率一队武装随从澳门闯入珠江口虎门要塞，又挥舞着手枪和刀剑一连闯过了清军的几道封锁线，冲入了十三行夷馆。他这样一路闯关而过，又可见当时大清帝国的南大门当时何其脆弱，几乎形同虚设。

其实，这已不是义律第一次公然挑衅中国主权了，此前，道光十八年十月二十六日，广州官府下令在十三行夷馆前的广场上绞死一个中国鸦片贩子，那些外国鸦片贩子大发兔死狐悲之怨，先是美国领事降下国旗表示抗议，继而又有英美鸦片贩子和一帮流氓地痞冲入刑场，他们竟然拆毁绞刑架，对行刑人员和围观的市民大打出手。这些外国鸦片贩子的气焰如此嚣张，反衬了广东官府的懦弱，他们既要奉旨厉行禁烟，又生恐因厉行禁烟而引发"边衅"，这也确实是一把双刃剑。这也给了无牌闯关的义律一个乘隙而入的空子。那一次，义律也是这样闯进来的，他是来为鸦片贩子站台撑腰的。好在，广东官府虽说懦弱，但广府百姓并不懦弱，那些夷人如此挑衅中国的主权，激起了广州民众公愤，十二月十二日（农历），一万多名市民围堵在十三行夷馆前示威，声讨他们贩卖鸦片的罪孽。在对峙数日后，被围困的"夷人"又不得不向广东官府求援，邓廷桢既担心"边衅"又担心"民变"，对于清廷这都是巨大的威胁，于是派兵驱散了围困夷馆的市民，义律也做出了让步姿态，命令所有载有鸦片的英国商船、趸船退出虎门珠江口近海一带，开往外伶仃洋，在当时那已被视为外海（公海）了。从这一次较量的结局来看，中英双方算是打了个平手。

这一次，义律又重施故伎，他以一副角斗士的姿态出现，而他一旦出现，所有人旋即将目光转向了他。那些绝望的英商，包括所有的外商，就像看见了一个从天而降的救世主。义律仗剑闯入十三行夷馆后，直奔颠地住处，颠地是义律的重点保护对象。而颠地如咆哮的困兽一样，在吼叫了一夜后喉咙沙哑，已经发不出声音，正茫然无神地倒在沙发上发呆，但一见义律，颠地就像一个遭人欺负、满腹委屈的孩子见了爹娘。其他英商也纷纷赶来了，义律看到那些商人焦虑而痛苦的表情，决定召开一个紧急会议，商议对策。而所谓对策，无非是三种选择，一是按林则徐的"谕帖"缴烟甘结，从此只做林则徐所说的"正经买卖"；二是固守于此，任其封锁下去，把事情闹得越大，义律的抗议就越是义正词严，那唯恐引起"边衅"的清廷岂能坐视不管？而大英帝国和西方列强又岂能善罢甘休？三是赶紧逃离，而逃离意味着他们将要放弃在华打拼多年的一切，尤其对于义律这样一位骄傲的贵族和勇敢的军人，这种像做贼一样的逃离简直是一种人格侮辱。此时夜幕已经笼罩一切，漆黑的夜空，一弯新月闪烁着刀刃般的寒光。这给了他们一个绝好的机会，英商们的意念突然集中了，撤！趁着夜幕赶紧撤退。

据时人翻译的西报，当时有一位被困夷馆的外商，对义律的营救有这样一段记载：当时，林则徐已经下令封锁十三行夷馆，却未见兵丁直接包围夷馆，很可能只是"暗设防维"，而在此看守的为夷馆的管店工人。他们看见"许多夷人，以手拉手，奔出馆来"，而"义律头上带（戴）着扁帽，手中拿着剑"，带着武装随从保护夷人逃跑，"围馆之人（管店工人），恐怕夷人用武"，没有阻住他们，只见夷人"往船艇上去"，围馆之人眼看他们就要登船逃跑，这才追到岸边，将"许多夷人"截住，他们没有和义律等夷人发生武装冲突，但一直将"许多夷人"死死地堵在那里。那些夷人既无法上船，于是又折了回来，进入"公司馆"（约为外侨商会或商馆），围馆之人继续围困着夷人。

据那个在场外商接下来记述：中国管店工人"虽未行强，却大声喊叫如雷，令我等好多人害怕，犹如上年十二月十二日之事一样"。此人显然也经历了此前被广州市民围困示威的过程，因而感到特别害怕。作为历史追踪者，我还无从确认这次围困夷人的"围馆之人"是自发行为还是官方部署，但官方随后便采取了行动，"夷人入了公司馆，兵丁就来赶院内之人，西瓜扁船渡船并各种船只，皆装满兵丁，围着夷人馆前，断绝夷人水上去路。凡到各夷馆之街道，俱已堵塞，并将各夷馆之后门，亦于前一日皆用砖砌塞了。壕沟内自桥至行街口，皆系官船，周围屋顶上，皆安置有人，看守各夷馆。地方官谋事甚能干，办这些事务甚是敏捷，约数刻之间，我等全被囚禁了，以致夷人都不能逃走"。

通过这位在场外商的现场实录，透露了不少关键信息。至少从一开始，林则徐并未派兵丁围困十三行夷馆，所谓封锁，不如说是相当宽松的软禁，而他下令对十三行夷馆进行严密封锁，则是在义律指挥这些鸦片贩子逃跑未遂之后。林则徐于当晚得知"义律进省，即愿引带颠地脱逃，以阻呈缴烟土之议。若非防范严密，几致兔脱狼奔"，他立即采取"以静制动"之策，并通知粤海关监督豫堃，将黄埔港的外国货船暂行封舱，停其贸易，并谕令伍崇曜等行商，从即日起"一概不许上下货物，各色工匠、船只、房屋，不许给该夷人雇赁。……所有夷人三板，亦不许拢近各夷船，私相交结。至省城夷馆买办及雇用人等，一概撤出，毋许雇用"，并令他们遵照前谕，责令外国鸦片贩子缴烟，"刻日取结禀办。倘敢违玩，本大臣、本部堂、本部院定将请旨永远封港，断其贸易"，又令"各路调派巡船弁兵，防范夷人出入"，"凡远近要隘之区，俱令明为防守"。

林则徐封锁十三行夷馆，历来饱受外国人尤其是来自英国的攻讦，包括我们的一些同胞也站在"对外开放"或"国际贸易"的立场上，认为林则徐把义律这位英国驻华贸易总监督关押起来，既有悖于国际外交准则，也是不人道的行为。这里我无意为林则徐辩护，但我又不能不发问，难道"对外开放"可以对毒品开放吗？"国际贸易"准许鸦片走私吗？而义律的确具有外交官的身份，但他并非在谈判过程中或是在其正当的外交行为中被监禁，他身为外交官，既没有获得入境签证，又没有同中国官方交涉，便擅自率武装随从闯入中国境内，这已经不是外交行为而是对中国主权的公然侵略，而义律的目的则是为了营救中国政府的通缉犯——颠地等毒枭。对此，有人打了一个很形象也很贴切的比喻："这就好比现在如果有外国外交官荷枪实弹冲击秦城监狱，试图带走里面的囚犯一样，其行为严重违背外交守则，理应被中国军警限制行动自由，不能再享受外交豁免权了。"

事实上，林则徐从封锁十三行夷馆一直到解除封锁，也没有什么不人道的行为，尽管他的命令非常严厉，但也十分理智，"仍密谕弁兵不得轻举肇衅"，这保证了那些被围困的外国鸦片贩子免受人身伤害。林则徐下令"至省城夷馆买办及雇用人等，一概撤出，毋许雇用"，这是必要的惩戒措施，但绝非要命的措施。那些外国鸦片贩子一个个过惯了衣来伸手、饭来张口的日子，如今没有了佣人服侍，从烹调、洗衣、扫地、铺床、擦灯等家务事，都得自己动手来做，让他们干这样的"下贱事"，是对他们的"侮辱"。对此，那位记录此事的外商也哀叹不已："并将我等之厨子、沙文（跟班或仆从）、管店皆即撤去。沙文人等避我们如避瘟疫一样。所有夷人各馆倏时间即变成大监牢，内中之人好似未带锁链之犯人，外面俱有人看守。"

有人臆断，林则徐在封锁十三行夷馆期间，对外商采取了断粮断水的措施，即便林则徐残忍到了这样的地步，我也不相信他会愚蠢到了这样的程度。无论从林则徐的智慧看，还是从策略上讲，他都不可能会把这些"未带锁链之犯人"饿死、渴死，如果真的出现外国商人在囚禁中非正常死亡的事情，那还真是会引起"边衅"，将他本人乃至大清帝国都推向极为被动的境地，而他秉持的正义，也会直接演变为遭受千夫所指的、极不人道的暴行。而所谓十三行夷馆，与外国商馆（办公场地）有所不同，实际上是十三行行商出租给他们外国商业伙伴的高级酒店，又主要为伍家物业，林则徐也早已摸清楚了，"夷馆系该商（伍家怡和行）所盖，租与夷人居住，馆内行丁及各项工役，皆该商所雇，马占（马仔）等皆该商所用"。那位旗昌洋行的合伙人威廉·亨德当时也被围困在夷馆里，他记下了被困后的一个细节：一天，伍家的佣人给他送来了一个包裹，里面装着一只熟鸡、两块火腿、三块面包和一些饼干，其他美国商人也得到了这样的食品，除此之外，还有糖、食油和饮水。林则徐对此是否知情呢？这其实根本不用问，在"外面俱有人看守"的状态下，若没有林则徐的默许能把食物送进这座"大监牢"？所以说，那给外国鸦片贩子送上美食佳肴的隐情，绝非伍秉鉴父子和十三行行商与夷人暗通款曲，实为林则徐心中之款曲，至少是知其款曲。

当然，理所当然，这样的封锁或围困会让义律和那些鸦片贩子很屈辱、很憋闷，很难受，但这是他们"孽由自作"，更是林则徐逼迫他们缴烟、具结的必要手段。这样的封锁措施，在第二天就已初显效果，美商"京"向林则徐禀陈，他愿意做出缴烟和甘结保证："应承后来更不贩卖鸦征、丝银，若有时做，就受到刑罚。"据查，这位美商"京"约为美国奥立芬洋行股东C.W.金（C.W.King，也译作"经"或"京"），若可以确认，他后来还到虎门销烟现场参观过，此人也确实信守承诺，林则徐在广东期间，他再未在中国贩卖鸦片。

这位美商"京"的表态，对于林则徐，正是一个用以分化夷人的机会，他赞扬这位美国商人"殊为出众可嘉"，并希望他"仍催各夷人速即缴土"。

然而，对于在鸦片走私中占绝对主力的英商而言，这种分化的效果似乎不大，只要他们的主心骨义律爵士尊口不开，英商就会像义律一样与林则徐顽抗到底。此时义律已是笼中困兽，却依然困兽犹斗。我抗议！我抗议！！我抗议！！！义律的抗议不断升级，他的愤怒已无以复加。这个无比骄傲又无比强悍的英国贵族，哪里还有一点绅士风度，他就像一头发了疯的公牛，瞪着一双血红的眼睛，太阳穴和脖子都暴出了青筋。他以"坚决的口气和态度"递禀（照会）邓廷桢，要求广东官府在三天内发给英人离粤红牌，并威胁说，如果不发牌照（通行证），他"不得不被迫认定本国的人员和船已被强行扣留，就要做相应的行动"。义律除了逼迫、抗议和威胁，只字不提缴烟甘结，邓廷桢也以"坚决的口气和态度"给了他一个答复：英商若不缴烟甘结，"妄求请牌，断不可行"！

义律其实也善于变通，他见自己的强硬态度难以奏效，于是再递一禀，申明收回前禀，表示愿意约见任何一名中国官员，准备"详细陈明"缴烟甘结事宜。这还真是外交行为了。第二天，邓廷桢派广州知府等官员到十三行会馆，传义律和外商前来谈话，义律却又出尔反尔不肯来见。林则徐和邓廷桢交换情况后，他再次重申，"义律如畏罪改悔，说服烟贩迅速全缴趸船鸦片，仍当不追既往"，所有英商及外国商人即可恢复正常贸易，"倘佯为不知，甘心贻误，是其孽由自作"！

在封闭商馆的第三天，二月十二日（3月26日），义律仍然一意顽抗，林则徐发出《示谕外商速交鸦片烟土四条稿》，从天理、国法、人情、事势四方面劝诫外国烟贩，走私鸦片"真是谋财害命，况所谋所害何止一人一家"，他严正指出，按中国法律："嗣后内地民人，不特卖鸦片者要死，吸鸦片者也要死。岂内地民人该死，而尔等独不该死乎？"他告诉那些烟商，缴烟甘结而既往不咎，对他们已是网开一面，宽大为怀，"仅将趸船之现存者尽数呈缴，已极便宜，哪有再让尔等多赚银钱，更诱内地民人买食以陷死罪之理"！这也是林则徐发出的最后通牒，他将鸦片烟毒的根源直指这些顽固的鸦片贩子："尔等若不带鸦片来内地，民人何由而吸？"但他又仁尽义至，奉劝外国烟贩从中外贸易的长远着想："尔等来广东通商，利市三倍。……不但以尔国之货，赚内地之财,并以内地之货,赚各国之财,即断了鸦片一物,而别项买卖正多,则其三倍之利自在,尔等仍可致富,既不犯法,又不造孽,何等快活!……若因鸦片而闭市,尔等全无生计,岂非由于自取乎!"

　　林则徐命人将这篇谕稿张贴在十三行夷馆的住宅及洋行的墙上,敦促义律"晓谕各夷人,遵谕将趸船烟土迅速全缴"。林则徐所采取的这些措施,可以说是有理有节,而对于被围困的外商,缴烟甘结,从事合法正当的对华贸易,实为上策,"不但人船买办一切照常,从此各夷人均作正经买卖,乐利无穷"。否则,如林则徐的严正声明:"倘敢违玩,定即禀明请旨,永远封舱,断其贸易!"

　　对于义律,林则徐还真是他遭遇的一个前所未有的对手,这个对手坚定的意志几乎让他绝望,但他依然不可轻易就范,还在咬紧牙关死扛着。到了二月十三日(3月27日),也就是林则徐封锁"十三行夷馆"的第四天,义律终于扛不下去了。当天,他将一份禀帖(照会)交给伍崇曜,请他转递林则徐,表示愿意缴烟。这让林则徐不禁一怔,义律突然来了个一百八十度的大转弯,这有点不像是义律了。但林则徐也没有过多猜测义律的心机,随即果断传谕义律,具报缴出烟土确数。

　　第二天清晨,义律几乎刚刚醒来,也许那一夜他根本就没睡,仅仅三四天,他那深陷的眼窝已陷得更深,眼眶发黑,鼻子坚挺,深蓝色的眼珠子在过于幽深的地方打转,看上去愈加深不见底,那微微咧开的嘴唇却又露出了一种奇怪的微笑。在经历了三四天的煎熬之后,义律似乎也急了断了,随后便遵命具报了呈缴鸦片的确数,总共为二万零二百八十三箱(《义律遵谕呈单缴烟二万零二百八十三箱禀》),估计"总不下二百数十万斤",并请示缴烟地点。而在决定缴烟之前,义律已通告英商:"本监督以不列颠女王陛下政府的名义并代表政府,责令在广州的所有女王陛下的臣民,为了效忠女王政府,将他们各自掌管的鸦片即行缴出,以便转交中国政府,并将从事鸦片贸易的英国船只置于本人指挥之下,再速将各自手中英国人所有的鸦片开具清单,签章呈阅。……英商财产的证明以及照本通知乐于缴出的一切英国人的鸦片的价值,将由女王陛下政府随后规定原则及办法,予以决定。"意思是,对鸦片商人所受损失,将来由英国政府负责赔偿。对于义律的这一通告,由于翻译或其他原因,有多种版本,但大同小异,在义律的通告里已包藏祸心,这也可谓是义律绞尽脑汁而使出的极为阴险的一招，至此，交烟的性质已发生了变化，他代表鸦片商人交出鸦片，意味着将鸦片商人的货物变为英国政府的财产，同时把林则徐和广东官府追缴鸦片这一禁毒和反走私的正义行为拉到了中英两国的国家关系上。义律的这一阴招，让大鸦片贩子马地臣心领神会，他也跟着一起阴险地附和：这是"一个宽大的、有政治家风度的措施，特别当中国人已经陷入他们直接对英王负责的圈套中的时候……"

据说，就连与义律这位英国商务总监督毫无干系的美国鸦片贩子，也纷纷表示要将自己的鸦片先交给义律，似乎这样才更有保障，从而获得赔偿。至于到底由谁来赔，那已是历史的后话了。

当义律具报交烟确数后，又召集全体英商开会，宣称他将为所有应当离开的英国人申请离粤红牌，从申请时起，所有驻粤英商及英国侨民在十日内离开广州。义律说："我要和你们在一起，直到我最后的一息。感谢上帝，我们有一只英国军舰（虽然是很小的）在外边，并且由一位英国军官指挥。"

尽管后来的历史大多认为义律缴烟心怀叵测，不过历史还有另一种写法，马地臣、查顿（渣甸）等大鸦片贩子后来也曾向英国政府状告义律，认为义律为了让自己得以解脱而牺牲了英国商人的利益，据说有中国官员偷偷向他们透露，只需缴"六七千箱足矣"，而义律竟然向林则徐承诺具缴两万多箱鸦片。历史原本就是一笔糊涂账，不过我相信一个事实，林则徐早已侦知外国鸦片贩子藏了两万多箱鸦片。

从马地臣等英国鸦片贩子的记载看，林则徐从抵粤禁烟到下令封锁十三行，还真是掐住了鸦片走私的七寸。马地臣哀叹："最近五个月里在广州一箱鸦片都未售出。"当时，外国烟商约有五万箱鸦片等着出手，还有更多的鸦片正在从孟买运来的路上……

马地臣的哀叹也佐证了英国史家安德葛的一个论断："（林则徐的禁烟计划）以果断及迅雷不及掩耳之势出击，使得英国人出乎意料，（他们）完全没有想到林则徐会以果断、活力和对中国利益的献身精神来付诸行动。"

若从林则徐抵达广州算起，到义律被迫同意缴出全部鸦片，总共十八天。这也是林则徐与义律及外国鸦片贩子的第一轮交锋，林则徐无疑取得了阶段性的胜利，也可谓初战告捷，而从接下来的历史事实看，义律也确实布下了一个阴险的圈套。历史已经注定，这个暗设的圈套为接下来的鸦片战争提前埋下了伏笔。对此，林则徐是否已经察觉？在今世学者有的认为他没有察觉，至少没有引起高度警觉，如茅海建先生在《天朝的崩溃》一书中就这样认为，"这是他在禁烟运动中犯下的第一个错误"。

第四章

虎门销烟

海祭
——从虎门销烟到鸦片战争

一、以南海为背景

义律向林则徐具报呈缴鸦片确数后,却一直拒不签署切结书,林则徐对此没有做出让步,下令继续封锁十三行夷馆和港口。这也意味着,一位中国的钦差大臣和一位英国的商务总监督,还将继续交锋,而接下来他们较量将以南海为背景展开。

二月二十七日,林则徐、邓廷桢与粤海关监督豫堃等从天字码头登船,奔赴那个历史的宿命之地。此时还是早春,而岭南的阳光已热烈似火,催开了如血似火的木棉花,"粤江二月三月天,千树万树朱花开"。林则徐来时,这珠江边上的木棉树还没有绽出新叶,一个个多杈的树枝恍若一身黑铁般的傲骨。而眼下,连树叶都没来得及长出来呢,那大朵大朵的木棉花说开就开了。岭南的春天是属于木棉的,木棉花为岭南第一花,此时还轮不到别的花开放,那千树万树的朱花染红了树梢,"望之如亿万华灯,烧空尽赤"。木棉在岭南最早就叫烽火树。

木棉也是岭南高大的落叶乔木,"排空攫挐,势如龙奋",倒映在珠江中,还真有如蛟龙奋起于激流之势。直直地看上去,那壮硕的躯干、顶天立地的姿态,犹如壮士的风骨,令人精神陡增。木棉树又称英雄树,相传在海南五指山有一个叫吉贝的黎族英雄,带领黎族百姓一次次击退了入侵者。后来有一个叛徒将吉贝骗到了五指山上,他孤身一人深陷重围而誓死不屈,敌人见劝降不成,顷刻间万箭齐发,那射在他身上的箭化作了枝干,他挺立的身躯化为了树的躯干,而那飞溅的血花化为如血似火的花朵。而海南原本也属于岭南,这英雄的木棉树乃是整个岭南的精神象征。

岭南人又称木棉花为海边花,一条珠江从广州流向南海,那如血似火的木

第四章
虎门销烟

棉花也从广州一直开到南海边的虎门。在如今看来,广州和虎门还不到一小时的路程,而在当年,林则徐、邓廷桢一行在珠江上航行了一夜,他们抵达虎门的时间是道光十九年二月二十八日,虎门真正载入史册的历史就是从此开始。林则徐在入粤禁烟途径珠江口时就已看到这里是广州到海口(珠江口)的咽喉所在,"广东中路通商,向以船进虎门乃为入口……其在虎门以外寄泊中路各洋者,皆未入口之船也",这里也是鸦片走私的重灾区,"而私售鸦片之弊,正在于此",这也是他选择以虎门为缴烟主战场的直接原因。

每个人在奔向大海的那一刻,心里都会感到一种沧海茫茫的空旷,"水波远以冥冥兮,眇不睹其东西",比大海更远的还是海。想要看清眼前那条路,却只有水,一世界的水,一个浪头连着一个浪头,被风吹起,以浪峰的形式凝固在空中,久久不动。你的脑海里掀起的是无数的悬念,不知道这直插于一片苍茫之中的浪峰是欲掀翻什么,还是即将不顾一切地奔腾而去……然而,当你还未看清这一切时,那在惊涛骇浪中的激烈颠簸,还有那身处最底层的船上生活,就已经以长久折磨的方式来考验你的意志和毅力了。

林则徐厉行禁烟不只是凭其意志和毅力,还有理智上的清醒,他清醒地意识到"故口外之弊比之口内尤当严防",而珠江口内与口外,当时大致就是以虎门一线来区分的。珠江口外的伶仃洋,也是林则徐缴烟的一个重点水域,它比虎门更早就载入史册,从文天祥那首《过零丁洋》的千古绝唱开始,伶仃洋(零丁洋)既是一个地理名词,也是一个文化符号。这是一片两千多平方公里的辽阔水域,北起虎门,南达港澳,域内有内伶仃岛和外伶仃岛。在清朝时,伶仃洋作为中国南海海门的第一道防线,在其内环的南沙及东莞虎门一带依山临水筑起了一座座炮台,但在闭关锁国之下,清廷那时还没有清醒的海权意识,将伶仃洋及外伶仃洋的大部分水域视为外海,按当时的规定,外国商船到达伶仃洋后,不能直接驶入珠江口,须在此等待中国引水(引水员)的到来。引水员地位卑微,却是一个国家主权与尊严的象征,在对外船进行必要检查后,他才会为外船办理进入虎门的准照,而后才能驶入珠江内河,驶往黄埔港。而护航的外国军舰,未经特许则严禁驶入珠江内河,只能停泊在伶仃洋和外伶仃洋。长期以来,伶仃洋和外伶仃洋一直是中国官府鞭长莫及的法外之地,而这片海域散布着不少无人居住的荒岛,这也给外国船只出没和逗留提供了一方天地。在林则徐抵粤查禁鸦片之前的数年里,十三行商人为清廷的禁烟令所迫，为了自保，曾主动向广东官府举报了四艘涉嫌鸦片走私的外籍武装商船，但广东官府并没有对他们追缴缉私，而是对这四艘商船予以强制驱逐。这四艘船被迫退到了伶仃洋，避风于伶仃岛，并在这法外之地继续进行鸦片批发交易，伶仃洋和伶仃岛由此成为鸦片贩子进行鸦片走私的跳板，在交易之后用快艇运送鸦片抢滩登陆；加之广东水师和粤海关与之暗相勾结，致使鸦片走私愈加猖獗。这是鸦片走私的"伶仃洋时代"，也是一个中外鸦片贩子的"黄金时代"，自1835年到虎门销烟的1839年，"伶仃洋时代"进入了全盛时期，年均入口鸦片量高达三万箱。

林则徐抵达虎门之后，就意味着他在广东掀起的禁烟运动进入了第二阶段——缴烟。这次海上缴烟，也是林则徐与义律及各国鸦片贩子的第二轮交锋。而要在这苍茫无边的水域里收缴鸦片，注定要经历一个缓慢且特别需要耐性的过程。林则徐在奏稿里向道光皇帝禀报了他和邓廷桢、关天培等人在收缴之初的一段经历——

臣林则徐、臣邓廷桢均于二月二十七日自省城乘舟，二十八日同抵虎门。水师提督臣关天培本在虎门驻扎，凡防范夷船，查拿售私之事，皆先与臣等随时商报，务合机宜。自收缴之谕既颁，尤须严密防堵。兹夷船二十二只陆续驶至虎门口外，关天培当即督率将领，分带提标各营兵船，排列弹压。并先期调到碣石镇总兵黄贵、署阳江镇总兵杨登俊，各带该标兵船分排口门内外，声威极壮。粤海关监督臣豫堃，亦驻虎门税口，照料稽查。臣等亲率候补知府、南雄直隶州知州余保纯，署广州府同知、佛冈同知刘开域，候补通判李敦业，乐昌县知县吴思树暨副将李贤，守备卢大钺，分派文武大小各委员，随取随验，随运随贮。惟为数甚多，一夷船所载之箱，即须数十只剥船始敷盘运……若日期过促，草率收缴，恐又别滋弊端。臣邓廷桢拟收至两三日后，先回省署办公，臣林则徐自当常驻海口，会同提臣关天培详细验收，经理一切。

这后边一句话透露了一个重要的历史信息，"臣林则徐自当常驻海口"，一个钦差大臣将行辕移驻虎门，坐镇一线收缴鸦片。然而，就在他们收缴鸦片的背后，英国鸦片船只仍在珠江口外潜销鸦片，而义律此前已致书英国外交大臣帕麦斯顿，指斥中国政府"强迫缴出英国人的财产，就是一种侵略"，这是

第四章
虎门销烟

"不可饶恕的暴行",他叫嚣"这在原则上是如此其危险,在实行上又如此其不能容忍"。

作为一个有着丰富军事经验的军人,他所提出的战略方针以及想要达到的目标非常清晰,他主张对中国发动不宣而战的突然袭击,"应该出之以迅速而沉重的打击,事先连一个字的照会都不用给"!他还更具体地向英国政府建议:立刻用武力占领舟山群岛,严密封锁广州、宁波两港,以及从海口直到运河口的扬子江江面;然后到天津白河口向清政府递送"通牒",将林则徐、邓廷桢两人撤职惩办,逼迫清政府就那些对女王多次失敬的行为提供适当的道歉;对于其暴行(即查缴英商鸦片)所造成的沉重损失给予一定的金钱赔偿;正式把舟山岛割让给英王陛下,并以充分而毫无保留的上谕明令准许帝国人民在那些岛上和一切沿海港口和我们做生意;等整个赔款付清,一切其他条款都忠实履行了以后,然后才解除封锁,替英国货物取得自由输入广州、宁波、厦门与南京的权利,为期十年;应该使用足够的武力,并以西方国家对这个帝国所从来没过的最强有力的方式进行武力行动的第一回合。

义律的这些建议后来几乎被英国政府照章全纳,而英国发动第一次鸦片战争的各个步骤大体上按照义律的这些建议推进的。这也验证了一个历史事实,义律的侵略计划代表了英国政府蓄谋已久的真实愿望。而那些鸦片贩子也蠢蠢欲动,他们以所缴鸦片每箱摊派一元,自发集资两万元寄回英国,作为威廉·查顿争取英国政府答应赔偿烟价、煽动侵华战争的活动经费。查顿在林则徐抵粤之前就已闻风而逃,但事实上,从广州禁烟、虎门销烟到第一次鸦片战争,他一直都没有没有缺席,而且扮演了一个极其重要的角色,他不仅是鸦片走私的罪魁祸首,还是在英国议院幕后鼓吹和策划发动侵华战争的核心人物。

义律恨不得英国政府马上就对中国开战,为自己,为英皇陛下的臣民报仇雪恨。可那时,哪怕以最快的速度,一封信从澳门寄到伦敦也要四个多月,而英国外交部在收到他的信后,哪怕在第一时间就向中国开战,英国军队又以最快的速度抵达中国,至少也要四个多月。这一来一去就是八九个月。并且,这还要祈求天主保佑,Oh my God!可不能出现任何差错,如果遭遇风暴,义律将要遥盼更长的时间。

而这个时间差对林则徐是极为有利的,他至少还有八九个月的时间来运筹帷幄,谋篇布局。他深知外国鸦片贩子大多狡兔三窟,其鸦片分藏于各处,为了不留下任何漏洞，将所有烟土尽数缴没，林则徐命广州府颁发收缴鸦片章程四条：一是"据禀呈缴鸦片，原不专指趸船而言。所有各夷馆及黄埔船上存贮者，谕令该领事（义律），先将夷馆鸦片，于十五日尽数搬在馆外，听候委员验收。其黄埔货船某只存有鸦片若干箱，刻即开出清单，写就夷信，呈缴到官，定期十六日委员带领西瓜扁、茶叶艇等船前往验收"；二是"趸船二十二只，近在伶仃洋、九洲、沙沥等处抛泊，亦令该领事写就夷信，即行呈缴。听候先期委官持信，传谕该趸船抛泊附近沙角洋面，恭候钦差大人、总督大人于十七日至十九日亲临虎门，会同水师提台，逐船验收"；三是"该国夷人住居澳门夷馆者所有鸦片，亦令运赴沙角海口，随时验收"；四是"外洋载烟夷船散泊远处，不在虎门附近者，该领事及各总管等无不信息相通，知其踪迹。应令写就夷信，指明停泊处所，将信交官，听候委员持往转交，即令将原装鸦片船只驶至沙角海口，随到随缴，不得稍有匿延"。

不出林则徐所料，义律又开始玩弄其狡狯手段，他不让英商将鸦片直接交给广东官府，而是先交给他，他再以"以不列颠女王陛下政府的名义"缴出鸦片，这自然与他的那个阴谋有关。他不但心怀鬼胎而且反复无常，又使出一个招数，要求把传令英国鸦片趸船交烟的一切事务推给副监督参逊办理。参逊，在历史文献中记为弁逊，而有一位商船船长也叫弁逊，这是一个历史疑点，这个参逊是否就是弁逊？这个副监督弁逊和商船船长弁逊又是否是同一个人？我反复查证，未得其详，只能存疑。但义律的用心是清楚的，他这是在推卸自己应负的责任，那也是他此前向林则徐做出的承诺。

对这个一日三变的义律，林则徐除了痛斥，也从大局着想，允可由弁逊出洋催缴鸦片，并派佛山同知刘开域等文武员弁偕同办理。随后，弁逊等人便到九洋洲、沙沥角一带，传令停泊在此的英国趸船到龙穴岛交烟。九洋洲，或称九洲洋，位于伶仃洋南面，为今珠海及澳门本土与万山群岛一带的海面，是往来港珠澳的必经水路。

沙沥角约为今中山市三角镇黄沙沥一带，黄沙沥水道也是进出珠江口的一条重要水道。关于龙穴岛，我已在引子中有所交代，此岛今属广州南沙区，位于珠江口的蕉门、虎门水道出口交界处，传说是南海龙王的龙宫，后成为海盗的穴居地，至今岛上还保留有大海盗张保仔藏身的洞穴——保仔洞，这里也曾是鸦片贩子走私交易的天堂。

第四章
虎门销烟

虎门的春天，苍穹雄浑，昊天难测，在海上收缴鸦片是风里来雨里去，而风雨一大，势必兴风作浪，必须回港停泊。而林则徐和邓廷桢则苦中作乐，趁暂避风雨之际以诗遣怀。邓廷桢曾赋诗《虎门雨泊呈少穆尚书》一首，少穆尚书，即林则徐。这首诗颇有杜甫遗风，可以作为诗史来读的，还原了他们当年缴烟的历史场景和氛围——

戈船横跨海门东，苍莽坤维积气通。
万里潮生龙穴雨，四围山响虎门风。
长旗拂断垂天翼，飞炮惊回饮涧虹。
谁与沧溟净尘块，直从呼吸见神工。

林则徐为此而抒写了二首和诗，诗中痛陈了他对鸦片流毒中国痛恨之切切，也表达了他将这百年祸害斩草除根的意志之坚决，这首诗写得气势如虹——

五岭峰回东复东，烟深海国百蛮通。
灵旗一洗招摇焰，画舰双恬舶棹风。
驿节总凭心似水，联樯都负气如虹。
牙璋不动琛航肃，始信神谟协化工。

拜衮人来斗指东，女牛招共客槎通。
销残海气空尘瘴，听彻潮声自雨风。
下濑楼船迟贯月，中流木柹亘长虹。
看公铭勒燕然后，磨盾还推觅句工。

忽忽已是农历三月。自三月初一起，林则徐将追缴烟土的收烟点由龙穴岛移至虎门沙角炮台前，按日清收。而鸦片贩子仍在暗中不断捣乱，如"私卖鸦片、朦混（蒙混）交烟"，他们明知这些行为难逃林则徐的视线，似乎是在故意折腾以拖延时间。林则徐知道又是义律在背后捣鬼，一再严斥义律："似此临缴之时，尚有种种情弊，其能使人信为真心改悔乎？"义律还真是采取拖延战术，他在给林则徐的禀帖中总能找到拖延和推诿的借口，如商船停泊地离缴烟之地太远，一再要求宽限。林则徐觉得"核其禀词，尚属恭顺"，但还是坚持必须按时缴烟甘结，而义律则以"英国人船无奈，只得回国"的威胁进行抗拒，林则徐又认为义律是"心切迟疑，尚非敢违法度"。有人说这是林则徐受了义律的蒙骗，但我觉得这恰好证明林则徐在缴烟过程中体现了对鸦片贩子的体谅和宽容，但他也绝不会允许那些烟商一直这样拖延下去。

到了三月初七日，各国烟商缴烟已将近其具报数量的一半，林则徐信守承诺，对如数缴出鸦片的烟商准予放行，对十三行夷馆和港口也解除了封禁，恢复正当贸易，"量许三板（船）查验往来，并将夷馆撤围，兼准开舱贸易"，"惟仍扣留颠地等十六人，以示区别"。而在解禁港口的同时，"并派员严查出口，以防颠地等朦混（蒙混）逃窜"。与此同时，他又发现弁逊等还在玩弄阻挡来船、拖延交烟等狡诈手段。弁逊的幕后主使，无疑又是义律。林则徐这次没有宽限，而是命英商按具报数量一次性缴足，"与其屡收屡歇，孰若待其足数，一气呵成"，以此迫使英人彻底缴烟。林则徐的反制措施，让义律频频使出的阴招出一招就被林则徐拆一招，这让义律老羞成怒。当义律收到林则徐所制订的甘结格式，他终于找到了一个出气筒，将那甘结格式一把撕碎了，他一边撕还一边狂妄地吼叫（大意）："要命现成，再拿什么甘结的事情来纠缠我和他们自己，实是徒然的！"

三月十九日（5月12日），皇上诏谕，对林则徐严命义律缴烟予以嘉奖："所办可嘉之至！"道光皇帝同意林则徐的建议，对各国夷人缴出的鸦片，"一箱鸦片赏茶五斤"。

当鸦片已收缴具报数量的八成后，林则徐又致函粤海关监督豫堃，通知他进一步解除了封锁。

豫堃，在这次禁烟运动中其实也是一个不可或缺的角色。关于豫堃其人，史无详载，只有这样简单的介绍："豫堃（生卒年不详），字厚庵，满族人。清代官吏。曾任皇家江宁织造，驻苏州，后任粤海关总监。"在电影《林则徐》（又名《鸦片战争》）中，豫堃是一个典型的反面角色，穆彰阿和琦善暗中串通广州粤海关总督豫堃，指使其早想对策，破坏禁烟，接到飞函的豫堃指派爪牙伍绍荣向英国鸦片商头子颠地密报了林则徐将来广州禁烟之事，而林则徐在识破了豫堃这个"内奸"时还大发雷霆。这部电影给我留下了深刻的印象,以至于我下意识地想要寻找豫堃的"反面材料",但我在历史的缝隙中反复搜寻,也没有找到令人信服的证据来证明豫堃是那样的一个人。豫堃不但没有站在林则徐禁烟的对立面,相反,在林则徐的日记、奏稿以及给豫堃的大量函件中,豫堃对林则徐在禁烟过程中采取的各种举措一直是默契配合和支持的,林则徐对他也是十分信任的,并多次致函豫堃,向他通报禁烟、缴烟和烟贩走私的情况,如三月二十六日,林则徐函豫堃,谈连日缴烟数字说:"日来续收之烟连前合计,已得一万六千四百六十八箱,又二千二十余包,数及十分之九。惟连日南风甚大,闽粤交界各船,到此系属创行,自不能速。大抵收完之时,箱数总可有多无少,惟日期则难免稍迟耳。"设若豫堃真是被林则徐识破了的一个"内奸",又怎么会向他透露这些详情?实际上,在当时还力主禁烟的道光皇帝对豫堃在禁烟过程中的作为也是予以嘉许的,林则徐、邓廷桢以获烟功各赏加二级,而怡良、豫堃、关天培各赏加一级。至于林则徐和豫堃的关系如何,在历史的夹缝中还有这样一个细节,林则徐晚年有进京居住之意,"曾经函托老友豫堃代为觅屋",可见林则徐和豫堃的交谊不错,而且是经受了时间检验的友谊。

林则徐从二月二十八日抵达虎门缴烟,到四月初六日(5月18日)缴烟完毕,历时三十八天(一说三十四天)。据英国外交部档案所存《凭据》,收缴完竣日期应为5月21日,"共收二万零二百八十三箱二十八斤又七个",而收缴实数比义律原报数量还多收缴了一千三百多箱。

在这次所收缴的鸦片中,查顿、马地臣的怡和洋行共缴出七千箱,占第一位;颠地的宝顺洋行缴出一千七百箱,占第二位;旗昌洋行缴出一千五百多箱,占第三位,这三个"奸夷渠魁"共缴一万多箱,占所收缴鸦片总数的近一半。

林则徐于当日给道光皇帝发出"两折一片",两道奏折是《英吉利等国趸船呈缴鸦片一律收清折》和《复奏查察虎门排链炮台折》,主要是报告烟土收清、虎门设防及增加设备等情况。一道奏片是《外人带鸦片罪名应议专条片》,林则徐在奏片中除请求清廷"将夷人带鸦片来内地者,应照化外有犯之例,人即正法,货物入官,议一专条"外,更为历史学家关注的是他在赴粤禁烟、海上缴烟过程中所激发或催生出来的具有近代意识的"新思维",透过这个奏片,反映了林则徐逐步认识到近代崛起的西方资本主义唯利是图的特性,他们是不会轻易放弃对华贸易的,如奏片所云:"嘆咭唎等国夷商所带内地货物,非独本国自用,尤利于分售各国,得价倍蓰。即使该夷不卖鸦片,专作正经贸易,而其所谓三倍之利者自在。以此度之,其断不肯舍却广东马头(码头),系属实情。"林则徐也初步看到了各资本主义国家(尤其是英国为代表的西方列强)争夺国际市场的矛盾,如奏片所云:"论者或恐各夷商因此裹足,殊不思利之所在,谁不争趋,即使此国不来,彼国岂肯不至,纵或一年偶少,次年总必加多。"尤其难能可贵的是,林则徐还初步显现出了其让中国走向世界、参与国际贸易竞争的思想,如奏片所云:"且闻华民惯见夷商获利之厚,莫不歆羡垂涎,以为内地民人格于定例,不准赴各国贸易,以致利薮转归外夷。此固市井之谈,不足以言大义,然就此察看,则其不患无人经商,亦已明甚矣。"但又不能不说,林则徐在对鸦片贸易的认识上还存在一个极大的误区,他认为鸦片走私贸易是远离本土的英国奸商(奸夷)违反英国法律而进行的罪恶勾当,义律等人的玩法抗拒,其国王"未必周知情状",他们的行动一定得不到英国国王的支持。这是他认知的历史局限,他非但没有认识到对华鸦片贸易的真正主使就是英国政府,反而为英国政府开脱罪责:"况所来贸易之人,不过该国之一贩户,并非贵戚达官。即鸦片亦皆私带而来,更非受命于其国主。且自道光十四年公司(英国东印度公司)散后,一切买卖均与其国主无干。"也正因为他的这一误区,导致了他对英国发动鸦片战争出现了一定程度的误判,至少是在对战争的预判上没有引起足够的重视。

随着海上缴烟告一段落,接下来就是为中国近代史揭幕的虎门销烟,这划时代的一幕已毫无悬念,林则徐早已胜券在握。此前,他曾抒写《次韵和嶰筠前辈》,嶰筠,即邓廷桢,字维周,又字嶰筠。诗中抒发了林则徐一扫蛮烟、降服众魔的豪迈气概:"蛮烟一扫众魔降,说法凭空树法幢。域外贪狼犹帖耳,肯叫狂噬纵村尨。"他似乎意犹未尽,又赋一首:"近闻筹海盛封章,突兀班心字有芒。谁识然犀经慧照,那容李树代桃僵?"

第四章
虎门销烟

二、海祭

在虎门销烟即将拉开序幕之前，还有一段不可忽视的插叙。

当林则徐正为如何处置缴获的两万多箱鸦片而筹划之际，在四月初七（5月19日）忽然接到一道出乎意料的谕令，命他为两江总督。是时，两江总督陶澍已重病缠身，"头脑昏眩，动辄昏绝"，自感将不久于人世，便向清廷请辞，道光皇帝恩准后，他又在《恭谢恩准开缺折子》中以"林则徐才长心细，识力十倍于臣"，力荐林则徐继任两江总督。陶公为嘉道之际经世派的重臣，曾与林则徐在江苏共事多年，作为林则徐的顶头上司，他对林则徐"甚见器重"，在他眼中林则徐是一个世不多出的非常之人。"盖世必有非常之人，然后有非常之事；有非常之事，然后有非常之功"，用这句话来形容林则徐再合适不过了。然而此事林则徐正在干一件"非常之事"，禁烟之事未了，销烟之举在即，他又如何走得开呢？这让林则徐颇为踌躇，也难免让后世猜测，难道道光皇帝不知道林则徐正处于一个关键时刻？清廷是不是在禁烟的态度上又有所动摇，急于将林则徐调离广东，或是认为禁烟已大功告成？

林则徐在具折谢恩后，曾在四月上旬的致怡良函中，对任两江总督表示有难以措手之处："淮南盐积至两纲不止，轻才何以措手？又闻苏、松春雨太多，麦收已坏，此后更不知何光景，惴惧甚深。缴土之折回来后，定将此间烟事归与两贤（指邓廷桢与怡良），即催愚兄速赴新任。上学之期不远，而旧日学堂功课之难犹在，梦寐思之，能无神沮，至爱何以教我耶？"他对陶公的知遇之恩充满了感激，又把赴两江总督之任比喻为"上学"，或也有赶考之意，两江包括江苏、江西、安徽及今之上海，充满了各种难解的难题，如盐政、漕运和水灾等诸多症结皆凸显于两江。当然，林则徐最放不下的还是禁烟之事，但皇恩浩荡，帝命难违，他只能做好随时出发的准备。好在，皇上并未催他即刻赴任，在他未到任前，两江总督暂由江苏巡抚陈銮署理，林则徐的本任湖广总督则由湖北巡抚桂良正式继任。这给了林则徐一段极为宝贵的缓冲时间，否则，他将在虎门销烟这一伟大的历史事件中缺席。

尽管鸦片已尽数缴没，但林则徐与义律的较量还在继续。义律在无力回天、徒呼奈何之际，只能换一种方式来阻挠英商"甘结"，他下令禁止英船进入黄埔港贸易，所有英商从广州撤退，但林则徐针锋相对，若不按甘结格式签订从此与鸦片走私一刀两断的切结书绝不放人。最终，颠地等顽抗到了最后的鸦片贩子只能认栽，低下头来在甘结书上签字。林则徐对别的鸦片贩子提出的甘结只是要求是永不再犯，而对颠地等十六名鸦片贩子，则是命他们在甘结中保证永不再来，这等于将这些"奸夷"永远驱逐出境，"庶可杜绝奸夷踪迹，免致勾结盘踞，诱惑内地良民，复贻地方之害"。

四月十一日（5月23日），林则徐下令将一直扣押在十三行夷馆的颠地等十六名最顽固的鸦片贩子驱逐出境。而当时，义律虽说已恢复了部分自由，但他要出省下澳（离开广东回到澳门）还必须得到广东官府的批准。义律于当日递禀称："定意本日出省，由远职日常驾驶之三板即行下澳。"但实际上，中国方面于四月十四日才收到其递禀，并批复"准予下澳就医"，而义律未经批准就已擅自离去，这一方面表明当时在出入境管理上还有很多空子可钻，另一方面也证明了义律对中国法令和主权的藐视。

义律回到澳门，连夜便给帕麦斯顿写信，那感觉不是给一个外交大臣写信，而是一个背井离乡的儿子在给父亲写信。从他赴汤蹈火营救英商，到他——堂堂大英帝国的驻华商务总监督，竟在广州度过两个多月下贱的、受尽了侮辱的囚禁生活，他强压着悲愤使劲地写着，但那鹅毛笔还是几次折断，信纸也被戳穿了好几个窟窿。他不得不一次次停下来，用拳头堵住自己的眼眶，塞住自己的嘴巴，不让眼泪流出来，不让自己哭出声。他深知，这个时候不能冲动，必须冷静，冷静！他还真是冷静而又详细报告了英国商馆被围、鸦片被缴、他为了抗议清政府而命英商退出广州、禁止英船进口等情况。他并未添油加醋，也根本就不需要添油加醋，清政府的这些行为只要如实道来，就足以让当时在世界上所向披靡的大英帝国备感屈辱。数月之后，当帕麦斯顿读到这封信，更是拊膺切齿，一个如此野蛮的国家，决不可饶恕！而在此前，义律已多次致函帕麦斯顿，声称林则徐禁烟是"不可饶恕的暴行"，清政府对英国官员和英皇陛下的臣民"犯下了突然而残酷的战争罪行"，他把林则徐缴没鸦片看作是清政府"强迫缴出英国人的财产"的"一种侵略"。应该说，这并非他的

第四章
虎门销烟

"污蔑",这是他站在英国的立场或国家利益上对此事做出的一个结论,因此,他一再催促英国政府"应该出之以迅速而沉重的打击,事先连一个字的照会都不用给"!

美国鸦片贩子也不甘示弱,旗昌洋行董事福布斯(P. S. Forbes)等人也联名上书美国国务院,并且第一次提出了组建欧美多国联军、一起打击中国的想法,他在上书中叫嚣:"把美国、英国和法国的海军开到中国来,就可以从中国政府获得合适的条款!"

不过,美国商人虽说叫得凶,他们却比英国鸦片贩子更懂"实用主义",也可谓更加唯利是图,从林则徐封锁十三行到海上缴烟,他们也没有英国鸦片贩子那样顽固,很善于变通,如福布斯就这样宣称:"我可不是为了我的健康或享乐来中国的,只要我能卖出一码货物或买进一磅茶叶,我就要忠于职守,我们美国佬可没有女王来担保我们的损失。"

这种美国式"实用主义"也给林则徐对各国鸦片贩子的分化策略提供了可乘之机,说是策略其实也是从对外贸易的大局出发,在禁烟运动中他一直是对外商区别对待,劝告各国夷人退出"鸦片贸易",做正当合法的生意,"奉法者来之,抗法者去之",凡"正经贸易者,加以优待"。当时对华贸易主要为英美两国,林则徐利用英美争夺中国市场的贸易战,对进行正常贸易的美国商船给予优惠进口的待遇,美国商船"巴里斯"号与"楠塔斯克特"号率先甘结入口贸易,随后又有九艘满载着大米、棉花、布匹等货物的美国商船开进了黄埔港,到五月中旬,又有十一艘美国商船在做出了永不再贩鸦片的甘结后,从虎门珠江口入港。英商的退出,其实只是鸦片贸易的退出,广州作为"一口通商"的贸易集散地,依旧是汽笛长鸣,生意兴隆。而从接下来的历史事实看,这些美商也确实退出了对华鸦片贸易,在鸦片战争爆发前,美国还一度取代英国成了最大的对华贸易国。

按照钦差大臣林则徐的谕令,无论此前是否兴贩过鸦片,凡是进入珠江口内贸易者,都必须先签署保证不贩鸦片的甘结,才能入港。这对义律抗拒甘结、禁止英船进行正常贸易的敌对行动无疑是沉重的打击。义律管不了美国和其他国家的商船,只能严令英商不准与中国官府甘结。而在鸦片收缴完毕后,英国还有二十余艘商船在伶仃洋一带游弋,这些商船都是在收缴鸦片后驶入伶仃洋的,并由唯一一艘小型护卫舰"英王拉尼"(HMSLarne)号护航。这些英国商船如果不签订甘结、做出不再兴贩鸦片的保证，按林则徐的谕令，粤海关理所当然禁止他们进口贸易。其实英商也不是铁板一块，如"担麻士葛"（Thomas Coutts）号和"皇家撒克逊"（Royal Saxon）号这两艘英国商船的船长就没有执行义律的命令，自行签署了甘结，继续与中国做生意，当然是林则徐所说的"正经贸易"。其后，即便在后来中英矛盾进一步激化，致使中英贸易"永久"中断后，仍有不少英国商船悬挂美国国旗在广东继续经商。义律眼看自己的严令失效，只能严斥这些英国商船"只顾自己的意见和个别的利益，而把公众的主张和一般的考虑置诸脑后"，是"极其可耻和恶作剧"。而那些冥顽不化的英国鸦片贩子不但对中国禁烟充满了刻骨仇恨，也把怒火发泄到了他们这些同胞身上，甚至歇斯底里地向"皇家撒克逊"号开炮……

义律和英国鸦片贩子的仇恨之火一直在燃烧，林则徐也毅然决然将禁烟进行到底，接下来，他就要将禁烟运动的推向一个前所未有高潮——虎门销烟。

按照道光皇帝的谕旨，其实也是林则徐的初衷，原本想将收缴的鸦片押运到京师，经清廷核验后销毁。若果真如此，虎门，这一中国近代史的揭幕地就少了一个最经典的篇章。但历史没有假设，随后便有御史邓瀛上奏，广东距京路途遥远，将两万多箱鸦片押解京师，不仅劳民伤财，且沿途难免有偷漏抽换之弊，建议就地销毁。道光帝一听此言，深以为许，立即下旨，命林则徐将鸦片就地销毁。林则徐于四月十八日接到圣旨，在当天便致函豫堃："续奉谕旨，无庸解送，计可省十万金……"并表示"仆立志要断此烟株"，但他在函中又顾虑"收缴若不准行，此根如何能断"。林则徐的一番话，又让后世颇费猜测，他何故突出此言，"收缴若不准行"，这字里行间可能真有蹊跷，或是他已得到了清廷停止收缴的暗示，或是当时已有停止收缴之说。无论有何背景或隐情，这番话都反映了林则徐对接下来事态发展的预见。事实上，对林则徐在广东的一举一动，清廷也一直高度关注也不无担心，尤其是以军机大臣穆彰阿为首的所谓"弛禁派"官员，既是出于自身利益的考虑，而最大的顾虑还是唯恐禁烟而引发"边衅"，这也确非多余的担心。

一向"息息谨慎"的林则徐，既有预见，也不可能没有顾虑，但他的所作所为，就像他日后的一句名言："苟利国家生死以，岂因祸福避趋之？"

四月十九日，林则徐发布《虎门销烟告示》，宣布于本月二十二日就地销烟的谕旨，并允许沿海居民和"在粤夷人"到现场观看，"本大臣、部堂、部院遵即于本月二十二日委派省城文武各官,会同虎门将弁,就地开挖石池,混以盐卤,烂以石灰,统俟戳化成渣,送出大海,涓滴不留。……晓谕尔等沿海居民,在粤夷人,目睹此事,并引以为戒。"

翌日,林则徐焚香沐浴,率广东文武百官面朝大海,祭告海神。

那时林则徐还无法预料虎门销烟将是划时代的历史事件,但他深知,虎门销烟既关乎社稷之安危、民生之健康,更有对中外鸦片兴贩之人的震慑作用。他担心销烟后的废水将放入海中,伤及水族,先祭告海神,令水族暂时迁徙。对此,他在当天日记也有记载:"以日内消化鸦片,放出大洋,令水族先期暂徙,以避其毒也。"为此,他撰写了《熬化鸦片烟土投入大洋先期祭海神文》——

维神德秉灵长,功符翕辟,本涤瑕而荡秽,资激浊以扬清。际十州澄镜之时,有重译献琛之盛。方谓来同雁使,何妨番舶之如林;谁知毒起鸩媒,渐致蛮烟之成市。丸泥脱手,任肱篚以探囊;爇火熏心,竟嗜痴而甘带。

乃者天威雷奋,臣节星驰。闻明圣之驱除,先教水慄;赖声灵之震叠,肯放波颏。爰进舌人,代宣申禁;有惭肤使,同矢寅恭。始犹范彼狼奔,继即帖然蛾伏。归邪自耀,不烦一矢之加;飞蛊全收,已倍万箱之贮。与其畀诸炎火,或拾残膏;何如投之深渊,长沦巨浸。以水济水,虎形施润下之咸;似烟非烟,蜃气散凌虚之幻。在谷王细流不择,只如浮云之滓太空,而海畔逐臭之夫,转惜黄金之掷虚牝。

独是归墟虽广,君动胥含,倘波臣之夙戒无闻,恐水族之预防莫及。本除害马,岂任殃鱼。比诸毒矢强弓,会须暂徙;庶使纤鳞凡介,勿损滋生。尤赖明神昭示冥威,永祛妖物,驯彼犬羊之性,俾识撑犁;杜其蜂趸之萌,专输嫁布。

于戏!有汾浍以流其恶,况茫乎碧瀚沧溟;虽蛮貊之域可行,勿污我黄图赤县。幸邀肸蚃,鉴此肫诚。尚飨。

对于解读那一段历史,尤其是林则徐当时的心志,此文至关重要。

林则徐首先交待了自己祭告海神的原因,所谓"功符翕辟",即开启功德符祭告海神。"有重译献琛之盛",献琛,即朝贡,语出《诗·泮水》"憬彼淮夷，来献其琛"。这段话指大清帝国原本河清海晏，番邦朝贡，信使如雁，来自番邦的船只桅樯如林。"谁知毒起鸩媒，渐致蛮烟之成市。丸泥脱手，任肢箧以探囊；爇火熏心，竞嗜痂而甘带。"鸩媒，指毒药，也指善于言辞的媒人，此处指鸦片贩子兴贩鸦片，致使中国烟毒弥漫，这"爇火熏心"的毒药掏尽了国人的身家性命。甘带，指性喜食蛇，语出《庄子·齐物论》"民食刍豢，麋鹿食荐，蝍蛆甘带，鸱鸦耆鼠，四者孰知正味"，这里把嗜吸鸦片比作像蜈蚣喜欢吃小蛇那样荒唐可鄙。

接下来，林则徐讲述自己上奉天威，以霹雳手段厉行禁烟，他肩负钦差使命，日夜兼程赴粤禁烟，"爰进舌人，代宣申禁"，舌人，古代的翻译，指通过翻译对各国夷人申明禁烟令。"有惭胑使，同矢寅恭"，胑使，语出扬雄《法言·渊骞》："张骞、苏武之奉使也，执节没身，不屈王命，虽古之胑使，其犹劣诸？"指能圆满完成使命的使者，这里乃是林则徐誓言自己不辱钦差使命。"始犹范彼狼奔，继即帖然蛾伏"，蛾伏，同"蚁伏"，指降服者如蚁，如陈子昂《送著作佐郎崔融等从梁王东征》诗序："自我大君受命，百蛮蚁伏。"

大凡祭文多用古典，此文实在古奥难懂，又难以翻译、转述、概括和诠释，也就难免误读，以至误解了林则徐，由此推论他是一个愚昧迷信的封建士大夫的代表。尤其是某些海外汉学家，他们更难看懂这篇引经据典的《祭海神文》。看不懂其实也无所谓，一知半解也无所谓，但他们却好像比中国人还懂得这篇《祭海神文》，对林则徐其人其文冷嘲热讽，肆意调侃。他们看不懂的又岂止是这篇祭文，他们更看不懂中国人的信仰。《祭海神文》就源于林则徐虔诚的信仰，他不仅是一个典型的儒家士大夫，也深得佛学之大本。林则徐从小生长在佛风浓郁的福建侯官，后又为福建巡抚张师诚佐幕，张师诚是一位白衣学佛、专修净业的居士，林则徐常为张师诚手写佛教经卷，加之他原本就有佛缘，从此将佛法奉为日课，一生净业修持不断。在日理万机和戎马倥偬中，林则徐也一直坚持"行舆日课"，诵经念佛，抄录经卷，后人将其合订为《林文忠公手书经咒日课》，如其小楷丹书《般若波罗蜜多心经》，小楷《文昌帝君阴骘文》等传世之作，一笔一画皆深入佛法精髓，浸透了他对佛教的虔诚与恭敬。

可惜，那些海外汉学家只尊重自己的信仰，却根本不懂中国人"祭如在，祭神如神在"的信仰,更不懂得林则徐的信仰抵达了怎样的境界。这篇《祭海神文》,不仅体现了林则徐以慈悲为怀、以生灵为念的仁爱之心,不止有"上天有好生之德"的情怀,这在全文中其实并非重点,只有寥寥数语:"独是归墟虽广,君动胥含,倘波臣之凤戒无闻,恐水族之预防莫及。本除害马,岂任殃鱼。比诸毒矢强弓,会须暂徙;庶使纤鳞凡介,勿损滋生。"大意是,大海虽然宽广,所有的水生动物皆在其中繁衍生息,我等只是为了除掉鸦片这祸患人间的害群之马,岂能因此而殃及鱼虾,请海神速速告知水族,赶紧迁徙躲避,以免危及水族的滋生。

林则徐的重点其实不是海祭,而是海誓,他发誓要以销烟而一扫鸦片烟毒,"本涤瑕而荡秽,资激浊以扬清",他痛陈鸦片烟毒在国中的猖獗蔓延之势,"谁知毒起鸩媒,渐致蛮烟之成市",烟土正在掏空国人的身家性命(丸泥脱手,任胠箧以探囊),而那些"爇火熏心"的嗜吸者就像蜈蚣爱吃小蛇一样荒唐可鄙(爇火熏心,竞嗜痂而甘带)。他奉天威以霹雳手段钦差赴粤禁烟,通过翻译(舌人)向各国夷人申明禁烟(爰进舌人,代宣申禁),如今那些如狼奔豕突的鸦片贩子,皆已如飞蛾般俯身伏地(始犹范彼狼奔,继即帖然蛾伏)。而他誓言将不辱钦差使命,将"已倍万箱之贮"的烟土彻底销毁。而这么多烟土又用哪种方式销毁呢?如采用焚烧的方式,则可能有溅开的残膏被瘾君子拾走(与其畀诸炎火,或拾残膏),"何如投之深渊,长沦巨浸。以水济水,虎形施润下之咸;似烟非烟,蜃气散凌虚之幻",这就是他接下来在虎门销烟中所采用方式,我将在下文中细细道来,而林则徐"恐水族之预防莫及",因而要提前告知海神。

林则徐在此文中借用三典来指代大海,一是"谷王",语出《老子》"江海所以能为百谷王者,以其善下之,故能为百谷王";二是"虚牝",语出韩愈《赠崔立之评事》"可怜无益费精神,有似黄金掷虚牝";三是"归墟",语出《列子·汤问》"渤海之东,不知几亿万里,有大壑焉,实惟无底之谷,其下无底,名曰归墟"。其实中国人从来不缺乏对大海的认知,却极少有人像林则徐这样以赴汤蹈火的方式走向大海,从一开始,他就深知"此役乃蹈汤火",而他却"置祸福荣辱于度外",这颇有佛家偈语"我不入地狱,谁入地狱"那种舍身的悲壮。相传地藏菩萨发愿下地狱救度众生,而"众生度尽,方证菩提。地狱不空,誓不成佛",而救度众生,既是林则徐禁绝鸦片烟毒的出发点,也是他付诸行动的信仰与信念,即便已预见将要堕入地狱的悲惨命运,他也义无反顾了。

三、虎门销烟

　　日月苍茫,人间更是浑浑噩噩,那天地间、人世间的多少岁月早已不知去向,这其实就是时间的本质,无尽的岁月自己把自己给淹没了。

　　一个王朝在历史的迷宫里穿行,一道道的禁烟令在烟雾缭绕中轮回,令行禁止,禁而不止,眼看就要被烟土埋葬了。

　　人间浑浊,天至明而不可欺。上合昭昭,下合冥冥,必有非常之人,诊决死生之期。而在苍茫与浑浑噩噩中,必然会有某个时日突然变得清晰起来,仿佛所有的岁月都是集中在这一天发生的,而一旦发生就会成为永恒,再也不会被岁月淹没。

　　道光十九年四月二十二日,公元1839年6月3日。

　　这是虎门历史上一个最清晰的日子,一个历史的开端。

　　这是铭刻在中华民族史册上永恒的一天,无论悲壮与屈辱,还是苦难或辉煌,中华民族未来的每一天,都是这一天的延伸,无尽地延伸。

　　我在虎门的大街上寻找一个历史的现场。但我的视线被那闪烁着银灰色光泽的高楼、镶满了玻璃幕墙的大厦挡住了。我心里十分清楚,虎门已经重新诞生了一次。如今的虎门已拥有近百万人口,是一座崛起于中国南海海湾的现代化重镇,实际上已是一座位于珠三角几何中心的支点城市。在岭南的阳光下,它坚挺有力、理直气壮地炫耀着属于它也属于这个时代的光芒。而那个我想要寻找的虎门,还有那个历史现场,早已退到了幕后,隐蔽在日月的阴影里。

　　穿过一片榕树沧沧桑桑的阴影,忽然有一种似曾相识之感。这其实是一种在东南沿海遍地生长、生命力极其蓬勃茂盛的植物,而眼前的这棵榕树我一下想到了福州左营司巷的那棵榕树,一种源于生命的心心相印之感直抵我的内心。一个人从那棵榕树下走到这棵榕树下,走了五十多年,我确信那个历史现场就在这里了。在历史文献中记载，虎门销烟池位于东莞县太平镇口。如今已无太平镇，此处空余太平口。在虎门销烟时，这里还是一片海潮漫漶的海滩，还有在海风与阳光中疯长的咸水草（莞草）。而今这里已看不见大海了，但闻珠江口依稀传来的浪涛声。只有深呼吸，才能嗅得到那被海风吹来的咸涩味，那是大海的味道。

那两口销烟池，就掩映在这大榕树撑开的枝叶下，一口已变成了荷塘，那满池葱茏如盖的荷叶，几乎密不透风、滴水不漏，却也有小荷才露尖尖角。另一口则是一池碧水，却绿得有些可疑。眼下这两口销烟池其实并非当年的虎门销烟池，历史的原貌早已被历史埋葬了。直到二十世纪七十年代初，那两个当年被掘开的土坑，在埋葬一百多年后又被重新揭开，如同被打开的阴暗地窖，终于又重见天日。只有走近了，站在这销烟池边上，你才能真切地感觉到这是一个悬崖的边缘。当年，林则徐站在这销烟池边上是否也有一种如临深渊的感觉？这一切早已没有悬念，哪怕前边就是深渊，他也只能以一种大义凛然的、彻底而决绝的方式，来阻挡一个帝国的急遽堕落。不是坠落，而是堕落。

这里，还是先回到当年的时空，一座南临珠江口、北靠牛背山典礼台早已搭起来了。岭南四月的太阳已经热情高涨，阳光照亮了一面高挂着黄绫长幡，而在帝国时代能使用黄绫的只有天子和钦差大臣，那黄绫长幡上就大书着"钦差大臣奉旨查办广东海口事务大臣节制水陆各营总督部堂林"。海风浩荡，黄绫呼啸，一个身影仿佛被阳光特意照亮了，像是一个特写镜头。那也确实是一个大写的历史人物。午后二时，林则徐缓慢而庄严走过红地毯，登上典礼台，随后一起登台的是两广总督邓廷桢、广东巡抚怡良和广东水师提督关天培。这是属于他们的历史舞台，这一个个脸色凝重的高官大吏，每一个都不会在历史中缺席。

这是林则徐祭告海神后主持的又一大典，他面朝大海，须髯飘拂，神情威严而刚毅。此时，从典礼台下一直到虎门寨下，早已挤满了如潮水般涌来的沿海百姓，那高高矮矮的人头，辫子皆盘在头上，脸皆黑黢黢的，他们左肩挨右肩，前胸抵后背，密密匝匝的，把一座典礼台围了一个严实。他们也同样不会在历史中缺席。若从历史的高度看，林则徐是历史的主角，这芸芸众生才是历史的主人。而虎门销烟这一壮举也确实是民心所向，众望所归，而在人山人海中，他们也是自己把自己给淹没了。然而万头攒动、众声喧哗中又总会出现

海祭
——从虎门销烟到鸦片战争

一个人，一个站得最高的人，来代表一个时代和国族发言。林则徐把两只手向下压了压，那人声鼎沸的现场一下就变得奇异的安静。在海风与浪涛声中，只有一个声音在时空中响彻和回荡，那是林则徐对鸦片的声讨，对众生的谆谆告诫，鸦片流毒中国，有百害而无一利，为天理所不容，人神所共愤，必须悉数销毁，"涓滴不留"，而人人不得嗜吸鸦片，一旦嗜吸则必须戒绝！

随着林则徐一声令下，在隆隆炮声中，一个王朝历经数年来的禁烟，终于被推向了一个令人震撼的高潮。从历史大势看，虎门销烟是中国维护自身利益的一次抗争，也是人类历史上旷古未有的壮举，把中国禁烟运动推向了顶点。对此，马克思在《鸦片贸易史（二）》中也给予了极高的评价："中国政府在1837年、1838年和1839年采取了非常措施。这些措施的顶点是钦差大臣林则徐到达广州和按照他的命令没收、焚毁走私的鸦片。"

为彻底销毁这批数量庞大的烟土，林则徐此前曾"广谘博采，再四酌商"（广泛征询意见）。此前的销烟之法主要是"烟土拌桐油焚毁法"，但这一方法不能将烟土彻底销毁，那些瘾大不要命的大烟鬼"掘地取土，仍得十之二三"。而虎门销烟采用的是"海水浸化法"，更具体说是采用鸦片加卤水、石灰浸化法。这一方法并非林则徐的原创，笔者在前文也曾提及，林则徐在赴粤途中曾在安徽与原香山令田溥相见时，田溥就告诉他的销烟之法就是鸦片加卤水、石灰浸化法。为此，林则徐雇请人夫挖掘了两个大池子，据林则徐后来给道光帝的奏片（《销化烟土已将及半情形片》），销烟之前，他已命人"于海滩高处挑挖两池，轮流浸化。其池平铺石底，纵横各十五丈余尺（长宽各四十五米），四旁栏桩钉板，不令少有渗漏，前面设一涵洞，后面通一水沟"，销毁鸦片烟时，先将池内蓄水，撒盐成浓盐卤水，将鸦片分批投入池内，待其完全融化后，然后再投入生石灰搅拌，而随着生石灰入水顷刻间就会引起反应，在爆炸开的生石灰中，烟土加速分解销蚀，最后把这些残渣也放水冲走。林则徐对这种销烟法实施的过程中描述得具体而翔实："其浸化之法，先由沟道车水入池，撒盐成卤。所有箱内烟土逐个切成四瓣，投入卤中，泡浸半日，再将整块烧透石灰纷纷抛下，顷刻便如汤沸，不爨自燃"——这也是林则徐在《祭告海神》中所说的"投之深渊，长沦巨浸。以水济水，虎形施润下之咸；似烟非烟，蜃气散凌虚之幻。在谷王细流不择，只如浮云之滓太空"，不过那时还只是他想象的情景，此时已经付诸实施。

第四章
虎门销烟

林则徐所描述的现象其实就是化学反应。那时候中国还没有化学之说,而虎门销烟就是中国历史经历了漫长的物理反应之后,所发生的一场化学反应。

这两个销烟池是轮番使用的,为了防止未消融的鸦片块垒流出,在涵洞上还装着网筛,"若甲日第一池尚未刷清,乙日便第二池,其泡浸翻截悉如前法,如此轮替循环,每化一池必清一池之底,始免套搭牵混,滋生弊端"。

但对于这两口销烟池,也有一个历史疑问。当年,林则徐在给道光皇帝的奏片中说得明明白白:"于海滩高处挑挖两池,轮流浸化。"对这销烟池还有谁比林则徐更清楚,这销烟池确为两口。但据美国传教士裨治文在销烟现场亲睹并记载:"有三口池子,由东向西排列,长约一百五十英尺,宽七十五英尺,深七英尺,用石板铺设而成,四周围以粗大的木栅。每口池子各有栅栏,只在一侧设门。当我们到达现场时,其中一只没有鸦片,一只正在投入,另一口已接近可以排放。"裨治文对"销烟过程的每一个部分都反复察看过",那么这两种说法哪一种更可信呢?一个是历史的直接参与者,一个是历史的亲历者和旁观者,他们共同见证同一历史现场,却偏偏出现了这样的差别,所谓历史从一开始就有太多的不确定性,哪怕是亲历者也未必就能还原历史的真相。而在后世史家中,有的更相信裨治文的说法,并由此推定销烟应为三口,一口水池,两口销烟池,互相倒换使用。如中山大学历史系教授陈锡祺,还曾郑重建议虎门销烟博物馆增修一口化烟池。作为一个历史的追寻者,我也仔细寻思过,林则徐或许在奏片中忽略了那口化烟池,但凭林则徐那"为政若作真书绵密无间"的性格,他应该不会有这样一个疏忽。

林则徐在奏折、奏片中一再强调销烟务必达到涓滴不留的效果,为让烟土完全溶解,"复雇人夫多名,各执铁锄木爬,立于跳板之上,往来翻截,务使颗粒悉化"。那正是岭南潮湿闷热的回南天,一使劲,全身的汗水便汹涌而出。那些人夫在炽热的阳光下操着"铁锄木爬(耙)"不停在池中搅拌,如同搅翻着黑乎乎的黏稠糨糊,池中的药膏沸腾翻卷。在烟气蒸腾中,他们还得一个个弯腰弓背、鼓起眼睛往销烟池看,看看烟土是否完全溶入沸腾的石灰水中。每天都是从天亮干到天黑,"俟至退潮时候,启放涵洞,随浪送出大洋,并用清水刷涤池底,不任涓滴留余……"

从销烟效率看,在虎门销烟的第一天销毁鸦片一百七十箱,在那个全靠人工操作的时代,这个速度已相当快了,但若以这样的速度,两万多箱鸦片至少也得一百多天才能销毁。诚如林则徐在奏片中所言，"试行之初，每日才化三四百箱。追数日后，手法渐熟"，到五月初四（6月14日），销烟速度已经大大加快了。据林则徐当日所上《销化烟土已将及半情形片》云："现在日可（销烟）八九百箱至千箱不等。"

　　林则徐在奏片中除了具报销烟的具体方法，也具报了他对销烟的周密布置。邓廷桢、怡良等参加销烟典礼后便回到了广州，林则徐则一直坐镇销烟现场。为防作弊与偷盗烟土，他们在现场部署了一百多名兵丁和十二位官员严密监督，"池岸周围，广树栅栏，中设棚厂数座，为文武员弁查视之所"。在每天傍晚夜幕降临时，一天的销烟便告一段落，而夜里的看守更为严密，"将池岸四周栅栏，全行封锁，派令文武官员，周历巡缉"。这些文武官员，一个个来头不小，广东布政使熊常镕，广东按察使乔用迁，广东运司（盐运使）陈嘉树，广东粮道王笃，这四大员分班轮流查视。广州将军德克金布、副都统奕湘和英隆等也轮流到虎门来稽查。又据林则徐奏片："臣林则徐驻扎虎门，与提臣关天培率同委员候补知府南雄直隶州知州余保纯等，逐加布置，随时函商臣邓廷桢、臣怡良。以钦奉谕旨'公同目击销毁'，是在省各员理宜轮流到虎查核看视。"

　　这个南雄直隶州知州余保纯，是一个说来还比较复杂的人物。此人历任广东高明、番禺知县、南雄直隶州知州。当林则徐以钦差大臣南下广东查办鸦片，船过三水县时，余保纯与其他地方官员特来拜访林则徐。言谈间，林则徐发现余保纯对广东沿海的鸦片走私情况相当了解，其禁烟态度也颇为坚决，而他当时急需人才，余保纯正是一个可用之才。此后，余保纯便作为林则徐的随员，协助林则徐查禁鸦片，经常往来于虎门、澳门、沙角等要塞，是林则徐的一个得力助手。然而，当林则徐与邓廷桢被清廷革职后，余保纯又充当了琦善、奕山等人对外屈辱求和的马前卒，从而走向了历史的反面，被打入了历史的另册。这也表明在禁烟运动中不乏投机者，一旦禁烟派得势，他们就会来投奔，而一旦禁烟派失势，他们立马又会投靠新的主子，而禁烟与否于他们并不重要，重要的是看谁得势就去抱谁的大腿。

　　虎门销烟是公开进行，为了让外国人"共见共闻"，林则徐此前已发布告示，无论是沿海居民还是在粤夷人，均可到现场观看。为此，林则徐还命人在销烟现场设棚厂数座。但为防意外，对围观者也是有限制的，"该处沿海居民，观者如堵，只准在栅栏之外，不许混入厂中，以杜偷漏。其上省下澳夷人经过口门，率皆远观，而不敢亵玩。察其情状，似有羞恶之良。胥赖圣主德威，俾中外咸知震慑"。

同沿海居民相比，那些"在粤夷人"的心情则要复杂得多，而心情最复杂的又莫过于义律爵士。据说，义律对清政府如何处置这些收缴的鸦片，曾一厢情愿地臆想，清政府很可能会将这批鸦片公开拍卖，那对于烟商就是因祸得福了，这将为鸦片贸易在中国合法化带来希望。然而，虎门销烟使他的臆想化为了泡影。——这个据说，其实是某些旁观者的臆想而已，据可以查证到的史实，义律从来没有这样的臆想，在与林则徐交锋的过程中他早已不抱这样的幻想了。五月初一日，他针对林则徐敦促英商甘结的谕令再次给予了挑衅性的回复："本国人船如不准在虎门口外经商，则未奉国主批谕以先，其商人必不能在粤交易，是则所指及章程毋庸再议矣。"对义律的这一挑衅性回复，由于是从英文翻译，也有另一种大同小异的表述："我相信，在女王确凿而有力的干涉能及于中国海岸以前，在打破中国政府满以为它所干的事情会永久受到容忍的那种幻想以前，我决不会自处于这样一种为难的境地，竟对女王陛下的任何臣民发出一特别禁令，要他们中止那种既损国体而又危害无辜人众的勾当。"又或是由于翻译的问题，让义律的"挑衅性回复"如绕口令一般，但他的目的是干脆而直接的，一句话，他决不会让英国商船听命于中国政府的禁令，中止鸦片贸易。这位英国驻华商务总监督，还是很有号召力的，即便在虎门销烟之际，"鸦片交易正在广州东约二百英里的几个地方极其活跃地进行"。

林则徐眼光也不只是盯着两个销烟池，他的另一只眼睛一直紧紧盯着那些鸦片贩子动向，并已通过马辰等侦知，此前已清理过的南澳洋面又驶进了多艘外国船只，已停泊数日。五月初四，他在《东西各洋越窜外船严行惩办片》中向道光帝奏报："沿海文武员弁不谙夷情，震于唉咭唎之名，而实不知其来历。遇有夷船驶至，不过循例催行，如其任催罔应，亦即莫敢谁何。"与此同时，林则徐还奏参了两位水师武将，一个是署海门营参将、水师提标左营游击谢国泰，他"以据称船内没有鸦片而不驱行"；还有一个是南澳镇总兵沈镇邦，当外国商船驶进了他的眼皮底下，他还在"一味因循，含糊掩饰"。林则徐作为钦差大臣，拥有节制广东水陆军事的权力，他奏以"谢国泰年力就衰、巡防渐懈，请令其休致（退休），沈镇邦年力正强，操舟亦熟，请予降为游击都司，仍留粤省水师，酌量补用，以观后效"。道光帝接到他的奏片后朱批"所参甚是"，又称林则徐"所办甚好，仍当留心稽查，切勿去弊又滋弊端也。时时慎勉，不可稍忽。"林则徐的一道奏片，让两位禁烟乏力的武将一个退休，一个降职，广东水师为之震骇。

虎门销烟对义律和英国鸦片贩子的打击是最沉重的，损失是最大的，他们对林则徐和虎门销烟的仇恨也是最刻骨的。那么，其他外国人又怎么看呢？

据五月初七日（6月17日）《林则徐日记》："今日巳刻，京夷带其女眷（夫人）与裨治文、弁逊等，同驾小船，由师船带至虎门，在池上看视化烟，并至厂前，以夷礼摘帽见。令员弁传谕训诫，犒赏食物而去。"这寥寥数语，还须颇费一番考证工夫方能解读。时间是清楚的，这批外国人于当日巳刻（上午九时至十一时）抵达虎门销烟现场参观，其中就有我在前文提及的美国奥立芬洋行股东C.W.金（C.W.King，也译作"经"或"京"）及夫人，这位金夫人"能解汉语，且晓汉文"。还有"马利逊"号船长弁逊（Capit.Benson），另有一位记者费东。由于这些人史无详载，还真是难以一一"验明正身"，如林则徐所说的京夷和美国奥立芬洋行股东经先生是否就是同一个人？但这些外国人中还有一个最重要人——美国基督教公理会传教士裨治文（Elijah Coleman Bridgman，1801-1861），那可是个鼎鼎有名。裨治文于1830年初来到广州，是美国第一位来华的基督教传教士，受到了当时中国境内唯一的新教传教士马礼逊（一译玛礼逊）博士的欢迎，并师从马礼逊学习汉语，其后创办并主编《澳门月报》，一说他当时任《中国丛报》的主编。无论是《澳门月报》还是《中国丛报》，都是林则徐在禁烟运动中了解各国夷人乃至了解西方世界的重要窗口。大约就在他参观虎门销烟后不久，裨治文便担任了林则徐的译员。关于他的一生就可以写一本书，这里就借用一句话来评价他，他是"沟通中西方文化的搭桥人"。

这批外国人都是乘"马利逊"号从澳门专程赶来参观的，据裨治文在《镇口销烟记》中记载——

我们一行包括京夫人等十人上岸后，通过码头，走入围墙。工作场地四面有木栅，好像一个马来亚营地。每边门站有哨兵，没有证件任何人不准进入，出来时每人都受检查。工作人员大约有五百人，文武官员不少于六十或八十。

第四章
虎门销烟

官员们坐在高置的座位上，日夜轮流值班，别的一部分官员监督从箱子里倒卸鸦片，特别小心查看每箱、每包现在是否和货船提取时所记录的相符。……在十一时半前，我们反复检查过销烟的每一过程。他们在整个工作进行时的细心和忠实程度，远出于我们的臆想，我不能想象再有任何事情会比执行这一工作更忠实的了。在各个方面，看守显然是比广州扣留外国人的时候严密得多。镇口有一个穷人只因为企图拿走身边的一些鸦片，一经发觉，立即严惩。即使偷去一点鸦片，那也是要冒极大的生命危险的。目击后，我不得不相信这是一个事实。

而在裨治文确认这个事实之前，他那双笼罩在阴影里的深褐色的眼睛，还闪烁着怀疑神色。凭他一个中国通对中国的了解，和其他外国人一样，他还真是不敢相信清政府会把这价值连城的鸦片毁掉，他们甚至认为"中国人是不会焚毁一两鸦片的，即使烧烟，大部分鸦片一定会被偷去"。此外，也有人不信林则徐有办法把堆积如山的鸦片在短时间内就能彻底地销毁。

林则徐一样看出了这些"花旗夷人"的怀疑，按他的规定，各国夷人只能"率皆远观"，但这次他破例了，允许他们走近销烟池边，让他们近距离地观察鸦片销毁的过程。据一些零星的史料佐证，裨治文走近销烟池时，一个销烟池里正在注水，另一个池子里正在投放捣碎了的鸦片、盐和石灰。那些人夫们正在耐心而又充满了力量地搅拌，此时池子里弥漫着浑浊呛鼻的气味。那些人夫们不得不用湿毛巾遮住口鼻，还在不断咳嗽。由于这气味太强烈了，不说挨得这么近，即便站在远处的观众，也有一些人由于忍受不了这种气味而昏倒的。裨治文等人也紧紧地捂住了自己的鼻子，但没有蒙住自己的眼睛，他们眼睁睁地看到了销烟的过程，看到了林则徐和中国人禁烟的决心，"这给他们以极大震动"，他们下意识地摘下帽子，向林则徐鞠躬致敬，这也是林则徐在日记中记下颇为得意的一笔："以夷礼摘帽见。"后世甚至还有更夸张的形容："销烟时观者甚众，国民拍掌称快；夷人摘帽敛手，以表其畏服之诚。"其实，所谓摘帽礼只是西洋流行的一种礼节，当时欧美的绅士都戴着一种高帽，见面时就互相摘帽鞠躬敬礼，这并非他们"畏服之诚"的表现，实际上还是以天朝上国自居的眼光看待这些夷人。如林则徐在日记中所谓"令员弁传谕训诫，犒赏食物而去"，也是一种居高临下、睥睨夷人的语气。

当时，林则徐并未陪同裨治文一行参观，而是"令员弁传谕训诫"，所谓"员弁"，就是低级文武官员。透过这个细节，也证明了一位钦差大臣对各国夷人的傲慢。但林则徐对这种涉外事务还是慎之又慎的，他担心那些"员弁"言语有失，还专门给他们写了手谕。林则徐命他们向裨治文一行所"传谕"的，其实就是林则徐一再强调和重申的政策："几经营正当之贸易，并与夹带鸦片之恶行确无牵涉之船只，应给予特别优待，不受任何连累。凡从事私售鸦片之船只，必严加查究，从重罚治，决不丝毫宽容。总而言之，善有善报，恶有恶报。善者不必挂虑，如常互市，必无阻碍。至于恶者，唯有及早改恶从善，不存痴想。"

待裨治文一行参观并接受"传谕"后，林则徐才接见这些外国人并"犒赏食物"，他把裨治文一行请到厂棚内喝茶，吃茶点，自然又少不了一番"训诫"，那一口带着闽中乡音的官话，听起来抑扬顿挫、语重心长。这些洋人虽听不太懂，但从他的表情也能看出钦差大人厉行禁烟的底气和决心。又据说，就在这次交谈中，美国商人C.W.金还告诉了林则徐一个重要情报，英国应那些鸦片商人的请求，已派出了蒸汽炮舰，正在驶往南海途中。如今有人指责林则徐，他这个极为重要的情报并未引起重视，言下之意是，林则徐对接下来将要发生的鸦片战争从一开始就没有高度的警惕。但我翻检中英两国关于鸦片战争的历史记录，此时离鸦片战争爆发还有一年之久，义律和查顿等还在怂恿和游说英国政府对中国开战，直至1840年6月侵华英军总司令懿律才率领四十余艘英国舰船驶入南海。于此可见，C.W.金提供情报之说实在是为时太早，而林则徐在一手禁烟的同时也一直在加紧海防前线的建设，这将是我接下来要用一个专章来叙述的主题。

裨治文一行参观后，随即便发表了众多的参观记和报道，在那样一个时代，林则徐让外国人来现场参观并将真相向外报道，这也是一个开明乃至英明之举，如他在致姚椿、王柏心的信中所说："毁烟之时，遵旨出示，令诸夷观看，彼来观者，归而勒成一书，备记其事。"而当时，《澳门月报》《季度评论》《新加坡自由新闻》《广州纪时报》等外国人报纸皆大篇幅连续报道了虎门销烟，而且得到与鸦片贸易无关的外国人支持及肯定。

那些外国人走后，销烟还在继续，估计义律也看到了裨治文等人的报道，又开始频频出招。五月初九日，义律致函佛山同知刘开域和澳门同知蒋立昂，声称广东水师的查缉船只妨碍他们接济英船食物,单方面要求中方撤退水师查缉船只。林则徐接到禀报后,觉得义律既不听命,反而倒打一耙,翌日便命佛山同知、澳门同知传谕义律,令英国空趸船在五日内开行(开走),其余来去货船在五日内如不报验进口,也即速开行,不准逗留。如不遵行,他就要下令水师采取行动了,"不独各处师船一调即至",他还向义律明示这是民心所向,如果英国商船继续负隅顽抗,置中国主权于不顾,那沿海老百姓就要采取行动了,"即沿海民人莫不视波涛如平地,倘一触动公愤,则人人踊跃思奋,虽欲阻之而不能矣"。这并非林则徐对义律的威胁,而确实是广东人民对侵略者形成的威胁,无论从此前还是此后的历史事实看,广东人民充满了反侵略的传统。

五月十三日,清廷根据林则徐的奏请,拟定《夷人带烟来内地的治罪专条》,这也是史上最严厉的打击外国鸦片贩子的法律:"此后夷人如带有鸦片烟入口图卖者,即照开设窑口例,拟斩立决。为从同谋者,从严拟绞立决,由该督抚审明确系带卖鸦片烟首从正犯,并无替冒情弊,即交该地方官督同该夷人头目将各犯分别正法,起获烟土,全行销毁,其同船之众,是否均系知情,亦由该督抚分别酌量惩治,所带货物,概行入官。"

当日,林则徐、邓廷桢共同颁布管理外船外商的新章程,并向外商发出新的甘结式样,严格执行具结贸易政策。与此同时,他们又向中外人士及澳葡当局发出告示,要求澳门不得勾结外人起卸货物私相授受,"倘向私售鸦片,一经拿获,即恭请王命正法"。这次,他们不只是用中文发出告示,还以英文发布告示,这很可能是林则徐开创的又一个史无前例的举措,《中国丛报》随后予以转载并加编者按:"据我们了解,这是来自中国方面用英文书写的第一个文件。显然,这是在北京中国政府内工作多年的钦差大臣的高级译员的作品,其惯用语全是中国式的。并且,像其他所有的汉语文件一样,它是没有标点的。如果读者能够看懂其内容说的是什么,那么他们就会从文件内领悟钦差大臣明显的同情及他的诚恳愿望,亦即英国船只可以照常进入虎门及许诺他'对待外国人决不会采取两种态度'。这是一件值得留下记录的文件。"

这种中国语气的外文告示,料想义律也该看到了,他兴许会对这份"英文告示"充满了嘲弄,但比嘲弄更多的还是愤怒,据说他收到这份"英文告示"后,就像此前收到林则徐的甘结格式一样,一把抓过来就撕得粉碎,一个英国贵族和商务总监督的骄傲和荣耀，也化作无数碎片被一阵风吹向了大海……

按历史教科书的记载，虎门销烟从1839年6月3日开始至6月25日（五月十五日）结束，历时二十三天。民国时期，一度将6月3日定为禁烟节，而虎门销烟结束的第二天（6月26日）又正好是国际禁毒日。不过国际禁毒日的设定已比虎门销烟晚了一百多年。1987年6月12日至26日，联合国在多瑙河畔的维也纳召开了麻醉品滥用和非法贩运问题部长级会议，会议的主题之一就是"爱生命，不吸毒"，与会代表一致同意将6月26日定为国际禁毒日。如今也有人把珠江喻为欧洲第二长河、最终注入黑海的多瑙河，而以珠江水量之丰富，风光之旖旎，也足以媲美蓝色的多瑙河。这一切，也许只是时空中的巧合，而"天意有定，如此巧合"，今天之国际禁毒，又何尝不是林则徐虎门销烟的必然延伸？

据林则徐所上奏折，五月十三日销烟全部告竣，虎门销烟实用二十一天。这二十多天林则徐一直坐镇虎门，严防死守，将缴获的两万多箱鸦片"销化全完"，只留下了八箱四种烟土作为样土保存。对虎门销烟，道光皇帝朱批："可称大快人心一事。"

虎门销烟确是大快人心事，而鸦片烟毒也足以让人殒命。在虎门销烟的最后一天，就有一位官员在"淫毒之气"中以身殉职。据林则徐上奏的《委员陈镕因销烟中毒出缺请恤折》云：当"烟土全数浸透，开闸放入……一经澈底翻腾，淫毒之气甚于往日，各员绕池巡视，无不掩鼻攒眉"，当时正在现场巡视的博罗县典史陈镕连声"大呼好臭"，突然晕厥，经送医抢救无效，不幸于两天后身故。另有二十多人被池上烟气熏蒸后，浑身发烧，呕吐不止，但经多日救治均慢慢恢复过来，而陈镕也是虎门销烟中唯一以身殉职的官员。从陈镕的不幸遭遇，联想到林则徐这个钦差大臣，一直自始至终地坚守在销烟现场，又何尝不是天天遭受烟毒之气熏蒸？林则徐对死于烟毒的陈镕，除了深深的哀悼，还奏请道光帝对其家人予以抚恤。痛定思痛，所恨者非销烟也，实乃鸦片烟毒。

林则徐在销烟全部告竣之后，还在虎门待了两天，直到五月十五日，他才由虎门回到广州。从林则徐抵达虎门之日算起，他在虎门一共待了近八十个日日夜夜，但一个钦差大臣以何处为驻节行辕，早已沦为历史的空白。不过，这并非他对虎门的最后告别，在鸦片战争爆发前后，他还将坐镇海防前线，对付那些来自海上的入侵者。应该说，对于因鸦片而引起的战争，他是有预感的，

第四章
虎门销烟

也是有准备的,但此时他还不知道,那时又有谁知道,他已经在偶然和必然间触动了一个开启中国近代史的暗设机关。

陈恭禄在《中国近代史》中对虎门销烟如是评说:"顾其(林则徐)早入仕途,虽在交通便易之城,而亦不知外国之情况……(虎门销烟)共历二十三日,全数始尽销毁,逐日皆有文武官员监视,外人之来观者,详记其事,深赞钦差大臣之坦然无私。自吾观之,于腐败官吏中,而林则徐竟能不顾一切,毅然禁烟,虽其计划归于失败,而其心中,则为人民除去大害,可得昭示天下,故民族之光也!"陈恭禄也分析了林则徐禁烟失败的原因:"其失败之主因,多由于对外知识之浅陋,以为英国毫不足畏,欲以武力恫吓解决,乃不辨明有罪无罪,一律围困之于商馆,使其饿而缴鸦片。"这是一家之言,但很明显,即便林则徐有这样那样的错误,也并非"其失败之主因",那个主因究竟在哪里,这也是笔者接下来要探究的。

历史如此评说:"林则徐主持下的震惊世界的虎门销烟壮举,像海水冲刷烟膏那样,洗去了腐败无能的清政府强加给中华民族的耻辱,捍卫了中华民族的尊严,向全世界表明了中国人民决心禁烟和反抗外国侵略的坚强意志,谱写了近代史上中国人民反对外国侵略光辉篇章的第一页。"

历史也已验证,虎门销烟并未挽救一个倾斜的帝国,反而加速了一个王朝的覆没,"尽管它在一定程度上抑制了英国在中国的鸦片交易,遏制了鸦片在中国的泛滥,沉重打击了英国资产阶级在中国的贸易掠夺,展示了中国人民禁烟的坚定决心和觉醒意识,但也必须承认,这一壮举未能有效地解救中华民族于水火之中,反而成了英国侵略者发动鸦片战争的导火索。"

历史选择了林则徐,当他以虎门销烟为中国近代史揭幕,他也当之无愧地成了中国近代史上第一位伟大的民族英雄。

历史选择了虎门,这样一个名不见经传的小地方,由此而成为中国近代史的揭幕地或开篇地。无论是沧海桑田还是海枯石烂,这都是时空中的一个永恒的坐标。

当虎门销烟成为历史,那些历史人物的背影在岁月中日渐模糊,一个历史现场也渐渐沦入荒芜与沉寂,但后世从未忘怀这一历史现场。民国年间,虎门要塞司令曾在销烟池旧址上立了一块"林文忠公销烟处"纪念碑,那是一块低矮的、仅有一米来高的石碑,在被阳光短暂照亮过后,很快又在疯长的咸水草

海祭
——从虎门销烟到鸦片战争

中淹没。直到中华人民共和国成立后，这荒芜沉寂的历史现场才被重新激活，并且不断推陈出新。1957年在销烟池旧址上开辟了林则徐公园，随后又在公园内建起了林则徐纪念馆，竖起了林则徐纪念碑。到了1972年，林则徐纪念馆因有"英雄创造历史"之嫌，又改名为鸦片战争虎门人民抗英纪念馆，突出了"人民，人民，只有人民才是创造世界历史的动力"，并在销烟池遗址上挖掘复原了两口销烟池。直到1985年，又重新恢复了"虎门林则徐纪念馆"之名。

人类历史仿佛一直在不断改写又不断复原的状态。我其实也不认可把个别杰出人物夸大为主宰历史的英雄史观，我更认同，历史是那些杰出人物和人民群众共同创造的。如今的虎门林则徐纪念馆、虎门销烟博物馆、鸦片战争博物馆为三馆合一，实为一馆，乍一看，这是繁华市井、尘俗喧嚣间的一座公园，芭蕉、木棉、榕树、香樟树、大王椰，这些岭南最常见树木，树影婆娑，风华掩映。我来此寻寻觅觅，与其说是寻觅历史的真相，不如说是寻觅斑驳的历史碎片。即便是碎片也难以寻觅，那一眼就能看见的，如纪念馆广场上的林则徐塑像，虎门人民在鸦片战争中英勇抗英的雕塑，在销烟池一旁是一排将炮口对准大海方向的炮台，其实都是根据自己的想象而对历史的塑造。只有那座纪念馆或博物馆里，还保存着部分历史的真相。深入其间，如同穿越一条漫长而幽暗的历史隧道，从鸦片战争前的中外形势、罪恶的鸦片输入到林则徐与广东禁烟、虎门销烟、鸦片战争……这一切通过实物、历史照片、图表、大型油画和三个大型场景得以展现，或雄壮，或悲怆，或屈辱，或激愤，在幽暗的历史隧道中攒射出穿透灵魂、撼人心魄的力量。在这里，我终于找到了虎门销烟的历史证据——销烟池的木桩、木板，从民间搜集来的鸦片烟具，还有林则徐的手迹，而哪怕这是真正的历史遗物，一旦脱离了历史现场，也变得难以辨认和确认。

当我从纪念馆出来，又一次凝视着林则徐的塑像，我好像已经习惯了这样的凝视，以沉默的眼神凝视一座沉默的塑像。这是一座闪烁着青铜光泽的坐像，他仿佛坐在大海边，两只脚有力蹬在礁石上，一只拳头半握撑在膝头，一只手拈须微笑，仿佛参透了人生世事的高僧。最显著的特征是头戴盔帽，胸挂朝珠，这正是一个集儒释道于一身的大夫形象，哪怕是坐着，也令人一下就能感受到他"海纳百川，有容乃大"之胸怀，"壁立万仞，无欲则刚"之刚毅。其实他这两句名言也是有出典的，语出《中庸》："唯天下至圣，为能聪明睿知，足以有临也；宽裕温柔，足以有容也；发强刚毅，足以有执也；齐庄中正，足以有敬也；文理密察，足以有别也。"

无论你从哪个方向走来或离去，你都无法绕开这样一个存在。

第五章
历史没有空白

一、人情　天理　王法

如果说虎门销烟是鸦片战争爆发的导火索，这根导火索至少还要延烧一年多。

历史从来没有空白，透过这一年多的时间，反而能让我们看到一个更真实的林则徐。

虎门销烟虽然取得了彻底销毁、涓滴不留的效果，但林则徐深知，禁绝鸦片烟毒不可能毕其功于一役，哪怕销毁了堆积如山的鸦片，也不可能销毁鸦片商们对暴利的渴望，更没有销毁中国巨大的鸦片市场。而随着两万多箱鸦片在虎门销毁，烟土紧缺而烟价猛涨，在暴利的刺激下，鸦片走私分子纷纷铤而走险。据马士《中华帝国对外关系史》载："沿海一带从事于这非法交易的船只，为数之多，堪与以前任何时期相比拟，甚至还要更多。价格好像荒年的物价一样，继续增高。据说在刚刚缴烟之后，在广州城里交货的每箱价格，就从五百元涨到三千元，在十月里，沿海一带，每箱价格大约在一千元到一千六百元，到年底降至七百元到一千二百元。……交易情形和代理商家，现在已经完全变更了。主要的代理商不再住在中国，他们的船只无论大小，都带有武装人员和武器，足能向中国水师挑衅。并且有不少的中国本地走私商也武装起来，借以保卫自己，反抗他们政府的官兵。结果是鸦片交易的活跃似乎和以前一样，其安全和利润的厚实也和从前一样。"

林则徐在虎门销烟后并没有如释重负之感，反而备感任重道远，只要厉行禁烟的紧箍咒稍一放松，鸦片走私就会迅猛反弹，禁烟势必前功尽弃，一个王朝又将陷入一百多年里的恶性循环。这让他做出了清醒的对策，一方面必须严防外国烟商卷土重来，必须除恶务尽，斩草除根，以断其源；一方面，他借虎门销烟的强大声势，随即又把矛头指向国内的鸦片贩食之人，以截其流。如其所谓："内地兴贩已久，流毒甚深，囤积之家定必不少，一闻夷船鸦片尽缴，正喜奇货可居，虽已力塞其源，而其流尚未有艾。总须趁此机会严缉痛惩，首缴者许以自新，怙恶者置之重典，务在同心协力，自可禁止令行……"

林则徐的担心绝非多余，在虎门销烟前后广府上下谣言纷纷，邓廷桢曾奏禀清廷："始而风影讹传，既而歌谣远播，以查拿为希旨，以掩捕为贪功，以侦缉为诡谋，以推鞫为酷罚。甚至诬以纳贿，目为营私，讥廷议为急于理财，訾新例为轻于改律，种种狂悖，无非为烟匪泄忿。"

由于虎门销烟将矛头直指外国鸦片贩子，在当时还流传一个缴烟对外不对内的谣言，林则徐"风闻外夷于呈缴之后，知内地人民烟可以不缴，不无反唇相稽"，这风声缘何而来？或是那些外国鸦片贩子的诬蔑，或是国内鸦片贩食之人放出的谣言，妄图把水搅浑，趁机浑水摸鱼。在林则徐看来，这还不只是禁烟的问题，"于国体尤有关系"，如果中国只打击外国鸦片贩子而纵容国内的鸦片贩食之人，这太不公正了，直接损害了国家形象。事实上，林则徐在严打外国鸦片贩子的同时，一直没有放松对国内鸦片贩食之人的打压，就在虎门缴烟期间的三月二十九日，林则徐就发出《再谕通省士民速戒烟瘾缴呈烟具告示》，劝告"合省士商军民断瘾"，缴出毒品、烟具，否则将依法严惩。而截至当时，广州民间缴烟"计共获人犯一千六百名，烟土烟膏四十六万一千五百二十六两九钱八分，烟枪四万二千七百四十一支，烟锅二百一十二口及烟具等件"，这些历史事实足以验证，他一直都是两手抓，两手都很硬，一手治内，一手攘外，一边"断源"，一边"截流"，一直是双管齐下，齐头并进。当然，在禁烟运动的每个阶段各有侧重，但他一直是全面发力，多点突破，如此才能把一场轰轰烈烈的禁烟运动向纵深推进。——所谓禁烟运动，只是他者的言说、后世的话语，但从古人"因天时而行罚，顺阴阳而运动"的意义出发，把林则徐在广东厉行禁烟定义为禁烟运动也符合其题中之义，而在谣诼纷纷中，既有攻讦他只打击外国鸦片贩子而放纵本国贩食之人的，又有指责他只对吸食鸦片的平民百姓予以"严打"而放过外国大鸦片贩子的。这截然相反的谣言，把一位钦差大臣推到了里外不是人的尴尬境地。这其实也是他的宿命，当一个人在历史的转折点上扮演一个关键的角色，注定将成为一个矛盾的聚焦点。

所谓"严打",势所必然,既是厉行禁烟,必用铁腕手段,而作为严禁派的典型代表,无论当时还是后世,都有人指责林则徐铁腕禁烟为"兴天下之大狱",甚至有人把林则徐与历史上那些实施"苛刑峻法"的酷吏相提并论,这对于他不是全然误解也是一知半解。林则徐一方面强调"立法严",另一方面还主张"行法恕",只有透过这两个侧面来看林则徐,你才能看到一个完整的林则徐。

立法严,是为了让人不敢以身试法,其目的是让鸦片贩食者"怀刑畏罪"。

鸦片烟毒伤天害理,贩之则丧尽天良,吸食则灭绝人性,林则徐是一位"为天地立心,为生民立命"的士大夫,尽管他一直力挺黄爵滋的"论死之说",但他又绝非一个嗜杀者,而是一个拯救者,既要救国家于危亡,又要救众生于水火。对于那些鸦片贩食之人,无论是各国夷人,还是大清子民,他绝对不想把他们逼上一条死路,其终极目的不是让人死,而是让人活——置之死地而后生。对此他说得再清楚不过了:"先时虽有论死之法,届期并无处死之人,而此后所保全之人,且不可胜计。"这也是他基于对人性、人情与鸦片毒害的认识所倡导的"怵心之法"。他深知,"鸦片非难于革瘾,而难于革心,欲革玩法之心,安得不立怵心之法"。是故,他以"论死之说"或"怵心之法"而威慑那些贩食之人,但在具体执法中他一直采取"慎刑"的态度。

林则徐一再奏请清廷制订严禁鸦片条例,道光十九年(1839年)端午,当虎门销烟进入尾声时,清廷正式颁布了《钦定严禁鸦片烟条例》三十九条,通令全国遵照施行。由于清廷此前已颁布过禁烟条例,这个条例又称"新例",其中采纳了林则徐等"严禁派"重治吸食者的建议。而林则徐并未因此而"兴天下之大狱",反而再上奏议,提出应给予吸食者一个"转移之机",也就是一个为期一年的过渡缓冲期,"行法在一年以后,而议法在一年以前,转移之机系诸此",而在这一年的限期里,他又分为几个循序渐进的时限,"各省立即出示劝令自新仍将一年期划分四限,递加罪名","由宽而严,由轻而重",这就给了给贩食之人留下自首—改过—自新—重生的机会。凡投案自首者免罪,余则"由宽而严,由轻而重"。林则徐认为这种"怵心之法"也适用于外国鸦片贩子,对其"宜刚柔互用,不必视之太重,亦未便视之太轻"。当然,"行法恕"也不是无条件的,对那些十恶不赦又屡教不改、公然对抗法律者、一直顽抗到底的，无论中外，均须执法如山，以儆效尤，如其所言："化外有犯，依律以断之条，处绞立决，夷人无不帖服。"林则徐的这种法律观，其实也是他"为政若作真书绵密无间，爱民如保赤子体会入微"的具体体现。

说来，对于清廷颁布的"新例"从制订、颁行到后世的评价，一直充满了争议。贬之者认为，"新例"是经亲王大臣会议、由军机大臣穆彰阿等主持拟定的一个条例，而穆彰阿等人一直被视为"弛禁派"的代表人物。那么林则徐又怎么看呢？有这样一个历史细节，据林则徐道光十九年三月二十五日的日记："……邓制军（邓廷桢）折差回，接京信两封，知鸦片罪名，廷议从轻，特荷圣裁改重。"所谓"廷议从轻"，明显是指穆彰阿等大臣试图减轻鸦片吸食者的量刑，也就是反对黄爵滋的"论死之说"，这也是穆彰阿、琦善等人的一贯立场，但他们的企图没有得逞，道光帝又将他们的"从轻"改为重判。于此可见，在"新例"制订中起决定性作用的还是道光帝。

从"新例"的条文看，主要是把"严禁派"的主张法律化，这也确为百余年来清政府禁烟法令中最为严厉的一个。这为厉行禁烟和打击外国鸦片贩子提供了法律依据，如林则徐所说："新例既已颁定，此后凡有获案，即皆遵照问拟。"然而，"新例"看起来条文周密，纤悉具备，刑罚亦很严，但穆彰阿等人可能真的做了手脚，如当时一些官员所指出，"分而观之，法制固为周详；合而考之，彼此间有抵牾"。如第十条明确规定："吸食鸦片之案，止推地方官弁防拿究办，不许旁人评告，如有评告者，概不准审理。"这等于是完全剥夺了平民百姓的知情权、监督权，其理由是"夫里巷小民，识见迂拘"，说穿了，这是对衙门中那些鸦片吸食者的保护，老百姓即使明明看见你在抽大烟，但也投告无门，说不定还以诬告之罪被毒打或下狱。如此一来，对官吏吸食鸦片的违法行为，就只能靠"地方官弁防拿究办"，而官官相护是中国官场的顽症，更何况衙门中吸食鸦片者众多，如林则徐所言"盖以衙门中吸食最多，……嗜鸦片者十之八九，皆力能包庇贩卖之人"，如此一来，再严格的禁令也沦为一纸空文。当时就有正直的官员对这一条提出异议："以评告则有干例禁，不举则大恐获惩，如此将何以道从乎？"著名史学家范文澜在其《中国近代史》中也指出了这一条例的实质，这"等于保证官吏有权贪污，鸦片瘾者有权吸食"。又如第三十八条规定"十家为牌，设一牌长，如牌内之人有犯，即行举发，倘有受贿知情等弊，一经犯案，与地保邻右，一体惩办"，这又与

第十条明显抵牾。我也暗自猜测这些相互矛盾的原因，第十条不准老百姓检举揭发，或是针对不准民告官、下级检举上级而言，而到了第三十八条，则是谕令老百姓互相检举揭发。

林则徐对"新例"采取了灵活运用（善用）的方式，凡对严禁鸦片有利的，他就作为法律武器。对一些明显自相矛盾的条文，他则突破其束缚，乃至反其道而行之。如对"新例"第十条，他就采取了恰恰相反的措施，他鼓励民众检举揭发吸食鸦片的官吏，鼓励下级揭发上级，"大小文官员，许其所屑禀告，广开指揭之门，非纵其凌犯上也。直指告非人耳。……其上官有吸食或包私者，属下果能切实禀揭，熬审不虚，分别记功，将励拨补。"这种"广开指揭之门"的举措，让他打破了腐朽封建官僚的包围，而且找到了禁烟与防弊的最可靠的社会力量。用今天的眼光看，就是让人民来监督政府，把官员置于人民的监督之下。林则徐作为一个封建王朝的大臣，可以说，他已经初具现代政治理念。

林则徐在"民间禁烟"上也是双管齐下，一是在长寿寺的三贤祠内设禁烟官局，将各个地方查获的烟膏和烟具先封存在这里，然后集中销毁。长寿寺与华林寺、光孝寺、大佛寺、海幢寺并称为广州佛寺的五大丛林之一。据文献记载，其占地很广，整个建筑格局像一个繁体的"寿"字，以"文木为梁、英石为壁，取房奥室，备极精工"，连寺庙栏杆上也雕刻了游龙浮雕，寺院内有池沼、园林、宫室之美，寺内高僧常与当时的文人雅士举办文会和酒会。但这一历史现场连同长寿寺一起消失了，仅留下了一条长寿路。

除了禁烟官局，当时还在大佛寺内设立了民办禁烟局——收缴烟土烟枪总局。这既是林则徐依靠社会民间力量禁烟的举措，也是从体谅民间吸食者的角度考虑。当时民间有很多藏有鸦片烟土和吸烟工具的人，对禁烟官局充满敬畏，生恐一进官局就会捉拿归案，因此不敢直接将烟土、烟具上缴官局。而以前在民间禁烟又主要依靠保甲，保甲又受官吏把持，为了纠正这一弊端，林则徐倡导由当地绅士组建民间的"绅士公局"，即民办禁烟局，作为百姓缴烟的民间机构。绅士阶层大多由科举及第未仕或落第士子、退休回乡或长期赋闲居乡养病的中小官吏、宗族元老等在当地颇受尊重的人物构成。林则徐其实也是出生于这一阶层，他辗转宦途，每到一地为官都颇为依赖当地的绅士。在他的推动下，"由绅士选举各乡公正绅耆"主持"绅士公局"，凡民间吸食之人先将烟土、烟具交给民办禁烟局，然后再上缴给禁烟官局集中销毁，这就在官民之间构成了一个缓冲地带，让那些恐惧的鸦片吸食者也有一个心理缓冲的机会。这种官民并举禁烟，堪称是林则徐的一种创造，民办禁烟局既是缴烟机构，又是禁烟的宣传、教育机构，而林则徐从"立法严，行法恕""刑期于无刑"的良好愿望出发，明确规定"凡有从前买鸦片，无论兴贩图利以及自行煮食，均须痛自改悔。所藏烟土、烟膏、烟枪、斗各具，速皆尽数缴出，不拘官局绅局，皆准自首免罪。如惮于自缴，即父兄、邻佑、戚友亦准代为缴首"，但他也严申："倘再仍前执迷，或兴贩图利，或恋瘾不戒，私藏鸦片及烟枪、烟具在家，一经访闻，或于挨查时被保邻指出，定即按户搜拿，从重究办；保邻徇隐，一并连坐。"

林则徐在"民间禁烟"中，一是严厉而彻底，如他在湖广查缴烟土、烟具时，有个烟贩将其烟土藏于夹层床内，也被搜出，烟具先用刀劈，继用火烧，"其有余膏残沥者，拌以桐油，再行烧透，将灰投入江心"，务使一丝不留；二是对鸦片吸食者做到仁至义尽，他在湖广总督任上，曾雷厉风行地推行过一些措施，设立禁烟局，没收鸦片和烟具，还发明了禁烟丸，并拿出自己的俸禄用以配制，强迫吸食鸦片者服用。这些措施在短期内收到了一定效果，据说当时有老年妇女在路旁叩谢，称其丈夫久患烟瘾，健康恶化，在服了禁烟丸后断绝鸦片，身体逐渐恢复。他说："果系真心改悔，查无不实不尽者，禀请暂免治罪，并酌给药料，俾其服食除瘾，以观后效。"他还搜罗民间药房，配制"断瘾药九二千料"，这种断瘾药"无家不有，无日不售"。

在虎门缴烟期间，他在一封致友人的信中对"施药缴枪、劝惩并用"的效果颇为欣慰，他从人性出发，以善良看待人心，"民间吸食之风，几于口有同嗜，种种情状，诚如来示所云。然民有秉彝（指人心所持守的常道），大抵天良不昧。弟所发告示，多有见而泪下者。现在分举绅耆，广为劝戒，并设局数处，施药缴枪。悔过者宥其前愆，怙恶者治以重法。劝惩并用，以期咸与维新。"这是最真实的民情和民心，也让他看到了烟瘾可戒、烟毒可断，由此对禁绝鸦片信心倍增。他在给道光皇帝上奏时也表达了他禁绝鸦片的信心："臣等察看舆情，并非不可挽救，是以乘机谕戒，宽猛兼施。呈缴者姑许自新，隐匿者力加搜捕，不追既往，严儆将来。"

为了在短时间内全方位掌握广东的鸦片销售网点，林则徐使出了一个绝招,说来还真是令人叫绝。他在越华书院举行了一次特殊的考试——观风试。这是禁烟运动中的一个重要事件,但到底于何时举行却众说纷纭,中国社会科学院近代史研究所编的《中国近代史稿》第一册写为"1839年3月",牟安世《鸦片战争》则写为"3月18日(道光十九年二月四日)",但据来新夏的《林则徐年谱新编》和陈晓东的《林则徐在穗禁烟举行观风试日期考辨》,应为道光十九年六月十五日(7月25日)。我在反复查证后,觉得来新夏之说比较准确。

尽管后世对"观风试"在时间上有争议,但在事实上没有争议。

据梁廷枏《夷氛闻记》:"则徐因其乡人之久于粤者习闻水师得规故纵之说,乃选集会城粤秀、越华、羊城三书院肄业生数百人,为观风试。假学政考棚扃而考之,卷夹条纸,开四事为问。"这次特殊的考试其实是一次问卷调查,林则徐分别列出了四个问题:一是大窑口所在及开设者姓名,即大鸦片贩子的集散地及经营者姓名;二是回答考生所知道的零星贩户(零售商);三是"令各就耳目所及指出,而不书己名于纸片",也就是根据自己所了解的情况,以无记名的方式写出鸦片贩食之人;四是列举断绝禁物法,也就是让诸生各尽所知,各抒己见,谈谈自己知道的或设想的禁绝鸦片、戒除烟瘾的方式方法,"于是诸生各以所闻详书于纸,(林则徐)则尽悉屯户姓名及水师贿纵报获献功欺蒙大吏状"。诸生遍布广府各地,林则徐通过一场"观风试",就全方位掌握了广府各家烟馆、大小烟商的第一手资料。

而除了这四个问题,还有林则徐最最关注的一个问题,那就是梁廷枏所说的"则徐因其乡人之久于粤习闻水师得规故纵之说",意思是,林则徐从他那些久居广东的福建乡党中听说,广东水师徇私枉法。而林则徐不止是从老乡那里听到了这些传闻,他在赴粤途中就已提前派马辰等侦知,在鸦片走私贩卖中,"多有各衙门堂差及营兵丁在内",而广东水师就是一个直接染指鸦片走私的腐败重灾区。

广东水师最早成军于康熙三年(1664年),是在旧绿营水师编制的基础之上建立起来的,兵力达两万人左右,由广东水师提督统领。清朝武官的品秩往往高于同级文官,提督为从一品,总督为正二品,但清廷又以文驭武,以文官节制武官,如广东水师提督关天培就受两广总督邓廷桢节制。而林则徐这位代表皇帝出外办理重大事件的钦差大臣,对广东文武百官都可节制。广东水师的大本营（基地）设在黄埔，其海防前线则设在虎门珠江口一带。除了海防，打击海盗和海上缉私也是其职责，而他们的军饷也取之于缉私的烟土。据包拯后裔、清代学者包世臣《答果勇侯书》云："粤营以水师为最优，其岁入得自粮饷者百之一，得自土规者百之九十九。禁绝烟土则去其得项百之九十九，仍欲其出力拒英夷，此事理之所必不得者。"此言，触目惊心！广东水师的粮饷百分之九十九竟然来自烟土缉私，难怪鸦片屡禁不止，若禁绝鸦片走私，谁来养活这支军队？若仅靠那百分之一的军费来支撑这支军队，他们又怎么会"力拒英夷"？

林则徐赴粤禁烟，途径南昌时曾向包世臣问过禁烟之计，道光二十一年（1841年）四月，林则徐由广东赴浙路过南昌时，又和包世臣商讨御英之策。其实，他也深知"弁兵锢蔽已深，几乎固结莫解"，他在致友人的信中说："此地为夷船麇集，其所带来禁物，久与员弁、兵役一气呵成，而汉奸之以此为业者，更不可以数计。若非捣其要害，势难杜绝来源。"

若要捣其要害，势必从整饬广东水师入手，这既是将鸦片堵截在国门之外的第一关口，也是风口浪尖。就在这次"观风试"中，有士子揭发了一位"庇私受贿"的大鳄——广州水师总兵韩肇庆。此人初为广州协副将，在外国人眼里是一位"体态满满、不像军人的副将"，却又被外国人称为"取缔鸦片的名人"，据《夷氛闻记》："肇庆布其属……假查为纵，时取趸船数百箱，间自出所得规货易纹银为报功地。"他还不是简单地收受贿赂、保护鸦片走私，他那花招玩得挺高明，也就是所谓"得规故纵"，韩肇庆对其下属密授机宜，水师巡船与鸦片贩子达成暗中交易，鸦片贩子每月给水师巡船缴纳规银（例银）三万六千两，水师巡船则"放私入口"，为了保证鸦片走私的安全，鸦片贩子将鸦片直接搬到缉私船上，大批"缉私船"变成了鸦片走私船。这还不算高明，更高明的是，韩肇庆还从每万箱鸦片中抽出数百箱作为缉私成果，邀功领赏。由于他每次出海缉私都能追缴数百箱鸦片，从而骗取了邓廷桢的信任，"廷桢但见报获叠至，以为实效可睹，无可起疑。且易纹银为私货赃资，缴公至巨万"，这也是实实在在的缉私成果。韩肇庆因此成了邓廷桢倚重的缉私干将，"未几而获擢总兵，赏花翎"。清朝总兵为正二品，至少相当于如今的中将了。而韩肇庆并未将从鸦片贩子手里收来的保护费全部中饱私囊，也让其部下官兵人人渔利，每有缉私任务皆踊跃效命，唯命是从，韩总兵又得到了一个

"治军有方"的美名。他可谓是名利双收、一箭数雕,"而鸦片(走私量)遂至四五万箱矣"。

韩肇庆就是这样一个"取缔鸦片的名人",哄得那些鸦片贩子和他的上司下属人人开心,而他的花招还真是很有欺骗性。他的顶头上司乃是广东水师提督关天培,对他的花招似乎没有察觉,至少是没有参劾或惩戒。而当这样一桩"猫鼠勾当"的走私大案被揭发出来后,邓廷桢没想到自己一手栽培擢拔的韩肇庆竟这样欺骗他、辜负他,"实不虞肇庆之相负至此也"!他也因自己对部下失察而"愧恨交深"。那么对韩肇庆又如何处置呢?清廷对"海口员弁兵丁受贿故纵"的刑法一直是很严厉的,而在清廷颁发的"新例"中又加重了这方面的刑罚,如"海口员弁兵丁受贿故纵,无论赃之多寡,概拟绞立决"。但韩肇庆并未被判处"绞立决",这也是不是林则徐、邓廷桢、关天培能够审判的,他们只能上奏参劾。而最终的处理结果是,"奏褫肇庆职,尽发遣其属弁",还有一说是"籍其家,累巨万,官民大服"。

不过,历史还有另一种书写方式,据魏源后来追记,此案"终以邓廷桢所保,不能尽正其罪"。魏源觉得,对韩肇庆显然是从轻发落了,或是邓廷桢真有难言之隐,又或是林则徐从"同僚之间,亦应虚心和气"的人生智慧和政治策略出发,更是从两人"共矢血诚"的大局出发,才达成了这样一个处理结果。毕竟,韩肇庆案并非个案,这是体制上的原因,林则徐还将对广东水师进行刮骨疗伤式的诊治。诚然,这些都是笔者时过境迁的推测了,而人性与历史往往比后世想象的要复杂得多,每一个细节都是特殊的考试,都在考验那些历史的当事人。又尽管当时以及后世均有人怀疑邓廷桢为韩肇庆的后台,并由此推邓廷桢也涉嫌徇私或走私,但多为无据之论,至少没有铁证。

林则徐与邓廷桢在广东并肩战斗了将近一年时间,邓廷桢一直是林则徐的坚定战友和可靠后盾,两人"共矢血诚",以前所未有的气势和力度扫荡广东各地的鸦片烟毒。自林则徐抵粤禁烟至1840年4月27日,据不完全统计,民间收缴烟土约五十余万两,均已如虎门销烟一样予以彻底销毁,涓滴不留。虎门销烟众所周知,但在虎门销烟后,在广州还有一处如今已鲜为人知的销烟地,在今越秀区大沙头码头一带。那时此地西临珠江,尚未与北岸相连,为一江心岛。就在这江心岛上,林则徐命人新砌一池,可容纳两百石鸦片。林则徐下令将从各府、厅、州收缴来的烟土、烟具等彻底销毁。不过在这里销烟又换了一种方式，先在池的四角嵌以铁锅，在外烧火煮化鸦片，一个个壮汉在现场刀劈火烧，场面十分浩大。如今，这个销烟处亦早已无迹可寻，为纪念林则徐销烟的壮举，越秀区政府于2010年在沿江路海印桥底附近建起了一座林则徐纪念公园。

  林则徐厉行禁烟和虎门销烟的效果，还有一种检测方式，当鸦片吸食者出现了"烟荒"，清廷终于缓解乃至化解了因白银外流所引发的"银荒"和财政危机。多少年来，那雪花银哗哗外流，清廷一直在拼命止血，却怎么也堵不住那流血的伤口。而就在虎门销烟的当年，禁烟就达到了神奇的止血功效。据林则徐奏报，到十二月二十四日，"查本年夷船载运入口洋银，已经查验者有二百七十三万二千九百余圆，其未验者尚不在此数之内。是此时外来洋银，实见旺盛"。随着粤海关外来洋银增多，市面银钱比价亦有所下降，到年底，"市面纹银价值，每两较前少兑大钱百余文至二百文不等"。由银贵钱贱转到钱贵银贱，表明白银已从外流转成内溢，这也是多少年来没有出现过贸易顺差，林则徐的奏报数据来源于粤海关，而通过这直接经济价值的换算也足以证明，林则徐对鸦片走私采取的铁腕手段，非但没有损害中国和其他各国的正常通商，而是得到更多的利益，大清帝国的对外贸易已从以鸦片走私为主的恶性循环步入了健康运行的轨道。

  然而，只因虎门销烟引发的一场战争，从当时到今世，对林则徐一直都有不少误解，如《清史稿》论曰："林则徐才略冠时，禁烟一役，承宣宗严切之旨，操之过急。"从历史事实看，他一直采取的是坚定而灵活的禁烟策略，在推进过程中则是"息息谨慎，步步为营"。林则徐的可贵之处，并不在于其雷厉风行，而在于其将禁烟进行到底的持久战，他清醒地意识到"若不持以定力，尽绝萌芽，不但畴昔之藏乘间复出，吹吸之辈馋吻重张，且恐外夷窥伺禁网之疏，仍肆浸淫之计"，并由此而发出誓言："根株一日未净，即购捕不容一日或疏。"

二、巡视澳门

自义律将广州的英商侨民撤往澳门后，林则徐一直没有放松对澳门的警惕，接下来他们还将围绕澳门继续交锋，这应该是他们交锋的第三个回合。

关于澳门沦为葡萄牙殖民地前后的历史，说来比英国割占香港要复杂得多。如今时有澳门沦为葡萄牙殖民地四百多年的说法，这至少是不严谨的，从明嘉靖三十六年（1557年）起，葡萄牙人向明朝政府求得了澳门的居住权，到1999年澳门回归，历时四百四十二年，实际上分为两个阶段，一个是葡萄牙人租住澳门时期，澳门被葡萄牙实施殖民统治时期。

葡萄牙人求得了澳门的居住权后，便在澳门从事经商贸易并修建洋房居住，但澳门的主权和治权一直掌握在中国政府手里，明清一直在澳门设置官吏、推行政令、征收关税、驻扎军队，有效地行使统治权，澳门属香山县（今中山市）管辖，最初，澳门的中方管理者为香山县丞。同时，明清政府允许葡人在遵守中国法律的前提下，享有一定的自治权；同意他们自设官吏管理葡人内部事务，驻扎少量军队以资自卫；并在贸易上给予优待。1583年，在澳门居留的葡萄牙人成立澳门议事会，对葡萄牙社区进行自治管理，但葡萄牙每年需付五百两白银予明朝政府与其后的清政府为地租银。到1616年，葡萄牙政府任命卡洛告为首任澳督，但未到任。1623年，第二任澳督马士加路也才正式到澳门就职，但当时的澳门并非葡萄牙的殖民地，澳督也并非殖民地总督，最初只负责澳门防务，官邸亦设于澳门大炮台。

清乾隆八年（1743年），在虎门和澳门受到英国、西班牙等国兵舰威胁的情况下，署两广总督策楞、广东按察使潘恩矩等奏请"澳门尤洋人聚居之地，又临近广州，海洋出入，防范不可不周，现仅驻县丞一员，职分卑微，不足以弹压"，清廷遂改"广东肇庆府同知"为"广州府澳门海防军民同知"（简称"澳门同知"），在前山寨设立广州府海防军民同知署，负责稽查出入海船，兼管澳门洋人，归广州府管辖，又将香山县县丞移至澳门望厦村，归澳门同知管辖，再依照理瑶同知之例，给与把总二员，兵丁一百名，在香山、虎门两协内各半抽拨，并酌拨巡缉船只，添建衙署营房，铸给澳门同知"广州府海防同知关防"。这是清政府有效管理澳门加强海防而采取的一项重要措施，对于澳门的行政管理起了非常重要的作用，权责十分明确，有效地捍卫了中国主权。在清代关于澳门的历史文献中，经常出现广州府海防同知、澳门同知、澳门厅、前山同知、澳门军民府同知等机构名称，这种演变的情况相当复杂，这里把复杂的事情简单化，无论其怎样演变，这些名目繁多的衙门实际上是同一个衙门，贯彻的也是同一职能。

乾隆四十八年（1783年），葡萄牙海事暨海外部部长以葡萄牙女王名义发布《王室制诰》后，议事会逐渐失去其大部分权力，而作为葡萄牙国家代表的澳门总督的权力则不扩充膨胀，但清政府对澳门的治权仍高于澳门总督。

直到道光二十二年（1842年），清政府在第一次鸦片战争中战败，被迫与英国签订《南京条约》，葡萄牙政府趁火打劫，派代表与清朝钦差大臣爱新觉罗·耆英谈判，要求豁免地租银，并由葡萄牙军队驻防澳门半岛。1845年11月，葡萄牙女王玛丽亚二世单方面宣布澳门为自由港，除容许外国商船停泊进行贸易活动外，拒绝向清朝政府缴纳地租银，并由葡萄牙军队驻防澳门半岛。1849年，澳葡当局封闭粤海关澳门关部行台、强迫香山县丞衙署迁出澳门半岛，葡萄牙人"钉关逐役，抗不交租"，澳门同知已无法实际管治澳门，澳门事实上已进入由葡萄牙实施殖民统治时期，而澳门海防同知尽管从法理上仍然拥有对澳门民番事宜的行政、司法管理权以及对进出口澳门港船只的稽查权，实际上已经无法履行其职责，名不副实。但一直到1887年12月1日，葡萄牙才与清朝政府签订《中葡会议草约》和《中葡和好通商条约》，正式通过外交手续占据澳门，这也意味着葡萄牙人租借澳门长达三百三十年的历史告一段落，进入殖民统治时代。从此澳门同知完全丧失了对澳门的控制权，多由七品以下官员署任（代理或兼任）同知一职，形同虚设，仅负责向澳葡交涉，以阻止澳葡扩界。

在澳门进入殖民统治时代前，澳葡当局受澳门同知管辖，澳门同知的职权较重，其职责包括限制澳门葡萄牙人居住范围、审理澳门案件、处理澳门贸易、接待传教士往来、守卫澳门，抵抗入侵，打击海盗等。由于澳门半岛与大陆直接相连，也是鸦片贩子从海外走私进入内地的孔道。在鸦片输入中国初期，澳门既是各国商人来华贸易的立足点，也是英国等西方列强对华走私鸦片的据点。葡萄牙人中的鸦片走私分子也以澳门为基地，澳门一度成为外国对华鸦片贸易主要集散地，也是各国鸦片贩子是麇集地。其后，鸦片贩子转移到伶

海祭
——从虎门销烟到鸦片战争

仃洋的趸船上，甚至一度延伸到黄埔湾，澳门作为鸦片集散地的作用逐渐弱化。这与澳葡当局的明智选择也不无关系。澳葡当局夹在中英两国之间，一方面是清政府对澳葡当局可以有效节制，一方面是英国驻华商务总监督的办事处常驻澳门，而大英帝国的实力早已超越了葡萄牙这个老牌资本主义帝国，但澳葡当局一直遵循中国政府的法令，对查禁鸦片一事相当合作，却一再拒绝英人的不合理要求。当林则徐在广州封锁十三行夷馆，义律曾请求澳门理事官委黎多保护在澳的英国居民，但被委黎多拒绝，这让义律气急败坏。

尽管澳葡当局此时对清政府禁烟还相当配合，但林则徐对澳门的鸦片走私并未掉以轻心，更担心其死灰复燃。他在谕令英国领事义律缴烟之时，就饬令澳门同知密查中外烟贩行踪，并转谕"西洋夷目"委黎多清查澳门鸦片囤贮情况，"必须切实声明，如将来再有西洋夷人（葡萄牙人）贩卖鸦片，或代别国奸夷趸贮伙卖，获有实据，即将犯法之夷人，拿送天朝官宪，照依新例治罪，该夷目等不敢稍有庇匿，并干严谴字样，以凭查照办理"。林则徐还注意到了，澳门"因见查办之严，不敢进口，或谋在澳门起卸货物，或寄碇洋面勾结销售"，针对这种情况，林则徐随后便发布《严禁中外商民贩卖鸦片烟示》，重申严禁："嗣后凡别国货船到粤，不在西洋额船之内者，除循例进埔报验归行纳课之船，仍准照常贸易外，其不进埔又不回国者，即为营私奸夷无疑，均当并力驱除，不许与之交接。如敢勾通起卸货物，私相授受，无论澳门铺户以及出海商船，并住澳之西洋夷人，一有犯法，皆必从重惩办；其人问罪，货物没官。倘向私售鸦片，一经拿获，即恭请王命正法，以昭炯戒而肃海洋。"

在林则徐与义律围绕澳门交锋期间，委黎多是一个多次被提到的名字，但关于委黎多在澳门的职务，史上说法不一，一说其为澳门总督，一说其为澳门理事官，而澳门总督和理事官是不能混淆的，澳门总督则由葡萄牙政府派驻澳门，一般由军人出任，其职位相当于葡萄牙的政府部长，而理事官又称检察长或司库，为澳门葡人自治组织议事会选举产生的重要成员，属义务职，无薪金。其主要职责是管理葡人的贸易，征收商税，安排支出，兼理与中国地方官府的关系。我比较倾向于后者。

义律在被迫缴烟、禀辞下澳时，自不会甘心就此罢休，还想以澳门为据点负隅顽抗，也可谓是博弈吧，而在辞禀中他就已使出一招，要求林则徐派员到澳门共同会商，"妥议章程"，以使"违禁犯卖一弊，可冀常远除绝"。

第五章 历史没有空白

义律几乎出神入化地施展着他的诡计，而林则徐还真以为义律"真心除弊，大加批奖"，这并非中了义律的阴招，而是他对恢复中英通商的诚意，他一再重申，只要英国商人做出保证不再贩卖鸦片的甘结，即可与中国继续通商。这是一个根本问题，也是一个历史症结，英国后来（直到现在）一直不承认他们发动的是鸦片战争，而是"贸易战争"，以此来为其发动战争的正义性而申辩。而我们的同胞若是忽视了这一关键，甚或有人别有用心，也会认同中英之间打的是一场"贸易战争"。

为了中英正常通商，林则徐真是精诚所至，然而却没有金石为开的效果。他在接到义律的递禀后，随即派佛山同知刘开域携带"给赏"的茶叶一千六百四十箱，去澳门与义律"核议"。但刘开域尚未抵达澳门，义律又递一禀："本国船只进埔，须候奉到国主批谕，方可明白转饬，或蒙格外施恩，令在澳门装货，感戴靡既。"这还真是义律使出的又一个阴招，他企图把鸦片贩运由黄埔改在澳门。这一招令林则徐等人"均相诧异"，但林则徐何等精明，一眼就识破了义律的诡计，于是"决绝批驳"，并"指破其谎"："今趸船之积土甫除，若澳门之囤所又起，何异驱虎进狼？"

义律的诡计又未得逞，愈加恼羞成怒，当刘开域带着一千多箱茶叶抵达澳门，义律爱理不理，而且蛮横声称："不准在澳装货，便无章程可议！"

对于林则徐"给赏"的一千多箱茶叶，他又怎么会在乎呢，一心只想如何为英国及英商谋取巨大的利益。此后，义律便拒收林则徐和广东官府的一切文件，并以英商已无法继续在中国进行贸易为由，下令英商停止对华通商，将英国侨民全部从广州撤退到澳门。然而，一个商务总监督可以任性，英商和侨民们却遭殃了，澳葡当局拒绝承诺保障英国人的安全，一个弹丸之地又怎能容纳这么多英商侨民，许多在澳门找不到落脚之地的英商侨民，只能将他们的趸船和商船开到了九龙尖沙咀对开的海面，侨民变成了船民。

尖沙咀为九龙半岛南端的一个海角，那也是我特意去香港探访过的地方。

这里是珠江三角洲东岸陆地尽头，自古以来是华南海路要冲。这一方水土原本属于东莞，明万历年间从东莞县析出一部分地方设立新安县，其县境就是后来的香港地区（包括九龙和新界）。而在英国占领香港之前，尖沙咀还是一个偏远的小渔村，在移山填海之前，由于该处附近的海水为官涌山所阻，其南端形成一个又长又尖的沙滩，所谓尖沙咀便得名于此。与隔海相望的香港岛，那时还是一个比尖沙咀更偏远、荒凉的小岛，岛上也有几处散落着寮屋的小村湾，大多是被称为"水上吉卜赛人"的疍民。而当年尖沙咀对开的海面，应该就是如今的维多利亚海湾，那时的水域应该比如今辽阔得多。在香港开埠后，经过多次大规模移山填海工程，如今的维多利亚海湾已是名副其实的维多利亚海峡，而尖沙咀也早已成为了香港的心脏地带。而据说，那些漂泊在此的英国人，那时就已看中了维多利亚港有成为东亚地区优良港口的潜力，对此我毫不怀疑，一个海洋民族，他们打量大海的目光无疑要比我们这些大陆民族要敏锐得多。而所谓维多利亚港、维多利亚海湾或海峡，自然也是他们以自己尊敬的女王之名命名。当然，这是他们侵占香港之后的故事。而在此时，他们也沦为了"水上吉卜赛人"，若他们能读懂文天祥那首诗，也一定会为自己"身世浮沉雨打萍"的命运而悲叹。但这实在怪不得林则徐和中国，林则徐明明给了他们一条活路，义律却非要断绝他们的活路，把他们推向这种苦海无边、回头无岸的漂泊之中。

林则徐把义律的言而无信、反复无常，斥之为"犬羊之性无常"，而诡计多端的义律，正在下一盘大棋，将他的诡计变成了一个历史的诡计。他一边以澳门为据点抗拒清政府禁烟，一边拖延时间翘首以盼英国远征军，而他早已心怀占据澳门的鬼胎。

据弋胜《近代历史名人与澳门》一文称：义律在1839年5月6日致英国首相的紧急公文中声称，"在这种危机之中应立即采取行动，或是要葡萄牙人出让在澳门的权利，或是让英国人来保卫这一地方，并为英国人专用。"这并非义律在怨愤中的一时冲动，英人对澳门觊觎已久，这也是澳葡当局最担心的。

而在此时，林则徐和澳葡当局的立场是高度一致的，他多次声称："澳门虽滨海一隅，亦是天朝疆土，岂能任作奸犯科之人，永为驻足。"为防止澳门走私鸦片，林则徐还派人将澳门的中国居民一律按户编查，并督同葡国官员搜查葡人居住的楼房有无贮存鸦片。在其后的缴烟中，葡萄牙商人全部遵命甘结，承诺不贩鸦片。林则徐随后便发表声明，不但葡萄牙商人可以正常贸易，到中国贸易时更会得到保护，"绝不被人欺凌"！

就在林则徐和义律围绕澳门较量之际，突然发生了一桩命案。

那是一个不确定的日子，史上有多种说法，一说为五月十七日（6月20日），一说为五月二十七日（7月7日），按事情接下来的发展看，我觉得五月

第五章
历史没有空白

二十七日应该是比较准确的。据事后调查，那天，英国商船"卡纳特克"号和"曼加勒"上的一群水手，在一个如今早已不存在的小酒馆里喝得烂醉如泥，然后大摇大摆地走进了一个如今早已不存在的渔村，那是九龙城附近的尖沙咀村，这群醉鬼随后便与村民发生了冲突，只因一个醉鬼干了一件最不该干的事情，他竟然捣毁了村里的一座神龛。这些信奉天主教或基督教的英国人，显然不理解这些南海渔民的神圣信仰，双方随即便引发了激烈的斗殴，对于当地村民，这是一场信仰之战。在混乱的群殴之中，不知到底是谁先动手行凶，但结果很悲惨，几个英国水手竟然将村民林维喜用乱棒打成重伤，又因伤重不治而亡。

当时过境迁之后，对历史的再现往往如同幻象，那原本是一个在苍茫时空中默默无闻地走过的卑微生命，却以这样一种死于非命的方式而走进了历史，甚至酿成了一个以他命名的历史事件——林维喜事件，也有人称之为"林维喜案件"。是的，这首先是他用一条性命变成的一个案件，但接下来又由一个案件演变为一个震惊中外的事件，亦有史家认为，这也是鸦片战争的导火索之一，更有史家称，"这是英国侵略者企图破坏中国主权的挑衅性试探"。但我觉得这是过度诠释，一开始也许没有那么复杂的原因，这应该是一桩突发事件或案件，虽说事发非常偶然，却也有历史的必然性。如我在前文提及，这些英国人在义律玩弄的一个巨大阴谋里，已经陷入了苦海无边、漂泊无依的命运，他们在长久的郁闷中只能借酒浇愁，又仗着酒兴四处寻找发泄的机会。即便是尖沙咀村的那尊神像没有被捣毁，也会有别处的神像被他们捣毁，哪怕林维喜没有被打死，也会有别的村民死于非命，这是迟早的事，就像一场必然会发生的鸦片战争一样，也是迟早的事。

在案发第二天，义律便匆忙赶往尖沙咀"就地调查"，并悬赏征求证人。然而一夜之间，案件就发生了诡异的变化，林维喜之子林伏超竟然出具字据，自认其父"被夷人身挨失足跌地，撞石毙命。此安于天命，不关夷人之事"，并表示"日后尸亲人等亦不得生端图赖夷人"。这个义律不只是一个商务总监督，他还真是办案高手，一桩命案竟然就这样了结了，但他却遇到了林则徐这样一个不依不饶的高手，他又怎么会轻信案情如此简单？

当时九龙和香港都属于新安县，六月初二日，林则徐命新安知县梁星源查清案情真相，果然不出林则徐所料，有人在此案中做了手脚，有人指使另一村民刘亚三给予死者家属一千五百银圆，换取他们隐瞒林维喜的真正死因。这一千五百银圆，对于当时的平民百姓，是一笔足以改变一家命运的巨款了。至于那个幕后指使是谁就不用说了，即便狡猾的义律不会亲自指使，也是他间接指使。

案情既已真相大白，接下来就是逮捕凶手、依法审判了。

林则徐随即派人到澳门，严令义律交出凶犯，宣称"杀人偿命，中外所同"，必须交出凶手按《大清律例》审办，而义律只同意赔偿死者家属，却以领事裁判权或治外法权为由，拒绝按照将英国臣民交由中国处置，要求自行审判。对于义律的这一要求，林则徐并未采取断然措施加以阻止，或以强制手段逮捕凶手，在当时他是绝对具有这个能力的，但他还真是不太懂得什么领事裁判权、治外法权，这也证明他在处理涉外事务上并不像后世所说的一味逞强，而是特别慎重。为此，他还延请美国传教士彼得·伯驾（Peter Parker）为他翻译了《各国律例》，这是瑞士著名国际法学家瓦泰尔（Emerich de Vattel）的一部名著，又称为《万国公法》，该书也是当时欧洲外交人员广泛使用的一部标准的国际法手册。林则徐想要搞懂什么是领事裁判权，什么是治外法权。

然而义律没有耐性等到林则徐把那些国际法搞懂，他于七月初四（8月12日）在英国武装商船"威廉要塞"号自行开庭审理了"林维喜案件"的几个犯罪嫌疑人，还煞有介事地邀请中国官员旁听，但为林则徐所拒绝。这是理所当然的，在中国的领土上，中国人决不能袖手旁观。结果是，义律这个商务总监督竟然成了一桩杀人案的最高审判者，他判处其中三人六个月的监禁并罚款二十五镑，判处另两人服三个月的苦役并罚款十五英镑，在义律眼里，中国人的一条命，就值这十几英镑、二十几英镑。随后，义律命所有获刑案犯回英国监狱服刑，实际上是保护他们，让他们赶紧回到自己的祖国。在审判结果公布的第三天，义律还很有绅士风度地通过澳门厅转禀，通报了中方："远职遵国主之明谕，不准交罪犯者，按照本国之律例，加意彻底细查情由，秉公审办。"

在英国人眼里，大清帝国就是一个愚昧的帝国，至少从马戛尔尼使团出使中国后，他们就是这样看的。义律还真是把清政府的官员当傻子了，但一位大清帝国的钦差大臣至少没有他想象的那么傻。林则徐在查证《各国律例》后，一下就抓住了一个要害，义律只是一位商务总监督，就算他被英国政府赋予了领事裁判权，对于刑事案件也没有审判权。而那些凶手并非外交使节，也就没有什么是治外法权。看来林则徐还真是把国际法搞懂了，他这个判断是非常准确的，连英国政府也与他的看法惊人的一致，最终也判定义律没有审判权。但一致的看法，却是截然相反的两种结果，对于林则徐来说，既然义律根本就没有审判权，那就应该按照《大清律例》来审判凶手，其罪魁祸首将面临死刑，而英国政府在否决了义律的审判权后，就等于宣布义律的判决无效，却对犯罪嫌疑人没有依法审判，结果是，那几个杀人凶手回国后没有受到任何惩处，一个个逍遥法外。这就等于说，任何一个英国人，在中国的领土上可以任意杀害一个中国人。

林则徐的宽容和严谨，林则徐的有理有节，尤其是他对国际公法的尊重，就这样被一位充满了绅士风度的英国贵族耍了流氓。这对于中国主权更是公然侵犯，也违背了国际公法。为了维护国家的主权和尊严，林则徐在《会批澳门厅转禀义律拒不交凶说帖》里严加痛斥："兹阅该丞转送义律禀词，伊尚藉称该国律例，以为不交罪犯系遵其国主之谕等语，尤属谬妄。查该国向有定例，如赴何国贸易，即照何国法度，其例甚为明白。在别国尚当依该处法度，况天朝乎？……至谓伊国律例亦应诛死，可见杀人偿命，中外所同。但犯罪若在伊国地方，自听伊国办理，而在天朝地方，岂得不交官宪审办？且从前内地所办命案夷犯，历历有据，各国无不懔遵，岂义律独可抗违此例乎？若杀人可不抵命，谁不效尤！倘此后英夷殴死英夷，或他国殴死英夷，抑或华民殴死英夷，试问义律将要凶手抵命耶？抑亦可以不抵耶？"

林则徐在这篇说帖里突出地表现了他在吸收国际公法与国内法后所形成的鲜明的主权观念，他认为领事抗不交凶，是违反国际惯例的，"夫杀人者死，天理昭彰，无论中国外夷，一命总须一抵，若凶手得以庇匿，谁不可以杀人"。一位钦差大臣对一位底层百姓的生命如此重视，其实也是他"爱民如保赤子体会入微"的体现，英国人对中国人可以草菅人命，但他必须维护中国人的生命尊严，"一人漏网之事犹小，而外夷坏法之罪难容。唯有声罪致讨，痛加剿办，以伸天朝国法"！

就在林则徐发出这篇说贴的第二天，他采取了自封锁十三行夷馆以来的又一次严厉而果断的措施，下令封锁澳门，断绝对澳门英商的柴米食物供应，限令为英国人服务的买办、工人须在三天内离开澳门。义律刚刚在林维喜案中尝到一点"胜利"的滋味，随即又因他极为卑鄙可耻的"胜利"而付出了惨痛的代价。澳葡当局执行林则徐的谕令，宣布将澳门境内的所有英商侨民驱逐出境，留澳英商及其家属全部乘船撤出澳门，他们的命运和那些先走一步的英人一样，只能寄居在尖沙咀海湾的货船和潭仔洋的空趸船上。

这实在不能抱怨林则徐，而是义律自己断绝了自己的后路。这一次林则徐没有心慈手软，他又进一步命令，严禁尖沙咀等地的村民供应英船任何日用品，并派水师船封锁英船，尖沙咀也是中国的领地，绝非外国鸦片贩子的法外之地，严禁外国人登岸侵入中国领土。

在惩罚义律和英人时，林则徐再次重申，"在澳华人及西洋各国夷人"，只要未违法令，"毋庸惊扰"，以示区别。

对于林则徐的严惩，义律也做得很绝，他发出了《不与官宪来往公文说帖》："……兹等办法（指林则徐的惩罚手段），固为强行凌辱，干冒英吉利国主已极深。所关系，自然大皇帝必以彼钦差大臣为责成也。"这一说帖悍然不顾事情的前因后果，阴险地挑拨中国皇帝与林则徐的关系，并进一步将事端上升到国与国（英吉利国主和中国大皇帝）之间的矛盾。

就在这一背景下，林则徐决定以钦差大臣、两江总督的身份，会同两广总督邓廷桢巡视澳门，宣示主权。

为了尽可能逼近历史的真实场景，兹以《林则徐日记》为准。

道光十九年七月二十六日（1839年9月3日），"喜值天时晴雾"，这天又恰好是林则徐五十五岁的生日。早上五六点，林则徐偕邓廷桢率众从香山县前山寨（今珠海市前山区）出发，一路南行，经十里莲花茎，走向澳门关闸。据《林则徐日记》："卯刻由前山南行，十里曰莲花茎，盖澳门三面当海，北面一山峙于海中，曰花峰，山下长堤一道，北通前山，如莲茎然，故名。于茎之中间，横筑垛城数丈，以界华夷，曰关闸，设弁守之。"关闸由中国军人把守。林则徐一行抵达关闸约为早上八时，澳葡理事官委黎多率领四名军官、一百多名士兵在左关闸列队恭迎，如仪仗队，"甫出关闸，则有夷目领夷兵百名迎接，皆夷装戎服，列队披执于舆前，奏夷乐，导引入澳。"

澳葡当局原本打算在议事亭（当时的澳葡市政厅）作为会谈场所，并在城里"预设公馆，虔洁铺陈，恭迎大宪驾临"，但林则徐对这次巡阅严禁华奢，澳葡当局改为在莲峰庙作为林则徐、邓廷桢两位"大宪"的驻节和会谈场所。

第五章
历史没有空白

莲峰庙与妈阁庙、普济禅院并称澳门三大古刹，始建于明万历年间，莲峰庙奉祀关公，庙后还有一座天后殿，奉祀妈祖，天后殿挂着一块万历三十年（1602年）的"中外流恩"匾。林则徐先在关公、妈祖等神像前行香拜祭，然后接见了委黎多等澳葡官员。委黎多等澳葡官员在入见时皆"免冠曲身，意甚恭谨"。林则徐通过翻译，对澳葡当局约法三章（大意）：一是澳门不准囤藏鸦片等违禁品；二是澳门不得收容通缉犯；三是澳门必须驱逐鸦片走私犯。委黎多等澳葡官员无不"点头领会"，还表达了他们对中国的感恩之情（大意）：我们"仰沐天朝恩德二百余年，长保子孙，共安乐利，心中感激出于至诚，何敢自外生成，有于法纪。现在随日官宪驱逐卖烟奸夷，亦属会内当为之事。"会谈进行了半个小时，双方还签订了贸易协议，内地每年运入澳门茶叶"连箱给五十万斤，以三年为约"。据《林则徐日记》："过望厦村，有庙曰新庙，祀关圣，先诣神前行香。在庙中传见夷目，与之语，使通事传谕，即颁赏夷官色绫、折扇、茶叶、冰糖四物，夷兵牛、羊、酒、面并洋银四百枚。"一向节俭的林则徐，对澳葡官兵还真是慷慨大方，委黎多等澳葡官员"以手柱额者三，敬谨退出"。

上午九时，林则徐、邓廷桢一行从莲峰庙起身，沿筷子基湾的沙道南行，每经过一座炮台，均鸣礼炮十九响，这是澳葡当局对大清钦差大臣极为尊重的"大礼"。在大三巴炮台的礼炮声中，林则徐一行"入三巴门，自北而南，至娘妈阁天后前行香，小坐"。三巴门为圣保禄教堂遗址，澳门是天主教东方传布的中心，曾被誉为"东方的梵蒂冈"。圣保禄教堂在道光十五年（1835年）一场大火中化为灰烬，废墟上仅余一座三巴门牌坊，教堂一直没有重建，而三巴门牌坊则成了澳门的标志，一如日后圆明园大水法遗址上的石拱门残骸一样，以残缺的方式成了最倔强的历史见证。当年，从三巴门进入澳门城，经圣保禄教堂、花王堂、关前街、穿过营地大街、天通街达红窗门税口，过三巴仔、风顺堂、英国东印度公司支行、高楼街、妈阁街，沿途受到澳门中国居民的热烈欢迎。对此，《林则徐日记》没有记载，但一位叫宾汉（Bingham，J.E.）的英国皇家海军军官在《英军在华作战记》中饶有兴致地补上了这一历史的空白："中国的居民，早已树起几个牌坊，饰以彩球与对联，充满赞扬的词句。当大轿到达各家的门前时，他们搬出桌案，上边摆着花瓶，以表示对于禁烟大臣的谢意。"宾汉的记录似乎很客观，但他却是侵华战争的一名急先锋，在鸦片战争期间任"摩底士底"号战舰司令，1841年8月因负伤离职返英。在此期间，他曾亲身参加"攻陷广州"等多次侵略战役和抢劫活动。这又是后话了。

在西望洋炮台的礼炮声中，林则徐一行"自北而南，至娘妈阁天后前行香，小坐"，然后从妈阁庙"复历南环街，由南而北，凡澳内夷楼大都在目矣"。林则徐一行已走进了澳门最繁华的南湾一带，这里既是各国夷商聚居区，也是澳门的商业枢纽，这让林则徐透过澳门这一扇窗口，对中西文化交汇的澳门至少有了感性的认识。而这一带也曾是鸦片贸易的重灾区。林则徐沿途"督率随关抽查夷楼民屋"，看户口是否与登记相符，从他点面结合、重点抽查的结果看，"均与册造相符"，"该西洋夷楼实无存贮烟土情事"。据《林则徐日记》："夷人好治宅，重楼叠屋，多至三层，绣闼绿窗，望如金碧。是日无论男妇，皆倚窗填衢而观。"

他对那些夷人还观察得特别仔细，而他的描述后来沦为了不少人揶揄他的笑柄——

他觉得夷人的装束不伦不类："惜夷服太觉不类。其男浑身包裹紧密，短褐长腿，如演剧扮作狐、兔等兽之形。"以致后来，他认为这种装束的英国士兵"腿足裹缠，结束紧密，屈伸皆所不便，若至岸上更无能为"，并由此而做出了"洋面水战系英夷长技"、而其不善在陆地作战的猜想。

他对洋人的帽子也挺奇怪："其帽圆而长，颇似皂役，虽暑月亦多用毡绒之类为之，帽里每藏汗巾数条，见所尊则摘帽敛手为礼。"

对洋人的鬈发和胡髭，他更是谓之骇然："其发多鬈，又剪去长者，仅留数寸。须本多髯，乃或薙其半，而留一道髭毛，骤见能令人骇，粤人呼为鬼子，良非丑诋。"

他可能是第一次看见黑人，"更有一种鬼奴，谓之黑鬼，乃谟鲁国（摩洛哥）人，皆供夷人使用者，其黑有过于漆，天生使然也，妇女头发或分梳两道，或三道，皆无高髻。衣则上而露胸，下而重裙。"

他可能也是第一次听说世上还有自由恋爱，这些洋人"婚配皆由男女自择，不避同姓，真夷俗也"。

林则徐的这些描述很生动，甚至很传神，但也确实挺好笑，可见大清帝国在当时还处于多么封闭的状态。但透过林则徐的观察和描述，也可以发现这位钦差大臣，对于西方世界充满了新鲜感，他简直像一个天真好奇的孩子一样。

林则徐是清朝历史上第一位也是唯一一位巡阅澳门的钦差大臣,从上午八时至十一时,前后共三个小时。不能不说,林则徐这次巡阅澳门充满了一个天朝大吏的傲慢,他对外国人背后的西方世界确实还不大了解,但他以清朝皇帝代表的身份,庄严宣示了中国对澳门的主权,堪称"极一时之盛"。林则徐随后奏报道光帝(《巡阅澳门情形折》):"此次因查办鸦片,执法綦严,澳夷震慑天威,是以倍形逊顺。"

为了缅怀林则徐捍卫主权的丰功伟绩,1989年,在纪念林则徐巡阅澳门一百五十周年的日子里,经澳门新闻文化界人士倡议,莲峰庙值理会主席龚树根在众值理的支持下,在当年林则徐驻节会见澳葡当局官员的莲峰庙前,建立了林则徐像,并于1997年建起了林则徐纪念馆。

从义律如丧家犬一样灰溜溜地逃离澳门,到林则徐威风凛凛巡视澳门,难免令人充满了喟叹,这其实无关世态炎凉,也不是人与人之间的差别,它所凸显的是国家主权的意义,当你对一个地方拥有主权,哪怕作为一个普通的国人,也能拥有一份作为主人的尊严,而当你没有主权或丧失了主权,你将沦为没有任何尊严的亡国奴,或是像义律一样的丧家犬。而义律和那些英国鸦片贩子原本就不是这片土地的主人,他们其实可以做出另一种明智的选择,那也是林则徐明明白白地给他们指出的一条活路,那就是遵命具结,在尊重中国主权和法律的前提下与中国通商。然而,在暴利的驱使之下,无论是那些被鸦片养肥了的英国商人,还是那个在鸦片贸易中获得了巨额利益的大英帝国,又怎么会放弃鸦片贸易?归根结底,还是那句话:"贪婪是资本家的本性,最大限度的追求最大利润就是他们的目标。"

三、鸦片战争之前的战争

随着林则徐与义律的较量步步升级，已到了剑拔弩张的状态，火药味越来越浓。

就在林则徐巡视澳门两天之后，七月二十七日（9月4日），义律委派其翻译郭士立作为特使传信林则徐。郭士立（Karl Friedlich Gutzlaff），为德国基督教路德会牧师，在中国传教多年，继马礼逊后任英国驻华贸易商务监督的首席翻译。他也是当时有名的中国通，能说一口流利的中国官话和广东话、福建话，在泰国他甚至被当地郭姓华侨认作郭氏宗祠族人。

义律希望通过这样一位中国通与林则徐沟通，一是要求中方解除禁令和恢复水粮，即广东水师解除对英国船只的封锁，由当地官府制止尖沙咀一带的村民在英船取水的淡水处投放垃圾和毒药；二是恢复中英通商。这些貌似合理的要求，林则徐可以满口答应，但前提是，英商必须与中国政府甘结，保证永远不再贩卖鸦片，义律必须交出"林维喜案件"的凶手，由中方依法审判。如果撇开了这一前提，林则徐就显得蛮横无理了。反之，如果义律拒不答应中国政府的这一合理要求，他的一切请求都是蛮横无理的。这其实就是问题的症结，它之所以成为一个死结，不是林则徐不愿解开，而是义律不愿解开。

事实上，义律也知道，他若不愿解开这个死结，林则徐是绝不会答应他的要求，他这也是玩弄先礼后兵的策略，在传信之前他就已做好了武装挑衅的准备。对于义律，挑衅的目的不是为了中英通商，而是为了挑起战争，他要让发动一场战争的理由变得更充分。这种挑衅里也不乏试探的因素，他要探测广东水师的实力，也要试探一下林则徐面对战争的勇气、决心及其军事指挥才能。

就在郭士立传信的当日下午，英舰"窝拉疑"号舰长士密（H.Smith，通译史密斯）乘坐"路易沙"号，率"珍珠"号等共五艘大小舰船驶进九龙湾，其中，"路易沙"号载有十四门火炮，"珍珠号"载有六门六磅炮，而火力最强的则是载炮二十八门的"窝拉疑"号，但士密留了一手，一开始并未让"窝拉疑"号参战。士密以"递禀求为买食"，突然"出其不意"，于下午三时"将五船炮火一齐点放"，向广东水师船舰开火。当时，大鹏营守将赖恩爵奉林则徐之命，正率领三只三艘各载十门炮的水师船在九龙山口岸巡逻，"查禁接济，防护炮台"，英舰突然不宣而战，赖恩爵立即指挥三艘各载十门炮的水师战船和九龙炮台同时反击。

赖恩爵（1795—1848），字简廷，新安县大鹏城客家人。大鹏赖氏三代出了五将军，赖恩爵为"三代五将"之一，少年随父从军，十八岁即授门营参将军，为道光一代最年轻的战将。九龙海战前夕，英舰频频挑衅，林则徐召众将商议，准备应战。众将见英国舰船又大又坚固，枪炮又利害，都不敢请战，只有赖恩爵奋勇请战，并向林则徐立下誓死抗英的军令状。赖恩爵足智多谋，又善于选择战机。据说，除了水师船，他还下令征用一批民船，使我方船只达五百多艘，在每个船两旁排立稻草人进行伪装，装上一口铁炮，配两个炮手，十个兵，准备出战，适遇接连三天大雾，看不清是人是物，而赖恩爵觉得这正是出战的好时机，于是亲自率军出战，闪电般把英军包围起来，百炮齐发，打得英军晕头转向，击沉英舰一艘，击死英夷三十多人，击伤无数，英军主帅道格拉斯（或译得忌刺士）的胳肘也被打断了。这段"据说"，或有民间演义的成分，没有可信的文献可以佐证，与正史的叙述也有抵牾。这里还是以比较可信的、中英双方可以互相佐证的史载为准。

这次海战，协同赖恩爵作战的左营游击麦廷章也是一位骁将，他出身于武将之家，广东鹤山人，其父麦鹰扬是乾隆丁未科的武科探花，授二等御前侍卫，出任福建水师提标中军参将。麦廷章自幼受父亲耳濡目染，得其武术真传，七岁时已身怀绝技，舞起大刀如雷似电，令人惊叹。麦廷章九岁那年，父亲不幸殉职。麦廷章继承父志，十八岁从军，入伍后镇守海防。林则徐抵粤后考察水师将领，见麦廷章骁勇善战，屡立战功，奏请授左营游击，赏戴花翎，钦加参将衔（正三品武职）。在赖恩爵的指挥下，麦廷章率水师兵勇奋起还击，随后英国主舰"窝拉疑"号开炮增援，麦廷章指挥兵勇发炮将其主帆击中，可惜水师炮弹都是没有爆发力的实心弹，没有太大的杀伤力，英舰开始疯狂反扑，用密集的炮火狂轰水师船，麦廷章冒着火网，驱船冲入敌阵，奋力迂回还击，迫使英船前后无法接应。

此役，史称九龙海战，双方激战五个多小时，一说战至傍晚六点多，以中方获胜、英船逃窜告一段落。大鹏营牺牲了两名兵丁，两名重伤，四名轻伤，英兵死伤狼藉，仅海面捞起的浮尸就有十七具，清军水师还击沉了其双桅舰一艘,"剑桥"号船长道格拉斯(旧译得忌剌士)"被打穿了胳臂"。"剑桥"号(又译"甘米力治"号)是一艘排水量达一千零八十吨大型武装商船,关于这艘船,后边还有故事,这里暂且按下不表。

从九龙海战双方直接投入的实力看,英方的参战舰船和载炮数量均超过清军水师数倍,加之船坚炮利,在海战中具有压倒性的优势,应该说中方创造了一个以少胜多、以弱胜强的战例。中方能够取胜,一是发挥出了在主场作战、有九龙山炮台配合作战的优势,而最大的优势还是中国军人所表现出的敢打敢拼、顽强作战的意志。据当时参与这场战事的一名英国军官亚当·艾姆斯里记述,中国水师船和炮台上的炮火都"打得顽强而相当准确",使英国士兵"人都瘫痪了","说不出话来",这个军官最后说:"我希望我绝对不再参加这种战斗,从这次战斗里,我们已经被揍得很够受的了……"

战后,林则徐、邓廷桢战后的会衔奏报(《九龙洋面轰击夷船情形折》):"七月二十七日午刻,义律忽带大小夷船五只赴彼(九龙山口岸),先遣一只拢上师船递禀,求为买食。该将(大鹏营参将赖恩爵)正遣弁兵传谕开导间,夷人出其不意,将五船炮火,一齐点放。……该将赖恩爵见其来势凶猛,亟挥令各船及炮台弁兵,施放大炮对敌,击翻双桅夷船一只,在旋涡中滚转,夷人纷纷落水,各船始退。少顷该夷来船更倍于前,复有大船拦截鲤鱼门,炮弹蜂集,我兵用纱网等物,设法闪避,一面奋力对击。……迨至戌刻,夷船始遁回尖沙咀。"

道光皇帝收到奏报后,在原奏上加朱批道:"既有此番举动,若再示以柔弱,则大不可,朕不虑卿等孟浪,但诫卿等不可畏葸,先威后德,控制之良法也。相机悉心筹度。勉之!慎之!"不过,道光帝又要求林则徐"计出万全,一劳永逸,断不致轻率偾事,亦不致畏葸无能"。道光帝总是提出一些说起来容易、做起来很难的要求,实在是令林则徐左右为难、动辄得咎的双刃剑,对侵略者出手重则是"轻率偾事",出手轻则是"畏葸无能",天底下又哪有什么"一劳永逸"的好事,这也为道光帝日后清算林则徐提前埋下了伏笔。不过,由于林则徐、邓廷桢的奏报,倒是让赖恩爵获得了道光帝的赏识,赏戴花翎,晋升副将,还御赐其"呼尔巴图"(勇士)称号。赖恩爵也确实当之无愧。

九龙海战是英舰打响了第一炮,《时代周刊》称之为"鸦片战争第一枪",有史家称这次海战"揭开了第一次鸦片战争的序幕",而来新夏先生甚至认为"鸦片战争从此爆发"。但严格而言，这次海战，英方参战的只是率属于东印度公司的中小型舰艇以及"剑桥"号等武装商船，从双方投入的兵力及作战规模看，这只能算是一次小规模的武装冲突，还没有上升到战争级别。事实上，林则徐也不想将双方的冲突上升到战争，而义律虽然一直想发动侵略战争解决，但此时他还远远没有发动战争的实力。

九龙海战之后，义律又多次向林则徐做出交涉，要求重开谈判，有人说他是"企图进行妥协以避免战争"，这是对义律的绝对误解，义律始终百般阻挠英商与中方具结，也不愿交凶（林维喜案的凶手），而林则徐在原则上是绝不会让步的，他深知，如果不具结者可贸易，禁烟之举必全功尽废，于是设定了以具结和交凶为必要前提，一个死结仍然无法解开，而所谓谈判只能最终破裂。这既是林则徐的预料，也是他一直难以理喻的，就在发生冲突的当日，林则徐在《致怡良函》中说："替义律设想，总无出路，不知因何尚不回头。"这反映了当时林则徐对义律处心积虑发动侵略战争的真实意图尚未洞察。诚然，凭义律本人是难以发动一场大规模侵略战争的，但以义律对英国政府的了解，他对英国发动一场侵略中国的战争已有十足的把握。他的抗拒，实是等待。他已迫不及待。

九月二十八日（11月3日）中午，又一艘已于此前遵式具结的英国商船"皇家撒克逊"号（或译"罗伊亚·撒克逊"号，船主当嘟，在历史文献中也称"当嘟船"）在中国引水的导航下驶至虎门海口穿鼻洋面，准备报关入口。但此船刚开不久，就被义律发觉了，他立刻下令"窝拉疑"号和"海阿新"号追赶，"窝拉疑"号就不用说了，而"海阿新"号（或"海阿斯"号）也是英国东印度公司舰队的一艘兵舰，装载火炮二十门，船长华伦（Warren），其船在历史文献中有时也称"华伦兵船"或"华伦"号。这两艘英国舰船为属轻巡舰，但同广东水师船（师船）相比，其战斗力已经相当强了，在鸦片战争爆发之前，它们是义律进行武装挑衅的急先锋，也是其主力战舰，在历史文献中的出现频率很高，由于船名和船长名字混为一谈，很容易混淆而发生历史误会。

这次行动，一说义律也登上了"窝拉疑"号，亲自指挥，这是有可能的，义律原本就是一位退役的海军上校。但我通过多种历史文献的分析，未能找到义律亲自登船指挥的可信证据。但这两艘英舰显然是奉义律之命执行任务，它们在距虎门三十里外的穿鼻洋面追上了"皇家撒克逊"号，"窝拉疑"号发射一枚炮弹，凌空越过"皇家撒克逊"号的顶帆，试图以武力横加阻挡其入关，迫令其折回。恰好，广东水师提督关天培率二十九艘水师巡船出现在穿鼻洋面上，关天培正欲派员前往查究"窝拉疑"号，船长士密竟然下令炮击水师船。他对"皇家撒克逊"号只是鸣炮示警，对中国水师巡船却是直接炮轰，而且打得稳准狠，炸毁了水师火船一只，提标左营二号米艇也被英舰炮火击中火药舱，"登时燃起，烧毙兵丁六名"。关天培在猝不及防中的反应敏捷而果断，立即下令本船兵弁开炮还击，并挥令后边的师船协同作战。这是中英第一次穿鼻海战，几乎在突然间就有些"不明不白"地打起来了。史上对开战的说法很多，有此一说，当时关天培的船上挂着红旗，这其实是水师旗舰的标志，但英国海军无事皆挂白旗，只有出战时才挂红旗，是故，英军一见师船挂着红旗便以为对方已经进入"出战"状态，于是先发制人，而广东水师则是例行的巡防，事前并未接到任何作战命令，此战并非主动进攻，而是被迫采取自卫还击。不管开战的原因如何，此战应是英军主动挑起的一场遭遇战。从双方实力看，英军投入作战的只有两艘轻型舰，而广东水师船艇则有二十九艘之多，而且是由统帅关天培亲自指挥作战。若从兵力和船艇数量而言，广东水师占有绝对优势。但在这次海战中，广东水师反而暴露出了很多劣势。应该说，关天培的战斗意志是坚定而顽强的。眼看"窝拉疑"号越逼越近，他一直挺立在旗舰的桅杆前，拔刀督战，并严令水师官兵："敢后退者斩！"

这时，"海阿新"号绕到"窝拉疑"号后边，集中炮火攻打关天培乘坐的师船，炮弹飞过桅边，剥落桅木一片，从关天培挥刀督战的手背上擦过，一片血花在阳光中飞溅而出。但关天培"仍复持刀屹立，又命人取银锭先置案上，有击中敌船一炮者，立刻赏银两锭"，这也是中国自古以来激励军人斗志的最直接有效的方式，如汉代《黄石公三略》所谓，"香饵之下，必有悬鱼，重赏之下，必有死士"，一边是主帅挥舞着的白晃晃的利刃，一边是摆在案上的白花花的银锭，旗舰上那三个铜炮果然是大显神威，操炮的弁兵对准"窝拉疑"号连轰数炮，将其头鼻（船头，粤人称之为头鼻）轰然打断，那船头上的数十个英兵在一片哇哇的惊呼声中纷纷滚跌入海。

那位在九龙海战奋力作战的麦廷章也参加了这次战斗，面对"窝拉疑"号的疯狂轰击，麦廷章"督率弁兵，连轰两炮，击破该船后楼，夷人亦随炮落海，左右舱口，间有打穿"，而"窝拉疑"号左右舱口，也被打穿了不少窟窿。"海阿新"号眼看"窝拉疑"号连续遭受炮击,一直不敢冲上前来,但还是挨了几炮,被击中了桅杆和缆索。

据宾汉的《英军在华作战记》:"水师提督的战船和其余几只船,据着原地,猛力对我方进攻,实在出乎我们的意料之外。从距离看来,中国的炮和火药是很好的,只不能自由地上升下降,炮弹太高,多无效果,只有少数落于船桅和索具之上。'窝拉疑'号船帆上中了几弹,'海阿新'号的船桅和索具也中了炮弹。一个十二磅的炮弹,击中了'海阿新'号的船桅,又一弹击中了主要横帆……"

透过这样的记载分析,清军水师的战斗意志是很强的,但由于火炮"不能自由地上升下降",加之师船皆为不开花的实心炮弹,哪怕打得相当准,击中了英舰的要害处,也只能打出几个窟窿眼,没有爆炸力。这一场海战从正午十二时交火到下午两点,双方激战约一个时辰左右,最终,"窝拉疑"号仅船头船尾、横桅和帆桁受伤,但并未遭受致命的重创,那些落水者也均被救起,无人员伤亡,而广东水师的二十九艘巡船均不同程度地受损,有三只船艇遭重创进水(一说有三艘当场沉没),从死伤情况看,先是在突遭偷袭时有六名兵丁烧毙,后又被英舰炮火击毙九人,共有十五兵丁死亡,伤数十。从损失程度看,英军凭借其舰船和武器的优势,在实际战果上也占了优势。从另一种结果看,"窝拉疑"号最终以"帆斜旗落,且御且逃"的姿态逃离,"海阿新"号亦随同遁去,广东水师也堪称是此役的最后胜利者。

关天培返航回抵沙角后,立即把战况飞报林则徐,林则徐对此做出了分析:"此次士密等前来寻衅,固因前在九龙被击,意图报复,而实则由于义律与图卖鸦片之奸夷暗中指使","无非恃其船坚炮利,以悍济贪",他预感到英国侵略者还会再来逞凶,立即传令严加防范。他向道光帝奏报,"收军之后,经附近渔艇捞获夷帽二十一顶,内两顶据通事认系夷官所戴,并获夷履等件,其随潮漂淌者尚不可以数计",可见英军被打得纷纷落水是真实的,不然在大海中哪能捞起那么多英军失落的帽子和鞋子,林则徐是一个特别注意细节的人,他还特别强调,据通事确认,其中有两顶帽子是英国军官所戴的帽子,可见英国官兵在当时被打得有多么狼狈不堪。

这里还须交代一下,在鸦片战争期间的1841年1月至2月间,英军攻打穿鼻大角威远炮台,英军"复仇女神"号(Nemesis)与清军水师发生了炮战,此役称为穿鼻海战或穿鼻大战，我在翻检穿鼻之战的文献资料时，发现很多文章将这两次穿鼻海战混为一谈，并附有一幅《穿鼻洋海战图》，这幅西洋画描绘的是"复仇女神号"与清军水师炮战的场景，与鸦片战争前发生的穿鼻之战没有任何直接关系。

从九龙海战到穿鼻之战，林则徐冷静地分析中英双方力量对比，他认为英军船利炮坚，而中国师船木料不坚，"未便穷追远蹑"，从而确定以守为战、积极防御的抗英战略，"坚垒固军，静以待之"，"扼其要害，务使可守可攻"。他还特别指示驻防九龙湾、尖沙咀、官涌山一带的守军严密监视敌人的行动，准备相机剿办。九龙港一直是军港，在九龙湾畔建有九龙官涌炮台，有城墙，有炮位，有营房，它的对岸是香港岛的红香炉汛，两个要塞扼守鲤鱼门内洋。自穿鼻洋之战后，林则徐将这里的炮台扩建为尖沙咀和官涌两座炮台。

英舰在穿鼻之战败北后，"窝拉疑"号和"海阿新"号从穿鼻洋逃回尖沙咀，停桡修理。英船脊背之上，我方的官涌山守军也在加紧修筑工事。英军发现官涌山上形迹可疑，害怕遭受清军俯攻，连夜放出舢板，偷偷驶近官涌山边，从沙滩上爬上坡来窥探虚实，试图发起偷袭。驻守该处的为增城营参将陈连陞（1775—1841），湖北鹤峰人，土家族，行伍出身，道光十九年一月，随钦差大臣林则徐到广州禁烟。这是一位比林则徐还年长十岁的老将，但老当益壮，作战勇猛。他发现敌情后，随即派兵截拿，打伤英兵二人，夺枪一杆，英军纷纷滚崖逃走，帽子、鞋子满地翻滚。此为英军第一次进犯官涌。

英军为拔除官涌山营盘的威胁，又于九月二十九日（11月4日）夜出动兵舰数艘，第二次进攻官涌，他们对准官涌营盘一字排开，向官涌营盘猛烈仰攻，但因官涌营盘工事坚固而地势又高，英舰仰攻只能将炮弹射向高空，再降落到冈，很难击中或击毁炮台。官涌营盘守军在陈连升的率领下，利用居高临下的有利地形，向英兵舰进行俯击，打得他们逃至外洋躲避。

十月初三（11月8日）英国舰船第三次来袭击，这次是以大舰正面对着官涌营盘开炮，同时派小船抄到侧面，乘海潮冲击扑岸，百余人乘隙抢上山冈，乱放鸟枪，击伤清军兵丁两名。增城营把总刘明辉率兵下山截击，用大刀、木棍打伤敌人数十名，死亡数人，把他们赶下海去。

十月初四（11月9日）英兵舰在离官涌山岗不远的胡椒角开炮试探，在陈连升的指挥下，营盘守军游击德连用大炮、抬炮一齐轰击，英兵舰被击中，带伤潜逃。

林则徐得知英国侵略者窥伺官涌的消息，和邓廷桢、关天培一起研究决定，调派了熟悉这一带情况的候补知府余保纯、候补县丞张鹛、新安县知县梁星源、驻守大鹏湾的参将赖恩爵、游击马辰等就近带兵往官涌通力合作，准备夹攻来犯英军，另有乡勇前后策应。经过几天的紧张调度，各路官兵齐集官涌，各将领认定山头，分兵五路扼守。新调来的六门大炮，也在官涌营盘安装起来。

第五次交战在十月初六日（11月11日）晚，英船发现官涌营盘安炮，当即赶装炮弹。到起更时，英船先下手为强，放炮攻击。在陈连升的指挥下，马辰与其他将领协同五路大炮交叉还击，重叠齐轰，遥闻撞破船舱之声不绝于耳，一两小时后，英船灯火一时熄灭，弃阵逃命。第二天清晨，尖沙咀英船已逃走过半，留下的十余只也逃到远处抛锚，船上篷扇、桅樯、绳缆、杠具，狼藉不堪。海中还有一只双桅帆船，半浮半沉，摇摇欲坠。

十月初八日（11月13日）傍晚，曾在九龙寻衅的"剑桥"号（"甘米力治"号）和在尖沙咀村逞凶的"多利"号等十余只英国舰艇和武装商船驶近官涌，伺机偷袭。我军发现后，即分起赶赴五路山梁，等到英船驶入射程之内，一齐开火。"多利"号连中两炮，仓皇遁去，其在旁探水的划船一只被击翻，其余英船见势不妙，争先撤退。

官涌之战，"旬日之内，大小接仗六次，具系全胜"，林则徐将官涌山之战奏报道光帝，如果加上此前的穿鼻之战，可谓是"七战七捷"，后世认为他高估了清军海防能力，"实实在在地误导和鼓动了道光皇帝及朝臣们虚幻的胜利感"，其实林则徐并未夸大战绩，他也不敢夸大战绩，道光帝早已谕令他"断不致轻率偾事"，而这次"接仗"诚如他对关天培所说，英船"始则抗违，继且猖獗，是驱逐由其自取，并非衅自我开"。他也从未低估英夷的作战实力，他在奏报中交待"知该处叠被滋扰，势难歇手"，因而不得不"添调官兵"，加强炮台火力，"各认山梁，安置炮位，分为五路进攻"，他为何要调集这么多的兵力来会剿英夷？这足以证明英夷的坚船利炮之厉害。从另一方面看，尽管其交战对象并非英军主力，但以英人之船坚炮利，能够取得这样的战绩殊为不易，这实际上也是他扬长避短的战术，倚仗要塞和炮台的优势，在当地乡勇的配合下，集中数倍于敌之兵力以歼灭来自海上之敌，如果日后的鸦片战争能像这样打，历史不是没有改写的可能。尽管这些"接仗"皆为小规模战斗，但也可"积小胜为大胜"，其战果还真是不可小觑，英国舰船在六犯官涌失败后，使他们企图采取步步进逼，登陆九龙和进入内河的阴谋遭到破产，而且不得不退出"群山环抱，浪静风恬"的尖沙咀九龙湾一带。

诚如林则徐在奏报中所说："查该夷船所泊之尖沙咀洋面，群山环抱，浪静风恬，奸夷久聚其间，不唯藏垢纳污，且等负隅纵壑，若任其踞为巢穴，贻患曷可胜言。臣等自严断接济以来，已于尖沙咀一带择要扎营，时加防范，本意只欲其畏威奉法，仍听贸易如常，原不忍遽行轰击，而乃抗不具结，匿不交凶。"林则徐是给了他们出路的，"此次剿办之余，（英船）于澳门既不能陆居，于尖沙又不能水处，苟知悔悟，尽许回头。若义律以士密等尚以报复为心，则坚垒固军，静以待之，亦自确有把握"，但义律却不愿回头，反而将那些想要具结的英船绑架在一起，共同对抗中国官府。战后，英国军舰两艘、鸦片船及武装商船数十艘逃离尖沙咀洋面，从而陷入了"于澳门既不能陆居，于尖沙又不能水处"的处境，只能退到珠江口外的龙波、筲洲、赤沥角、长沙湾等外洋洋面上分散停泊，这让他们负隅顽抗、继续走私鸦片的图谋基本上破产了。这也给林则徐、邓廷桢、关天培等人赢得了战备的时间，为防止英国侵略者再犯，他们又主持了在尖沙咀、官涌添置炮台，经过余保纯、赖恩爵、梁星源等实地勘察后，于尖沙咀山麓、官涌之南山上各建炮台一座，由内地调配大炮五十多门，有效地控制了官涌一带洋面。还将大鹏湾营改为协，派副将驻守。大鹏协与香山协东西遥相对峙，加强了虎门要塞东西两翼的防守能力。

林则徐在奏报中还为关天培、陈连升、马辰等官兵请功，老将陈连升被提升为三江口协副将，而等待他的还将有更艰巨的任务。

尽管道光帝对穿鼻之战和官涌之战不吝赞赏，但他对林则徐、邓廷桢会奏的《英兵船阻挠该国商船具结进口，并各处滋扰在穿鼻尖沙咀叠次将其击退折》却有诸多责备。他原以为林则徐一到广州，将鸦片收缴销毁之后便可大功告成，岂料不但久拖未决，反而又生出了这么多是非。这让道光帝有些急躁了，他对"林、邓奏报与英人反复谈判不果、始驱逐英商出澳"很不耐烦，觉得他们"近于畏葸"了，希望林则徐速战速决，尽早了结粤海的是非，赴两江总督任，"林则徐已放两江总督，现虽专办此事，岂能常川在粤？即邓廷桢统辖两省，公务繁多，亦不免顾此失彼"！

第五章
历史没有空白

眼看一年走近了尾声，道光帝愈加急火攻心，恨不得快刀斩乱麻，而他的快刀竟然是截断与英国的通商贸易。林则徐刚刚接到一道谕旨，道光皇帝又下了一道谕旨："英吉利国夷人自议禁烟以后，反复无常，前次胆敢先放火炮，旋经剀谕，伪作恭顺，仍勾结兵船，潜图报复，彼时虽加惩创，未即绝其贸易，已不足以示威。……即使此次具出甘结，亦难保无反复情事，若屡次抗拒，仍准通商，殊属不成事体，至区区税银，何足计论！……着林则徐等酌量情形，即将英吉利国贸易停止。所有该国夷船，尽行驱逐出口，不必取具甘结。其殴毙华民凶犯，亦不值令其交出。当嘟（即"皇家撒克逊"号）一船，毋庸查明下落。并着出示晓谕各国，列其罪状，宣布各夷。"

自从五月底义律宣布禁止英船进口贸易，到十一月初道光帝下令停止英国贸易，整整半年过去了。这块义律气势汹汹地拿在手上，威吓中国的大石头，终于砸到自己的脚上。他一手造成了英国纺织工业资本家集团和鸦片贩子集团深为焦虑的结果：三十三只英船不得进口，卖不出货物，买不进茶叶，贸易利益全被美国等国商人占去了。这不仅让义律大为沮丧，英商们也大为不满，《广州周报》刊载英商的怨言说："现今封港之事，害英国人之利，比害中国人之利更多。"

对于拥有绝对权威的圣旨，林则徐只能奉命而行，但他心里十分明白，道光皇帝想以此一劳永逸地禁绝鸦片并解除英国侵略的威胁，但禁绝贸易则是良莠不分，而就算你把大门管得死死的，那些鸦片分子也有空子可钻，禁绝鸦片关键不在关门，而在把门看好。在中方宣布停止英商贸易后，大多数英国巡船、趸船、货船依然停泊在长沙湾等处，外洋虽风浪靡常，他们却仍是迁延不去。对此，林则徐只能如实上奏："该国货船停泊外洋，本未进口，兹闻天威震怒，自当警懔回帆。惟奸夷之夹私者，固仍冀售私，即良夷之载货者，亦未肯弃货，徘徊观望，势所必然，谅非空言所能谕遣。"

林则徐虽说对英国鸦片分子和杀人凶手恨之入骨，但他对从事正当贸易的英国人（良夷）充满了友善。十一月初九（12月14日）午后，他在天后宫接见了英国三桅船"杉达"号上的十五位遇难生还者，"面谕约逾一时之久，并赏食物，各免冠谢，即遣员弁具舟解往虎门，归其舟次"。一个钦差大臣接待英国遇难船员，这在当时是前所未闻的，按"华夷之辨"的传统礼法和清廷之规定，未经朝廷批准，清朝官吏是不准擅自接待夷人的，何况林则徐还有着钦差大臣的特殊身份，更应该慎之又慎。林则徐也的确是一个慎之又慎的人，但他却不止一次地接待外国人，这又表现出了他的灵活性。

在这批遇难生还者中有位船医喜尔（Dr.Hill），他详尽记录了"杉达"号的遇难经历和受到林则徐热情接待他们的过程。在林则徐接待他们的两个多月前（10月12日），"杉达"号在海南岛附近遇难沉没，喜尔等人侥幸生还后，辗转抵达广州，当时道光皇帝已下令断绝与英国的贸易，对英国人一概拒之门外，但林则徐不但没有驱逐他们，反而慰问了他们。这也再次证明，林则徐对英国人和那些顽冥不化的鸦片贩子一直是区别对待的，也是很人道的。

林则徐对英国人的热情友善给喜尔留下难忘的记忆，他再三向船员表示，希望中英友好。在叙谈中，林则徐询问了"杉达"号航行的路线和载货情况，还借机探询英国国内是否已经知道中英之间发生战事。他指出中英间战争的发生是"由于英国人倾销鸦片"，还向喜尔等人了解美国、土耳其等国情况。在这次谈话中，再次暴露出清朝官员在长期闭关锁国的状态下，即便如林则徐这样的人对世界知识也所知甚少。据喜尔记载："讲至都鲁机（土耳其）出产鸦片时，钦差即问都鲁机是否系米利坚（美利坚）地方，抑或系米利坚所属之地？"

喜尔应该不会撒谎，林则徐对这个比他年长九岁的"米利坚"确实还不太了解。美利坚合众国于1776年7月4日成立，更准确地说是独立，其《独立宣言》是美国建立的开端。林则徐在广东禁烟期间，美利坚合众国由二十四州组成，各州都有很大的独立性和自主权，或许是由于翻译不准确的问题，让林则徐引起了莫大的误解，在他的奏稿中，竟然认为美国"并无国主，只分置二十四处头人"。而他对土耳其就更不了解了。当喜尔告诉他，都鲁机不属米利坚，只离中国约一月水程，"钦差同各位大官府，尽皆似是惊讶"。

这次接见，林则徐还请喜尔等人帮助他订正正在翻译的西书中的译文，其中最重要的一份文件，就是林则徐致英国国王的一封信（《谕英吉利国王檄》），林则徐请喜尔等人帮助他仔细校订和修改，连一个标点符号都不放过。

四、开眼看世界

在叙述林则徐致英国国王的一封信之前，先必须切入中国近代史上的一个重要主题——开眼看世界。

林则徐既是世界禁毒之先驱，也是近代中国"开眼看世界的第一人"。

对于前者，乃是一致公认，但对于后者，至今却有不同的声音。

对于一个人的历史定位，我从来不相信所谓权威话语，但凭历史事实说话。

时下还有人拿林则徐闹出的笑话来揶揄嘲讽他对西方世界的"愚昧无知"，我在叙述中一直没有回避林则徐对西方的误解，他对"夷人"充满了一个天朝大吏的鄙夷和偏见，因而闹出了不少"无知的笑话"，这是历史事实，我觉得没有必要为尊者讳。然则，如果你觉得这些话太可笑了，应该先设身处地替一位先辈着想，从当时中国的背景中去理解他、体谅他，而不能以当下的眼光来打量那个时代的故事。

首先必须正视，林则徐不是神，我更无意把他神化，尽管他对世界的了解、对未来的预见几乎超越了他同时代的所有人，但他还是难以超越他所处的时代。殊不知，曾几何时，由于清王朝以天朝上国自居，长期实行"闭关锁国"政策，不愿融入世界历史的现代进程，致使大清帝国上上下下对中国以外的世界既毫无所知，也毫无兴趣，而对鸦片贸易的主要输出国英吉利也是只闻其名而不知其实。我们如今耳熟能详的世界知识，在当时的中国几乎还是知识的空白，这也决定了林则徐作为一个历史人物的历史局限。对此，范文澜的《中国近代史》（1947年初版）已做出客观评价："林则徐的才能在当时虽然是第一流，但闭关时代的封建知识限制了他，使他对于中国以外的世界，尤其是资本主义的世界，茫然无知。他起初和一般士人一样，抱着'天朝声威'可以'慑服夷人'，'茶叶大黄，外夷若不得此即无以为命'，'绝市闭关，尔各国生计从此休矣'一类自高自大不识时务的旧见解。"

一个人有局限是必然的，而林则徐相比于其他封建士大夫，他能够意识到自身的局限，而且一直想要跳出这个局限，超越这个局限。诚如近代史家杨国桢先生所说："作为先行者，林则徐的贡献不在于他的对英认识和制敌方略一贯正确，而在于他不颟顸保守，愿意改正旧思想，从无知到逐渐有知，具有积极进取的倾向。拔高林则徐的思想是不足取的。而抓住林则徐在战争初期的错误认识，不看他在战争中的思想变化，把他和道光帝等量齐观，甚至仅以'该夷浑身裹紧，腰腿直扑，一跌不能复起'等语，判断他的认识水平还在明清之际中国人之下，也是不足取的。"

林则徐接下来所做的一切，其实都是为了跳出他所处的那个时代的局限，还有他自身的局限，也是在填补清朝的历史空白。

这里还得从他钦差赴粤禁烟说起，从他的日记和奏稿中都能看出，他在禁烟、缴烟的过程中，尤其是在与义律的较量中，深感自己对世界诸国的了解太少，这就促使他去探求域外大势，"探访夷情，知其虚实，始可以定控制之方"。他更急于改变"沿海文武大员并不谙诸夷情，震于英吉利之名，而实不知来历"的状况。据当时澳门出版的《广州周报》评论："中国官府全不知外国之政事，又不询问考求，故至今中国仍不知西洋……中国人果真要求切实见闻，亦甚易，凡老洋商之历练者，及通事、引水人，皆可探问，无如骄傲自足，轻便各种蛮夷，不加考究。"林则徐初到广州时，对外国的知识比一般官员也强不了多少，也难免会闹出一些笑话，但他的最可贵之处就在于，他不像那些故步自封的封建士大夫那样，而是采取积极主动的态度去弥补自己的贫乏的世界知识，又如《广州周报》所谓："惟林总督行事，全与相反，署中养有善译之人，又指点洋商、通事、引水二三十位，官府四处探听，按日呈递，亦有他国夷人，甘心讨好，将英吉利书籍卖与中国。林系聪明人，不辞辛苦，观其知会英吉利国王第二信（《谕英国国王书》），即其学识长进之效验。"

据近代史家钩沉，主要是从外国人的史载中打捞，林则徐抵粤不过数日，就派人搜集西方的书刊文献。他至少聘请了梁进德（亚秩）、袁德辉等四位英文幕僚。

梁进德为基督教第一位华人牧师梁发之子。梁发比林则徐小四岁，生于广东肇庆府高明县古劳村的一个农民家庭，在念了三年多村塾后，因家贫而放弃学业，到广州当制笔和印刷工人，其间与英国传教士马礼逊结识，后成为基督新教的第一位中国传教士，他还是第一个参加近代化中文报刊编辑、出版工作的中国人。梁发在历史上并非一位显赫的人物，但他影响了两位改变中国的历史人物，一位是林则徐，一位是洪秀全。

林则徐抵粤不久,就看到梁发所撰的《鸦片速改文》。梁发也是最早反对鸦片输入中国的华人基督教传教士,他在日记和《鸦片速改文》中,痛彻肺腑地记录了鸦片烟毒在广东城乡泛滥成灾的悲惨状况,他自己也有多位亲人染上大烟瘾后,或吸毒而死,或倾家荡产,他想以基督教信仰劝诫沉迷于烟土中的众生,救赎他们的生命与灵魂。由于西方传教士与鸦片贸易的关系复杂,有的还受到了烟商的资助,因而极少有公然反对鸦片贸易西方传教士。梁发在劝诫国人戒绝鸦片的同时,也是传教士中最早揭发鸦片罪恶的,他疾呼西方人士(尤其是西方传教士)正视鸦片贸易对中国人生命和灵魂的危害,呼吁他们写信回国,奉劝他们的国人勿再参与鸦片贸易。林则徐读了《鸦片速改文》,忽而拍案,忽而击掌,"人生得一知己足矣,斯世当以同怀视之",此人就是他的知己和同怀啊。他随即召见了梁发父子,据说梁发父子当时还在爪哇,随即奉召赶回广州。林则徐与他们父子俩深谈后,决定将梁发聘为英文幕僚,但梁发此时已年过半百,又加之教务繁忙,便推荐儿子梁进德为林则徐的英文幕僚。

在林则徐的四个英文幕僚中,梁进德是最精通英文的人。由于父亲的关系,他与欧美人士的交往也比其他三人多。十岁时,父亲便将他托付给裨治文培养,裨治文不但教他英文,还教他希伯来文,想让他帮助自己将《圣经》译成中文,不承想阴差阳错,裨治文竟然为大清帝国的钦差大臣培养了一位首席英文幕僚,《马礼逊小传》还特意记上了一笔:"他(梁发)的儿子进德在美国宣教师布立治曼博士家住了八年,现在也在广州做了钦差林则徐手中正式的英文译员。"

林则徐自抵粤之初延聘梁进德,一直到自己被革职查办,梁进德帮助林则徐编译了大量"夷书夷报",沟通中西。他也是林则徐在广州禁烟、虎门销烟直至抗英战争的历史见证人。后来,林则徐还曾有把梁进德推荐给两江总督耆英的想法。林则徐在禁烟运动前后的很多作为,都有梁发、梁进德的功劳。梁发虽不是林则徐的幕僚,但在厉行禁烟和反侵略的立场上与林则徐是高度一致的。国难当头,梁发曾赴敌营晓以大义,力图阻止英军的进攻。

而梁发对洪秀全的影响,则是间接的,当科场失意的洪秀全最后一次考试失败回家后,读了梁发撰写的《劝世良言》,顿时如得神启:"只有上帝是真神,其他一切为人所崇拜的偶像都是妖魔。一切人都是上帝的平等的子女。

上帝差遣他的儿子耶稣下凡,以救赎世人。"他附会圣典,创立了拜上帝教,自称是皇上帝的第二个儿子,耶稣之弟,下凡救世。从洪秀全创立拜上帝会到建立太平天国,一直奉《劝世良言》为圭臬。梁发连做梦也没想到,他撰写的一本《劝世良言》,竟然引发了中国近代史上第一次横扫大半个中国的农民运动,差点就将大清帝国推翻了。若尊重历史事实,洪秀全也算得上近代中国"开眼看世界"的首批知识分子的代表之一,关键还在于怎么看。

这里还看我们的主人公林则徐,他又是怎样"开眼看世界"?据外国文献记载:"他自己先预备几个最善翻译之本地人,他就指点奸细(侦探)打听事件法子。这些奸细、洋商通事、引水二三十位,官府在四方各处打听,皆是有些才能之人,将打听出来之事,写在日记上,按日期呈递登于簿上。有几个夷人,甘心情愿广中国之知识,将英吉利好书卖与中国,俾有翻译人译出大概之事情,有如此考究,并添许多知识。"

为了在第一时间了解国际时局或时务,林则徐组织编译人员从1839年3月到1840年11月,一直不间断地编译《澳门新闻纸》,并令"抄齐统订数本"。据来新夏等史家考证,经过译文原文对照,现存《澳门新闻纸》钞本主要系译自由英国"自由贸易派"商人主办的、逢周六出版的《广州周报》和逢周二出版的《广州纪事报》、逢周四出版的《新加坡自由报》等,这些翻译过来的材料经过林则徐和编译人员逐月加工编成《澳门月报》,分为论中国、论茶叶、论禁烟、论用兵、论各国夷情等五辑,并将西方报刊上议论中国的各种言论辑成《华事夷言》,作为当时中国官吏的"参考消息",对其中的一些重要情况,他还附奏进呈,供道光皇帝"省览"。

林则徐还组织翻译西方书籍,其中最重要的就是林则徐主持编译的《四洲志》,这是近代中国第一部相对完整、比较系统的世界地理志书。这部书译自英人慕瑞(Hugh Murray)所撰的《世界地理大全》,1836年在伦敦出版。该书当时在英国出版还不久,林则徐一经发现,随即便组织英文幕僚将此书全文译出,并由他加工润色而成。该书简述世界四大洲三十多国的地理、历史、政情,乃是中国近代史上开风气之先的发轫之作。而林则徐将此书中文版命名为《四洲志》,又与他的佛教情怀有关,四洲者,乃是借用佛教中的四大部洲,中国佛家认为人间有四个天下,亦即四大部洲,分别表法四类社会阶层里的人道众生,四大洲分布在须弥山东南西北四方的咸海中,分别为东胜神洲,西牛贺洲，南赡部洲，北俱芦洲。林则徐以佛教中的四大洲来指代亚洲、欧洲、非洲、美洲，倒也颇有异曲同工之妙。

梁启超推崇《四洲志》为嚆矢之作："嘉庆中（应作"道光中"）林少穆督两广，命人译《四洲志》，实为新地志嚆矢。"所谓嚆矢，即响箭，因发射时声先于箭而到，犹言先声。

近代历史学家、经学大师陈汉章在《蓬莱轩地理学丛书后叙》中，对林则徐主持编译的《四洲志》的开山意义及后世传承之作交代更清楚："自林文忠公译西人《四洲志》，邵阳魏默深（魏源）、光泽何愿船（何秋涛）因以考订列史外国传及佛国、西游、西使诸记为《海国图志》，并及《异域录》《宁古塔记略》诸书为《朔方备乘》。"

在这些"开眼看世界"的著述中，又以魏源的《海国图志》为集大成者。

魏源（1794—1857），名远达，字默深、墨生、汉士，号良图，邵阳县金潭人。他于道光二年（1822年）中举，但科场坎坷，直到道光二十五年（1845年）才进士及第。一生仕途仅止于高邮知州，晚年弃官归隐，潜心佛学，法名承贯。有人将他称之为近代中国"睁眼看世界的第一人"，这显然不符史实，但他可以列入近代中国"睁眼看世界"的首批知识分子的代表之一。

林则徐比魏源年长九岁，说来两人还真是有缘。林则徐入仕之初在翰林院供职，便与龚自珍、魏源为知己好友。道光十二年（1832年），魏源在南京城西清凉山下乌龙潭边建湖子草堂，其后半生长居此处，林则徐时任江苏巡抚，两人过从甚密。道光二十一年（1841年），魏源入两江总督裕谦幕府，直接参与抗英战争，因清廷和战不定，而投降派昏庸误国，他愤而辞归，立志著述。这年七月中旬，林则徐在遣戍新疆伊犁前夕，曾在京口（镇江）会见魏源，二人同宿一室，对榻倾谈。林则徐把《四洲志》书稿及全部资料交给魏源，而林则徐远戍伊犁，还不知道自己能不能活着回来，他如托孤一般，希望魏源在《四洲志》的基础上进一步拓展，充实已有之内容，补充未有之内容。魏源有《江口晤林少穆制府》诗二首，以记此事——

万感苍茫日，相逢一语无。
风雷憎蠖屈，岁月笑龙屠。
方术三年艾，河山两戒图。

乘槎天上事，商略到鸥凫。

聚散凭今夕，欢愁并一身。
与君宵对榻，三度两翻苹。
去国桃千树，忧时荚再薪。
不辞京口月，肝胆醉轮囷。

　　此诗中的"河山两戒图"，透露了一个重要信息，要同时注意塞北和东南的两处边界（两戒即两界），既要注重海防也要注重塞防。说到林则徐的预见能力，几乎可以用神奇来形容，他在组织翻译西报西书时，就已察觉到俄罗斯有侵略中国的野心。在林则徐编译的《四洲志》中，对沙俄部分辟有专辑（即《俄罗斯国纪要》），后为《清史稿》以及众多的历史地理著述广泛援引。这是林则徐防俄思想的明证。当鸦片战争失败后，朝野上下"方以西洋为忧"，几乎一边倒地倾向于海防，而林则徐在关注海防的同时又率先提出要加强"塞防"，以预防外国侵略者对西北、西南的侵略，从而确立了自己海防与塞防并重的国防思想，他既是近代"防塞论"的先驱，也是中国近代国防思想的先驱。林则徐抵达新疆后，又从伊犁到新疆各地"西域遍行三万里"，实地勘察了南疆八城，更加深了他对塞防重要性的认识。他根据自己在新疆的实地考察以及当时沙俄诱迫清廷开放伊犁、塔城的事实，几乎以疾呼的方式发出了自己的危言："终为中国患者，其俄罗斯乎！吾老矣，君等当见之。"这是他的遗言，也是预言，日后皆被历史验证，同时也验证了他非凡的预见能力。

　　魏源不负林则徐所托，以《四洲志》为蓝本，撰成五十卷的《海国图志》。对此，魏源在序中开宗明义："是书何以作？曰：为以夷攻夷而作，为以夷款夷而作，为师夷长技以制夷而作。"此书对晚清的洋务运动乃至日本的明治维新都具有启发作用。而无论从此书的肇始还是宗旨看，林则徐堪称该书的第一作者。除了《海国图志》，何秋涛的《朔方备乘》，徐继畬的《瀛寰志略》，汪文泰的《红毛番英吉利考略》，梁廷枏的《海国四说》，还有后来清代的域外历史地理书籍以及后来介绍西学、向西方寻求真理的书籍，"都以林则徐的止足点为自己的起步处"。

　　于此可见，无论其他，林则徐就凭一本《四洲志》，也堪称是近代中国

"开眼看世界的第一人"。

然而总有人试图改写历史，如今也有人说越华书院监院、林则徐的幕僚梁廷枏才是近代中国"开眼看世界第一人"，因为他对西方的关注比林则徐更早，而林则徐是在他的影响下眼界才为之一开。

我觉得，首先应该正视梁廷枏的历史贡献，他力主禁烟、"筹海防夷"，在虎门销烟后亲身参与了鸦片战争，还曾出力组织士绅参加广州军民抵抗英军入城的斗争。再后来，徐广缙任广东巡抚、两广总督，又将其纳入幕僚。咸丰年间，梁廷枏以献策抵御外侮和筹办洋务有功，赐内阁中书，加侍读衔。此公虽说官不过从七品，但其历史、学术地位不可低估。在鸦片战争之后，他又著有《夷氛纪闻》（《夷氛闻记》）、《海国四说》等著作，但他这些著述都晚于《四洲志》，且多为近乎小说家言的笔记，并非完整、系统的世界地理志书。而以梁廷枏的政治和历史地位，他也不可能拥有一位钦差大臣所具有的那种高度和视野，但他作为林则徐的高参，在历史转折关头的作用也是不可低估的，他是和魏源一样，近代中国"开眼看世界"的首批知识分子的代表之一。

据王金锋《梁廷枏》一书介绍，1848年底，英人企图强行进入广州城，激起广州人民的义愤，于是在官府的支持下，广州人民掀起反入城斗争。当时官府令粤秀、越华、羊城三书院监院，劝民自卫，但三个书院彼此观望，没有行动。在梁廷枏为反对英人入城而奔走呼号下，组建了十余万的民兵队伍，形成了反入城斗争的浩大声势。后来，梁廷枏又亲自跑到英国领事馆，当面严责英国公使，"夷馆耳目切近，始而骇，继而畏，终而服，而后贴然受范，市易相安，事遂寝息"。咸丰元年（1851年），梁廷枏因此受封内阁中书加侍读衔。事后，梁廷枏写下了《夷氛闻记》，保留了鸦片战争时期的宝贵资料。但是，这也成了他人生最后的辉煌。后来，随后梁廷枏陷入了彷徨和矛盾之中。晚年的梁廷枏反对"师夷长技以制夷"的主张，在当时开眼看世界的一批知识分子当中，明确提出反对学习西方的，只有梁廷枏一个人。在梁廷枏的心目中，西方敌人是虚弱骄傲的，对他们不需要战斗，只需畏之以威。他理想的驭夷之策便是使敌人畏而屈服，希望不战而屈人之兵。他主张建立强大的海军舰队来镇服敌人，而不是征服敌人。这个想法未免太天真，无疑还是认为大清乃天朝大国，西洋各国不过尔尔，他还没有真正认识到世界发展的潮流。当然，他毕竟是历史人物，不可能脱离当时的时代和社会环境。

诚然，从林则徐的初衷看，他组织编译西方书刊的第一目的并非向西方学习，而是为了对付西方，准确说，是用以对付来自西方的鸦片贸易以及西方有可能发动的对华侵略战争，其针对性非常明确，"欲制外夷者，必先悉夷情始"，"探访夷情，知其虚实，始可以定控制之方"，"所得夷情，实为不少，制驭准备之方，多因此出"。对此，今世史家业已明确指出："以此为他当时制定禁烟措施和御敌策略作为情报和资鉴，这也是他为了推行禁烟运动和准备应付可能发生的形势变化所采取的必要措施和步骤。"由于他具有强烈的危机感，也让其所学具有应急性，几乎是边学边用，甚至在一知半解的状态下便付诸实用，这也难免会造成他对西方的误读和偏见。

当时，外国鸦片贩子针对清政府厉行禁烟和虎门销烟，纷纷摇唇鼓舌制造舆论，鼓吹"鸦片无害论"，借以否定中国禁烟和虎门销烟的正义性。就在虎门销烟当年，英人在《澳门新闻纸》发表文章，声称吸食鸦片如同饮酒、喝茶，不仅没什么害处，反而使人长寿，"都鲁机（土耳其）之人，食鸦片甚多，人人皆勇壮。在英吉利国之人，食鸦片亦多，并未见变成禽兽。现在英国有一人，可以为证。如威尔玛科吐食鸦片甚多，一生壮健，寿至八十岁"。那位多年来参与鸦片走私的美商威廉·亨德虽已缴烟甘结，承诺永不再贩鸦片，但他其实并未死心，也是"鸦片无害论"的鼓吹者之一。他根据自己在广州经销鸦片"四十年所积的亲身经验"，断言"极少见到任何一个人因吸食鸦片而受到身体上或精神上的伤害"，他就认为"吸鸦片这种习惯，和我们有节制的饮酒是一样的。至于和美国、英国所使用的烈酒及其害处相比，那么鸦片的害处是很微小的"。那些"乘坐贩运鸦片的飞剪式船来到中国"的美国传教士们，"从贩运鸦片的公司及商人手中接受捐赠"，一个个也为鸦片作无罪辩解："鸦片无害于中国人，像酒的无害于美国人一样。"

为了驳斥各国夷人的"鸦片无害论"，最好的方式就是以子之矛攻子之盾，用西方人的观点驳斥西方人的观点。即便在英国，也不乏谴责并呼吁政府取缔鸦片贸易的呼声，如英国辉格党领袖沙夫茨伯里伯爵在1780年代就疾呼："我充分相信这个国家怂恿这种罪恶的交易是极坏的，也许比怂恿奴隶贸易更歹毒。"托·阿诺德博士则称英国政府允许鸦片贸易"如此邪恶以致它是最大的民族罪孽"。但这些声音却鲜为中国人所知。而就在虎门销烟的当年，裨治文通过林则徐的英文幕僚梁进德给林则徐推荐了一本《鸦片罪过论》，作者地尔洼（A. S. Thelwall），一说为英国神职人员，一说为剑桥大学教师。这本小册子1839年11月在伦敦出版，虎门销烟过后还不到半年，正值"鸦片无害论"甚嚣尘上之际，可想而知，这本小册子在林则徐看来实在太重要了，既让他知道了英吉利国内也有人激烈抨击鸦片贸易的，又让他找到了反驳"鸦片无害论"的理论武器，他几乎在该书出版的第一时间就得到了这本书，随即便在第一时间组织翻译。

这本小册子从宗教和道德的立场抨击鸦片贸易："作为兴奋剂或奢侈品吸食的鸦片，是一种使嗜好者的心灵、身体和财产走向毁灭的毒药……这种毒药被我们在东印度的同胞走私到中国，直接地、系统性地违犯并挑衅人类和上帝的法律。中国政府和人民对我们复杂的仇恨、猜疑和蔑视，对待我们蓄意的傲慢和侮辱，都是合理的。从现在开始，如果你不抗议这种罪行——你就以自己的方式成了他们的伙伴，并（因你无心的默许）成为你的同胞缄默的同谋……"地尔洼认为，英国人从事的这种集体犯罪，玷污了英国作为一个基督教国家的荣誉和尊严，而在华英人所控诉的他们在中国所受的种种"冤情"是鸦片贸易的后果，必须基于这一立场"去考察我们对待印度人和中国人的整个行为"，进而思考英国人在东方犯下的"每一种罪行"，并通过"对鸦片贸易这一罪行的反省，引导我们人在鸦片贸易的狂热中表现出来的'牺牲一切去满足贪欲'的精神特质"，而"鸦片贸易的罪行在与中国人交往的过程中被当作我们的行为与性格的样本"，这是英国人在对华交往中所遇困难的原因所在。

作为一名神职人员，地尔洼的言论可以说代表了基督徒的道德和良心，他的呼吁在英国社会也得到了热烈回应，一时间涌现了大批的地尔洼拥护者。

又如笔者在前文提及，林则徐在围绕"林维喜案件"与义律展开的交锋中，他还请美国传教士彼得·伯驾（Peter Parker）为他翻译了《各国律例》。据彼得·伯驾记载，林则徐的兴趣集中在有关领事裁判权、各国禁止违禁品和宣战之权利等三个章节，如"战争及伴随的诸如封锁、禁运等敌对措施"方面的内容。翻译工作一直进行到七月底。现保存在《海国图志》第八十三卷的两份译文，一署伯驾译，一署袁德辉译，袁德辉是林则徐衙门中的一个翻译。这两种译文有一节是重复的，这是林则徐出于谨慎特意让他们重复翻译的，然后进行对比研究。林则徐此举，其直接目的无疑是想通过国际法来解决一系列涉外事务和国际纠纷，却因此而开创了又一个中国第一，这在中国国际法学史上是一个划时代的事件，它标志着西方国际法著作开始正式传入中国，标志着近代国际法开始在我国应用于对外交涉，标志着中国近代国际法学史的开端。从中国国际法学史角度看，林则徐在鸦片战争中，不仅是维护国际法原则的中流砥柱，而且也是在中国引进国际法的第一人、中国近代国际法学的开山者。

林则徐在虎门销烟期间，允许外国人来现场参观并将真相向外报道，无论从信息透明度看，还是从中国新闻史上看，这都是具有开创性的，至少我还没有发现在林则徐之前有这样的先例。裨治文在现场参观后，林则徐还向其提出，他想得到世界地图、地理书和其他外文书籍，特别是想得到一套裨治文的中文老师、马礼逊博士编纂的《华英字典》，这也是史上第一部汉英字典，为以后汉英字典编撰之圭臬。这让裨治文很是惊奇，这位钦差大人怎么特别想要一部汉英字典？难道他想学英语？这还是真是毫无疑问，据文献记载，林则徐至少略懂英语和葡语两种外语，在一些影视作品中他甚至能用外语同外国人侃侃而谈。但对此我一直不大相信，毕竟林则徐当时已是五十五岁的人了，政务又那么繁忙，要挤出宝贵的时间来学会一两门外语实在太难。不过，他急于了解西方、渴望发现另一个世界的那种念头是真实的，也是强烈的。

林则徐作为近代中国"开眼看世界的第一人"，也体现在他的军事国防思想上。从林则徐的军事准备看，首先是搜集情报，"审知彼己强弱利害之势，虽百战实无危殆也"，对此，他自然是深谙于心的。他手下既有马辰这样神出鬼没的"特工"为他"刺探西事"，又有梁廷枏等熟悉海防的幕僚"为林规划形势，绘海防图以进"，在林则徐组织翻译的各国夷情信息中，还有"论用兵"之专辑或专题，又如他组织辑译的《华事夷言》一书，基本上是摘自澳门、新加坡、孟买等地出版的西洋报刊中有关中国之议论，这也有助于林则徐对各国夷情的了解，"以觇其对事情之看法"。在组织翻译西方报刊书籍时，林则徐还十分注意收集外国制造战舰、火炮的书籍和图纸。后来，他被发配浙江镇海"随营效力"之际，还将所绘制的外国战舰图样交给兵器专家龚振麟参考，并在扬州刊刻传播与外国铸法炼法完全相同的《炮书》，从而制造出了中西技术结合、行驶甚便的车轮战船。

还有一个细节可以证明他的超越同时代人的眼光，在一封致友人的信中，他还对西医的解剖给予正确的认识："夷人之医术所以胜于内地者，其人病死，则斫其尸而观其脏腑，以察其所以不治之故。"

另据中国近代史资料丛刊《鸦片战争》记载："当他在穿鼻港时，他指挥他的幕僚、随员和许多聪明的人，搜集英国的情报，将英方商业政策、各部门的详情，特别是他所执行的政策可能的后果，如何赔偿鸦片所有者的损失，都一一记录。他们尤其关心英、俄是否正在作战。等到他们被告诉：英俄之间极和平时，他们好像深为诧异。这些情报，每日都先交钦差阅览，当他离去广州时，已搜集了一厚帙了。"

一个帝国时代最尊贵的钦差大臣，天朝大吏，竟然做出当时官僚士子们所不屑的事情，如此公然翻译"夷书夷报"，探求被国内士大夫视为"奇技淫巧"的先进科技，这在自我闭塞的清朝中叶，堪称是惊世骇俗之举。这不能不说是一种违反封建体制的勇敢行为，这种行动证明林则徐的思想认识水平已远远超出了他的同代人。

对于历史的叙述，既要看细节，在历史细节之中，又要看大势，大势决定了未来的方向。从历史大势看，面对千古未遇的西方资本主义强敌入侵，促使林则徐"最先从封建的闭关自守的昏睡状态中觉醒，以全新的态度睁眼看世界"，对此，范文澜先生已做出了定评："林则徐是清朝开眼看世界的第一人"。

开眼看世界，还只是林则徐迈出的第一步，他通过分析外国的政治、法律、军事、经济、文化等方面的情况，他认识到只有向西方国家学习才能抵御外国的侵略，最早提出"师夷之长技以制夷"的主张，他提出为了改变军事技术的落后状态应该制炮造船的意见，他还请人翻译西方大炮瞄准法等，将先进军事技术应用到广东防务中。如此，林则徐也是近代中国第一位倡导向西方学习的人。

而历史并未就此止步，林则徐从"开眼看世界"到"敢为天下先"，对近代中国的思想界起了重要的启蒙作用，他也是中国近代史上开风气之先的启蒙思想家。而以他当时的地位和影响力，他在了解世界，研究西方方面带了头，成为中国近代传播西方文化、促进西学东渐的带头人，不仅影响一时，而决定了近代中国未来的精神姿态和历史走向，一代一代的后继者继承了他探索新知的思想传统，一直延伸到了后来的洋务运动、戊戌变法。戊戌变法的始作俑者康有为就是这样说的："暨道光二十年，林文忠始译洋报，为讲求外国情形之始。"

至于他闹出的那些历史笑话，放在大历史中看，也不过是一些小瑕疵而已。

林则徐最想了解的无疑是他的主要对手英吉利，对此，当时的英国官方文件也发出了惊叹："他了解情况之广之细，往往令众人吃惊。"

这里回到本节开头交代的——林则徐致英国国王的一封信，这其实也是我们解读林则徐"开眼看世界"的一个典型案例，从中也能看到他的历史局限。林则徐在与义律和鸦片贩子较量的过程中，一方面感受到了"英吉利国夷人本多狡诈"，这让他对"英夷"多有贬斥之词，另一方面他也意识到了英吉利等西方夷人已有很多超越中国的地方，如在他的奏稿和信函中，"坚船利炮"已是一个出现频率很高的词语，这无疑是他对西方先进科技及其实力的一种认识。而面对外国侵略势力，林则徐是一个不折不扣的抵抗派或主战派，但他不想放弃外交努力，哪怕抱着最后一线希望，他也要努力争取。一封致英国国王的照会在他脑子里已酝酿很久了。

早在道光十八年冬月，林则徐奉命入觐，他就提出要直接致书英国国王，奉劝英主禁止其臣民从事鸦片贸易。由于时代的局限，林则徐势必会出现一些战略性误判，如他对鸦片贸易的认知，就有一个错觉或幻觉，他认为英国鸦片贩子都是一些散商，这是对的，但他认为这些鸦片贩子和鸦片贸易与英国政府没有直接关系，这就是一个根本性错觉。茅海建《天朝的崩溃——鸦片战争再研究》认为："林则徐和今天诸多中国知识分子一样，对西方工业社会的野蛮特性认识不清。"他从翻译资料中得知，在英国国内也不乏谴责鸦片走私、呼吁停止鸦片贸易、组织禁烟会等消息，这让一向对民意或民心很看重的林则徐产生了一知半解又一厢情愿的认识，英国以贸易为立国之本，即便鸦片走私之利断绝，英国从与中国贸易的大局着想，也绝不至于与中国决裂。他曾在传谕中充满自信地质问义律，如果中英两国长达两百年的贸易被你"猝然阻坏"，你们"国主岂肯姑容"？他断定义律没有胆量敢冒这样大的风险。林则徐也曾在奏折中做过分析，他认为英国鸦片贸易进入散商时期后，已经毫无官方背景，更没有左右英国政府的力量。而他直接致书英国国王的初衷，就是直接向她隔空喊话，你的臣民正在中国从事违法犯罪的勾当！

若从平等外交的立场出发，应该是中国皇帝致书英国国王，但当时清廷仍沉迷在"中国为天下共主""大皇帝君临万国，恩被四表，无论内地外夷，均系大皇帝百姓"的幻觉中,这样意味着,大清帝国不可能对那些"化外之国"采取平等的立场,若致函外国国王,必须以一种君临天下的姿态向那些番邦蛮夷发出谕旨,那口气应该像乾隆皇帝当年对英国国王乔治三世的回复:"咨尔国王,远在重洋,倾心向化……"但即便按照乾隆皇帝这样的口气,也不能照搬,毕竟,乾隆皇帝只是对乔治三世的回复,而这次则是中国主动致函英国国王,按惯例,凡清朝皇帝谕旨涉及外国人的,一般由总督巡抚联衔照会该国王。

林则徐也只能遵循这个惯例,会同两广总督邓廷桢、广东巡抚怡良拟写致英国国王的照会。《谕英吉利国王檄》共有四个早期英译本,又分别出自两个不同底本,而第一个底本被林则徐认定为"假捏本",还由此牵扯出了一起"伪造公文"的案件。

据梁廷枏的《夷氛闻记》,道光十九年二月间,林则徐抵粤不久,就拟写了致英王照会一件(史家称"二月拟稿"),这也是林则徐第一次拟写给英王的照会,但"二月拟稿"尚未发出,就已在民间私下流传转抄。据美国人爱德华·V.古利克《彼得·伯驾与中国门户的打开》记载:"第一封(《谕英吉利国王檄》第一稿)起草于鸦片危机时期的3月至4月间,曾在广州流传。钦差曾希望有那位船长会同意将它捎给女王,但落空了。"又据张馨保的《林钦差与鸦片战争》载:"一封签署日期为阴历二月(3月15日至4月13日)的信经过一番准备,在林则徐四月十日动身要去虎门接收英国人的鸦片时发表了。这封信像其他许多文件那样在民间散发,有许多抄件分发给英国和别国船上,要求船上的官员送到英国去。……没有记载说明是否有哪一艘船的船长同意替林则徐递送这封信。"

这封没有发出的信,还牵扯出了一桩"假捏照会"的案子。那个犯罪嫌疑人叫翁亚潞,在省城开了一家六经堂书铺,在他的书铺内有查禁鸦片章程和戒烟药方出售。道光十九年四月内,有一位姓陈的新会县童生在省里应试落榜后,走至翁亚潞铺内,购买查禁鸦片章程,翁亚潞见其所携手巾包内,有一份钦差大臣与本省督抚联署的"致英吉利国禁造鸦片"的文稿,翁亚潞问他从何处得来,陈姓童生称系"辗转传抄,不知来历"。翁亚潞"见稿内声叙鸦片害人,必须永远断绝,照会英吉利国禁人制造各情,与现闻官府查办事理相似,误信为真",当即向陈姓童生借抄。陈姓童生走后,翁亚潞发现这是一个商机，于是"起意刊印，摆卖图利，随照底稿抄录刊刻，印刷成本"，并于书面刊印"省城六经堂"发卖字样。这个印本当时可能流传很广，连《澳门月报》也加以采登，梁廷枏可能见到此印本便作为见闻而加以记述。

翁亚滩很快就被抓获，连板片印本一起解压到官府，结果以"诈传一二品官言语，杖一百，徒三年"。翁亚滩之所以获罪，反过来也证明了林则徐等人的这个致英吉利国的照会此前没有奏报过清廷，更没有正式颁发，只是林则徐拟定的一个初稿，不知在哪个关节出了疏漏被流传出来了。林则徐于当年四月十八日致豫堃函中说："外间所传仆之谕帖告示，往往任意增减，阅之须加别白，并有伪刻檄谕国王之文，则又撮拾为之。"这对于林则徐当然不是小事，而且兹事体大，若道光帝和清廷追究下来，他还真是难辞其咎。他在虎门《会奏访获刊卖假提照会外国公文人犯折》，就是向道光帝和清廷奏报案情。而道光于三月十九日上谕中曾对颁发檄英王文书事批示说："统俟议定兴贩、吸食各罪名，颁行新例时，于善后章程内，另行详细筹议，仍遵前旨，拟稿进呈，再行颁发。"

林则徐只能遵旨而行，直到清廷于是年端午节正式颁布了《钦定严禁鸦片烟条例》（新例）之后，他又会同两广总督邓廷桢、广东巡抚怡良再次拟写致英国国王的照会。而此前他一直在征询意见，包括一些外国人的意见。在虎门销烟期间，他和裨治文茶叙时，他也和裨治文讨论过。随着新例颁发，其中有外人夹带鸦片专条，这就需要向外夷宣谕，而林则徐等在给英王的照会中，这也是一个重要内容。

据《林则徐年谱新编》，六月二十四日，林则徐、邓廷桢、怡良会奏《拟谕英吉利国王檄》，并遵旨奏报，道光皇帝于七月十九日谕曰："据林等奏拟具檄谕英吉利王底稿，附折呈览。朕详加披阅，所议得体周到。著林等即行照录颁发该国王，俾知遵守。"经天子御批，拟稿成为正式的《谕英吉利国王檄》，这是中国近代外交史上的一个重要文件，兹照录于后——

为照会事：
洪惟我大皇帝抚绥中外，一视同仁，利则与天下公之，害则为天下去之，盖以天地之心为心也。
贵国王累世相传，皆称恭顺。观历次进贡表文云"凡本国人到中国贸易，均蒙大皇帝一体公平恩待"等语。窃喜贵国王深明大义，感激天恩，是以天朝柔远绥怀，倍加优礼，贸易之利，垂二百年。该国所由以富庶称者，赖有此也。

唯是通商已久，众夷良莠不齐，遂有夹带鸦片，诱惑华民，以致毒流各省者。似此但知利己，不顾害人，乃天理所不容，人情所共愤。大皇帝闻而震怒，特遣本大臣来至广东，与本总督部堂巡抚部院会同查办。凡内地民人贩鸦片食鸦片者，皆应处死。若追究夷人历年贩卖之罪，则其贻害深而攫利重，本为法所当诛。惟念众夷尚知悔罪乞诚，将呈船鸦片二万二百八十三箱，由领事官义律禀请缴收，全行毁化，叠经本大臣等据实具奏。幸蒙大皇帝格外施恩，以自首者情尚可原，姑宽免罪，再犯者法难屡贷，立定新章。谅贵国王向化倾心，定能谕令众夷，兢兢奉法，但必晓以利害，乃知天朝法度，断不可以不懔遵也。

查该国距内地六七万里，而夷船争来贸易者，为获利之厚故耳。以中国之利利外夷，是夷人所获之厚利，皆从华民分去，岂有反以毒物害华民之理！即夷人未必有心为害，而贪利之极，不顾害人，试问天良安在？闻该国禁食鸦片甚严，是固明知鸦片之为害也。既不使为害于该国，则他国尚不可移害，况中国乎？中国所行于外国者，无一非利人之物，利于食，利于用，并利于转卖，皆利也。中国曾有一物为害外国否？况如茶叶、大黄，外国所不可一日无也。中国若靳其利而不恤其害，则夷人何以为生！又外国之呢羽毕几，非得中国丝斤，不能成织。若中国亦靳其利，夷人何利可图。其余食物自糖料、姜桂而外，用物自绸缎、磁器而外，外国所必需者，曷可胜数。而外来之物，皆不过以供玩好，可有可无，既非中国要需，何难闭关绝市！乃天朝于茶、丝诸货，悉任其贩运流通，绝不靳惜，无他，利与天下公之也。该国带去内地货物，不特自资食用，且得以分售各国，获利三倍，即不卖鸦片，而其三倍之利自在。何忍更以害人之物，恣无厌之求乎！设使别国有人贩鸦片至英国，诱人买食，当亦贵国王所深恶而痛绝之也。向闻贵国王存心仁厚，自不肯以己所不欲者施之于人。并闻来粤之船，皆经颁给条约，有不许携带禁物之语，是贵国王之政令，本属严明。只因商船众多，前此或未加察，今行文照会，明知天朝禁令之严，定必使之不敢再犯。且闻贵国王所都之兰顿及斯葛兰、爱伦等处，本皆不产鸦片。惟所辖印度地方，如孟阿拉、曼达拉萨、孟买、八达拿、默拿麻尔洼数处，连山栽种，开池制造，累月经年，以厚其毒，臭秽上达，天怒神恫。贵国王诚能于此等处，拔尽根株，尽锄其地，改种五谷。有敢再图种造鸦片者，重治其罪。此真兴利除害之大仁政，天所佑而神所福，延年寿、长子孙，必在此举矣！至夷商来至内地，饮食居处，无非天朝之恩膏，积聚丰盈；无非天朝之乐利。其在该国之日犹少，而在粤东之日转多。弼教明刑，古今通义，譬如别国人到英国贸易，尚须遵英国法度，况天朝乎！今定华民之例，卖鸦片者死，食者亦死。试思夷人若无鸦片带来，则华民何由转卖，何由吸食，是奸夷实陷华民于死，岂能独予以生！彼害人一命者，尚须以命抵之。况鸦片之害人，岂止一命已乎！故新例于带鸦片来内地之夷人，定以斩绞之罪，所谓为天下去害者此也。

　　复查本年二月间，据该国领事义律，以鸦片禁令森严，禀求宽限。凡印度港脚属地，请限五月，英国本地，请限十月，然后即以新例遵行等语。今本大臣等奏蒙大皇帝格外天恩，倍加体恤。凡在一年六个月之内，误带鸦片，但能自首全缴者，免其治罪。若过此限期，仍有带来，则是明知故犯，即行正法，断不宽宥，可谓仁之至义之尽矣！我天朝君临万国，尽有不测神威，然不忍不教而诛，故特明宣定例，该国夷商欲图长久贸易，必当懔遵宪典，将鸦片永断来源，切勿以身试法。王其诘奸除慝，以保乂尔有邦，益昭恭顺之忱，共享太平之福。幸甚！幸甚！接到此文之后，即将杜绝鸦片缘由，速行移覆，切勿诿延，须至照会者。

　　这道照会在了解外情、运用策略等方面都比"二月拟稿"前进了一步，它表达了林则徐当时的对外态度。道光皇帝看到的自然是中文版，接下来还得译为英文版。林则徐先将底稿交给英文幕僚袁德辉译成英文，又请美国商人威廉·亨德把袁德辉的英文本回译成中文，以两下对照是否有误。他还不放心，又托给美国传教士彼得·伯驾另译一份英文稿，再两下里对照。还有此前的一个细节，林则徐在接待"杉达"号遇难船员时，也请船医喜尔等人帮助他仔细校订和修改。据喜尔记载："他交付一封给英国女王的函件，文词仍旧是一贯的浮夸口气，使我不禁失声而笑。他一看见这种情况，便问是不是不合式。我们说我们所笑的，只是文词上的几处讹误。于是他便吩咐我们将信带入里屋，在那里修改我们所发现的一切错误，并在那里进茶点。"透过这些细节，足见林则徐之周密慎重，也足见他能广泛征询别人的意见，尤其是外国人的意见，对外国人既友善又尊重，在清朝文武百官中，这样的人不说是绝无仅有，也极为少有。

对林则徐的这一照会，后世中不乏冷嘲热讽者、揶揄嘲笑者，大多又以喜尔"不禁失声而笑"而嘲笑林则徐"一贯的浮夸口气"，这还真是对历史的不了解，对大清帝国的国情不了解，当然，英国人喜尔更不了解。但喜尔说的是真话，这封照会确实非同一般的照会，如"洪惟我大皇帝抚绥中外，一视同仁，利则与天下公之，害则为天下去之，盖以天地之心为心也"，又如"我天朝君临万国，尽有不测神威"，从头到尾都充满了以"天朝上国"自居的那种"一贯的浮夸口气"。这不能一味责怪林则徐，这并非林则徐个人的"浮夸口气"，而是特殊国情下的特定语境所造成，何况这封照会最终是要经道光帝审批的，林则徐也就不能不以这样的口吻说话。

而在当时，林则徐能从翻译的西方文献和地图、地理中已经找到了英吉利在地球上的位置、面积、人口、军队、舰船等数目，可以说在当时清朝的文武百官中没有人比他对英吉利更了解，他对英国的认知，至少不像清廷的很多大臣还停留在"红毛番英吉利"那个愚昧无知的层面上，但他们不知道自己有多愚昧，反而认为那些红毛番跟蛮荒之地那些愚昧的生番差不多。林则徐虽说也不无"天朝上国"臣民的优越感，但他认为英国也是一个有王法的可以教化的番邦，这也是他致书英国国王的前提，如果英吉利只是一个无法无天的蛮荒之地、生番之邦，他又何必枉费心机来费这番口舌。

此外，也应该看到，在这照会中也体现了林则徐的策略思想，他把英国政府和鸦片贩子区别开来，把进行正当贸易之国和走私贩毒之国区别开来。这一策略对于推行禁烟运动是有利的，如照会中说："惟思此等毒物，系贵国所属各部落，内鬼蜮奸人私行造作，自非贵国王令其制卖。"

这封照会在翻译后并未及时发出，兴许林则徐还在犹疑或观望局势的发展，还在对有没有必要发出这封信做判断，直到道光十九年十二月十四日（1840年1月18日），他才将这封信交给自己比较信任的由英国商船"汤姆士·葛"号船主弯喇（Warner）带往伦敦。

此时已是鸦片战争爆发的前夕。弯喇费了许多周折把这封照会送到英国外交部时，已是四个月之后，但英国外交部拒绝拒绝接受这封照会。这封照会最后落到了英国传媒手里，《泰晤士报》全文发表，美国史学家特拉维斯·黑尼斯三世和弗兰克·萨奈罗在《鸦片战争：一个帝国的沉迷和另一个帝国的堕落》一书中对此信评价是："林则徐苍白的语言，无力的威胁，看起来非常可笑。这次事件被搬上了舞台，成为流行的喜剧，在其中，英国商人在广州的遭遇被用来取乐。他们挥舞着滑稽的、夸张的手枪，把自己打扮成海盗。在遥远的中国发生的鸦片战争成为伦敦的笑料和一种娱乐。"这是最具代表性的、时下被中国国内引用得最多的负面评价之一，然而，无论是这两位美国史学家，还是咱们中国人，都在对这封照会的嘲笑中忽略了一个严肃的主题，那就是林则徐在照会中所揭示的：鸦片贸易对中国为害至深，"众夷良莠不齐，遂有夹带，诱惑华民，以致毒流各省者。似此但知利己，不顾害人，乃天理所不容，人情所共愤"，他奉劝英人换位思考，"闻该国禁食甚严，是固明知之为害也。既不使为害于该国，则他国尚不可移害，况中国乎？……设使别国有人贩至英国，诱人买食，当亦贵国王所深恶而痛绝之也"，这封照会里还体现了高度的主权意识和法律意识，天朝有天朝的法度，必须遵守，鸦片在天朝是不能买卖的，"譬如别国人到英国贸易，尚须遵英国法度，况天朝乎"？

林则徐致英国国王的照会，既义正词严，也充满了善意，如果英国朝野能真正理解他的善意，东西方也许还真有一种迎面走来的可能，然而历史恰恰是背道而驰。就在这封照会被带往英国的路上，英国军舰也正在驶往中国的路上……

第六章 鸦片战争

一、一场不可不避免的战争

鸦片战争，通常指英国政府发动的第一次鸦片战争。

迄今以来，按英国主流历史的言说，他们从未承认这是一次"鸦片战争"，从而刻意抽空了此次战争中"鸦片"的内涵或定义，撇清了这次战争与鸦片的关系。英国史家把这次战争称之为第一次英中战争（First Anglo-Chinese War）或"通商战争"。说来又很吊诡，无论是英国内阁，还是国会，均未正式对清政府宣战，这是一场不宣而战的侵华战争。他们甚至认为，其对中国采取的军事行动连战争也不是，只是一种报复（reprisal）。然而英国人又无法否认，从一开始，那个叫嚣要对中国发动战争的乔治·斯当东勋爵就在国会上声明："我们不否认这个事实，要不是鸦片走私的话，就不会有战争。"这位英国贵族很猖狂，倒也很直爽。

我在前文提及，早在明崇祯十年（1637年），史上第一支驶往中国的英国武装船队——威得尔船队就是用炮舰开路。自那之后，随着大英帝国在海上的强势崛起，一直把战争作为其开辟中国市场的选项之一。而在虎门销烟的五年前（1833年底），英国外交大臣帕麦斯顿给英国驻华第一任商务监督律劳卑发出了更明确的训令，指出了英国驻华商务监督的三大目标："开辟商埠；推销鸦片；获得军事据点。"这是白纸黑字的历史证据，英国向中国走私鸦片并非英国鸦片贩子所为，而是英国政府的既定国策，英帝国就是鸦片走私的真正元凶，这也是他们难以推卸的历史责任。从另一方面看，帕麦斯顿既然下达了"获得军事据点"的命令，只要稍微有点军事常识的人就该知道，如果不发动战争，又怎么能获得军事据点？而获得军事据点，难道不是用于战争？

对于帕麦斯顿外交政策，诚如英国近代外交史专家韦伯斯特所谓："舰队是其外交的主要工具。"大英帝国以当时世界上最强大的舰队和最发达的工业作后盾,把侵略的触角伸向世界各地,在外交上常常表现得毫不妥协,甚至随时准备动武。这也足以证明,英国政府发动侵华战争是其蓄谋已久的既定国策,绝不是由于林则徐掀起的禁烟运动或虎门销烟所引发,至少不是根本原因。

帕麦斯顿还有一句众所周知的名言:"没有永远的朋友,仅有永远的利益。"这是他的外交立场,也是大英帝国的立国之本,一切皆从利益出发,利益至上,追求利益的最大化,为了利益可以不择手段,也可不惜一切代价。而对华的鸦片输出给英国带来的巨大贸易顺差和巨额利润,这是他们是绝不会甘心放弃的,一旦遭遇强有力的遏阻,他们势必做出强有力的应对。

英国不是不知道中国的底线,但他们早已看清了中国底牌,自恃凭借他们的坚船利炮和纵横世界、所向披靡的军事实力足以战胜一个外强中干的颟顸帝国,而当时的英国不但凭借工业革命这一强有力的引擎成为世界上最强大的资本主义帝国,也通过战争夺得了世界霸主的地位,在战争中攫取了巨大的权益。说穿了,像英国这样一个在地缘上被边缘化的大西洋岛国,能够在世界上迅速崛起,除了工业革命的伟力,还有两件利器,一是以贸易抢占国际市场,一是以武装侵略开辟市场和掠夺资源,而中国,已是他们觊觎百年的巨大市场和资源大国。又可见,从资本主义帝国的本性看,这是一场不可避免的战争,即便不是鸦片战争,也可能发生其他的贸易战争,即便在1840年不发生,迟早也会发生。

帕默斯顿也早已赤裸裸地声称,从十九世纪三十年代后,对于英国的制造商而言,欧洲市场逐渐下滑,英国在早期工业革命中的垄断地位越来越被弱化。向外扩张,比如向中国、太平洋和南亚地区扩张,成为必然。

如今,在我们的同胞中也不乏为大英帝国辩解者,认为英国无意于向中国开战,他们只是想同中国做生意、搞贸易,这也正是英国传统的历史观。只要对历史稍微有所了解的人都知道,林则徐在厉行禁烟的同时,一直竭尽全力想把英国商人纳入同中国做生意、搞贸易的正途,他对清廷关闭中英通商的大门是打心眼里是反对的。但英国主流历史学家对林则徐的努力避而不谈,甚至根本不承认中英之战是一场因鸦片而起的"鸦片战争",迄今,他们依然认为这是一场"以文明和自由贸易为目的"的贸易战争。英国主流史观如此认为,尚可站在他们的国家立场上去理解，悲哀的是，一些中国的近代史家竟然也站在了英国的立场上。

这里有必要对林则徐抵粤禁烟到鸦片战争爆发前的那段历史做一次回顾，历史不忍细看，而真相往往又在细节中。

1839年3月22日（道光十九年二月初八日），义律从澳门寄发一封给英国外交大臣帕麦斯顿的报告，到4月3日他向帕麦斯顿提出十分具体地侵华计划和战略目标，这是义律给帕麦斯顿的第一批报告。据来新夏《林则徐年谱新编》，帕麦斯顿收到义律第一批报告的时间为8月5日（六月二十六日）。义律在被困十三行、回到澳门期间，从4月3日至5月29日又不停地给帕麦斯顿写信报告，这是义律发出的第二批报告，帕麦斯顿收到这批报告时已是9月下旬了。他读着义律的报告，真有来得太迟、相见恨晚之感，还在一些关键段落上重重地画上了记号，而以他在英国政坛举足轻重的地位，决不会让义律的建议沦为一纸空文。

与此同时，那些被中国驱逐出境的约翰·颠地等鸦片贩子皆已陆续回国，他们也把林则徐在广东缴烟的消息传到了伦敦。这些鸦片贩子如一个个找到了主子的丧家之犬，林则徐对他们的打击也确实太惨重了。又岂止是他们，整个英国都受到了中国禁烟运动的冲击。据《澳门新闻纸》后来发出的一篇迟到的报道：7月31日早上，当林则徐命令缴烟的消息传到伦敦时，"天色昏暗愁惨"，粮价、银价俱涨。而接下来的虎门销烟不仅使英商价值六万多英镑的鸦片化为灰烬，而且还让原准备运往中国倾销的大量鸦片断绝了销路，让那些野心勃勃想要牟取暴利的鸦片贩子陷入了绝境。英国一直以来利用棉织品、鸦片和茶丝构成了掠夺中国和印度财富的一条锁链，随着鸦片走私之路的断绝，致使英国对华贸易的整个利益链都被打断了，一方面他们失去了鸦片输出所赚取的暴利和巨额的对华贸易顺差，一方面他们又必须用白银采购中国的茶叶和丝绸，这就必然造成英国市场上的茶丝涨价和银根吃紧，也意味着他们必须回到鸦片贸易之前的那条老路上去，从对华贸易的巨额顺差又变成以前的巨额逆差。

那些损失惨重又充满了屈辱感的鸦片贩子，回国后的第一个目的就是搬救兵，为他们复仇。8月7日（六月二十八日），颠地等九名鸦片贩子在伦敦召开了一个紧急会议，这次会议的目的就是要向帕麦斯顿叫嚣发动侵略中国的战

第六章
鸦片战争

争。这次会议,"铁头老鼠"威廉·查顿(渣甸)没有参加,他当时还在意大利的那不勒斯。查顿的影响力远远高于颠地,在广州,他是英国最大的鸦片贩子和英商的领袖,他虽说没有和林则徐直接遭遇,但他的怡和洋行遭受了最惨重的损失。在伦敦,他是推动英国政府发动侵华战争的急先锋。查顿从那不勒斯回到伦敦后,便积极活动伦敦的莫克尼亚克·斯密斯公司。这个公司是伦敦经营对外贸易与金融业最显赫的巨头之一,它与广州的怡和洋行同出一源,互为代理人,而且还有直接的血缘关系,怡和洋行的马地臣是这个公司的重要股东之一。斯密斯在伦敦政治舞台上十分活跃,他不但是下院辉格党一个有力集团的首脑,还是被帕麦斯顿"当作机密顾问"的密友。查顿与帕麦斯顿原本就是爱丁堡大学的校友,但仅凭一次校友关系他还没有十分的把握游说帕麦斯顿发动对中国的战争,他是通过斯密斯的关系,带着义律写给他的引荐信,去拜见帕麦斯顿,据说在他手里还有数百名在亚洲和英国的英国商人签名的请愿书。

查顿不只是进行战争游说,还向英国政府提交了一份详细的报告,其中有他多年来对中国军事的侦察情况,他指出中国军事尤其是海军的缺陷,那简直还像一个中世纪王国(至少在军事防御水平上如此)那样落后,这样一支老旧不堪的军队,若同拥有蒸汽机、战舰、训练有素的英军作战,查顿声称"几个星期就能打败中国"。他还制定详细的战争计划、战略地图、战争策略等,甚至连军队和军舰的后勤保障或补给也考虑得面面俱到。这个计划称为"查顿计划"(Jardine Paper),其欲达到的主要目标是:完全补偿林则徐没收的两万多箱鸦片,逼迫清政府签订通商条约要并开放更多的港口贸易,如福州、宁波和上海等。查顿还建议占领广州附近的一个岛屿或港口,而香港最为理想。查顿还清楚地说明了完成以上目标所需要的海军和陆军数量,并提供了当地的地图和海图,查顿在林则徐抵达广州之前就已逃离中国,而他的这些建议,这些地图、海图和针对中国作战的军事分析,必然是此前就已在密谋和准备的。

查顿除了给帕麦斯顿出谋划策,还在给英国国会的一封建议书中说:"不要正式的购买……不要单调乏味的谈判……发布强制命令给梅特兰爵士,批准他占领并继续占有所有这些地方是必要的,骑兵中队在他的命令下完全胜任,……直到从祖国派出足够的海军和军事力量。到所有这些实现时……不是到那时为止,才可能着手谈判下面的条款,你拿走了我的鸦片,我拿走你的岛屿作为报复，因此我们是对等的，从那时如果你让我们友好共处。你不能保护你的海岸线抵抗海盗。我能，所以让我们互相理解，并学习促进我们相互的利益。"这一建议书或是翻译的问题，有些语焉不详，但大致意思是明白的，他提到的梅特兰爵士应为当时英国皇家海军少将。有人说，他的这一建议书"开创了今天声名狼藉的'炮舰外交'的先例"。

从义律的建议到"查顿计划"，可以清楚地得出一个历史结论，无论是英国政府，还是英国商人，一直在处心积虑地准备发动一场对中国的侵略战争，然而我们的很多同胞，迄今仍然沉迷于鸦片战争可以避免的幻觉中，他们也许是被另一种鸦片烟毒麻醉了，认为这是一场可以避免的战争。

挑起战争的当然不只是查顿、颠地等鸦片贩子，那些和鸦片利益有关的议员、银行家、商人、鸦片走私船船长等以伦敦"印度和中国协会"为据点，策划于密室，运筹于"帷幄"，又纷纷奔走于内阁与议会之间，为推动英国政府发动侵华战争煽风点火。还有那些在英国—印度—中国三角贸易体系中扮演重要角色的纺织工业资本家集团，也在为发动侵华战争进行着隐蔽而紧张的活动，伦敦、曼彻斯特、利物浦、里兹、格拉斯哥、布里斯特等大城市商会纷纷要求政府"采取坚决有力的行动"，英国的港口商人与鸦片贸易有关的员工，开始在英国各地举行示威游行。9月底，英国曼彻斯特与对华贸易有关的工业资本家和商人（共三十九家）联名上书帕麦斯顿，要求英国政府"对于中国方面这种侵略行为，应予以迅速的、强有力的、明确的对策"，而这些具有侵略性的商人早已下意识地将贸易和战争捆绑在一起，他们一致认为这是中国逼迫英商缴烟是一个绝好的机会，"利用这个机会，将对华贸易置于安全的、稳固的、永久的基础之上"。在挑起侵华战争时，英国商人可谓是同仇敌忾，就在曼彻斯特商人联名上书的同日，又有近百家伦敦商人联名上书，要求政府表明意图，早日决定政策，还急不可耐地敦促政府："若加拖延，深恐这项贸易落入别国商人之手。"

这一切都正中帕麦斯顿的下怀。这位英国外交大臣（后来又登上首相宝座），一直以诉诸武力而谋求英国的霸权和特权，竭力满足英国资本家欲壑难填的贪婪要求，一位名叫沙夫茨伯里的勋爵说："帕麦斯顿的名望高极了！"一直到现在，他都是一位令英国人骄傲的"民族英雄"，在英国到处都可以看见他的雕像，那像鹰一样犀利的眼神，还有那坚硬的、充满了骨感的鹰钩鼻，一看就是一个典型的鹰派人物。这绝非我对他的脸谱化描写,他用自己的一生验证了自己,他就是一个典型的鹰派人物。马克思对帕麦斯顿做出了这样的评说,"战争已变成帕麦斯顿独裁的生命攸关的条件","他站在教士和鸦片走私商中间","跟圣洁的主教和邪恶的鸦片走私商在一起的,还有大茶商,他们大部分都直接或间接从事鸦片贸易……"

是的,帕麦斯顿早已蓄谋发动侵华战争了,但他具有丰富的政治经验,在这一点上他倒是和林则徐颇有异曲同工之处,那就是很善于利用"民意"来达到其政治目的。在英国商人群情激昂的推动下,发动侵华战争已如一座即将喷发的火山。

1839年10月1日,帕麦斯顿在内阁会议上力排众议,敦促英国政府即刻派出军舰封锁中国沿海。当日,英国内阁会议做出决定,"派遣一支舰队到中国海去","对三分之一的人类的主人作战",这是英国内阁在没有经过国会批准的前提下,所做出的发动侵华战争的一个决定,并训令英国驻印度总督予以合作。但很明显,促使英国内阁做出这一决定的直接原因,并非虎门销烟,而是义律在虎门销烟之前发出的两批报告,又主要是针对林则徐封锁十三行和逼迫英商缴烟的,而英国政府此时还没有接到虎门销烟的报告。因而,严格说,虎门销烟并非英国发动侵华战争的直接导火索。

10月18日,帕麦斯顿将内阁会议决定以密函通知义律执行,并对具体方案做出了指示:"……女王陛下政府认为绝对必须把大不列颠和中国的今后关系安置在明确而安全的基础之上,为此,阁下政府意将派遣海军到中国海去,可能还有少量陆军。……女王陛下政府现在的想法是:立即封锁广州与白河或北京诸河,封锁广州与白河之间认为适当的若干处所,占领舟山群岛中的一个岛,或厦门镇,或任何其他岛屿,凡是能够用作远征军的供应中心与行动基地,并且将来也可以作为不列颠商务之安全根据地的就行;女王陛下政府是有意于要永久占有这样地方的。女王陛下政府还打算立即开始捕捉,并扣押海军所能够弄得到手的一切中国船只。采取了这些步骤之后,海军司令应该进到白河河口,向北京政府送一封信,告诉他们不列颠政府何以采取这样的行动,要求如何;并说明,这样行动将继续下去,一直等到他们派遣适当的官吏,有权并携有训令到司令的船上答应大不列颠的一切要求的时候为止。"

这一密函哪怕以当时最快的速度发出,义律也只能在四个月之后收到了。

值得注意的是，在帕麦斯顿的指示里，已提出了"远征军"这一概念。

这年11月2日，帕麦斯顿又收到义律发出的第三批报告（6月8日至18日），4日，帕麦斯顿再次以密件致函义律，他指出英国政府的总方针是对中国"开头先来一个打击，然后再说道理"，并指示义律进行侵略的步骤是："第一步行动是封锁珠江，到两广总督问起封锁的理由时，便把打算送到北京的那封信的复本送给他，要他转交给政府；第二步就占领舟山群岛，拦截沿海商船；最后海军司令就出现于北直隶湾的白河河口。"他指示义律按计划尽量搜集军事情报，等待远征军的到来。同日，帕麦斯顿又致函海军部，通报了发动侵华战争的计划，并敦促其尽快派出侵华远征军。

1840年4月（道光二十年三月）上旬，英国议会经过三天激辩，以271人对262人的九票之差，最终通过了英国内阁会议做出的侵华决定（即"支付军费案"），随后组建了一支由四十八只舰船、五百四十门大炮、四千名士兵组成的远征军，史家称为英国远征军或东方远征军，以乔治·懿律为总司令和对华交涉的全权公使，义律为副使，伯麦为海军司令，布尔利为陆军司令。

这让帕麦斯顿终于如愿以偿，此前，他已在朝野多次扬言，对付中国的唯一办法是"先揍它一顿，然后再作解释"，他可能觉得这句话还说得简单了，又做了一番诠释："应当不仅使中国人见到大棒，而且还要先让他们在背上尝到它的滋味，然后他们才会向那个能够说服他们的唯一论据——大棒低头。"

二、从钦差大臣到两广总督

一场不可避免的战争，对于后世早已不是悬念，但对于战前的清政府，尤其是林则徐、邓廷桢、关天培等处于广东海防前线的当局者，还是一个悬念。而对历史的叙述，往往就是以"旁观者清"的眼光去审视"当局者迷"。那么，清廷和林则徐等对于一场不可避免的战争又是如何防范和应对的？这里又有一个历史假设，设若没有投降派从中作梗，让林则徐来指挥作战，他能否打赢第一次鸦片战争？这个假设其实比第一个假设更难以回答，由于林则徐在鸦片战争爆发不久就被清廷革职，我们只能根据他此前做出的军事部署，以史实为依据，按历史逻辑做出推测。

林则徐虽非军人，但清朝的总督、巡抚皆为集军政于一身的封疆大吏，既掌政务也兼掌军务，钻研军事或兵法乃是其职责与使命。林则徐中举后，先为厦门海防同知房永清聘为誊录（书记），后为福建巡抚张师诚选为幕僚，便有了追随于张师诚鞍前马后的军事历练。从道光十二年（1832年）二月调任江苏巡抚，便成了独当一面、既掌政务也兼掌军务的天朝大吏。而在授予钦差大臣时，清廷就赋予了他节制广东水师的使命，抵粤之后，他一边雷厉禁烟，一边加紧备战。广东，尤其是虎门珠江口一线，一直是南海的海防前哨，镇守着中国的南大门，即便没有虎门销烟，对来自海上之敌也要严阵以待。而林则徐的军事准备又是与禁烟难解难分的，所谓"鸦片战争"，从战备到战争始终都是捆绑在一起的。在打击英国鸦片贩子时，他就预料到他们不会善罢甘休，更何况义律还屡屡以兵戎相威胁，对英国可能发动的军事行动，他可能低估了战争的风险，但也不可能没有军事准备。

这里还有一个被后世史家反复援引的事例，就在虎门销烟的第二天，四月二十二日（6月4日），林则徐在奏折中谈到，对付那些窜犯沿海各地的走私船，与"有牌照"的外国商船不同，"枪击炮轰皆其自取"，而且，不但水师能够剿除，就是招募沿海水勇，利用火攻之法亦能获胜。道光皇帝谕令林则徐等"相机筹办"，但也一再重申"务使奸夷闻风慑服，亦不至骤开边衅，方为妥善"。

边衅，边衅，边衅……清廷对"边衅"一直如鲠在喉，而林则徐最担心的就是有人以"边衅"为由而撺掇道光皇帝放弃对鸦片贩子的严厉打击，很可能因噎废食，而让一场禁烟运动功败垂成。当年9月1日，林则徐又专门针对"边衅"问题给道光帝上了一道长达两千余字的夹片，他反复分析，英国如果挑起"边衅"，对于他们有三个不利因素：一是路途遥远，致使主客众寡之势迥殊；二是其船坚炮利可以叱咤海洋，但无法得逞于内河；三是英人靠正经买卖亦可获利三倍，不可能因禁绝鸦片而发动侵略战争。即便以今天的眼光看，他的分析也不无道理，但这让他做出了自己的战略误判："知彼万不敢以侵凌他国之术窥伺中华"，至多不过是"私约夷埠一二兵船……未奉该国主调遣，擅至粤洋游奕，虚张声势"。最后，他还提醒清廷不要上了义律的当，义律来

海祭
——从虎门销烟到鸦片战争

华多年,"狡黠素著","习闻有'边衅'二字,借此暗为恫喝……且密嘱汉奸播散谣言"。于此可见,林则徐对英国发动侵华战争确实存在误判和轻敌,但若深入分析,在防范"边衅"的态度上,林则徐和清廷又是一致的,他也知道,如此严厉地打击英国鸦片商人,惹起"边衅"的风险是不可低估的,他在与义律和英国鸦片贩子的较量中一直兢兢谨慎,几乎仁至义尽,但若真的引发了"边衅",他也不像清廷那样"唯恐一战"。这么说吧,对于战争,林则徐也是一个典型的稳健派,从来不是那种鹰派人物,他没有"不惜一战"的豪情,却有"不惧一战"的刚毅。

翻检林则徐在鸦片战争爆发之前的日记、奏稿和信札,林则徐对中英双方军事实力具有相当清醒的认识。他认为英军船坚炮利,擅长海战,中国水师则战船不坚,炮火不利,"洪涛巨浪,风信靡常……而师船既经远涉,不能顷刻收回,设有一二疏虞,转为不值"。但同时,他也看到英军的劣势,早在虎门缴烟期间的三月十八日(5月1日),林则徐就在虎门写给一位友人的信中说,"岂知彼从六万里外远涉经商,主客之形,众寡之势,固不待智者而决。岂知彼从六万里外远涉经商,主客之形,众寡之势,固不待智者而决。即其船坚炮利,亦只能取胜于外洋,而不能施伎于内港。粤省重重门户,天险可凭……"这也是一段被史家反复引述的话,多以此论证林则徐对英国发动侵华战争存在严重误判,但我觉得,林则徐对敌我形式的分析也不无道理。英军远离本土,长途奔袭,"粮饷军火安能持久"?而中国军队在本土作战,地形地物熟悉,后勤补给方便,又处于"以逸待劳"的地位,这又难道不是最大的优势?林则徐通过敌我优劣的对比后,从而做出了"洋面水战系英夷长技"、而其不善在陆地作战的猜想,因而,他决定采取"以守为战"的战略方针,而这正是中国可以扬长避短的优势所在,尽量不与英军在海上正面交锋,把构筑要塞、加固炮台作为制胜的法宝。

林则徐以铁腕禁烟的同时,也以铜墙铁壁构建海口防线。抵粤不久,他便与邓廷桢、关天培"详细查察"虎门海口。珠江口的形状就像一个喇叭口,又像一只敞开的袋子,口朝南,口外便是伶仃洋,底朝北,也就是朝着黄埔港和广州的方向。从康熙年间到晚清的光绪年间,虎门海口防线一直在不断地打造,又屡屡被海上之敌摧毁,这种屡建屡废、屡废屡建的过程,几乎贯穿了整个清王朝的历史。而林则徐以其大手笔,在已有防御工事的基础上精心布局,由虎门珠江口往内河纵深，构建了三道防线。

第一道防线为珠江口东岸的沙角炮台和西岸的大角炮台，正处于喇叭口或袋口的位置，口外便是伶仃洋。

沙角，俗称菱角，地处今虎门镇最南端的珠江口东岸，距虎门销烟池十公里，南望穿鼻洋，而沙角正好是从虎门珠江口出海穿鼻洋的咽喉处。沙角炮台雄踞沙角山头，始建于嘉庆五年（1800年）。据关天培的《筹海初集》记载，沙角炮台共有炮洞十一个，配大小铁炮十一门，炮台正门配炮一门，另铸五百斤生铁炮一门备用。台上建有神堂、官厅四间，官房三间，兵房十七间，还有火药库等设施，均为青砖结构，基础、垛口、炮洞、台面为花岗石砌筑。此外，在相连的扯旗山有望楼和圆形炮台，还在捕鱼台山建有露天炮位。关天培就任广东水师提督后，认为沙角炮台地居要冲，形势得宜，对虎门要塞重新设防，把沙角炮台改为号令台，凡外国船舶入境，先必须停泊在沙角洋面以外，待清军水师检查，获准后方能通过，如有不法船只企图闯入，则放空炮一响，命其停止，如违反命令则打炮一发以示警告，再不听从则瞄准开炮，并知会各炮台备战。这也是中国人办事的一贯风格，先礼后兵，但这样的"礼"和"兵"都无法阻止强盗的入侵。

大角炮台雄踞虎门西岸，位于今广州市南沙区南横村与鹿颈村交界处，与沙角炮台隔江对峙。炮台安排在大角山南北两个山梁上，北面山梁上从西到东有安胜台和振威台，南面山梁上从西到东有流星台、安威台、安定台、安平台和振定台。

沙角炮台和大角炮台又合称二角炮台，其防守水域在三道防线中最宽阔，两台相距七里之遥（约3600米），若海上之敌来犯，势必首当其冲，乃是粤海第一重门户。

第二道防线由威远、镇远、靖远、巩固、永安和横档前山月台组成，此处位于在袋子的中部，也是三道防线的重心，镇守在珠江入海口东岸临江最险要处，正控珠江主航道，为广州海路险隘关防，也是粤海第二重门户。

这道防线又以威远岛炮台群为核心支撑。威远岛位于东莞市西南、珠江口东岸，自康熙到道光年间，在威远岛西南的武山上修有威远、镇远、靖远三炮台，扼守着珠江出口的穿鼻洋，北通黄埔，南达外洋，形势险要，为虎门珠江口海防的第二重门户。

威远炮台是虎门海口防务的主要阵地，也是中国迄今保存最完整、最有规模的古炮台之一。康熙五十六年（1717年）在威远岛北武山脚下筑南山炮台（即威远炮台），地处前滩岩石正中，临水贴浪，整座炮台背山面海，平面呈月牙形，内有广阔的平地回旋，全长360米，高6.2米，宽7.6米，底层均用花岗岩石垒砌，顶层用三合土夯筑，砌墙时全部都是用石灰、沙石加上糯米，还有红糖拌了以后建成，这都是当时东莞民众提供的秘密配方，特别坚固而又经久耐用。威远炮台原有十二个炮位，后又加建，全台有券顶暗炮位四十个，安炮四十门。沿台面上还有四个露天地位，每个炮位两边各有一个储蓄室或官兵休息室。暗炮洞后面由一条两米宽的露天炮巷沟通，炮巷后面还有一条相距两米多的护墙，墙上设有枪眼，万一敌军上岛仍可以坚持抵抗。炮台内围有官厅一座，神庙三间，兵房十二间，火药局一座，码头一个。原来炮台的东西两头各有券项城门一座，控制着烟台两端唯一的通路。

嘉庆二十年（1815年）又在南山炮台西北筑镇远炮台，当时与南山炮台合称为威远炮台，设炮位四十个，安排放大小生铁炮四十门，还有官房、神堂、药局、兵房等。该台当时与南山炮台合称为威远炮台。

道光十九年至二十年（1839—1840），林则徐、邓廷桢和关天培巡视威远岛，林则徐发现威远炮台可封锁整个洋面（珠江口），但也有一个局限，由于位置低，观察不便，于是又奏禀清廷，增建靖远炮台。该台位于在威远、镇远两台之间。据杜永镇《对虎门炮台抗英大炮和虎门海口各炮台的初步考查》载该炮台："东距威远炮台五丈五尺，西离镇远炮台七十六丈，台面平宽六十三丈，以石砌成。垛墙高六尺余，厚五尺，以三合土筑成。后台石砌围墙一道，自武山麓直达山顶，长九十一丈，高一丈二尺、厚二尺。台设大小铁炮六十门。虎门各炮之坚固与火力之充沛，以此台为最。"由于靖远比威远高许多，弥补了此前的不足，居高临下，前后呼应，规模最大，配炮最多，许多都是六千斤的大炮，林则徐还曾亲自试炮，能打到珠江口对岸的山根。该台建成后便成了威远岛炮台的指挥台，在鸦片战争爆发后也是广东水师提督关天培的前线指挥台。

这三座炮台又合称"三远炮台"，形成一个"品"字形，彼此又有巷道或暗道相通，实际上也可以统称威远炮台。

在珠江口主航道西侧有两座江心岛，北为上横档，南为下横档，这两座山峦起伏的江心岛像两艘不沉的军舰一样,是构筑防御堡垒的绝佳场所。据民国时期的《东莞县志》,横档岛诸炮台始建于清康熙五十六年(1717年),鸦片战争时期,前山的横档炮台、横档月台和江东岸的炮台紧扼虎门主航道的咽喉,后山之永安炮台和江西岸的巩固炮台控制虎门辅航道的关键。炮台守军在此还修建了纵横交错的地下火药库、坑道式交通壕等,并且在岛上建造了官厅、兵房等一系列完整的要塞设施。它们共同构成了第二道防线的中坚。

林则徐还采纳邓廷桢、关天培的建议,在东航道——从巩固岛东北角山根与对面江心上了横档岛构锁两道拦江排链,又在横档岛、武山之间的江西设置了二排木排和三百七十二丈大铁链,还在横档、巩固两炮台之间的江底钉插暗桩。在当时,在海口设置木排铁链和暗桩是防范外国船舰未经允许擅自闯入珠江口的重要措施之一,至少可以阻滞延缓其进攻的速度,为两岸的炮台争取应战的宝贵时间。所谓兵贵神速,就看谁能抢占先机。

第三道防线为居于"袋底"大虎炮台。嘉庆二十二年(1817年),在珠江口西岸的大虎山筑大虎炮台,台上设神堂三间,官房三间,兵房二十九间,军火局房三间,配大小生铁炮三十二门,台面炮洞垛口均粗石砌就,由一名把总带五十名防兵驻守。这也是粤海第三重门户。

在构建起三道防线后,林则徐等又海防前线向伶仃洋延伸,一直延伸到香港九龙尖沙咀一带,在尖沙咀山麓石脚和官涌偏南一山增筑"惩膺"炮台和"临冲"炮台,共置炮五十六门,这两座炮台遗址如今因位于港九中心城区,早已荡然无存。

据刘炳元《浅论林则徐的广东防务》一文称,虎门原有十座炮台,共安炮二百七十二门,其中沙角十二门,大角十六门,威远十四门,镇远四十门,横档四十门,永安四十门,巩固二十门,大虎三十二门,新涌十二门,蕉门二十门。在林则徐钦差赴粤后,新建靖远炮台六十门,另在尖沙咀和官涌炮台各安炮五十六门。新增共一七二门,广东中路海口的十三座炮台已拥有大炮四百四十门了,这比原来增加了一百七十二门。

这些要塞和炮台构成了大清帝国当时最坚固的海岸防守线,如屹立于中国南海的海上长城,将无数的炮口瞄准了虎门海口的各个方向。而在当时,虎门要塞就被称为铁锁铜关,又有诗赞:"大海绵长通绝域,虎门高耸接层霄。"如果说时人的赞誉有些夸张,据现代军事史家称,虎门要塞构建起了全方位、立体防御体系，不仅代表了清朝也代表了中国古代海防要塞的最高水平，它由近距离的主攻火炮和远距离的海防大炮构成的多层次火力网，在世界军事要塞史上，也是一个重要阶段的完美标本。

有史家称，虎门要塞防御体系使英人震慑，这也是在林则徐总督两广期间英军一直不敢轻易下手的原因之一。但林则徐深知，无论多么坚固的堡垒，决定战争胜负的关键因素还是人。林则徐命广东的东、西、中三路水师和陆师严格把守各要塞隘口，并严加巡防。而在兵力部署上，林则徐也做了调整部署，如水师大鹏营担负虎门东翼沙角至香港一路海面，这是海上之敌进犯必经之道，原来只有一营兵力，如此势单力薄，难以抵御敌军的坚船利炮。林则徐和邓廷桢、关天培等再三筹商，决定把水师大鹏营建制提升为协（相当于旅），并拨置副将坐镇九龙指挥，从而大大增强了这一路的兵力和战船。

对伍浩官父子和十三行行商也要辩证地看待，林则徐在虎门内外增建靖远炮台、铁链排锁等防御工事时，伍浩官父子和十三行商人"捐银十万两"，他们还承诺从此每年捐三千两白银，并与其他商人共同筹资四万五千两白银，建立海防基金，全部用于虎门珠江口炮台建设。后来，他们又陆续出资购买了一些大炮船只，并给海防官兵发放奖金。

炮台再坚固，还必须配备强有力的火炮。那些中国式重炮、巨炮看上去很吓人，但这些笨重的土炮一是射程短，精度不准，还有一个致命的弱点，由于中国当时的工业水平太落后，难以制造技术难度高的开花弹，清军炮弹多为没有填充火药的实心弹，即便打得很准，击中目标后也不会产生爆炸效果，只能凭借重力加速度击中敌舰，这对于西方的坚船利炮没有太大的威力。一直到中日甲午海战，北洋海军仍在使用制造技术难度较低的实心弹，据北洋海军总教习、德国人汉纳根在甲午海战后报告，北洋旗舰定远舰在战前只补充了五十五颗国产普通开花弹，平均一门炮顶多分得十几枚。在海战中，仅一个半小时就把这类炮弹就打光了，在剩余的三个多小时里，定远舰的巨炮只能发射实心弹。在电影《甲午风云》中有一个触目惊心的镜头，当"致远"舰管带（舰长）邓世昌命令水兵将弹头拔下，从炮弹中倒出的竟然是沙子！这其实是无奈之举，在炮弹里填充泥土、沙石是为了增加炮弹的重量，以便给敌舰以更沉重的打击，然而这种根本不会爆炸的实心弹，哪怕太沉重，也没有太大的杀伤力。日本海军在军舰上并不占优势，但他们所有炮弹均是开花弹。这是一个被很多人忽视了的历史事实,中国甲午海战之败,不是败在军舰上,也不是败在军人的素质上,而是败在炮弹上,而邓世昌在绝望中,只能把"致远"舰变成炮弹,冲向日军的"吉野"舰,以悲壮的方式演绎了中国海战史上最悲恸的一幕。

邓世昌为广东番禺县龙导尾乡(今属广州市海珠区),1849年出生,那已是距离第一次鸦片战争的爆发已经过去了九年,从鸦片战争到甲午海战,时隔近百年,中国仍未能制造出一颗足以与侵略者抗衡的炮弹,却制造出层出不穷、代代不绝的民族英雄。这些悲壮的英雄,一直演绎着中华民族悲哀乃至悲恸的历史。

回到林则徐的时代,他已发现洋炮比中国铸造的土炮要优良得多,英军火炮能"远及十里内外,若我炮不能及彼,彼炮先以(己)及我,是器不良也。彼之放炮如内地之放排炮,连声不断,我放一炮后,须辗转移时,再放一炮,是技不熟也。求其良且熟焉,亦无他深巧耳……"林则徐此言,是他在遣戍新疆途中给友人的一封信中所谈,很多话说来都是后话,却是他此前的感受或觉悟。

林则徐整军修武的举措,一是针对清军"器不良",从而对军事设施、武器装备进行改造和加强,而以中国的土法铸重炮、巨炮是难以有效抗击侵略者的。又岂止是火炮不行。满清王朝承平日久,武备松弛,清军虽有八九十万人的编制,但从东南沿海的清军水师到清朝的八旗兵、绿营兵,早已像清朝政权一样腐败不堪。如广东水师就是在旧绿营水师编制的基础上直接成立的,在虎门沙角炮台设有广东水师提督府。而在道光十九年八月初六日,林则徐便将省城寓中人全部移住虎门,实际上是将钦差行辕移师前线。在对付来自海上的敌人时,广东水师理所当然地成为御敌于国门之外的第一主力,但这支主力的战斗力又如何呢?林则徐抵粤时,广东水师的总兵力约两万人左右,合计各营战船四百余艘,但说来实在可怜,一个游牧民族统治的帝国,再也没有造出大明永乐年间郑和下西洋的宝船,据明史专家考证,郑和宝船(旗舰)的排水量超过万吨,是当时世界上最大的木制帆船,船有四层,船上九桅可挂十二张帆。而满清入关后一直将骑射这一冷兵器时代的古老作战方式作为其军事、国防及练兵之根本,尽管在东南沿海也设立了一些水师,但大多为旧式木帆船。广东水师最大的战舰为水师督船(旗舰),其排水量也不过数百吨,载有十二门前膛铁炮，其战斗力还不如一艘英国为商船护航的小型舰艇。这样的船舰和武器装备，在缉贼拿盗上还能勉强应付，连走私鸦片的飞剪船也追赶不上，一旦遭遇西方列强的坚船利炮，几乎不堪一击。

为了改变这种状况，林则徐在满朝文武还沉迷在天朝上国的幻觉中、对洋夷的奇技淫巧不屑一顾时，他就提出师夷长技。近代史家一般认为，"鸦片战争的惨败让清朝从沉迷中惊醒了，它突然发现，西方的科学远远超越了大清，从而产生了'师夷长技以制夷'的思想"，这是对历史的颠倒。事实上，在鸦片战争之前，林则徐就已萌生了"师敌之长技以制敌"的军事变革思想。"师敌之长技以制敌"，是林则徐首次明确提出来的，其证据就在魏源《道光洋艘征抚记》中："林则徐奏言：自六月以来，各国洋船愤贸易为英人所阻，咸言英人若久不归，亦必回国各调兵船来与讲理，正可以敌攻敌，中国造船铸炮，至多不过三百万，即可师敌之长技以制敌。"

在鸦片战争爆发之前，林则徐曾奏请朝廷增造船炮，提出"制炮必求极利，造船必求极坚"，他不只是口头上说说，并且已将"师敌之长技以制敌"付诸实施。譬如他"设法密购西洋大铜炮，及他夷精制之生铁大炮，自五千斤至八九千斤不等，务使利于远攻"，这些西洋大铜炮主要是通过澳门葡人购买的，据说有二百门，并参照澳门炮台式样，在珠江口修筑和加固了一批炮台。这一点在宾汉《英军在华作战记》中得以证实，当英军在1841年攻克虎门要塞后，发现"旧炮台上架着十二门大炮，其中四门乃是两年以前从澳门当局买来的葡式的、可放六十八磅炮弹的黄铜炮。其余的是中国式的，其中有大量的金属成分，口径很大。"

在加固炮台的同时，林则徐一直致力于打造属于自己的坚船利炮，先后仿造了数艘新型安置舷侧炮的新式战舰。从道光十九年到鸦片战争爆发，直到林则徐撤职之前，这项工作一直没有停歇，先后建造了一批"较旧日为坚强长大的炮艇"。但单靠仿造西洋船只难以迅速扭转劣势，西方的坚船利炮是近代大工业的产物，当时中国根本没有近代大工业，要打造大型新式舰船，只能向外国购买。道光十九年十一月末至十二月初（一说为1840年3月），林则徐从美商旗昌洋行购买了"甘米力治"号（即"剑桥"号）武装商船，排水量达一千零八十吨。此前我已提及，该船原本是一艘参与鸦片贸易的英国武装商船，曾参与中英九龙海战，林则徐购买该船，改装为军舰，装有三十四门英制大炮，并设有能移动的炮位。这是"中国海军中最早的外国造军舰"。林则徐干事既为直接的现实着想，也从长远考虑，他不只是将这艘军舰作为海上交战之用，还命令关天培把这只船当作假想敌，作为士兵练习水战之用，研究进攻洋舰的方法，并作为造船技术的参考。另外，他还购入了两艘二十五吨的纵帆船和一只西洋小火轮。当然，靠这几艘西洋舰船是难以与西方列强的坚船利炮抗衡的，中英两国的海军实力实在太悬殊了。对此，林则徐是有清醒的认识的，在鸦片战争爆发后的1841年3月，清廷命奕山为靖逆将军到广州主持军事，林则徐以戴罪之身向奕山献"御夷六策"，告知他"洋面水战系英夷长技"，以清军现有的"单薄之船"实难与英军抗衡，"应另制坚厚战船，以资制胜"。

诚然，无论是仿造还是购买西洋新式舰船，都非一朝一夕所能完成，加之军费紧缺，均难以在短时间内见效，缓不济急。但可以说，中国近代海军的兴起，林则徐是首创者和力推者，并且开始朝着建设近代海军舰队的方向而努力。

一支军队的战斗力，既不能缺少作为撒手锏的武器装备，还得有比武器更过硬的军人，而军人的战斗力取决于其综合军事素质。随着武器装备的提升，对军人素质也不断提出新要求。这也是林则徐整军修武的一个核心内容。林则徐早已侦知广东水师巡船与鸦片贩子互相勾结的种种腐败现象，这样一支腐败的军队，又怎么能打仗、打胜仗？为此，他一方面对广东水师内的腐败势力大力清除，肃清了广东水师副将韩肇庆等腐败分子，处罚了一些不作为或乱作为的将领，一方面又针对"技不熟"而加强军事训练。他还为兵勇规定了《剿夷兵勇约法七条》，鼓励兵勇抗英，并具体指导抗英战术。尽管广东水师有很多弊病，但林则徐对关天培是非常信任的，据清史稿载："则徐知水师提督关天培忠勇可用，令整兵严备。"

林则徐认为"以守为战"还必须"以战助守"，采取灵活机动、主动出击的战术。他对准英军远来、供应困难的弱点，决定采取夜袭火攻战术，剪除出海接济英船的汉奸船只，使敌不战而自困。

尽管林则徐一直在积极备战，但也有史家认为"他没有想到的是英军的实力远远在清朝军队的实力之上"，并断定林则徐必败无疑。持此论者乃是一叶障目，只注意到敌我在武器装备上的实力之悬殊，却忽视了敌寡我众这一实力的悬殊，这个"众"就是民众，在反抗侵略的民族自卫战争中，这是一种可以依靠的重要力量，人民的力量。如果能把沿海老百姓组织起来，加以训练，那将构筑起一条真正的血肉长城。这是林则徐对敌我双方形势优劣的分析，我方除了有"天险可凭"，在"主客之形"中占有主动权，在"众寡之势"中占有"众"的优势。这并非我的猜测，而是有历史事实验证。林则徐能够看到民众的力量，这既是他的先见之明，却也是统治者的大忌。休说清朝，在中国历代统治者看来，"安内"永远比"攘外"更重要，而"民变"也比"边衅"更可怕，他们生恐老百姓组织起来，拿起武器，形成威胁其政权的力量。这样的政府，站在人民的对立面上，视人民为心腹大患，把抵御侵略的唯一指望都落在其武器落后、军备松弛的军队上，注定是根本不可能取得反侵略战争胜利的。

林则徐身为大清帝国的封疆大吏，我不敢说他站在人民的立场上，但至少，从厉行禁烟、虎门销烟到抗英斗争中，他看到了沿海人民对英国侵略者"皆动公愤"，认识到"民心可信""民力可用"。这也是他在军事准备中的一个重要举措，他看到了沿海广大渔民的力量，"粤洋渔船蜑艇之多，几不可以数计"。他在渔民、疍户、枭徒中招募水勇六千人，这些水勇皆是撑船泅水的好身手，视波涛如平地，再教以夜袭火攻之法，他们很快地掌握了杀敌本领，成为水上作战的突击力量。林则徐还准许沿海居民组建团练自卫，自保身家。后世如曾国藩步林则徐后尘，兴办团练，最终练就了中国军事史上最有战斗力的地方武装——湘军（湘勇），其军势之鼎盛，远超清朝常备正规军（绿营）。设若道光时代能给林则徐这样一个机会，又能让他假以时日，兴办团练，"或筑寨浚濠，联村为堡，或严守险隘，密拿奸宄；无事则各要生业，有事则互卫身家"，在自卫还击中必将发挥重要作用。即便用今天的眼光看，林则徐在战争准备中，已经体现了一种发动和依靠人民群众，进行人民抗敌斗争的战略思想。但又不能不说，林则徐在对待人民的态度上也有极大的阶级局限性，如其所谓："其人贪利亡命，无不远赴外洋，而奸夷加意招徕，啖以倍蓰之利，即一蔬一薪，亦皆厚给其值，并以鸦片与之兑换，使之两获其利，利愈重则命愈轻，故夷船寄碇虽遥而冒险犯法以趋之者，闻已渐相环集。此又断其贸易之后，更出一种私弊，不可不亟亟剿除者。臣等再四思维，唯有以奸治奸，以毒攻毒。"林则徐此言，也成为后世攻评他的一个焦点，这里应该辩证地看，他此处所指绝非泛指人民，而是指民间的"奸民"，也就是清廷所谓的"汉奸"，那确实是一些唯利是图、见利忘义之徒，谁也不能否定这种"奸民"或"汉奸"的存在，如此就可加以利用，林则徐"即与提臣关天培密商，

第六章
鸦片战争

取平时所装大小火船,即雇渔蛋各户,教以如何驾驶,如何点放,每船领以一二兵弁,余皆雇用此等民人以为水勇,先赴各洋岛澳分投埋伏,候至夜深,各船俱已熟睡,察看风潮皆顺,即令一齐放出,乘势火攻,将此等环附夷船各匪船随烧随拿,许以烧得一船即给一船之赏,如能延烧夷船,倍加重赏。"

  我一直深信伟力藏于民间,那种一盘散沙、缺少最基本军事训练的民众,或像后来义和团一样盲目混战、滥杀无辜,把抵御外侮的希望寄托在超自然力量,希望通过迷信仪式达到刀枪不入的效果,也不可能打赢一场人民战争。当英国侵略者妄图攻入珠江口时,林则徐下令"英夷兵船一进内河,许以人人持刀痛杀",他的这一命令,遭到了一些西方学者的诋毁,也遭到了一些国人的非议,认为林则徐不该把无辜的平民卷入血腥的战争,打仗是军人的职责。这就是一个基本底线的问题了,持此论证者或可扪心自问,当持刀抢劫的歹徒进入你自己家里打家劫舍,烧杀奸淫,难道你觉得你是平民应该放弃反抗,而打击罪犯是警察的职责,只等警察来处理?无论你怎么回答,我依然坚守我的底线,这是正义的战争,哪里有侵略,哪里就有反抗。如果不能正视这一点,势必会出现历史的偏见,甚至是对历史的歪曲。那么,林则徐的这些战略和战备的效果如何呢,这还有待于在接下来的实战中检验。尽管那个假设还无法回答,但从鸦片战争爆发前林则徐与义律的军事较量看,林则徐一直是胜利者,尽管如今有不少人认为他的"七战七捷"算不了什么,只是一些小打小闹而已,但可以肯定,在鸦片战争爆发后,直到林则徐撤职之前,广东守军从未被英军打败过,也未丢失一寸国土。

  不知不觉间,历史已进入公元1840年。1月15日,"窝拉疑"号船长士密执行义律的命令,从即日起封锁珠江口。这其实是帕麦斯顿给义律下达的密令,也是英国侵略步骤的"第一步行动",但根据时间推测,帕麦斯顿在11月初发出的密令,义律此时应该尚未收到,这当是义律自主采取的行动。尽管义律与自己的祖国远隔重洋,音讯难通,却达成了高度一致的默契。仅隔一天,1月16日,英国女王维多利亚在议会中发表演说:"中国的禁烟使英商蒙受损失,触犯了英王的尊严,我已经并将继续对此深为影响我国臣民利益和我的荣誉尊严的事件,予以最严重的注意……"

  这表明英国内阁发动侵华战争已经得到了她的认可,战争之弦已经越绷越紧。

在第一次鸦片战争逼近之际，林则徐也许还没有嗅到那强烈的战争气味，但他对抗英斗争的艰辛多少有所估计，对自己的前途未卜也多少有所隐忧。此时，道光十九年也进入尾声，首席军机大臣穆彰阿奏调邓廷桢为两江总督，道光皇帝准奏。对于此事，有史家认为，这是穆彰阿利用道光皇帝急于禁烟收场的心理，去掉林则徐的一支臂膀，但我觉得这是历史的猜测，而清廷对邓廷桢的调动还真是颇费猜测，邓廷桢先调云贵总督，旋改两江总督，尚未到任，又因陕西道监察御史杜彦士奏报福建禁烟和海防需加紧查办，邓廷桢又改任闽浙总督。如此朝令夕改，也是道光皇帝执政的一种风格，尤其是反映在他对待外国侵略者的态度上，忽而主剿，忽而主抚，令人无所适从，晕头转向。

两广总督之职，就由林则徐来接替了。道光二十年正月初一（2月3日），林则徐作为钦差大臣的使命结束，他接受邓廷桢送来的关防、印信，正式就任两广总督。交接之后便是告别，林则徐和邓廷桢难舍难分。岁月无痕，而流水不绝，一年前，两广总督邓廷桢在天字码头迎来了钦差大臣林则徐，一年后，两广总督林则徐又在此送别闽浙总督邓廷桢。珠江，这条南方的大河浮现出两位社稷之臣充满了惆怅和忧患的身影，在他们并肩战斗的一年岁月里，留下一段非凡的历史记忆。若要追溯这段历史，这是两个绕不开的身影，而一别之后，无论是他们个人的命运，还是他们想要拯救的这个帝国的命运，一切都难以预测。邓廷桢在赴闽途中，满腹愁绪地抒写了一首令人心碎的《酷相思·寄怀少穆》："百五佳节过也未？但笳吹，催千骑。看珠海盈盈分两地，君住也，缘何意？侬去也，缘何意？召缓征和医并至。眼下病，肩头事，怕愁重如春担不起。侬去也，心应碎！君住也，心应碎！"

人有病，天知否？国有病，又有几人知道？唯有真正的社稷之臣，才能为这"眼下病"而忧患，以这"肩头事"为己任啊。

道光诏谕："林则徐已实授两广总督，文武皆所统属，责无旁贷。倘查拿不能净绝根株，唯林是问。"这道谕旨有些非同寻常的强硬，简直是咄咄逼人，这让林则徐有些疑惑，圣上到底是对禁烟效果不满呢，还是为别的什么事生气呢？但不管怎样，这道谕旨为清廷日后对林则徐横加罪责已埋下了伏笔，当然，道光帝此时可能并无加罪于林则徐之意，毕竟此时鸦片战争尚未发生，更没有败北，道光帝不可能未卜先知，这个伏笔或是偶然之笔。

道光皇帝咄咄逼人，义律也是咄咄逼人。就在林则徐就任两广总督的第二天，正月初二日（2月4日），义律悍然调遣"海阿新"号强行驶入澳门内港，径自驶抵加思兰炮台前，简直没有把澳门的炮台当一回事儿，而澳葡当局非但未开一炮，当清军前往协防时，澳葡当局反而以中国"恐受先行肇衅之名"加以阻拦，实际上是在偏袒义律。林则徐遂决定停止澳门贸易，并下令调兵进入澳门。澳葡当局见势不妙，赶紧与英人斡旋，"海阿新"号从澳门港湾撤出，林则徐才中止出兵的成命。接着，林则徐又谕令澳葡当局把此前潜回澳门的义律和英商数名一并驱逐出境，然而澳葡当局借口"中立"，竟不加干预。正月十八日（2月20日），林则徐传谕澳葡当局（《传谕西洋夷目严拒英夷由》）："照得澳门一区，乃天朝土地，各国夷人俱不准混行托足，独许西洋夷人（葡萄牙人）聚族而处，……试思义律等叠次率众逞强入澳，旁若无人，而华伦兵船（即"海阿新"号）亦竟敢驶抵加思兰炮台之前，不惟天朝法度在所难容，即按之尔西洋夷例亦从来所未有。乃尔西夷，并不闻开放一炮，而转阻我官兵不必入澳堵御，是大不可解矣。试问英夷如此鸱张，尚不谓之肇衅，必俟何等情状，乃为肇衅耶？"

林则徐在严斥澳葡当局时，不知是否思虑过，澳葡当局对中英的态度为何会发生这样的变化？当时，澳门的葡萄牙人已有传闻，"英夷祖家兵船十二只、孟买兵船十二只，不久可到"，将要对中国开战，这让澳葡当局惶恐不安，唯恐得罪了英国人。

正月十八日（2月20日），英国正式任命驻好望角海军司令乔治·懿律（George Elliot, 1784—1863）为对华谈判全权公使和英军总司令，查理·义律为副。他们实际上是堂兄弟。懿律率领的英国舰船共四十余艘，陆续从好望角开普敦等地启程，开赴印度加尔各答集结，准备前往中国。第一批士兵约四千人，包括第十八皇家爱尔兰联队、第二十六苏格兰来复枪联队、第四十九孟加拉联队、孟加拉工兵团和马德拉斯工兵团等，从4月底开始，英国侵华远征军的舰艇陆续开赴印度加尔各答集结，准备前往中国。该舰队有战舰十六艘，其中三艘为装备有七十四门大炮的大型军舰，另有蒸汽军舰四艘，运输舰船二十八艘。战争爆发后，英国从本土又不断增援。除去被替换回国的舰船外，到1842年8月第一次鸦片战争战争结束时，侵华英军战舰达二十五艘，蒸汽舰船十五艘，另有医院船、测量船、运输船等，总计共六十余艘。

此时英国远征军主力尚未到来，义律被迫退出澳门后，英船继续散泊外洋。自中英通商之路断绝之后，英国商船既不愿意甘结，又逗留不去，约有五十余艘英船泊于铜鼓湾、长沙湾等外洋。他们在英国兵船的庇护下，一面廉价拍卖鸦片等货物，一面高价收买食品，"唻（给诱）以倍蓰（五倍）之利，即一蔬一薪，亦皆厚给其价，并以鸦片与之兑换，使之两获其利"。在英国商船的利诱之下，沿海一带的贪利亡命之徒，纷纷接济英船，走私鸦片。这严重影响了林则徐"以守为战、使敌自困"的战略，而他尤为担心鸦片走私死灰复燃，"颇欲一鼓而击毁之"。但若以装备不良、战术不精的广东水师船与英国兵船正面交锋，他还没有胜算的把握，即便侥幸取胜也可能损失惨重，而他早已就想到了一个绝招，以火攻之法，夜袭敌船。据梁廷枏《夷氛闻记》载："则徐以舟师出洋，不能如夷舶帆炮之得手，令水师不必在洋攻剿，但固守口岸藩篱，备火船，乘月黑潮退，出其不意，分起潜出，乘上风攻其首尾，火器皆从桅掷下。又招募渔、蜑（疍民），董以兵弁，潜伏岛屿，随时挈小船攻扑，先链钉夷船四旁，使受火一时难脱，重给赏资。"

当然，单靠渔民、疍户是难以完成夜袭火攻的军事任务的，还得有骁勇善战的干将来指挥实施，这个任务又落在了马辰肩上。他原本就是一位身经百战的骁将，在此前的官涌保卫战中又屡立战功。正月二十七日丑刻（2月29日凌晨一时至三时），马辰和两位守备（卢大钺、黄琮）、一位把总（杨雄超）各带水勇四十人，从东涌上下濠、屯门、后海青山和长沙湾分四路出发，在夜幕中悄悄靠近英船寄碇之处，"出其不意，一齐发火，乘风抛掷喷筒、火罐"，围歼运烟和接济英人食物的"汉奸船只"，计有大海船一只、艚船一只、大买艇一只、大扒艇一只、虾笱办艇三只、杂货料仔艇一只、扁艇十五只，并烧毁海中沙滩篷寮六座。又据《夷氛闻记》：在同一天里，"金星门亦以二舟师驱火船进逼，会风转，'窝拉尼疑'兵船遣三板拢拨火船近岸，延及岸旁小艇与他国'底威尔'三板头桅，英国'哥哇支麻里'船皇遽开避，胶浅幸免。夜再以火船出，亦缘风潮不顺而返。"

这次火攻深得林则徐嘉许。二十九日（3月2日）晚，马辰赶到广州向林则徐禀报长沙湾夜袭战况，并带来关天培的一封信。林则徐当即给广东巡抚怡良写信通报战果："晚间马辰来省，带来关提军一信，知此次烧毁办艇，甚为痛快，不独寒奸之心，亦已落顽夷之胆矣！"他叮嘱马辰翌日早晨一定要将详细情况面禀怡良，并与怡良商定：对走私船艇"随时设法焚烧，认真查拿，以杜勾结而绝根株！"

三月初九日（4月10日），英国议会下院正式通过政府侵华军费支出案和"英商在中国的损失，须达到满足的赔偿"等决议，从4月7日起，英国议会下院才开始辩论对华战争军费案和广州英国鸦片商人赔偿案，请注意，他们辩论的并非是否发动侵华战争，而是侵华战争的军费和鸦片赔偿的问题。曾任阿美士德使团副使的斯当东，在议会上为英国的鸦片贸易诡辩："我们进行鸦片贸易，是否违背了国际法呢？没有！"他声言发动侵华战争"尽管令人遗憾，但我还是认为这场战争是正义的，而且也是必要的"。经过三天的辩论，英国国会最终以271票对262票的微弱多数，通过了内阁的提议，这其实是对英国政府发动侵华战争的一次追认。迄今仍有人天真地认为战争是可以避免的，如一篇署名亦忱、在网络上广泛流传的奇文《林则徐是中华民族的千古罪人》把林则徐称为一位"带有浓厚悲剧色彩的愚蠢的英雄"，并声称"如果林则徐在禁烟的过程中不是那样一味蛮干不顾后果，完全无视当时的世界特别是强大的英帝国正在按西方世界的丛林规则运转，英国国会的对华战争拨款法案原本是不可能被通过的"，但他罔顾了另一个事实，那也是历史的铁证，在英国议会辩论之际，英军的舰船和团队早已纷纷从英国本土、南非和印度驶往中国。

三月二十六日（4月27日），林则徐等议复大理寺正卿曾望颜的"封关禁海"之议。此前，曾望颜提出以封关禁海为"制夷要策"，"无论何国夷船概不准其互市"，内地"大小民船概不准其出海"，这是历史大倒退，要把清王朝重新推到原来那种绝对的"闭关锁国"状态下，连"一口通商"这道窄门也要关闭。林则徐对此是决然反对的。一方面，他认为封关既不能禁绝鸦片烟毒，反而良莠不分，"且封关云者，为断鸦片也。若鸦片果因封关而断，亦何惮而不为？惟是大海茫茫，四通八达，鸦片断与不断，转不在乎关之封与不封"，"今若忽立新章，将现在未犯法之各国夷船与英吉利一同拒绝，是抗违者摈之，恭顺者亦摈之，未免不分良莠，事出无名……若概与之绝，则觖（绝）望之后，转而联成一气，勾结私图"；另一方面，他更为沿海人民的生计着想，"缘广东民人，以海面为生者，尤倍于陆地，故有'渔七耕三'之说，又有'三山六海'之谣，若一概不准其出洋，其势即不可以终日"。

无论是"专断一国贸易"还是"概断各国贸易"，林则徐都是反对的，对此，他的立场一直始终不渝，即"奉法者来之，抗法者去之"，凡"正经贸易者，加以优待，倘有带烟发觉，立即刑诛"，这是理解林则徐的关键，他实际上是处于两种极为顽固的力量之间，一种是清廷内部闭关锁国的顽固势力，一种是贼心不死、负隅顽抗的英国鸦片贩子，而其最大的后盾就是义律。在这两种顽固势力的夹缝中，他一直在左冲右突，想要杀开一条血路来。

在林则徐的号令下，广州内外，秣马厉兵，紧张练兵。林则徐盼望广东官兵能尽快剔除积习，练成劲旅，手书一副对联，悬挂在演武厅上："小队出郊坰，愿士卒功成净洗银河长不用；偏师成壁垒，看百蛮气慑烟消珠海有余清。"

四月十五日（5月26日），林则徐检阅广东水师"新水军"，其中包括"甘米力治"号军舰，两只二十五吨重的纵帆船，油漆为黄色，绘有黄龙，一只明轮推动的小船，还有许多沙船。经过整顿后的广东水师，战斗力已有很大的加强，但林则徐既未低估英军的战斗力，更未高估广东水师"新海军"的战斗力，他心里很清楚，广东水师和英国海军相比，还是很落后的，为了海疆长远之计，必须大加改造装备，他提出："即如炮位一项，洋面师船所用，必须三四千斤以上，而制造又精巧者，以之抵御夷炮，方可得力；若炮台所安之炮，竟须七八千斤至万斤以上，方能致远。"而战船也须"倍加坚实"。但是，清朝政府历来不重视海防建设，就说这次钦命查办广东海口之事，本是一件关系国家民族安危的大事，朝廷并没有拨给专门经费，更谈不上制船造炮，筹划经远了。林则徐虽然奏请由十三行捐缴三年茶叶行用银两，支销海防费用，可是为数不多，时难以顾上制造大型船炮，这不能不使他十分焦虑。若要克敌制胜，他还是坚持"以守为战"的战略方针，辅之以火攻偷袭之类的灵活机动之战术。

对于林则徐的火攻之术，后世也不乏冷嘲热讽者。诚然，这一冷兵器时代的热战术，用以对付英军的坚船利炮早已不是绝招，那些装着硫黄等易燃物的舢板离英国船舰还老远，人家就用望远镜看见了，那船舰上也不是三国时代的弓箭，一发舰炮远远射过来，十有八九就能准确命中舢板，一旦命中就是中心开花。只要少数船只才能逼近英人的船舰，但面对那样的庞然大物，那铁甲船身没法点燃，又无法将燃烧物投掷到船上。但这种落伍的战术，也并非毫无用处，凭借水勇那敏捷如猿的身手，偶尔也能攀上英船，偷袭成功。这种成功的概率很低，但只要有十分之一的成功率，对英国船舰也是致命的威胁，至少也是一种让他们日夜不得安宁的骚扰战。

据史载,清兵水勇对英船频频发起夜袭火攻,一度把义律和英商逼进了绝境,他们不得不以布帆兜接雨水来救渴。当然,他们绝不会束手待毙。据林则徐《磨刀外洋焚剿贩烟英船擒获汉奸折》奏称,英船"夜则抛锚寄碇,并召集办艇护,支更瞭望,以防我兵火攻",所谓"办艇",就是往来大船之间,专卖日常食物、用品的小船,那些奸民被英国鸦片贩子收买后,就利用这种小船为他们提供食品、走私鸦片、通风报信,入夜之后,又环绕在英船四周,为英船形成了一个包围圈。英人的这一招实在高明,由于他们对夜袭火攻防备甚周,让清军兵勇难以下手。但英船越是这样,越是表明他们"最畏焚烧"。因此,林则徐决定仍当以"所畏者设法制之",一是要切断英船的淡水供应,但若要控制沿海各山麓的泉水,因山峦叠错,守不胜守,难以办到;二是要针对那些"奸民"采取行动,以断绝英船的食品供应和鸦片走私。为此,他饬令沿海兵勇,注意捕捉时机,积极开展这种朴素的海上游击作战。四五月间(5月至6月间),清军兵勇发起了一次次火攻,新安县营弁在小濠海边烧毁奸民办艇四只、篷寮五间,还抓获英船上的厨工梁亚次等六名。

四月二十一日(5月22日),林则徐又组织兵勇袭击英国鸦片走私船"希腊"号,击伤该船船长和二十五名船员。五月初九日(6月8日),关天培命副将李贤、都司马辰等率带勇四百人暗伏磨刀洋岛屿,趁夜半月落时,李贤、马辰等十艘火船出攻聚泊磨刀洋外的夷船,占住上风,出其不意,火船闯进夹烧,而做内应的线民亦于假办艇内同时纵火,焚毁英船二只,烧伤一只。又夷船一只桅帆着火惊逃,"先后延烧大小办艇十一只,又烧毁近岸篷寮九座,其冲突窜逃各夷船,彼此撞碰,叫喊不绝,夷人带伤跳水、烧毙、溺毙及被烟毒迷毙者,不计其数",这次行动"毙英夷四人",活捉姜亚连等奸民(汉奸)十三名,而清兵只有两人轻伤。这次火攻是在午夜过后开始的,严格说已是五月初十日的故事。

这些夜袭火攻的故事在历史文献中还有很多,而其惨烈的程度让我不忍卒读,无论是正义还是非正义的战争,一切就是如此残酷,而对于中华民族而言,一场更大的战争已经席卷而来。

五月二十二日(6月21日),英国侵华远征军海军司令官伯麦乘坐的旗舰"威里士厘"号驶抵澳门湾。这是一艘在孟买建造的风帆战列舰,载炮七十四门，该舰以在滑铁卢击败拿破仑的英国公爵Wellesley命名，通译威灵顿。随之而来的还有十余艘中小舰艇。

　　林则徐很快就探知了"英夷兵船"的情况，包括兵船大小、炮火配备及轮船的性能都清楚地掌握。他在给道光帝的奏报中说："据引水探报：五月二十二日，望见九洲外洋来有兵船二只，一系大船，有炮三层，约七八十门，其一较小，有炮一层。二十三日，陆续又来兵船七只，均不甚大，炮位亦只一层。又先后来有车轮船二只，以火焰激动机轴，驾驶较捷，此项夷船前曾到过粤洋，专为巡风送信。兹与各兵船，或泊九洲，或赴磨刀，或赴三角外洋，东停西窜，皆未敢驶近口门。"尽管英舰连樯而来，但林则徐在奏折中依然认为"伏查英夷近日来船，所配兵械较多，实仍载运鸦片……"这显然是他的战略误判。杨国桢、茅海建都列举了大量例子来证明林则徐对英军入侵存在严重的误判，这样的例子也确实不胜枚举，合并同类项，就是一句话，在鸦片战争爆发之前，林则徐一直认为英国船舰是为鸦片而来，但一直不相信英国政府会为鸦片而发动一场国与国之间的战争。

　　这是历史事实，却也是狭隘而片面的事实，而如今有人因此而愤激地指责林则徐，甚至说"鸦片战争惨败的真正原因"，就是"林则徐瞒报军情，欺上瞒下！"若要正视历史，那就不能罔顾另一个历史事实，林则徐的确存在误判，甚至是严重误判，但对那些英军发动战争的"传闻"他也并未置之不理，这么说吧，他的误判并未让他对英军的入侵掉以轻心而放松军事准备。早在二月二十六日，他在上奏道光帝的《传闻英国添派兵船来粤已饬水陆严防片》中就已明确表示，"此等传闻，无论虚实，总当于粤洋各要口加意严防，该夷即有多船，谅亦无所施其伎俩"，他坚信，无论敌军来多少船舰，只要严加防御，英军也"无所施其伎俩"。

　　对于历史人物，我一直强调听其言还得观其行，林则徐是一个很讲究策略的人，听其言，还得观其行。即便他对英国发动侵华战争没有心理准备，但从历史事实看，他又对可能的来犯之敌做了充分的军事准备。此时大敌当前，他虽说对英军的战略目标还不大清楚，但他不能不严加防范，他严令沿海官兵，森严壁垒，严阵以待。

　　五月二十五日（6月24日），林则徐在发现英军十艘舰船后，在第一时间便会同怡良向道光帝奏报了英军来粤和备战待敌情形，其具体设防情况是：虎门方面，添建增修的各炮台与海面的两层排链相为表里，密购外国五千斤至九千斤远程生铁大炮，计有大炮三百余位，在船在岸兵勇共有三千余名；澳门方面，派高廉道与香山协会同防范，先后派驻兵勇一千三百余名；尖沙咀方面，新建炮台两座赶办完工，设法购办大炮五十六位，分别按设，附近山梁驻兵八百余名。虎门内外炮台、战船，三千余名官兵磨刀擦枪，随时听候分拨。澳门一带，一千三百余名兵勇亦各就各位，进入戒备状态。尖沙咀、官涌山附近，八百余名官兵扼守着山梁，严防敌军的进犯。此外，各小口及内河水陆要隘，亦皆添兵多名，协同防堵。林则徐在奏折中描述说，"声势已皆联络，布置并不张皇"，"且随处侦拿接济，严断汉奸，务令尽绝勾通，俾其坐困"。与此同时，林则徐估计英夷在广东不能逞志，必寻找闽、浙、江、直、东等沿海其他地点作为攻击目标，他在第一时间便对东南沿海省份发出急报（飞咨），并在二十五日的会奏中奏请道光帝敕令各省"严查海口，协力筹防"。于此可见，他在第一时间就向道光帝和沿海各省督抚发出了作好战争准备的紧急通报。这在他五月间致交谊深厚的同年（同榜进士）潘锡恩的信中也可找到佐证："此间夷务是一不了之局，若一歇手，尽弃前功，所患有贝无贝之才，皆不应手，弟极力支撑制压，彼犬羊尚不得以逞其奸。第时值南风，难保夷船之不北驶，各省海防俱不免吃重，弟亦已节次飞咨矣。"

只是，由于当时的通信条件所限，即便是最快的"飞咨"，也可能赶不上英军舰船的进攻速度，这也就难免他的急报尚未起到预警作用，战争就已经打响了，如他在7月4日刚刚发出奏折，第二天便发生了定海之战，林则徐的急报也就变成了"马后炮"。这是事实，但也是特定时代的特定事实。尽管我们不能说林则徐"早已预见到了战争"，但林则徐也绝非茅海建先生所说的："战争即将打响了！前方主帅没有发出战争警报！"

道光二十年五月二十九日（1840年6月28日），这是一个非同寻常的日子，标志着第一次鸦片战争的开始。由于这次战争并没有一个正式交战的爆发日，史上一般以英军主力舰队抵达广东南海海面、封锁广州珠江口（即虎门海口）为第一次鸦片战争正式开始的标志。这一天也成了鸦片战争纪念日。

当英国远征军总司令兼对华全权公使懿律乘载炮七十四门旗舰"麦尔威厘（Melville）"开抵澳门港外，查理·义律终于盼到了出头之日，他登上旗舰"麦尔威厘"号，和睽违已久的堂兄乔治·懿律会合，英舰也于同一天开始封锁珠江口。

不能不说，英国远征军的炮舰是清军水师难以比拟的，哪怕其中小型的舰艇也让广东水师的那些中式战船相形见绌，那些笨头笨脑的师船几乎还慢吞吞地游弋在几个世纪之前。若从船舰和武器装备看，可以这样说，中英海战不是在同一时空内交战。然而，请注意，此时英国远征军的海陆军总共只有四千人！哪怕他们一个个都是天降神兵，武装到了牙齿，也只有四千人，何况是在远离本土数万里之遥的远东作战，他们的后勤补给如何保障？还有长途跋涉、水土不服引起的各种疾病，也势必会影响其战斗力。林则徐说得一点也不错，不说别的，只要坚壁清野，切断其水源和后勤补给线，就能让他们四处受困，再辅之以夜袭火攻之类的战术，不说歼灭之，至少不会让他们沿着中国东南沿海长驱直入，为所欲为。

三、一切都是顺序

这里又有一个充满了争议的问题，为什么英国远征军抵达南海后没有向虎门要塞发起进攻，反而舍近求远在东南沿海绕了一大圈后去攻打东海的定海？

按历史的主流说法，英军本来打算在封锁珠江口后，破坏江面的防御工事，进犯虎门要塞，但见珠江口水陆要隘戒备森严，懿律决定暂时放弃这一军事行动。按照帕麦斯顿指示，他那《致中国皇帝钦命宰相书》一式三份（一份原件，两份副本），拟分别在三个地方递送，一是广州，二是甬江口、长江口、黄河口三处的某一地，三是天津（白河口）。帕麦斯顿还在训令中明确指示："一到达珠江口，便设法把我寄至中国宰相函一份，连同一份中文译本，一并送给广州总督……并且你应要求总督把这份包括原件和译本的公文送往北京，不得拖延"，这就是说，其原件和中文译本是必须先递送广州总督（两广总督），再由总督送往中国皇帝。但义律认为林则徐这位总督不好对付，他还认为"不宜于让广州中国当局最先知道英国的要求是什么"，当然，最后的决定权不在他手里，而在懿律手里，而懿律很尊重这位堂弟的意见，于是暂且放弃了攻打虎门珠江口。

还有一种说法，英国侵华远征军的原定方案就是由南海北上东海，进攻舟山群岛。

而历史从来不管原因如何，用尼采的话说，"一切都是顺序"。若按顺序，那么，《致中国皇帝钦命宰相书》接下来就应该送往甬江口的宁波，但懿律选择的却是九龙江入海处的厦门，随即便派其第二号战舰"布朗底"号提前把信送往厦门，六月初二日（6月30日），懿律率舰队大小四十余只（兵舰十二只、武装汽船三只、运兵船一只、输送船二十七只），离粤北上，但留军舰"都鲁壹"号、"拉茵"号、"海阿新"号、"哥伦拜恩"号和武装汽船"进取"号，以士密为粤海英舰司令官兼"都鲁壹号"舰长，继续封锁珠江口。

翌日（7月1日），林则徐得引水禀报英舰离粤消息，又从通过十三行行商从美商处获悉"英夷兵船系赴浙江、江苏，又有人说往天津等情"，应该说林则徐侦知的情报是非常快的，他一边飞咨江浙二省通报敌情，一边上奏道光帝并提出建议："若其径达天津，求通贸易，谅必认为该国久受大皇帝怙冒之恩，不致遽遭屏斥，此次断其互市，指为臣等私自擅行。倘所陈尚系恭顺之词，可否仰恳天恩，仍优以怀柔之礼，敕下直隶督臣查照嘉庆二十一年间英国官阿美士德等自北遣回成案，将其递词人，由内河逐站护送至粤，借可散其牙爪，较易就我范围。倘所递之词有涉臣等之处，惟求钦派大臣来粤查办，俾知天朝法度，一秉大公，益生其敬畏之诚，不敢再有借口。"这封奏折表现了林则徐密切注意英方的动向、主张稳妥处理对外关系的一贯方针，他在折后还附呈伯麦攻击林则徐、邓廷桢的说帖一件，甚至建议："倘所递之词有涉及臣等之处，惟求钦派大臣来粤查办。"这表明他从国家大局出发勇于承担责任，只要能消除英人的借口，他甘愿受到清廷查办。

林则徐的奏折在路途走了一个月后，道光皇帝才于七月初六日收到并朱批："卿等所见不为无因，然逆夷此番之举决不为此也。"他认为"夷情叵测，诡计多端"，因此谕令直隶总督琦善：英夷"倘驶至天津，求通贸易，如果情词恭顺，该督等告以天朝制度，向在广东互市，天津从无办过成案，此处不准通夷，断不能据情转奏，以杜其觊觎之私。倘有桀骜情形，即统率弁兵，相机剿办"。琦善接到谕旨后，于七月初九日复奏，他否定了林则徐认为英船前往天津是恳求贸易之说，"伏查英夷诡诈百出，如专为求通贸易，该逆岂不知圣人一家,只须在粤恳商,何必远来天津?如欲吁恳恩施,何以胆敢至浙江占据城池?是其显怀异志,明有汉奸引导,不可不严兵戒备。"琦善何其聪明,凡事为皇上马首是瞻,这是他在官场立于不败之地的根本,道光皇帝认为英夷"必有汉奸引导",他也认为英夷"必有汉奸引导",道光帝主张对英取强硬态度,他也坚定地表示"不可不严兵戒备"。

那么,"英吉利逆夷"到底为何而来?我等后世早已看清了底牌,但道光皇帝、林则徐和琦善等当局者还只能猜猜估估,而就在这一个多月里(1840年6月底7月初),懿律所率的英国舰队自澳门沿东南海岸线绕了一大圈,而东南沿海的半壁江山都在闽浙总督邓廷桢的掌控之中。这里是和广东紧密相连的海防前线,邓廷桢上任之后,首先整顿福建水师,充实海防,并从广东购买十四尊先进的西洋大炮,选择沿海关隘兴筑炮台。因福建海岸多沙滩,炮台难以建筑,邓廷桢就改用沙袋堆筑炮墩,外围护以木沿。为了打击鸦片走私船,邓廷桢分派三四百名水勇到民船上去,"装商缉捕",并"分责水陆师严缉,迓即攻击,迭有奸擒"。此次英军北上,闽浙首当其冲,那么,英军避开了严阵以待两广总督林则徐,又能否躲过壁垒森严的闽浙总督邓廷桢?

这里还得从六月初四日(7月2日)说起,那艘提前北上送信的英舰"布朗底"号于当日午后驶入厦门南水道(内港),停泊屿仔尾。作为英军的第二号战舰,其战斗力自然不可低估,否则懿律也不敢让它"孤军深入"。面对这个不速之客,接下来的故事就有了多种版本。

一说,厦门同知蔡观龙发现了"布朗底"号,随即就命水师巡船靠近英舰询问,来者何意?英军递交了一封信(那是懿律写给福建水师提督的信),并说明天准备拜访厦门官府,正式送交《帕麦斯顿致中国皇帝钦命宰相书》(副本)。水师巡船士兵将信带走了,但他们很快又将这封信原封退回。这让英军有些犯晕,中国人为啥要把信原封不动地退回来呢?这里边还真有一个英国人难以理喻的缘故,早在康熙六年(1667年),清廷就明确规定"凡督抚提镇等官,不许擅自移文外国",这也就是所谓的"人臣无外交",若无君主之命,所有官吏均不得与外国之人互相接待交往,包括信件往来,这一方面是为了防范地方官员与外国及外国人私相沟通,一方面也是遵循中外夷夏之大防的传统体制。

另一说,英舰"布朗底"号驶入厦门内港后,随即放下舢板一只,派随军翻译罗伯聃（Robert Thom）前去与清军水师送信。英军还在舢板上悬挂白旗——这是和平友善的象征，但清军却不知道英国这个小舢板挂着白旗是什么意思，一看洋人放船过来，就如战场上的敌军放马过来一样，于是鸟枪弓箭一齐发射，将罗伯聃又打得到灰溜溜地逃回去了。

还有一说，当日上午巳刻（9时），"布朗德"号湾泊于厦门岛外一海里处，舰长鲍彻（F. Bourchier，历史文献中多译为胞诅、包诅）派罗伯聃上岸与清军联系，但来军舰上的"仅仅是那些官员们的仆人以及声望较低的人，提督本人不在该港口内"，鲍彻因此决定不将懿律写给提督的信交给他们。

无论有多少种说法，英军和清军的和平沟通都未能达成，而中英第一次厦门海战也必将在第二天打响。

六月初五日上午，鲍彻再派罗伯聃乘坐小艇，"手执白旗，口称求和"，当然还是为了"投书"，结果又遭清军阻拦。罗伯聃大声喊叫，不让上岸，就要开炮！原本就剑拔弩张的守备陈光福一听英军"声言开炮"，立马先发制人，放箭射中一名英兵，清军众兵丁也跟着连放鸟枪，又把英兵二人击落海中。英军旋又派出三十余人乘舢板前来挑衅，这一次挂上了红旗——这是公然挑战，英军妄图抢滩登陆，并且直扑炮台，眼看一名英兵已强行登岸，署参将陈胜元眼疾手快，用长矛将那英兵猛地刺死，清军哨船及岸上兵丁又一齐用弓箭或鸟枪向英军射击，在清军的强大攻势下，英船又被迫退回。清军随后又派数百水勇伪装商船偷袭英舰，"坏其舵尾，掷火罐喷筒，歼其夷兵数十"，这也是林则徐在粤海的典型战术。双方鏖战三个时辰，"布朗底"号最终放弃了"投书"的尝试，一溜烟地开走了。

据邓廷桢战后奏报："初五日，夷船开放杉板船一只，内载三十余人，冲过对岸，船头一人，口操官音，称欲求和，语多狂悖。该文武等（指驻守厦门官员）并力斥阻，不许上岸。该兵船换挂红旗，声言开炮……"我深信邓廷桢不会故意缩小参战英军的规模，这确凿无疑只是一次小规模的军事冲突，严格而言，这还不是一次真正的攻防战。而据邓廷桢奏报的战果，此役，清军击毙英军四人，伤甚众，清军战死九人，伤十四人。

对于这次交战的结果，我从来不只是偏听一方之言，据罗伯聃在战后追记，当其小船距岸仅两码时，清军冲上来企图抓住他，小船随即后退，清军纷纷朝他们射箭、开枪，而远处的"布朗底"号舰长鲍彻看见了这一幕，立即下令开炮，轰击岛上清军和清军水师战船，第一轮炮火呼啸而来，当场就打死清军兵丁九人，妇女一人，另打伤清军兵丁十四人，击坏岛上民房一二十间。结果是，英军大败清军，击毙清军约十至十二人，其余清军溃散，英军无一伤亡。

在鸦片战争中，这只是一次小规模的军事冲突，却也是一次载入史册的战斗，这是鸦片战争的第一战（初战），史称"第一次厦门之战"或"厦门保卫战"，还有人称之为"一封信引发的战争"。对此战，主流历史学家是这样书写的："1840年7月3日，邓廷桢领导福建军民，进行了英勇的厦门保卫战。当英军向厦门攻击时，邓廷桢指挥发炮还击。守备陈广福用箭射死一个侵略者，署参将陈胜元又用长矛刺死强行登陆的英军。……清军取得了厦门保卫战的胜利。这次战役虽然不大，却是鸦片战争中继林则徐广州保卫战之后的第二次胜利，在鸦片战争史上具有重要的意义，它大长了中国人民的志气，大灭了侵略者的威风。"

而我觉得，应该用更理性的眼光来看待鸦片战争中的这一次初战或初次交锋，一方面，透过此战可见清军的武器有多么落伍，兵丁只能用鸟枪作战，守备则已是四五品的指挥官，在当时还只能用弓箭御敌，而陈胜元这个"署参将"——代理参将，应该是三品将军了，竟然还在用长矛作战。看看吧，一个天朝上国的军队，就是用中世纪的冷兵器同英军的坚船利炮作战；另一方面，哪怕清军以这样落后的武器同英军的坚船利炮作战，尽管英舰"布朗底"号只是一艘孤舰、一支孤军，但在一定的程度上也可以验证，只要有严阵列以待的军事准备和大义凛然的战斗意志，是可以抵抗侵略者的，而正义站在中国一边，我们是在打一场反侵略的保卫战，我们还有同侵略者血战到底的后勤保障和民众基础，也可以得到源源不断的兵员补充。而相比之下，那些远离其祖国作战的四千英军，即便全部加在一起，又何尝不是一支孤军？这并非我的想法，这其实就是林则徐充满必胜信念的原因所在，底气所在。

然而，无论当世，还是今世，很多人都没有这样的信念、这样底气。

接下来的历史，将以悲惨而悲哀的方式验证这一点。

先看英军如何采取行动。他们还真如道光皇帝所谓，"夷情叵测，诡计多端"，按说，懿律先遣"布朗底"号赴厦门"投书"应该不是一个孤立的事件，至少有投石问路之意吧，然其实际却是虚晃一枪，懿律所率的主力舰队自粤连樯北上后，置其"投书"的厦门于不顾，而是绕开厦门直趋浙江舟山。

舟山在明代就叫舟山，到了清朝，只因康熙皇帝觉得，舟山的地形像一艘船在海洋中漂浮着，似有轻舟荡漾、摇摆不定之感，于是就下诏改"舟山"为"定海山"。

在大地构造上，舟山属于华夏大陆的一部分，为天台山脉向东北延伸部分，后因海平面上升将山体淹没，才造就了中国第一大群岛。定海居舟山本岛，素称"群岛之首"，为舟山群岛的第一重镇，东濒大海，西控甬江，南引闽粤，北通江淮，境内水深域广，港湾众多，航道纵横，是中国南北海运和远东国际航线的黄金水道和重要中转港，东部沿海和长江流域走向世界的主要海上门户，它在古代"海上丝绸之路"中的特殊地位，其军事战略地位尤为突出。而位于舟山本岛东南侧沈家门，背靠青龙、白虎两山，构成了一条长约十里、宽约半里的天然避风良港，是中国最大的天然渔港和活水码头，与挪威的卑尔根港、秘鲁的卡亚俄港并称世界三大渔港。沈家门水道史为海上贡道，亦是倭寇必经之路，元代之沈家门渡还是一个自然形成的民用港，明朝廷因倭患与内乱，徙民废县，沈家门遂向军港发展。据《中国海防史》记载，永乐年间，明朝"在浙江，将各卫的兵船集中起来，在沈家门等处设立三水寨，以御倭寇于海上"。清康熙二十七年（1688年）设定海县，此时已进入四口通商的时代，舟山之黄金水道、天然良港、活水码头的潜力得以激发、释放，沈家门"市肆骈列，海物错杂，贩客麇至"，万船穿梭，桅樯林立，东洋、西洋的各国商船连樯而来。时至康熙二十七年（1688年），经清廷批准，将浙海关迁移到定海，并在定海钞关弄建起海关监督衙署和专门接待外国商人（主要是英国商人）的"红毛馆"，门上悬一方匾额，书有"万国来同"四个大字，意思是对各国来此经商皆予一视同仁。在以英国为主的外国商人眼里，舟山是一个充满商业机会的贸易福地，他们甚至获得了比广州更加丰厚的利益。然而，在舟山演绎了七十多年前所未有的繁荣之后，乾隆帝下令关闭浙海关、江海关、闽海关，但在浙海关被关闭后，英国商人仍旧千方百计寻求突破，而所谓突破，最直接的方式就是走私，舟山也是鸦片走私的一个重灾区。

英国发动鸦片战争，首先就把舟山作为其主战场，这绝非一时心血来潮。早在乾隆晚年，马戛尔尼率英国访华使团抵达广州后，便沿中国东南海岸线到了舟山，再由舟山到天津，此举实为一次长线侦察，让他们修正了英国在几十年前就已得到的关于中国海岸线的测绘图上的数据，又添加新的内陆航线的数据。而在英国人眼中，凭借舟山的战略位置和港口资源，可以打造为他们对华贸易的重要基地，甚至是远东最理想的海上自由贸易基地，而他们还可以以舟山为跳板进入长江及钱塘江水系，而钱塘江水系流经的浙、赣、皖三省毗邻地区为中国主要产茶区，在中英贸易中，英国最想买的是茶叶，还有如杭嘉湖的丝绸、龙泉的青瓷等，其产地离定海都很近。而他们最想卖的是鸦片，也正好在富庶、膏腴之地倾销。无论买卖，定海都是其进出口的一个最便捷的中转站，进则直达长江及钱塘江水系，出可从舟山直接驶向东洋和西洋。1840年2月21日，义律上校在给海军少将梅特兰的密件中说："舟山群岛良港众多，靠近也许世界上最富裕的地区，如果英国占领舟山群岛的某个岛屿，而且皇帝也允许其人民可以在那里与我们贸易，该政府的第一步措施无疑将是宣布它是各国船只进出的自由港和建立适中而自由的关税。我相信，在这样的一个基地上必定可以获得这样的权利，这个基地不久便会成为亚洲最早贸易基地，也许是世界上最早的商业基地之一。"在鸦片战争爆发前夕，帕麦斯顿在致海军部的机密件中，就把占领舟山作为战争的重要目标，甚至把舟山称为远征军设立司令部的合适地点。

然而，清政府对舟山的军事战略地位并不重视，舟山群岛和中国沿海诸岛的命运一样，长期处于边缘化的状态。虽说自明清以来就舟山一直有水寨或水师，但主要是为了对付海盗或倭寇，并无重兵把守。据定海知县姚怀祥的幕友王庆庄的《定海被陷纪略》载："定镇额兵逾万，后减至二千余。承平日久，隶尺籍者，半系栉工修脚贱佣，以番银三四十圆，买充行伍，操防巡缉，视为具文。"这就是当时驻防定海的兵力，只有二千余人，兵员素质差，武器又特别落后。而在接下来定海保卫战中，全凭这样一支弱旅或偏师来抵挡英国侵华远征军的精锐或主力，其结果若何，连我也敢下一个清军必败的结论了。

六月初三日（7月1日）晨，懿律率舰队进发舟山。同日，张朝发得报，"南风盛发，该夷船驾驶如飞，至旗头洋面，分作两帮，一帮窜入定港，一帮由猫港横水洋向西行驶，恐其窜入镇关（即镇海）"。翌日，就在厦门海战的当日，英国侵华远征军海军司令伯麦和陆军司令布尔利率"威厘士厘"号等数艘军舰已抵达定海一带的海域。

六月初五日（7月3日），先有两艘英舰窜入定海北港的头道街测量港水深浅。据说当天英军已占领了定海城南对岸的海岛五奎山，因为岛形似龟，俗称乌龟山，有人觉得不雅，而改为音近义雅的五奎山。该岛北与定海城隔海相望，相距不过三四里，难道清军水师没有察觉？似乎没有。不过，有人发现了情况，并向镇守定海的总兵张朝发报告，但没有引起张朝发的警觉，他大大咧咧地说："夷船被风吹来，恒有之事，无足惊讶。"

外国商船为躲避台风而驶入舟山内港，也的确是常事，没必要大惊小怪。

张朝发是见过大风大浪的人，他曾任台湾水师协副将，为掌管全台湾海防的最高武将，不过说来可怜，大清帝国对台湾的海防也是大大咧咧，台湾水师连守港兵士加在一起共约有两千名，跟舟山差不多。一个大大咧咧的"天朝上国"承平日久，一个大大咧咧的总兵大人要对付的也就是几个海盗，还真没有什么大敌当前、兵临城下的危机感。不过，这一次还真是有些不对劲，没多久，又有人禀报"来船益多，过于常时"，这港湾里一下开来了那么多夷船，让那些官吏感到有些奇怪了，不过，转而一想，他们不以为怪，反以为幸。时人高延第《涌翠山房文集》有"记定海王邑丞语后"一则："定海四面距海，为洋艘停泊之所，每一艘至，自总兵令丞迄舆台皂隶，莫不有贿，贿既足，然后许开市……舰多贿亦厚，故官吏望其来，又恐其来而或少也。及烧烟事起，中外已不叶，夷人积怨将用兵，而疆吏上下漠然不之省。一日，津吏报洋艘抵岸，官吏方色喜，俄报来船益多，过于常时，官吏稍疑怪，既而辗然曰：是不得市于粤，故举集于此，此将成大马头，吾徒常例钱且日增矣。"这还真是一语道破天机，无论是总兵大人张朝发，还是他的部下，当时压根就没警觉这些夷船是侵略者的军舰，还以为是广东禁烟被逼到这里来做生意的商船，如此一来，来船益多，定海水师还可按老规矩收取的"常例钱"就越多，发财的机会到了啊！

然而，张朝发没高兴多久。六月初六日，伯麦和布尔利率舰队驶入内港，但英军没有发起进攻，远征军军事秘书乔斯林陪同韦尔斯利号的海军上校弗莱彻登上定海镇水师船，要求张朝发在六个小时内投降，并提交了《大英国特命水师将帅子爵伯麦、陆路统领总兵官布耳利（George Burrell，陆军上校）为要侵占定海而致定海总兵战书》，该战书宣称"定海城协镇大老爷"如在半个时辰内不作投降献城之答复，英军将"即行开炮"，发起攻击。张朝发受邀登上韦尔斯利号，与伯麦、布耳利等会谈，英军重申最后通牒。

作为镇守舟山的最高军事长官，理应前往交涉，但张朝发"惧不敢往"。

是的，如我在前文提及，在没有得到清廷的明确指示之前，清朝的地方官是不准接受夷人的投书或致书的，也不能接受外国人的照会或"面话"的。但作为镇守一方的最高军事长官，即使没有英军的照会或"召见"，对于这么多侵入中国内港的外国船舰，他必须去追查、交涉或勒令驱逐，这是他守土有责的职责和使命，他有什么理由"惧不敢往"呢？

他不敢往，但有一个人挺身而出，就是姚怀祥。

英军也向"定海县主老爷"——姚怀祥发送了招降书。

该招降书与致"定海城协镇大老爷"内容基本一致，连限定时间为"半个时辰"也赫然在焉，故可推定此系一式两送的招降书或战书。又：当年英文版的最后通牒的确只有一份，分送舟山县主与守城指挥官，其限定答复的时间为信使送达后一小时内，此即"半个时辰"之由来，过了这个时间，英军声称将随时发起攻击。

这是一个值得历史铭记的人物，姚怀祥（1783—1840），字斯征，号履堂，福建闽侯人，为嘉庆二十三年（1818年）恩科举人。自道光十五年起，历知象山、龙游等县。道光二十年五月（1840年6月），姚怀祥署理定海知县，此时还是初来乍到，但在危急时刻，他大义凛然地说："为守土官，当示无畏！"随即，他便与定海镇中营游击罗建功驾舟登上英舰"威里士厘"号，而伯麦"召邑令面话"不是谈判，而是对舟山的地方官发出通牒，而且是最后通牒，限令其在明日下午二时前"献城"，一说伯麦限令姚怀祥半小时"将所属海岛堡台投献"，如"不肯投降，并不咨覆，本将帅统领即行开炮轰岛地，与其堡台，及率兵登岸"！

姚怀祥严词拒绝，怒斥英军"何故侵我国领土"，并勒令英舰撤退，不得犯境。

当然，这样的抗议是徒劳的，姚怀祥回来后，即与总兵张朝发商议防守之计。

据中营游击罗建功、左营游击钱炳焕、右营游击王万年等人后来交代，在面对英军的优势兵力时，姚怀祥和这三位游击都劝谏张朝发兵分两路，"拟将水陆各兵一半撤至离城一里之半路亭扼要地方堵住，一半撤至城中防守，众谋皆同"，均被张朝发拒绝。

张朝发饬令罗建功会同姚怀祥带领兵役，在城厢内外及口岸炮台整列队伍，严密防范。姚、罗及乡绅们主张在陆上共同坚守待援，张不允，谓"城非吾责，吾领水师，知扼海口而已。若纵之登岸，大事去矣"，于是张姚相约"在外者主战，战虽败不得入；在内者主守，守虽溃不得出"。

而一个负责守城的七品芝麻官，在"势危无援"的状态下，无兵可用，又怎么守城？

姚怀祥与典史全福谋守城之计，他一边派典史全福招募乡勇数百人协助守城，一边率士民以土袋塞四门，决心与城同存亡，另遣沈岙巡检徐桂馥"回郡请救"。

又据《清史稿》载，"怀祥于二十年署定海篆，分募乡勇，为死守计，总兵张朝发撤之。城陷南门"，张朝发为何要撤去姚怀祥所募乡勇的呢？这也许是他"忠于职守"的表现。清王朝是中国历史上继元朝之后的第二个由少数民族入主中原的王朝，加之入关之后遭遇了众多"反清复明"的起义和"三藩之乱"，从一开始就给这个王朝的统治者留下了深重的阴影，这让他们认为"患不在外而在内"，"防民甚于防兵，防兵又甚于防寇"，而当外国入侵，"防民亦甚于防夷"，所以说，张朝发撤去守城乡勇是其"忠于职守"的表现，但这样一来，连守城御敌的民兵也没有了，姚怀祥"只能与典史全福急率士民抗击"英军了。这也是清廷后来追究张朝发的两大罪责，一是"愎谏"——拒绝姚怀祥等人的防守之计，一是"撤守"，撤去了姚怀祥所募乡勇，致使其无兵可用，结论是"张朝发愎谏撤守，以致丧师失城"。

从姚怀祥勒令英舰撤退到伯麦于六月初七日（7月5日）下午两点半下令开炮，有一天多的时间，这对"孤悬海外，被围甚急"的定海守军，是极为宝贵的准备时间，他们至少可以向上司和邻近的清军发出急报，当时从定海到隔海相望的镇海也不过一百里，沿镇海一线皆有清军驻防。浙江巡抚乌尔恭额也确实接到张朝发的急报，又何止是这一份急报，早在英舰离粤北上时，他曾多次接到林则徐的飞咨，更有道光帝饬令严防的谕旨，但他只做表面文章，也曾慷慨激昂地奏上"防夷条款"，但实际上却如道光帝严厉斥责那样，事前既无准备，"形同木偶"，"临事复觉张皇"，张皇失措。而当他接到张朝发的急报时，在危急关头束手无策、张皇失措，第一反应就是推卸责任，而推卸责任的最好方式就是对部下横加指责，他立刻上了一份奏折："臣阅看夷书，词甚狂悖，镇臣张朝发何以遽准递收？夷船在洋游弋，既经带兵防堵，何以任其登岸？"乌尔恭额将张朝发准许递收英方书信作为罪状之一，而对张朝发横加指责。看了浙江巡抚大人的"危机反应"，又看看浙江提督祝廷彪有何作为：提督为统辖一省陆路或水路官兵最高武官，也称得上是封疆大吏，史载"廷彪果敢力战，善抚士卒"。而乌尔恭额当时就坐镇在镇海招宝山，与定海隔海相望，却未见他"果敢力战"，竟如隔岸观火。

这就实在怪不得伯麦了，给了这么多时间让你来准备，你既不应战，又不肯降，那他就先开第一炮了。这天的战斗英军并未登陆作战，伯麦下令"韦尔斯利"号等十余艘炮艇开炮攻击定海水师与县城。英舰从舟山海面炮轰定海水师舰船及海岸要塞，张朝发随即命水师沙船及岸上十多门土炮予以还击，但那些笨重的土炮看着挺吓人，根本不经打，很快就被英军强大的炮火打哑了，而英军所有舰船仅中弹三发，但没什么杀伤力，英军无人员伤亡。

据史载，"双方一直战至黄昏，英军才停止进攻"，而在一篇出处相同的史载中，又称定海水师"甫接战，水师即溃"，甚至说定海水师"在九分钟内覆没"，那就是一触即溃了，双方又怎么会"一直战至黄昏"呢？若从下午二时开火，双方至少也打了三四个小时。

张朝发被英舰炮火击中左股，受伤落水，这足以证明他当时在第一线指挥作战，随后被亲兵姚岙泉、兵丁李必全救起后送至镇海大营，大多数史载说他当晚因伤重而死。但这有点说不过去，因为在定海失守追责时，钦差大臣伊里布等人把定海失守责任都推在张朝发身上，以愎谏、撤守致使丧师失城之罪判他斩监候，这表明他当时还活着。有人据此推测，张朝发应死于被救回镇海近一个月后。史上对他的评价基本上是负面的，不过也有一些人为他申辩，毕竟他也是为国捐躯，而且是鸦片战争中第一个为国捐躯的高级将领，如杨国桢先生就认为张朝发等人在战斗中的表现是勇敢的。其故乡人民还自发捐资修建"浙江定海总兵张朝发墓"，在墓前立碑铭刻"已归大海心何负，未斩长鲸死不休"，"以慰其不瞑目之忠魂"。

随着清军水师溃退，英军登陆后占据关山（东岳山）炮台，连夜轰城。

海战中，右肋受伤的护定标（即护理定海镇标）右营游击王万年和船被击沉的护定标左营游击钱炳焕，随波漂荡，经渔船捞救得生。

英军遂登陆，占领东岳山炮台，城外罗建功不支，欲退入城内，因城门已塞而不得，遁至镇海。署定标中营守备龚配道此前由初四日（7月2日）由郡城提督署回营，当时并不知战事发生，是夜方抵定海，发现英军围城，势难救应，无奈折回镇海。

入夜，英军停止攻城。定海城守军的枪声至半夜趋于沉寂。

全福受姚怀祥之命，寅夜出城，到白泉岙防堵，以安民心。

此时的定海已沦为一座完全没有军事防御的孤城，舟山本岛亦成为一座孤岛，姚怀祥一介书生，一边率城内士民奋力抵抗，一边坐镇城南坚守待援，但等待了一夜也未看见援军的踪影。第二天早晨，定海南城一角被英军炮火轰塌，姚怀祥手臂受伤。

据《清史稿》载："城陷南门，怀祥负伤，立城上呼兵，无应者，愤甚，投成仁塘死。"

但还有更详细的史载，随后，英军自东门梯城而入，姚怀祥退至城北龙峰山（北门），经过南明军民殉难的同归域时，呕血哀叹一声："此古人殉难处，吾何生为？"他知事不可为，且身又负伤，危急之际，姚怀祥"声色不变"，先脱下衣冠掷付屠者阿狗，让他转告自己的家属曰："我不克保守兹土，死且有罪，汝辈，寇来勿贻我戚！"再脱下"身上夏布衫与所戴铜边眼镜"交给他的胞弟姚怀铨，嘱云："此物到时，便吾尽节时也！"他的家眷及胞弟姚怀铨由幕客护送"从间道避"。城破，英军步步进逼，姚怀祥从容跳入梵宫畔之万公潭自杀死节，时年仅五十八岁。

关于典史全福之死亦有多种版本。据《清史稿》载："典史全福使酒仗气，敌至，衣冠坐狱门。因跳，叹曰：'失城当死，况失囚耶？'敌入署，大呼杀贼，毙黑酋者一，丛刺死。"这倒也符合典史的职责，典史为县令下面掌管缉捕、监狱的佐杂官，不入品阶，属于未入流（九品之下）的低级官员，但也是朝廷命官。遭此战乱，他也要忠于职守，先是"衣冠坐狱门"把守监狱，但那些囚犯都趁乱跳墙逃走了，他发出了"失城当死，况失囚耶"的怅叹。当英军攻进县署（县衙或与监狱在一起），他大呼杀贼，砍死一名英军黑人军官，结果被英军乱刀刺死。另据《犀烛留观纪事》载"定海县典史死节状"，述其于县府内杀突入黑夷一，"被贼聚攒遂死，年三十八"。但还有多种说法，一说他被俘不屈，骂贼而死，还有一说是悬梁自缢而死。如今，在典史全福的故乡定海小沙乡，还保存有一座乡人为纪念全福而修建的全福庙，祭祀之人络绎不绝,俨然成为当地的土地庙。土地庙又称福德庙,虽说神格不高,但在老百姓的信仰中,却永远是一方土地的守护者。

列强入侵,不屈者众。清军营书记李昌达跳方河自尽。现在,定海城区北部的留方井西侧,尚留有"义士李先生殉难处"碑,李昌达投池殉难,其妻房氏也效夫继殉。

当天,城中许多不愿受辱于侵略者的定海军民,纷纷以身殉国。

这就是载入史册的第一次定海保卫战,有了第一次,自然还会有第二次,那已是第二年的故事了。从第一次保卫战看,英军除留少量兵舰封锁珠江、牵制厦门外,海军司令伯麦率二十九艘舰船侵入定海水域,海陆军参战兵力有三千多人,可以说,英国侵华远征军已经投入了他们的主力或精锐,且不说其坚船利炮,就其参战兵力也占有绝对优势。据战后调查,清军参战兵力约为英军的一半(1540人),十三人阵亡,十三人受伤,从伤亡情况看也没有多大的损失,可见英军的坚船利炮也没有那么吓人。定海水师基本上保持其有生力量,随身负重伤的总兵张朝发撤往镇海,换言之就是溃逃。

但透过此役,清王朝之武备松弛、海防空虚、军械落后、官僚腐败、战略失策等综合征都已暴露无遗。

对此,道光帝也有一番痛定思痛的反思。六月二十一日(7月20日),他接到英军进犯定海奏报,当即下令福建提督余步云"即酌带弁兵,星夜驰赴该处剿办夷",而此时定海已经陷落半个月了。当然,这不能怪道光帝,在当时的条件下,他在接报的第一时间就采取了危机处置措施。随后,他又寄谕浙江巡抚乌尔恭额:"英夷因查办烟土,绝其牟利之念,朕早料其必有窜入海口滋扰之举,屡经训诫有海口各省督抚提镇严密防范,不许该夷驶入。本日据乌尔恭额奏,英夷致书定海镇总兵,肆其狂悖,并知夷人俱已上岸围攻城池。览奏之余,实深痛恨。此等丑类,不过小试其技,阻挠禁令,仍欲借势售私,他何能为?该巡抚提督果能认真防堵,水陆交严,何至纵令登岸有三四千人之多?似此偶遇事端,文武大吏即张皇失措,浙江营伍废弛,不问可知。已另有谕旨将乌尔恭额、祝廷彪交部严加议处。至定海县孤悬海外,被围甚急,该抚自应添拨水师,驰往救援。而西驶夷船,难保不窥伺宁波镇海等处要口,妄希占据。着即派委将弁,分路严防,无许夷匪窜入。本日已降旨由四百里饬令余步云酌带弁兵,前往剿办,计日可到。该抚等务当悉心筹画,稍赎前愆,倘再有疏虞，必当从重治罪！"

从道光皇帝接连发出的几份谕令看，他的反应可谓迅速，对事件的性质、风险及发展趋势的研判与决策也是比较准确的，而后世学者则抓住他的片言只语，如"此等丑类，不过小试其技"等，来证明他对英军入侵的"轻敌麻痹"思想和"虚骄"的态度，但我觉得应该对他的言行有比较全面或完整的把握，他对英军发动战争的原因是清醒的，"英夷因查办烟土，绝其牟利之念"，确实是其发动战争的直接原因，还是那句话，鸦片战争，其直接原因就是因鸦片而引发的战争。道光帝也的确是"屡经训诫有海口各省督抚提镇严密防范"，这是有大量的历史证据的，如果沿海各省督抚提镇"果能认真防堵，水陆交严"，譬如说定海总兵张朝发能在第一时间引起高度警觉并向浙江巡抚、提督告急，乌尔恭额和祝廷彪又能在第一时间挥师驰援，即便英军具有以一当十的战斗力，而清军完全可以调动十倍于敌之兵力，从四面八方围攻侵略者，何况还有乡勇、水勇以及沿海民众支援前线，除了武器装备落后，几乎所有的优势都被我方占有。我还真不相信三千多远离本土、孤军作战的英军个个都是神了，也从不相信这样一支小规模的侵略军像某些人所谓的是一个不可战胜的神话。

定海之战打败了三位清王朝的高官，成就了一位地位卑微的英雄。

浙江巡抚、满洲镶黄旗人乌尔恭额"遭清廷严谴，被革职。道光二十二年，病死"。

对浙江提督祝廷彪，"吏议褫职，诏留任。寻以年老休致，归，卒于家"。

这两位镇守浙江的封疆大吏在定海失陷后的短暂岁月里便相继病死，或许心中也有太多的郁闷。

姚怀祥这样一位"位卑未敢忘忧国"的七品芝麻官，却成了一位民族英雄，道光帝降旨褒扬恤典，对姚怀祥子弟"恩予世袭绅民"，为"云骑尉三代""恩骑尉世袭"。怀祥与全福褒称为"定海双忠"，当怀祥次子宝训扶柩回籍安葬时，"定海土庶皆白衣哭送"，并于万公潭建碑纪念。后绍兴府知府徐荣鸿资"建祠之于（杭州）西湖吴山以祀"，附祀全福。一介书生，舍身报国，为后世所景仰，有诗赞誉："海暴仍为患，传烽始此州。独能捐一死，犹是励群侯。颜晋车还服，苌弘血已收。裹尸将马革，何意属儒流。"他与典史全福的英名与事迹均载入《清史稿》列传之忠义传。

定海之战，说穿了仍然只是鸦片战争中的一场小战，对于大清帝国也仅仅只是一城之失，而哪怕严重低估大清帝国及清军的实力，一个拥有一千多万平方公里疆域、三亿多人口和近百万军队的庞然大国，也不可能被四千长途奔袭的英军彻底打败而走向覆没的命运。然而，这就是历史的必然趋势。这一战，不但成了鸦片战争的一个转折点，也成了中国历史和林则徐命运的一个转折点。而无论是林则徐，还是懿律和义律都没有想到，就这么一场小战，竟使英国获得了那么"辉煌而廉价的胜利"。

四、历史或命运的转折点

在定海失陷二十多天后，七月初六日（8月3日），林则徐才接到浙江巡抚乌尔恭额的来咨两件，他才得惊悉定海失陷了。信息的缓慢、时间的延宕令他倍感突然和震惊，又岂止是震惊，他对英军的妄逞鸱张"闻之发指"，更为乌尔恭额"徒托空言"而抗愤扼腕。定海失守，也足使忠臣抗愤，义士扼腕。

定海失守虽说与林则徐没有直接关系，但一个社稷之臣岂能置身局外，当英舰北上闽浙时，林则徐就连连飞咨沿海督抚，原想该闽浙"自皆有备，不致疏虞"，没想到英军竟如此轻易即下一城。而他在震惊中，一个强烈的预感几乎是条件反射般袭来了。是的，他不但有非凡的预见，也有非常清醒的预感。一场失败的战争，尤其是一场不该失败的战争，不能没有替罪羊，而这场战争的罪魁祸首，可能不是英国侵略者，也不是乌尔恭额、祝廷彪或张朝发，而是他林则徐！这绝非我的臆测，就在林则徐收到乌尔恭额来咨的当日，他当即把乌尔恭额来咨寄送怡良，当晚又致函怡良："敝处折差大约数日亦可回来，当有续信，区区惟待罪而已！"

他的预感还真是惊人的准确，随着定海之战的冲击波，无论是英国侵略者，还是中国官吏，都纷纷嫁祸于他。尤其是沿海督抚，唯恐失事受斥，众臣纷纷上奏，对林则徐群起而攻之："夷兵之来，系由禁烟而起"，"上年广东缴烟,(林则徐)先许买价,而后负约,以致激变","林则徐为急着邀功,上年于缴烟时强以囚禁英人,英人故而生怨,时图雪耻而来矣"……一言以蔽之,祸从烟起,而林则徐就是逼得英夷寻衅的罪魁祸首。当道光皇帝派钦差大臣伊里布赴浙查办时,还特意叮嘱他要密行查访"招致英寇来犯根由",是"绝其贸易",还是"烧其鸦片"。这是一种预谋,一种把罪责加于林则徐的预谋。一个皇帝的预谋,让一个人臣产生了强烈的预感,这也许是君臣之间的一种奇特的心灵感应。说来,林则徐也确实太了解道光皇帝了。别忘了一个重要细节,此前他就在上道光帝的奏折中说过:"倘(英夷)所递之词有涉及臣等之处,惟求钦派大臣来粤查办。"他是早有这个心理准备的。

一个社稷之臣,考虑的绝不是一己之得失,乃是社稷之安危,眼下他考虑的是如何收复定海。他强压着悲愤奋笔疾书,上奏收复定海之策:"此时定海县城甫被占据,即使城中人户仓卒逃亡,而该县周围二百余里,各村居民总不下十余万众。夷匪既在岸上,要令人人得而诛之,不论军民人等,能杀夷人者,均按所献首级,给予极重赏格。似此风声一树,不瞬息间,可使靡有孑遗!"林则徐从未低估民众的力量,但他确实低估了英军的力量,结果又闹出了笑话:"且其(英夷)浑身裹缠,腰腿僵硬,一仆不能复起,不独一兵可以手刃数夷,即乡井平民亦尽足以制其死命。"尽管一个流芳千古的民族英雄,闹出了一个贻笑千古的笑话,但从接下来的历史事实看,林则徐还真是具有突破时代局限的洞察力。

定海的陷落,是英军以武力侵占中国领土的开始。英军还在定海城内建立了伪政权,据姚薇元《鸦片战争史实考》:"城陷后,伯麦旋派上校布尔利理军务,任查克(H. Charke)治民事,俨如总兵、知县"。另有一说,英军委任德籍传教士郭士立任伪知县,"出示谕民回城同住,并于城内开设店铺,招人往贩鸦片、洋货","又张贴告示,谕民输纳粮赋,后又令民接济(英军)",但"民间并不允从"。那些因战乱而流离失所的老百姓,谁又不想回来呢?可谁又敢回来呢?英军比海盗还凶残,在甬江口和定海城烧杀掳掠,三个英国士兵在一片树林里发现了躲藏于此林秀姑一家,他们残忍地将秀姑的父亲和哥哥杀死,又把秀姑的爷爷绑在树上,当着他的面强奸了秀姑和她的母亲,然后把她们统统射杀……

如今很多中国人不相信中国人自己书写的历史,那就看看一个参加了定海之战的英军军官如何记载："军队登陆了，英国国旗竖起来了。从这一分钟起，可怕的掠夺在眼前展开了。（英军）横暴的闯入每幢房子，打开每一只箱箧，书画、桌椅、家具器皿，粮食抛得满街都是……所有这一切都被席卷一空，剩下来的只有死尸和伤员，那都是被我们无情炮火击毙和击伤的。这一些缺少了一只腿，那一些两条腿都没有了，好多人是被榴霰弹所伤，缺胳膊少腿凄惨得可怕。只到再没有任何东西可拿走的时候，抢掠才停止下来。我们都充分给自己亲友准备下赠礼，几乎连房子都为他们搬了去，战利品真是丰富之至，但不是从战斗中，不是在战地上缴获的，而是从无抵抗力的居民那里抢劫来的。"

定海居民纷纷弃城而逃，英军占领的只不过是一座空城。

英军哀叹："街上难得看到一个中国人，没有可能得到新鲜食物……"

英军的兵力原本就十分有限，而按他们的作战计划，不只是要占领一个定海，英军主力还要去天津大沽，占领定海的英军就更少了。一切就像远在广东的林则徐所预料的一样，定海人民敌忾同仇，"犁锄棍棒，皆可为兵；妇女老幼，咸知杀敌"，一时间成了反抗侵略的主要力量。英军占领定海期间，制造的血腥惨案比比皆是，民间的反抗也数不胜数。据徐时栋的《烟雨楼文集》记载：某夜，两名英兵正在定海城内巡逻，当他们一前一后、说说笑笑走进一条小巷时，走在前边的英兵忽然发现后面悄无声息，一股凛冽之气直冲他背脊，他蓦地回头一看，后边那个英兵已被人砍掉了脑袋，倒在了浑然一摊的血泊中。他在那难以名状的惊骇中一下愣住了，像槁木一般僵直着身子和脖子。就在这时，一把刀从背后悄悄伸向了他的脖子，直到一颗脑袋滚落在脚下，这个英兵身子还直愣愣地站着。他至死也不知道自己的脑袋是怎么砍下的，又到底是谁砍下的。这是历史的盲区，但不屈的定海，不屈的定海人民，他们对侵略者的反抗从来不是盲区。

除了对英军的袭击，据史家统计，在英军占领定海期间，舟山人民先后抓获了得忌剌士、拿布夫人和安突德等二十多个俘虏，这都是有确凿史载的。

八月二十一日（9月16日），英军炮兵上尉安突德正带着一名士兵至青岭附近测量地形，突遭岭东村民围击，安突德二人突围之后，翻过青岭，向西逃窜，一个叫包祖才的青岭农民正与其弟阿四在岭西的番薯地里锄草，兄弟俩发现了两个洋鬼子，立马操起锄头边喊边追，他们先击倒了英军士兵，又紧追安突德不放。安突德一路奔逃至舒家村前，慌不择路，跌入水田，包祖才赶来，用锄头柄将他打倒在稻田里。兄弟俩又将他抓获捆绑后，然后把这位英国皇家海军的炮兵少尉装入箩筐，与乡民们一起抬到岑港渡口，然后转送隔海相望的镇海清军大营。那些刻意神话英军战斗力如何强大的人们不妨看看，两位定海的农夫，就生擒了英军的一官一兵，英军难道真是不可战胜的神话吗？此举，还真是打击了英国侵略军的气焰，迫使英国远征军统帅懿律等多次发出照会，要求清政府释俘、停火。

包祖才兄弟俩活捉安突德的壮举，也为清廷在谈判桌上争取到了一定的主动权，至少是砝码吧。毕竟，英军从中看到了另一种不屈的力量，那是一个藏于民间的不屈的定海。我深信，如果没有这种民间的反抗，英军在谈判桌上还会狮子大开口，清政府更没有讨价还价的余地。清廷后来也曾给予了兄弟俩褒奖，那用黄绫"奖榜"迄今仍保存在包氏祠堂。

舟山人民的抗英壮举，不仅在乡下时有发生，在海上也频频涌现。八月二十三日（9月18日），一艘载有英军的舢板在海上迷失了方向，他们遇到一条渔船，许以重酬，要求渔民把他们带到定海。船老大假意应允，结果却把他们云里雾里地带到了镇海清军大营。这批俘虏中包括一名英国皇家海军少校。另有史载，余姚渔民俘获测量水位失事英船上"飘食民食"的士兵二十余人，据笔者猜测，后者应与前者为同一事件。

哪怕他们没有任何反抗，只要他们坚壁清野，不给英军提供食物，这些英军也难以生存。那些散居乡村的民众就是这样干的，他们自发地形成了坚壁清野式的抵抗，拒绝向敌人供应粮食、蔬菜和鱼肉，并堵塞英军取水的水井，或在井水里投放污物秽土，这是英国鸦片贩子在九龙湾尖沙咀一带的遭遇。

据宾汉《英军在华作战记》："（舟山）军队中流行疫病，三四百人已被安葬，大约有一千五百人在医院中……无疑，这种现象应归于由于缺乏新鲜而有益的食物以致兵士的体质容易染受这里所流行的疟疾和发热症……"

舟山人民基本上是自发的打击侵略者，还是一盘散沙，如果能像林则徐那样提前把老百姓组织起来，兴办团练，加以军事训练，由军事指挥官带领，有组织、有计划地执行任务，必将彰显出更大的力量。又假设，清军在定海失守后，随后能集中优势兵力收复定海，即便不能收复定海，若能在舟山或浙江沿海与英军决战，至少也可以牵制英军主力北上天津，这可以大大减轻道光皇帝及清廷的心理压力，当时，道光皇帝最担心的就是英军将战火蔓延到天津，直接威胁帝都。这里不妨进一步假设，只要英军舰队没有兵临天津城下，道光皇帝没有直接感受到心腹之患，鸦片战争的历史是有改写的可能的，定海之战将成为历史的另一种转折点。

然而假设永远是假设。七月十四日（8月11日），英国远征军的七艘军舰抵达天津大沽拦江沙外，直隶总督琦善先后派千总白含章、游击罗应鳌前往探询英舰的虚实和来由，白含章远远看见那些华丽炫目的西洋炮舰，如见天神下凡一般，腿肚子已经连连打战了。他赶紧回来向琦大人禀报，琦善随后又根据白含章的描述奏报道光帝，英夷"大船三层，逐层有炮百余位"，如果不是白含章看走了眼，那就是琦善夸大其词，当时英军最大的"威厘士厘"号军舰，载炮也仅有七十四门，不过这也够吓人的了。义律还奏报了英人的来由，"只谓迭遭广东攻击，负屈之由，无以上达天听，恳求转奏"，并向皇上请示如何处置。其实道光皇帝此前就已谕令琦善："如该夷船驶至海口，果无桀骜情形，不必遽行开枪开炮。倘有投递禀帖情事，无论夷字、汉字，即将原禀进呈。"道光皇帝显然是想直接了解英人北上的真实企图。而琦善善于琢磨皇上的心理，凡事还是多请示为妙。

道光皇帝接到奏报，随即谕令琦善"随机应变，上不可以失国体，下不可以开边衅"，这其实就是清廷"抚夷"的基本原则或底线，既不能丧权辱国，又必须避免战争，琦善对皇上的谕旨既心领神会，又勉为其难，实在太难了。

英军在等待琦善答复时，又乘舰分头窜往奉天长兴岛、直隶涧河、山东砣矶岛等处，抢劫或购买食物、淡水，当英舰再次齐集于大沽口外，已是七月底了。

八月初二日（8月29日），琦善又派白含章前往英舰送递照会。

翌日，琦善又给英军送去了二十头牛、两百只羊和许多鸡鸭以作犒劳，并邀请义律登岸会晤，但义律没有当即答应。直到初四日，义律才携随军翻译小马礼逊（马儒翰）来到大沽口南岸，与琦善和白含章在事先特设的帐篷里会谈，这也标志中英大沽会谈正式开始。

琦善还是第一次近距离地和这些红毛洋夷打交道，义律那深陷的眼窝和坚硬的鹰钩鼻，还有手臂上露出的红毛，让他感觉对面坐着一个红毛大猩猩。在鸦片战争爆发之前，清人一直把英国人叫作"红夷""红毛番英吉利"，乃是"食毛践土之民",凡华夏之外,皆为蛮夷。而琦善乃是天朝的世袭一等侯爵,若从心底里去猜测琦善的心理,他是绝不愿意与义律平起平坐的,又岂止是平起平坐,他还必须自始至终对义律毕恭毕敬。他原本是一个不露声色的人,一个洋人更难看清一个中国人脸上的表情,但在义律面前,琦善脸上的表情隆重之极,生怕这红毛洋夷看不出他的热情。说来可怜,堂堂一个文渊阁大学士、直隶总督,竟找不到一个自己的翻译。他竖起耳朵,对义律的"鬼话"一句也听不懂,只能靠谈判对手的翻译来传话,主动权完全掌握在英人手里,哪怕小马礼逊鬼话连篇地糊弄他,他可能还在咧嘴傻笑呢。由于语言不通,让他陷入了孔子所说的那种窘境,"授之以政,不达,使于四方,不能专对"。

在两天的会谈中,一位满洲贵族和一位英国贵族皆施展了各自的风度和智慧。琦善显示出了他那巧舌如簧的语言艺术,尤其是那令后世赞叹不已的外交艺术,而对英方提出的各项要求(义律所呈条款有二十六条之多),他只有一条和英人是绝对一致的——英人所遭受的"凌辱"均系钦差大臣林则徐等所为。这里,不能说琦善对林则徐有什么私怨恩仇,我猜测琦善甚至是从国家利益出发,为道光皇上着想,只有把一切责任都推给了林则徐和邓廷桢,才能为皇上和清廷开脱。而对于赔款、割地和"允准两国官员文檄应平等往来交接"等,琦善一概彬彬有礼地婉言拒绝了。

义律难以理解中国语言的婉约与微妙之美,但无论琦善多么婉转,义律通过小马礼逊这个当时一流的翻译和"中国通",最终还是明白了琦善的意思,这让义律气急败坏,那优雅的英国绅士风度就像他的脸色一样勃然一变,一下就暴露了那"蛮夷"的本来面目。义律一发怒,脖子伸得老长,那鹰钩鼻更加尖锐,突出了他那样子很吓人,长胳膊长腿的,猛地一站,琦善一下就感觉自己矮了一头,也确实矮了一头。这也是义律第一次在琦善面前秀肌肉。义律还炫耀着他那奇怪的武器,用"鸟枪"直指琦善的胸口,但琦善依然保持着一个满洲贵族的体面和风度,脸上慢慢露出了意味深长的笑意。面对义律野蛮的恫吓,他只答应马上奏闻请旨,然后给义律回复。

宾汉在其《英军在华作战记》中说,"琦善是中国最聪明、最机巧的政客"。

道光帝也曾说过,琦善"其人绝顶聪明"。

海祭
——从虎门销烟到鸦片战争

这个琦善还真是绝顶聪明，他不但暂时平息了义律的愤怒，在向道光帝奏报时，他又故意隐瞒了义律野蛮恫吓的实情，在奏报中声称英夷"情词恭顺"，若是据实奏报，势必天威震怒，这刚刚开始的谈判极有可能功亏一篑。他继续强调英军船坚炮利，"边衅不可轻开，边衅一开，兵结莫释，频年防守，不免费饷劳师；北方海防相当薄弱，山海关地方只有弓箭，没有大炮，已被英夷探知；天津派千总白含章对英夷进行接洽，英夷索要烟价，白含章反复开导，商定俟到广东后再行商议；夷性反复无常，行踪叵测，海道险要转为英夷所据，中国水师不强，难以在海上取胜"。归根到底，这仗不能打，战争的代价太大，中国断难决胜。他还声称闽、粤等省军民击破的英船"本非兵船"，英军之所以不攻广东，是"广东商民与该夷通气者多，固不欲肆其扰害，未必尽畏该省之防范"，总之是千方百计地将各种罪责推到林则徐、邓廷桢身上。而琦善最美妙的设想就是以最小的代价解决目前的争端，"和"为上策，在琦善看来几乎是别无选择。他这美妙的设想正中道光皇帝下怀："所晓谕者委曲详尽，又合体统，朕心嘉悦之至。"

对琦善转呈的那封帕麦斯顿《致清朝皇帝钦命宰相书》，道光皇帝自是一字一顿地反复审读，但他只能看译本，而译本存在严重的误译。他一边看，也许会一边会暗自发笑，这些英夷也实在可笑，大清帝国哪有什么宰相啊？自明太祖朱元璋废相以来，中国就再也没有宰相或丞相这个位极人臣的官职了，而清袭明制，自入关之后一直不设宰相。不过，这篇英国外交大臣的"致书"还值得一读，其开头写道："兹因官宪扰害本国住在中国之民人，及该官宪亵渎大英国家威仪，是以大英国主调派水陆军师，前往中国海境，求讨皇帝昭雪申冤。"帕麦斯顿提出赔偿烟价、尊重英国来华官员、割让岛屿给英国等三点要求。他的语气其实很硬，但可能是翻译依照中国式上书的口吻，如"乞恩通商""求讨皇帝昭雪"等，这让中国大皇帝看了也觉得"情词恭顺"。于是，道光帝道光帝谕旨琦善随机应变，用许其通商作为取消赔偿烟价等的交换条件，设法劝说英军退兵。琦善派白含章携带照会前往英舰，向懿律等表示：如同意南返粤东，则中国钦派大臣赴粤会谈，"必能使贵统帅有以登复贵国王，即所称贵统领事前被屈抑之处，于此亦可昭雪"。

为了达到"抚夷"的目的，又不失其基本原则或底线，道光皇帝已决意牺牲林则徐，他其实是很了解林则徐的，并非一时发昏或转向"投降派"，这是他在"上不可以失国体,下不可以开边衅"之间做出最明智的选择,若能牺牲一位或几位让英人极为痛恨的大臣而达到"抚夷"的目的,这从社稷安危、国家利益考虑无疑是值得的,所付出的代价也是最小的。当然,他不会这样赤裸裸地说出来,其上谕曰:"上年林则徐等查禁烟土,未能仰体大公至正之意,以致受人欺蒙,措置失当。兹所求昭雪之冤,大皇帝早有所闻,必当逐细查明,重治其罪。现已派钦差大臣,驰至广东,秉公查办,定能代申冤抑。该统帅懿律等,着即返棹南还,听候办理可也……至将来钦差至广东查办,即派琦善前往。"

对林则徐恨之入骨的义律,当然巴不得清廷能"重治其罪",但这并非其主要目的而是借口,对帕麦斯顿《致清朝皇帝钦命宰相书》提出的所有要求,他和懿律都是决不妥协的,他们答应从大沽南返,并非被琦善那三寸不烂之舌所说服,只是考虑到"季节已经太晚,湾中不能进行有充分而有适当效果的攻势,加上岸上部队和舰中水手间流行的病疫,在春季之前,采取任何积极的敌对行动,是不聪明的",因此,他们才声明英舰先赴定海,后回广东,"所求各条,未奉允准明文,既须俟回粤听候查办,则定海各处兵船未能即撤",不过,他们也做出了一点"友善"的姿态,"如沿海各处不开枪炮""决不滋生事端"。这"友善"中其实已包藏祸心,一是英军将继续占领定海,一是清军必须放弃抵抗。

道光帝接到琦善关于英军南返的奏报,仰天长吁一口气,而琦善凭着他在官场上练就的翻云覆雨的嘴皮子功夫,也得到了道光帝的嘉许:"片言片纸,远胜十万雄师。"随后,道光皇帝派琦善为钦差大臣,"驰驿前赴广东查办事件,并飞谕沿海各省督抚,英船经过,不必开放枪炮"。

而就在道光皇帝严谕要对林则徐等"重治其罪"时,林则徐正在粤海加紧备战,并将备战情况和战略方针陆续奏禀皇上:"前经陆续调集各营大号米艇二十只,并雇募红单船二十只,拖风船二十六只,于选配兵丁之外,复募挑壮勇千余名,制配炮火器械,遴委将备管带,先于内洋逐日督操,以备战攻之用。又前后购备大船二十余只,均交水师提督关天培,分派各将备随带应用。"又上《敌船在粤寻衅续筹剿堵折》,报告他将"带印登舟,赴离省八十里之狮子洋,将所练各兵勇亲加校阅,如技艺均已精熟,即择日整队,令其全出大洋,并力剿办"。他还表示自己"亦赴虎门驻扎,与提臣(关天培)就近筹商，随时调度。"在所附《密探定海夷情片》中，林则徐依然主张依靠民力进行陆战："与其交镝于海洋，未必即有把握；莫若诱擒于陆地，逆夷更无能为。或将兵勇扮作乡民，或将乡民练为壮勇，陆续回至该处，诈为见招而返，愿与久居。一经聚有多人，约期动手，杀之将如鸡狗，行见异种无遗。惟机缄不可泄露。"

这一奏折反映了林则徐的战略思维已开始转变。对林则徐的对英认识和制敌方略的转变，历史学家杨国桢有这样一番分析：从战略思维看，林则徐一开始是"以守为战"，这也是特定情境下的考量。自九龙之战后，林则徐就把制炮造船作为海防的要务，但这并非一时之功，若要达到与英军在海上抗衡的实力，还须假以时日。因此，林则徐主张暂时不与英军在海洋接仗。从定海失守到林则徐被清廷革职查办的这段时间，全国只有广东继续抵抗英军，并发生了两次载入史册的战斗，一是关闸之战，在英军偷袭下清军失利；一是矾石洋之战，广东水师兵勇主动出洋接仗，"小挫其锋"。前一仗使林则徐开始觉察清军积弊的严重性，他在致怡良书中云："披坚执锐之人，无非豫存弃甲曳兵之想，此间恶习，陷溺已深。"而后一仗则使他开始考虑与敌海洋交锋的可行性，酝酿对英战略思想的转变。他在《敌船在粤寻衅续筹剿堵折》奏称："如技艺均已转熟，即择日整队，令其全出大洋，拼力剿办。"

可惜，林则徐还来不及把这一设想提升到战略的地位，便遭到了清廷最高决策者的严厉批斥："夷人习熟水战。该督折内，既称不值与海上交锋，何以此次又欲出洋剿办，前后自相矛盾。显因夷兵滋扰福建、浙江，又北驶至天津，恐以粤东办理不善，归咎于此督，故作此举，先占地步，所谓欲盖弥彰，可称偾兵也！"

乍一看，林则徐确如道光皇帝所谓"前后自相矛盾"，而这是基于他对英军的进一步认识，在战略上做出的必要调整，随着形势的变化而采取不同的对策，与其说是"前后自相矛盾"，不如说是林则徐相机而动或随机应变的战略转变。

林则徐收到八月二十三日廷寄一道已是九月十二日午后，他对道光皇帝的指责感到"欲奏则无可奏，不奏又不敢恝然置之"。当时，林则徐正在病中，连日延医诊治。他忍着病痛复奏皇上（《复奏历次剿夷接仗情形片》），先解释其主张"不值与海上交锋"的理由："以师船若远出驱逐，恐外洋或有疏虞，不如以守为战，以逸待劳，为计之得。且彼时该夷不过迁延未去，尚无猖獗情形，因而奏请不与海上交锋，欲令穷而自返。"继而他又申诉现在出洋剿办的理由："迨七月间，始闻该夷有攻占定海县城之事，是则逆情显著，凡有血气，靡不愤切同仇。维时臣所添雇之拖风、红单等船，炮械军火，适已备齐，而所团练之水勇，技艺亦渐熟于前，冀足以助舟师声势。"

英军也深谙相机而动的战术。在鸦片战争爆发之初，原本首当其冲的粤海不但没有成为主战场，反而异乎寻常的平静。英军只留下了十艘中小型舰船封锁珠江口（其间也有英舰陆续驶入粤海但随即又粤北上）。按英军的战略意图，一方面是以此卡断从广州到澳门的内线（航线），进一步控制澳门，一方面是为了牵制广东清军，等候英军主力大举北犯的消息，一旦得逞而后相机而动。而林则徐的战略意图是打破封锁，但他考虑到"与其交锋于海洋，未必即有把握"，又考虑到此时正值南风盛发的季节，不利水师出航，因而尽量避免与敌海上作战。实际上，英军封锁珠江口的那几艘英舰一直游弋于珠江口外的外洋，根本不敢靠近虎门一线，每日东漂西泊，行踪不定，深恐遭遇清军兵勇的夜袭火攻，可见林则徐的战术还是很奏效的。英舰也时常派一两艘船乘潮驶至离虎门五十余里之外的校椅沙一带，遇见内地出入之盐船、商船，即潜遣舢板拢近，刺探清军官兵的情报。但他们一直小心翼翼地避开了同清军水师的正面冲突。如此一来，所谓封锁就变成了相持，一方不敢冒进轻入，一方戒备森严，而在这种相持的局面中，林则徐一直掌握着广东战场的主动权，由于林则徐的严密防守，从澳门到广州的内线也一直未被封闭，这说明林则徐的措施在战争爆发后的一个多月内取得了抵抗的实效。这让帕麦斯顿十分恼怒，他后来指责义律玩忽训令，封锁珠江不彻底，这等于承认了其封锁战略的失败。其实也不能说是失败，这几艘英舰也确实起到了牵制广东水师的作用，让林则徐难以分兵驰援闽浙。如浙江巡抚乌尔恭额奏请饬调广东舟师二千赴浙会剿，林则徐认为广东战事一触即发，不宜分散兵力，不同意分调赴浙。此外，有的史家也感到惋惜，由于英军"不敢冒死轻入"内河，延误了林则徐对英军陆战能力观察的机会，以至他在两广总督任上，始终未能纠正英军不能陆战的错觉，从而推动最高当局及时地调整战略。

林则徐认为广东战事一触即发，一方面是英军随时都有可能发起挑衅，一方面也谋划着"一得可乘之隙，即当整队放出外洋，大张挞伐"。为了加强水师出洋海战能力，林则徐一直在购买和打造船舰，也在招募水勇。广州附近城乡人民，在林则徐告示的鼓舞下，抗英热情高涨，纷纷加入社学组织。当行商、盐商及潮州客民奉命出资招募五千水勇时，人们不约而同，从各处成千成万群涌而来。据宾汉《英军在华作战记》："商馆前面的广场上搭起了棚房……广州知府以及其他高级官员都出席了，行商、盐商以及潮州商人陪侍。志在每月六元的人……大群大群的聚集在棚房一带。广州知府前面，由吏役保持出一大片空地。志愿参军的人被引到空地上。这时，为了证明他们入新军的资格，他们必须举起一个长约五英尺的双石轮，石轮两端各有一块圆形或轮形的花岗岩，总重量约有一百斤。他们要从地上双手把它拿起，举到头上，直到两臂伸直为止。有几个人达到这个姿势之后，只用一只手举石轮，保持原有姿势达数秒钟。"

随着英军攻占定海的消息传来，游弋在粤海外洋的英舰果然"相机而动"了，连日来，他们先后在珠江口外掳去中国海运盐船十四只，枪杀民船舵工盛全福，打伤水手杜亚发。英军的暴行，广东军民看在眼里，恨在心头，摩拳擦掌，愤切同仇。七月初九日（8月6日）清晨，一个英国人（温特森·士担顿）非法潜入澳门，被澳门中国居民发现，随即指引清军弁兵将其抓获。粤海英舰司令士密得知士担顿被捕的消息，立即乘武装汽船"进取"号赶到澳门，叫嚷将要对中方采取最强硬的步骤。英国驻华商务副监督参逊也致函澳葡当局，要求释放士担顿，"并称如不允准，即欲行澳滋扰"。澳葡当局生恐英军"行澳滋扰"，请求中方放人。林则徐认为"虽所获英夷无足轻重，然此时若徇所请，则损威示弱"，断然拒绝释放士担顿，并严申"澳门系天朝疆土"，"不使他族得以占据"，谕令澳葡当局严守中立，免得"并受其害"。为了对付英军发动侵袭，林则徐又添调督抚两标官兵，连原驻防澳门关闸一带的清军共二千人，在澳门一线防堵英军。

澳葡当局旋即将林则徐的决定转告士密，士密随后便采取了其所谓的"最强硬的步骤"。

七月二十二日（8月19日），士密［林则徐原奏误为华伦（Warren）］等"潜放三板十余只，武装汽船一只，快艇一只"，由九洲外洋驶近澳迤北之关闸一带突然开枪，另有英军陆战队三百八十人登陆澳门，击毁关闸。林则徐闻讯后，即派马辰、张令熙广东揭阳县令率张所带兵勇前往援后，又添调南韶连镇总兵马殿甲率兵七百名、三江协副将陈连升率兵三百火速增援。初战时，清军炮台即开炮迎击，"师船驶至青州海面，夹攻沉击三板数只。戍刻英船败退九洋洲"。随后，士密又命英舰"都鲁壹"号、"进取"号和满载英兵的运输船"拿萨勒·收"号窜至澳门港外。当日中午，英舰逼近莲花茎，英军首先从舰上"齐放飞炮，轰毁炮台"，又从海陆两面夹攻澳门以北的关闸。守护炮台的清军随即开炮迎击，闸内闸外官兵也一齐赶来支援，但清军炮台上那长长的炮管、巨大的口径直指远方的惊涛骇浪，却根本射不到敌舰。双方激战一小时后，英军就压倒了清军炮台火力，英军陆战队攻占了关闸炮台，击毁关闸界墙及附近的炮台，并登上莲花茎，升起了英国国旗。最后，英军撤走了架设在关闸等处的二十余门大炮，堵塞其余大炮的火门，放火烧毁清军的棚房，然后才趁退潮时扬长而去。

关闸之战失利，大出林则徐的意料。他对守军未能力战、失陷炮台又气又恼，在一封信中，他愤慨地说："细查前山寨内，现在各文武聚集一处，兵数实逾二千，并非短少。所可恨者，披坚执锐之人，无非豫存弃甲曳兵之想。此间恶习，陷溺已深……今若骤加峻法，奈罚不及众何！"他一面札令易中孚等人，严厉执法，对溃逃的官兵，"必得斩一二人以徇于军"，以煞住恶习，稳定军心；一面亲自殷切地鼓励出援关闸的将领"激发天良""振作胆力"，为国立功。但此次失利也让他看到了英军确实具有强大的战斗力，他明白"看此事势，大非了局，不得不多集重兵"，又立即拨出师船八只、拖船二十五只、火船二十只、巡哨等船二十余只，由海道驰往救护。同时飞檄调南韶兵五百，三江协兵三百，拟由马辰、陈连升指挥抗敌。

当时，关天培主张调回师船，防守虎门。但林则徐却坚决反对在敌人长驱突入、气焰嚣张的情况下，株守待攻，他对关天培说："于此时，守固为重要，然主动出击，捕机交锋，以挫敌之锋芒，乱敌之布阵，亦是必行之战法也。"又云："此乃借题于虎门，实以挑战于关闸也。鸱张至此，岂尚可以姑容？"

关天培经过冷静地思考之后，立即领悟了林则徐的战术想法，很痛快地说道："此即以攻为守之术耳！"

恰在此时，林则徐接到怡良来信，获悉道光帝下了一道"仍当示以镇静，不事张皇"的谕旨，但这也没有使他改变主意，他在答复怡良的信中坚定地说：“承准廷寄，仍重在镇静一层，然我欲静而彼不静，则亦势难坐镇！"

这是林则徐第一次命水师赴珠江口外的海域作战，水师在金星门、长沙湾、磨刀洋、矾石洋一带的浩渺水域搜寻着英船。接连四日，未见敌人踪迹。师船集结于金星门，而英舰则已经窜往磨刀洋。七月二十八日（8月25日），林则徐接到探报："九洲夷船、火轮又络绎至磨刀洋聚泊。"他猜测："想系汉奸送信，以此间有船往磨刀之敌。"这时，他又接到大鹏营报告：东路发现英舰三只。为了保证首战告捷，林则徐决定先打不备之敌，下令将水师暂时撤回虎门待命，另派师船五只、红单船十只东去会合平海、大鹏两营水师，迎头邀击在东路游弋的三只英舰，以寄希望于先一举歼灭这一小股敌舰。——这种集中兵力围歼一小股敌舰的战术，也是林则徐在抗英战争中始终不渝的战略方针。

八月初，林则徐接到水师探报，"夷帅士密之兵船五艘在磨刀洋，遂遣副将陈连升、游击马辰率五大艘出洋剿之，每艘兵六百，两舷缚木排糖包以御敌，时四艘阻风在后，马辰一艘先遇夷帅之船，即乘上风攻之，林则徐又与关天培在沙角海口鼓励各船兵勇整队出洋探踪迎敌"。此战发生在八月初四日（8月31日）卯刻，一说为初五日，清军出洋水师在冷水角了见英军火轮船一只驶入龙鼓海面，当即派出兵勇乘坐快艇和拖风船，跟踪追击，英军火轮船腰部被水师炮火击中，即刻逃去。不久，又接到探报，龙穴西南海面发现英舰一艘，其东又有英舰四艘，舢板船五只，水师遂转舵直趋龙穴。申刻，水师追至矾石洋（今深圳矾石湾）上，与英舰遭遇，双方展开炮战。马辰指挥的师船，首先逼近英船"架历"号，连开三千斤铜炮二门，将其头鼻打坏。其风帆节节加高，帆索纷如蛛网，皆系结于头鼻之上，拨鼻拉索者约有数十人。清军水师打坏了其头鼻，英军纷纷喊嚷，滚跌落海。"架历"号也在拼命开炮抵抗，"弹如星飞，有炮子嵌入师船头槛，量深五寸，迨被我师攻败，伤毙多人，夷众手忙脚乱，仅放空炮。……是时，有他船赶护前来，又经师船开炮轰击，断其绳揽，不能驶进，唯于我师回击他船之际，"架历"船即乘隙随潮南窜，时已昏黑，不及穷追。敌死数十名。"水师官兵正欲向前将该舰夺获，其余英舰慌忙拼死赶来救援，师船只好舍去"架历"号，翻身回击。战斗到天黑，"架历"号乘师船回击他舰之隙，随潮南窜。——这是广东水师和水勇联合演习后的第一次海战——矾石洋之战，尽管规模不大，却有实战练兵的作用，从战果来看，英舰受创较重，仅渔船捞获的，就有油缆三节，长二丈余，帆杠一根，

第六章
鸦片战争

长九尺余,还有起碇推舵所有的转轴二个。英军被击毙的有数十人,据引水探报,在磨刀山根埋葬的尸体,便有大副一名,炮手三名,水兵十一名。翌日(9月1日),把总黄者华亲自从矾石洋赶回广州,向林则徐报捷,但林则徐对结果并不满意,他连连摇头叹息,"众船会攻一船,既得胜仗而不能将船夺获,殊为可惜!"正是由于这一点,他认为此役"只系小挫其锋,尚未大获胜仗",因而没有立即由驿驰奏,直到八月十二日(9月8日)才和关闸接仗情形一起奏报。

关闸之战和矾石洋之战,是鸦片战争之初广东战场上的两次主要战斗,一负一胜,但从粤海的整个战局而言,清军水师和乡勇、水勇一直把握着广东战场的主动权。诚然,无论是军队素质还是武器装备都不是短时间内就可以改变的,但只要掌握了避敌之长、击敌之短的战术,完全可以做到以小胜大、以弱胜强,不求毕其功于一役,但求积小胜为大胜,打持久战、消耗战。如沿海各省皆能如此,那为数不多的英军就会被牵制和分割在东南沿海的各个战场上。说穿了,中国再落后,毕竟是瘦死的骆驼比马大,又是在本土作战,无论在时间上、兵力上、后勤保障上都比英军经得起消耗,想那孤军深入的四千英军,又怎么经得起长久的消耗,在那样的条件下要长距离地补充兵员、保障后勤又何其之难也,更何况,他们发动的一场侵略战争,如同过街老鼠,人人喊打。

由于水师的出洋,近日以来,英船在澳门、前山等处再无出入动静,取得了"稍压夷氛"的效果,使林则徐与敌海战的决心更为坚定。根据英舰聚结磨刀洋的情况,林则徐和关天培制订了水师合剿英军于磨刀洋的方案。随后,他们来到沙角海口,进行战前动员,鼓励各船兵勇整队出洋,探踪迎击敌舰。林则徐对这一军事行动寄以很大希望,他写信对怡良说:"察看此去情形,似有慷慨激昂之气,得手与否,惟视此一举矣!……总求磨刀一捷,始可稍开抑塞之胸耳。"

然而,道光帝已经不想打下去了。英军的炮舰轰开了大清帝国紧闭的大门,也直接摧毁了道光帝对林则徐的信任。一次小规模的定海之战,就让清廷对英政策由主剿旋即转为主抚。如前文所说,清廷一心想以最少的代价而达到"上不可以失国体,下不可以开边衅"的最佳目标。而林则徐虽说早有预感和心理准备,依然是忠于职守、兢兢业业,一手抓禁烟,一手抓海防,但无论他干什么,动辄得咎,都会遭到道光皇帝的严谴。

从历史大势看，英军的炮舰轰开了大清帝国紧闭的大门，也直接摧毁了道光帝对林则徐的信任，实际上也是对以林则徐为代表的鸦片"严禁派"和主战派的信任。这也是接下来的连锁反应，林则徐一倒，邓廷桢也应声而倒，"严禁派"和主战派顷刻间呼啦啦倒下一片。

八月二十二日（9月18日），林则徐关于择日出洋剿办英军的奏报到京，道光皇帝下旨严切指责："恐以粤东办理不善，归咎于该督，故作此举，先占地步。所谓欲盖弥彰，可称偾兵也！"

八月二十五日（9月21日），林则徐、怡良上报续获鸦片人犯、烟土烟具实数的奏折到京，道光皇帝在折上大加批斥："外而断绝通商，并未断绝；内而查拿犯法，亦不能净，无非空言搪塞，不但终无实济，返生出许多波澜，思之曷胜愤懑！看汝以何词对朕也！"

看汝以何词对朕！御笔所指，字字锥心，林则徐两眼赤红，心底沥血。自他步入仕途以来，他还是第一次遭受皇上如此严厉而又强词夺理的斥责，而从他钦差赴以来，道光帝一直信守其"朕断不遥制"的诺言，一个天子若不遥控指挥，一个人臣才能有自主发挥的空间，而现在道光帝不仅是遥控指挥，而且是横加指责。一个久经官场的士大夫，自然知道官场的风险，他其实也早已安排好了自己的退路，"事定吾当归田畴"。然而，即便他想好了退路也不是想退就能退的，而此时禁烟之事尚未定夺，剿办英军才刚刚开始，他又怎么甘心就此告退？这不是他的性格，也不是他的境界。然而，他也不能不做最坏的打算了。

遥想那漫漫长夜，摇曳的烛光映在微微发光的桌面上，一个在昏黄光晕中伏案疾书的士大夫与一支流泪的蜡炬，构成一个奇特而忧伤的图案。他既不愤然，也不悲伤，显得非常冷静。他先上《奉旨革斥自请处分折》，请求清廷对自己"从重治罪，以儆无能"，人之将去，其言也悲，但他并非为自己的命运而悲，而是为大清帝国的国运而悲，"每念一身之获咎犹小，而国体之攸关甚大"。唯其如此，他还抱着最后一丝幻想，力图挽回当时的局势，又披肝沥胆，以"苟有裨国家，虽顶踵捐糜，亦不敢自惜"的心志附上《密陈办理禁烟不能歇手片》，这其实也是他被革职之前的最后一谏——

他预料自己革职之后，禁烟大业将功败垂成，痛声疾呼清廷继续厉行禁烟："鸦片之为害甚于洪水猛兽，即尧舜在今日，亦不能不为驱除。圣人执法

第六章
鸦片战争

惩奸，实为天下万世计，而天下万世之人亦断无以鸦片为不必禁之理。"

他针对战祸因鸦片而起的谰言，清醒地指出这只是"夷兵"入侵中国的一个借口，英军挑起这场战争早已包藏祸心："若谓夷兵之来系由禁烟而起，则彼之以鸦片入内地者，早已包藏祸心。发之于此时，与发之于异日，其轻重当必有辨矣。"

他根据自己一年多来与义律和英国鸦片贩子较量的经验，提醒清廷既要看清侵略者虚骄的一面，更要看清其得寸进尺、贪得无厌的本性："惟其虚骄性成，愈穷蹙时愈欲显其桀骜，试其恫喝，甚且别生秘计，冀得阴售其奸，如一切皆不得行，仍必帖然俛伏"，"抑知夷性无厌，得一步又进一步，若使威不能克，即恐患无已时，且他国效尤，更不可不虑。"

他从粤海防务的现状中看到了中国在武器装备上的差距，奏议清廷用关税收入的十分之一来打造足以抵御海上之敌的坚船利炮："即以船炮而言，本为防海必需之物，虽一时难以猝办，而为长久计，亦不得不先事筹维。且广东利在通商，自道光元年至今，粤海关已征银三千余万两。收其利者必须预防其害。若前此以关税十分之一，制炮造船，则制夷已可裕如，何至尚形棘手？……粤东关税既比他省丰饶，则以通夷之银，量为防夷之用，从此制炮必求极利，造船必求极坚，似经费可以酌筹，即裨益实非浅鲜矣。"

最后，林则徐向清廷表示了一个社稷之臣的"赤诚"，他恳求到浙江前线去"戴罪图功"，"臣于夷务办理不善，正在奏请治罪，何敢更献刍荛？然苟有裨国家，虽顶踵捐糜，亦不敢自惜。倘蒙格外天恩，宽其一线，或令戴罪前赴浙省，随营效力，以赎前愆，臣必当殚竭血诚，以图克复。至粤省各处口隘，防堵加严，察看现在情形，逆夷似无可乘之隙。"

道光皇帝对林则徐最后的努力、最后的幻想加了朱批："一片胡言！"

无论后世怎样追溯一个王朝的历史，还是追问一个人臣的命运，事情在一天早晨忽然变得非常简单，九月初三日（9月29日），道光皇帝下旨："鸦片流毒内地，特遣林则徐会同邓廷桢查办，原期肃清内地，断绝来源，随地随时，妥为办理。乃自查办以来，内而奸民犯法不能净尽，外而兴贩来源并未断绝，沿海各省纷纷征调，糜饷劳师，皆林则徐等办理不善之所致。"旋将林则徐、邓廷桢革职，将林则徐、邓廷桢交部严加议处，命林则徐即行来京听候部议，两广总督由琦善署理，琦善未到任以前，由广东巡抚怡良暂行护理。"

海祭
——从虎门销烟到鸦片战争

　　自道光十九年正月（1839年3月）林则徐抵粤查禁鸦片起，至道光二十年九月（1840年10月）林则徐和邓廷桢被同时革职，林则徐在广东主持禁烟和抗英军事斗争共十九个月，一场"为天下万世计"的禁烟运动猝然终止，连尾声也没有就结束了。而林则徐和邓廷桢这两位"最严厉的禁烟派和最坚决的主战派"大臣，也被迫提前交出了在鸦片战争中打击侵略者的指挥权。而接下来的历史，中国将在战火硝烟和鸦片烟毒中穿越一百余年……

第七章 沉重的告别

一、正闻烽火急

岭南的秋天原本是最美的季节，然而风云变幻，"宦局旋更"。当一个预料中的事实终于降临，林则徐非常平静，仿佛什么事情也未发生，随之将总督、盐政两方大印移交广东巡抚兼署两广总督怡良，并缴清了他在粤期间收到的朱批奏折。

尽管早有预料，但林则徐此前只是私下里向怡良透露过，他仍然一如既往地干着他该干的一切，几乎没有人看出他有什么变化。而这正是他所希望的，他不想因一己之变故而引起别的变故，作为大清帝国九位最高级的封疆大吏之一，牵一发而动全身，为了不引起震荡或动荡，最好的方式就是在平静中完成权力交接。然而随着圣旨降临，林则徐遭革职的消息已无法隐瞒，很多人在"宦局旋更"的突变中非常震惊。从林则徐的非常平静，到两广上下的非常震惊，只能说，这事确实太不正常了！一位深受朝廷倚重的封疆大吏，日前还在海防前线巡查，怎么一夜之间就被撤职了呢？

透过林则徐之命运，也可见官场之凶险，他来时是一个钦差大臣，走时却已是皇上朱笔御批、赴京受审的钦犯，从钦差到钦犯，这就是林则徐主政两广的全部时间。在这里他抵达了人生仕途的巅峰，又在这里跌入了入仕以来的人生最低谷，这种断崖式的人生落差，可以改变他的人生命运，却改变不了他这个人。而在接下来的数年里，他将从一位历史的主角而被彻底边缘化。

在离别之际，若从世态炎凉看，一个钦犯只会令人避之唯恐不及，城门失火谁都生怕殃及自己，但林则徐没有遭受人情冷暖，那几天，"抚军以下皆来晤"，纷纷为他举行"公饯"，而"公饯"并非公款宴请，而是公众举行的饯行宴，这更说明没有多少人避嫌。尤其令林则徐感动的是，"连日铺户居民

第七章
沉重的告别

来攀辕者填于衢巷",给他赠送靴伞、香炉、明镜、颂牌等,那颂牌上写满了赞词,如"民沾其惠""夷畏其威""烟销瘴海""威慑重洋""公忠体国"……若是一个高升的官员收到这些东西也不算稀奇,甚至早已暗示其心腹去安排这一切,但一个钦犯或罪臣能得到这样的礼赞,只能是人们发自肺腑的言行。林则徐打量着那一张张真诚的面孔,每个人都似曾相识,却又不知在哪里见过。一阵愧疚蓦地涌来,他突然觉得很对不起他们。眼下烽火正急,他却要抽身离去,他走得实在不是时候啊。

十月初一日,林则徐已收拾好行装,定于次日启程赴京受审,却于当晚又接到了"奉旨革职,并折回广东,以备查问差委"的部文。这下,他想走也走不了了,想干什么也干不了了,他唯一能干的就是"以备查问差委",就是等待钦差大臣琦善来查问了。

那个总督府,林则徐自然是不能待了,他只能连夜筹赁寓所,第二天就搬到了高第街连阳盐务公所借住,这一住竟然又是半年多。从他抵粤到离粤的两年多里,他在这里度过了四分之一的时间,那也是他在广州度过一段苦闷而彷徨的岁月。

十月末,林则徐在彷徨中等来了另一个罪臣,邓廷桢。

闽浙总督邓廷桢和林则徐一道"交部严加议处",旋奉旨革职,奉命抵粤"以备查问差委"。邓廷桢任闽浙总督仅半年多时间,而闽浙军备比两广更松弛,海防更是漏洞百出,他上任之后即如林则徐在粤海一样,一方面加强海防要塞建设,一方面抽调熟悉海防形势、水性的水师官兵驻守,并招募了大批水勇、乡勇加以训练。只是苦于时间太短,而海防形势又积重难返,一切还来不及全线展开,英军便突入闽浙作乱。定海失陷后,他准备亲自往浙江督战,因道光帝另派钦差大臣伊里布赴浙江办理军务而作罢,但清廷对他的处罚并非定海失守,而是与林则徐一道"坐粤办理不善"。

这两位誓言要"共矢血诚,俾祛大患"的战友,自今春别过之后,终于又在岭南聚首,时隔不过大半年,感觉却已历尽沧桑。六十四岁的邓廷桢愈见苍老,那白花花的长须一直飘拂到胸口,但那心脏还在拼尽余力般地跳跃,胸口一阵一阵地起伏。五十五岁的林则徐早已摘下了顶戴,脱下了官袍,换上了一身青灰色的布衣,虽说苦闷而彷徨,但看上去倒也有了无官一身轻的洒脱。

两人先互相打量了一下,又相对无奈地一笑。

历史有太多的无奈之处，在清朝封疆大吏中，原本就极其缺乏林、邓这种长于战略运筹、精于军事指挥又熟悉海防的人才，清廷将这两位难得的帅才撤职查办，视如弃子，实乃自毁长城之举，令人扼腕怅叹。而这两位罪臣，在接下来的时日里，只能眼睁睁地看着大患降临而徒呼奈何。

此时又一位钦差大臣正在路上，那是林则徐和邓廷桢的查办者琦大人。琦善还真是个有福气的人，他赴粤的季节比林则徐要好得多。他于重阳辞京出发，岁岁重阳，但琦善觉得这个重阳非比寻常。琦善于重阳节那天启程，不知是特意选择，还是不经意，而重阳登高，充满了吉祥的寓意。琦善若能不辱使命，再登高一步，就是位极人臣的首辅大臣了。

十一月初六日（11月29日），钦差大臣、大学士琦善终于抵达广州，接署两广总督印务。按近代史家蒋廷黻先生的说法，这时的琦善实际上相当于中国第一任"外交总长"，但这位"外交总长"此前唯一的"外交"就是在大沽口与义律进行了两天谈判，连自己的翻译也没有。不过，这次琦善好歹有了一位属于自己的翻译。在琦善的随从中，有一位白白瘦瘦的年轻人，此人名叫鲍鹏，原名鲍亚聪，号望山，出身于香山县一个买办之家，自幼学习"夷语"，还曾顶替其叔叔在威廉·颠地开的宝顺洋行里充当买办，由于参与走私鸦片，遭到前总督邓廷桢通缉，鲍鹏闻风而逃，他这鲍鹏之名就是逃到山东后改的。他不知怎么与山东潍县令招子庸相识，就躲避在那儿。当英军北上抵达山东，山东巡抚托浑布急需一个"熟谙夷语"的通事，招子庸便将鲍鹏推荐给了托浑布，托浑布命他到英船上办理交涉。结果让托浑布挺满意，他对鲍鹏这个难得的人才也挺欣赏。当琦善南下赴粤路过山东，托浑布又将鲍鹏推荐给自己的老上司琦善。这让正为翻译犯愁的琦善喜出望外，随即携鲍鹏一同赴粤，还奏请清廷，授予鲍鹏八品官衔，一个通缉犯摇身一变成了朝廷命官。

清廷后来查办琦善，其罪责之一就是"尽屏广东文武，专用汉奸鲍鹏"，鲍鹏不仅是担任琦善的翻译，凡涉外公文都由其翻译传送英方，而琦善也把鲍鹏视为心腹，包括谈判中的核心机密也被鲍鹏悉数掌握。而在与英国方面交涉中，鲍鹏还向英人泄露了广东沿海防务及内地情况，自然也包括琦善大量裁减虎门要塞的驻防兵力和不准擅自抵抗英军等内情，这让义律在谈判桌上和战场上可以随机应变，抓住战机，调整策略。但对于此说琦善一再辩解，他曾亲自检查过署卷（总督署案卷），发现鲍鹏确实在夷船当过买办，但卷内既无告发之人，也无指证之案，因而认为鲍鹏并不是一个有重大案犯。而琦善声称自己只是令鲍鹏照文译词，给英方递文传话，至于奏折密件，一概不令他与闻。鲍鹏也不承认他与义律有什么挑唆勾串的"汉奸"行为，他甚至还与义律发生过激烈的争论，义律一怒之下，用藤条打伤鲍鹏的手背，白含章和张殿元都在现场看见了。但后世对于鲍鹏的自辩依然充满了怀疑，这是不是"周瑜打黄盖"呢？

据当时见过鲍鹏的英军描述，他那英语实在不敢恭维，他说的是一口典型的"广东英语"（Canton English），那是比"洋泾浜英语"（pidgin English）更早的中国式英语，其特点是按广东话字对字地转成英语，主要在十三行经商的中外商人中混杂使用。但也不要小瞧这种英语，它在那个特定的历史时期具有特殊的历史意义。由于清政府奉行闭关锁国的政策，严禁中国人学习"夷语"，也演进中国人叫夷人学习中文。清乾隆二十四年（1759年）颁布了《防范外夷规条》，有个叫刘亚匾的人，竟因"教授夷人读书"等罪名而被处死。即便在一口通商时代的广州，学英语也是官方禁止的，"嘉庆间，广东有将汉字夷字对音刊成一书者，甚便于华人之译字，而粤吏禁之"。当时英籍教士马礼逊到广州，入夜之后窗口便笼罩在一团黑暗中，其实他房间里的灯是亮着的，为了学中文，他只能严严实实地遮住房间灯光，来保护他的中文教师。直到道光年间，据美国商人威廉·亨特在《广州番鬼录》中所说，广州人管外国人叫"番鬼"，把外国话叫"鬼话"，当时有一本不知是谁编的中英文对照小册子就叫《鬼话》。在广州只有三个外国人懂中文，一个是马礼逊，一个是他本人，还有一个是英国东印度公司商馆驻广州主任。而懂英语的广州人就更少了。当时广州人用粤语标注英语读音，如"汤"（soup）注音"苏批"，今天（today）注音"土地"。鲍鹏那英语可能就是这样的英语，但也实在难得了。

琦善几乎刚刚抵达广州，已提前抵达粤海的义律就迫不及特地发来照会，催逼他根据英方提出的条款缔约签字。此时英军也已易帅，乔治·懿律称病退职回国，一说因与伯麦等人意见不合而辞职，而伯麦他成了英国东方远征军的总司令和全权代表，但外交上依然由义律主掌。而琦善比义律做得更绝，为了主掌"夷务"，他以"加倍慎密"为由，把怡良这个广东巡抚和其他文官武将一律排斥在外，一切便任其一手遮天、独断专行了。——据广东巡抚怡良后来奏报："经琦善面向臣告知，以夷务系其专办，现惟加倍慎密，不便稍为宣露，嘱令臣专管地方事件，俾免分心。"

对义律的催逼，琦善则采取避而不见的拖延战术。在广东中英谈判期间，这个中国第一任"外交总长"一直不敢在谈判桌上与义律面对面地较量，几乎都是派自己的手下白含章、张殿元和翻译鲍鹏去传话递信。据鲍鹏所记，他前后同白含章、张殿元去见过义律五次，同陈荣庆去见过义律四次，他自己单独去见过义律四次。而在整个交涉过程中，琦善与义律见面交涉仅有一次。当然，琦善采取避而不见之策，很可能真是一种谈判策略，尽量避免直接遭遇，给谈判留下回旋的余地，多少也能掌握一点主动权。然而从历史事实看，他从未掌握主动权，几乎是被义律步步紧逼，无法招架。对于义律所提出的要求和条款，琦善一直不敢据理力争，一旦针锋相对，势必损害了和谈的气氛。但他也不是一味地妥协让步，他也没有妥协的权力，这是皇上的权力。而对谈判的原则，道光皇帝早有交代，他也一直在苦思冥想，如何在道光帝"上不可以失国体，下不可以开边衅"的原则下找到一个双方都可以接受或可以妥协的平衡点。要确立这样一个基本原则不难，难的是几乎不可能实现。琦善一直强调"御外夷以智"，若琦善真能实现这一目标，我也会心悦诚服地承认，琦善的智慧和能力的确要远远超越林则徐。然而，事实上，连琦善本人也觉得不可能。

一个英国贵族越来越神气，越来越强硬；一个满洲贵族越来越沮丧，越来越软弱。这不怪琦善，义律的腰杆子实在太硬了，只要不答应他们的条款，英军势必诉诸武力，而伯麦的态度比义律更强硬。

琦善看过一次英军杀气腾腾的操练，义律还特意请琦善到现场观看，这显然又是义律故意在他面前秀肌肉。据《夷氛闻记》："善既目睹夷阵，怯其兵炮，愈执初见，以为非和则事未可知。"当琦善目瞪口呆地看着时，忽觉有些异样，义律正盯着他呢，那瞳孔里射出的蓝光让琦善猛地打了个寒战。那眼神分明在说，你敢不答应我们提出的条件，那就让大炮来开腔！琦善还真是给吓坏了，他在奏报道光帝时，一再强调英夷如何如何厉害，夷船进攻，每船上都有大炮，那远近兼施的飞炮，还有火罐、火箭、火枪、火球等各种极具杀伤力的火器。琦善没有撒谎，这是实情，他在奏报中又一再示弱，并指责林则徐等主战派为"辄喜贪功"之徒，"水师营务，微特船不敌夷人之坚，炮不敌夷人之利，而兵丁胆气怯弱，每遇夷船少人稀之顷，辄喜贪功，迨见来势强横，则

第七章
沉重的告别

望而生惧","我军以人御炮,势必不敌,将备相率陈亡"。这也是实话。他的结论是,广东无要可扼,军械无利可恃,兵力不固,民情不坚,几乎没有任何胜算的条件。因此,琦善和后来的许多史家一样,断定英军是不可战胜的,"和"是唯一的选择。

琦善看到的,其实也是林则徐早已看到的也一直承认的差距,但越是看到差距,就越要缩短差距,同时也应该看到自己的长处。林则徐对英人的德性比琦善要了解得多,他也知道琦善的德性,这让他有一种比自身遭遇更具灾难性的预感。据广东陆路提督马殿甲的后裔记载,"林公虽革去官职,住在书院,等待皇上如何查办,整日闲若深山古刹的世外高人,院中是满院烂漫的木棉,花色更加妖艳,缕缕沁人心脾的芬芳随着悠悠春风弥漫在书院每个角落。林公每天只是写字、习武,和来访的友人喝酒、下棋而已,已超然如圣的样子"。然而,这只是一种表象,他内心的苦闷在外表上看不出来。在琦善抵粤后的那段日子,林则徐每天都是度日如年。据《林则徐日记》,他除给亲友们写信外,就是每天"作字""作字""竟日作字",显然是借此排遣内心的焦虑与忧愤。他其实一直在思虑,这仗该怎么打。

从战术设计看,林则徐从未高估清军的作战能力,更未低估英军的作战能力,若要战胜英军,必须以十二倍甚至十六倍的清军来对付英军,而中国依凭在本土作战的优势,完全可以在较短的时间内调集超过英军几倍、十几倍的军队来会剿英国侵略者,后勤保障更无问题。关键是,清廷不想付出这么大的代价来打仗。想想定海失陷之后,英军北犯大沽,道光皇帝对英国侵略者从主剿转向主抚,下令不准开炮,处于海防前线的清军就丧失了战争的主动权,继而又有钦差大臣琦善一味求和,清廷把一个帝国的命运都押在了谈判桌上,押在了琦善那"片言片纸,远胜十万雄师"的舌尖上。但抚夷也好,和谈也好,仅凭那三寸不烂之舌只能是徒劳的,必须要有与英军抗衡的实力,否则就只能任其宰割。

如今很多人还在为琦善这个"被历史所冤屈"的人物辩解,而最具影响力的一种说法,则是蒋廷黻在《琦善与鸦片战争》做出的评价:"琦善与鸦片战争的关系,在军事方面,无可称赞,亦无可责备。在外交方面,他实在是远超时人,因为他审察中外强弱的形势和权衡利害的轻重,远在时人之上。"那么,这位在外交方面"远超时人"的琦善又对英国有多少了解呢?说来,鸦片战争时，琦善也曾派人探听了一些英国的情况，并据此写了一份奏折（《琦善奏探询英国各情形折》）："该国王已物故四年，并无子嗣，仅存一女，年未及笄，即为今之国王。该国有大族二十余家，皆其国之权臣，议事另有公所。只须伊等自行商榷，不受约束。揣其词意，或前此粤省烧毁之烟，其中即有各该权臣之物。……是固蛮夷之国，犬羊之性，初未知礼义廉耻，又安知君臣上下？且系年轻弱女，尚待择配，则国非其国，意本不在保兹疆土，而其国权奸之属，只知谋取私利，更不暇计其公家，……故求索不专在通市。"这就是琦善对英国的大致了解，若以这样一点儿对英国的浮浅了解去与英人进行一场"远超时人"的外交，那又真是一个笑话了。

若要证明琦善"实在是远超时人"实在很难，蒋廷黻也没有拿出令人信服的证据。但若要证明琦善丧权辱国则不难举证，这里还有一个"实在是远超时人"的外交家王之春（号芍唐居士），这里就据其所撰《防海纪略》，看看琦善到广东后干了些什么事吧——

而十月琦善至广东，查上年义律先后缴烟印文，欲吹求林则徐罪不可得，则首诘劫船之役，何人先开炮，欲斩副将以谢夷，而兵心解体矣。

撤散壮丁数千，于是水勇失业，变为汉奸，英夷抚而用之，翻为戎首矣。

撤横档水中暗桩，屡会义律于虎门左右，夷船得以探水志，察径路，而情形虚实尽泄矣。

听盐运使王笃之言，尽屏广东文武，专用汉奸鲍鹏，往来传信，其人故奸夷颠地之仆役，义律所奴视，益轻视中国无人矣。

义律与琦善信云："若多增兵勇来敌，即不准和。"于是已撤之兵，不敢再调，凡有报缉汉奸缉鸦片者，辄被呵斥，有探报夷情者，则拒曰："我不似林总督以天朝大吏，终日刺探外夷情者。"

所事一切力反前任之所为，谓可得夷欢心，而逆夷则日夜增造杉板小船，招集贩烟之蜈蚣船、蟹船数百，此外火箭、喷筒、竹梯攻具，增造不可数计。

琦善原本就是带着两项钦差使命而来，一是与英国人继续和谈，一是追查林则徐、邓廷桢妄启"边衅"，以至激变的罪证，要让世人皆知这两位罪臣确实罪有应得，这对于维护天子和清廷的崇高威信、维持朝野上下的稳定非常重要。这也是琦善的最高政治境界了。

琦善先追究林则徐破坏中英通商之罪,"欲求林则徐罪不可得,又诬林则徐不收英吉利国王通商之书,欲怡良证其事,怡良不从"。由于巡抚怡良拒不做伪证,他又追查林则徐挑起"边衅"的战争罪,把这不可收拾的局面推给林则徐,一句话,若不是林则徐妄启"边衅"、惹火烧身,以至于引狼入室,又怎会有今日之局势?

琦善一心为天子和清廷着想,林则徐则心系江山社稷,这是两人既有相同之处又有高低之别的政治境界。林则徐在遭琦善查办时,依然以国事为重,一再向琦善建议,一边谈判,一边抓紧战备,严阵以待英军的挑衅。而琦善虽说聪明透顶,还真是缺少林则徐那样的大智慧,他对林则徐的建议不以为然,如果一边和谈一边作军事准备,那不是给英人添堵吗?他可能真是沉迷于"片言片纸,远胜十万雄师"的神奇幻觉中,也可能是堕入了"英军不可战胜"的神话中。这位被蒋廷黻称之为"远超时人的聪明的外交家",在其奏折中尝谓:"姑为急则治标之计,则暂示羁縻于目前,即当备剿于将来也。"这句话被后世精炼为"羁縻于目前,备剿于将来",成了义律"远超时人"的证言,也是名言,一直为后世津津乐道,蒋廷黻等近代史家正是以此断定琦善"远超时人",提出了治本治标的对外战略,羁縻于目前是治标的一时策略,备剿于将来才是治本的大略。琦善是想通过长远而曲折的道路来挽救迫在眉睫的危机,也算是"曲线救国"吧。很多人被琦善这句话迷惑了,这其实是琦善畏敌惧战的借口而已,而所谓"备剿于将来",更是虚妄的托词。试问,大敌当前,如何能将大敌"羁縻于目前"?所谓"加意羁縻",说穿了就是割地赔款,丧权辱国,这也正是英人提出的、必须满足的要求,然而,琦善在谈判中又做不了主,他的"羁縻"其实是对自己的"羁縻",只能是对英人低三下四,眼看着英军把坏事做绝,他也只能将好话说尽。

既然"和"是唯一的选项,那就必须以最大的诚意来议和。对义律提出的条件,琦善只要自己能做主的,他都一条一条答应了,凡是他觉得有碍和谈的,他都主动排障。他一直在努力表现最大的诚意和友善,他要让义律明白,他这个钦差大臣不是那个与英国人处处作对的林钦差,他是英国人的朋友,一心为英国人着想的好朋友,英国人应该满意了吧?当他鲍鹏去探寻义律的态度时,鲍鹏每次都像是挨了揍的孙子一样,灰头灰脸地回来。琦善这个一等侯爵、大清枢相，又何尝不是在这些洋鬼子跟前装孙子？可装孙子也没用。对道光帝那个"上不可以失国体，下不可以开边衅"谕令，他是越来越绝望了，这是几乎不可能达成的。这是美妙的幻想，也是无解的难题。但他知道道光帝是说一不二的，义律也是说一不二的，这个红毛洋夷也成了他的皇帝，一个大皇帝，一个洋皇帝，谁也得罪不起。琦善开始像琢磨道光帝的心思一样，琢磨着这位洋皇帝的心思。他已经陷入了里外不是人的尴尬处境。越是这时候，越不能节外生枝，又起"边衅"。

在军事上，有人说琦善"对于一切防守剿堵等军事事务置之不问"，这是片面的，琦善几乎时时刻刻在过问军事，但他非但不加强防备，还生怕林则徐、邓廷桢和他们那些老部下干扰了他的谈判进程，为了在谈判桌上表现出最大的诚意，琦善一味屈从义律。义律照会琦善："若多增兵勇来敌，则不准和。"琦善为了求和而讨英人的欢心，"则首诘劫船之役，究何人先开炮，欲斩副将（陈连陞）以谢夷，而兵心解体矣"。琦善若要认真追究，在鸦片战争之前爆发的九龙海战，是英人打响的第一炮，而他竟然要将开炮还击英军的爱国将领处斩，那些浴血奋战的将士又怎不痛心疾首，以致"兵心解体"。连一些为琦善辩解的史家在铁证如山的史实面前也不得不承认，"广东炮台的丧失和兵心的解体，琦善是有责任的"。而道光皇帝对琦善最愤恨的也是他不重视军事，粤海军民最痛恨的则是他"拆卸军防，以致铜关毁锁，门户洞开"。琦善后来在北京受审时为自己百般辩解，他并未撤去水勇，但他承认自己说过："水师不必设，炮台不必添。"他说这是自己一时糊涂。这倒也是老实话，他是被英军给吓糊涂了。相反，义律倒是一个"远超时人的聪明的外交家"，他一边在"和谈"上与琦善较量，而伯麦一边率领英军进行实战演习，随时准备对虎门要塞发起进攻。又无论琦善怎样说好话、软话、人情味十足的话，但义律和英军又怎会被他漂亮个空话所"羁縻"？英国人又何尝不想在谈判桌上获得利益，但他们心里十分清楚，若没有强大的武力做后盾，你那谈判桌上的片言片纸就跟放屁差不多。

琦善却是说话算话，说打就打。每当义律在"和谈"中进展迟缓时，英军势必就要从战场上打开突破口。十二月十三日，义律抓住琦善撤防的有利时机，以战争威逼琦善无条件地接受英方的全部条件，否则，"照依兵法办行，相战以后，再行商议"。义律或是时常会想起林则徐封锁十三行的屈辱经历，

第七章
沉重的告别

他也像林则徐一样发出了一个又一个"最后限期",并以十五日八时前为限期,若琦善不答应英方的全部条件,英军即向虎门海口守军发起攻击。而琦善早已焦头烂额,心力交瘁,他只能装病了,这是故技重施,也是黔驴技穷,他可能不是装病,而是真的病了,就像这个帝国一样病入膏肓。

道光二十年十二月十五日(1941年1月7日)清晨,在义律限定琦善答复的最后一刻,第一次鸦片战争终于在广东主战场打响了。对于此战,史载几乎是一笔带过:"义律遂乘其无备,于十二月十五日突攻沙角、大角炮台,乃虎门第一重门户也,副将陈连升守之,兵止六百,夷船炮攻其前,而汉奸二千余梯山背攻其后,众五倍于我,遂陷。"

此战,是英国远征军在定海之战后又一次集中其精锐主力作战,当日清晨,在英国远征军统帅伯麦的指挥下,英军共出动大小舰船二十多艘(英舰七艘、轮船四艘、舢板十余只),两千多名英军,一百一十门火炮,分左右两翼,向沙角炮台与大角炮台同时发起猛攻。

我曾在前文描述过林则徐等在虎门海口构筑的三道防线,沙角炮台和大角炮台构成虎门要塞的第一道防线,当时,沙角炮台的大炮射程仅及中泓(中线),炮火封锁洋面不够得力,而大角炮台因距离航道较远,一般只作为信号台,驻守兵力不多。但若按林则徐的战略部署,二角炮台,尤其是沙角炮台对海上来犯之敌还是可以发挥出一线阻击作用。令人痛惜的是,或者说琦善最糊涂的是,他为了在和谈中表示出对英军的最大善意,一边谈判,一边下令遣散了林则徐苦心招募训练的数千水勇,打压和罢斥抗英有功的将领,大量裁撤海防前线的兵力,还强令拆除了虎门珠江口的全部木排铁链,裁减兵船三分之一。据《防海纪略》:琦善"撤散壮丁数千,于是水勇失业,变为汉奸,英夷抚而用之,翻为戎首矣。撤横档水中暗桩,屡会义律于虎门左右,夷船得以探水志,察径路,而情形虚实尽悉矣。……专用汉奸鲍鹏往来传信,其人故奸夷颠地之仆役"。林则徐、邓廷桢和关天培等苦心经营的海防设施,庶几功亏一篑,这让据守粤海前线的清军官兵又有何可据?凭何而守?

对英军攻打二角炮台,琦善是广东官府中第一个知道的,义律甚至清楚地告诉了他开战的时间——以十五日八时前为限期,对于英军这不是什么军事机密,而是公然挑战。但琦善在战前的数天里却一直守口如瓶,仿佛这是一个不可泄露的天机或绝密情报,他既未及时向海防前线通报军情,更未下令抵抗,作为两广最高军政长官，他竟未作任何军事部署。如此一来，英军对二角炮台的进攻不是偷袭，但对炮台守军而言实为突袭。而从定海之战到二角炮台之战，英军都是以两三倍的兵力来攻打清军，一切皆已注定，二角炮台守军又只能以死相拼了。

左路英军共四舰一千四百多人，一百一十门火炮，先用舰炮向轰击大角炮台，其舰炮射程远，目标精准，炮弹又皆为火药弹，如琦善战后奏报所云："该夷现在所用飞炮，子内藏放火药，所至炸裂焚烧，不独为我军所无，亦该夷兵械中向所未见。"而大角炮台因距离珠江口航道较远，射程又短，一般只作为信号台，当时驻守官兵仅有二百多名。英军炮火确实势不可当，但镇守炮台的千总黎志安率官兵依然坚守炮台。黎志安身负重伤，战袍被鲜血浸透了，仍在指挥向英舰开炮，那挥动的手臂飞溅出一串串血液。炮台守军的战斗意志极为顽强，但终因器不如人又寡不敌众，大部分官兵伤亡。在撤退之前，为防大炮被英军搬走，黎志安和幸存的官兵将十四门大炮奋力推入了大海。而大角炮台失守后并未出现定海水师那种一触即溃的局势，又有部分幸存的官兵突围到沙角炮台继续抵抗。

英军右翼部队主攻沙角炮台，他们的战术与其左路军的进攻如出一辙，先以舰炮轰击沙角炮台正面，压制清军炮火。随着大角炮台被英军攻破，英军集中全部火力来攻打沙角炮台。

驻守沙角炮台的老将陈连升在官涌之战中屡破英军，被林则徐擢升三江口协副将，调守沙角炮台。林则徐对他如此倚重，让他把守粤海第一重门户，他深感责任重大，一双老眼就像面对大海的炮口一样，一天到晚紧盯着英夷的动向。

在琦善主掌粤海军政之后，大量裁撤水师巡船，而英国信使船（实为侦察船）频频到虎门要塞的第一道防线来刺探军情，或进行火力侦察，对此琦善皆置若罔闻。当"有探报夷情者"向他报告英军的动向，他一概拒绝，还讥讽林则徐："我不似林总督以天朝大吏，终日刺探外夷情者。"难道琦善连"知己知彼，百战不殆"的常识都不懂吗？不是不懂，而是不屑，在他眼里和谈压倒了一切，他压根就不想一战，遑论百战。但即便不想一战，在和谈中也应该知己知彼啊，看来他又是聪明一世，糊涂一时了。而陈连升既没有琦善那样聪明，也没有琦善那么糊涂，一切按老规矩来，英船犯境，先开炮示警，在三声

第七章
沉重的告别

炮响之后，英船再不退却，他便命水师兵弁将入侵者驱逐。

琦善唯恐陈连升等具有血性的将领逞一时之勇，破坏了他与义律谈判的气氛，严斥陈连升向英国信使船开炮，甚至还要将他处斩以平息英人的怨怒。但他这一荒谬的行径激起了广东军民的义愤，数千人自发到钦差衙门请愿，琦善难犯众怒，只得收回成命，但仍三令五申陈连陞等不得"擅开边衅"。

而这一次，不是陈连升"擅开边衅"，而是英军出动主力猛攻沙角炮台，一员老将，已毅然决然将自己这颗白发苍苍的、没有被琦善砍下的脑袋，献祭海疆。他之所以抱着必死的信念，其实也出于他对此战胜败的估计，这也是他必须面对一种命定的结局，沙角炮台守军仅有六百余名，且不说英军那坚船利炮，英军投入此战的兵力有沙角守军的五倍之多。鸦片战争的历史真是充满了吊诡，按林则徐的战略思想，我方最大的优势就是人多势众，民力可用，然而那三四千远道而来、孤军深入的英军原本是一支孤军，却总能以数倍于清军的兵力投入作战，反倒是清军一次次陷入孤军奋战的绝境，这也是陈连升的绝境，一旦开战，就是殊死之战。

沙角炮台保卫战，堪称鸦片战争爆发以来，中国军人第一次最顽强、最坚决的自卫还击战，他们只能以自己的血性与意志抵抗英军猛烈的炮火。英军自清晨至下午，共发射了千余发炮弹，连岸边的石头也被炸开了花。而沙角守军只能使用那像一坨坨铁疙瘩似的炮弹进行还击。陈连升亲自坐镇炮台后卫，凭着自己身经百战的经验，使用杠炮及事先埋藏的地雷，还有那用厚重的青砖和花岗石筑起的堡垒，抵挡住了那来自大海方向的一排排炮弹。但在英军如此凶猛的炮火之下，守军伤亡惨重又得不到增援，弹药眼看告罄也得不到补充。陈连升一再派人飞檄求援："请备兵与火药！"但"琦善不许"。据王之春《防海纪略》载——

水师提督关天培、总兵李廷钰察其情，均请增兵，琦善恐妨和议，固拒不许。许偿夷烟价银七万圆，而夷必欲索埠地。琦善前以厦门及香港二地商之邓廷桢，廷桢言厦门全闽门户不可许，香港与尖沙嘴及裙带路二屿鼎峙，为粤海适中之地，形势环抱，藏风少浪，若令英夷筑台设炮，久必窥伺广东。琦善既据以奏闻，至是不能自背前奏。义律遂乘其无备，于十二月十五日突攻沙角、大角炮台，乃虎门外第一重门户也。副将陈连升守之，连升久历川楚戎行之老将，兵止六百，夷船炮攻其前，而汉奸二千余，梯山背，攻其后，陈连升于后山埋地雷，机发轰死百余贼，而不能再发，贼后队复拥而上，众伍倍于我，我兵前后歼贼三百余，而火药已竭，贼火轮杉板船又绕赴三门口，焚我战船十艘，水师或溃或死，其横档、靖远、威远各炮台，仅能自保，且俱隔于夷船，不能相救。陈连升父子战死，贼遂据沙角、大角两炮台。

时提督关天培、总兵李廷钰、游击马辰，尚分守镇威、靖各炮台，兵各仅数百，相向而哭。李廷钰回至省城，哭求增兵，阖省文武亦皆力求，琦善初仅允二百，继增至五百，黑夜以小舟偷度，分布各处……

追究"琦善不许"的原因，依然是不想让"边衅"的事态进一步扩大，一心只想把义律"羁縻"在谈判桌上。而由于"琦善不许"，此时驻守靖远炮台的关天培、威远炮台的总兵李廷钰，均只有数百兵力，进不能攻，退不能守，皆无法前往沙角炮台支援。一切，就全靠陈连升这位老将率孤军奋战了。

伯麦原本想集中主力速战速决，而他已在定海之战中看到了，清军水师几乎不堪一击，没承想在虎门遭受了如此顽强的抵抗。眼看从正面屡攻不上，他命陆战队由汉奸带路，绕道沙角山的后边，架起竹梯攀登上了形势险要的沙角后山，并焚毁了山下三江口守军的营寨和水师船。说来实在悲哀，这些汉奸，此时已是名副其实的汉奸，但其中很多原本是林则徐招募的水勇，他们被琦善遣散之后，又被英军"勾"去利用。如王之春《防海纪略》所云：琦善"撤散壮丁数千，于是水勇失业，变为汉奸，英夷抚而用之，翻为戎首矣"。此前，以江苏巡抚兼署两江总督的裕谦就在奏折中揭露过此事："闻琦善到粤后，遣散壮勇，不啻为渊驱鱼，以致转为该夷勾去，遂有沙角、大角炮台之陷。"

所谓"汉奸"一词，实是清廷的发明，原本是指反抗清廷的汉人，后来泛指给英军带路并提供补给的汉人，在那个年代，清廷对老百姓采取愚民政策，沿海渔民（多为疍民）几乎都是文盲，他们只顾自己的身家，压根就没有国之意识，也就难免为"英夷抚而用之"，英国远征军在远离本土又无根据地的中国东南沿海作战，为什么能够源源不断地获得后勤补给？就是因为有了这些"汉奸"的支援。这是林则徐早已发现并意识到了的问题，在他革职之前就开始打击这些汉奸。定海失陷后，道光皇帝也断定"因思该夷先经投递揭帖，恣其狂悖，逆夷文字不通中国，必有汉奸为之代撰。且夷船多只闯入内洋，若无

第七章
沉重的告别

汉奸接引，逆夷岂识路途？"确实如此，在沙角之战中，如果没有汉奸带路，英军陆战队压根就不知道沙角山后边还有一条路，这让他们一下插入到沙角炮台侧后方，又抢占制高点，随机架起野炮俯击沙角炮台。炮台守军原本在正面就难以御敌，而一旦腹背受敌，遭受英军的两面夹攻，加之"琦善不许"增援，陈连升一开始就已预见那个命定的结局，正随着南海冥冥茫茫的夜幕一起降临。

陈连升率沙角守军已激战竟日，当火药耗尽，大炮喑哑，英军正在步步逼近，而对于沙角炮台守军，这也是他们最后一搏的战机。上阵还须父子兵，陈连升之子陈举鹏（一名长鹏）为武举人，亦随父驻守沙角炮台。此时，父子俩默默地对视了一眼，随后一起走出炮位，举起了弓箭，沙角炮台最后的守军们，也像他们一样举起了弓箭。当英军进入他们的射程内，陈连升一声令下，箭雨齐发，英军又一次哇哇乱叫地后退了。当箭矢射尽，陈连升又抽出腰刀，一马当先杀入敌阵，一场短兵相接的肉搏战还没上演，英军就砰砰砰开枪了，陈连升身中数弹，每一个弹孔都在喷血。陈举鹏眼睁睁地看见父亲倒在自己的眼前，一双眼睛炽烈如火，他悲愤地挺戟大呼，一连砍杀数敌，然后带着十多处伤口、拖着一个鲜血淋漓的身躯跳下炮台，纵身跃入大海。

这冷兵器时代的一幕在中国近代史上总是一种不合时宜的方式反复上演，而当冷兵器遭遇西方列强的坚船利炮，中国人想要守住自己的每一寸土地，只能凭短兵相接、血溅三尺的肉搏。每当我眼前涌现出这悲怆的一幕，都禁不住泪流满面，中华民族的顽强、刚烈和血性，是世界上任何一个民族所没有的，隔着一百多年，你还能听到他们撕心裂肺的呐喊声，而当这一切变得无声无息，你看见的，便只有月光下的断垣残壁和横陈于其间的尸体，守卫炮台的三江协副将陈连升父子与绝大部分将士都是战死的，中国军人又一次以完美的完败方式，抒写了一个民族的光荣与屈辱。他们的热血，顺着被撕开的炮台的裂缝，源源不断地注入大海，一直流淌了一百多年。

在近代中国抗击外国侵略者的战争中，陈连升是第一位为国捐躯的少数民族将领。

英军早已不屑于陈连升那种"野蛮的、偏离文明的轨迹"的肉搏战，但他们竟然"脔割其尸"，将一位浑身弹孔的老将又拥刺刀捅出了满身的窟窿，这就是他们充满了荣耀的"英国式文明"。

海祭
——从虎门销烟到鸦片战争

　　让后世值得铭记的，还有一匹马。如今，只要走进沙角炮台遗址，就会在一座要塞和大海之间，看见一位老将横刀挺立的塑像，还有一匹马的雕塑，旁边还有一块节马碑。这匹马就是陈连升的坐骑黄骠马，一副叱咤奋蹄的雄姿。这马又别称"透骨龙"，即使喂饱了草料，也凸显出一根根坚韧的肋骨。在陈连升父子战死后，这匹战马成了英军的俘虏，他们想要驯服这匹中国战马，但"喂之不食，近之则踢，骑之则摔，刀砍不惧"，英军既无法驯服这匹桀骜不驯的战马，又一直舍不得杀掉它，只好把它放到香港太平山中，而它竟然连山上的野草也不吃，每天朝着虎门沙角炮台的方向嘶鸣。太平山中的中国居民来喂它，若将草料用双手捧给它，它才吃，若是将草料放在地上，它连嗅都不会嗅一下就昂首扬鬃而去。每当人指着它说这是陈连升的战马时，它竟然热泪长流。若有人说要带它回虎门时，它就会抖擞起精神跟着走。但英军一直不肯将它放归虎门，它最终以绝食的方式死于香港。但虎门人民没有忘记这匹马，在为陈连升塑像时也塑造了这匹马。从此，一位战将和一匹战马永远厮守在一起，守望着身后的炮台和前方的大海。一匹节马的传奇，无疑有太多民间传说的成分，而这样的民间传说，恰好与一个民族的血性有关。而无论如何，没有人会为那位"远超时人"的世袭一等侯爵竖起一座花岗岩或大理石的雕像，他的历史形象，在老百姓心中还不如陈连升的一匹马。

　　历史被传说安慰着，一个民族的鲜血和伤口也被传说安慰着。我凝神看着，一块碑，一匹马。给这匹马立一块碑，让它和林则徐纪念碑、陈连升雕像并列在一起，恰好构成了一个民族最完美的精神谱系。

　　国破山河在，中华民族不亡，或许，正是因为有这样一个精神谱系。

　　对于二角之战的失败，后世充满了太多的追问和争论。

　　谁来为这样悲壮的失败负责？琦善倒也明智，他知道自己推卸不了责任，一边奏报清廷自请处分，一边继续描述夷兵夷器如何无坚不摧，广东水师如何不堪一击："此间水师，兵械技艺，废弛已久。该夷现在所用飞炮，子内藏放火药，所至炸裂焚烧，不独为我军所无，亦该夷兵械中向所未见。经此次猖獗之后，我师势必益形气馁。"在另一奏报中，他更把战败的罪责推诿于林则徐此前的军事准备，"前督臣林则徐曾备有灌注桐油之草船以备火攻，乃前日交仗之时，经守备卢大铖开放火船，迎头焚烧，夷船未被燃烧，火船已成灰烬"，"陆战之兵，技艺原不甚趫捷，而器械则甚属淫巧"，所谓器械淫巧，指林则徐购置的新式武器装备。琦善几乎被吓破胆了，尤其是那"子内藏放火药，所至炸裂焚烧"的"飞炮"，实在太具有杀伤力和毁灭性了。他认为对英方的要求必须"从权办理"，也就是必须妥协让步，否则，那就不用说了，圣明的皇上一定会懂的。对于琦善奏报的事实，不能一概否认，追究二角炮台失陷的原因，英军的坚船利炮也是原因之一，但绝非根本原因，而根本原因一如林则徐对琦善的指斥："懈军心，颓士气，壮贼胆，蔑国威，此次大败，皆伊所卖！"在林则徐眼里，琦善就是一个卖国贼。

诚然，琦善确实没有公开卖国，他也没有理由卖国，要说琦善是"卖国贼"那还真是冤哉枉哉。然而，琦善如此屈辱求和，又与卖国或丧权辱国何异？

对琦善在粤之过，在拉开时空距离之后，后世也一再反思，如同治时四川候选直隶州知州杨廷熙，如是论断："自道光年间启衅粤东，其前误于琦善等丧师辱国，失守沿海炮台，任其盘踞香港，因得潜窥内地虚实，熟悉江海水道，故由广东而江浙而天津，构数千年未有之祸，扰乱中国之边疆，凭陵中国之城池，侵据中国之关口，耗散中国之财赋，荼毒中国之人民。屡和屡叛，国家之贫弱因之。"

然则，若理性地审视整个鸦片战争的历史，琦善最多也只能负一部分责任，负主责的还是道光皇帝这个最高决策者，他忽而主抚，忽而主剿，还真让文武百官无所适从。如果说这就是所谓的随机应变，他简直是在玩脑筋急转弯，思维混乱而跳跃，这让他从一个极端很快就跳到了另一个极端。

由于当时通信的缓慢，加之当时中国日历为阴历（农历），西方日历为阳历（公历），这让我对历史的叙述往往颠三倒四。十二月初七日（12月30日），此时距二角炮台之战爆发还有九天，道光皇帝收到了琦善此前关于和谈的奏报，主要内容是义律提出的各项要求，也就是和议的条件，这让道光皇帝大出意料又大为恼火，他原以为只要诿罪于林则徐、邓廷桢妄启"边衅"，就可以消弭"边衅"，而义律所提的要求既打破威严的天朝体制，又触犯了一个天子的尊严，道光皇帝决定拒绝英方所提要求，准备对其"大申挞伐"，一面"飞调湖南、四川、贵州兵四千名，驰赴广东，听候调度"，一面命令琦善加强粤防，"地方不能给与尺寸，贸易、烟价亦不可允给分毫"，并命琦善"督同林则徐、邓廷桢妥为办理"，"相机剿办"，他还在诏谕中发誓："朕志已定,断无游移!"

然而,琦善若要收到这道上谕,至少也在十二月底,甚至已是又一年了。尽管他此时尚未收到这道上谕,一位总揽两广军政大权的钦差大臣和总督大人,又岂能不知道,在虎门要塞的第一道防线、粤海第一重门户失守之后,当务之急就是抓紧时间加强第二道防线或第二重门户的军事力量。就算他真的如此无知,怡良等广东军政官员也去找琦善商讨过对策。据怡良后来揭发:"十二月十六日,接准照会,有英夷兵船火船于十五日攻夺沙角、大角两炮台之事。臣骇异之余,实深焦愤,当即会同广州将军臣阿精阿、副都统臣英隆暨司道等,同至琦善署中,面商战守事宜。琦善问及攻剿有无把握,臣等均不敢谓有把握。但以该夷既经就抚,忽又称兵犯顺,占夺炮台,戕害将弁兵丁,是除攻剿之外,恐亦别无办法。琦善复言现已写信诘问义律,俟复到设法妥办,若于挫衄之后,复遽开兵,声援实恐不足,即奏调外省兵丁,亦须日久方到,而义律一闻派兵,益生疑忌,尤恐大酿事端。"

怡良的揭发足以证明,琦善最担心的还是"义律一闻派兵,益生疑忌,尤恐大酿事端",而在尚未收到道光皇帝"大申挞伐"的上谕之前,他只能"按既定方针办",继续与义律和谈,将大敌"羁縻于目前",如果此时凭他那三寸不烂之舌,还想达到"片言片纸,远胜十万雄兵"的神奇效果,那不是神话,而是一个笑话。英军占领了二角炮台,把虎门要塞的第一道防线变成了他们对珠江口的第一道封锁线,至此,英军才终于达到了封锁珠江口的目的,这也成了他们手里的一张王牌,以此逼迫琦善就范。十二月十八日(1月9日),英军围困虎门各炮台,扬言要"打平炮台,即赴省城,再与琦善商议"。

面对咄咄逼人的英军,林则徐忧急如焚。一个社稷之臣"徒有救国之志,而无尺寸之权"。御史周春祺密奏请起用林则徐:"臣窃闻自南来者,佥谓林则徐在粤防堵极为周密。古人云:'使功不如使过。'林则徐已蒙逾格鸿慈,仍得差遣听用,若再荷蒙矜宥,假以尺寸之柄,独当一面,令其带罪图功,俾得专精思虑。臣虽至愚,知林则徐必当捐糜图报于万一。"闽浙总督颜伯焘和新任浙江巡抚刘韵珂也主张重新起用林则徐,其理由之一正是"该夷所畏忌"。对此,道光皇帝已在上谕中命琦善"督同林则徐、邓廷桢妥为办理","相机剿办",可惜这道上谕还没有降临。

林则徐和邓廷桢也曾请求琦善分派任务,愿赴海防前线效命,但遭到琦善拒绝。眼看到了庚子岁末，辛丑将至，林则徐在忧愤中苦吟《庚子岁暮杂感》诗四首，尤其是第一首充满了大战在即的危机感——

> 病骨悲残岁，归心落暮潮。
> 正闻烽火急，休道海门遥。
> 蜃市连云幻，鲸涛挟雨骄。
> 旧惭持汉节，才薄负中朝。

二、问何人忽坏长城

林则徐那种"正闻烽火急"的危机感，琦善也感受到了，他已经玩不了拖延战术，在义律的逼迫下只能一步一步就范，与义律达成和谈协议，所谓协议，其实就是义律提出的条件。

关于赔款，琦善早已复照义律，允准烟价赔偿洋银五百万圆，先行说定以十余年为期。

关于通商，当琦善奏报道光帝，他已答应对英赔偿烟价并增开通商口岸一处时，道光朱批："恰与朕意吻合。"

关于割地，义律提出将香港本岛及其港口割让与英王，这成了琦善与义律谈判的一个死结。琦善深知道光皇帝的底线，除了割地，其他方面还有商量的余地，可以以赔款换和平，可以以通商换和平，但决不能以大清江山做交易。琦善只能一再复照义律，"只有请给地方一款，实因格于事理"，"若贵公使大臣，必特此一款，始终坚执，势必致诸率不能仰遇大皇帝允准"，请求义律对此"详细思之"。然而在这一点上，义律是决不让步的，而琦善要让皇上答应"割地"又是根本不可能的。琦善的智商面临着前所未有的挑战，他最后也不得不承认自己是个庸才和糊涂虫，为了"化干戈为玉帛"，他"明知不可为而为之"，竟然采取了自以为聪明的变通之术，向义律表示"尖沙嘴与香港两处，只能择一地方寄寓泊船"，而所谓"寄寓泊船"，其实就是割让港口的婉约之词，而这"语言艺术"，对于他几乎是唯一的可乘之机，而他最终就栽倒在这变通之术和"语言艺术"上。

据琦善后来的辩解，因为英兵围困横档炮台，事情紧急，后路空虚，不得已佯允所请，以解燃眉之急。但当时只是允许英夷居住，并没有指明丈尺里数，也没有指明地方，但他在辩解中也承认"虽权宜佯许，罪无可逃"，又说自己"才识短浅，因大兵未集，冀暂时羁縻，再图后举，实属昏聩糊涂"。其实，琦善此前就割让厦门、香港之事征询邓廷桢的意见，但邓廷桢没有琦善这样"昏聩糊涂"，于私，他怎愿为琦善背锅，于公，他又岂能赞成割地求和？他认为厦门绝对不能割让，"夷居厦门，可以窥内地，且澎湖、台湾都在厦门东面，声势所为，隔绝不得联络，其害至深，固万无许给之理"。那么香港呢？邓廷桢也认为不能割让，香港位于"粤洋中路之中，外环有尖沙咀、裙带两个岛屿，夷舶常借以避风浪，英夷早想占有，一旦给与，他们必然会建筑炮台，始犹自卫，继则窥伺广东"。如此，琦善也就只能一意孤行了。

十二月二十五日（1月16日），琦善和义律终于在穿鼻洋达成了一个没有签字意向协议，也可谓是"草约"吧，其中最重要的一条，就是以香港一岛为英国寄居贸易之所，而英军将定海及沙角、大角等处统行交还中国。义律还建议将妥协各款汇写盟约一纸，择地面谈，"以期订明"。但义律在尚未接到琦善复文的情况下，就在十二月二十九日（1月20日）单方面发出公告，宣称他与琦善订立了初步协定（即所谓《穿鼻草约》），其主要条款为："一、割让香港岛与英王。一切在香港进行之商业所付之船钞及关税均交付与中国，如同该项商业昔在黄埔之办理情形一样；二、赔偿英国政府六百万元，其中一百万元立刻交付，余数按年平均支付，至一八四六年付清；三、两国正式交往应基于平等地位；四、广州海口贸易应在中国新年后十日内开放。并应在黄埔进行，直至新居留地方面安排妥当时为止。"

据《中国历史纪事年鉴》：道光二十一年正月初三日（1841年1月25日），钦差大臣、两广总督琦善因沙角、大角炮台失陷，背着清朝政府与英国全权代表义律议定《穿鼻草约》（亦称《川鼻草约》）。主要内容为：割让香港给英国，赔偿英国烟价六百万元，开放广州为通商口岸；英军撤出沙角、大角炮台，归还定海。琦善不敢据实奏闻，诡称赔款为"商欠"，割香港是许英人在外洋一小岛"泊舟寄居"，但又做贼心虚，终于未敢在条约上加盖钦差大臣关防。

对所谓《穿鼻草约》，史上还有多种版本。据1978年版的《剑桥中国史》说："1841年1月20日，琦善无能为力地同意了《穿鼻草约》。"美国1980年版的大百科全书中说："1841年1月20日，中国战败之后，被迫签订了《穿鼻草约》。"西方著述多以义律的公告为根据而断言琦善与义律曾签订《穿鼻草约》，而据国内一些史家考证，"这些说法，显然是站不住脚的"，更有人说，这是一个子虚乌有的协议。实际上，中英双方并未正式签订过此约，琦善曾向义律面允这些条件，但他向朝廷隐瞒了真相。他所奏陈的草约四条内容是："一、准英人到粤通商，在香港寄居；二、英船在黄埔纳税，贸易由洋商议办；三、鸦片及违禁物入口，船货没官，人即治罪；四、代申冤抑。"这与义律公布的《穿鼻草约》显然不同，而这两个大相径庭的版本，到底是在翻译上出现了严重的误译，还是琦善刻意讳饰以应对清廷，还真不好说。但即便是琦善奏报的这个版本，道光皇帝也愤然朱批："一片呓语！"当他看到义律公布的那个版本，又怎会答应？

无论《穿鼻草约》是子虚乌有还是确实存在，但中英两国都不承认，彻头彻尾就是一个无效条约，但英军强行占领香港确实是一个上帝也无法篡改的事实。

道光二十一年正月初四日，公元1841年1月26日，新年伊始，第一件载入史册的大事就是英军占领香港。英军乘"HMS硫黄"号军舰在水坑口登陆香港岛，自即日起，香港的殖民统治时代开始。

义律选择香港并非偶然的，早在律劳卑出任商务总监的时候，律劳卑就已提议过占领香港。但律劳卑没有义律那样急迫的要求和切身的感受。义律由于深感在澳门办公受尽葡萄牙人的威胁，一直在寻求合适的岛屿，既能作为其租借地，又方便通商。1839年，林则徐将他们从澳门驱逐，义律和英国侨民在香港岛对出海面短暂居住，对香港岛有了进一步的认识，这也是义律在"尖沙咀与香港两处"选择香港的原因。

在英军占领香港的第二天，英军在岛上升起英国国旗，义律出任香港首任行政官。

义律随后照会琦善，"尖沙咀不应寄存炮台军士，致吓该处洋面及香港海边地方"，要求中国方面将军械将士"统行撤回九龙（九龙城寨）。对此，琦善进行了软弱的争辩："岂有贵国寄寓之人，留兵设炮，而天朝将原设兵炮撤回，未为情理之平。"但他最后仍然屈从英方的武力压力，又借口尖沙咀、官涌的炮台"孤悬海外，不足御辱，而新安地方紧要"，而下令将林则徐此前部署在那里的五十六门大炮和附近山梁的守军全部撤往新安县城。英军乘机拆毁了这两座炮台，将炮台的砖瓦石块运往港岛修路，从而使九龙半岛南端尖沙咀一带成为不设防之地。

正月初八日（1月27日），清廷获悉沙角、大角炮台陷落的消息，道光帝"天威震怒"，立即发布上谕通告中外，誓言对英夷"痛加剿洗，聚而歼旃"。同时他诏令两江总督、钦差大臣伊里布克日进兵，收复定海，命琦善激励士卒，奋勇直前。又诏命御前大臣宗室奕山为靖逆将军，户部尚书隆文、湖南提督杨芳为参赞大臣，赴粤会剿。史称，这是道光帝正式下诏对英宣战。

正月初十日（2月2日），义律发布公告，宣布英国对香港统治的开始，他表示将继续以"中国法律和习俗管治香港，但中国的酷刑则一一废除"，又规定凡在港英人及外人均受英国法律保护，在港华人即作为英国国民，所有税饷、船钞、挂号各等规费均交英方。由于义律军务繁忙，无暇兼顾香港事务，于是他任命副商务监督庄士敦（A. R. Johnston）为香港护理总督，在义律离开香港时代理其职权，这个庄士敦并非清朝末代皇帝溥仪的外籍老师庄士敦，史上对此有较多的误会。如今香港岛湾仔区有一条东西交通干线——庄士敦道，就是以他的名字命名的。

正月二十五日（2月26日），义律再次照会琦善，拿出了他拟定的《善定事宜》（即《川鼻草约》）让琦善加盖关防。琦善急派鲍鹏带书信两封，面见义律。琦善此时不知是否觉察，他与英人谈判的核心机密皆已毫无秘密，失去了这些秘密也就失去了主动权，义律对他的底线了如指掌，于是牵着他的鼻子走。琦善让鲍鹏递交的这两封信，一封信重申以前的意见，另一封信则答应给予香港全岛，但琦善又告诫鲍鹏，若义律态度蛮横，战争不可避免，后一封信便不递交。结果义律态度十分恶劣，鲍鹏并未向义律出示后一封信，而是将此信带了回来。鲍鹏到底有没有出示琦善的后一封信，那就只有他和义律知道了。

尽管琦善行事机密，又无论他怎样巧舌如簧、机关算尽，但纸是包不住火的。而琦善这第一张纸就没包住火，义律首先就戳破了这张纸，他不但提前

第七章
沉重的告别

发布了《穿鼻草约》的内容，还向广东官府发出照会，怡良一看非同小可，他也知道清廷的底线，这大清江山是寸土不让的，岂能割让给英夷？他随即将义律的照会告示等送交林则徐、邓廷桢一阅，其实也是向他们讨讨主意。林则徐一阅之后就愤然提笔，必须立马上奏清廷，但他长叹一声又把笔放下了，他还哪有上奏的资格啊，一个罪臣，连话语权也早已被剥夺了。既无处可奏，又如何是好？林则徐为此而"彷徨凤夜，心急如焚"，而唯一的办法就是劝怡良实奏。而对于怡良这也是一种极大的冒险，毕竟琦善是皇上倚为股肱的大臣，一个巡抚参劾总督，又难免涉嫌督抚之间的权争，此乃官场之大忌。但林则徐的一番话却点醒了他，作为广东巡抚，保护广东"人民、土地皆君（怡良）职，今（琦善）未奉旨而私以予叛逆之夷，岂宜缄默受过"？

林则徐劝说怡良上奏后，又将《穿鼻草约》的内容告知梁廷枏，他想借助广东士绅的力量，给琦善施加压力，逼迫他悬崖勒马。梁廷枏随即联络广东士绅具词请愿，一石激起千层浪，从广州到周边府县的绅民群情激昂，"白叟黄童，群思敌忾；耕氓贩竖，共切同仇"，东莞士绅邓淳在县学集会，联名上书广东督抚，请求他们"陈师鞠旅，彰天伐之明威，禁暴除强，顺舆情以挞伐！"梁廷枏等士绅们还直接向琦善投书请愿，但遭到了琦善的拒绝。

正月末，义律已得知清廷对英宣战，遂决定趁清军增援部队尚未赶到粤海之机，彻底打开虎门要塞。而随着大角和沙角炮台此前沦入敌手，虎门珠江口已丧失第一道防线，第二道防线已经没有缓冲的余地，只能首当其冲，直接受敌。关天培眼看形势危急，急命总兵李廷钰请求琦善增兵，琦善依然"固拒不许"。林则徐、邓廷桢也一再苦劝琦善发兵增援，但琦善既不下令抵抗，又拒不发兵增援。这还真是咄咄怪事，既然义律已知清廷对英宣战，琦善理应收到了道光皇帝"大申挞伐"的上谕，对海防前线还是拒不增兵，而上谕还"命林则徐、邓廷桢随同办理夷务。然琦善不与林公商议一事，且英夷和议已绝，尚不许关天培增兵为备，而逆夷则号召日多，器械火药日备，凶焰百倍于前矣"。难道琦善胆敢违抗上命？又莫非他手中无兵可调？即便手中无兵，一个钦差大臣、两广总督，完全有权从两广大范围内调军增援海防前线，何况皇上已对英宣战，谁敢抗命不援？而据史载，当时琦善手握重兵，仅驻防广州的八旗兵、督标兵及抚标兵即不下万人。这还真是令人匪夷所思，连那些为琦善这个"卖国贼"辩冤的史家也难以自圆其说。不过，王之春的《防海纪略》倒是给出了一个可信的解释，琦善对于二角炮台之战的惨败一直愤愤不已，"且奏言贼歼我兵无数，而我兵伤贼仅数十，以张敌而胁款"，一句话，这仗根本就不能打！

一个国家最大的毁灭力往往不是来自外部，而是来自内部的自我毁灭，尤其是那些独断专行的关键人物，而每一次惨痛的教训都将以惨烈的方式验证。

二月初六日（2月26日）拂晓，英军乘上风对虎门海口第二道防线发起猛攻，这也是第一次鸦片战争中英国远征军同广东水师的一次决战。由于此前琦善已将据守虎门要塞的清军几经裁撤，此时每个炮台均只有数百守军，弹药与后勤也难以为继，与其说是据守，不如说是困守。

在发动总攻之前，英舰先必须扫除障碍，攻陷第二道防线的前哨阵地——上横档炮台和永安炮台。上横档岛炮台处于威远岛诸炮台的正面是上横档岛炮台。珠江被上横档岛和下横档岛一分为三，东河道为主航道，西河道又称后河，由于泥沙淤塞，平时很少有船这里通过。但林则徐主持虎门防御工事的建设时，反复察看，发现西河道在退潮时船不能通航，但在涨潮时又能通航。海水有潮汐，而江水有汛期，在江海交汇处，水涨水落，变幻莫测，越是变幻莫测越是要加以预防。而西河道位于威远炮台后面，若在汛期或雨天，水涨船高，英军势必从后河绕过来包抄横档和威远炮台守军，使虎门守军腹背受敌，这也是英军的惯用伎俩。林则徐与邓廷桢、关天培当场拍板，在扼守西河道的下横挡岛设防，并在河道"雇船以备"，即使不能阻挡英舰的攻势，至少也可以起到迟滞减缓的作用，为其他炮台赢得还击英舰的时间。但琦善来此视察时，恰逢水落石出的枯水期，他又不像林则徐那样懂水性水情，更没有耐心像林则徐那样往复踏勘，一看那河道里露出的沙滩，他就咧嘴哂笑了，这个林则徐简直是个书呆子，但英军不是呆子啊，更不是疯子，他们那么庞大的舰船，怎么会从水这么浅的河道里航行？于是乎，这位"远超时人"的琦大人，当即命定下横档岛撤防。

英军在战前做足了准备，先清除了广东水师钉在海中的暗桩，又"暗放小舟，四测水势，因而内河沙澳，尽为夷梢所悉"。何时进攻，只欠东风（上风）。而此战，英军既占了上风，又正逢珠江之汛南海之潮，这也验证了林则徐的先见之明，而林则徐最不想看到的那个局面已经来临，"适潮水盛涨，夷分船闯越后河，前后夹攻"，炮台守军在正面原本就难以抵挡英军，一旦腹背

第七章
沉重的告别

受敌,其情势可想而知。其他炮台守军即使想要驰援横档,也难以突破英舰的封锁线。横档守军又只能孤军奋战了。据守横档的将领为清廷特授武功将军刘大忠,由于横档守军太少,他还特派胞弟刘大义、侄儿刘承辉从家乡潮州碣石招募了子弟兵二百余人。英军发起了一轮一轮的猛攻,"夷船之不时运送,彼此抽换地轮番进攻",英军舰炮一排排射过来,"台前攒排突进,炮密如栉"。在英军的轮番进攻和地毯式轰炸之下,刘大忠率官兵及子弟兵与英军惨烈激战,从黎明一直战至午后,由于炮弹"不可源源继,虽极力拒击,究不能如夷舟之不时运送,彼此抽换也",刘大忠在激战中身负重伤,刘大义、刘承辉两百多名子弟兵皆战死疆场。

英军攻取了虎门守军的前哨阵地,随即对虎门要塞发起总攻。这是广东水师与英国远征军主力的一次巅峰对决。英军由其远征军总司令伯麦直接指挥,清军由广东水师提督关天培坐镇威远岛指挥。这是我此前多次提到的一位老将,走笔至此应该交代一下他的身世或生平了。

关天培(1781—1841),字仲因,号滋圃,江苏淮安人,出身于一个职位低微的行武之家。嘉庆八年(1803年),关天培考取武庠生。他投身行伍后毫无背景,但凭军功,从把总、千总、守备、游击、参将、副将、总兵一步一步升迁至提督,这也是清朝军人上升的阶梯,而武将到了提督就已登峰造极。自宋代以来,历代王朝一直防范武将坐大而造成唐朝藩镇割据的局势,清朝亦奉行以文制武的政策,提督为一省最高武官,其品秩高于总督、巡抚,但政治地位在总督、巡抚之后,受总督、巡抚节制。若是遇到了林则徐那样的钦差大臣、两广总督,凡军政要务皆与巡抚、提督商酌切磋,督抚皆可发挥举足轻重的作用。若是遇到了琦善这种具有大学士和钦差大臣身份的总督大人,又一味擅权,无论巡抚还是提督都只能任其独断专行了,而那个世袭一等侯爵琦善简直没有把怡良和关天培放在眼里。

关天培于道光十二年(1832年)春署理(代理)江南提督,又于道光十四年(1834年),调任广东水师提督,可谓是大清帝国的南海舰队司令兼广东海防要塞司令。在粤海关一口通商的时代,粤海防务为大清海防的第一战略要地,但海防要塞漏洞百出,英国兵船曾"越过虎门各炮台,直抵黄埔,守台官不能御,乃燃空炮以惧之",而义律能从澳门连闯数关直达广州十三行,都无不验证了粤海防务之虚弱。为整顿海防,关天培"亲历重洋,遍观厄塞",又

"检阅洋图，摘查文卷"，他将粤海设防以来的经验和教训编成《筹海初集》四卷，并附有详细的地图和训练图表等，提出了"御敌之道，守备为本，以逸待劳，以静制动"海防战略。而在鸦片战争之前，一直重塞防而轻海防的清朝，还很少有这种具有海防战略思维的高级将领。

林则徐从抵粤禁烟到虎门销烟，关天培出动水师承担起在海上缴烟的重任，继而又全程保卫销烟现场，曾受到清廷加一级的嘉奖。而在缴烟、销烟的同时，关天培又与林则徐、邓廷桢协力同心构筑起虎门海口的三道防线。那也是广东海防的黄金时代，他们也堪称是"金三角"。无论是整顿海防，还是打造"南海长城"，关天培都有奠基之功，林则徐的海防战略思维也吸收了关天培的智慧。在邓廷桢调任闽浙总督后，"道光辛丑（1841年），英人扰粤东，关与林文忠督兵事"，而粤海与闽海还可此呼彼应，随着两广总督林则徐、闽浙总督邓廷桢遭清廷革职，"金三角"随之彻底解体，从此变成了关天培一个人的独角戏。关天培倍感独木难支，他也不知自己还能支撑多久。"关势益孤，死守虎门炮台"，而他因为死守而干扰了琦善与英人议和，还屡屡遭受琦善的叱责，而琦善还一再下令裁撤海防要塞兵力，让他愈加难以支撑，他眼睁睁地看着琦善自毁长城却只能徒呼奈何。"罗马不是一天建成的，却可毁于一旦"，这是全世界的人都明白的一个真理。而眼下，这位老将又只能率炮台守军以血肉长城去抵御英军的炮舰了。

关天培比林则徐还年长四岁，此时已年届花甲。据《清稗类钞》记载，他"貌英伟，面红如中酒，威毅惊人"。又据同治进士、晚晴名士陈康祺在《郎潜纪闻》中所记，关天培年过不惑之际，为海防事务进京向清廷禀报，事毕，他与京师友人"饮酒肆中"，酩酊之中忽吐谶言（大意）："卜者谓我生当扬威，死当壮烈，我今已四十余，不知何时方可应验啊。"一个正当壮年的武将，那时又怎能料到"生当扬威，死当壮烈"的时日竟在自己的晚年。对此战的结果，关天培和陈连升一样也有凶多吉少的预感，他只能拼尽全力而力挽狂澜。战前，"关尝缄一匣寄家人"，这只匣子就像他生命的黑匣子，里边究竟装着何物只有他一个人知道，他还让送信者转告家人，未到时候"坚不可开"。

当英军炮舰呼啸而来，关天培率将士在阵前宣誓："人在炮台在，不离炮台半步！"

第七章
沉重的告别

伯麦早已侦知虎门要塞的指挥台在哪里，他指挥英军集中炮火猛攻靖远炮台。

这座指挥台由提标左营游击麦廷章协助关天培指挥。麦廷章是林则徐擢拔的将领，在此前的九龙海战、穿鼻洋海战中，麦廷章指挥广东水师的"单薄之船"，击退了既擅长"洋面水战"又有坚船利炮的英军，在鸦片战争之前的战争中创造了以弱胜强的战例。这让林则徐喜忧参半，喜的是，若水师官兵都像麦廷章一样既无畏强敌又骁勇善战，英军也是可以战胜的，忧的是，大清水师的战船和炮火同英军相差太远。而那时，他们击退的还只是英国东印度公司的舰船，这些舰船也参与了鸦片战争，但英国远征军的主力是从英国本土和海外各殖民地调来的，乃是真正的皇家海军，其炮舰实力和军事素质要远超东印度公司的舰船。

这也是关天培、麦廷章有生以来经历的最惨烈的战斗，也是他们生命中的最后一战。那开花爆破弹打在石头筑起的堡垒上，炸开的弹片与碎石如"霹雳交震，雷电横飞"，经过数小时激战，炮台守军已死伤大半，那坑道式的交通壕里堆满了血肉模糊的尸体，运送炮弹的士兵只能踩着战友的尸体往复穿梭。关天培眼看官兵的身影一个接一个倒下，而弹药库也搬空了一大半，他又派人飞报琦善请援，但琦善仅遣兵二百，若等到这些援兵赶来，一位老将的尸骨都寒了。

黄昏降至，太阳西沉，倾斜的太阳把英军炮舰的阴影拉得越来越长，而阴影下的海水愈加阴险诡谲。一心想速战速决的伯麦已急不可耐，向关天培发出了最后通牒，一个英国侵略军司令命令一个大清帝国的水师提督放弃虎门各炮台，关天培却猛地扑向大炮，他要用最猛烈的炮火来回答那个不可一世的英酋。然而他发射的炮弹却难以打到英舰，这也是清军火炮的致命弱点，哪怕是重达六千多的巨炮，也只能在英舰上砸出一个印痕。但这炮火也不是徒劳无功的，至少可以阻遏英舰逼近炮台，也可以阻击抢滩登陆的英军。

英军陆战队在舰炮的掩护下，首先从镇远炮台侧翼登陆，总兵李廷钰终因官兵伤亡惨重而被迫撤退，一说是"不敌而溃"。而靖远炮台在英军的两面夹击下，炮台守军依然顶着越来越猛烈的炮火拼命还击，但这种铸铁大炮填装火药和子弹实在太慢，有时一发炮弹还没有打出去，炮手就被炸成了横飞的血肉，另一个炮手立马又顶了上去，末了，连麦廷章也顶上去了，最后，连关天培也顶了上去。而这大炮又不能连续持久发射，在连续炮击七八个小时后，有五门大炮烧红炸裂。又据《清通鉴》记载，关天培"手燃巨炮忽自炸裂，兵无人色，皆走"。但这样的记载忽略了很多细节，通过其他史料可以补正，在巨炮炸裂后，靖远炮台守军并未出现一哄而散的局面，那没有炸裂的铸铁大炮仍然在怒吼，然而风云突变，一阵狂风从大海上席卷而来，雷电猛烈地爆发了，这是南海早春的风暴，暴雨发狂一样地倾泻，仿佛要洗净这人间的血腥，浇灭这不熄的战火。太阳尚未落入大海深处，就已被暴风雨提前淹没。雨水荡涤着石头城堡表面的尘屑，沙沙沙，听着竟像是杀杀杀……

由于大炮火门透水，再也不能发射，英军陆战队趁机冲进炮台，麦廷章挥舞钢刀冲向英军，短兵相接，又是肉搏，几乎所有人都被硝烟笼罩着，就像一群互相厮杀的影子，但英军却以热兵器对待冷兵器，他们假装后退，却纷纷端起火枪朝着从巷道里冲过来的清军扫射，麦廷章身中数枪，倒在了战友的尸体上。据史载，数百守卫炮台的中国官兵与英军在肉搏中阵亡，而在他们倒下之前，炮台已经陷落。

关天培也被弹片炸伤了十多处，血已经将他脸上纵横的皱褶填满，他用手抹去了脸上的血水，又用战袍裹紧了淌血的伤口，那战袍上全是被弹片划开的豁口，一袭淌血的战袍和一个淌血的身躯紧紧地粘贴在一起，一身嶙峋的骨骼显得愈加突出。而淋漓的鲜血很快又染红了他的战靴。他奔向哪里，哪里就会踩出一串血淋淋的脚印。为了不使提督大印落入敌手，关天培急令马弁将大印送走。据《夷氛闻记》，一个马弁拽住他的衣襟哭喊："事急矣，盍去乎！"他弯下腰，要背着关天培冲出去，但关天培一把将他推开了。这位老仆又跪在地上，抱着他的双腿哭劝，他却愤而挥刀要砍他的头。据《清稗类钞》载："老仆劝关退，关叱之去，仆跪抱关足求退，关拔剑砍之，仆大哭而下。"

据后世推考，这位马弁或老仆应该是一直追随关天培鞍前马后的孙长庆。他年轻时，他也年轻，他老了，他也老了。多年主仆成兄弟，但在生命的最后一刻，决然赴死的关天培此时又摆出了主子的威风。孙长庆临走之前要给他包扎一下伤口，他也拒绝了。关天培身上的伤口实在太多，一个伤口包扎了，另一个伤口的鲜血流得更加汹涌，何况，一个马上就要死去的人，连包扎伤口也没有必要了。他索性把一袭死沉死沉的蟒袍甩掉了，纵然血水流干，还有一副好男儿的皮囊。哪怕再老，也是好男儿。他把一个提督的战盔也摘掉了，那白发白须在充满了血腥味火药味的海风中中忽而纷纭披散，忽而又遮住了一双昏花老眼，但他知道自己的敌人在哪里。

此时，一位主帅，手下已无兵可率，但他把自己变成了最后一个战士，他指挥着自己，如同听从内心的召唤，一边口吐血沫一边痛呼杀贼，一只手臂打伤了，刀又转到了另一只手臂……

英军的炮火照亮了一个生命最后的瞬间，"一弹当胸至，洞焉不倒"，那是一颗洞穿了他胸膛的子弹，他浑身上下都在流血，那殷红的血液像是火山喷发的岩浆一样炽烈，从一个老将的心脏流过炮台、巷道，流向大海，中国人的鲜血又一次把大海染赤，而大海却从未流经中国的心脏。他站在血泊中，但一直没有倒下，犹双眼怒睁，"屹立如生"，那些洋鬼子还没有冲上前来，就猛地刹住了脚步，一个个死死地盯着这位中国老将，他胸口上还有一块插入了血肉和骨骼的弹片，手里依然紧攥着大刀，那残缺的沾满了血的刀，刀锋依然直指来自海上的敌人，却已凝然不动如同一尊雕像。英军端着枪逼了上来，他微闭的双眼猛然睁开，那两只眼珠暴突着，死死地盯着扑上来的英军，英军吓得一下子扑倒在地。过来一会，英军不见任何动静，又小心翼翼地凑近一看，才发现他已经死了，他死了仿佛比活着更可怕，英军"反骇而仆"，又吓得一个个扑倒在地。这绝非我的想象，而来自多种版本的史载。在第一次鸦片战争中，有两个死而不倒、"屹立如生"的传奇英雄，第一个是关天培，接下来还有一个葛云飞。

关天培以一个"生当扬威，死当壮烈"完成了自己，同时也完成了中国近代史上又一个民族英雄的伟岸形象，那位卜者的预言也最终验证。英军既"相与惊叹"，在震惊后竟然有一种莫名的感动，还有一种打心眼里的尊敬，他们"虽忌关而心敬其人"，伯麦命英军从炮台中找到关天培遗留的蟒袍和盔帽，给他穿戴整齐，为他也为四百多名先后殉难的炮台守军举行了隆重的葬礼，"鼓乐安置台中"。

此战，从中午一点多直到深夜，那个漆黑的夜晚就像自己把自己给吞没了。

孙长庆"既受关命，送印大府所，返而求主人尸"，才发现虎门要塞最坚固的炮台，已变成了清军将士的坟墓。但这样一位大将不能被他的敌人埋葬，而应该享受大清帝国的厚葬。关天培后被安葬在他家乡（今淮安市淮安区），其祠墓竖有道光帝亲撰的谕祭文碑，道光敕封其振威将军和"法福灵阿巴图鲁"（满语对英雄的美称），谥忠节。

一位老将被他的敌人和他效忠的国家埋葬了两次，那口生命的黑匣子在他死讯传到家乡时也打开了，里边只有"赐衣一袭、堕齿数枚而已"，赐衣乃是拜清廷所赐，而每一颗脱落的牙齿都是他自己的。这是一种明示死志的诀别方式。他知道，除了面对大海，他已经没有退路了。而那些牙齿甚或是他自己咬断的。眼看外敌入侵，而内则有人自毁长城，他又怎不咬牙切齿？却只能咬断牙齿和血吞。他知道，除了面对大海，他已经没有退路了。

这里还有一个人的命运需要交代一下。当英军猛攻威远岛诸炮台时，马辰据守定远炮台，该炮台位于威远岛定远山顶。马辰指挥守军将英舰"加略普"号的船体与联动齿轮严重击坏，但定远炮台也是琦善下令在下横档和后河撤防的牺牲品，史载"夷分船闯越后河，前后夹攻"，尽管马辰等在英舰激烈炮战中"极力拒击"，但终无回天之力。马辰，这位被林则徐赞誉为"不惟足慑汉奸之心，亦可寒英夷之胆"的禁烟抗英功臣，在镇远、威远、靖远三炮台陷落后失踪，一说他离粤后任福建漳州游击，但史无详载。这也是对他一生的最后交代了。

随着虎门要塞诸炮台相继被英军攻陷，第二道防线全线失守。作为一支进攻性的军队，英军既不需要要塞炮台来坚守，也没有那么多兵力来坚守，而对于他们，最坚固的要塞就是可以快速发起进攻的坚船利炮。他们一旦攻占清军的要塞炮台后，随即就会进行大规模摧毁。

问何人忽坏长城？这是林则徐撕心裂肺的追问。

林则徐把关天培和麦廷章这两位在虎门要塞为国捐躯的高级将领并称为"双忠"，为之痛挽："六载固金汤，问何人忽坏长城，孤注空教躬尽瘁；双忠同坎壈，闻异类亦钦伟节，归魂相送面如生。"

英军攻陷第二道防线后，随后便突破了仅有五十余名官兵把守的第三道防线，又一举攻克拱卫广州的最后一道防线——黄埔乌涌，旋即剑指广州。二月初九日，英军兵临广州城下，形势危急，林则徐手无寸铁，别无他策，他先送"眷属登舟，赴上游寄寓"，随后自筹费用招募壮勇达五百六十人，准备与英军殊死一战，以身殉国，这是他唯一的选择。

而此时琦善依然无心抵抗，唯一的绝招还是"羁縻于目前"，他急令广州

第七章
沉重的告别

知府余保纯赶紧向英军求和，而义律又提出一个变本加厉的《戢兵条款》，要求清政府赔偿兵费及商人损失一千二百万元，三日内先缴一半，余数一年内缴清，并割尖沙咀一带地方。时已至此，琦善还有什么讨价还价的资本，对英军提出的条件他全都无条件地答应，英军这才允停止进攻三日，等待签订《戢兵条款》。但这个什么《戢兵条款》琦善已经注定无法签署了，道光皇帝接到怡良的密折后，他看着看着，那姿态渐渐僵硬，脸色变得铁青，猛喝一声："琦善奴才，辜恩误国，丧尽天良啊！"

二月二十日（3月12日），道光皇帝的诏谕抵达广州，大清帝国的又一位钦差大臣、两广总督应声落马，他们栽倒在同一个总督府里。而对于世袭一等侯爵、贵为枢相（大学士）的琦善，他这一跟头栽得比林则徐更惨，差一点连脑袋都栽掉了，且看诏谕——

览奏殊堪痛恨。朕君临天下，尺土一民，莫非国家所有；琦善擅与香港、擅准通商，胆敢乞朕恩施格外，是直代敌乞恩。且伊被人恐吓，奏报粤省情形，妄称'地利无要可扼、军机无利可恃，兵力不固、民情不坚'，摘举数端，危言要挟，更不知是何肺腑！如此辜恩误国，实属丧尽天良。琦善着即革职锁拿，派副都统英隆并着怡良拣派同知、知州一员一同押解来京，严行讯问。所有琦善家产，即行查抄入官。

琦善接旨时趴在地上痛哭失声，副都统英隆冷眼看着他，只见他的头不断撞击着地面，还可以清楚地听见他砰砰的撞击声，像是要把自己一头撞死。这个中国第一任"外交总长"早已心力交瘁，情绪几近崩溃。他心中郁积了太多的委屈，那还真是一般人难以理喻，所谓"弱国无外交"，琦善可能是清朝有史以来的第一位亲身体验者。而琦善则是一个比林则徐更短命的钦差大臣和两广总督，从华辇而来到枷锁而归总共才有三个来月。随着琦善被"革职锁拿""押解来京"，鲍鹏也一同逮捕进京问罪，道光帝下旨将鲍鹏"照交结外国例加等发遣"，即以汉奸卖国之罪，"发往伊犁给官兵为奴，遇赦不赦"。

琦善锒铛入狱，查抄家产，从一品大吏沦为死囚，以"守备不设，失陷城寨"罪，处斩监候，拟秋后问斩。

据军机大臣穆彰阿奏称："琦善入官元宝银一千四百三十八个，散碎银四万六千九百二十两"，另有入官地亩"共地二百五十二顷十七亩零，以地方官征租差地核计，每年可收租银二千余两"。又有记载，从琦善家中抄出黄金682斤，银1794两，并有珠宝十一箱。有人据此认为琦善是一个大贪官，也有认为琦善之家是一个具有百年以上历史的大家族，家底原本就十分丰厚。而这些财产全部上缴国库，以充兵饷。对于一位求和的琦善，这也是他对国防的最大贡献了。

不过，琦善还真是一个奇人，他又创造了大清王朝的官场奇迹，眼看就到了秋后问斩的时间，道光皇帝又谕令将他开释，以苦役代之。在鸦片战争之后，琦善又重新得到起用，先后任热河都统、驻藏办事大臣、四川总督、陕甘总督，从死囚又变成了封疆大吏。而道光皇帝后来之所以重新启用并重用琦善，据说是因为他觉得自己对于琦善的死刑判决"有内愧焉"。道光皇帝驾崩后，琦善奉旨主掌江北大营，镇压太平军，于咸丰四年（1854年）卒于军中。他比林则徐小一岁，多活了四年。

世事如棋，时乖命蹇，这前后赴粤的两任钦差大臣，或主战，或主和，均未落得"好下场"——一个虽说是罪有应得，却也是道光帝"主抚"失败的替罪羊，一个则是道光帝出尔反尔的牺牲品，欲加之罪，何患无辞？

三、沉重的告别

对于琦善的清算，实在来得太迟了，但他自毁长城的后果已经难以弥补了。

尽管琦善遭受了清廷严惩，但这并不意味着林则徐就可以平反，他依然是"羁滞羊城，听候查问"。走笔至此我又下意识地假设，设若清廷让他官复原职，或作为钦差大臣统兵御敌，或总督两广军政，历史又是否有改写的可能呢？但清廷再次排除了这一可能，随着清廷调遣各路兵马驰援海疆，又轮到了"接奉谕旨，先赴广东会剿"的参赞大臣、湖南提督杨芳主持广东军务。他只是在钦命靖逆将军奕山抵粤之前的过渡人物，但在英军兵临城下的危境下，这

第七章
沉重的告别

也是一段非同寻常的过渡,而杨芳也是一位非同寻常的传奇人物。

杨芳(1770—1846),字通达,号诚村(斋),贵州松桃厅(今松桃苗族自治县)人,自幼家道贫寒,好读书,苦练武,投身行伍戎马征战四十余年,先后参与镇压湘黔苗民起义、白莲教起义,每战皆为先锋,曾以"斩首六百级"而被清廷赏赐"诚勇巴图鲁"的称号,在镇压张格尔叛乱中,他生擒张格尔,又被赏戴双眼孔雀翎,晋升为御前侍卫,加太子太保衔,像绘紫光阁,成为贵州封侯第一人。

杨芳抵粤伊始,也曾拜访林则徐征询御敌之策,两人"同宿高谈战事",林则徐还为他制订了具体的作战方案。此时,由赖恩爵继任广东水师提督,马殿甲署任广东陆路提督,此人曾钦点武状元,授头等侍卫。这两人此前皆得到林则徐的擢拔重用,也是鼎力支持林则徐禁烟抗英的将领。按说,杨芳可以借助林则徐参赞军事,倚仗两位水陆提督抓紧时间整军修武,对水道要口堵塞严防。然而,这位从个武陵大山深处的苗寨里走出来的将领,到了这"五光徘徊,十色陆离"的广府,一时间眼界大开,目眩神迷。他自知这里不是他的久留之地,哪还顾得上抓紧时间战备,抓紧时间消受一下这灯红酒绿的生活才不枉来此走了一遭。据《粤东纪事》载,杨芳"终日惟购钟表、洋货为事,夜则买俏童取乐,甚至姚巡捕等将女子剃发,装跟班送进。带来弁兵,漫无约束,日夜在街滋事,强赊硬买,奸淫妇女。二更以后,湘兵住在贡院者,均在外面奸淫,满街湘兵,天明方回,民间切齿"。而英军也在广州郊外"入民家肆淫掠"。

当然,杨大将军在醉生梦死中也没有忘怀他"接奉谕旨,先赴广东会剿"的使命,但他却将林则徐的作战方略抛到了九霄云外,反而听信了巫师的"妙计"。英夷为何如此这般厉害?巫师已经窥破了其中的秘密,他们的厉害并非坚船利炮,只因其有阴邪之术,若要战胜英夷,只能用妇女的阴户、便器之秽气来"以邪制邪"。于是乎,杨大将军命令地方保甲遍搜民间马桶,载于木筏之上,面对英军的炮口摆起了"阴门阵"。又扎草人,建道场,祷鬼神,祈祷中国鬼神能给他带来神力。当时便有人赋诗嘲讽:"杨枝无力爱东风,参赞如何用此功?粪桶尚言施妙计,秽声传遍粤城中。"

杨芳原本就生于巫术之乡,又处于那样一个愚昧迷信的时代,其荒唐之举尚可理解。而英军,竟然也采取了"以邪攻邪"的巫术,到处乱挖中国人的祖坟，"暴尸析骸""开棺暴骨"。我从不否认在整个世界近代史上，英国是最早走上近代化的国家，但他们从对陈连升"脔割其尸"，到对中国人的祖坟"开棺暴骨"，一次次暴露了"文明背后的野蛮"，这也是鸦片战争史上最荒诞的闹剧。

此时的林则徐，依然是"徒有救国之志，而无尺寸之权"，在郁闷彷徨之际，适逢夫人郑淑卿生日。郑夫人知书达礼，秀外慧中，是一位典型的贤妻良母。一个典型的士大夫，一个典型的贤妻良母，虽是包办婚姻，却也堪称绝配。他们一共生育八名子女，由于次子林秋柏和次女林金鸾相继夭折，只有三子三女长大成人，分别为长子林汝舟、三子林聪彝、四子林拱枢，另有长女林尘谭、三女林普晴、四女郑林氏（后嫁于郑葆中，史书没记下她名号，故称郑林氏）。由于林则徐一心扑在政务上，侍奉父母、抚育子女和一大家子的生活就全交给夫人操劳了。林则徐贵为封疆大吏，换了别人早已是妻妾成群，但在郑淑卿生前，他一直没有纳过妾侍，对郑夫人终其一生情深不渝。特别值得一提的是，在林则徐辞世后不久，英国伦敦杜莎夫人蜡像馆还特意雕塑了林则徐夫妇的全身蜡像，这是林则徐的第一尊塑像。林则徐以厉行禁烟和力主抗英而被当时的英国视为天敌，但他越是捍卫国家主权和人类的价值，他坚贞不屈的形象和高贵的人格力量越能超越国界，赢得世人的敬仰。光绪初年，中国首位驻外使节（驻英公使兼驻法使臣）郭嵩焘还特意到蜡像馆参观，并在日记中记载："所塑皆有名人，各国主为多，最著者华盛顿也。林文忠亦塑一像坐门首……神貌皆酷肖也。"

道光二十一年（1842年），林则徐和夫人加起来刚好一百一十岁，因作《室人生日有感》——

偕老刚符百十龄，相期白首影随形。
无端骨肉分三地，遥比河梁隔两星。
莲子房深空见薏，桃花浪急易飘萍。
遥知手握牟尼串，犹念"金刚般若经"。

这首诗不只是表达了他"执子之手，与子偕老；相濡以沫，与子共生"的伉俪之情，也不止是对世道无端、骨肉分离的悲叹，他以"桃花浪急"抒写当

第七章
沉重的告别

时形势之危急与变幻莫测,一个王朝风雨飘摇,一个罪臣如激浪中的飘萍,当国运与命运交织在一起,他对国运难以预测,对自身的命运也难以把握。有生以来,他还从未如此迷茫,此心既不能寄托天下,也就只能心与佛合,在《金刚般若经》中寻找寄托了。

三月二十三日,钦命靖逆将军奕山和另一参赞大臣、户部尚书隆公终于抵达广州。

爱新觉罗·奕山(1790—1878),字静轩,满洲镶蓝旗人,为道光皇帝族侄,侍卫出身,历任塔尔巴哈台领队大臣、伊犁参赞大臣、伊犁将军等职,其最卓著的战功与杨芳一样,在镇压张格尔叛乱,他设计擒获张格尔,将张格尔解押进京后,还举行了轰动一时的"献俘太庙"仪式,而奕山则超升头等侍卫。道光九年(1829年),他又以试步营技艺,五箭全中,御赐黄马褂。奕山虽说在骑马射箭的大漠征战中创造了英雄传奇,却不知海疆如何作战,如何排兵布阵,来广州之前,他甚至连大海都没有见过。不过,这位皇亲国戚倒也有谦逊的一面,对林则徐这位戴罪之臣还挺尊重,并请林则徐为其参赞军务。但林则徐一开始还挺犹豫,而犹豫不是观望,只因失望。

自琦善以来,林则徐一直是一个旁观者,但也旁观者清。他眼见那些接二连三来广东"会剿"的大臣将军,大多来自内陆,如杨芳、奕山等原来连大海都见所未见,压根就不懂海疆作战。加之清廷连年"银荒"(财政危机),在军费上投入上捉襟见肘,弹药粮饷匮乏。道光皇帝一声令下,各路兵马驰驱广州,对大量急需的弹药粮饷供应又没有准备。而道光皇帝的脑子又转得实在太快,谁也不知下一步他又怎么转,于是乎,大多数人走一步看一步,或不想战,或不敢战,或不懂战,或依然想与英夷媾和以求苟安,或只想冒险一战以求速战速决。如此一来,造成步步残局,没有一个真正敢与英军一战者,更遑论誓死战斗到底者,一个个置水道要口(海防要塞)于不顾。此时的战情已与林则徐主持广东军政时的形势大不相同了,三道防线皆为英军突破,粤海已经门户洞开,英军亦已兵临广州城下,如此被动之局势,断难毕其功于一役,必须"息息谨慎,步步为营",针对当下的局势、未来的走势进行周密规划。这其实也是林则徐一直反复思考的。林则徐也不知奕山请他参赞军务是真心诚意,还是像杨芳那样故作姿态,更不知道这位钦命靖逆将军是否有与英人战斗到底的决心,但他还是满腔赤诚为其规划了"御夷六策",这是林则徐在鸦片战争中最重要、最全面的海防战略论述，兹原文照录（原文'一'相当于今天的项目分隔符）——

一、水道要口，宜堵塞严防也。此时夷船既破虎门，深入堂奥。查省河迤东二十余里，有要隘曰猎德，其附近二沙尾，两处皆有炮台，其河面宽约二百丈，水深二丈有零。又省河西南十五里，有要隘曰大黄滘，亦有炮台，其河面宽一百七丈，水深三丈余尺。若前此果于该两处认真堵塞，驻以重兵，则逆夷兵船，万难闯进，省垣高枕，何须戒严？乃既延误于前，追悔无及。今夷船正于此两处要隘，横亘堵截，使我转不能自扼其要，几如骨鲠之在咽喉矣！唯有密饬近日往来说事之员，督同洋商，先用好言，诱令夷船退离此两处，而在我则密速备运巨石，雇齐人夫，一见其船稍退，即须乘机多集夫兵累千，连夜填塞河道，一面就其两岸，厚堆沙袋，每岸各驻精兵千余，先使省河得有外障，然后再图进剿。此事不可缓图，尤不可偏废，若仅驻重兵而不塞水道，则夷船直可闯过，虽有兵如无兵也；仅塞水道而不驻重兵，则逆夷仍可拨开，虽已塞犹不塞也；塞之驻之而不堆沙袋，则以兵挡炮，立脚不住，相率而逃，仍犹之乎不塞不驻也。此两处办成后，应致力于内洋之长洲冈及蚝墩，最后则筹及虎门，彼处有南沙山巨石可采，如何堵塞，容再酌议。

一、洋面大小船只，应查明备用也。查虎门所泊师船，除沙角失事时被焚十只外，闻尚有提中营二号、三号大米艇二只，五号小米艇一只，提右营二号大米艇一只，五号小米艇一只，现停镇口，自应由水师提督配齐弁兵炮械，以备调用。其虎门以外，附近之水师营分，东则提左营、大鹏协、平海营、碣石镇；西则香山协、广海寨。现在各有师船若干，配驾弁兵炮械若干，亦应分饬配足，报明候调。至省河有府厂、运厂两处，均系成造师船之所，现在各有造竣师船几只，另购堪以出洋大船几只，应饬据实开报，并将篷索杠具即日备齐，听候查验。再上年府厂改造巡船，及新造安南三板，现在尚存几只，装配炮械若干，亦即开明听用。其招到快蟹船十九只，现泊何处，此内壮勇若干，炮械若干，亦即禀候核夺。

一、大小炮位，应演验拨用也。查此次虎门内外各炮台，既被占夺，所失铜铁炮位，合各师船计之，不下五百余尊。其中近年所买夷炮，约居三分之一，尽以借寇资盗，深堪愤恨。今若接仗，非先筹炮不可，而炮之得用与否，

第七章
沉重的告别

非先演放不可。查佛山新铸八千斤火炮十四尊,佥谓无处试放。殊不知演炮并不必极宽之地,只须水上备一坚固之船,安炮对山打去,其山上两头设栅拦截,必不至于伤人,并须堆贮大沙袋,每袋约长四五丈、宽二尺余,堆成横竖各一丈,高七八丈,以为炮靶,对靶演放,既有准头,而炮子之入沙囊,深至多少尺寸,果否沙可挡炮,亦即见有确凭矣。此十四尊试过,如皆可用,即日运省备防,其余即于佛山如式再铸,倘试后有须酌改铸法之处,亦即就近谕匠遵办,以臻周妥。又番禺县大堂,现有五千斤夷炮四位,似可拨至离省十五里之雁塘墟向来演炮处所,亦照前式,堆排沙袋演试。又广协箭道,有夷炮六位,斤重较小,似可拨在北校场如式堆演。所有来粤客兵,即令该管官带领,轮班演炮,如此则炮力之远近,炮挡之坚松,与兵技之高下,无不毕见,一举而三善备焉。再前据广州协赵副将开报,该协箭道并贤良祠,现存该用各炮约五百位,又红单船、拖风船卸下各炮,亦约有一百位,虽俱不大,然未尝不可备防,似应分别查验演放,以便分配各船及岸上营盘应用。至装配船兵,宜将船只驾到将近佛山之五义口、茉莉沙、瓜埠口等处,分起装就听调,庶免疏虞。

一、火船水勇,宜整理挑用也。查夷船在内河,最宜火攻。前月经杨参赞饬备柴草、油料、松香,装就火船约百余只,闻系署督标中军副将棋寿、候补知县钱燕贻等经理其事,兹隔多日,恐柴草等物霉湿短少,应饬查明,重加整理。其装载之船,原只以备焚烧,固不必坚固新料,但亦不宜过于窳桑且必须有篷,方能驶风,若专借一二人之力,犹恐推送迟缓,不能成功。其船约以数只为一排,驶近夷船,则环而攻之,能于各船头尾系大铁钉,钉住夷船燃火,使之推不开,拔不去,当更得力。其未用之先,此船宜移上游近佛山一带,装载完妥,夤夜乘风,与有炮各船一同放下,随攻随毁,谅必有效。又内河东路之茭塘司一带,另有捐办火船百余只,则某所捐办也,分段停泊,如需应用,亦可随时调集,以收夹击之效。至水勇一项,人人以为必须雇用,惟患其有名无实,前此虚糜雇资,已非一次。除淇澳之二百八十人,系鲍鹏为前琦部堂雇用,闻已散去,可毋庸议外,若皋、运两司访雇之水勇一百二十名,闻有董事管带,应可得用,第未知其船现泊何处,似应查点试验。又番禺县张令,原由揭阳带来壮勇三百名,皆系以鸟枪擅长,每人各有自带之枪,施放颇准。此一起虽系雇为陆路之用,而上年曾经谕明,肯下船者多加雇资,彼即欣然下船,似宜将此壮勇三百名，作为水战之用。此外再雇，务须考其技艺，查其底里，必使层层保结，不任滥竽，并谕明临阵争先者，即予拔官，如敢潜逃，立斩示众，信赏必罚，自足以励士气而壮戎行矣。

一、外海战船，宜分别筹办也。查洋面水战，系英夷长技，如夷船逃出虎门外，自非单薄之船所能追剿，应另制坚厚战船，以资制胜。上年曾经商定式样，旋因局面更改，未及制办。其船样尚存虎门寨，如即取来斟酌，赶紧制造，分路购料，多集匠人，大约四个月之内，可成二十船，以后仍陆续成造，总须有船一百只，始可敷用。此系海疆长久之计，似宜及早筹办。若此船未成之前，即须在洋接仗，计惟雇觅本省潮州及福建漳、泉之革乌船，亦以百只为率，将其人船器械一齐雇到，给予厚资，听其在洋自与夷船追击，不用营员带领，以免牵掣。仍派员在高远山头了望探报，果得胜仗，分别优赏，其最得力者，赏拔弁职，充入营伍。缘漳、泉、湖三郡，人性强悍，能出死力，既可兼得名利，自必踊跃争先，较之本地弁兵顾惜身家者，相去远甚。至于能在水里潜伏之人，查本省陆丰县之高良乡，饶平县之井洲，及福建澎湖之八罩乡，其人多能久伏水中，似亦可以募用。其火攻器具，如火箭、喷筒、火球、火罐之类，亦宜多制备，以便临阵抛用。

一、夷情叵测，宜周密探报也。查逆夷兵船进虎门内者，在三月中旬探报，有三桅船十四只，两桅船三只，火轮船一只，两桅大三板四只，单桅大三板一只。其各国货船在黄埔者，现有四十只。自虎门以外，则香港地方，现泊有夷兵船十七只，伙食船三只。此等情形，朝夕变迁，并非一致，似宜分遣妥干弁兵，轮流改装，分路确探，密封飞报，不得捕风捉影，徒乱人意。其澳门地方，华夷杂处，各国夷人所聚，闻见最多，尤须密派精干稳实之人，暗中坐探，则夷情虚实，自可先得。又有夷人刊印之新闻纸，每七日一礼拜后，即行刷出，系将广东事传至该国，并将该国事传至广东，彼此互相知照，即内地之塘报也。彼本不与华人阅看，而华人不识夷字，亦即不看。近年雇有翻译之人，因而辗转购得新闻纸，密为译出。虽近时间有伪托，然虚实可以印证，不妨兼听并观也。至汉奸随拿随招，自是剪其羽翼之良法。但汉奸中竟有数十等，其能为之画策招人，掉弄文墨，制办船械者，是为大奸，须将大者先除，则小者不过接济食物，即访拿亦易为力矣。

第七章
沉重的告别

就在他规画了"御夷六策"未久，闰三月十一日，林则徐接到清廷谕旨，命他以四品卿衔赴浙"听候谕旨"。又不能不说，道光皇帝还真是好记性，林则徐在自请处分时就向清廷恳请："倘蒙格外天恩，宽其一线，或令戴罪前赴浙省，随营效力，以赎前愆，臣必当殚竭血诚，以图克复。"清廷还真是满足了他这一心愿，对于他，这也是命运的一次短暂的转机，只是，这个转机来得太迟了。

十三日，林则徐离粤启程，至此，林则徐在广东度过了两年零四个月。他原本想悄悄离去，但广东文武官员还有梁廷枏等知己好友皆来天字码头送别。离别之际又是春天，只是，来时还是岭南的早春，而别时已是暮春，木棉犹在，花已开败，流水落花春去也，那漂泊的木棉花，像是一江春水中荡漾的鲜血。林则徐倒也没有太多的伤感，唯有太多的遗憾。此时正值岭南的回南天，空气湿热而黏稠，天字码头又溜又滑，他穿着一袭布衣，看上去比之前更显老了。他先面北而拜，叩谢圣恩，然后起身，拽了拽衫襟，又缓缓地转动着身子，眼珠也转动着，把送行者慢慢打量了一遍，仿佛要把每一个人都深深地往心里记，然后，他向送行者拱手道别，就此别过，就此别过了。

一个身影在江水里闪现了一下，随之便被波浪淹没了。

当林则徐途经北江飞来峡（禺峡）时，在飞来寺观瀑布为寺僧题写的一副楹联："孤舟转峡惊前梦，绝磴区泉鉴此心。"清泉可鉴，他问心无愧。

而就在林则徐离粤入赣之际，奕山向英军发动了一场注定失败的突袭战。那是四月初一日（5月21日），英军舰船由虎门驶入珠江内河，湾泊于城外十三洋行的白鹅潭水域，奕山这是一个发起突袭战的绝好战机，当即决定趁夜晚月黑潮顺，火攻英军。据梁廷枏的《夷氛闻记》："利在一战为得功地，且非是则军饷将无以开销也。"意思是说，奕山之所以贸然出战，其目的一是为了立功受赏，还有一个就是为了报销军费。总之是诸多原因或奕山的各种念头综合在一起，这也是此战必败的综合因素。此时的奕山，几如鬼使神差，哪还管他林则徐"息息谨慎，步步为营"的周密规划，一心只想冒险取胜，速战速决，而执行任务的又不是熟悉珠江粤海水情的兵勇，他认为"粤民皆汉奸，粤兵皆贼党"，担心粤兵与夷兵勾连，抵粤之后便大力排斥广东军民，另从福建招募未经训练的士兵来粤驻防。而这次火攻夜袭，他又特意从湖南、四川兵营中挑选了熟悉水性的二千多兵勇，暗携火箭、火弹、喷筒、钩镰等物，于傍晚出城,分伏三路,约定夜十一时闻炮齐起,分乘快船靠近英船,先用长钩将英船船钩住,然后抛甩火箭、火球,"始则火光冲天,继则炮声震地,直至寅刻,我兵报捷",三路兵马皆称"英夷大败,仓皇逃遁"。奕山连夜于帅府大摆庆功宴,庆祝"白鹅潭大捷"。谁知第二天清晨一查,英军只损失了几只舢板,而清军反而将湾泊于珠江两岸的民船烧毁一大片。

说来,奕山发动这次突袭战,还真是行事机密,连参赞大臣、湖南提督杨芳事前也不知道。据梁廷枏《夷氛闻记》:"兵出城,奕山始诣芳告以故。芳乍闻,不觉大讶,拔剑奋呼,谓事且败而局难收,顿足至再。奕山亦旋悔,亟思挽回,然令已行,人自为备。兵众地散,已莫及矣。"若果真如是,说明杨芳比奕山更懂军事,他已经预料到了"事且败而局难收"的后果,才会那样拔剑奋呼,连连跺脚。而清军军纪废弛,抢劫成性,据《广东军务记》载:"湖南官兵,因而拆毁公司(十三洋行)一连三间,匹头洋货各什物,抢夺殆尽,门扇窗槛,破灭罕存。于是逆怒益愤,逆船益增,遂轰击西炮台,伤坏官兵,直抵泥城,打破栏栅。官兵数千,水勇数百,皆四散奔逃。……木排草船,尽行烧毁,大炮悉被投水……"

初二日,英军大举反扑,由于此前奕山没有做好军事准备,一下陷入了极被动的境地,各路军队没有统一部署、统一指挥,只能仓促应战,各自为战。而林则徐此前的危言在此时几乎一一验证。英军先以军舰三艘进攻广州沙面西炮台。沙面在清代是广州城的江防要冲,乾隆年间在这里设有西炮台,扼守广州城的西南面。据守西炮台的除了四川提督张必禄指挥的四川兵,还有以陈棠为首的西关纺织工人和颜浩长带领的怀清学社义勇军自发参战,这也足以证明中国人民从近代史一开始就勇敢地承担了抵御外侵的历史任务。沙面军民众志成城,以城防大炮猛烈轰击逼近炮台的英国舰队,而英军大型舰船在内河作战毕竟没有在海上那样灵活,也没有纵横驰骋的空间。据守西炮台的军民先后击沉英舰二艘,另击伤三艘,直至打光了最后一发炮弹,他们才不得不撤退。若有充足的弹药供应,凭他们的战斗意志,他们是不会撤离炮台的。

从四月初二至初六日,英军一直沿省河一路进攻,一边纵火焚烧清军兵船,共烧毁了大小兵船三十九艘、火艇三十余艘,而广州城外炮台在几天内皆为英军攻占,清军全线溃败,逃入广州城中。清军溃败的一个直接原因就是弹药粮食严重缺乏,而为了抢夺粮食,南海乡勇和湖南乡勇引发内讧,城内大乱。英军一路占据城西南的商馆，一路由城西北登岸，包抄城北高地，攻占城东北各炮台，将炮口转向广州城狂轰滥炸。初六日（一说为初七日），英军侦知奕山的住所在城北贡院，这成了英军集中火力轰击的目标。奕山还是第一次近距离感受到英军的威力，这个脸如刀削、一身剽悍的"传奇英雄"，一下就被打回了原形，他在爆炸的光焰中浑身像发烧似的颤抖起来，又用颤抖的声音下令，在广州城头悬起了白旗。

随后，那位曾追随林则徐禁烟的广州知府余保纯，奉命出城求见义律，乞求罢战言和。义律微笑答应了，甚至还很有绅士风度地摘帽行礼。不过，义律一开口就让余保纯吓了一跳，义律要求中方必须赔款白银一千二百万两（后经美商调停，减半为六百万两）。而奕山此时哪还有什么底气来和谈，他和琦善一样，只求"羁縻于目前"，赶紧渡过难关，未经清廷同意，他便与义律私订了《广州和约》（又称《广州停战协定》）——

一、三位钦差大臣和所有外省军队限六日内退出广州城六十里以外；

二、限一星期内交出六百万元备英方使用；在5月27日（四月初七）日落以前先交一百万元；

三、在前条款项付清后，英军开回虎门以外；并交还横档及江中所有其他各要塞。但在两国交涉各事获得解决以前，中国方面不得重新予以武装；

四、赔偿英国商馆及西班牙帆船"比尔拜诺（Bilbaino）"号的损失；

五、广州知府（议和代表）应提出全权证明书，由三位钦差大臣、总督、将军及巡抚盖印。

这一丧权辱国的"城下之盟"又让杨芳拔剑奋呼，连连跺脚。不过，这位杨大将军也只能徒呼奈何，他在骑马出城巡察营汛炮台时，不慎马失前蹄，把腰杆子给摔断了，只能奏请回湘。道光皇帝随后恩准他回湖南提督任所治病。对于这种冷兵器时代的老将而言，其实最好的方式就是告老还乡，在面对英夷的坚船利炮时，他们早该退出历史舞台了。

奕山已经挂起了白旗，然而民间却没有放弃抵抗。这也是奕山最担心的。此前琦善裁撤水勇，严令清军不准抵抗英国侵略军，就是担心这些自发的抵抗破坏了和谈的大局。而奕山则把话说得更绝："防民甚于防寇。"四月初八日，奕山颁发布告严禁抗英："钦命靖逆将军奕、参赞大臣隆、参赞大臣杨为通行晓谕事：照得现在兵息民安，恐尔官兵、乡勇、水勇人等，未能周知，合再明白晓谕，为此示仰各省各营官兵、乡勇等，一体知悉，尔等各在营卡安静驻守，勿得妄生事端，捉拿汉奸。如遇各国夷商上岸赴行贸易交涉，亦不得妄行拘拿。倘敢故违军令，妄拿邀功及强买强食，不给银钱者，查出即按军法治罪，各宜凛遵毋违，特示！"

然而，就在奕山发布告示的当夜，佛山义勇乘夜"分驾扒龙快艇，四面围攻"占据龟冈炮台的侵略军，"歼杀数十，又破其应援之杉板（舢板）洋舟"。

而在奕山发布告示的第二天，四月初九日（5月29日），又有一个鸦片战争中人民抗英的标志性事件。那天，盘踞在广州北郊四方炮台的一个英军海军陆战队闯入三元里骚扰抢劫，英军也只能依靠抢劫才能解决新鲜食物。他们以为中国官府好欺负，却没想到中国老百姓不好惹。中国老百姓确实很老实，很本分，但你千万不能把他们逼到"民不畏死"的地步。每当这个时候，乡绅和村中长老便开始起作用了。在他们的号令下，全村男女老少在三元古庙集合，遭到了当地群众奋起抗击，打死英军数名。随后，全村男女老少在三元古庙集合，组成"平英团"，以三星旗为令旗，约定"旗进人进，旗退人退"。同时，他们还联络了附近的数千农民和手工业者。三元里人民的抗英斗争，被后世史家称为"打响了近代中国人民反抗外来侵略的第一枪"，其实他们没有枪，他们一个个手持大刀长矛，锄头扁担，冲向了端着毛瑟枪的英军，他们不是不知道这洋枪有多厉害，却没有一个人害怕，正所谓"民不畏死，奈何以死惧之"。英军被围困在牛栏岗，而天佑三元里，突降大雨，英军火药受潮，无法发挥出威力，英军只能撒开长腿，一路逃奔，回到四方炮台。第二天清晨，三元里四方八乡的老百姓都赶来了，两万多民众高举三星旗，把四方炮台围得水泄不通。英军不敢出战，义律只能威胁广州知府余保纯，让他传话奕山，如果不解除民众的围困，英军主力将再次攻打广州，并尽屠广州城。奕山既担心激起"民变"，更担心英军再次攻城，他诬指进三元里义民是汉奸土匪，奏称："现在汉奸土匪，在南海县属之三元里等村乘势抢劫，尚须分兵前往，就近弹压。"在余保纯的劝说下，那些围困英军的民众才逐渐解围。

三元里人民的抗英斗争，让侵略者看到了一种声势浩大的中国力量，而这种力量正是林则徐早已看到了的，也是他一直倚重的。当时任江苏巡抚梁章钜看到《广东义民斥告英夷说帖》后，随即进呈清廷，他在奏折中还说："此次广州省城幸保无虞者，实借乡民之力。城民熟睹官兵之不可恃，激于义愤，竭力抵御，一呼四起，遂令英夷胆落魂飞，骤解围困。"

奕山显然没有梁章钜这样的认知，其实三元里人民抗英也帮了奕山一个大忙，义律在签订《广州和约》后，随即于四月十一日命英军撤离广州，至十八日始全部撤尽。而英军的撤离也与三元里人民那"竭力抵御，一呼四起"不无关系，这样的力量不一定"令英夷胆落魂飞"，但面对这样的人民，英军也难以在广州安身。

奕山一看英军撤离了，一下又恢复了"钦命靖逆将军"的威风，随即于四月十五日向清廷奏报，他谎称义律"穷蹙乞抚"，将赔款六百万说成是"作为追交商欠完案"，说来他还颇有小说笔法："城外夷人向城内招手……以手指天指心……该夷目（当指义律）即免冠作礼，屏其左右，将兵仗投地，向城作礼……求大将军转恳大皇帝开恩，追完商欠，俯允通商，立即退出虎门，缴还各炮台，不敢滋事。"而他意犹未尽，在奏报中还说得神乎其神："据捉获汉奸声称：贼攻靖海门，扑近城墙，正欲开炮，烟雾中望见白衣神像，立于城上，遂不敢轰击。火药局在观音山下，贮药三万斤，汉奸潜抛火弹，火焰冲起，傥药力发动，全城灰烬。当兵弁抢救之时，居民望见衣白女装，在屋上展袖拂火，登时扑灭。"

奕山不善海战，却善于瞒天过海。而那道光皇帝又何尝不想求胜心切，又何尝不想得到神助？他接到奕山的奏折，竟然信以为真，随即下谕，"英夷自我兵两次击退之后，计穷势蹙，并力进攻，该夷性等犬羊，不值与之计较，况既经惩创，已示兵威"，现在"该夷免冠作礼，呼求转奏乞恩"，因此准令通商，但要求英夷"立即将各兵船退出外洋，缴还炮台，仍需禀遵前定条例，只准照常贸易，不准夹带违禁烟土"。他还应奕山之请，御赐"慈佑清海"的匾额以酬观音显灵。

英军于四月十八日"开回虎门以外"，当日，奕山、隆文等也按照英方的要求撤离广州城，屯驻在广州西北南海县属的小金山。这样一位"接奉谕旨，赴广东会剿"的"钦命靖逆将军"，竟然只能听命于英军，连广州城里也不能待，而根据《广州和约》："在两国交涉各事获得解决以前，中国方面不得重新予以武装。"

而奕山只能继续编造谎言，给道光皇帝也给自己制造幻觉。五月二十六日，奕山又奏报抚夷情形："饬委广州府知府余保纯，差派洋商，传谕英夷，令其凛遵前定章程，安分贸易，大皇帝体恤尔等，曲赐矜全，须感大皇帝恩施格外，毋滋事端，前往明白开导，夷目等额庆欢忭，免冠感伏，声言永不敢在广东滋事。"

道光皇帝对自己的这位族侄几乎是百听百信，这也让他造成了重大战略误判，他深信剿夷成功，战争已告结束，于六月十一日谕知钦差大臣裕谦："现在广东夷船经奕山等节次焚击，业已退出虎门，所谓各路官兵业已陆续撤回归伍，所有宝山、镇海等处调防各官兵，著该大臣体察情形，有可酌量裁撤之处，迅速奏闻请旨。"

就在道光皇帝谕令从海防前线撤兵之际，英国远征军已经易帅，英国政府将义律撤职召回国内，改派璞鼎查（Henry Pottinger）为对华全权公使。所谓全权公使，实为侵华大臣。而英国侵略者对中国一场更迅猛的攻势，此时如同太平洋的风暴，正在酝酿中。

这就怪了，英国政府为什么要撤换义律？对于中国，义律够狠了，对于英国，义律够棒了。但事实上，义律还不是英国最强硬的鹰派人物，英国政府以义律"未有坚持英国政府的全部诉求"和"未有依从训令"的理由罢黜义律，而义律早前与琦善拟订的所谓《穿鼻草约》，不但中国政府不承认，英国政府也不承认。帕麦斯顿看到本国报纸刊载义律发表的"公告"，曾致函义律说："在你和琦善之间，对于割让香港一节，并不是像签订了任何正式条约，而且无论如何，我们可以断言在你发布通告的时候，这种条约即未经琦善签字，也绝不是已经由皇帝批准的，因此你的通告全然是为时太早。"帕麦斯顿还认为条款过于宽松，英方得益太小，根本没有达到全面开放商埠的目标，而《草约》中割让予英方的香港岛更被他批评为"鸟不生蛋之地，一间房屋也建不成"。

义律也是里外不是人，中国人痛恨他，英国人也埋怨他。年轻的维多利亚女王甚至用揶揄的语气称义律为"一位完全不遵守指令而努力争取最短任期的人"，随即将义律发配到北美得克萨斯任英国代办，一如道光皇帝接下来将林则徐被充军新疆。这一对宿命的对手，其实都是为捍卫自己的国家利益而奋不

第七章
沉重的告别

顾身的典型代表。

璞鼎查上任之前,帕麦斯顿给了他一个详细训令:"为了维持两国间持久的真诚谅解起见,中国政府把鸦片贸易置于一个正常合法的地位,是至关重要的。"他还命璞鼎查对中国大肆用兵,直到清政府全部接受英国的要求为止。璞鼎查是一个职业军人,当时正在英国印度殖民地服役,刚刚在侵略阿富汗的战争中大显身手,被晋升为海军少将,正踌躇满志。帕麦斯顿认为,征服过阿富汗的璞鼎查,就是再度征服中国的最佳人选。1841年6月5日,帕麦斯顿又给璞鼎查一道训令,提出"要据有香港岛,该岛对岸及岛上停泊所构成威胁的防御工事、火炮及驻军,应销毁或撤退"。

英国政府不承认所谓《穿鼻草约》,却又承认义律对香港的占领,在罢黜义律后由璞鼎查接替义律为香港的行政官,1843年,璞鼎查又被英国政府正式任命为首任香港总督,人称"开埠港督",而那第一个为英国抢占香港的"开埠元勋"查理·义律,从此一去不返。不过,他也在香港留下了两个鲜为人知的地名——义律渠和义律谷。

据马士《中华帝国对外关系史》,璞鼎查于8月12日(六月二十六日)率舰抵达香港,他通知在粤英人,他最热切的愿望是满足全体在华英商的要求,促进其繁荣与幸福,确保其所谓安全,集中全力,迅速而满意地结束战争,以得到绝大多数是烟贩的英商的极大欢迎。接着,他又向广东当局提出议和纲要,声明如无全权代表接受纲要上所列的全部条件,就要开始北上进攻,试欲通过更大规模的战争,逼迫清政府彻底屈服。

璞鼎查在香港只停留两天,即率领军舰二十六艘,士兵三千五百人北上。英军主力北上后,由庄士顿以英国驻华副商务监督身份代璞鼎查执行职权。当时英国只留有少数陆军及五艘军舰在香港。道光皇帝以为英军主力北上,港岛空虚,便谕令奕山"设法收复香港"。但奕山经过广州之战的大败,已领教了英军厉害,由此一蹶不振。他认为当今之计,只有严守陆路,以防焚掠而已。尽管道光一再谕令他收复香港,但是奕山依旧隐忍苟安,不图攻剿。如果此时攻打香港,对北上英军也有牵制作用。

未几,奕山讳败为胜、虚报战功的之事遭闽浙总督颜伯焘揭发:"据探报:'广东四月十五日一折(指奕山奏报)已奉俞允。初八日胜仗并邀恩旨等因。'臣接阅之下,不胜骇愕。查四月初八日,广东业经倾财罢战,安得复有胜仗。即初一之仗，亦仅小胜，旋即溃散，是所奏直以痛剿乞抚欺蒙天听。大胆昧良，不料如此之甚，臣实无任忧愤。"

道光皇帝又一次天威震怒，立命将奕山降职留用，随后又将其停职治罪，圈禁在专门关押宗室罪人的宗人府空室内候审，但事后不久，奕山便获释放，被调往新疆"襄办军务"，那也许才是他该去的地方。奕山没有守住广州，或可原谅；奕山没有收复香港，也可体谅。但在第二次鸦片战争期间，奕山在未奏报清廷的情况下，私自与沙俄签订了《瑷珲条约》，让中国痛失六十万平方公里的国土，中华民族永远也不能原谅，他可能不知道那片国土有多大。而这大片大片从祖国割让出去的土地，又何尝不是同祖国最沉重、最悲惨的告别？

四、四海狼烟起

从粤海到浙海，狼烟四起，四海危机。一个社稷之臣早已沦为戴罪之臣，又处于这危机四伏的境地，他对自身命运的转机已不抱太多的奢望，一心只想"戴罪前赴浙省，随营效力"。

清廷命林则徐以四品卿衔赴浙，却并未给他明确的安排，只说让他赴浙"听候谕旨"，这倒也给他不少猜想的空间，甚至还有一些天真的想法。但哪怕再天真，他也料知清廷不会对他委以钦差大臣或总督巡抚这样的重任，而他当时想到的是清廷可能命他"替防定海"。林则徐在致姻亲叶小庚（叶申芗）的信中说："仰蒙谕旨赏给四品卿衔，驰驿赴浙，圣慈再造，感悚滋深。……则弟之赴浙专以替防定海，更不待言。"

定海为浙海第一道门户，若清廷真能命他镇守定海，他将在最前线与英军直接交锋，于此可见，他绝对不惧一战。他风雨兼程，水陆并行，从粤海到浙海奔波了近四十天，于四月二十一日（6月10日）抵达宁波，在舟中与浙江巡抚刘韵珂、提督余步云等会面后，旋即转赴镇海登岸，借寓城北梓荫山麓的蛟川书院。

浙江方面对于林则徐作何安排？据梁廷枏《夷氛闻记》："裕谦素重则徐

第七章
沉重的告别

为人,既代来浙,意中将倚为左右手"。

裕谦(1793-1841),原名裕泰,字鲁山、衣谷,号舒亭,蒙古镶黄旗(今锡林郭勒盟商都镶黄旗)人,出身于将门世家,嘉庆二十二年(1817年)进士,其入仕后的经历与林则徐相似,于道光十四年(1834年)任江苏按察使、布政使、署江苏巡抚,未久实授,由此成为独当一面的封疆大吏。他也是铁杆禁烟派,一再强调:"方今最为民害者,惟鸦片烟一项……鸦片烟上干国宪,下病民生,数十年来银出外洋,毒流中国,患甚于洪水猛兽。"

道光二十年(1840年)六月,英军发动第一次定海之战,强占定海,威胁江浙。翌年初,裕谦钦差驰赴镇海,会同浙江提督余步云专办攻防事宜,随后以江苏巡抚兼署两江总督。无论是禁烟还是抗英,他都与林则徐志同道合,他也确实需要林则徐这样一个左右手。林则徐还在驰驿赴浙途中,他就奏请皇上,推荐林则徐负责浙东沿海防务:"今林则徐仰蒙皇上天恩,弃其瑕疵,赏给卿衔,饬赴浙江,约计程期,四月内总可到浙。该员向为兵民所悦服,逆夷所畏惮,其一切设施,亦能体用兼备,奴才素所深知,如蒙圣慈,饬令林则徐驻扎镇海军营,更替刘韵珂回省,即由该员会同浙江提臣余步云督率镇将,妥为筹办,仍不时往来定海巡查弹压,该员必能激发天良,仰副委任。"道光皇帝批复:"镇海军营事务,着派刘韵珂办理,并着林则徐暂行协同筹办,傥浙江省垣有应办公事,刘韵珂回致省城,即着林则徐与余步云、周开麒会商妥办。如有折奏,林则徐毋庸列衔,总当和衷共济,严密防堵江、浙两省,声势联络,逆夷自不敢妄生觊觎。"——从"毋庸列衔"一语看,清廷依然无意于重新起用林则徐,只是"著林则徐暂行协同筹办"镇海军营事务,除了一个四品空衔,林则徐无职无权。而即便是这样一种暂时性的、尴尬的身份,林则徐还是倾尽心力协办镇海防务,时人赞其"虽身为冷官犹不忘王事也"。

林则徐在日记中记下了他在镇海频繁活动的足迹,四上招宝山,数出镇海口,踏勘地形,到东岳宫、金鸡山、镇海北城各处去看炮位安设,防堵加严各处要塞。此时他已五十五岁,在那个时代已是一个名副其实的老人,加之疾病缠身(根据他的死因,他可能早已患上了心脏病),在跋涉途中时常喘息不止,"然苟有裨国家,虽顶踵捐糜,亦不敢自惜"。据《镇海县志》:"四月,四品衔林则徐来参军务,乡人无智愚,争一识面为快,日乘竹兜渡大浃,登高涉险,指画守御之方。未几,谪戍去,所谋画不尽用。"这是后话,但在当时，林则徐还真没想到自己"未几，谪戍去"，也没顾及"所谋划不尽用"。他所谋划，既是尽人事听天命，又一如此前对道光皇帝发出的誓言："臣必当殚竭血诚，以图克复。"

林则徐深知清军水师的脆弱，只能将海防的重心移至陆上，以岸防为主。但浙江海防一向虚弱，裕谦总督两江后，随即奏请清廷划拨经费，添铸火炮，建造炮台，加强江苏沿海防御。然而裕谦总督两江为时太晚，也为时太短，一切几乎才刚刚起步。若想在短时间内筑起一道海上长城几乎是不可能的，大清帝国的海防就像这个帝国本身一样，沉疴重症，积重难返。而对于无职无权的林则徐，也只能如他为奕山规划的"御夷六策"，针对当下的局势、未来的走势进行周密规划。

林则徐在主持粤海防务时就已提出"制炮必求极利，造船必求极坚"，并将"师敌之长技以制敌"付诸实施。他在镇海时又与龚振麟等通达时务、明了军事兵器的人士探讨兵书与军器制造。龚振麟曾任嘉兴县丞，当时在浙东仿制西洋船炮，精于西算。林则徐把自己在广东外舰上秘密绘制来的战船图八种提供给他，帮助龚振麟制造车轮战船和炮架等。据时人汪仲洋介绍："车轮船图，前后各舱装车轮二辆，每轮六齿，齿与船底相平，车心六角，车舱长三尺，船内二人齐肩、把条用力，攀转则齿轮激水，其走如飞，或用脚踏转，如车水一般。"又据陈大谊《鸦片战争到一八六一年的中国军事工业》所云："这种船造成后的形式据外国人目睹记载，大约是一种用英国火轮船形式，用中国固有的以人力转轮激水、踏轮行船的方法，并安装枪炮。这是当时中西技术结合的新产物。"

除了车轮战船，龚振麟对笨重而运转不灵的旧式炮架加以改造，打造出了"俯仰左右，旋转轰击"的新式炮车。龚振麟在《铸炮铁模图说自序》中述其经过说："中丞（指浙江巡抚刘韵珂）……与林少穆制府共相筹划，拟数千斤重器置于上，畀一人之力，使之俯仰左右旋转轰击，授以绳墨，振麟得以师承其意，而如法以成，即图中磨盘四轮车是也。"

在林则徐抵达定海的十一天后，镇海铸炮局首次铸成八千斤重的大铁炮，但他们一直没有研发出英夷那种"子内藏放火药，所至炸裂焚烧"的飞炮。

说来又令人悲哀了，中国人在春秋时代就发明了火药，在人类文明史上贡献了一项杰出的成就，但在中国最大的用途是制造烟花爆竹，那爆炸性的能量一直到唐宋时期才开始在军事上利用,却也是极为有限的利用。到了南宋,中国又发明了最早的热兵器——火枪,随后又从只喷火不装弹的火枪发明出了装碎铁石子的霰弹枪,这种火枪跟鞭炮的引爆原理差不多,靠点燃的火绳(引线)来引爆枪管内的火药,故名火绳枪。火绳枪在世界兵器发展史上具有里程碑的意义,被公认是现代步枪的直接原型,由此改变了战争的形态。然而在中国,一直到鸦片战争爆发,清军大多还是使用弓箭。若将中国式火绳枪与弓箭相比,火绳枪填装弹药的速度、点火射击的速度和精准度还不如中国人使惯了的冷兵器弓箭。中国的冶金技术也曾远超世界,然而,中国人却一直难以把自己发明的火药装进自己冶炼的金属里边,这是中国在兵器制造上的一个局限,由于一直没有掌握核心驱动力,也就难以产生核心爆炸力。又哪怕铸成了八千斤重的大铁炮,若没有核心爆炸力,就算打着了英国的军舰,也只是用一个大铁球在那铁甲舰上砸一下。

林则徐已经看到了这个局限,琦善也看到了,但琦善看到了只是拼命强调英夷那飞炮如何厉害,而林则徐看到了则马上就想到必须突破这个局限,他还收藏了一部《炮书》抄本,在致友人姚椿、王柏心的函中说:"前曾觅一炮书,铸法、炼法,皆与外洋相同,精之则不患无以制敌,扬州有刊本,惜鱼豕尚多,未知两君曾见之否?"这也是林则徐"师夷长技以制夷"的一个典型事例。

据兵器专家考证,在明代中叶,中国火炮还处于领先世界的水平,主要有四种火炮,第一种便是大将军炮。这种铸铁大炮由生铁铸造,又称生铁大炮,一度号称"威武大将军"。据万历年间的兵部尚书(后转南京工部尚书)、广东惠州人叶梦熊所云:"塞上火器之大者,莫过于大将军。"又据明嘉靖、万历年间的武进士王鸣鹤所著兵书《登坛必究》所记,大将军炮"若迅雷不及掩耳,其威莫测,其机最神"。大将军炮分为大中小三类,分别发射七斤、五斤、三斤重的铅制弹丸。由于大将军炮多用于守备要塞隘口,最初多为固定炮台式,但随着征战的需要,随后又创制了适合运动战的车载炮。如抗倭名将戚继光发明了一种可在山海间用于运动战的小型火炮战车,因形似虎蹲而被称为虎蹲炮。这种战车属仿古偏厢制,其车太重,"宜于易而不宜于险,宜于守而不宜于战"。其后,叶梦熊又研制出了一种更轻便车载炮,"平地二人推之,险厄四人挽之,上列枪刀,中施火器,又以斫马刀与长短兵相夹前冲,然后铁骑从之"。除了大将军炮，还有一种车载炮——攻戎炮，此炮安于双轮炮车上，车上有一个用榆槐木挖凿而成的车厢，炮身嵌置在车厢中，用五道铁箍同车箱固连，车厢两侧各有两个铁锚，发射时将铁锚钩在地上，以固定炮车而减少后坐力。

从炮弹上看，明代还有千子雷炮和百子连珠炮。千子雷炮的炮管用铜制造，长一尺八寸，口径五寸，内装火药六分、弹丸二三升。炮身用铁箍箍于四轮车上，车前端有挡板，可隐蔽炮身，待敌接近时，则扣动扳机给敌军以猝不及防的打击。百子连珠炮的炮管用精铜熔铸，长四尺，内装火药一升五盒，前部开有一孔，通过孔口可安一个装弹嘴，通过装弹嘴，一次能向管内装填上百枚弹丸（霰弹），然后安于坚木架上发射，并可通过炮管后部的尾轴，调整射角和射界。

车载炮堪称是明代兵器的一次重要改良，然可想而知，这种车载炮若达千斤以上，若无机械驱动，全凭人力马力，要在复杂地形运动势必举步维艰。若要对兵器进行根本性改进，必须拥有大型动力、大型机械来铸造，还必须在冶炼技术上有革命性的变化。由于中国缺少一次英国式的工业革命，在兵器制造上只有量变而无质变，在技术质量上也只能采取改良之术。

除了这种中国式铸铁大炮，还有一种红衣大炮，又称红夷大炮，所谓红夷，又称红毛夷，是明清时期对西方人的称呼，最初指较早来中国东南沿海通商的荷兰人，后来也称英国等西欧诸国人为红夷。红夷大炮通常指十六世纪初欧洲制造的前装重型滑膛炮，因炮身较长，俗称为蛇炮。这种大炮在十七世纪就已传入了明朝，但传入中国后并未推广，加之从明廷到清廷一直严密控制火器的制造和使用，严禁地方和个人研制，极大地制约了国人在兵器上的创造力，在技术上一直没有根本性的改进。而无论是生铁、净铁、精铜铸造的炮筒，均难耐持续发炮的高温，为避免炮筒烧红爆裂，只能在炮筒上加上一道道铁箍，在炮口上加上大铁爪，并用铁绊或大铁钉将炮身固定在炮台上，以此消减发射的后坐力。但铁箍也同样会烧灼滚烫，在第一次鸦片战争中屡有"手燃巨炮忽自炸裂"的史载。

林则徐、关天培曾监督铸造大炮八千斤、六千斤者四十尊，六千斤以下者数百尊，并分置各炮台。这种重炮却是提高了射程，在设计上前有照星，后有照门，也在一定程度上提高了命中率。但打出的炮弹则是一坨坨铁疙瘩，炮弹内没有填充中国祖先早已发明的骄傲的火药。这样的炮弹哪怕非常幸运地击中了敌舰,也不能引爆,就像一块石头砸在了敌军的钢甲铁板上。而在英国工业革命后,从英国到西方诸国在兵器上也进行了一场技术革命,从滑膛炮变成了线膛炮,不但有精准的瞄准仪,还有爆炸力极强的开花爆破弹和开花穿甲弹,这些炮弹看上去比中国炮弹要小多了,但一打就呼啦啦地炸开一片,任你如何坚固的要塞,也就呼啦啦地被撕开了。

林则徐一心想要"如法炮制",但清廷却没有给予他这个机会。

五月二十五日(7月13日),钦差大臣、两江总督裕谦赶到镇海,与林则徐共商御敌之策。谁知就在当日,一道上谕降临镇海大营,林则徐以"办理殊未妥协,深负委任"和"废弛营务"的罪名,被"革去四品卿衔,从重发往伊犁效力赎罪"。裕谦不禁仰天长吁,而林则徐依然谈笑如故。他似乎早已习惯了这种旦夕祸福,倒是"谦失谋主,已怀惆怅",裕谦一直至死都在怅然感叹。

林则徐对自己的命运其实也早有预料,他在浙江镇海曾有《致苏鳌石书》,慨叹个人的遭遇,陈述自己从粤来浙力图挽救危局的心情说——

窃谓难进易退者,吾人之本怀。介如石焉,奚俟终日。向尝志此久矣。讵知竟须大有福分人,始能径脱缰锁,否则忧患余生,幸不为俎上肉,亦不能免为网中鳞,乃叹易退之语,难以概诸命运乖舛者耳。……此时粤事,大不可问!弟当羊城戒严之际,虽身非守土,犹自捐募吾闽义勇,期于奋袂一呼,不肯临难苟免。况浙洋防堵,尚未为遽占剥床之肤,此时若谢不敏,恐为群口所谪,然于事无济,固亦自知之明,一俟粤洋得有准信,暂可息兵,负疾顽躯,庶可放还田里。……玉坡(浙抚刘韵珂)、紫松(提督余步云)两君在此,朝夕相晤,均言念阁下不置。惟两君谈及此间事,每多拂郁。当局尚尔,更无论旁瞻矣。

林则徐在镇海总共才待了一个月零三天,无论对于他的人生,还是鸦片战争的历史,只是一段短暂的插曲。在这样短暂的时日内,又是那样一种尴尬的身份,如果说他能从根本上改变镇海、定海的海防现状,那他就是一个神了。但若清廷能给他三个月的时间,又能给他一个名正言顺的职责,不说让他官复原职,只他担任裕谦的左右手,裕谦至死也许就不会那样怅然感叹了。

海祭
——从虎门销烟到鸦片战争

无论现实中又多少无奈，历史留下了多少憾叹，林则徐还是林则徐。在他钦差赴粤之前，他跟房师沈维铬辞行时就坦言："苟利社稷，敢不竭股肱以为门墙辱？"而当他遣戍伊犁，又在《赴戍登程口占示家人》诗中坦陈："苟利国家生死以，岂因祸福趋避之。"

在林则徐离去三个月后，定海、镇海相继陷入敌手。

接下来的历史又如英军第一次北上的重演，只是愈加惨烈。而英军的数量并未增加，反而略有减少，璞鼎查共率舰船二十六艘，官兵只有三千五百人。这样一支中国东南沿海攻城掠塞、长驱直入的英国远征军，在大海上纵横决荡，其汪洋恣肆的力量，一如当年叱咤风云、逐鹿中原的游牧民族，烈马嘶鸣，大地震荡，飞扬的尘土像乌云一样遮蔽了中原的天空。这也是八旗的先祖女真铁骑所创造了神话，他们只用了五六十年的时间，便从一个仅有几十万人的连自己的文字都才发明不久的小部落，征服了当时人口是自己两三百倍的世界第一大帝国——明朝。当多尔衮挥师闯入山海关，辅佐清帝入主紫禁城，当时大多满洲人依然不敢相信他们能够主宰大明天下，连多尔衮自己心中也没什么底，尝谓："何言一统？但得寸则寸，得尺则尺。"

又看此前的蒙古人，他们也曾创造了无与伦比的征战史。博尔赫斯曾以一种比历史叙述更逼真的方式，描述蒙古铁骑对中国的征战，他们"将这个大得几乎无边无际的中央帝国变成一个放牧他们的马匹的巨大牧场"。

这是战争，又何尝不是文明的挑战与冲突。落后就要挨打，这是真理，却也是相对真理，无论是蒙元还是清代，最终都是以落后的游牧文明打败了先进的中原农耕文明。而当时的英国在科技文明上远超清朝，但英国远征军也像是一个来自海洋的游牧部落，他们想要"将这个大得几乎无边无际的中央帝国"变成他们倾销鸦片和剩余产品的巨大市场，蒙古人"拥有机动性很强的骑兵"，而英国人则拥有机动性很强的舰队，而他们均采取了游击战的战术，由于兵力太少了，他们不可能占领他们攻下的每一座要塞和城堡，那会将他们的兵力变成分散在各个据点的一盘散沙，每当他们攻下一座沿海城市后，他们便像海盗一样，"对百姓进行大屠杀"，"将居民的住宅洗劫一空后，便纵火加以焚毁"，然后"他们便带着胜利品撤退"，这是博尔赫斯对蒙古人攻城掠塞的描述，用在英国侵华远征军身上真是再合适不过了。

英军第二次北上的第一战又是从厦门开始。七月初九日（8月25日），璞鼎查率舰队驶抵厦门港外青屿口海面，随即向福建水师提督窦振彪发出限期献出厦门、否则"即行开战"的通牒。看来这个璞鼎查还真是比义律更嚣张，他连一发炮弹都不想浪费，仅凭一个通牒就要厦门守军"献城"。此时窦振彪正率战船出巡浙海缉盗未归，闽浙总督颜伯焘急命金门镇总兵江继芸移防厦门岛，与巡道刘耀椿共同统领军事。所谓巡道，乃是史籍上的习称，刘耀椿时任福建兴泉永道兼金厦兵备道。

颜伯焘既厉行禁烟又坚决主战，他于道光二十一年初任闽浙总督，随即全力以赴投入战备，到此次英军犯境，他历时五个月，耗银一百五十万两，据称将厦门建成大清帝国疆域内最强大的海防要塞之一。颜伯焘自恃有这样坚固的要塞，应该足以抵挡英军。他也坐镇厦门岛，并做出了厦门岛南岸、鼓浪屿、屿仔尾守军"三面兜击"来犯之敌的战略部署，令江继芸左翼炮台。

江继芸（1788—1841），字源选，号香山，祖籍福建南靖，其家族为行伍世家，世代戍守台湾，他先后担任台湾水师协副将、海坛镇总兵、金门镇总兵等职。说来，他还是林则徐、邓廷桢的老部下。道光十九年（1839年）六月，江继芸任广东南澳镇总兵，他对鸦片烟毒深恶痛绝，率水师巡船追缉堵截贩运鸦片的船只，深得林则徐、邓廷桢的赏识与器重。邓廷桢调任闽浙总督后，又推荐江继芸入闽任海坛镇总兵。随着林、邓同时被革职，在悲愤中依然奉行林、邓的政策，他一面继续禁烟，一面积极备战。道光二十年（1840年）七月，江继芸调任金门镇总兵，其职责时镇守金门，而大战在即命他镇守厦门，他既慨然受命，也是仓促应战。

七月初十日（8月26日）午后，英军舰船驶向指定的攻击位置，江继芸随即指挥炮台守军还击敌舰，史载其"一举击沉、击伤英舰、船只六艘"，对这个数字我表示怀疑，英军总共才有二十六艘舰船。后经查证，这一战果乃是颜伯焘的奏报——击沉英轮一艘、兵船五艘。不过，英军集中炮火猛击左翼阵地是真，此地适合抢滩登陆。而英军的炮火很快就压制住了清军炮台的火力，在这种压倒性的炮火掩护下，英军陆战队随即分乘舢板抢滩登陆。这是英军的常规战术，在整个鸦片战争中几乎没有什么变化，先以舰炮对清军各要塞炮台进行轰击，这些要塞和炮台早已标注在英军的地图上了。在压住炮台守军的火力后，然后由其陆战队用快艇抢滩登陆，抢占制高点，居高临下对炮台守军进行俯攻。江继芸一面指挥大炮还击，一面组织陆勇堵截登陆英军，而这时候又只能用大刀、长矛等冷兵器来与披坚执锐的英军搏斗了。

江继芸在左翼防线连续打退了英军的五次进攻，而经过一个半小时的炮战，处于右翼鼓浪屿三座清军炮台被英军打哑了，三艘英舰首先突破了右翼防线，总督颜伯焘和巡道刘耀椿据说是"同声一哭"，然后率文武官员撤离厦门，退守同安。眼看主帅跑路，岛上清军一下失去了统一指挥，右翼清军纷纷溃逃。英军陆战队随即夺取了厦门岛南岸的清军防御工事，集中兵力、海陆夹攻江继芸的左翼防线。江继芸和左翼守军又只能孤军奋战了，江继芸和炮台守军一直战至日近黄昏，厦门全岛各阵地全部沦陷，江继芸身负重伤，且战且退，当他退到一个悬崖处，他望了一眼西垂的落日，又看了一眼那如深渊般的大海，一个血淋淋的身躯，紧攥着一把血淋淋的大刀，从那悬崖上纵身跃入大海，顷刻间，整个大海如同流血的母腹，一片血红……

江继芸被后世誉为"福建抗英第一人"，其实他在当时就享受到了至高无上的哀荣，清廷特颁祭文一道："皇帝谕祭阵亡总兵江继芸之灵曰：鞠躬尽瘁臣子之芳踪，恤死报效国家之盛典。尔江继芸赋性忠贞。国尔忘身，御敌冲锋，奋勇阵殁，朕用悼焉。特颂祭葬，以慰幽魂。呜呼！聿昭不朽之荣，庶享匪躬之报，尔如有知，尚克歆享。"

刘耀椿"怀带印信"，在炮火硝烟中穿梭往返于各阵地之间为总督传令，使"各兵勇益加感奋，尽出死力"。厦门战败后，清廷对他的处置颇耐人寻味，先升他为四川按察使，到任随即降为候补道，不久又将他罢职归里。

颜伯焘被清廷以"未能进剿"之罪，革职回原籍。而他经此一败，也被打回了原形，从此"畅论英夷船坚炮利，纪律禁严，断非我师所能抵御"。

英军占领厦门城东北的高地后，见天色已晚，便停止进攻。这一夜风平浪静，他们就像睡在自己家里。翌日清晨，英军进攻厦门城，攻到城门时才发现城内守军已连夜撤走，清军的一座海防重镇，英军几如探囊取物。但英军并不想长期占据厦门，他们是典型的流寇式作战，攻占厦门，一是为其扫清继续北上的障碍，二是为了劫掠财物、食物。英军进入厦门城后，摧毁了所有海防设施，"肆行拆烧，抢掳资财，奸淫妇女，焚毁庙宇，人人痛愤"，有乡民陈氏组织厦门义勇反抗英军，"昼则寻杀无时，夜则乱石向掷"。据嘉庆七年（1802）进士、羊城书院掌教谢兰生所撰《思忠录》记载："夷众五千，我兵五百，夷用车炮，民用抬枪，以一击十，夷兵死者以百计，伤者以千计。陈氏

第七章
沉重的告别

之死者三人，伤者十二人耳。是以不敢久驻厦门，而退屯鼓浪屿也。"

英军退出厦门后，留下三艘军舰、三艘运输船和陆战队官兵五百余人驻守鼓浪屿，其主力按预定计划北上浙江，接下来便是第二次定海之战。

第二次定海战役从道光二十一年八月十一日至十七日（1841年9月26日到10月1日），历经六天六夜，仅从持续时间上看，英军没有像第一次定海之战那样轻易得手，而上一次定海之战，定海水师在海上炮战中仅仅对抗了短暂的九分钟，水师便全线溃败，那也堪称是史上最短暂的海战了。以清军水师的实力，能与英军鏖战六天六夜，靠的不是武器装备，而是钢铁般的意志，而这一次定海之战又打出了一位不屈的英雄。

葛云飞（1789—1841），字鹏起，清代山阴天乐乡（今属杭州萧山）人。其父葛承升为武举出身，葛云飞在父亲培育下读书习武，十六岁时就能开六钧硬弓。到成年时，其臂力更是大得惊人，他能使六十公斤大刀，还能用刀尖挑起一抱粗、两丈长的约重两百公斤的栋梁，其臂力大得惊人。他年少时曾去杭州西湖游玩，拜祭了岳飞墓，一直铭记着岳飞的名言"文臣不爱钱，武臣不惜死，天下太平矣"。岳飞，字鹏举，而他名云飞，字鹏起，看看这名字吧，我突然吃惊地发现，岳飞并没有死，或者说他一直在不断地重生和转世。葛云飞三十岁时，中武举，又于道光三年（1823年）中武进士，历任千总、守备、游击、参将、副将、总兵，镇守东南海疆十六年。

其实他是可以避开这一次血战的，道光十九年（1839年），他因父亲逝世便已回籍丁忧，而在此战前夕，浙江巡抚乌尔恭额以其"曾官定海，熟悉洋岛情形，驰书邀之"，葛云飞得知军情紧急，随即奔赴定海前线。行前，他在父亲传给他的两把佩刀上，一把刻上"昭勇"，一把刻上"成忠"。其母一如岳母（岳飞之母），还为他亲手染黑了麻布孝服，又叮嘱他："国之忠臣，即家之孝子！"葛云飞穿着母亲染黑的孝服，带着父亲的两把佩刀，墨绖出征。乌尔恭额委任他主持镇海军事，葛云飞提出"先言守，后言战"的战略方针，以劲兵扼守招宝、金鸡两山，于关内安设巨炮，江岸筑土城，而江心及隘巷，则树木桩排筏，以阻遏英军舰船来犯。

明眼人一看就知道，葛云飞的战略思维与林则徐几乎如出一辙。林则徐、关天培、葛云飞、陈化成又被后世誉为"鸦片战争四英雄"，林则徐是唯一没有战死的英雄，他连以身殉国的机会都没有。而林则徐在镇海的短暂时日，似乎与葛云飞没有直接交集,当葛云飞墨经出征时,林则徐已悄然离去。这两位英雄虽说失之交臂,而两人的战略思维如出一辙,或是英雄所见略同,又或是林则徐的海防战略思维已深入人心。

当葛云飞奉命进驻定海时,定海几乎无险可守。此前英军攻占定海时,已将清军炮台悉数摧毁,葛云飞多次飞书镇海大营,请求拨款修复,无奈军费不足,他只好上书朝廷,请求预支自己三年俸银,捐作防务经费。他与守兵一起抬土搬石,筑土城,修炮台,还没等工程全部竣工,英军便开到了舟山海域。

八月初六至初九日间(9月下旬),英军舰船在浙江象山、定海、镇海三县洋面麇集四十余只,随后又有英舰二十九艘,在舟山群岛黄牛礁一带集结,侦察定海洋面。

清军也在定海加强了兵力,一共调集了五千守军,由葛云飞等三位总兵分头镇守。

所谓定海,一般指定海城所在的舟山岛,为中国第四大岛、浙江第一大岛(面积476平方公里),相当于六个香港岛。从地形看,三面环山,一面朝着大海敞开。东为竹山门,"半山翠竹半山松,七分留岸陆,三分插海中",竹山门是一座耸峙在定海城南的海门,扼守在舟山通往大陆的黄金水道,港狭水深;北有山势陡绝、俯瞰县城的晓峰岭,岭上有一道山径通向海边,这也是抵御海上之敌的关口,岭下原为宋代盐场,那位"奉旨填词柳三变(柳永)"还在这里做过盐官;西为"山丛叠,去海远"九安门;南为"空旷无蔽"的定海道头,道头即码头,这道头原名舟山渡,始建于宋代,是通往内陆和舟山群岛诸岛之间的码头。

尽管三位总兵为同级武将,但定海是葛云飞的防区,另两位总兵则是协防,定海保卫战实际上由葛云飞统一号令。经三位总兵会商后,随即做出了军事部署——

处州镇总兵郑国鸿率一千二百余名处州兵镇守竹山门。郑国鸿(1777—1841),字雪堂,湘西凤凰县沱江镇人,回族,因世代军功,十八岁承袭云骑都慰世职。他虽生于武功世家,却也是一位儒将,他少时师从邑中鸿儒,研求经学,先后著有《诗经疏义》《葩经招旨》《昌学崇源》等流传后世。而他为学尤其注重经世致用的实学,对历代名将的修身、治军、战略与战术钻研颇深。道光二十年(1840年),郑国鸿擢升浙江处州镇总兵,随后便奉命驰援海疆，此时，他已是一位六十五岁的老将了。

寿春镇总兵王锡朋出守晓峰岭。王锡朋（1786-1841），字樵慵，嘉庆十三年（1808年）中武举，后因平定张格尔叛乱战功显赫，擢升湖南临武营参将，赏顶戴花翎，钦赐"锐勇巴图鲁"名号。后又辗转湖南、广东镇压瑶民起义。王锡朋也是一位儒将，其父为国学生，他自幼受儒学熏陶，博览典籍，熟读兵书，"慨然有澄清宇宙之志"。人道是，有什么样的将军就有什么样的士兵，而儒将往往以仁义治军，王锡朋就是一位"仁义将军"，他治军既严于号令，赏罚分明，又与士卒同甘共苦，体恤士卒，以恩相待。在平息瑶乱时途中遇雨，他见一卒无伞，即叫其前来与自己共伞，将士深为感动，"每战皆力死"。而在对待俘虏上，他也以仁义为先，凡乞求投降的，皆"纳而抚之，不议诛"。又称他为"仁义将军"。道光十八年（1838年），王锡朋调任安徽寿春镇总兵，在他的打造之下，寿春兵成为一支以骁勇善战驰名的军队，令敌人"闻寿春兵即远遁"。道光二十年（1840年），王锡朋率寿春兵协防吴淞，协同江南提督陈化成防守吴淞要塞两个月，曾炮击大小英舰两艘，"英人闻风远遁，数月不敢窥"。这次定海之战，他原本是可以避开的，在英军攻陷厦门之前，上司命他撤离定海，当他在葛云飞为他饯行时，他听到了英军入侵厦门的报告后，遂毅然决定留下协防。

定海镇总兵葛云飞则率部踞守土城，这土城并非地名，而是葛云飞此前率定海军民筑起来的一道海上长城，长约十里，"当敌要冲"。据清人笔记《冷庐杂识》所记："公以南道头空旷，增筑土门，又请自竹山门至摘箬山遍列炮，县治后晓峰岭筑炮台，以杜侵越；小竹山门下塞其江路，对土城诸岛均置防守，使夷舟不得近，谓必如是则定海可固。"

战前，葛云飞曾致函妹婿朱世禄，纵论论鸦片战争时局："夷匪一案，未发之前，文武大吏，漠不关心；失事之后，仓皇无措。迁延日久，群议蜂起，或矜意气，或图便私。既无切中窾要之论，亦无公忠体国之心。时事至此，尤堪长叹。余受事后，屡言犬羊之性，非大加惩创无以善后，并将剿办机宜，分晰条陈，而当事诸公，咸以为难。自后局势屡变，忽剿忽抚，总无定见，现虽收复而善后事宜更无把握。余一武人，仰荷圣明起用，惟不避艰危，务尽我心而已。"这也是他遗书了，他指出了鸦片战争屡屡失利的根本原因，乃是清廷"忽剿忽抚，总无定见"，而他对定海之战"更无把握"，只能不避艰危，尽心竭力。

　　第一天（8月11日）上午，英军舰船全部驶入离定海三十里的横水洋，三位总兵接报之后，立即集结队伍，率将士面对大海誓师："城亡与亡，誓死不离定海半步！"

　　下午，英舰列成纵队开进定海海面，对竹山门开炮轰击。这也在三位总兵的意料中，竹山门原本就处于定海首当其冲的位置。而据史载，率先开炮还击的却不是镇守竹山门的郑国鸿，而是驻守土城的葛云飞，他"见英舰气焰嚣张，怒不可遏，迎头一炮，将敌首舰大桅轰为两截，砸死英军十余人，敌舰慌忙调转船头逃去"。显然，英军的这一次攻击只是试探性的火力侦察，其更猛烈的攻势还在后边。

　　为了防止英军乘夜偷袭，葛云飞和将士们甲衣未解，轮番值守炮台。那些轮休的官兵也没有回营房歇息，一个个就蜷伏在土城脚下，枕戈待旦。白露过后，秋风渐寒，阴气渐重，那正是浙海风暴多发的季节。当晚，狂风从海上呼啸而来，直刮得土城上飞沙走石，黑压压的，不见星月。半夜里又暴雨大作，将士们那湿透了的甲衣粘在土墙上，但在他们凝结着烂泥的胳膊里依然搂着寒光四射的大刀长矛。葛云飞沿着那泥水翻浆的十里土城巡逻查哨，一个来回走过来，就像从泥淖中挣扎出来的。此时已是下半夜，进入了定海之战第二天（八月十二日），暴风雨终于停息了，而冥冥夜气与漫漫水雾交织弥漫，葛云飞睁大眼睛朝着大海的方向看，但什么也看不清。但凭他多年驻守海疆的经验，他已练出了特别敏锐的听觉，能在风声、浪涛声中捕捉到异样的声音。凌晨三时，他听见了雾中隐隐传来声音，那是船头遭遇风浪的吃水声。果不其然，英军趁着这大雾发起了偷袭。他随即下令将士做好战斗准备。随着那声音由远而近，越来越清晰，他估计英军已进入了炮火的射击范围，立即亲自操炮，连发数炮，这是盲目的射击，而从大海上传来的声音就是唯一的方向。他听见雾中传来了巨大的爆炸声，还有掀起的巨浪声，而那冲天而起的火光烈焰是大雾遮不住的。

　　据史载，"敌舰弹药舱中弹爆炸，大火冲天，英军纷纷跳水逃命，死伤无数……"

　　英军在定海之战中到底死伤多少，后世一直充满了争议，这也是后话。但有一点可以肯定，在英军前几天的进攻中，一直没有攻陷定海的任何一座炮台,英军陆战队在炮火的掩护下几次试图抢滩登陆,均被分头把守各炮台的三总兵击退了。但英军的炮火极具杀伤力,炮台守军每一天的坚守,都要付出伤亡数百人的惨重代价。据史家后来统计,英军在六天之内向定海倾泻了一千多发炮弹,而清军消耗的炮弹至少是其数倍。若从炮战的实力看,英军足以以一当百,而清军哪怕用一百发炮弹,也不一定能击中英舰的要害,若能像葛云飞那样击中英舰的大桅和弹药舱,那真是奇迹了。

英军虽说暂时没有攻占定海,但封锁了从定海到镇海的海道,截断了定海守军的补给线。到了第三天,定海守军每人每天只有半斤干粮充饥,几乎每个阵地都在告急,粮食告罄!弹药殆尽!如果不赶紧补充粮饷、弹药和援兵,哪怕炮台守军有"城亡与亡,誓死不离定海半步"的意志,注定也是一次失败的战争,毕竟"城亡与亡"不是战争的目的,战争的目的应该是"人在城在"。

危急中,三总兵联名飞书向镇海大营告急,通信兵突破英军的封锁线将告急信送达了镇海大营,却是空手而返。镇海大营把他们先打发回来了,却未交代何时发兵救援。葛云飞只能一边苦战,一边苦等。战至第四天,正是中秋节。英军才不管你什么中秋不中秋,又发起一轮猛烈的攻势,但直到夜幕降临他们也没有得手。而此时,将士们连干粮都吃光了。葛云飞和将士们一样,一个个饥肠辘辘,下意识地凝望着天空天上那一轮孤月,想象与家人团圆赏月的滋味了。而在这个愁云惨淡的中秋夜,那被阴翳吞噬了一半的月亮,看上去也是一种阴冷的、凄惨的光亮。偶尔有雁阵飞过,那一声一声的鸣叫,更平添了无尽的凄怆。按农历生活的中华民族,早已发现的春秋物候,"鸿雁来,玄鸟归"。据《月令七十二候集解》,白露过后,"鸿大雁小,自北而来南也,不谓南乡,非其居耳",而"春分初候,玄鸟至,燕来也"。而对于这些将士,这也许是他们度过的最后一个中秋节,他们此时还能看到"鸿雁来",却再也看不到"玄鸟归"。葛云飞没有对死亡的恐惧,却也有满腹的惆怅,泪水不知不觉从他那布满血丝的眼里涌了出来,滑过他那瘦削得只剩下了骨骼的脸庞……

一路队伍在泪光与月光中出现了,葛云飞猛地一惊,正要下令投入战斗,仔细一看,却是提篮挑担的队伍,沿着海岸线绵延数里。有的弁兵开始欢呼:"啊,有人给我们送饭来了!"那是定海绅民,他们原以为这次定海之战又同上回一样,定海很快又会被英军攻占,一听从海上传来的炮声,他们就赶紧收拾细软，携家带口逃难了。没想到这一次，定海守军竟然坚守了四天四夜，这让他们又能回到家里过中秋，然后又提篮挑担，给炮台守军送来了热饭热菜和月饼。他们也听说了葛将军的威名，一个绅士还特意为葛云飞熬了参汤。"公苦战六昼夜，日仅啖数饼，耆老有煎参以进者，公投诸水与众共饮之，士卒毕感奋。"但这碗汤葛云飞又怎么能喝得下肚啊，此时正满腹愁肠，想着今晚明天的战事，对镇海大营的救援望眼欲穿。众将士见他再三推辞，都围上来劝他把参汤喝下去，您可别辜负了定海绅民的一番心意啊。葛云飞这才接过参汤，他手捧汤碗举过头顶，先向来劳军犒师的定海绅民致谢，又转身面向众将士说："公等随我守城，忍饥杀贼，我何忍一人独饮乎？"他将参汤倒入土城旁边一条小河，然后与众将士一起低头掬饮，每个人一低头，那眼泪就流下来了。那水中没有多少参汤味，更多是泪水咸涩的滋味，那其实也是大海的味道。

　　第五天又是风狂雨骤，越是这样恶劣的天气，英军越是急于攻下定海，为了躲避大海上的风暴，他们必须以最迅猛的攻势攻占一个避风港，一个作为其立足之地的海岛。但英军的攻势又一次被打退，但葛云飞依然没有看到救兵的影子。眼看弹尽粮绝，也难免有将士在绝望与悲愤中提出撤守，遭到了郑国鸿予以痛斥。他少时读《史记》，对李陵战败后投降匈奴的失节行为极为愤慨，"援穷力竭，丈夫当死"！

　　到了第六天，八月十七日（10月1日），暴风雨过去了，葛云飞依然没有看到救兵的影子，而英军却从厦门把留守鼓浪屿的舰船调来了，看来，璞鼎查欲倾力一战了。这也确实是定海之战的最后决战。

　　风雨过后必有大雾弥漫。凌晨，"天大雾，夷全队逼土城"。英军兵分三路，对定海守军的左翼阵地、中心阵地和右翼阵地同时发起了猛攻。葛云飞一面在"当敌要冲"的土城督战，一面传令竹山门、晓峰岭两处守军严防死守，"拼力截杀"。

　　英军也调整了策略，他们在攻打定海本岛（舟山岛）之前，先攻占了大五奎山岛，夺取了定海制高点，并建立野战炮阵，随后在五奎山野战炮阵的火力掩护下，其陆战队分两路纵队抢滩登陆。英军左路主力一千多人，在晓峰岭以西登岸后迂回包抄王锡朋驻守的晓峰岭。王锡朋一直紧盯着海上之敌，指挥炮台守军发炮还击，然而"清军所用抬炮，至于红透，不能装药，虽拼命死战，终于不支",而他一直把晓峰岭作为自己坚守的靠山,没料到英军竟从后边袭来,前有舰炮,后有英军重兵,王锡朋一下陷入了重围。而在三总兵中他的兵力是最少的,仅有数百人。他率寿春兵左冲右突,一发炮弹打来,他的一条腿被弹片斩断,但他靠一条腿支撑着,连连挥刀砍杀像潮水般涌来的敌军,他也不知自己砍杀了多少英军,他也不知道自己挨了多少刀,史载他被英军乱刀砍死。据《清史稿·王锡朋传》:王锡朋"偕葛云飞等守定海。敌至,锡朋初守竹山门,为诸军应援,数获胜。及敌乘雾登晓峰岭,以无巨炮不能御,率兵奋击,并分援竹山,所部裨弁朱汇源、吕林环、刘桂五、夏敏忠、张魁甲先后阵殁,众且尽,锡朋手刃数人,遂遇害"。又据户部主事、军机章京王拯所云:"公任寿春,尤得军士心,寿春天下雄师,骁勇善战,公所将数百人至定海,多从战殁,罕生归者……"

王锡朋是三总兵中最早为国捐躯的一位,更残忍的是,当英军知道这是一位总兵,又在他的尸体上疯狂地持刀乱砍,把他砍成了一团模糊的血肉,都看不出人样了。当道光皇帝获悉王锡朋惨死的消息,为之而动容,还专门为他写了祭文,谕旨按提督衔(从一品)在老家董庄祖茔安葬,并赐御碑,谥"刚节"。

英军在攻打晓峰岭时,就对竹山门发起了进攻。而在英军发动进攻之前,郑国鸿也是一直紧盯着大海的方向,严防英军在大雾的掩盖下对处于定海最前沿的竹山门发起偷袭。他也学会了如何在大雾中辨别敌船,据载,他"伏地倚土,瞩眄四望,忽满耳风篷声,又海水有声,似船头遇风吹一般"。然而,他和王锡朋一样,一道海门不见抢滩登陆之敌,只有英军舰炮的攻击,而英军陆战队却从背后包抄过来。在英军舰炮和陆战队的夹攻之下,原本就已经战至弹尽粮绝、精疲力竭的竹山门守军,又只能用冷兵器来对付洋枪洋炮了。一位六十五岁的老将,豁出一条老命,冲入敌群,挥刀连砍数人,身受十余伤,倒在血泊中,随征官兵在此前就有大半在英军的炮火中阵亡,而经此最后一战,几乎全部牺牲。

最后,轮到定海总兵葛云飞了,而土城守军又一次陷入了孤军奋战的绝境。

英军中路从正面进攻土城,战至中午,葛云飞发觉从晓峰岭、竹山门方向传来的炮声渐渐稀落,预感凶多吉少。俄顷,哨探接连来报,晓峰岭失守!

竹山门失守！而他又一次派去大营求援的通信兵，竟又两手空空回来了。而这时，攻破了晓峰岭、竹山门的英军已集中兵力向土城发起进攻，那些洋鬼子们如山洪暴发般从晓峰岭、竹山门呼啸而来。葛云飞急令炮手转向轰击英军，可那炮位都是面向大海固定住的，炮手们怎么使劲也扭转不了方向，葛云飞上前抱住炮身，猛一发力，他的臂力还真是惊人，竟将这个笨重的大铁疙瘩调转了方向，随即他便操炮发射，一直打到炮管红透，无法再打了。

葛云飞知道到了最后关头，他朝北而拜："臣力竭矣，崎岖海外七阅月，不能为国灭贼，死不足塞责！"

然后，他又取出印信交给随身亲兵："此乃朝廷信物，不能陷入敌方，请交大营，并请速速发兵进剿，我若死而有知，当化厉鬼协剿夷寇。"

这时英军已逼近土城，他纵身跳上城头，挥刀大吼："好汉子，快跟我杀贼去！"

由于连日血战，土城守军此时只有数百人，"公率以拒敌，持短兵奋呼而进"，官兵追随着葛云飞，从土城关山炮台转战到竹山门，一路与英军搏杀。一个手举绿旗的英军旗手冲在最前面，这家伙正是那个被定海农民俘获后用箩筐抬到镇海大营去的炮兵少尉安突德，葛云飞对着安突德痛喝一声："逆贼终污吾刀！"手起刀落，连人带旗杆一劈两断，由于用力过猛，他手中的快刀竟断成两截，又唰唰从腰间抽出父亲传给他的两把佩刀，一曰"昭勇"，一曰"成忠"，一路左劈右砍杀将过去，从土城一路搏杀至竹山门。当他准备仰攻居高临下的英军时，英军迎面一刀砍来，"长刀劈面，去其半，并以火枪围攻，攒击，身受四十余创，炮洞胸背，遂立竹山门崖石"，这位被削去了半边脸的英雄，浑身四十多处受伤，每一个伤口都在喷血，但他还在与英军搏杀，乍然间，一发从"弗莱吉森"号上发射炮弹炸穿了葛云飞的胸口，"穴如碗"，他仍屹立于竹山门的崖壁上，"手擎刀杀敌状，尸直立不仆，左目霍霍如生"，这是继关天培之后又一位死而不倒、"直立不仆"的卫国军魂。尽管有人对他们"死而不倒"充满了怀疑，我却深信天地间还真有这种站着死的英雄。

历史如此评说，第二次定海保卫战，是鸦片战争中中国军民抵抗最壮烈的战役之一，这也是鸦片战争中敌我双方参战人数最多、规模最大、交火时间最长、伤亡人数也最惨重的一次战役，葛云飞、王锡朋、郑国鸿三总兵同日殉

第七章
沉重的告别

国，麾下五千八百名守军无一变节投降。然而，中国军民付出了如此惨重的代价，英军却仅死二人，伤二十七人。——对这一结果，后世也同样充满了质疑，在舟山发现的英军合葬墓碑刻显示，至少有四百（416人）英军被定海埋葬。但这些英军并非战死，而是死于疫病，也有人认为应该对这些英军的死因进行深入考证，从而重新认识定海战役在鸦片战争中的历史地位。

对定海之战，英国侵略军曾经这样记载："当亚当斯陆军中校指挥第十八团登陆……进入临海的炮台的南端，正在沿着长堤退却的中国人，赶紧集合在他们勇敢的葛将军的领导下，做了一次很体面的抵抗。"

如今在晓峰岭还依稀可见当年的炮台遗址，竹山门一带还有一座座无名将士合葬墓，在晓峰岭与竹山门之间的山脊上屹立着一座傲骨亭，在晓峰岭南岗墩还有一座三忠祠，这一切虽说皆为后世所建，又何尝不是定海将士的烈血傲骨铸成？历史不只是徒供后世祭奠和凭吊，还有太多的追问和反思。

这里就有一个历史悬念，当三总兵联名飞书告急，镇海大营为何一直拒不救援？

对此，后世几乎一致把罪责指向了浙江提督余步云。这里就先看看余步云何许人也。余步云（1774—1843），原名余世蝉，号紫松，四川广安人，嘉庆年间以乡勇参与镇压白莲教起义，在"道光六年，以川东镇带川兵六千，征逆回张格尔，并生擒和田贼首玉努斯卓霍尔，俘献之"，因"安内"之功，余步云从把总、游击一步一步擢升总兵，像绘紫光阁，赏戴双眼花翎，加赠世袭一等轻车都尉。道光十八年（1838年），加赠太子太保衔，成为宫保大人。道光二十年（1840年），余步云任浙江提督，先后镇守定海、镇海。但这位余大人擅于陆战，却不谙海战，"安内"积极，而"攘外"消极。对于英军入侵他一直是消极应战，又据说英军还利诱余步云，暗中牵制裕谦，而裕谦"素来轻鄙余步云，深感其办事难资得力"，这也是裕谦力荐林则徐担任自己的左右手、主持浙东海防的原因之一。但清廷却再次罢黜林则徐，而裕谦作为两江总督，虽说可以节制两江军事，却也无权撤换一个高居从一品的提督。在此次定海之战中，余步云拒不执行裕谦"相机援应"的命令，对定海守军坐观拒援，甚至还诬蔑葛云飞等夸大敌情，致使定海又一次陷入了孤军奋战的境地。从镇海大营的兵力看，其实比定海还少，只有五千人，窃以为，这可能才是镇海大营对定海拒不救援的主要原因，为了力保镇海大营，因而不愿分兵驰援。然则既无定海，又岂能镇海？定海与镇海唇齿相依，唇亡齿寒，英军攻陷定海后，接下来就轮到镇海了。

镇海位于甬江北岸，甬江口如虎门珠江口一样，也是一个喇叭形海口，其北岸第一道屏障为屹立于海口的招宝山，明代就在山上修建了防御倭寇的堡垒。甬江南岸的金鸡山与招宝山互为犄角，尤为险要。战前，镇海守军约五千人，提督余步云率一千余人驻招宝山和东岳宫，总兵谢朝恩带一千五百人防金鸡山，总兵李廷扬率数百人守东岳宫以西的拦江埠炮台，三处互为犄角。

镇海大营为清军浙东防线的指挥部，由两江总督裕谦坐镇大营统一指挥。

在定海陷落后的第九天，英军在定海休整之后，又恢复了元气，按计划对镇海发起了进攻。八月二十六日（10月10日）拂晓，英舰"威里士厘"号、"伯兰汉"号、"布朗底"号、"摩底士底"号驶向甬江口北岸，炮轰甬江北岸的招宝山，而英舰"巡洋"号、"哥伦拜恩"号及"班廷克"号则轰击南岸守军阵地。又有更翔实的史载，在舰炮火力的掩护下，主攻甬江南岸的英军兵分两路（一说分分左、中、右三路）实施登陆。左路由英军第55团、第18团及炮兵、工兵分队组成，共一千余人（1173人），配有山炮四门、臼炮二门。他们乘舢板驶进小浃江登岸后，以沙蟹岭为掩护，绕至金鸡山侧后进行突袭；另一路英军从正面进攻，由英军第49团及炮兵、工兵分队共五百余人组成，配有榴弹炮和野战炮各二门。他们首先在金鸡山东北的突出部强行登陆，尔后迅速占领兵竺山，随即向金鸡山炮台突进。这又是英军惯用的海陆夹攻战术，金鸡山守军正面不敌英军，而腹背更有大敌，还不断遭到海上英舰的炮火轰击，总兵谢朝恩被弹片击中落海身亡。守军经历短暂的血战后，金鸡山旋即落入敌手。

同样的战术，英军又在甬江北岸的招宝山重演了一遍。当英舰炮轰招宝山炮台时，在此坐镇指挥的余步云竟然擅离职守，央求裕谦"以保全数百万生灵为词，请遣外委陈志刚前赴夷船上，暂事羁縻"，但被裕谦严词拒绝。此时，英军的攻势越来越紧，在如炸雷般的炮声中，余步云两股战战，颤声哀求："我女儿今天出嫁，老夫得回家照料啊！"裕谦看着这样一位比自己年长近二十岁的老将，竟如此贪生怕死，他那眼神不知有多鄙夷。他只能再次告诫余步云（大意）："儿女情长，英雄不免，但忠义事大，此志断不可夺！"但凭这句话，又怎能阻止一心想要逃命的余步云呢。据《夷氛闻记》，余步云"不令兵开炮,夷甫至山麓,攀援欲登……遽弃炮台走。"当裕谦发现余步云带着亲兵逃跑时,命令城上士兵发炮拦截,但余步云似乎早就料到裕谦会来这一招,他绕到后山逃跑了。一位大将临阵脱逃,让招宝山顷刻间军心瓦解,英军轻而易举就占领了招宝山,随即利用架在山上的大炮居高临下地俯击镇海城,掩护英军攻城。裕谦在镇海城东门督率将士开炮轰击敌人,这已是镇海守军最后的一道防线。他于阵前立誓,无论形势如何艰危,他决不离开镇海一步,不与英军议和,誓与镇海共存亡。然而到了这一步,无论他与守军如何拼死抗击,都已无回天之力,他也只能面北而向天子叩头谢罪。他将护理钦差、总督关防各印交与江宁副将丰申泰,命其火速撤离镇海,移送浙江巡抚衙署。然后裕谦纵身跃入沉泮池,投水殉节,随其一起殉国的还有镇海县丞李向阳,守备王万隆、把总汪宗宾、解天培、外委林庚、吴廷江等。

裕谦作为钦差大臣、两江总督,是鸦片战争中清朝牺牲的最高官员,时年四十八岁,正是春秋鼎盛之年,"出师未捷身先死,长使英雄泪满襟"。他的死令清廷震撼,道光皇帝追赠其太子太保,谥靖节。

余步云则是在鸦片战争中被清廷处死的最高将领。其实清廷对余步云的清算已是道光二十二年(1842年)年五月,他被押至京城,拟斩监候。次年,道光皇帝批复:"余步云未能擒获敌军一兵一卒,临阵退缩,弃城而逃,畏死贪生。此等行为,若不军法从事,如何面对为国捐躯的忠臣将士?"随后,年近古稀的余步云被处斩弃市。《清史稿》云:"余步云庸懦巧猾,卒膺显戮。宣宗于偾事诸人,皆从宽典,伸军律者,仅步云一人耳。"

英军在攻陷镇海的第三天又自甬江直入宁波,而宁波几如一座不设防的城池,英军"登岸劫掠,城门洞开,直入无人之境"。据光绪《鄞县志》记:"镇海既陷,郡城援兵未至,人民倾城奔避,文武官吏相顾无策,出西南门俱遁,英船四艘直至三江口,其酋入城,伪发谕安民,而淫略不戢,市肆积储为之一空,衙署寺庙,拆毁略尽。"另据宾汉《英军在华作战记》,英军在宁波掠夺了"可供两年之用的谷物和十二万元现金、纹银",还有大量丝绸和瓷器。英军除了明火执仗的劫掠,又在宁波设立伪政权,命传教士郭士立为宁波"知事",还向市民勒索一百二十万"犒军费"。璞鼎查眼看其侵略战争频频得手,还向英国政府建议:"女王陛下可以宣布,中国的某些港口或者某些沿海地区,将并入英国的版图"。

浙东连失定海、镇海、宁波三镇，那个一度相信"夷人就抚，海防可撤"的道光皇帝，没想到那些洋鬼子竟然跟他开了一个恶劣的玩笑，他又从主抚一变而为主剿，在全国各地调兵遣将赴浙"靖逆"。道光皇帝命皇侄奕经为扬威将军，"督师往剿"，特诏："申明军纪，凡失守各城逃将逃兵，军法从事。"大学士穆彰阿奏请释琦善出狱，随赴军前效力，"奕经却之"。奕经虽说拒绝了琦善随他从征浙江，却又如琦善一样玩起了拖延战术。英军压根就没把这个"扬威将军"放在眼里，而当地官吏绅民对奕经比对英军还恐惧。据时人所记，"奕经调拨京兵数百，带领侍卫等官，由京起程，沿途需索，数旬后方抵江南省，由江南到江苏，闻夷信（？）凶猛，枪炮迅利，即驻兵苏州，探听夷情。在苏数十旬，淫娼酗酒，索财贪贿，每日吴县供给八十余席，用费数百元。稍不如意，侍卫、京兵等即掷击杯盘，辱骂县令，吴县竟被逼勒呕血而死。"这样一个宗室大臣又怎么能申明军纪、抵抗英军？

十一月十六日，英军攻陷余姚。

十一月十九日，英军进扰慈溪。

随着战线不断拉长，英军兵力不足，遂停止进攻，等待援军。而清廷已从全国各地调集大量兵马赴浙会剿，然而在英军几如孤军待援的大半年里，清军却一直未抓住战机。就在清军的拖延、英军的等待中，历史已进入道光二十二年（1842年），这也是第一次鸦片战争的最后一年。

五、泪洒三军血

道光二十二年正月，奕经已拖延战事数月之久，每天不问战事，只问占卜。正月下旬，奕经"祷于西湖关庙，占得虎头之兆"，此乃大吉之兆。而他当晚又忽得梦兆，洋人偷偷上船，窜出大洋。这让奕经从梦中笑醒，这真是天佑他也。奕经随即决定于正月寅日寅时（正月二十五日凌晨三点到五点）分兵三路，进袭英军盘踞的定海、镇海和宁波，但他密令进兵的情报"屡遭谍，为敌所获"，原本想发起偷袭战，结果却变成了英军的反偷袭，其各路兵马"为

第七章
沉重的告别

敌炮击退，皆大败"。奕经狼狈逃往杭州，从此不敢再战。

战事一直拖延到四月间（6月），英国政府又从印度调来援军，英国远征军猛增至近两万（19000人），随即扩大了对中国的武装侵略，从甬江口进犯长江口。

吴淞口是长江的第一道门户，扼守着黄浦江与吴淞江汇入长江的出口处。这是一个直接与战争联系在一起的地名，更是保卫松江（上海）和长江门户的桥头堡。如今走进吴淞口炮台，首先看见的是一座雕像，一个苍老的身躯裹在战袍里，一张与大海紧密地联系在一起的遍布沧桑的老脸，比石头还老。他的出现让我不知所措，这个人绝对不可能被虚构。

陈化成（1776—1842），字业章，号莲峰，福建同安（今厦门）人，为江州义门后裔，童年时移居台湾淡水，在那里长大。他出身行伍，是以剿灭同安海盗起家的，在枪林弹雨中一步步得到提升，先后担任水师把总、参将、协副将、碣石、金门两镇总兵。道光十年（公元1830年），陈化成任福建水师提督，镇守厦门。厦门这个名字，是明洪武时始筑厦门城而命名的，意寓国家大厦之门。陈化成镇守厦门时，一个王朝早已进入多事之秋，东南沿海常有外国鸦片走私船出没，清政府不少官员一方面把这些外国船舶轻蔑地称之为"番舶"，一方面又对这些耀武扬威的"番舶"充满了恐惧，这也是中国人的性格特点之一，他们在汉语言的运用上傲岸而又炫耀，一旦触及现实，立刻就变成了一副猥琐不堪的模样。除了恐惧，一些官吏甚至与这些外国鸦片走私船"阴享分肥之利"。而陈化成到任后，局面为之一变，他督率水师，严行堵截，多次率师击退侵入中国海疆的英国舰队。

鸦片战争爆发后，为了加强江南防务，清廷调陈化成为江南提督。走马上任，陈化成立即赶赴吴淞口视察。英军攻陷浙东三镇后，几次窜到长江口，一见吴淞戒备森严，未敢贸然进攻。这些不可一世、几乎没有把大清帝国放在眼里的英军，却没有轻视一位六十七岁的中国老将。传说，英军"不畏江南百万兵，唯惧一人陈化成"，英军如此惧怕陈化成，也许只是民间传说，但陈化成绝对不害怕这些英夷。他也根本不相信这些洋鬼子会那么轻易就抚，"犬羊有信哉？请留本镇兵弗去！"当清廷谕令撤防时，他一直在加强吴淞口的防守。他在吴淞口至上海城之间修筑了三道坚固的防御工事，每道工事都配备了雄厚的兵力和五百门以上大炮；又疏通了宝山顺通河，将挑出之土，修筑十里土

海祭
——从虎门销烟到鸦片战争

城；又在吴淞东西炮台要害处，沿海塘筑起二十六座形如雉堞的"土牛"，俨然一道长城，既可御敌，又可隐蔽。而最坚固的长城，其实筑在一个人的内心里。两江总督牛鉴就把陈化成倚重为海上长城，他还在给道光皇帝的奏疏中称陈化成"心如铁石，士卒用命，民情固结"，而道光皇帝也曾为此而大加嘉许。

陈化成又倡议在上海设立铸炮厂，自造新炮，并派人到湖北采购精铁十二万斤，又从宝苏局拨运洋铜十二万三千斤，在上海城内设立铸炮局和火药局，又派人到各地购买精铁，铸大炮和炮弹，先后铸成二三千斤至八千斤大炮约三千门。一时间，军气胆壮，而"民独晏然"。也是的，有了这样一位大将镇守，老百姓也确实平添了许多安全感。而最大的安全感，还来自一位守将的大无畏精神。

陈化成素以英勇善战闻名，人称"陈老虎"。他有作为老虎的一面，对敌人异常勇猛，对部下也非常严厉。尤其是对军纪，他要求甚严。当时，为加强防守吴淞、宝山的力量，朝廷调来了徐州总兵王志元部归陈化成指挥，王志元不听调度，部下纪律松弛，经常外出滋扰生事。陈化成召来王志元，当着他的面严惩其部下违法者十余人，从此王部慑服。而"江苏营伍，废弛已久，从未讲求训练，各营备将，相率因循，水师尤甚"。陈化成从福建带来勇敢善战亲兵一千人，分驻吴淞、上海两处，并从中挑出富有作战经验的军官到各营教练。他亲临教场，授以避炮法，士卒无不信服。他对自己也相当严格。提督为统辖一省陆路或水路官兵的最高主官，称得上封疆大吏，但陈化成出入从简，从不用仪仗和随从。他生活简朴，一日三餐，粗茶淡饭。他日夜勤于军务，与士卒同甘苦，身先士卒，挖壕沟，亲力亲为，严冬巡海。他驾着小舟往来海滨风浪中。有病，也照样坚持巡防，他觉得这没有什么，"栉风沐雨，军营常事"。他为人正直，既不阿谀上司，也拒斥下级对自己的阿谀。有一次他过生日，一个部将制了一面金字旗作为寿礼，他很生气，立令将金字旗撕裂。他治军严厉，但也有一副菩萨心肠。一年冬天，江南大雪，数日夜平地积雪数尺，陈化成每日踏雪到各营查看，发现兵士有穿得单薄的，马上添置棉衣。有一次台风大作，暴雨倾盆，潮水溢出塘面，部将劝他移帐，他说："我可以撤到高而干燥的地方，但士兵们住在低下窄小的地方，于心何忍？"

他这副菩萨心肠，又让军中将士称他为"陈老佛"，在吴淞深得人心。

第七章
沉重的告别

在东南沿海连连告急时,陈化成枕戈待旦,日夜戒备。

当他听说家乡厦门陷落,他叹道:"毁家不足忧,特恨未能速剿耳!"

当定海失陷,葛云飞等三总兵为国捐躯,陈化成老泪纵横,他激励部下说:"武臣卫国,死于疆场,幸也,尔等勉之。"

他似乎也预感到,这个殉国的日子离自己也不远了。他的预料是准确的,英军在接连得手之后,已经看穿了大清帝国内部的虚弱,决定进一步扩大战争,沿长江内犯,占领南京。而想要进入长江,先要看陈化成的十里海防长城和三千门钢铁大炮答不答应。大战当前,陈化成进一步巩固防线,稽查内奸,严申纪律,誓师抗战:"化成经历海洋,凡五十年,为国而死,死亦无妨。我无畏死之心,则贼无不可灭矣。"

对于英军而言,如果不啃下这块硬骨头,他们根本就进不了长江,只能在一个帝国的外部转悠。为此,狡猾的英军颇费了一番心机,先派奸细窥探吴淞炮台,又从他们早已征服的印度派来了大批援军。在感到有了十足的把握后,他们开始对吴淞炮台进行挑衅性的试探,接着用木排漂来战书。对英军的把戏,陈化成清楚得很,无论你怎样挑衅,他一律懒得理会,又将英军的战书掷于海塘之外。

一场血战还没有打响,有人的腿肚子已经开始打战了。两江总督牛鉴仿佛已提前闻到了血腥味,他在亲兵的前呼后拥下来到陈化成的兵营,只有一个目的,劝陈化成放弃抵抗。他不是主战派,也不是主和派,他是一个叶公好龙的人,他曾多次赞赏陈化成,但这次,他要说的是,英军船坚炮利,难以抵挡,不如迎接犒劳他们,缓和一下气氛,延缓开战日期。意思大概就是这么个,尽管吞吞吐吐,但陈化成听明白了。他愤然说:"某经历行阵,四十余年,今日见贼异议,是畏敌也。且某奉命剿贼,有进无退!"陈化成最担心的不是一个总督的态度,而是将士们的意志。大战当前,他又一次检阅部队,这样的检阅与威武无关,海风中一个老将的声音无比苍凉:"我今日极力用兵,欲以死报国恩,汝等幸助我全忠节焉。"一个主帅不屈的意志,也让兵士们一个个下意识地挺起了胸膛,他们跟着将军一起呐喊,有进无退!

道光二十二年四月二十八日(1842年6月16日),一场血战终于拉开了序幕。

英舰二十七艘,陆续在长江口外的鸡骨礁附近集结,并闯入吴淞口内测量水道。

五月初一，三艘经过伪装的英舰，在军舰两侧排列木头人，绕过小沙背，逼近西炮台，妄图试探清军炮兵的火力，但陈化成没有上英军的当，他严令静守，不发一炮，英军的阴谋未能得逞。

初五日，正值端午节，英舰在吴淞口集结得更多了，往返拦击中国商船，借以激怒陈化成，但陈化成依然按兵不动，只是"严饬各营将士整器械，具战艇，身带干粮，以备御敌"。可见，这个人非常勇猛，也非常理智和智慧，决不能让英军为侵略找到任何借口，更不能让他们试探出吴淞口的军事部署和实力。他知道，一场大战已经不可避免，对这些夷人，他没有心存任何幻想；他也知道，尽管他一直在准备，但他的实力远不如英军，这不是他和英军的实力对比，而是大清帝国和大不列颠帝国的实力对比，这个实力的悬殊太大。他心里早已清楚，此役，必败无疑，但哪怕战败，也要让英军付出惨重的代价，至少要让这些洋鬼子感到一个民族不会轻易屈服也不会轻易征服。

初八日（6月26日）凌晨，英军以大小舰船百余艘，陆军万余人，猛攻吴淞要塞。这也是自鸦片战争爆发以来英军集结舰船和兵力最多的一次进攻，陈化成率五千官兵把守吴淞炮台，反击两倍于己的英军。

英舰分批驶入沿江，陈化成坐镇指挥西炮台向敌舰打响了第一炮，第一发炮弹击中英军第二号战舰"布朗底"号，打死一名军官和几名水手，另一发炮弹把轮船"弗莱克森"号的一名测量手两腿打断。英军旗舰"皋华丽"号被击中多次，后樯被击中三炮，"布朗底"号被击中十四次，"西索斯梯斯"号被击中十一次，其他舰只亦被击中多次，连英军指挥官也不得不承认："自与中国军队作战以来，中国人的炮火以这次为最厉害。"

炮战从清晨一直持续到中午，陈化成一直在挥旗发炮，与侵略军对攻，炮口已经打得通红，就像这位老将血脉偾张的脸孔。

这又是一次孤军奋战，自战斗打响，守小沙背的王志元一直按兵不动，守东炮台的参将崔吉瑞则一炮未发。他们好像处于中立的状态，不知是吓破了胆，还是为了保存实力，或是给自己留一条后路？他们的心机实在太深，而历史早已暗怀鬼胎。

当陈化成在炮战中占据上风时，那个深藏不露的两江总督牛鉴忽然出现了，都这个时候了，他还没有忘记总督的威仪，前呼后拥，仪仗盛大，但他忘

第七章
沉重的告别

了这里是战场。英军看到这样大排场,必有大官无疑,轰隆一声,一发炮弹击中了牛鉴观战的将台,牛鉴一下惊恐地大叫起来,急令陈化成赶紧退兵,但陈化成不答应。恰好英军又是一炮打来,炮弹就落在牛鉴附近,这一次把牛鉴吓得连喊叫都喊不出声了,他慌忙脱掉总督的纱帽朝靴,混在士兵中逃跑了。牛鉴一逃,把守吴淞东炮台的参将崔吉瑞、游击董永靖和防守宝山城西北的徐州总兵王志元也一起跟着溃逃了,清军大乱,陈化成扼守的西炮台成了真正的孤军。

英军趁势集中火力猛攻西炮台,在激烈的炮战中,西炮台守军伤亡惨重,守备韦印福、千总钱金玉、许攀贵等一个个英勇战死,炮台上已堆满了烈士们的遗体,一道土城,真正成了血肉长城。陈化成眼睛都打红了,他亲自装填炮弹,向敌人猛射。英军看到陈化成已成孤军,决定以海军陆战队在运河内登陆,从四面包抄这座炮台。此时,苏松总兵周世荣见大势已去,也劝陈化成撤兵。周世荣堪称是陈化成的一员爱将,也是西炮台的守将。他提出撤兵,让陈化成更加失望,他拔剑怒斥:"庸奴,误识汝!"

周世荣逃走后,陈化成带领亲兵数十人,坚守孤立无援的西炮台阵地,一个炮兵阵亡了,他立刻扑上去,亲点火药,连开数十炮。他的手被震裂了,还坚持指挥抬枪队、鸟枪队,向登岸英军射击。此时,英军巨炮已经轰垮了土牛,一块弹片击中了他的脚,他仍手执红旗,指挥塘上施放大炮,屹然不动。登陆英军大队拥上来时,陈化成身受七处重伤,从伤口喷发出的血柱盖过了头顶,他依然挥舞着红旗指挥开炮,大呼:"毋畏!施炮……"当时塘上仅有三人,他们只能和自己筑起的土牛互相依靠,陈化成下了最后一道命令,命令一个叫刘国标的武进士砍下自己的头颅:"我不能复生,汝急免我首,掷体沟中……"

哪怕战死,他也不想自己的头颅和躯体成为英军的俘虏。

一个身躯轰然倒下了,和他一起倒下的,还有提标中营守备韦印福等官兵八十余人。

英军登陆后,又经过了一场激烈的肉搏,最终才占领西炮台。

陈化成的尸体没有成为英军的俘虏,被部将暗藏在吴淞口的芦苇丛中,八天后,当地老乡把将军的遗体背了出来,暂厝于嘉定关帝庙。道光皇帝听说陈化成的事迹,下诏在陈化成殉难处和原籍同时修建专祠,塑像供奉,谥"忠愍"。

十月，陈化成灵柩被运回故乡厦门安葬，清廷赐"祭葬"，也就是国葬。

起灵之日，大地分明，上海、吴淞数万人罢市哭奠，杀牛以祭，绅耆、士庶、妇女，以至挑夫、贩卒，莫不奔走哭送。从吴淞到厦门，沿途老百姓焚香拜祭，一路络绎相送，痛哭失声。时人作诗以凭吊，长歌以当哭——

报国捐躯日，遥天黯将星。
山河留壮气，风雨泣阴灵。
泪洒三军血，名流万载馨。
茫茫烟水阔，凭吊问沧溟。

又有诗家仰天长叹："父老龙钟仰天哭，何时还我旧长城？"

吴淞老乡还给他画了两张遗像，一幅赠给将军的子孙，一幅永远留在吴淞。

每逢将军的诞辰，绅民纷纷前往陈忠愍公祠凭吊追念。

这个人，与其说是一个帝国的忠臣，不如说是一个民族最忠诚的子孙，不管是谁当皇帝，他一定都会做出同样的选择。从陈子龙舍身抗清到陈化成誓死抗英，说穿了只是一个故事的两种版本，他们都是民族英雄，这是他们共同的身份。陈化成纪念馆现坐落于上海宝山临江公园内，馆舍原为孔庙大成殿。在某种意义上说，这也是又一个配享孔庙的义门子弟，而他的灵魂，或许就在武圣关帝庙和文圣孔子庙之间流连忘返。这是他最后的去向，也是最终的归宿。

如今，战火已经熄灭了一百多年，我在这断垣残壁中穿行，对于现实，它们只是具体而明确的参照物，就像我第一眼看见的那尊雕像一样。但我依然走得小心翼翼，一座锈迹斑斑的老炮台，随时都有惊醒的可能。

吴淞失陷后，英军旋即攻占宝山、上海，在上海六天，勒索赎城费五十万银圆。

六月上旬，璞鼎查率舰船自吴淞口溯长江西上，相继越过江阴鹅鼻嘴，剑指镇江。

镇江，素有"天下第一江山"之誉，位于长江和京杭大运河的交叉点，英军的战略意图是截断中国南北交通，阻止漕运，而漕运在当时是维系中国之命脉。古往今来，镇江一直是兵家必争之地，东吴孙权于此筑铁瓮城，置京口

第七章
沉重的告别

镇，宋代辛弃疾在此抒写了一曲凭高望远、抚今追昔的《永遇乐·京口北固亭怀古》："千古江山，英雄无觅，孙仲谋处。舞榭歌台，风流总被，雨打风吹去。斜阳草树，寻常巷陌，人道寄奴曾住。想当年，金戈铁马，气吞万里如虎……"

无论是宋代南犯的金军，还是此时北犯的英军，若要攻取南京，必先取镇江。

此时，驻防镇江的京口副都统郭络罗·海龄，满洲镶白旗人，生年不详，原为山海关驻防骁骑校，后任直隶张家口协守备，因在镇压天理教起义中"屡著战功"而步步擢升，道光二十年底，道光帝调海龄为京口副都统（副将）。海龄对"汉奸"防范甚严，命兵丁在沿海要隘时常稽查。他还奏请"将沿江通商码头，暂时封闭"，这就是下策了，而清朝文官武将常出此下策，为防外敌入侵、内奸通敌，首先想到的就是封港闭关。而两江总督裕谦与林则徐政见相同，认为其"封港之议，徒有碍于安分商渔，而于杜绝接济英船等弊，仍未得其要领"。裕谦殉国后，牛鉴继任江督，清廷诏谕牛鉴"江苏各海口，防堵事宜，亟须筹办，务使处处有备，不致临时周章"，但牛鉴对防堵事宜并不上心，据后世史家分析，"其原因是想坐观浙江局势变化，以等待时机，向侵略者妥协议和"。

海龄对防堵事宜倒是十分用心，他踏勘焦山，查看江防，当时焦山一带仅有旗兵一千六百人，不敷守御，海龄奏请添兵，并给其营兵预支半年钱米。他又一再奏请招募水勇，在鹅鼻嘴、圌山要隘，雇船只，扎木排，拦江堵截，以期"水陆交严"，并檄调四百名骁勇闻名的青州兵，屯驻京口南岸东码头，坚守炮台，以截陆路。——据茅海建先生综合中西各种档案、史料，做了如是叙述：海龄"率领军民修复了已显倾圮的城墙，但他无权调兵无钱铸炮，能办的不过如此而已。他曾要求招募水勇巡查江面，为两江总督牛鉴所拒。他又想给手下兵弁弄点钱改善生活，以激励士气，反遭牛鉴的弹劾，结果受到降两级留任的处分。"

六月初五日英军驶至鹅鼻嘴，次日牛鉴带兵一万余人到镇江，为了避免战火，牛鉴命道府延请富户劝捐十二万金"迎犒夷师"，企图向英军支付"犒军费"以息干戈。但海龄坚决反对牛鉴犒师妥协，"不与一议和事"，竭力主张守城抵抗，"独谓宜力战"。牛鉴在镇江住了一夜，便将镇江防务全部交给海龄，然后率大军退往江宁（南京）。

　　海龄既然"独谓宜力战"，那就只能豁出命来力战了。他随即贴出告示，申明英军如敢侵入，"本副都统立即提兵出击"！然而海龄又陷入了一种不可饶恕的偏执，他认为英军频频得手是有汉奸通敌——这也是实情，但他把"肃奸"扩大化了，竟然以清除汉奸的名义纵兵在城内滥杀无辜。据《夷氛闻记》载，海龄"下令禁富户出徙，犯者杀，兵缘是夺行人财物。虚传城中藏有奸细，沿户搜索，稍可疑者即受诛戮，城内人人惕息"。他不仅滥杀无辜平民百姓，就连汉族上层人士也未能幸免，甚至指责丹徒知县钱燕桂是汉奸。海龄如此仇视汉人，滥杀无辜，以至"城中扰乱，几成火坑，百姓惟叹夷之不在"，很多汉人畏旗兵远胜于英军，在绝望中甚至向英军求救，许多不想当汉奸的人都被海龄生生逼成了汉奸。说来，在满清入关后，为了镇压汉人的反抗，海龄祖上就"扬州七日""嘉定三屠"等地对汉人的血腥大屠杀。待到清朝定鼎中原，历代清帝皆宣扬消除满汉畛域、实行满汉一体的政策，然而终清一代，"旗汉之间存在着根深蒂固的民族偏见"，尤其是旗人更对汉人充满了偏见。由于海龄对汉族绅民过于凶残，几乎是自绝于镇海人民。当清军舰船被英军击沉时，站在岸上观战的镇海百姓爆发出喝彩声，而当英军登陆后正为食物和淡水发愁，镇海市民竟然争相将食物和淡水卖给英军。——这是鸦片战争史上最悲哀的一幕，连英军指挥官也匪夷所思，他问翻译这是怎么回事，翻译答曰："国不知有民，民亦不知有国。"

　　当时，镇江守军约有六千人，与登陆参战的英军大体相当，但海龄一味采取闭城固守的策略。在英舰抵金山之前，他就开始作防御准备，禁止运河通航，先是强令城内居民迁徙内地，继而又严厉阻止难民迁徙出城。而为了补充军需，他又从四乡搜罗家禽、生猪和各种食物，供给城市守军和城郊军营，并将旗营官兵和青州兵调入城内，添布四门，并添设枪炮，昼夜严加防守。

　　六月十四日（7月23日），英军击败镇江城外的清军，为了扭转围困局面，海龄曾一度派兵出城出击，但在出击失利后，愈加一味闭城自守。据《夷氛闻记》载，海龄"又不知预备守具，与团练民间丁壮协守。参赞齐慎、提督刘允孝以兵至，海龄拒不延入，但使御贼城外"，结果是，海龄率镇江旗兵、青州旗兵约一千六百名防守城内，而四川提督、浙江参赞大臣齐慎、湖北提督刘允孝所率约四千多名援军则被拒之于门外。表面上一看，这是各司其职，实际上是自我分割。而海龄作为正二品武官，他的官衔低于从一品的齐慎和刘允孝，无权调动和指挥齐、刘二人所属部队，齐慎和刘允孝也无权调动、指挥他的部队，这种群龙无首、没有主帅统一调度指挥的战役，在鸦片战争以及此后的反侵略战争中比比皆是。当城外齐慎、刘元孝败退之后，英军便全力攻城，海龄又陷入了孤军奋战的境地，也就只能"与城共存亡"。

镇江攻城战主要由英陆军承担，英军共投入四个旅近七千人，此外还有数百名海军人员。另一说英军集中一万二千人，其中包括海军陆战队在内的九千人，海龄所率领守城部队仅有一千六百名八旗兵。无论从兵器还是兵力看，英军皆处于绝对优势。当英军第二旅于镇江城东北登陆后，遭到守军的炮击，但清军的炮火很快就被英军的舰炮打哑了。英军随即用云梯攻城，清兵又与之展开激战，直至城北的城墙被英军炮火轰塌一大段，手持大刀长矛的青州兵仍利用各种有利地形节节抵抗。随后，英军又开始猛攻西城门。当英军用炸药炸开西城门，第十八团和四十九团沿着西门城垒，向城区推进。海龄"亲冒矢石"，"点兵上城"，并"令城中居民置水瓮砖石"，准备与英军在巷战中决一死战。在镇江保卫战中，骁勇善战的青州兵一直是全军的"军锋"。据时人记载："夷人登城，是取书院所贮修城长梯十数张，蚁附而上，时城中以青州兵为军锋，奋勇向前，枪炮竞发，夷人堕梯者纷纷，乃略无退阻，攀堞者愈众，旗兵怖而走，青州兵众寡不敌，死者十七八，城遂破也。"

入夜，英军已从城北、城西、城南三个方向攻入城内，海龄身受重伤，依然率守军与英军巷战，城内火光不息，枪声不断，喊杀声震天。海龄率部与英军血战两日，最终守军全部壮烈牺牲，海龄自焚殉国，家小全部殉难。但据《夷氛闻记》载："海龄自缢殉节，其妻与孙并同时死难，骁骑校祥云挪都统印入井，随自投下，与其父及妻及二女亦同时死。"

据《清史稿》云："英兵既陷吴淞，由海入江，六月，犯镇江，提督齐慎、刘承孝败退，遂攻城，海龄率驻防兵死守二日，敌以云梯入城屠旗、民，海龄与全家殉焉。"

然而也有时人喟叹："镇城之破碎，非夷人破碎……"

镇江之战，是第一次鸦片战争中的最后一次战役，也是最具血性的一战，连参加了侵略战争的英国军官利洛在其《英军在华作战末期记事》一文中对镇江留下了这样的印象，他不得不承认，"满兵作了一次最顽强的抵抗，他们寸土必争，因此，每一个城角和炮眼都是短兵相接而攻陷的"，"不论是汉兵或满兵都表现得非常勇敢，很令我们钦佩……从他们的行动可以看出，虽然打到最后一个人，也还是不肯屈服。"

恩格斯在一篇文章中也高度赞扬了镇江守军，他说："如果英军在各地都遭到（镇江）同样的抵抗，他们就绝对到不了南京。"

尾声

只有大海才有资格回忆

一

南京，说不尽的南京，难以言说的南京。从楚威王于石头城筑金陵邑起，历史上对这座长江下游的古老城池就有太多的命名，金陵、江宁、建业、建康、应天、南京。据说当年诸葛亮来到金陵，一见这山川之灵秀，气象之宏伟，便赞不绝口："钟山龙盘，石头虎踞，此乃帝王之宅也！"然而得天独厚之地，往往也是兵家必争，一座自古繁华的六朝古都，祸福相倚，历史上曾多次遭受兵燹火劫，又一次次从瓦砾荒烟中重新崛起，再续繁华。当中原王朝将遭受灭顶之灾，则衣冠南渡，而南京庇佑和保存了华夏文化之正朔。

明万历年间，意大利传教士利玛窦曾游历南京，据《利玛窦评传》记载：他"目睹南京这座大城，未免眼花缭乱……明代的南京城极其雄伟壮观，堪与十九世纪的欧洲任何最大的首都相比拟。本朝开国皇帝洪武把它造成奇迹，东方所能见到的一切都无法望其项背"。

利玛窦的中国札记与《马可·波罗游记》在西方一度掀起了中国热，他们也堪称是"正眼看东方"的第一批西方人，而在英国远征军中不乏贵族绅士，南京对于他们，是一个早已耳熟能详却又从未抵达过的地方。而现在，他们终于来了。

1842年8月4日，在英国全权公使亨利·璞鼎查和海军司令巴加的率领下，一万多名英国远征军乘坐七十余艘舰船，浩浩荡荡地开进了南京下关仪凤门外的草鞋峡一带，将黑压压的炮口一齐对准了南京城。璞鼎查采用其"胡萝卜加大棒"的惯用伎俩，一面声称可通过和谈解决问题，一面派英军勘察水文和地形，扬言将由钟山攻击太平门。太平门位于南京城东北垣，是明代京城的正北门，以南是朝阳门（今中山门），西北方向是神策门。太平门位于钟山与玄武湖相接的位置，据山湖之险，建在钟山向西延伸的富贵山、覆舟山之间，是扼守钟山通向城内最近的通道。而钟山以龙蟠之势屹立于扬子江畔，这一段城墙则被称为龙脖子。又因钟山饮霞吞雾，因山顶常有紫云萦绕，又得名紫金山。若凭借这天险布防，英军是难以轻易得手的。

在英军坚船利炮的威慑之下，道光帝赶紧密令钦差大臣耆英、伊里布和两江总督牛鉴妥协退让，向英国侵略者求和。随着第一次鸦片战争从战场转到谈判桌上，"近代西方资本主义国家强加在中国人民身上的第一个不平等条约"已经呼之欲出，"中国的主权完整遭到破坏，独立发展的道路被迫中断，并被卷入资本主义世界市场，中国历史进程发生了重大转变，开始沦为半殖民地半封建社会"，这是历史的评说，而对于中国历史，这何尝又不是一次沉重的告别？

然而，两江总督牛鉴在英军的进攻下一路奔逃，从宝山逃到镇江，又从镇江逃到南京，说是逃，他也有名正言顺的借口，作为两江总督，他必须镇守南京。当英军兵临南京城下，两江总督府就设在南京，他不能再逃了，也没有借口了。而此时，南京城中守军将近八千人，还有镇江失守后退往南京的部分军队，加上从外省调来的援军，其兵力应该大大超过英军。从兵力对比看，南京守军是可以与英军一战的，不说打败英军，只要能抵挡一阵就能争取时间，清廷又能调集各路兵马赶来增援，而抵抗必然要付出惨重的代价，但总比像宁波那样"城门洞开，（英军）直入无人之境"付出的代价要小，至少也可以在谈判桌上挣得一些筹码。但在英国侵略者的武力威逼下，此时非但牛鉴不敢言战，清廷的脊梁仿佛已经被打断了，道光帝又从大张挞伐的"主剿"一变而为委曲求全的"主抚"了。

不过，道光皇帝还是做了两手准备，他一边命耆英、伊里布为钦差大臣，前往南京向与英军议和，一边向扬威将军奕经、湖广总督以及湖北、江西、安徽三省巡抚共五名大员发出命令，令奕经率兵进驻常州，在南京东面阻击英军，其他四人率师开往南京西面，截断英军退路，如此，一旦和谈不成，就可以从长江上下游夹击英军。无论从战略还是从战术上看，对孤军深入长江、远离本土作战的英军，这还真不失为良策，若清廷能建立起强有力的指挥系统对各路兵马进行统一部署和指挥，以十倍于敌之兵力对入侵英军进行一次关门打狗式的大会剿；又如果清军各路兵马具有无畏强暴、敢于反抗、众志成城的顽强战斗意志，是有可能歼灭英国侵华远征军的，即便不能歼灭之，哪怕给英军以一次惨重的打击，历史仍有改写的可能。然而，这一切早已是、永远是令人扼腕叹息的历史假设了。

耆英和伊里布均为清宗亲贵胄，每到历史的关键时刻，道光皇帝对这些具有皇室宗亲尤为倚重，寄予厚望。而在英军的炮火威逼之下，这两位皇亲国戚若想不辱使命，无异于与虎谋皮，对于他们，对于清廷，唯一的方式只能从自己身上割肉以饲虎狼。

南京谈判分两个阶段进行。第一阶段从8月12日至19日，双方参加谈判的代表级别较低，中方代表为盛京佐领塔芬布、伊里布的心腹侍从张喜和陈志刚。张喜善辞令，在定海第一次沦陷时，伊里布钦差赴浙督师，曾数次差遣张喜至定海与英军交涉——以英俘交换定海。陈志刚也曾多次担任中英之间的信使。英方代表为小马礼逊（马儒翰）、罗伯聃和巴夏礼等，他们个个都是能说一口流利汉语的中国通。

那正值溽暑季节，南京又是长江三大火炉之一，而在狭窄的船舱里，更是酷热无比。双方在船上坐定后，一个个燥热难捱。小马礼逊提出，离这里不远就是静海寺，不如到寺中议事。

静海寺北倚狮子山，东接天妃宫，西临护城河，号称"金陵律寺之冠"。这一古刹建于何时？一说为明成祖朱棣为郑和下西洋而敕建的皇家寺院。永乐七年（1409年）郑和第三次下西洋，当他率庞大的远洋船队返国时，朱棣为褒扬郑和扬大明国威、使"海外平服"之功，敕建静海寺，并于寺中供奉郑和船队从海外列国带回的佛牙、玉玩和罗汉画像等。郑和还从海外带来了乳香、没药、血竭等等药用植物种子、种苗和西府海棠珍稀植物。后来，李时珍编撰《本草纲目》还曾在静海寺考察过这些药用植物。另有一说，静海寺是明仁宗（朱棣长子朱高炽）继位后，于洪熙元年（1425年）所敕建，并赐名"静海"，这也是为了"昭太宗（即朱棣）皇帝圣德"。明宣德五年（1430年），郑和从南京龙江关（今下关）启航，率领二万七千余官兵，驾驶六十一艘大明宝船开始第七次远航。这支十三世纪的中国远洋船队，远远超过了六个世纪之后的英国远征军舰队。这是郑和的最后一次远航，也是整个帝国时代的中国人在大海上彰显的最后的辉煌。由于明仁宗继位后对这样的远航兴味索然，于是任命郑和为南京守备。郑和在最后一次出洋归来后再也没有下海，而在此后的

尾 声
只有大海才有资格回忆

五百年,中国没有再出发,一个苍老的帝国就像一条又老又破的船搁浅在远东大陆上,只有几条小船,如幽灵一般地在前人挖出的运河里飘来飘去。然而,距郑和第一次远航八十余年之后,大洋彼岸的哥伦布出发了,麦哲伦出发了。一切都在纷纷出发,这些西方的航海家一开始连赤道也不敢越过,以为一过赤道那边的海水就是沸腾的开水。但这并没有吓退他们,他们一旦越过赤道之后便越走越远,最终循着郑和曾经走过的海路穿越莫桑比克海峡,横渡阿拉伯海、孟加拉湾,船头便朝着南中国海了。在这条路上,一代一代的西方航海家大约走过了四百年,前仆后继,摸摸索索,最终还是将手臂长长地伸过来,摸到了中国国门上的狮子铜头门环,一座国门海门上的铰链就这样被远涉重洋的不速之客嘎吱嘎吱地摇响了。

南京谈判第一阶段在静海寺举行,并于此达成了《南京条约》的意向协议,静海寺成了《南京条约》的议约地之一,也被视为中国近代史的开端地。

谈判一开始进行得并不顺利。若说耆英、伊里布等议和大臣是"丧权辱国的卖国贼",那也实在说不过去,他们也想在谈判桌上尽可能地维护大清帝国的脸面和利益。然而,一切如同此前琦善与义律的谈判一样,谈判桌上的博弈与军事实力是紧密相连的。盛京、张喜和陈志刚等谈判代表级别较低,与其说是谈判,不如说是与英方初步交涉,然后将英方提出的条款交给耆英、伊里布等人处置。当耆英等人将英国人提出的议和条款向其心腹幕僚征询意见时,一位幕僚(萧师爷)只看了几行便连连摇头,他称这些条款"窒碍难行",估计皇上不会答应。耆英等大臣想到琦善的命运,生恐皇上怪罪下来,于是将那张写满了议和条款的纸卷密封起来,又向盛京等人交代了一番。在接下来的谈判中,当清方代表为维护清王朝的权利而稍有争执时,璞鼎查立马就挥舞大棒,清方代表只能像琦善一样采取拖延战术了。拖了几日,璞鼎查认定清方没有诚意,又探知清廷正从安徽向南京调派援军,这让他愈加急躁了,于是又扬言攻城。英军不仅再次扯下了军舰上的炮衣,还在钟山上居高临下架起大炮,声言要将炮弹对准官衙打。这让耆英等心急如焚,只能在谈判桌上步步退让,一如战场上的步步沦陷。而就在南京谈判期间,又爆发了一场靖江保卫战。

8月13日,驻江阴的英军后援部队为了向前方提供食品,从黄田港渡江前往靖江。英军将船停在东双港,对当地居民大肆掳掠后乘船离去。第二天,又有十余名英军驾船而来,登岸后再次大肆掠夺。当时,廪生倪希贤的先人去世,

海祭
——从虎门销烟到鸦片战争

棺柩停放家中,英国兵以为棺柩藏有财宝,竟然劈棺戮尸。又有一位名叫鲍星照的老中医,赶去救治一位生命垂危的病人,在路上遭遇英军,竟被英兵割去双耳,他不但救不了病人的生命,连自己也因流血过多而死。俟后,英军又进入靖江县城,大施淫威,杀伤居民数人。城中百姓忍无可忍,连呼"杀鬼",并准备关闭城门"关门打狗",痛击英军,英军见势不妙,遂返身呼啸出城,又将正在关闭城门的百姓杀死多人。其中有一名英国兵,迷失道路,误走到东城根,被城头一名叫"恍恍儿"的童子用砖石砸倒,附近居民荷锄赶来,将英兵活活打死。与此同时,城外的百姓也正在追击逃跑的英军,用乱石击伤了数名"黑夷"(印度兵),英军仓皇登船遁去。

　　靖江百姓赶走了英军,但众人料到以后必有大队英军前来报复。知县杨凤翩(一作"杨凤融")于当晚召集属下官员与地方士绅会商对策,典史王善翔等人认为"靖江区区小县",和英国人争锋无异以卵击石,况且两江总督牛鉴已下令沿江撤防,对英军不予抵抗,因此主张将恍恍儿绑交英军,听凭其斩杀泄愤,而以乡绅陈凤喈为首的地方绅士则主张"背城一战",经激烈辩论,杨凤翩最终采纳地方绅士意见,下令整顿战备。当时的靖江,正式驻军仅有城守营和水师营数百人,最高级别的军官不过是一名守备,火器只有抬枪数十支。杨凤翩下令招募乡勇丁壮,当夜募得三百余人,另外衙门中的皂隶、马快也全部出动,在招募人员的同时,各界纷纷解囊输捐,以筹军饷。战备工作忙了一夜,直至第二天凌晨才告一段落。

　　8月15日黎明,杨知县、城守营守备王武滔、乡绅陈凤喈等集合兵勇丁壮,"明纪律、悬赏格",首先以钱一万五千文赏给前一天杀敌有功之人,接着发给兵勇每人一百文饷钱。一切安排妥当,英军果然来了。上午十点钟左右,三艘英国船鼓帆而来,停泊在南关外。杨知县的侄子杨奠山素有膂力,被命督率丁壮御敌,乡绅陈凤喈与守备王武滔赶至南门外布置军事,把总马廷栋等随往。此时杨奠山已与水师营头领何鼎勋率兵先到江边圩口,附近群众约有千人赶来助战,军民声势甚壮。英船泊定后,开始抬炮上岸,水师头领何鼎勋因敌未定,请命先出击,王守备随即下令开火,水师官兵用抬枪击敌,击毙数名英兵。英军随后开炮还击,因距离过近,仅一颗十四磅炮弹落入圩岸内,其余均射入城中,城中居民齐伏圩下,无一人受伤。此时,城内居民数千人登上城头,为前方军民呐喊助威,声如雷动,士气更壮。

尾 声
只有大海才有资格回忆

敌我如此相持近两小时后，适西风大发，潮水骤落，敌船不能靠岸，恰在此时，水师营士兵肖凤书用抬枪击中一艘英船上的火药桶，"全船着火，尽行焚毁"，英兵纷纷落水，当即被击毙八名，伤五名。英军大为惊恐，此时忽又大雨倾盆，守城军民士气更旺，英军幸存两船仓皇逃去。

靖江保卫战只是中英谈判中的一个插曲，也有人认为这是鸦片战争的最后一战，但严格说，这只能算是一次小规模冲突，大多数史家一般还是把镇江保卫战作为第一次鸦片战争的最后一战。但这次小规模冲突却也险些坏了清廷议和的大事，《南京条约》签订不久，杨凤翙便接到两江总督牛鉴的手令，以"大胆滋事"被撤职。

中英双方在静海寺谈了一周，共议约四次，总算达成了意向协议后，清方代表差不多满足了英方提出的全部条件。当然，这是得到了耆英、伊里布等大臣首肯的。

接下来的谈判进入了第二阶段，从8月20日至29日。这一轮谈判是高级别的谈判，英方的谈判代表是其全权公使亨利·璞鼎查，清方的代表则是耆英和伊里布，璞鼎查主动邀请耆英等人登上英军旗舰"汗华"号（今通译"康华丽"号）谈判，意在让清方代表亲眼见识英军的先进装备，通过威慑加快谈判进度。这一招果然奏效，耆英随后向道光报告："该夷船坚炮猛，初尚得之传闻，今既亲上其船，目睹其炮，益知非兵力所能制伏。"道光皇帝除了批复"可恨"二字外，却也无可奈何。在第二轮谈判中，耆英等人对几处无关痛痒的细节提出了异议，几乎全盘接受了英人的条件，而英人也在无关痛痒的细节上做了让步。这些无关痛痒的细节对于英军无所谓，对于耆英等人却至关重要，他们在这方面绞尽脑汁，一心想着如何在遣词造句上过得了道光皇帝那一关，那可是一道鬼门关啊，天子一发怒，他们就有可能掉脑袋。

第二轮谈判也并非全在英国军舰上进行。如8月24日，耆英原打算在静海寺回请璞鼎查，但璞鼎查却要求安排在南京城里谈判；耆英担心大队英军入城会惊扰百姓，没有同意。璞鼎查却底气十足地说，他不带兵，只带十九名随从进城。不过，他赴宴已是两天之后。26日，中英谈判双方最后达成一致，可以签订正式协议了。说来可悲，当时急于签字的居然是耆英等清方代表，他们还为此举行盛筵，招待璞鼎查等英国"贵宾"。璞鼎查果然信守诺言，轻装简从进城赴宴。不料，一直急于签订协议的英方反而不同意在当日签订协议，因为他们要举办一个盛大的签字仪式来庆祝自己的胜利。对于璞鼎查轻装简从赴宴之事,后世中不少人颇有鸿门宴情结,认为耆英一如当年的项羽一样,在鸿门宴上放过刘邦,错失了一次活捉璞鼎查的机会。此说未免过于鲁莽和天真了。活捉或杀死了一个璞鼎查,既改变不了整个战局,反而陷清方于不义与更大的被动之中,那真是糟糕透顶的一个下策。不是耆英等人一味求和不敢冒这个险,而是这个险根本不能冒,也不值得冒。

又据史载,上江考棚也是当年的谈判地之一。南京乃是天下文枢,江南贡院号称"东南第一学",明清时期中国一半以上的状元均出自南京江南贡院。江南贡院在明清两代设有上江考棚和下江考棚,是来南京参加科举考试的考场和考生居住的房舍群。因安徽居长江上游,习称上江;江苏处长江下游,故称下江。清末废科举后,上江考棚一度闲置,张謇曾于此创办河海工程专门学校,即河海大学的前身。1923年安徽旅宁人士在上江考棚成立安徽公学,聘请陶行知为校长。1946年陶行知在上海逝世。为了纪念陶行知先生,把原上江考棚的正堂改为"行知馆"。

道光二十二年七月二十四日(1842年8月29日),清方代表耆英、伊里布和两江总督牛鉴等登上英国远征军旗舰"康华丽"号,正式在《南京条约》上签字。

中英《南京条约》(*Treaty of Nanking*)又称《江宁条约》,是中国近代史上与外国签订的第一个丧权辱国的不平等条约。如今,重建的静海寺开辟为《南京条约》史料陈列馆,其中有条约签字的照片和《南京条约》全文——

兹因大清大皇帝,大英君主,欲以不和之端解释,息止肇衅,为此议定设立永久和约。是以大清大皇帝特派钦差便宜行事大臣太子少保镇守广东广州将军宗室耆英,头品顶戴花翎前阁督部堂乍浦副都统红带子伊里布;大英伊耳兰等国君主特派全权公使大臣英国所属印度等处三等将军世袭男爵璞鼎查;公同各将所奉之上谕便宜行事及敕赐全权之命互相较阅,俱属善当,即便议拟各条,陈列于左:

嗣后大清大皇帝、大英国君主永存平和,所属华英人民彼此友睦,各住他国者必受该国保佑身家全安。

自今以后,大皇帝恩准英国人民带同所属家眷,寄居大清沿海之广州、福州、厦门、宁波、上海等五处港口，贸易通商无碍；且大英国君主派设领事、管事等官住该五处城邑，专理商贾事宜，与各该地方官公文往来；令英人按照下条开叙之列，清楚交纳货税、钞饷等费。

因大英商船远路涉洋，往往有损坏须修补者，自应给予沿海一处，以便修船及存守所用物料。今大皇帝准将香港一岛给予大英国君主暨嗣后世袭主位者常远据守主掌，任便立法治理。

因大清钦差大宪等于道光十九年二月间经将大英国领事官及民人等强留粤省，吓以死罪，索出鸦片以为赎命，今大皇帝准以洋银六百万银圆偿补原价。

凡大英商民在粤贸易，向例全归额设行商，亦称公行者承办，今大皇帝准以嗣后不必仍照向例，乃凡有英商等赴各该口贸易者，勿论与何商交易，均听其便；且向例额设行商等内有累欠英商甚多无措清还者，今酌定洋银三百万银圆，作为商欠之数，准明由中国官为偿还。

因大清钦命大臣等向大英官民人等不公强办，致须拨发军士讨求伸理，今酌定水陆军费洋银一千二百万银圆，大皇帝准为偿补，惟自道光二十一年六月十五日以后，英国因赎各城收过银两之数，大英全权公使大臣为君主准可，按数扣除。

以上三条酌定银数共二千一百万银圆应如何分期交清开列于左：

此时交银六百万银圆；

癸卯年六月间交银三百万银圆，十二月间交银三百万银圆，共银六百万银圆；

甲辰年六月间交银二百五十万银圆，十二月间交银二百五十万银圆，共银五百万银圆；

乙巳年六月间交银二百万银圆，十二月间交银二百万银圆，共银四百万银圆；

自壬寅年起至乙巳年止，四年共交银二千一百万银圆。

倘有按期未能交足之数，则酌定每年每百元加息五银圆。

凡系大英国人，无论本国、属国军民等，今在中国所管辖各地方被禁者，大清皇帝准即释放。

凡系中国人，前在英人所据之邑居住者，或与英人有来往者，或有跟随及伺候英国官人者，均由皇帝俯降御旨，誊录天下，恩准全然免罪；且凡系中国人，为英国事被拿监禁受难者，亦加恩释放。

前第二条内言明开关俾英国商民居住通商之广州等五处，应纳进口、出口货税、饷费，均宜秉公议定则例，由部颁发晓示，以便英商按例交纳；今又议定，英国货物自在某港按例纳税后，即准由中国商人遍运天下，而路所经过税关不得加重税例，只可按估价则例若干，每两加税不过分。

议定英国住中国之总管大员，与大清大臣无论京内、京外者，有文书来往，用照会字样；英国属员，用申陈字样；大臣批复，用札行字样；两国属员往来，必当平行照会。若两国商贾上达官宪，不在议内，仍用禀明字样为着。

俟奉大清皇帝允准和约各条施行，并以此时准交之六百万银圆交清，大英水陆军士当即退出江宁、京口等处江面，并不再行拦阻中国各省商贾贸易。至镇海之招宝山，亦将退让。唯有定海县之舟山海岛、厦门厅之古浪屿小岛，仍归英兵暂为驻守；迨及所议洋银全数交清，而前议各海口均已开辟俾英人通商后，即将驻守二处军士退出，不复占据。

以上各条均关议和要约，应候大臣等分别奏明大清大皇帝、大英君主各用。亲笔批准后，即速行相交，俾两国分执一册，以昭信守；惟两国相离遥远，不得一旦而到，是以另缮二册，先由大清钦差便宜行事大臣等、大英钦奉全权公使大臣各为君上定事，盖用关防印信，各执一册为据，俾即日按照和约开载之条，施行妥办无碍矣。要至和约者。

道光二十二年七月二十四日即英国记年之1842年8月29日由江宁省会行大英君主汗华船上（钤关防）。

在通商上，废除清政府原有的公行自主贸易制度，准许英商与华商自由贸易。清政府开放广州、厦门、福州、宁波、上海等五处为通商口岸，史称"五口通商"，准许英国派驻领事，准许英商及其家属自由居住。五口通商成为西方资本主义对中国进行殖民掠夺和不等价交换的中心，中国自给自足的自然经济解体，逐渐成为世界资本主义的商品市场和原料供给地。在新开的五个口岸中，长江口的上海最接近主要出口物资丝绸和茶叶的产地，又位于江浙富庶之区，同时是国内南北海运的中间站，原在广州的英美商人及其雇佣的买办蜂拥而至，开设洋行。英美法三国相继沿黄浦江设立租界，并不断扩展，形成上海公共租界和上海法租界。后来上海公共租界的中心道路为纪念《南京条约》开

尾 声
只有大海才有资格回忆

放上海而被命名为南京路。中国市场大门的打开,使得商品贸易首先在沿海地区展开,工商业日益充满活力,大批新兴城市兴起,打下了沿海成为中国经济最发达地区的基础。随着列强向中国倾销产品和对中国丝、茶等农副产品的收购,逐渐把中国卷入世界市场;原本占主导地位的自给自足的自然经济受到强烈冲击,随着外商在华投资建厂,刺激了国内一批官僚、地主和商人开始投资近代工业的欲望,中国日益成为世界资本主义市场的一部分。随着对外贸易迅速增长,客观上促进了中国商品经济的发展,有利于中国民族资本主义的兴起,但是外国资本主义进一步激化了阶级矛盾,一定程度上致使太平天国运动的爆发。

英商进出口货物缴纳的税款,中国须与英国商定。中国的关税自主权开始丧失,清朝海关及税率被英国控制,进口货只抽百分之五的低税率,致使外国商品大量倾销中国,英国输入中国的货品大增,无法保障中国国内工商业的发展。随着鸦片贸易开放,禁烟运动彻底失败,鸦片烟毒肆虐中国,中华民族以"东亚病夫"的形象沦为西方列强眼中的低等民族,在上海西洋人公园门口甚至出现了"华人不许入;又云犬不许入"这种公然侮辱中国人的告示。这当是"华人与狗不得入内"的出处,尽管如今有人证伪,声称并无此事,但孙中山、蔡和森、杨昌济(杨开慧之父)、周而复、曹聚仁、苏步青、宋振庭、周作人等都说确实存在。鸦片贸易又让清朝白银外流,银价上涨,银贵钱贱的情况更加严重。

清政府向英国赔款二千一百万银元,分四年交纳清楚,倘未能按期交足,则酌定每年百元应加利息五银圆。巨额赔偿加重了清政府的财政负担,同时转嫁到劳动人民的身上,使他们的生活更加艰苦,社会矛盾日渐激化,在一定程度上加速了清朝的衰落。

通过条约正式割让香港岛给英国。从此,中国的领土完整遭到破坏,丧失了独立自主的地位。

以口头协议决定中英民间"诉讼之事","英商归英国自理"。中国的司法主权开始受到侵害。

林则徐封锁十三行也被正式写入《南京条约》:"因大清钦差大宪等于道光十九年二月间经将大英国领事官及民人等强留粤省,吓以死罪,索出鸦片以为赎命,今大皇帝准以洋银六百万银圆偿补原价。"

为了这一天，英国人已经等得实在太久了。若从明崇祯十年（1637年）第一支驶往中国的英国武装船队（威得尔船队）算起，距此时已经两百余年；若从乾隆晚年马戛尔尼使团出使中国算起，距此时已经整整五十年。璞鼎查爵士完成了威得尔上校、马戛尔尼勋爵和查理·义律爵士想完成而未能完成的"伟大计划"，他理所当然成了一位像罗伯特·克莱夫一样值得礼赞的英雄，"骄傲的中国，富饶的银矿，在Clive's的伟大计划下……她的财富将被掏空，成为帝国的供应"。

为庆祝《南京条约》的签订，英国远征军在"汗华"号旗舰上举行了盛大的庆典，耆英、伊里布等大清宗室大臣也在静海寺内杀猪宰羊，摆下盛宴，犒劳英军，还为守护军舰的英军送去了"慰劳"的酒食。而在《南京条约》上正式签字，耆英等实为先斩后奏，在签字三天后他们才奏报清廷。一周之后，道光皇帝正式批准了这个条约，而让道光首肯的一个关键原因，据说是这个条约中处处写着"大清皇帝恩准"的字样——这是耆英等人的聪明之处，让道光皇帝少了些丧权辱国之感，也许还感觉英国人多少给了自己一点面子，至少在文字上看来，也算是达到了他"上不失国体，下不开边衅"的底线吧。如此看来，耆英等人比琦善更有"远超时人之处"，他们对主子微妙心理的琢磨也远远超过了琦善。

从双方皆弹冠相庆的气氛看，这似乎是一种皆大欢喜的"双赢"结果，但谁又相信战胜国和战败国之间会签订一个公正平等的条约呢？而第一次鸦片战争，既让中国感到屈辱，也让一些真正的英国绅士感到耻辱，连曾任英国首相的格拉德斯通也坦陈："就我所知和我所读过的，这是一场非正义的战争，一场使国家蒙受永久耻辱的战争。"

二

第一次鸦片战争是英国战胜了西班牙无敌舰队、打败了法兰西第一帝国皇帝拿破仑之后，在远东取得的又一场巨大的胜利。随着《南京条约》的签订，

尾 声
只有大海才有资格回忆

第一次鸦片战争告一段落,但这不是英国侵华战争的终结,而是西方列强发动侵华战争的开端。而每当历史处于这样一个关键时刻,便有仁人志士"如痛定之人,思当痛之时",而对于第一次鸦片战争的追问与反思,一直延续到今天,也必将延续到未来,永远也不会过时。

这里就从一个简单而直接的追问开始,一支孤军深入的英国远征军,参战兵力只有寥寥数千人,最多时也不到两万人,为什么能够将坐拥八十万大军的大清帝国打得落花流水?据史家统计,清军在鸦片战争中累计投入的兵力在十万至二十万之间,英军是以一当十在打一场非正义的战争。如果清方再加上乡勇、水勇,还有自发抗英的义勇,用老百姓的话说,每人吐口唾沫就能淹死英国侵略者。然而英军没有被唾沫淹死,大清帝国却被英军揍得半死。为什么会这样?往往又是一个简单而直接的答案:英军拥有当时世界上最先进的坚船利炮,而清军的兵器还是大刀长矛等落后英军几个世纪的冷兵器,那些笨重的铸铁土炮,还有火绳枪,对英军也没有什么杀伤力。这都是历史的铁证,但显然又不是历史的全部真相。

我在叙述中一直在不断追问,纵使英军武装到了牙齿,他们也仅仅只是在兵器占有绝对优势,而在兵力上和战争的各种必要条件上,英军则处于绝对的弱势。又尽管那个"落后就要挨打"的结论几近于真理,但决定战争胜负的因素是多方面的,何况战争的性质还有正义和非正义之分。如果仅仅只把科学技术或武器装备上的先进与落后作为决定战争胜负的唯一因素,那么所有落后的国家和民族就只能消极地放弃抵抗,因为失败的命运已经注定,一切的反抗都是徒劳的,这无疑是极其狭隘而荒谬的历史观。

林则徐虽说对鸦片战争存在一些细节上的误判,但他对双方优势和劣势的分析大致上是对的。英军的优势在其船坚炮利,擅长海战,其劣势在于远道奔袭,孤军深入,整个中国都是英军的前线,而英军的后方只有大海,离英军最近的补给线也远在万里之外的印度,至少也有一个月的航程,而那时印度尚未完全沦为英国的殖民地,可调动的战略资源还很有限,英国若要同中国打一场大规模的持久战,是难以承受的,其兵员补充和后勤保障势必难以为继,而中国东南沿海的气候他们也难以适应(英军因疫病而死达数百人),如此,英军在天时地利、"主客之形"上均不占优势。而清军水师最大的劣势在于战船不坚,炮火不利,但在本土作战,天时地利上均处于优势,粮饷、军火随时可以补充，一方有难，八方驰援，还有民力可用，更有"重重门户，天险可凭"。而林则徐在列举自己的优势后也并没有盲目乐观，他通过自己与英夷的几番较量，知道这海上之敌有多厉害，但他坚信英军也不是不可战胜的（"英国非不可制"），"夷兵即极多，亦不过一万余人为止。彼之数有尽，而内地兵勇用之不尽，不独以十抵一，以百抵一，直以十千万万抵一，又何不能剿灭之有"？即使不能战胜英军，只要能把英军拖入战争的泥淖，英国政府也会重新评估侵华战争的代价，在利弊之间，一个资本主义帝国是精于算计的。

谁能说林则徐的这一番比较分析是错的？但结果却是错的。英军通过劫掠和勒索，获得了源源不断的后勤保障，而在他们兵力不足时，居然可以安之若素地等待援军从印度赶来。而清军的优势却几乎没有发挥出来。在整个鸦片战争中，清廷从全国各地调集千军万马会剿英寇，但既没有成功的围追，也没有成功的堵截，这些一盘散沙的清军，始终难以聚集、整合为一股强大的合力，根本无法形成一个"大局"，从未像林则徐所设想的那样，以十倍百倍于敌的兵力打一次歼灭战。而从数量上看，英军并没有分割包围清军的实力，但从每一次关键性战役看，英军每战都具有以多胜少、以众敌寡的优势，而清军几乎都是分散割据、以寡敌众，最终陷入孤军奋战的境地。这是第一次鸦片战争中最吊诡的现象之一，英军兵力在总体上一直处于绝对弱势，但在具体战役中一直占有压倒性的优势，而清军则恰恰相反，在总体上占有绝对优势，而在具体的战役中处于绝对弱势。症结何在？在乎战略和战术。清方战守无策，从道光皇帝到督抚总兵，在总体战略上缺乏深谋远虑，在具体战役中又缺乏灵活机智的战术，大多采取一味死守的战术。加之清军属于不同的指挥系统，从民族划分看，有满洲旗兵、蒙古旗兵、汉军绿营兵；从所属省籍看，有江苏兵、山东兵、湖北兵、江西兵、浙江兵，这种各统所属、条块分割的指挥方式难以形成统一的指挥系统，也就难以形成一个战斗整体，更遑论集中兵力歼灭敌军了。往往是，当一方陷入激战，其他部队却只顾自保，坐视友军被英军消灭而不驰援，接下来自己又陷入了被英军干掉的命运。从定海之战到镇海之战就是这样的一个典型案例。即便是总督、提督也难以发挥统帅的作用，两江总督裕谦总管江苏（含今上海市）、安徽和江西三省的军政，当他坐镇镇海指挥作战，却不像一个两江总督，倒像是一个总兵，竟然没有一支部队赶来驰援。这也让英军有机可乘。英军的战术并没有太多的变化，但发挥出了"高度的作战效

尾 声
只有大海才有资格回忆

能"，他们针对清军的弱点，对清军的战略要地分割包围，集中优势兵力各个击破，攻其一点则而不及其余，每每让众寡悬殊得以反转，英军原本是以少少许对多多许，结果却是以多多许胜少少许。而英军在战斗中又常以正面攻击与侧翼包抄相结合，以舰炮和陆战队水陆夹击而取胜。

从根本上看，战争的胜负既取决于其性质的正义和非正义，又取决于双方的政治与经济实力。据英国经济学家安格斯·麦迪森在《世界经济千年史》中统计，道光年间（1821—1851）中国的国民生产总值仍居世界之首，高于整个欧洲的总和，经济增长率高于日本，但中国却先在鸦片战争中被英国打败，后又在甲午战争中被日本打败。可见清朝之败并非败于经济，若排除了经济方面的因素，那就是政治上的问题了。这其实就是清军屡战屡败的一个致命症结。清朝是一个把集权专制推到了顶峰的王朝，从所谓康乾盛世到嘉道中衰，一直以强权禁锢思想文化。大清帝国就像一座无形的牢笼，那些有思想、有风骨、有血气的士人，一旦偶尔露峥嵘，旋即就被视为异端邪说而加以打压和扼杀，如龚自珍就是这样的一个牺牲品。如此一来，朝野上下万马齐喑，四海之内死气沉沉，在帝国内部一直难以产生龚自珍呼唤的"九州生气"，龚自珍预料只有狂雷炸响般的巨大力量才能使中国大地发出勃勃生机，然而这种力量却并非从内部产生，却是从外部发生。从这个意义上看，鸦片战争那狂雷炸响般的炮声，虽说没有震醒清廷，但震醒了以林则徐为代表的近代中国第一批启蒙思想家。

若从政治上剖析鸦片战争失败的原因，第一个就要从最高统治者道光皇帝开始追究。史上对道光皇帝评价不一，但大多认为他作为一个帝王资质不高，但穷其一生，他也在为挽救一个日渐倾斜的帝国而殚精竭虑。亲政之始他便改组军机，但他重用的第一位首席军机大臣曹振镛，这位三朝元老"问学渊博，献替精醇。克勤克慎，首掌丝纶"，但老成持重有加，却一味因循守旧。曹振镛逝世后，道光又任用满洲镶蓝旗人穆彰阿为首席军机大臣，穆彰阿担任军机大臣凡二十余年，这位"枢相"、上书房总师傅、文华殿大学士的穆彰阿穆大人"终道光朝，恩眷不衰"，对上奉承迎合，固宠权位；对下结党营私，排斥异己，而林则徐等主战派就是他要排斥的异己。当林则徐钦差赴粤之际，他还不敢为难林则徐，而一旦林则徐因禁烟而惹起了"边衅"，他就会见风使舵加害林则徐，这也为林则徐的命运和大清帝国国运的衰落埋下了阴险的伏笔。

道光皇帝也采取了整顿吏治、清查陋规等政治举措，对贪官污吏、巧取豪夺、搜刮民脂民膏者一经查出，即从重治罪。十九世纪的英国自由主义思想家阿克顿勋爵说过也一句名言，"权力导致腐败，绝对权力导致绝对腐败"，而通过绝对权力来清除腐败也是绝对清除不了的。这是被无数历史事实验证了的。道光皇帝终其一生整顿吏治、清查陋规，而清朝从政治、经济、军事上陷入了全面腐败。一个帝国千疮百孔，却到处都是五福呈祥，而清帝都爱听吉言瑞语，满朝文武要么像曹振镛那样"多磕头，少说话"，要么就是像穆彰阿那样"揣摩以逢主意"。还是异史氏蒲松龄敢说真话："且江河日下，人鬼颇同。不则幽冥之中，反是圣贤道场，日日唐虞三代，有是理乎？"

一个千疮百孔的帝国，其国防必然也是千疮百孔。这里就从海防看，由于中国历代王朝都没有明确的海权意识，更没有制定明确的海洋战略、建立强大的海军和海疆防线，致使辽阔的海疆几乎长期处于有边无防的状态。而满清入关后，重海禁而不重海防。到鸦片战争爆发，清朝入主中原已近两百年，以八旗、绿营为主力的清军早已没有入关时的那种剽悍骁勇，上至提督下至把总，一个个养尊处优，不知有多少被民脂民膏奉养的蛀虫，而弁兵平时又疏于训练，纪律松弛，乃至不知为何而战。在鸦片战争期间，清廷从全国各地调往海防前线的将领，多为"安内"起家，却不知如何"攘外"。这其中也不乏冷兵器时代的英雄，但其战略战术还停留在"荡寇剿匪"的水平，对于海疆保卫战不知如何排兵布阵，谋无略，战无术。其中不乏如余步云一类的将领，一旦遭遇英军攻击，或一触即溃，或闻风而逃，如宁波、余姚、慈溪、奉化等海疆重镇，皆是"城门洞开，（英军）直入无人之境"。

国难当头，在反抗侵略上若能团结满汉、发动民众合力抗英，无疑也是一大优势。林则徐一直深信"民心可信"，他号召沿海人民"群相集议，购置器械，聚合丁壮，以便自卫。如见夷人上岸滋事，一切民人各皆准许开炮阻止，勒令退回，或即将其俘获"。但清王朝是一个少数民族入主中原的政权，加之国内一直有"反清复明"的反抗，这让清廷不敢放手发动群众抵御外侵。他们既担心招募乡勇、水勇让武将坐大，又忌惮封疆大吏因此而擅权；更唯恐发生比外患更可怕的"民变"，正所谓"防民甚于防兵，而防兵又甚于防寇"。对此，奕山等人倒是心领神会的，他公然宣称"患不在外而在内"，"防民甚于防寇"。翰林院编修吴嘉宾更说出了"内忧外患"所占的比例："今之议者，

尾 声
只有大海才有资格回忆

皆曰外夷为患，不知非外夷，乃内民也。……今为患者，外夷止十之二三，内奸则十之六七。"又譬如海龄虽说誓死抗英，却又以高压手段镇压汉族百姓，挑起民族分裂，以至民心反转，当英军打败"满兵"而鼓掌欢呼的场面，这也是鸦片战争中最悲哀的一幕。

对鸦片战争之败，清廷从未有清醒的反思。从嘉庆到道光，皆可称天纵聪明的皇帝，但他们缺少智慧，尤其是大智慧。道光帝在这方面表现更突出，他既不是暴君，也不是昏君，在常态下他甚至可以说是一个明君，还可以拿出挺聪明的主张，否则他也不会重用林则徐赴粤禁烟。道光帝在某些方面倒是比琦善要明智，他谕令琦善对英夷一面予以"羁縻"，一面进行武力准备，这个大方针是对的，但从决策上看，在持续两年多的鸦片战争中，每每到了关键时刻，这位皇帝的头脑就有些发昏了。他虽有一言九鼎之权，却缺少一言九鼎的决断，没有谁敢于挑战皇权，而是他自己跟自己为难。说穿了，清廷在战与和或"剿"与"抚"的两条路线上的斗争，其实就是道光帝一个人的自我斗争。林则徐虎门销烟，他是支持的，当英军屡屡挑起"边衅"，道光帝更是咄咄逼人，几乎把狠话说绝，但当英国远征舰队沿着中国的海岸线一路攻城掠塞，直抵天津大沽口，眼看就到了他眼皮底下了，他又转而求和了。他一直在抚与剿中纠缠挣扎，却又并非优柔寡断，无论主抚还是主剿，往往是遽尔突变，其每一个决定都是充满了突变性的"猝然决定"，这让那些文官武将唯命是从又无所适从，从一个极端走向另一个极端，如此突兀而决绝，连个过渡和回旋的余地也没有。在这样的急转弯中，即便聪明机灵如琦善者，就是想踩急刹车也措手不及。对此，《清史稿》如是评说："海疆战事起，既绌于兵械，又昧于敌情，又牵掣于和战之无定，畏葸者败，忠勇者亦败。专阃之臣，忘身殉国，义不返踵，亦各求其心之所安耳。呜呼，烈已！"

尽管道光对外"忽剿忽抚，总无定见"，但他终其一生，一直把权力牢牢地抓在自己手里，无论是林则徐还是琦善，都只是他股掌间的两只小虫子而已，都因"牵掣于和战之无定"，结果沦为悲惨的牺牲品。这种极端专制而稳固的皇权，一直维持到清廷崩溃前夕，严重阻碍了清朝的变革和中国从近代化走向现代化的历史进程。

三

  战，还是和？剿，还是抚？朝野上下一直争论不休，这样的争论直至今天尘埃仍未落定。
  战，既需要实力，需要战略和战术，更需要战胜敌人顽强意志。
  在鸦片战争之前的主动权一直牢牢掌握在林则徐手里，而在鸦片战争中，就像发生了能量转换，战与和的主动权一直捏在英人的手里，清廷一直很被动，不是被迫应战，就是被迫谈判。
  林则徐是主战派，从禁烟上的严禁派到反抗侵略的主战派，均以林则徐为代表，还有邓廷桢、关天培、裕谦、海龄等重要人物，有人将他们视为"鹰派"，他们坚决捍卫国家主权，在战场上誓死抵抗对侵略者。然而他们的意志和烈血却未能阻挡住英军的坚船利炮，他们坚守的疆土在血洒疆场之后一片一片沦陷。但这绝不能简单地归结于战之过，具体情况还得具体分析。以林则徐为例，他是一个理想主义者，也是一个理性主义者。在外交上他绝非一味逞强，而是有理有节，但在维护国家主权和禁绝鸦片这两个根本问题上，他是不可能让步的，这是他的原则也是底线。作为近代中国"开眼看世界的第一人"，他对西方世界的认知远超时人，在鸦片战争爆发之前，他已清醒地认识到了中英军事力量的差距，并且开始把"师敌之长技以制敌"付诸实施。他所采取的军事变革，一是针对"器不良"而寻求器物上的变革，一是针对"技不熟"而加紧军事训练，提高官兵的综合军事素质。除了构筑海防要塞，他也在对敌逐渐了解和因应敌情变化的形势下，不断调整战略和战术，从依凭要塞坚守御敌到海上主动出击迎战，他一直掌握着反侵略战争的主动权。在鸦片战争之前和鸦片战争中的几次交战中，除关闸之战失利之外，其余则是每战皆胜，但却未与英国侵华远征军主力交锋。不是他不敢，也并非阴差阳错，先是英国侵略军主力主动避开了他，继而他又被清廷剥夺了指挥权，这是既定的历史事实。而当他的指挥权被剥夺之后，再来设想他能否战胜更强大的英军，那就只能是历史的猜测了。

设若清廷不把林则徐作为与英人媾和的牺牲品，而是对他进一步加以重用，擢其为军机大臣，甚至授他以统驭三军、打一场反侵略战争的指挥权，第一次鸦片战争又会是怎样的一个结果呢？对此大致有两种猜测，其实也是两种历史的可能性：一种是比较乐观的，这里就看看当时的人们是怎么说的吧。在林则徐被革职后，清廷先派琦善议和，继而又派奕山等人"赴广东会剿"，结果是，琦善的"和"也挡不住英军，奕山的"战"也挡不住英军，当时便有民众就质问英军："尔自谓船炮无敌，何不于林制府任内攻犯广东？"

魏源就断言："必沿海守臣皆林公而后可，必当轴秉钧皆林公而后可。"

魏源的断言其实也是当时的主流民意。在鸦片战争之后，很多人在痛心疾首的同时，皆把广东战事之败归结于林则徐被提前剥夺了指挥权，又将各地战事之败归结于没有林则徐来指挥，这也表明林则徐确实是众望所归。换言之，中英差距就差一个林则徐。

我没有如此乐观，但也谨慎地认为，如果按林则徐的战略或战术，不说他能在鸦片战争中稳操胜券，但应该会有变数，对第一次鸦片战争的历史也有改写的可能性。即使对英军能小挫其锋，也可以暂时的胜局而延缓英军的侵华速度，而他必然会抓紧时机，针对"器不良""技不熟"而对广东水师进行改造，从而打造出一支真正具有近代意义的"新式水军"（海军）。实际上，林则徐已经开始这样做了，在革职之前，他一再奏请清廷"以通夷之银量为防夷之用"，从粤海关收入的税银中抽出一部分来制船造炮，"从此制炮必求极利，造船必求极坚……裨益实非浅鲜矣"。而他的战略思维也从"徒守于陆"而转向大海，从"不值与之海上交锋"到"出洋剿办"，这也是他与英军舰船较量后的转变，甚至是根本性转变。

道光二十二年九月十四日，林则徐赴戍途经洛阳时，在《致江翙云书》中便具体提出新式水军，与敌海战的构想——

有船有炮，水军主之，往来海中追奔逐北，彼所能往者，我亦能往，岸上军尽可十撤其九。以视此时之枝枝节节，防不胜防，远省征兵，徒累无益者，其所得失固已较然，即军储亦彼费而此省。果有大船百只，中小船半之，大小炮千位，水军五千，舵工水手一千，南北洋无不可以径驶者，逆夷以舟以巢穴，有大帮水军追逐于巨浸之中，彼敢舍身而扰陆路，占之城垣，吾不信也。水军总统，甚难其人，李壮烈、杨忠武不可复作，陈提军化成忠勇绝伦，与士卒同甘苦，似可以当一半之任，尚须有善于将将筹策周详者为之指挥调度，然不独武员中无其人，即中外文职大僚，亦未知肝胆向谁是也。

他看得很准，拿捏到了七寸，这才是抵御海上之敌的长久之计。若从更长远的历史眼光看，以林则徐远超时人的眼光和过人的能力，若能给他一个首辅大臣的位置，清廷又能放心大胆地使用他，他也会进一步推动政治、军事上的变革，晚清的洋务运动或可提前数十年，大清帝国兴许可以另一种方式迈入中国近代史。

然而这是根本不可能的，清廷别说授予他统驭三军的指挥权，连一个"协办海防"的空头四品卿衔也很快就给他褫夺了。可以说，林则徐在军事上没有被英军的坚船利炮所打败，却在政治上被清廷打倒了。而在某种意义上说，清王朝也不是被英军打败的，而是自己首先就打败了自己。无论是从林则徐个人的命运看，还是从大清帝国的国运看，一切诚如博学多识的同治名士陈康祺发出的喟然怅叹："呜呼！庚、辛海上之变，文臣中可倚以御侮者，仅林文忠公一人，次则裕靖节耳。奈懿亲重臣，临戎丧胆，彻防媚敌，唯恐失欢，以致穷岛魍魉之徒，横行溟渤，择利而食。而一时筑室之议，反以开衅责文忠，以穷蹙而死谤靖节；亦舌烧城，天地易位，至今犹有拾唾余者。至于陈忠愍公之守吴淞，葛壮节、王刚节、郑忠节三公之守定海，及公（关天培）之守虎门，皆以同舟匪夫，援绝鼓死，结缨免胄，颓我长城。余生庚子，世贯海东，采父老之传闻，睹近年之世变，濡笔纪此，愤气填膺。恨不能起懦帅残魂，缕割寸刲，充死事诸忠臣祠庙牺牢之用。呜呼！亦何及已。"

第一次鸦片战争如同一场悲壮的海祭，从钦差大臣、两江总督裕谦到广东水师提督关天培、江南提督陈化成，从金门总兵江继芸、葛云飞等定海三总兵到陈连升、麦廷章、海龄等参将、副将，还有无数为国捐躯的无名烈士，把自己的血肉生命摆上了大海的祭坛。

这样一个王朝专出失败的英雄，而林则徐是一位不死的英雄。

有人说："林则徐之所以能征服时人及后人，很大一部分来源于其人格的力量，他兢兢业业、鞠躬尽瘁、忠君爱国，成为传统士大夫心中的一面旗帜，被誉为鸦片战争中的英雄,为后世所景仰。"这是对林则徐的明褒暗贬,林则徐的历史意义何至于此。

又不能不说,自第一次鸦片战争以来,对林则徐的负面评价亦屡见不鲜,而对林则徐的否定,必从虎门销烟开始。如赘漫野叟的《庚申夷氛纪略》将林则徐指斥为国家致乱的第一祸首:"初作难者,以林则徐为首,而成之者裕谦也,甚之者僧格林沁也",他认为林则徐虎门销烟引发了鸦片战争,"于国家毫无裨益,若论肇开夷衅一节,古人重首祸,是其罪浮于裕与僧也"。他甚至咬牙切齿:"参其肉其足食乎?"这位赘漫野叟是我在翻检野史稗志中所发现的最仇恨林则徐的人,而他其实也是一种历史观的代表。

到民国年间,蒋廷黻对林则徐和琦善的评价是很有影响力的,一直到现在也被很多人推崇。他在《中国近代史》(1938年商务印书馆出版)中以诙谐而反讽的笔法,对林则徐做出了如下评价——

中国士大夫阶级(知识阶级和官僚阶级)最缺乏独立的、大无畏的精神。无论在哪个时代,总有少数人看事较远较清,但是他们怕清议的指摘,默而不言,林则徐就是个好例子。士大夫心目中的林则徐,他是百战百胜的,他所用的方法都是中国的古法。可惜奸臣琦善受了英人的贿赂,把他驱逐了。英人未去林之前,不敢在广东战,既去林之后,当然就开战。所以士大夫想,中国的失败不是因为中国的古法不行,是因为奸臣误国。当时的士大夫得了这样的一种印象,也是很自然的。林的奏章充满了他的自信心,可惜自道光二十年夏天定海失守以后,林没有得着机会与英国比武,难怪中国人不服输。但真的林则徐是慢慢觉悟了的。他到了广东以后,他就知道中国军器不如西洋,所以他竭力买外国炮,买外国船,同时他派人翻译外国所办的刊物。他在广东所搜集的材料,他给了魏源。魏后来把这些材料编入《海国图志》。这部书提倡以夷制夷,并且以夷器制夷。后来日本的文人把这部书译成日文,促进了日本的维新。林虽有这种觉悟,他怕清议的指摘,不敢公开的提倡。

清廷把他谪戍伊犁,他在途中曾致书友人说:"彼之大炮远及十里内外,若我炮不能及彼,彼炮先已及我,是器不良也。彼之放炮如大陆之放排枪,连声不断。我放一炮后,须辗转移时,再放一炮,是技不熟也。求其良且熟焉,亦无他深巧耳。不此之务,既远调百万貔貅,恐只供临敌之一哄。况逆船朝南

海祭
——从虎门销烟到鸦片战争

暮北，唯水师始能尾追，岸兵能顷刻移动否？盖内地将弁兵丁虽不乏久历戎行之人，而皆觌面接仗。似此之相距十里八里，彼此不见面而接仗者，未之前闻。……徐尝谓剿匪八字要言，'器良技熟，胆壮心齐'是矣。第一要大炮得用，今此一物置之不讲，真令岳、韩束手，奈何，奈何！"——这是他的私函，道光二十二年九月写的。他请他的朋友不要给别人看。换句话说，真的林则徐，他不要别人知道。难怪他后来虽又做陕甘总督和云贵总督，他总不肯公开提倡改革。他让主持清议的士大夫睡在梦中，他让国家日趋衰弱，而不肯牺牲自己的名誉去与时人奋斗。

林文忠无疑的是中国旧文化最好的产品。他尚以为自己的名誉比国事重要，别人更不必说了。他们当然不主张改革。林则徐具有两面性——对外虽有所觉悟，但顾及清议与名誉，掩饰夷情，听任士人继续昏睡。"

诚然，蒋廷黻对林则徐的评价还算客气了，在他看来林则徐只是一个"中国旧文化最好的产品"，但至少还不是一个"昏聩蒙昧的林则徐"。而如今有人质问，林则徐是民族英雄还是祸国殃民的罪人？这个咄咄逼人的质问者其实是自问自答，他的答案是，林则徐是"打开大清王朝毁灭大门的人"，这显然是从狭义的王朝兴亡史来看待的，从历史大势看，他其实是打开了被封建帝国长久禁锢之门的一位划时代的伟人。这个质问者又说，"中国的近代历史，就这样由道光帝和钦差林则徐共同翻开了糟糕透顶的第一页"，"越洋而来的英军在天朝境内为林则徐一手制造的鸦片贸易纠纷，与清军打了一场洋枪洋炮对大刀长矛的不对称战争，最终迫使清廷五口通商门户洞开，割地赔款丧权辱国。这，恐怕是昏聩蒙昧的林则徐在虎门销烟时看着销烟池中翻起泡泡时所无法想到的"。实话实说，我觉得这个质问者对历史的认知还真是"昏聩蒙昧"。

还有人认为，在所有主战派中，林则徐是最幸运的一个。由于英军没有在第一时间对虎门珠江口发起进攻，让他侥幸躲过了一劫，若与英军直接交战，林则徐则"必败无疑"，他那光辉的历史形象也就要大为失色了。而林则徐随后被清廷提前剥夺了广东战场的指挥权，还真是值得为其"额手称庆"，让他又侥幸躲过了一劫。在林则徐奉命赴定海协防后，又遭罢黜，遣戍伊犁，这让林则徐在第一次鸦片战争中躲过了最后一劫。总之一句话，若林则徐与英国远征军主力交战，必败无疑。

茅海建先生就是这样认为的："尽管众口一词，但将英军没有直接进攻广东的原因解读为英国军人害怕与林则徐交战，是违背基本史实的。英军之所以没有进攻广东，并不是害怕林则徐，而是他们的既定计划就是舍弃广东，撇开林则徐，北上清朝政治势力的中心地区，寻找比林则徐官职更高的官员解决争端。一旦谈判不成，将在长江下游和北方地区继续开战。……英国当局之所以有如此计划，是因为他们不了解当时清朝的国情，如果他们了解，必然会找林则徐，因为林则徐是主战派的领袖。但对于林则徐而言，正是英军不懂中国国情，给了他全身而退的绝好机会，也于偶然之间成就了他不可战胜的神话。假若英国人的战略目标就是广东，那么，林总督必然失败。这样说并非危言耸听。"他还特别强调："当世和后世那些顽固地认为英国人害怕林则徐，只要朝廷不将这位忠臣革职，那么鸦片战争必将完胜英国的论史者，其见识实在远远不如当年这位六十多岁的老翁。"这里我对茅先生对待历史的严肃性有所怀疑，林则徐此时还未满五十五岁，怎么会是一位"六十多岁的老翁"呢？这不是一个小细节的问题，这是一个严谨的历史学家绝不该犯的错误，若对常识都不做基本的考证，他的"鸦片战争再发现"也就难免令人生疑了。我之所以反复援引他的论据和论点，只因他的历史观在当下还颇具影响力和代表性，并非针对茅先生本人。

茅海建先生认为林则徐"已经是一个神话"，我亦赞成把林则徐请下神坛，但打破林则徐的神话可以，决不能制造一个"英国侵略军不可战胜的神话"。我觉得还有一点很重要，对林则徐的历史地位既不要过分夸大，也不要假以"再发现"之名而刻意贬低。我们也不能因为看到了鸦片战争失败的结局，而以"事后诸葛亮"的心态提前做出鸦片战争必败无疑的结论。

林则徐不是神，但英军也绝非不可战胜的神话。这也是我的基本立场。

诚然，林则徐也曾说过一句话，那是在鸦片战争失败后，张集馨曾就福建的水师营制问计于林则徐，林则徐的回答是："虽诸葛武侯来，亦只是束手无策。"这句话后来被不少史家反复援引，并以此为证：林则徐也认为英军是不可战胜的。其实林则徐此言还藏有不便直说的真意或深意，那就是他对清廷的失望，从清廷在第一次鸦片战争中的表现看，如此"忽剿忽抚，总无定见"，纵然让诸葛武侯重生一次，如果清廷对他处处掣肘，肆意打压，直至将他罢黜遣戍，他又怎么可能战胜英军？

我不想把问题搞得如此复杂，只想问三个简单的问题，其实也是三个常识——

第一，中华民族对泛滥成灾的鸦片烟毒要不要禁？

第二，如果没有林则徐掀起的禁烟运动或虎门销烟，鸦片战争是否可以避免？中国是否可以免于挨打？

第三，如果中国没有胜算把握，在别无选择的情境下，是否应该放弃抵抗，直接投降？

我用了三年多时间，写了这三十多万字的一本书，说穿了就是为了厘清和回答这三个简单的问题。

对林则徐无论是正面评价，还是负面评价，几乎所有的评价者都会将林则徐和琦善作比较，这种比较其实以两人为代表，对禁烟上的"严禁派"和温和派、在抗英上的主战派和主和派进行比较。

如果在战争与和平中作选择，我也会选择和平，但那要看怎么和。

和，也需要实力，甚至需要更大的实力，没有实力做后盾的"和"只能屈辱求和。

琦善是主和派的代表人物，他的"羁縻"之策为以后的谈判大臣伊里布、耆英等沿用，他们也被视为清政府在外交上的"鸽派"。他们看到了中英军事力量的差距，一味妥协让步以平息战事，却把中国一步一步地推入了比战争更可怕的深渊。如今，很多人都在为琦善等主和派辩解，我也觉得应该设身处地站在他们的立场上重新思考，他们干出了丧权辱国的事，但这并非他们的初衷，而是他们的无奈。琦善等人可能是中国近代史上最早感受"弱国无外交"的一代人。对于英人割地赔款的要求，琦善等人既不能答应，又不能不答应，这是难度极大的周旋，也是琦善等主和派的宿命。他们在很多方面也情有可原，但至少有一点，我觉得是绝对不能原谅的，如琦善，为了向英人示好，竟然自毁长城，这就是极不明智的举动了，甚至是对历史的反动。而英国人根本不吃"羁縻"那一套，从查理·义律到亨利·璞鼎查，他们都看透琦善等人的这种推磨战术或狗咬自己的尾巴的游戏，他们知道，这样同中国人谈下去纵使谈判一百年，也不能得到他们想要的东西，你只能以用大炮先炸开一个缺口，中国人才会在条约上签字。而不管是哪一个中国人，是琦善还是伊里布、耆

尾 声
只有大海才有资格回忆

英,乃至后来的李鸿章,一旦你在这样的条约上签字画押,中国便又沦陷了一片土地,你的大拇指上便沾上了一层厚厚的印泥,像一团污血。我不知道,那一刻这些议和大臣是否有一种卖儿鬻女的感觉。他们内心的挣扎,非一般人所能体会得到。这双手,他可能要洗很久,可能要洗一辈子、一千年、一万年,还洗不干净。

如今还有不少人为琦善辩解,琦善与义律达成的那个《穿鼻草约》是一个令英国政府极为不满的条约,其实对中国更有利啊,这与后来的《南京条约》相比,堪称是中国"外交上的大胜利"。这让我又忍不住发问了——

如果那个《穿鼻草约》真的存在,英国侵略者会就此止步吗?

对此,英国远征军早已用他们的炮舰做出了回答:NO!

那么在《南京条约》签署后,英国侵略者又会就此止步吗?

在接下来的历史中,非独英国,西方列强用它们的炮舰齐声回答:NO!

英国远征军以小博大,在第一次鸦片战争中以如此小的代价获得如此巨大的利益,而战争的暴利已超过了鸦片贸易的暴利,在暴利的驱使下他们不可能放弃战争。对于欲壑难填的侵略者,中国不是没有清醒的智者,林则徐早已发出警告:"抑知夷性无厌,得一步又进一步,若使威不能克,即恐患无已时,且他国效尤,更不可不虑。"很不幸,他还真是一语成谶。

中英签订《南京条约》后,随即像点燃的鞭炮引发了连锁反应,美国逼迫清政府在澳门望厦村签订了《中美望厦条约》,法国逼迫清政府在广州黄埔的法国战舰上签订了《中法黄埔条约》,连比利时、瑞典等欧洲中小国家也都胁迫清政府签订了不平等条约;葡萄牙女王玛丽亚二世单方面宣布澳门为自由港,拒绝向清朝政府缴纳地租银,并由葡萄牙军队驻防澳门半岛。而英国在中国获得的一切特权,如领事裁判权、片面最惠国待遇等许多特权,美国、法国以及越来越多的西方列强也可以享用。这一系列不平等条约,成为外国侵略者套在中华民族头上的沉重枷锁,从此,中国沦入了被狼群围猎的悲惨命运。

在第一次鸦片战争后,英法联军又在俄、美等国的支持下又发动了第二次鸦片战争,1860年(咸丰十年)闯入圆明园掠夺奇珍异宝,火烧圆明园,又迫使清政府先后签订《天津条约》和《北京条约》,而英国通过两次鸦片战争,西方列强攫取了大量在华政治、经济等特权,英国则是最大的利益攫取者,至此已操纵了中国大约全部进口的五分之四和出口的五分之三。沙俄先是出兵趁火打劫，随后又以"调停有功"逼迫黑龙江将军奕山签订中俄《中俄瑷珲条约》，在此前后，沙俄通过一系列不平等条约占领了中国东北及西北一百五十多万平方公里的领土。曾记否，林则徐就对国人发出了警示："终为中国患者，其俄罗斯乎！吾老矣，君等当见之。"

林则徐的预言，皆已成为被历史验证的谶言，只是谶言逆耳，令清廷避之唯恐不及。

琦善在谈判桌上的彻底失败，中英《南京条约》及其后一系列屈辱条约的签订，反证了抵抗侵略是中华民族唯一的救赎之路。冷酷的历史一再告诉我们，靠一张纸是阻挡不住侵略者的脚步的，能够御敌于国门之外的永远都是足以压倒敌人炮弹。英国在《南京条约》中所得到的全部是实惠，而这些实惠也绝非是通过一张纸来得到的。而那一张纸也不可能让道光帝挣回什么面子，一名英国军官在1843年的回忆录中特意用大写字母写道："中国臣服于一个女人的脚下。"——那个女人就是英国历史上第一个以"大不列颠及爱尔兰联合王国女王和印度女皇"称呼的维多利亚女王，她在位的期间（1837—1901）是英国最强的"日不落帝国"时期，又被称为英国"维多利亚时代"。

英国一直野心勃勃，试欲把中国变成远东的第二个印度。

如果不能打败中国，英国担心连印度殖民地也会丢掉。

托马斯·斯当东在鸦片战争之前就公然宣称："如果我们在中国不受人尊敬，那么在印度我们也会很快不受人尊敬……如果我们要输掉这场战争，我们就无权进行；但如果我们必须打赢它，我们就无权加以放弃。"

从第一次鸦片战争的结果看，清政府只能用惨败来形容，这里就不说被英军劫掠的财物、勒索的赔款、摧毁的要塞、炮台和城镇，只看两军交战的直接伤亡数据，在两年多的时间里先后有一位总督、两位提督、七位总兵和数千名将士死于战争，有史家称，清军伤亡超过两万（22790人），而英国远征军的战死人数，据英方统计，其伤亡约五百余人（523人，阵亡仅69人，大多死于疾病或其他原因）。在这抽象的数字背后，倒下的是中国将士成千上万的血肉之躯，而他们的浴血奋战和顽强抵抗，最后换来了一纸屈辱的条约。然而战争的结果还真不能这样直接换算，哪怕失败的抵抗，也并非徒劳的抵抗，唯有抵抗，才能让侵略者付出惨痛的代价，英国及其他西方列强会对他们在战争中付出的代价和得到的回报进行换算，尽管他们终将这个代价转嫁给了中国，但那些战死的侵略者毕竟不能死而复生。设若没有那些失败的抵抗,中国必将付出更大的代价,甚至以整个中国为代价。这并非危言耸听,一旦放弃抵抗,英军就像占领宁波一样"登岸劫掠,城门洞开,直入无人之境",英国侵略军又跟你来谈什么判?清廷可能连这样一纸屈辱的条约也得不到,那个让中国"臣服"的女人可以直接宣布,"中国将并入英国的版图",维多利亚女王将成为"大不列颠及爱尔兰联合王国女王和印度女皇及中国女皇",而远东大陆的中华民族极有可能陷入比印度次大陆更屈辱的命运。

四

自从那一次沉重的告别后,林则徐就再也没有重返虎门。

道光二十五年(1845年),清廷重新起用林则徐,先后署理陕甘总督、陕西巡抚、云贵总督,但自他钦差赴粤时陛辞之后,从此再未觐见道光天颜。或是道光皇帝再也不愿见他,那一次陛辞竟成了君臣之间的永诀。

道光三十年(1850年),这一对难分难解又难以言说的君臣相继与世长辞。

正月,道光帝驾崩,在位三十年,终年六十九岁,庙号宣宗。

咸丰帝即位,太平军兴起。为进剿太平军(一说是为了镇压天地会),清廷再次任命林则徐为钦差大臣,督理广西军务。林则徐当时已身染沉疴,但肩负君命,抱病赴桂。他从福建进入粤东山区,一路跋山涉水,途中疝气不时发作,只能躺在特制的卧轿上赶路。但尚未抵达广州,在途经潮州普宁时他已疼痛难忍,不得不暂住普宁行馆。

道光三十年十月十九(1850年11月22日)辰时,林则徐在病榻上突然指天三呼"星斗南",随即溘然长逝,终年六十六岁。皇恩浩荡,清廷对他此前受到的所有处分全部撤销,也算是平反昭雪。又追赠其太子太傅,谥文忠。

只是,一直到现在也难以猜透,他临终时为何要指天三呼"星斗南"。

岁月穿风而过,在天地与大海相交的一刻,你首先看见的不是大海,而是

海祭
——从虎门销烟到鸦片战争

横亘于大海与大陆之间的要塞和炮台。虎门几乎天生就是一个战略要塞,而眼前这座要塞,就是当年的威远、镇远、靖远炮台群,如今统称为威远炮台,当年号称百丈铁锁铜关,其实是一座石头筑起的堡垒。很多石头,是实心眼的石头。这大海边的花岗岩切割着流水,也为流水所切割,早已已被大海的潮汐侵蚀得无从辨认当年的本色,但石头,永远是石头,哪怕粉身碎骨也不会腐烂。这石头也不像别的海湾里那些被海水淘洗得光滑的椭圆的石头,每一块石头都有锋芒与棱角,铁一般的坚硬。

穿过一道残缺的石门和烽火墙下的一条陷得很深的巷道,依然可以进入一座用石头筑起的堡垒。官厅、兵房、火药库、垛口、炮洞,还有供将士拜祭的神堂,一如一百七十多年那样,以面对大海的方式表达着它们顽强的存在。那威猛的铸铁大炮,如同黑色的剪影,没有血迹,但炸裂的伤痕还在,炮身上覆盖着暗红色的铁锈和苔藓,看上去已不像金属,它们以残缺的方式向后世证实了那场战争就在这里发生,哪怕残缺,也是铁证。如今,它们已是这古战场遗址的文物,却依然瞄准着大海的方向,那炮口如一只只怒目圆睁的眼睛。这是对大海的严密封锁。

我耳畔传来了一阵一阵呼啸而来的呐喊声,伴随着大海的汹涌和惊涛拍岸的喧哗。当年,广东水师提督关天培就是在这座炮台中坐镇指挥他一生最悲壮、最绝望的一战,那也是他生命中的最后一战。在开炮之前,关天培和那些炮台守军可曾想过,在封锁大海的同时,他们也把自己围困在这里。当英国远征军的炮舰昂然驶入南海,珠江口第一道防线命悬一线,却没有一艘从虎门炮台开进大海迎击敌人的战舰,只有这些筑在大海背后的炮台,还有这些笨重的火炮,能扼守住一个民族命运的咽喉吗?仿佛就在时空的某种错位中,疯狂的进攻从大海上开始了!那些大清王朝的国殇们,他们的烈血与炮火一齐喷射,但他们的炮火却难以击中侵略者的军舰,他们的炮弹击中的是大海,旋即又被大海淹没,而在血泊中又会伫立起一个个伟岸的民族英雄。

我感觉这座石头堡垒缺少了什么,这里应该树起一位民族英雄死而不倒、"屹立如生"的塑像。想象那最后一幕,我内心里有一种说不出的悲怆与震撼,也有一种难以言说的复杂感觉。站在这炮台上一看就知道,那些水师官兵想要守卫的不是自己的领海,而是大海背后的大陆。中国人似乎又一直在以惨烈的失败在验证,你守卫不住自己的海疆,就永远无法守卫自己的大陆,面对

尾 声
只有大海才有资格回忆

来自海上的劲敌,大陆竟是如此地不堪一击。

当我下意识地触摸着这生铁大炮,手已麻木而灵魂震颤。是什么声音?让我猛然一惊,这死沉死沉的铸铁大炮竟然发出了响声。这绝对不是幻觉,我把耳朵贴在炮筒上,想听听这炮膛里从一百七十多年前传来的吼叫声,但它没有吼叫,而是发出了一种可疑的声音,窸窸窣窣。我在大炮上猛地一拍,一只耗子从炮筒里惊惶地钻了出来,浑身锈迹斑驳。这是水耗子,而礁石上的弹孔早已成为了水耗子和螃蟹的洞穴。

穿行于一座座如迷宫般的要塞和古堡之间,我竟然没有迷路,或许还有不死的魂灵在为我们引路。一座座石头堡垒随着潮汐的涨落愈来愈顽固,仿佛这就是它们与生俱来的本分,但这样的封锁让我倍感窒息,我不得不转过身来,面朝大海,深呼吸。

看了威远炮台其实就不用去看沙角炮台了,一切如同历史的重复,我也看过不止一次了,然而那却是一个让我看了一次还想去再看第二次、第三次的地方,那也是一个父亲看过了,儿子、孙子都该去看看地方。

走向沙角,就是走向大海,那是离大海最近的地方。

而我每一次走进沙角,还有一个异常强烈的念头,去看看那门克虏伯大炮。很多人正踮起脚尖扒在那炮口上窥探,一圈人刚走,一圈人又围了上来,那炮口有密密麻麻的手印,沾满了回南天的汗渍,却没有中国土炮的锈迹,那炮口依然明光锃亮。

这已不是虎门销烟和鸦片战争的事物,而是两广总督张之洞从德国买来的一门大洋炮。张之洞生于道光十七年(1837年),在他两岁时发生了虎门销烟,在他三岁时爆发了鸦片战争,在他四岁时中英签订了《南京条约》,他在自己还没有记忆的幼年从古代中国迈入了近代中国。当他历经道光、咸丰、同治进入光绪年间时,中国依然是鸦片泛滥,烟毒弥漫。他在山西巡抚任上的一封致友人书中痛陈烟毒之患:"晋患不在灾而在烟。有嗜好者四乡十人而六,城市十人而九,吏役兵三种几乎十人而十矣。人人枯瘠,家家晏起。堂堂晋阳,一派阴惨败落景象,有如鬼国,何论振作有为,循此不已,殆将不可国矣,如何如何。"张之洞如同清朝的第二个林则徐,一边厉行禁烟,一边探索变法图治之路,他是同光年间洋务派的代表人物,在抵抗外侵上也是坚决的主战派。光绪十年(1884年),张之洞由山西巡抚张之洞擢升两广总督,将虎门

海祭
——从虎门销烟到鸦片战争

海口列为南海海疆最重要又最难防的关键，而在国防尤其是海防上他提出"购快船，购军火，借洋款，结强援"等主张，先从西洋采购，然后自己仿造。这门克虏伯大炮就是在这种背景下从德国采购的。

这是一尊钢铁后膛大炮，也是当时最先进的线膛炮。从滑膛炮到线膛炮是火炮的一次革命，滑膛炮与线膛炮的根本区别就在于膛线，由于在炮管内加铸膛线是难度很大的制作工艺，最早的火炮都是滑膛炮，炮弹从炮口装填，炮弹是一个圆球，打一炮就要停下来装一次弹，又因炮弹与炮膛弥合不严，火药燃气外泄，导致火药推力减小，射程较近。清军使用的火炮就是最原始的滑膛炮。线膛炮的炮膛内有螺旋形的膛线，炮弹也不再是圆球形，而是有尖头或者钝圆头的圆柱形，在炮尾装弹，发射出去的炮弹像陀螺一样旋转，而在旋转中飞行更稳定、更精准，射程更远。这门克虏伯大炮有效射程达十公里，在大炮的底座上还安装了四个铁轮，其高大的身躯可以在半环形的铁轨上灵活转动，随着炮筒的旋转形成270度的扇形火力网，仰角可达30度，每分钟可发射一发炮弹，在三千米内可穿透五十至六十五厘米的钢板。此时距第一次鸦片战争已五十余年，倘若当年据守沙角炮台的老将陈连升拥有这样几门大炮，又有琦善所说的"子内藏放火药，所至炸裂焚烧"的炮弹——开花爆破弹或穿甲爆破弹，完全可以通过扫射对珠江喇叭口实行全面封锁，又何惧英军的坚船利炮？而在这门大洋炮旁边，就趴着一台大清制造的生铁炮，这两门火炮放在一起，一个是钢，一个是铁，一个傲岸而炫耀，一个是土头土脑，那种强烈反差，连我也自惭形秽。

但对于我，最难受的还不是这种自惭形秽的感觉，而是如鲠在喉。这门克劳德大炮堪称是洋务运动的一个标志，却没有迸射出它应有的力量，据说一开炮就被炮弹卡死了，在它的炮喉里还死死卡着一颗没有打出去的炮弹，它一直卡在那里，卡了一百多年了，依然保持射击的姿势，仿佛一触即发，却又一直不发。这仿佛就是洋务运动的命运，它没有让一个垂死的帝国起死回生，所谓晚清中兴一如回光返照，随着洋务运动、戊戌维新的相继失败，一个王朝也仿佛被卡死了。

这颗炮弹也仿佛一直卡在我的喉咙里。但凡来此看过的，或许都有这种感觉，难免悲愤，这是什么玩意儿啊！一种说法是，咱们中国人被德国鬼子给暗算了。有人说，"一百年前，德国货在国际上是假冒伪劣的代名词，但中国腐

尾声
只有大海才有资格回忆

败官员为了多拿回扣,偏偏喜欢购买这种伪劣产品"。但这只是一家之言。据史载,当时的德国工业尤其是军工已赶超英国,在西方列强中名列前茅,而德国制造也不是"假冒伪劣的代名词",在世界上是响当当的顶级的技术和质量的代名词。而生产的克虏伯大炮的克劳德制造厂,一直德国军工的柱石,德国在十九世纪中叶先后打败了奥地利和法国,克虏伯大炮发挥了巨大的威力,开花爆破弹因而成了清朝军购的主要对象。随着清军大量引进,克虏伯大炮一度成了中国海防的代名词。

追溯克虏伯家族的发家史,对于中国近代工业也颇有启示意义。克虏伯家族原本是开铁匠铺的,传到老克虏伯(阿尔弗雷德·克虏伯)手里时,只有三间茅草屋,已经濒临破产,而老克虏伯为这个家族创造了奇迹,他先是创造出了性能极好的罐钢,又用这种钢材制造出了后膛钢炮。就在第一次鸦片战争的几年后,克虏伯制造厂开始生产军械,从一个接近破产的小厂发展成世界第一的军工联合体,成为闻名天下的火炮大王。这也就是老克虏伯的神话。而据考古发现,中国在距今三千多年前就打造出了铁器(最古老冶炼铁器),然而一直只是打铁、打铁、打铁,打了几千年,还停留在生铁、铸铁的工艺上。李鸿章是一个有反省意识的人,他与曾国藩、张之洞、左宗棠并称为"中兴四大名臣",也曾被德国海军大臣柯纳德称为"东方俾斯麦",而李鸿章则称老克虏伯为"有大本领的人",他也希望中国出现这种"有大本领的人",还语重心长地跟洋务企业的总办、帮办们讲起克虏伯发家史,勉励他们也能成为中国的克虏伯。

从一座炮台的历史可以见证中国近代史。这些要塞炮台早已在第一次鸦片战争被英军摧毁,又于道光二十三年(1843年)重建。咸丰六年(1856年)十月,第二次鸦片战争爆发,虎门要塞炮台再次被英军摧毁。直到光绪八年(1882年)由总督张树声奏准修复。这里的每一座炮台几乎都沦陷过,毁灭过,然后再建,再毁,一次次的毁灭与重建,最终也无法修复大清帝国破碎的山河。如今,这些要塞炮台已是一座座古战场遗址,又何尝不是那个时代遗留的精神残骸?

在林则徐打造虎门海口防线时,沙角炮台离大海还没有这样近,光绪年间对沙角炮台进行大规模的重修和扩建,使沙角炮台的军事设施向东南海岸的险要地段延伸,可以清晰地看见一个个炮筒在穿鼻洋中的倒影。那一纸众说纷纭的《穿鼻草约》，据说是在穿鼻洋上一条风雨飘摇的渔舟上签订的。

在沙角炮台下的濒海有一片坪地，那是炮台守军当年训练的操场上，林则徐、关天培曾在此观看老将陈连升指挥官兵操练。眼前，又一座花岗岩的纪念碑耸立起来，这是民国年间树立的，碑名为当时广东省主席陈铭枢所题。它与呼啸而来的海潮和海风长久地对峙着，如同一个王朝悲凉的化身。

大海是一面镜子，只有大海才有资格回忆，回忆这里的一切。

朝着大炮瞄准的方向看，岁月已经切换到另一时空。

从珠江口到南中国海湾，正在徐徐地展开它的另一面，时光往复，一艘艘远洋货轮正从这里出海或入海。这是国家一类口岸虎门港。在香港回归的那一年（1997年），经国务院批准，东莞沙田港与太平港合并成立虎门港，划分为麻涌、沙田、沙角、长安和内河等五大港区。我能看见的只是虎门港的一角——沙角港区。一座座龙吊（台门式起重机）正在吊起一只只货箱，那船上的英文、法文、葡萄牙文、西班牙文、日文，这曾经是那个时代的中国人充满了鄙夷的文字，还有那在海风中飘扬的英国米字旗、美国星条旗、法国三色旗，这曾经是那个时代的中国人充满了敌意的国旗，如今却是海外贸易蓬勃而繁荣的标志，一条海上丝绸之路又被重新激活，那直挂云帆的海风鼓荡着漫天风云，在这个蔚蓝色的星球上，中国人已越走越远，如今已不只是遨游大海，而是遨游太空。虎门依然是珠江口最重要的一道海门和国门，这一扇门，从当年被西方列强的坚船利炮轰开，让中华民族蒙受百年国耻，到如今自主而有尊严地开放。"奉法者来之，抗法者去之"，林则徐当年主张的对外通商，在今天依然没有过时，永远也不会过时。看到这一切，我忽然想到了林则徐那句"海纳百川，有容乃大"的名言，这不只是一个士大夫的胸怀，更应该成为一个国家、一个民族的胸怀，只有胸怀天下，才能拥抱世界。

太阳高悬在虎门要塞的头顶，一座飞架珠江口的大桥被春天的阳光强烈地推进了我的视线。这是中国第一座大型悬索桥——虎门大桥，桥下就是那喇叭形的珠江口，也是当年的铁锁铜关，所谓闭关锁国，对于中华民族绝对不是一个比喻，在这样一个通江达海的咽喉，当年被木排铁链锁起来了。对于林则徐那也是无奈之举，在中国还没有坚船利炮的情境下，只能凭仗这一夫当关、万夫莫开的险要地势和铁锁铜关来抵御来自大海的敌人，然而最终还是没有抵挡住。从虎门销烟到如今，屈指一算还不到一百八十年，中国就已从古代、近代走进了现代。这座桥号称"世界第一跨",又被誉为"古塞飞虹"(为东莞新八景之一),这也是广东对香港回归的献礼,一举把香港、虎门、澳门这个地理三脚架拉成了一条直线。如果将那两根主缆拉成一条钢绳,据说可环绕地球赤道一周。无论你从哪一个方向来,从广州或东莞,从深圳或香港,从珠海或澳门,或是来自海上,这都是一条捷径。我第一次穿过虎门大桥,还真是经受了一种心理考验。我有恐高症,又或许是内心还有一种根深蒂固的偏见,我一直不喜欢太快的速度,但这是我无可回避的一条路,如果你真想抵达当年的历史现场,如果你真想看清中华民族在虎门销烟、鸦片战争之后的历史大势、未来走向,这就是一条必然的路。穿越这样一座大桥,仿佛一下跨过了虎门销烟和鸦片战争的烟云,跨度一百七十年,那个如黑白镜头一样灰暗的古老小镇,眨眼间就变成了一座以南海为背景的现代化重镇。

  虎门大桥还只能代表二十世纪九十年代的中国桥梁建设水平。进入二十一世纪后,中国在桥梁建设上已跃居世界领先水平,世界排名前十位的悬索桥里,中国就占了六座,乃至有国外桥梁专家惊呼:"如果中国人说造不了的桥,全世界就没有人能造得出来了!"从虎门大桥运行到现在,一晃就是二十一年,车流量也比当年翻了二十多倍,虎门大桥已赶不上现代化的速度,从"世界第一跨"变成了"世界第一堵",但也不会堵得太久了,眼下,虎门二桥已经构筑起了龙骨,这座桥预计在2019年通车,向新中国成立七十周年献礼。这是粤港澳大湾区核心区的又一座跨江通道,将把"世界第一跨"的虎门大桥又向前跨越一大步,再次刷新中国桥梁建设的纪录,成为世界上跨径最大的钢箱梁悬索桥,又是一座世界之最!

  我一直在尽量回避极限词,一个现代化的中国却又不断在创造世界之最,其实,在粤港澳大湾区,最吸引世人眼球的还不是跨越珠江口的虎门二桥,而是东接香港、西接珠海和澳门的港珠澳大桥。这是世界上最长的跨海大桥,也是中国交通史上技术最复杂,建设要求及标准最高的工程之一,最难的就是横跨伶仃洋。遥想当年,在中国还没有明确海权意识的帝国时代,伶仃洋和外伶仃洋一直被视为外海,也成了清政府鞭长莫及的法外之地。加之伶仃洋浪涛汹涌,暗流回旋,而那些英国鸦片商船既能远涉重洋,自然能抗风浪,一旦驶入伶仃洋,广东水师巡船只能望洋兴叹。英国鸦片贩子在伶仃洋进行鸦片批发交易,在交易之后用快艇运送鸦片抢滩登陆,一度出现了鸦片走私的"伶仃洋时代"。谁能想到中国人在跨越两个世纪后竟然建起了一座跨海大桥,这极大缩短香港、珠海和澳门三地间的时空距离。这座桥也是中国从桥梁大国走向桥梁强国的一座里程碑,被誉为桥梁界的"珠穆朗玛峰",不仅代表中国桥梁先进水平,更是综合国力的体现。那些英国人似乎一直关注着中国,而港珠澳大桥被英媒《卫报》惊呼为"现代世界七大奇迹"之一。

曾记否,林则徐和邓廷桢在海上缴烟时,两人在风雨中吟诗唱和,邓廷桢诗中有一句"长旗拂断垂天翼,飞炮惊回饮涧虹",这两位民族英雄又怎能想到伶仃洋上会跨越这样一道长虹?但可以肯定,他们所做的一切都是为了今天。在那个时代,林则徐无疑是当时最有底气的中国人,我一直在思索,他的底气到底来自哪里?走笔至此我才恍然大悟,他的底气就来自未来,或者说他深信自己选择的道路就是一条通向未来的必然之路。

在如今的共和国版图上,伶仃洋和外伶仃洋已不是海域,更不是什么外海或公海,而是直接划入了珠江口,这也是有地理和法理依据的。在地理学科和海洋学科专家们的眼里,这儿原本就是珠江流出虎门的一个喇叭形河口湾,也是珠江最大的喇叭形河口湾,在其半径六十公里内,如今已拥有香港、澳门两个特别行政区和广东省的广州、深圳、东莞、珠海、佛山、中山、肇庆、江门、惠州等九市组成的城市群,这就是与美国纽约湾区、旧金山湾区和日本东京湾区比肩的世界四大湾区之一——粤港澳大湾区。在国家战略上,这是我国建设世界级城市群和参与全球竞争的重要空间载体,也是中国经济最活跃的地区。粤港澳大湾区面积只有五万六千平方公里,人口达六千六百万,恰好相当于一个英国。2017年,粤港澳大湾区GDP突破十万亿,超过俄罗斯,若放置于世界国家排行中,名列十一位,而英国名列第五,若要赶超英国,还须奋起直追。

虎门,虎门,在两个虎门之间,几乎感觉不到时间的一天天推移,感觉一切都很突然。

那个作为历史现场的虎门,犹如一个民族的历史胎记,到处都是陈旧泛黑的事物,连岩石里透出的光亮也在岁月中泛黑。无论是石头还是黑铁,它们都只能背负着历史的沉重伫立在原地。

必须转过身来,这不是一种姿态。必须转过身来,才能朝另一个方向张望。

尾 声
只有大海才有资格回忆

今天的虎门已是粤港澳大湾区的一座举足轻重的支点城市。在一望无涯的海平线上，你一下就感觉到了一座海滨重镇的宽敞明亮。海岸上，高大挺拔的大王椰被海风吹拂着，它们宽厚的叶子已经长得深绿发蓝，一条绿色的林带掩映着那条构筑着要塞和炮台的海岸线。虎门的大门早已面向大海敞开了，英国人和美国人长驱直入，荷兰人和葡萄牙人招摇过市，但战争却越来越远了，远得像一个传说。那些构筑堡垒和要塞的石头，那些被失败者在最后的血战中用来当作武器的石头，现在已被人类打造成了露天的桌椅，很多人在这里喝茶聊天，谈笑间自有风生水起，潮来汐去……

虎门创造了广州以南、深圳以北的第一海拔高度，这是一种崛起的冲动，直接而强烈。它可以让你抵达一个时代的高端，眺望或猜想。有一种声音再次响起，那是海潮涌动的声音，但汹涌而来的是人，全是人，人的海洋。全世界的人仿佛都涌到这里来了，一个个热气腾腾的身体如同在旋涡中挣扎着，去争抢一件件时装。遥想当年，林则徐对洋人的"奇装异服"颇为惊怪，如今全世界的人都来虎门抢购时装。虎门现在已是中国南派时装之都，风情万种，仪态万方。虎门第一高楼就是一座时装中心。虎门在一秒钟就可以推出一种新款时装，在一天之内就能铺展到五湖四海，然后在数天之内风靡全球。这就是现在的虎门，一座被大海赋予了巨大能量的城市，一个数字、品牌、符号营造的世界，它以资本的热烈和华丽、以无与伦比的时间和效率，挑战原有的价值体系和社会习惯，释放出了压抑已久的激情，面对它，仿佛面对大海，又仿佛和大海连在一起。

虎门似乎一直在努力补偿着什么，它有太多的屈辱，太多的光荣，还有无数没有实现的夙愿。此刻，大海是平静的，她在平静中澄清着一些事物的真相。它映照过烽火硝烟中的要塞和炮台，映照过一片的老城区拆掉了，又在一座城市的内部复活，这个过程便是一座历史文化名城的现代化崛起。这让我坚信，现实永远都是历史的必然延伸部分，只在偶然的状态下才可能断裂，只在极端的状态下才是对立的。我庆幸虎门，这个其实与我无关的城市最终能够把对立转化为了对称，它以最形象的方式诠释了一个哲人预见的某种变换下的不变性，在一个人类生活了三千多年的地方，虎门只用了三十年，就完成了一次又一次的转身，但它还会有更华丽的转身。这一切，不必感谢上苍，但必须感谢大海的垂青。

在经过大海的反复淘洗之后，大海告诉我们，什么该记住，什么该遗忘。

中华民族是一个有血性的民族，也是一个最不想流血的民族，他们对和平的渴望与祈求，和他们的血性一样，都是这个世界上任何一个民族无可比拟的。

虎门是一个战略要塞，也是一片鲜血染红了的土地，但虎门其实并不想成为一个战略要塞，更不想被鲜血染红，而是一直渴望和祈求成为一片永远的太平土。

在虎门的心脏里还藏着它的另一个名字，太平！

从虎门销烟池到南京静海寺，这是林则徐曾经走过的一条路，一条必然的路。

当第一次鸦片战争的导火索在虎门点燃，就是一个沿中国东南海岸线延烧的过程，无论是铁锁铜关的虎门，还是龙盘虎踞的金陵，都成为了中国近代史开篇或开端的象征。自明成祖敕建静海寺以来，佛轮旋转五百载，静海寺除了香火，还有战火，而香火终于敌不过战火。自《南京条约》签订后的一百多年来，静海寺几经劫火，1937年侵华日军血洗南京，静海寺惨遭浩劫，一座大殿在日军的炮火下化为废墟。静海寺的兴废，无言地诉说着中华民族百年来蒙受的屈辱。中华人民共和国成立之后，静海寺只剩下一堆残垣断壁和几间残破不堪的偏殿或僧房。1987年在旧址复建了六百多平方米的仿明建筑，由于不是原貌修复，只能称为"古静海寺旧址"；1990年，静海寺被辟为《南京条约》史料陈列馆。为迎接香港回归，南京市又于1996年底对静海寺进行了扩建，并在静海寺门前竖起了中国政府对香港恢复行使主权倒计时牌，这是中华民族终结百年耻辱的倒计时。与此同时又在静海寺高悬起了一口新铸造的大铜钟，其主体高度为1842米，象征1842年清朝政府与英国签订《南京条约》，割让香港；钟的顶端为一"火球"，高7.1厘米，象征香港于7月1日回归祖国；钟的肩部铸有十二只和平鸽，象征当时的十二亿中国人民永远热爱和平；钟裙之上是两条龙，二龙之间是南京市花——梅花；两侧铭文记述了从《南京条约》签订到1997香港回归这段沧桑历史，既有落后就要挨打的屈辱，又有不屈的抗争。在香港回归前夕，南京各界代表聚集于警世钟前，零点到来，钟声响起，一百五十五下沉浑的钟声穿越了时光的隧道，穿透了历史的横亘，为中华民族洗清了那蒙受百年的耻辱，象征一百五十五年后香港终于重回母亲怀抱。

尾 声

只有大海才有资格回忆

走到钟的背面,就像走到了历史的背后,镌有千古训条:前事不忘,后事之师。

但最让我震撼的还是钟的正面,那是三个大字振聋发聩的大字——警世钟。

中华民族必须永远高悬这样一口警世钟,铭记国耻,警钟长鸣!如蔡东藩云:"凡我国民,应尽吾雪耻之天职,并望勿为五分钟之热度,时过境迁,又复忘怀,则吾国真不救矣。"

从虎门到北京,从一座门到一座碑,也是一条必然的路。

中华人民共和国成立后,在天安门和正阳门的南北中轴线上建起了人民英雄纪念碑,在碑座上镶嵌的九幅汉白玉浮雕,从虎门销烟、金田起义、武昌起义、五四运动、"五卅"运动、南昌起义、抗日游击战争到人民解放军横渡长江,浓缩了中国人民一百多年来反帝、反封建的伟大革命斗争史实。这是对历史的确认,第一幅就是《虎门销烟》!

这标志着中国近代史的揭幕,也是中国旧民主主义革命的开端。

追溯中国近代史的开端,看似偶然,却有其必然的因果链——林则徐在虎门销毁了英商的鸦片,英军用炮舰轰开了大清帝国的国门,"一炮轰出了一个时代"。

从虎门销烟到鸦片战争,虎门销烟其实只是直接引燃了第一次鸦片战争的导火索,而林则徐只是触动了历史中的某个暗设机关,提前引爆了一场从根本上不可避免、不可调和的战争。

从虎门销烟到鸦片战争,还有一个更伟大的历史意义,它把一个古老的中国从漫长的封建帝国时代直接推进了中国近代史,由此拉开了中国近代史的帷幕。从近代史揭幕到现代化发轫,为中国两千年未有之巨变提供了加速度,或直接,或深远。

战前,中国是一个在政治、经济上独立自主的国家,自给自足的封建经济占着统治地位;战后,中国历史进程和社会性质由此发生了重大转变,中国独立发展的道路被迫中断。中国领土、领海、海关、司法等主权遭到破坏,外国侵略者利用其通过战争攫取的特权,向中国倾销商品、掠夺资源,逐渐把中国市场卷入世界资本主义市场,中国自给自足的封建经济逐步解体,从此中国开始从封建社会逐步沦为半殖民地半封建社会。在中国最后一个封建帝国崩溃之前，清政府开始一步步沦为列强统治中国的工具，中华民族开始经受更加深重的苦难。中国社会主要矛盾由地主阶级和农民阶级的矛盾由此转变为外国资本主义和中华民族的矛盾，中国人民从此肩负起反对外国资本主义侵略和反对本国封建统治的双重革命任务。

从虎门销烟到鸦片战争，中华民族只有两种选择，一种是如虎门销烟之前一样，国中烟毒弥漫，朝野"爝火熏心"，直至掏空国人的身家性命，一个民族在鸦片烟枪中毁灭；一种是将禁烟进行到底，这又势必会触犯英国等西方列强的根本利益，从而发动侵华战争。从第一次鸦片战争到抗日战争，一部中国近代史及现代史从头到尾就是一部战争史。这既是一部充满灾难、落后挨打的屈辱史，却也是中华民族不甘屈服、奋发图强、探索救国之路、实现自由、民主的探索史。尤为重要的是，无论悲壮与屈辱，还是苦难或辉煌，从一开始，它就唤醒了当时的很多爱国志士和有识之士，他们在痛定思痛中开始深刻反省，"重新定位中国在世界上的地位"，不再以虚骄的"天朝上国"自居。这种反省和觉醒意识，也是中国步入近代史的一个重要标志，而第一个具有标志性的人物就是林则徐。林则徐一边厉行禁烟一边"开眼看世界"，一边抵抗侵略一边学习西方先进的科学技术，这其实就是林则徐为中国和中华民族选择的一条路，也是中国现代化崛起的一个必要前提，一条必然的路。

一百余年来筚路蓝缕，一代一代的仁人志士其实就是沿着林则徐的思路走过来的。在亡国灭种的强烈危机感驱使之下，中国士人进入了一个入世精神最为强烈、参与意识最为迫切的时代，成为推动社会变革的直接力量，他们以匡时救世为己任，对内主张整饬吏治，改革弊政，形成一股经世致用的社会思潮；对外提倡学习西技，探求新知，寻求强国御侮之道，逐渐形成了一股向西方学习的新思潮，从寻求器物之变到探求技术之变，从"师夷长技以制夷"到"师夷长技以自强"，出现了以"中学为体，西学为用"的洋务运动。当洋务运动失败后，很多仁人志士又觉悟到，若要让一个国家、一个民族在骨子里、血脉里变得强大起来，还必须从探求技术之变推进到探寻制度上、文化上、精神上的变革，又相继出现了戊戌变法、辛亥革命、新文化运动和五四运动，中华民族的近代化之路、现代化之路就是这样从器物、科技、制度、文化、精神等方面一步一步地走过来的，走了一百多年，犹未尽矣。

在寻求强国御侮之道的过程中，中华民族一直在西方列强的坚船利炮下

尾 声
只有大海才有资格回忆

挣扎求生，西方列强和东方强势崛起的日本在经济上疯狂掠夺中国，中国几乎被列强瓜分，又几乎被日本鲸吞。如今，很多专家都从地缘上解读日本的现代化进程，这样一个自亘古以来长期处于边缘化的东方岛国，他们既没有大陆民族的优势，也没有大陆民族的包袱，而当他们的海洋意识一旦被唤醒，其潜在的能量惊人地爆发出来，率先进入了他们脱胎换骨的现代化进程，成为亚洲现代化进程的急先锋，也是侵略和践踏亚洲各国的急先锋，而中国也首当其冲。当日本发动侵华战争，蒋廷黻曾公然主张："为了对日和平不惜任何代价！"这位被誉为国民党官员中"最知外交的人"，在"九一八"事变后也成为一个坚决的"主和派"，如果按"不惜任何代价"的逻辑则可以推出一个令人恐怖的结果，只要能换取"对日和平"，哪怕把整个中国作为代价献给日本，把中华民族作为代价变成天皇脚下的皇民，那也是"名正言顺"的。这也难怪他要极力贬低林则徐等主战派，而为琦善等"主和派"百般辩解和开脱，他和琦善的确是隔世知音，甚或就是琦善的投胎转世。若按蒋廷黻的观点来猜测琦善此时的心机，琦善也是想"不惜任何代价"来换取"对英和平"，除此之外，我还真难以找到更符合情理逻辑或历史逻辑的解释。但中华民族没有做出蒋廷黻式的选择，哪怕屡战屡败，也要屡败屡战，正因为此，中国虽说沦为了半殖民地，但一直没有全面沦为殖民地，没有成为第二个印度。这是中华民族之幸，也是不幸中的万幸。

克尔凯郭尔说，生活倒回去才能理解，而我们必须活着向前。

陶渊明说，悟已往之不谏，知来者之可追。

当历史沦为背后的风景，现实是历史的必然延伸。又如果真有什么从逝去的岁月中延伸过来的东西，我深信，只有中华民族那博大的元气才可以生长为又一个时代的精神。而对于历史，一位学者对我发出了这样的警示："如果没有思索，没有审视，那么历史只是历史，甚至什么都不是。历史需要唤醒，需要心灵的烛火照亮。它是过去，也是一种远景，对它的表现最终是要找到通往当下的道路。"

2017年3月30日 第一稿
2018年3月18日 第二稿
2018年9月30日 第三稿

后记

虎门是一座屹立在珠江三角洲几何中心、以南海为背景的海门和国门，也处于中国历史转型的一个关键部位。

虎门销烟，是中国近代史的一个悲壮的开端，第一次鸦片战争的导火线由此点燃，中国近代史的第一页就是在虎门揭幕的。在人民英雄纪念碑碑座上镶嵌的第一幅汉白玉浮雕就是虎门销烟。从虎门销烟到鸦片战争，早已是众所周知的重大历史事件，也是一个民族的公共记忆，但多年来一直未以文学的方式全面而纵深地揭示过。

对于我，在相当长的一段岁月里，虎门既是一个耳熟能详又远在天涯的存在，虎门其实也是一个海角。说来也是因缘际会吧，十多年前我从湖湘迁居岭南，与虎门的距离一下拉近了，但凡友人来访，第一就要去虎门销烟和鸦片战争的历史现场走走。去的次数多了，我时不时就会下意识地追问，林则徐选择的销烟地，为什么偏偏是虎门？如果没有虎门销烟，会不会发生鸦片战争？从虎门销烟到鸦片战争，又与和我们今天的现实有什么关系？

一开始，我的目光只是盯着虎门销烟，但这只是一个关键性的历史节点或焦点，若对虎门销烟前后的历史掐头去尾，这将是一个孤立的历史事件，既难以解释这一历史事件，也难以回答我一连串的追问。而我对历史真相的探寻，就是以追问的方式直接切入，在追问和追寻真相的过程中，我的历史视野也得以扩展，围绕虎门这一历史的关键部位，对虎门销烟和鸦片战争前后的历史进行逆向与纵向开拓，力图将历史的两端予以贯穿、延伸，一方面探寻这一历史事件与世界的关系，一方面探寻这一历史事件与中国内部的关系。在这一时空大背景下，虎门作为中国近代史的开篇地或揭幕地的历史意义也逐渐凸显出来。

在叙述上，我采用了"国运与命运"的复调叙事，将清朝的国运、中华民族的命运和林则徐的个人命运结合在一起书写，互相穿插，互为背景又互为因果，形成互文，一边追问，一边推进，力图使国运和命运同时得以双重展现。

对清王朝的国运，不能只采取单线条的、定式化的叙述，必须从世界潮流、历史大势和历代王朝的演进规律等多维度切入，从看得见的历史推进到看不见的暗流突进，这样才能展现出一个王朝乃至历代王朝的兴亡感和时空的沧桑感。清朝和历代王朝既有共性，也有其独特性，而这个王朝的国运一直与鸦片息息相关。尤其在鸦片烟毒泛滥的道光年间已面临双重危机，这也是清廷必须面对的两难选择：若不厉行禁烟，一个王朝乃至中华民族将在烟枪中毁灭；如若厉行禁烟，势必触动英国等西方列强的利益，这个王朝又有被侵略者的坚船利炮摧毁的危机。其实，清朝也有很多化危为机的机会，但都被清廷一一错过了，其根本原因就是对内的极度专制和思想禁锢，对外的闭关锁国和颟顸自负，既扼杀了其内部的生气，又阻挡了外部的活力，在天朝上邦、宠绥四方的盛世幻觉中，身染沉疴重症而浑然不觉，一旦危机爆发，则是病急乱投医。林则徐也开出了药方，那也许是猛药，猛药去沉疴，既可能让一个危症病人起死回生，也有可能超过了一个危症病人所能承受的极限，而清廷连试都不想试一下，就断然拒绝了，那个疗效到底如何也就只能按历史逻辑猜测了。

从虎门销烟到第一次鸦片战争，是时代的裂变和质变，但一个封建王朝帝国的性质并未改变，并且一直冥顽不化地拒绝变革。从林则徐的后继者曾国藩、张之洞等洋务派尝试的结局看，这药方最终没有拯救清王朝，但至少在一定程度上延缓了清朝的崩溃，还曾创造出了一段如回光返照般的同光中兴，而清朝最终的覆灭也比许多预言家来得要慢。历史已经验证，失败的并非药方，而是清廷一再拒绝这救命的药方，从虎门销烟、洋务运动到戊戌变法，这个王朝拒绝了太多的机会，最终自己打败了自己，自己埋葬了自己。

清朝共传十一帝，享国二百六十八年，林则徐走过了其中的六十五年，历乾隆、嘉庆、道光、咸丰四朝，但乾隆他只看到了一个尾巴，咸丰他刚刚看到一个开头，他的人生仕途主要是在嘉道年间度过的，从政四十年，辗转十四省，"身行万里半天下，眼高四海空无人"，他也确实是一位"远超时人"的政治家。

一个人臣的命运，只有在一个王朝的国运之下才能看出山高水深。

后 记

林则徐从一个寒门之子成长为一位品味纯正的士大夫，又从一位治世之能臣成为深受道光帝信任的封疆大吏，这首先取决于他的政治作为，如时人对他的赞许，"无一事不尽心，无一事无良法"。又如其自况："在官无一日不治事，无一日不见客，无一日不亲笔墨。"他既是一位勤政、严谨、务实的典范，也是一位清正廉洁的典范，连美国学者马士也称道"林钦差的整个经历明净如水晶"。他的清廉不只是自律，而是自觉，对于钱财等身外之物他非常清醒："儿孙若如我，留钱做什么？贤而多财，则损其志。儿孙不如我，留钱做什么？愚而多财，益增其过。"

治世需要能力，但能力再强也未必能成就为社稷之臣，譬如琦善也堪称治世之能臣，却并非社稷之臣。林则徐从一个治世之能臣而成为一个社稷之臣，这当是他人生仕途的一次升华。这并不取决于职位的高低，而取决于政治境界，有境界自成高格，词亦如此，人亦如此。当君与国、君与民处于高度一致的理想状态，林则徐和琦善并无本质的区别，忠君就是忠于社稷。林则徐也忠君，但若君与国、君与民之间发生冲突，一个人臣只有两种选择，或为君所屈服，或为国为民而抗争。而林则徐选择了后者，他的最高政治理想不是为君，而是"为天下万世计"，"长使国计民生悉臻饶裕"，如林则徐自况："朝夕孜孜不倦者，国政民瘼两大端而已。"林则徐关注民情，也善于听取民意，还特别能听取批评自己的声音，他在江苏巡抚任上，曾于大堂上亲书一联："求通民情；愿闻己过。"一个人臣在君与国、君与民之间发生冲突而做出背离君主的选择是高度危险的，林则徐又何尝不知道这是危险的选择，"苟利国家生死以，岂因祸福趋避之"，这就是社稷之臣血脉里、骨子里的信念，"苟有裨国家，虽顶踵捐糜，亦不敢自惜"。这高贵的信念也是政治家的最高境界，而道光、琦善、奕山等则更多是从自家的政权和自身利益考虑，林则徐的境界也是他们永远抵达不了的，也是难以理解的。倒是一些西方人士对他颇为理解，如美国学者马士在《中华帝国对外关系史》中称道他："一位具有非凡能力的行政官员，是（道光）皇帝的化身。林钦差的整个经历明净如水晶。他的动机是禁止鸦片的输入和消费，为了达到此目的，他准备采用一切手段，但是他的任务是毫无希望的。"而曾任英国驻香港总督兼驻华公使的包令在《钦差大臣林则徐的生平及著述》中对他给以更高的评价："（林则徐是）中国政治家中最卓越的人物，在中国，可以说林则徐是该国人民的缩影——那个庞大帝国的舆论集中表现在这个人身上。他是中国的一位理想的爱国志士。他是圣人，而且是万圣之圣。他把自己的智慧同传统的智慧结合了起来，（是）中国爱国志士的骄傲，（他）太伟大了，不会被人遗忘，（林则徐）忠诚地、几乎不间断地为他的国家服务了三十六年。"马士曾在大清皇家海关总税务司供职，包令则挑起了第二次鸦片战争，他们对林则徐、虎门销烟、鸦片战争和中国对外关系史都有颇深的研究，尽管他们都是站在西方列强的立场上，但他们对林则徐的政治境界没有贬低，而是充满了敬重。

从一个社稷之臣到一个民族英雄，"此理之必然也"。一旦有人触犯了一个社稷之臣的信念，必然会成为他的宿敌，譬如说林则徐与琦善之所以成为"宿敌"，这与他们的私交或私怨无关。又譬如林则徐为救中华民族于水火而厉行禁烟、为捍卫了国家主权和领土而抵抗侵略，对于一个社稷之臣这更是理所当然，大义凛然。

只有直面一个真实的林则徐，才能理解从虎门销烟到鸦片战争这一历史的转折点，从而理解一个处于历史转折关头的关键人物。在某种意义上说，林则徐的历史使命和历史形象在钦差赴粤和总督两广的两年间就已完成了。

林则徐是虎门销烟的中心人物，在鸦片战争中他被清廷提前剥夺了指挥权，实际上已成为边缘人物，这给历史留下了很多假设的可能和想象的空间。有的历史已是既定的事实，能够清楚地看到他的转变。譬如说，他从一开始把鸦片贸易单纯地看作英国鸦片贩子所为，认为英国不会为鸦片而发动侵略战争，到后来把英国出兵和鸦片贸易联系起来，看出英国政府"早蓄逆谋"，这是林则徐从虎门销烟到鸦片战争中的第一个重大转变，他认识到了英国发动侵略战争的本质。又譬如，当清廷"忽剿忽抚，总无定见"之际，林则徐对侵略者的本性有着比清廷和琦善更冷峻的认知，他认为对英国侵略者不能"优以怀柔之礼"，只能坚决抵抗，"以威服叛"，这是别无选择的选择，否则，英国侵略者必将"得一步又进一步"。历史已验证，他的预言几乎皆为谶言。美裔学者张馨保把虎门销烟称之为一场"虚幻的胜利"，其实，琦善的"羁縻于目前，备剿于将来"更是一厢情愿的幻想，而在英军炮舰的威逼下，道光帝"上不可以失国体，下不可以开边衅"的原则根本就不可能达成。

林则徐不是一位简单的主战派，也不是一个传统意义上的社稷之臣和民族英雄。从虎门销烟到鸦片战争，是中国人对西方的认识发生重大改变的开端，

后 记

林则徐就是第一个开端人物，他是中国近代史的第一位揭幕人，也是近代中国第一位"睁眼看世界的"封疆大吏，更是近代中国第一位为中华民族蹚路的启蒙思想家和践行者。这是他远超时人之处，也是他一生最伟大的转变，无论处于中心和边缘，他都是一个划时代的灵魂人物，而寻求变革和开放既是他的精神姿态，也是他的身体力行。他并非一个激进的变革者，一直在稳中求变，但他又一直冲在时代的最前面。如果说在一个民族的深层动机里支撑它的是一个伟大的强国梦，林则徐就是一个典型体现者，他代表了正义，代表了进步，更代表了中华民族未来的方向。

对夸大个人在历史上的作用，我一直是高度警惕的。但林则徐扮演的角色又绝非单纯的个人，他是一个在一定社会关系中的特殊个体，这种不世出的人物，只属于某个特定的时代，或为衰世，或为乱世，或为某个历史大转折的关头，而在那些太平盛世，一般鲜有这样的人物出现。借用卡尔·马克思的一个论断，历史必然性的体现者的作用，是与历史发展方向相符合的个人的意志和目的在合力中起推动作用，这取决于他们反映人民群众的愿望、要求的广度和深度。至于由哪一个人成为历史必然性的体现者，何时出现，又将在哪里出现，则是偶然的。如果不是这个人出现，也会有另外一个人出现，或早或晚，总是会出现的，这又是必然的。

对历史的反思是必要的，但不能假以"反思"之名而颠覆历史。譬如说有人试图否定虎门销烟，甚至说林则徐根本不是什么民族英雄，而是历史罪人。但颠覆不难，而举证太难，除非你能找到了铁证，才能对已有的历史进行改写直至颠覆。而大量的历史文献摆在那里，包括西方的历史文献，都无法验证林则徐是一个"历史罪人"。但这种耸人听闻的"历史"又确有哗众取宠的效果，你说岳飞精忠报国，人们往往反应冷淡，反之，你说岳飞是罪魁祸首，他们才会兴趣盎然。同理，你说秦桧是卖国贼，人们反应冷淡，反之，你说秦桧才是真正的民族英雄，人们才会兴趣盎然。有人一上来就是胡适说过"历史是个任人打扮的小姑娘"，但哪怕"历史是个任人打扮的小姑娘"也必须有一个基本事实，她必须是个小姑娘，其实胡适最最强调的就是实证。我深信历史不会颠覆，中华民族有自己伟大的道德准则，也有尊重历史事实的底线。

我也希望对历史有所发现，对林则徐、虎门销烟和鸦片战争有重新认识，更希望将一个陈旧泛黄的历史题材推陈出新，但对史实的尊重也是我的底线。

这是历史常识，也是对历史应有的敬畏。我只是一个历史真相的追寻者，而不是审判者，这是我一开始对自己的角色定位。林则徐既有远超时人的一面，也有历史局限和自身局限，我一直是秉笔直书，绝不为尊者讳。林则徐不是完人，更不是神，既不能将其神化，更不能求全责备。对琦善等被打入了历史另册的人物，我也尽可能绕开一边倒的历史叙述，摈弃了既往历史对他们的简单化、脸谱化乃至丑化、妖魔化，对"投降派"或"卖国贼"一类的贬义词，我很谨慎，一般采用比较客观的中性词，称之为"主和派"。只有设身处地换位思考，才能揭示人性深处的一些复杂而微妙的心理挣扎。譬如说，林则徐主战，琦善主和，说到底都是想要竭尽所能地化解大清帝国的危机，但二者之间境界有高低。林则徐是一个理想主义者，他更多是从孟子"民为贵，社稷次之，君为轻"的圣人境界出发，而琦善哪怕是一个功利主义者，他自身的功利也是与这个王朝捆绑在一起的，至少在主观意愿上，他不可能投降卖国。又无论是林则徐等民族英雄，还是琦善等打入了历史另册的人物，均在历史骤变中得到了逼真的呈现——这并非我的呈现，而是历史的呈现，把他们一些平时被遮蔽的本来面目显露出来了，这有助于后世对历史真相、历史人物的还原。

　　该书是一部文献性、专业性很强的纪实文学作品，被列入广东省作家协会和东莞市文化名城办公室的重大历史题材创作项目，在征求意见稿完成后，即提交多位专家审读，这些专家几乎是一字一字地"抠"，在文献性和专业性上对该书予以严格把关。笔者在修订本中对专家们的宝贵意见均已吸收，在此谨向刘斯奋、章以武、田瑛、谢有顺、詹谷丰、柳冬妩等评审专家一并致以衷心感谢。

　　又不能不说这是一次难度极大的写作，难就难在还原历史真相。若要追寻历史真相，只有两种途径，一是抵达时过境迁的历史现场的踏勘探寻，二是钻进故纸堆，从纷繁复杂的文献史籍中寻找真相。这也决定了本书只能采用以点带面、以点穿线的叙事方式，点为现场，即先抵达某一历史现场，由此而展开叙述，但同一地点在不同的时段发生过多次历史事件，只能超越时空的限制，在不同的时段、历史与现实中往复穿插。而历史线索，只能在故纸堆里去探寻，在大兴文字狱的清朝，文人士子或是为了避祸，其文言皆古奥晦涩，考据用典成癖，且多龃龉，矛盾百出。笔者虽可能博采诸家之言，但又必须对同类史料和各种不同历史观进行比较、辨析，竭尽所能矫正错讹，求得正解，从中厘清一条最接近真相的历史线索。这是极缓慢而细致的工作。对一些关键的历史文献，如林则徐日记、奏稿、谕令、告示，清廷的诏谕、朱批，为还原历史真相不能不原文援引。在本书第一稿送审后，有专家提出这些引文一般读者难以看懂，建议作者在援引的同时进行通俗易懂的解读。但这些古奥晦涩的文言又难以翻译、转述、概况和诠释，我也只能不揣冒昧、硬着头皮进行解读了，难免错讹，敬祈方家和广大读者指正。

此外，关于书中的年月日，均以历史文献为准，若换用公历则与历史文献不符，易生歧义，但对关键时间均注明公历。而涉及英国历史，又必须采用公历，另在括号内注明清代纪年和农历日月。这是不能统一的，尤其是所引历史文献中的原文，必须尊重历史。

历史不能篡改，一切历史皆是既定的事实，早已没有悬念，但在既定历史之外还有诸多可能性存在，也有太多让人难以捉摸的变数或因果，但凡有可能性的历史存在就不能断然而绝对否定。在既往的历史中往往前后矛盾，后边的历史会颠覆前边的历史。对有的问题我也不敢妄下结论，但我必须诚实交代。我觉得，对历史的叙述，最好的方式就是追问、质疑和猜测中推进。我也不排除对历史诸多可能性的假设，这有助于对许多史实的重新评估，在追问质疑和夹叙夹议中的不断反思。这次写作也是我对于中国近代史的一次重温。随着对历史的逐渐深入，我越来越觉得，这不是一个简单的禁毒抗英的故事，更不是一个陈旧发黄的历史题材，而是一个向历史纵深开掘的改革开放和现代化崛起的题材。

从虎门销烟到鸦片战争，是中华民族悲壮的海祭。

从虎门销烟到中国崛起，是中华民族奋发图强的海誓。

从中国近代史揭幕到洋务运动、戊戌变法、辛亥革命、共和国诞生，一百多年来，中华民族从漫长的封建时代跨入近代史，从最初的寻求器物之变、科技之变，再到探寻社会制度之变、国人的素质之变，直至寻求文化精神之变，如此循序渐进，层层递进，中华民族才能从历史变革之路、改革开放之路走向现代化崛起之路。

2018年10月31日

主要参考书目及文献

（按发表、出版时间为序）

[1] 范文澜. 中国近代史[M]. 北京：人民出版社，1955.

[2] 梁廷枏. 夷氛闻记[M]. 北京 中华书局，1959.

[3] 梁廷枏，邵循正. 夷氛闻记[M]. 北京：中华书局，1959.

[4] [英]格林堡. 鸦片战争前中英通商史[M]. 康成，译. 北京：商务印书馆，1961.

[5] 林则徐. 林则徐集[M]. 北京：中华书局，1962.

[6] 魏源. 魏源集[M]. 北京：中华书局，1976.

[7] 杨国桢. 林则徐对西方知识的探求[J]. 厦门大学学报，1979（3）.

[8] 来新夏，李喜所. 论第一次鸦片战争时期清朝统治集团的内部斗争[J]. 新疆大学学报：哲学社会科学版，1981（4）.

[9] 张馨保. 林钦差与鸦片战争[M]. 福州：福建人民出版社，1989.

[10] 郦永庆. 从档案看鸦片战争期间清政府的对外政策——兼谈统治集团内部的斗争问题[J]. 历史研究，1990（2）.

[11] 杨国桢. 鸦片战争中林则徐对英认识和制敌方略的转变[J]. 福州师专学报：社会科学版，1991（2）.

[12] 马士. 东印度公司对华贸易编年史[M]. 章文钦译、校. 广州：中山大学出版社，1991.

[13] 梁廷枏. 骆宾善. 海国四说[M]. 刘路生，点校. 北京：中华书局，1993.

[14] 东莞市地方志纂委员会. 东莞市志[G]. 广州：广东人民出版社，1995.

[15]马肇曾, 答振益. 鸦片战争中著名回族抗英将领马辰[J]. 回族研究, 1995（3）.

[16]林庆元. 林则徐的经世思想与爱国主义[J]. 福建论坛：文史哲版, 1996（1）.

[17]来新夏. 林则徐年谱新编[M]. 天津：南开大学出版社, 1997.

[18]阿兰·佩雷菲特. 停滞的帝国——两个世界的撞击[M]. 王国卿, 毛凤支等译. 北京：生活·读书·新知三联书店, 1995.

[19]马士. 张汇文等译. 中华帝国对外关系史[M]. 张汇文, 译. 上海：上海书店出版社, 2000.

[20]林庆元. 林则徐评传[M]. 南京：南京大学出版社, 2000.

[21]林则徐. 四洲志[M]. 北京：华夏出版社, 2002.

[22]杨金森, 范中义. 中国海防史[M]. 青岛：海洋出版社, 2005.

[23]茅海建. 天朝的崩溃——鸦片战争再发现[M]. 北京：生活·读书·新知三联书店, 2005.

[24]陈旭麓. 近代中国社会的新陈代谢[M]. 上海：上海社会科学院出版社, 2006.

[25]章文钦. 广东十三行与早期中西关系[M]. 广州：广东经济出版社, 2009.

[26]李明力. 林则徐军事国防思想初探[J]. 中南大学学报：社会科学版, 2009, 11（1）.

[27]杨国桢. 林则徐传[M]. 北京：人民出版社, 2010.

[28]东莞市虎门镇志编纂委员会. 虎门镇志[G]. 广州：广东人民出版社, 2010.

[29]魏源. 海国图志[M]. 长沙：岳麓书社, 2011.

[30]陈恭禄. 中国近代史[M]. 北京：中国工人出版社, 2012.

[31]威廉·亨特. 天朝拾遗录——西方人的晚清社会观察[M]. 景欣悦, 译. 北京：电子工业出版社, 2015.

[32]蒋廷黻. 中国近代史[M]. 北京：民主与建设出版社, 2016.